胡辛创作与江西文化形象建构

詹艾斌 主编
何静 肖明华 副主编

中国社会科学出版社

图书在版编目(CIP)数据

胡辛创作与江西文化形象建构 / 詹艾斌主编. —北京：中国社会科学出版社，2023.9
ISBN 978-7-5227-2012-8

Ⅰ.①胡… Ⅱ.①詹… Ⅲ.①胡辛—文学评论—文集 Ⅳ.①I206.7-53

中国国家版本馆 CIP 数据核字(2023)第 106128 号

出 版 人	赵剑英
责任编辑	李金涛
责任校对	臧志晗
责任印制	李寡寡

出　　版	中国社会科学出版社
社　　址	北京鼓楼西大街甲 158 号
邮　　编	100720
网　　址	http://www.csspw.cn
发 行 部	010-84083685
门 市 部	010-84029450
经　　销	新华书店及其他书店

印刷装订	三河市华骏印务包装有限公司
版　　次	2023 年 9 月第 1 版
印　　次	2023 年 9 月第 1 次印刷

开　　本	710×1000 1/16
印　　张	37.25
插　　页	2
字　　数	628 千字
定　　价	258.00 元

凡购买中国社会科学出版社图书，如有质量问题请与本社营销中心联系调换
电话：010-84083683
版权所有　侵权必究

序一　胡辛:江西文化形象的积极建构者

黄恩华

2020年10月30日是江西师范大学80周年校庆之日。"同庆八秩芳华，共襄模范大学"是江西师大人的共同心愿。

80年风雨，80年沧桑，80年树人。

80年耕耘，80年收获，80年辉煌。

在80周年校庆即将到来的日子里，2020年10月18日，由江西师范大学委托文学院举办的"胡辛创作与江西文化形象建构"学术研讨会隆重热烈地启动了，研讨会的主题是"胡辛创作与江西文化形象建构"，作为80周年校庆的主要内容之一，我认为很及时，很有必要，很有意义。这是共襄盛典的具体活动。江西师范大学已走过80个春秋，是江西省的第一所高校。教书育人是优秀传统，放飞梦想是一代代江西师大人的努力。江西文化形象的建构，既是对江西历史文化的回顾，对当代江西文化的探研，更是对江西文化未来建构的奋发图强。江西文化源远流长，是中华文明重要的组成部分，是红色文化、绿色文明和古文化，又称"赣鄱文化"。文学和地域文化血脉贯通，是地域文化的承载、凝聚和飞扬。文化因交流而多彩，文明因互鉴而丰富。江西文化必须走出江西，走向世界！当然，世界也会走进中国，走进江西。胡辛近年的力作《瓷行天下》，就是一部以景德镇为基点，赞颂中国陶瓷文化走向世界的著作，获得2018年的中国好书奖，并已被翻译成多国文字。她的作品，地域色彩浓厚。对胡辛的创作进行学术研究，并上升到对江西文化形象的建构，无疑是非常有意义的。我相信通过一次次的从个体探研到江西文化形象的整体建构，从畅谈到书写新时代江西文化形象的华丽篇章，肯定有新的作为。

序一　胡辛:江西文化形象的积极建构者

早在1983年，我还是懵懂青年的时候，就已经知道胡辛的处女作《四个四十岁的女人》获得了国家级文学奖，并经翻译走出了国门，走进了日本和欧美，成为日本文学和欧美文学看中国的一个窗口。这部地域色彩浓郁、女性独立意识强烈的作品，引起了国内外不少的关注。后来，她的中篇小说《这里有泉水》《瓷城一条街》、长篇小说《蔷薇雨》《陶瓷物语》等，都继承和发扬了她的处女作的主题立意和风格特色，引起读者的心灵共鸣。文学是人学，绝不仅仅止于文学工作者和文学爱好者，她可播撒世界，深入人心。地不分东南西北，人不分男女老少。为此，南昌大学校长、中国科学院院士潘际銮曾著文评价胡辛，说她是"一个有风骨有个性的作家教授"。他说："关于胡辛，有师生如是评价：课讲得好的老师很多，作品写得好的作家也不少，但课讲得好作品又写得好的作家教授却不多，胡辛就是这'不多'中的一个。我以为此评价是很到位的。"当然，他还说："胡辛是不是大师，还得让岁月来验证，但作为高校校长，至少应重视她的知名度和对教育事业的忠诚度和认真度。"潘际銮所言极是。潘际銮对既忠诚于教书，又热爱于写作的这样一个难得的人才是肯定的。而在我的心目中，依循着胡辛的文学创作轨迹，了然到一种精神，早已在我心目中立起了大师风范。为此，我认为，胡辛作为江西师范大学的著名校友，是我们的骄傲和光荣！我也很有底气地代表江西师范大学向胡辛表达我们崇高的敬意，向承办研讨会的文学院的老师和同学表达最诚挚的感谢。

我作为后生，作为晚辈，对胡辛总体有三个印象。

第一，她是我心目中的好大姐。我近距离与胡辛面对面接触是2019年冬天，我代表南昌大学校方，到景德镇协调胡辛文学艺术馆开馆之事。实话实说，以个人命名在瓷都南大门生态路旁这么一个很显著的地方建立文学艺术馆，是不容易的。胡辛有着厚重的文学作品和社会影响，其广博的知识、勤奋刻苦的学习态度和永不停歇的创作、创业的激情，是值得人们学习的。同时，她在景德镇和乐平教书的13年经历，培育了她，锻炼了她，厚积薄发，她对景德镇满怀感恩！在胡辛文学艺术馆里，既有文学作品、影视作品，还有瓷板画、瓷瓶作品和国画等，而且这些创作逾二分之一是以景德镇地域为背景的，抒写的是景德镇陶瓷文化题材，立意是用文学艺术表达景德镇陶瓷文化的传承与创新。所以在千年瓷都建立这样一个文学艺术馆，是一个文化符号，一个标志，是对文化的力量的彰显。但由于种种因素，在近5年的建馆过程当中，碰到一些矛盾和困难。我当时代表南昌大学到景德镇的胡辛文学艺术馆，终在景德镇市委、市政府的强烈推介下，确定以毛泽东同志的诞辰12月26日作为开馆之日！胡辛非常感动和激动。我在开馆揭牌仪式上，评价胡辛是毛泽东的好学生！选在毛泽东的诞辰开馆，多么有意义！在这样的时刻，胡辛文学艺术馆在景德镇诞生了！共计有四五百人出席开幕式，大家都欢欣鼓舞。在我的心目中就树立了大姐的形象。在中国近当代，人们热忱地称为大姐的有宋庆龄、邓颖超等。久而久之，"大姐"成了对我们所尊敬又可亲的女性的称呼。大姐，就在我们身边。胡辛生于1945年，抗日战争即将胜利时诞生于瑞金，童年在赣南，学生时代在南昌，成长于新中国的建设中。她从江西师范大学毕业后分配到景德镇，前后工作了13年，再回到南昌。无论是学习、工作，还是生活中，她都诚信待人，勇于拼搏，风风火火，不惧困难，是我们身边的好大姐。

第二，在我的心目中，胡辛是大家。从1983年以处女作《四个四十岁的女人》创作至今，已有37年，出版作品42部，有作品翻译成了多语种文字。说她著作等身，不为过。这是惊人的。小说、传记、散文，全有，2005年入评"中国当代十大优秀传记作家"。影视创作不仅是影视文学剧本，而且导演、制片全上。作为大学教授，理论研究更不可缺，研究方向包括现当代文学、女性文学、民俗学、影视学。胡辛退休之后，进而又转学画画，从国画到瓷板、瓷瓶作品，这种创作激情和热情，这种才能，我由衷佩服。难怪她的《瓷行天下》能获中国好书奖！思想的、精神的、理论的、考古的、文学的、艺术的，全有。专著写成大散文版，真是才华横溢。她是真正的跨界又交融。

第三，在我的心目中，胡辛是一位优秀的老师。她是著名作家，同时，她的本职工作是老师，一辈子在教育一线教书！她1994年就因为教学成绩突出，享受了国务院特殊津贴。多次被评为江西省的优秀模范教师和优秀研究生导师。

习近平总书记说得好："一个人遇到好老师是人生的幸运，一个学校拥有好老师是学校的光荣，一个民族源源不断涌现出一批又一批好老师则是民族的希望。"[①] 是呵，一个人的人生当中遇到好老师就是收获一辈子，

[①] 习近平：《做党和人民满意的好老师——同北京师范大学师生代表座谈时的讲话（2014年9月9日）》，《人民教育》2014年第19期。

序一　胡辛：江西文化形象的积极建构者

一个学校有众多的好老师就是办校的基础，一个民族有一代一代的好老师，这个民族必定兴旺和发达。江西师范大学就是孕育好老师的地方，是教师的摇篮。胡辛是从江西师范大学培育毕业出去的。在我眼里，她作为大姐、大家、优秀老师，是我们江西师范大学永远的校友！学习的楷模！让我们向她致敬！

饮水思源，桃李满天下。

岁月峥嵘，栋梁耀中华。

（黄恩华，江西师范大学党委书记）

序二　胡辛：一个追梦的人

夏汉宁

曾记得，江西省文艺学会老会长周榕芳对胡辛教授有一个评价："这位年近古稀的南昌大学女教授，30多年来始终是一个追梦人。她追寻过文学梦，追寻过影视梦，如今又开始追寻丹青梦……我一直关注着她的追梦和圆梦。我敬佩她追梦的执着和激情，我为她的每一个圆梦感到高兴。"①

我以为，这不仅是中肯的评价，更是中的的言语。

周榕芳毕业于北京大学中文系，是著名出版家、散文家。1983年胡辛的处女作《四个四十岁的女人》在《百花洲》上发表，他就是责任编辑。俗话说：千里马常有，伯乐难寻。周榕芳就是一位勤恳负责的伯乐。这篇近2万字的不短的短篇，经文坛泰斗王蒙先生的鼎力推荐，一举夺得国家级文学奖——1983年全国优秀短篇小说奖，让胡辛一飞冲天。1990年，周榕芳作为责任编辑，又在百花洲文艺出版社推出了胡辛的40万字的长篇小说《蔷薇雨》，这部以南昌为地域文化背景，追寻当代女性命运的长篇小说，好评如潮，并被中央电视台中国电视剧制作中心看中，改编成30集同名电视剧，虽然中间有点曲折，但仍于1997年由上海求索制作社和江西电视台联合摄制成28集同名电视剧，热播大江南北。在这部沉甸甸的长篇小说即将出版前，周榕芳嘱胡辛诚请王蒙作序。王蒙其时正在北戴河度假，硬是将书稿认真阅读后，写下了评价颇高的评论。如是，更坚实地奠定了胡辛在江西这方水土上耕耘收获的地位。

---

① 周榕芳：《点墨染青——胡辛学画习瓷集·序》，江西教育出版社2015年版。

序二 胡辛：一个追梦的人

胡辛却仍然耕耘在讲坛，她是一个教学工作量满满的、名副其实的教授。如她自己所说：教书是她的本职工作，文学创作只是她的业余爱好。但是这"业余爱好"，其重量其质量，真是丰富优质呵！

为了获得比较全面的信息，笔者尽可能全面地搜集了胡辛的作品信息，其文学创作（至今已出版书42本）主要作品有：

《胡辛自选集》4卷本（作家出版社1996年版）

《胡辛自选集》6卷本（二十一世纪出版社2005年版）

《胡辛自选集》6卷本（江西教育出版社2012年版）

1996年就在作家出版社出版四卷本的自选集，而且作家出版社是将王安忆、张炜与她同时间推出的，江西老表嫂还真的是一点也不怯场。这套平台高、起点高的自选集取得了社会效益与经济效益的双丰收。二十一世纪出版社和江西教育出版社前后推出的六卷本自选集亦如是，皆多次印刷，屡屡脱销，深受广大读者欢迎。

胡辛常表白，她钟爱的是小说。的确，她已出版的中短篇小说集有《这里有泉水》（作家出版社）、《地上有个黑太阳》（江西人民出版社）、《四个四十岁的女人》（河北教育出版社）、《〈四个四十岁的女人〉与景德镇》（江西教育出版社）等，长篇小说有《蔷薇雨》（百花洲文艺出版社、作家出版社、二十一世纪出版社、江西教育出版社）、《陶瓷物语》（花城出版社）、《怀念瓷香》（二十一世纪出版社、江西教育出版社）、《聚沙》（百花洲文艺出版社）等。

纵览这些长中短篇小说，一言以蔽之，其地域背景皆有鲜明的江西地域特色和特质，再具体到省城南昌、千年瓷都景德镇和赣南这三地。这方水土这方人成了胡辛笔下所描摹的对象，历史与现实在她的笔墨中交融。对她的这些作品的探研，其主题应该是"胡辛创作与江西文化形象建构"的大命题。

但是，胡辛还有一副笔墨，那就是她"一不小心"写了五部传记，也就凭这五部传记，夺得了2005年当代中国十佳优秀传记作家之一的称号。这五部传记是《蒋经国与章亚若之恋》（时代文艺出版社、台湾新潮社、作家出版社、二十一世纪出版社、河南文艺出版社、江西教育出版社）、《最后的贵族·张爱玲》（二十一世纪出版社、台湾国际村文库书店、作家出版社、江西教育出版社）、《陈香梅传》（作家出版社、台湾国际村文库书店、花山出版社、二十一世纪出版社、江西教育出版社）、《彭友善传》（作家出版社）和《网络妈妈》（江西教育出版社）。其中，《最后的贵族·张爱玲》获得华东地区优秀畅销书奖，2019年还被中国教师报推荐为九年级学生必读经典书目之一；《网络妈妈》获得华东地区优秀图书一等奖。这五部传记，《彭友善传》和《网络妈妈》，其传主还是江西这方水土这方人，另三部传记则视野更开阔，传主的人生历程遍布天南海北，但对真善美的追求和对假丑恶的鞭挞始终不变。

胡辛的文学作品可读性强，其缘由之一是文笔甚佳，清丽不俗，用女人的眼睛来看世界，便为这世界多开了一扇窗口，从这扇窗口所看到的世界，与以往是有所不同的。这在她的散文集《女人的眼睛》（百花洲文艺出版社）中，可感受可体悟。不过，她并不是一味婉约型风格，读她的文字，更多的是激情和坚忍不拔。

如果说小说和散文不分家，一个好的小说家必定是合格的散文家，一个优秀的散文家未必能成为小说家，因为这里边有"纪实"与"虚构"的把握。从小说到传记文学，应该说仅仅是小小的"邻里间"的跨界，这里边同样有"纪实"与"虚构"的把握。是纪实在虚构中穿行，抑或虚构在纪实中穿行？这里边不仅是量的考量，更是从量到质的变化，是文艺创作中不可回避的实践与理论的探讨。

作为南昌大学的教授，进行理论研究是本职。她已出版了论著《电视艺术十二讲》（江西教育出版社）《百年回眸：名导名片管窥》（江西教育出版社）《我爱她们：以另一种方式论女性》（二十一世纪出版社）《长河荒凉却温暖的灯光：中国女性文学焦点透视》（中国社会科学出版社）和《凭栏观海岁月留声——胡辛30年论说纵览》。从书名就可看出，她的研究方向主要是中国女性文学热点透视，还有影视艺术研究。也就是说，她的跨界不仅仅是文学层面，而是从文学跨界到影视，而且，还不仅仅是影视文学！

在我的脑海中，胡辛是一个在文艺领域"不安分"的、"爱折腾"的人，而且，愈老愈爱"折腾"，愈老愈不"安分"，乃至一发不可收拾。已经有这么一长串的文学创作和文学理论著作目录，但她并没有就此故步自封，停止探索的脚步。

是的，"不安分"的胡辛又大跨界了，她把自己的兴趣转向了影视剧创作上了，甚至自编自导起来，实现了一个作家向影视界的华丽转身：胡辛"触电"了！而这一转身，又使得她在影视界取得了不俗的成绩：《花

序二　胡辛：一个追梦的人

谢花会再开——30集电视续剧〈蔷薇雨〉》（百花洲文艺出版社）、《赣地·赣味·赣风——在流变与永恒中的地域文学艺术创作》（江西教育出版社）、《惊艳陶瓷》（《电影文学》）。还有，电视剧《四个四十岁的女人》获1984年中国飞天奖，电视剧《这里有泉水》获省优秀单本剧奖，电影《同龄女友》在全国播放，9集电视系列片《瓷都景德镇》获得1991年度全国优秀电视节目二等奖、江西省政府一等奖、江西省优秀电视专题片一等奖，28集长篇电视连续剧《蔷薇雨》热播大江南北，电视专题片《千里踏访颂师魂》获2001年中国教育专题片二等奖，《瓷都名流》（9集系列片）获2009年四川电视节"金熊猫"奖国际大学生影视作品评选最佳导演提名奖、江西省"翠竹奖"最佳导演奖，电视专题片《红绿辉映领袖峰》入围2009年四川电视节"金熊猫"奖国际大学生影视作品评选，江西省"翠竹奖"最佳摄影奖。还有，24集电视连续剧《聚沙》为国内第一部由高校师生自编自导自演自摄制的反映研究生生活的长篇校园青春剧，2008年获中国高教学会影视教育专业委员会颁发的中国高校优秀影视创作奖，入围四川电视节"金熊猫"奖国际大学生影视作品大赛剧情片奖评选。《沙之舞》是继《聚沙》后又一部关注当今校园师生灵魂深处的8集电视连续剧，于2011年在江西五套播出，2010年获中国高教学会影视教育专业委员会颁发的中国高校优秀影视创作奖。

她就这样"义无反顾"地一次次"触电"了！

原以为胡辛教授就此应该"消停"了，没想到她在古稀之年又跨界了，这一次她迷上了绘画，而且在纸上画还不过瘾，她还要把画画到瓷器上去。她的绘画作品，特别是瓷画作品，与专业画家相比，似乎也不逊色。像她的文学创作一样，她对江西山水情有独钟，而且注重"让陶瓷留驻文学，愿文学耀亮陶瓷"[1]，将"四个四十岁的女人""蔷薇雨""怀念瓷香"——绘于瓷瓶瓷板画中。始终不忘建构江西文化形象的使命。

看着胡辛如此丰厚的文学艺术成果，看着她一次又一次成功地跨界，我常常感到惊奇而疑惑：为什么胡辛可以屡屡超越自我？可以屡获成功？天分固然重要，但是再仔细思考，又觉得仅用天分还是不足以解读胡辛。因为在胡辛的身上，似乎有一个超强的磁场，这个磁场不仅对我等读者产生吸引力，同时也对胡辛自身创作产生吸引力。冥思苦想之后，好像灵光

---

① 这句话是蔡超为景德镇胡辛文学艺术馆作的题词。

序二 胡辛：一个追梦的人

一现，有四个字闪现在我的脑海，这个磁场就是：探索创新。

这就是胡辛，一个对文学艺术不断探索创新的胡辛，一个对文学艺术充满激情的胡辛！

（夏汉宁，江西社会科学院文学研究所所长，江西省文艺学会会长）

前言　胡辛创作与江西文化形象建构

詹艾斌

现如今，现代化的进程势如破竹，地球都被称为地球村了，而民族化是现代化进程中一个不可绕过的问题。民族化与地域文化并不能完全等同，但是，两者之间的关系却难分难舍。1934年4月19日，鲁迅在《致陈烟桥》信中明确指出："现在的文学也一样，有地方色彩的，倒容易成为世界的，即为别国所注意。打出世界上去，即于中国之活动有利。"① 所以，地域文化在今天，当引起高度关注和重视。

江西省文艺学会文艺理论与批评专业委员会、江西师范大学文学院和江西师范大学当代形态文艺学研究中心正是出于对江西文化形象建构的重视，在2020年11月的年会中设置了"胡辛创作与江西文化形象建构"主题研讨会。

俗话说，一方水土养一方人。江西的水土孕育出江西地域文化，江西地域文化又孕育出江西文化形象，而江西文化形象的塑造反过来又能引领江西文化。因为江西文化既受制于江西这方地域，同时又必然，也必须超越地域飞翔传播于域外乃至全世界。

眼前这部沉甸甸的《胡辛创作与江西文化形象建构》评论集即将付梓。第一部分内容当是关于这一主题的论文结集，第二部分仍是循着这一主题，追溯37年来各界对胡辛创作的重要评论，称为经典回放。第一部分收集论文30余篇，梳理为"胡辛创作综论""景德镇陶瓷文化探研"和"跨界穿越的魅力"三部分。经典回放从过往岁月对胡辛的二三百篇评论

---

① 鲁迅：《致陈烟桥》，载鲁迅《鲁迅全集》第13卷，人民文学出版社2005年版，第81页。

前言 胡辛创作与江西文化形象建构

采访中收纳了70篇学理性较强的文章。从"小说世界""传记回响"和"影视天地"三个方面进行探研。作为作家的胡辛在创作的体裁方面，亦是"跨界舞者"。我以为，唯其丰富的创作版图，能为其创作在江西文化形象建构中起到爆发性和连锁性作用提供可信度。

一 地域文化的耕耘者

江西，"物华天宝，人杰地灵"。赣江被称为江西的母亲河，故江西简称"赣"。她自南向东北，全长750余千米，为长江第二大支流，经赣州、吉安、樟树、南昌等19座古城后，流入中国第一大淡水湖泊鄱阳湖。抚河、信江、饶河和修水，则是赣江的姊妹河，她们在赣鄱大地上纵横流淌后亦汇入鄱阳湖。此流域水系涵盖了江西16.69万平方千米的近94%的土地，滋养出一片青山绿水，同时，也有曾被外国学者称为"不毛之地"的红壤。赣地自古又是南北交通要道，还是历代兵家争雄之地。所以，赣地既相对封闭又有跃动的开放性，既有源远流长的赣文化，又接纳中原文化，并与吴越文化、湘楚文化、岭南文化等相互交流。所以，赣文化呈现出对同质异类文化的兼容并包、辐射式传播和不乏和合创新的特色。赣文化覆盖面广，其中以儒学文化、书院文化、稻作文化、陶瓷文化、青铜文化和宗教文化最著。

"唐宋八大家，江西就占了三家"，这在人们早已耳熟能详，有口皆碑。欧阳修、王安石和曾巩就是江西人氏。江西在中国属文化高地。至明代，江西人在政坛、文坛依然俊彦辈出，尽数风流。清代已式微，至现代文学史上，江西文人早已淡出，似未留下雪泥鸿爪。当代中国文坛，江西文人又渐渐成林。

我们这次之所以选取胡辛为典型个案，进行作家创作与江西文化形象建构研究，是因为称胡辛为江西地域文化的耕耘者，恰如其分。

一是，胡辛祖籍虽是安徽太平，但她祖父已加入南昌籍。她生于赣南瑞金，童年在赣州，学生时代在南昌，大学毕业分配到瓷都景德镇，在景德镇生活工作了整整13年，后调回了南昌，执教于南昌大学。如她自己所言，走千里，行万里，还在江西的怀抱里。她是地道的江西水土培育的作家。二是，她是江西师范学院中文系1967届毕业生。她的人生观、教育观、写作观的形成当是在母校五年的岁月里。有着80余年历史的江西师范大学是当之无愧的"教师的摇篮"。而胡辛难能可贵的是，在创作的岁月中，她还始终是位执教于一线的教师。她的终身职业是教师。作家、教师都被人们称誉为人类灵魂的工程师，当然，人类灵魂的工程师本身亦有灵魂。三是胡辛的创作历程与江西文化形象建构交融。她在年近40时以处女作《四个四十岁的女人》获得1983年全国优秀短篇小说奖，又在古稀之年以长篇巨著《瓷行天下》斩获2018年中国好书奖，这是一个生命不息笔耕不辍的教授作家。纵观她近40年的文艺创作历程，其视野、其胸襟、其思想内容、其艺术风格、其不懈探索，始终离不开这方水土这方人，蕴含醇厚浓郁的地域文化，浸透了对故土的一往情深。因而，其创作为江西文化形象的建构提供了一份厚重的研究资料。

从创作所展示的背景来看，胡辛从处女作始，就刻意渲染了地域氛围。林一民曾动情地指出："如《四个四十岁女人》对南昌地点的描写：'省妇女保健院，出门就是繁荣的八一大道，隔壁就是高耸的百货大楼，横过马路就是热闹的工人文化宫……'再如：'小时候，她们四家分居在系马桩的两侧和桃花巷、松柏巷及干家巷。系马桩前无马系，桃花巷内没花香，松柏巷口不见松。'这些描写准确的程度简直可以当作从未到过南昌的人的导游图。"[①]

1990年出版的长篇小说《蔷薇雨》，王蒙为其作序，言："这部书不是一部抻长了的书，而是一部内容充实的书。它充满了生活，充满了现实，充满了历史，充满了变革，充满了杂七杂八的信息。一句话，它具有一种我们的古老而又新鲜、沉重而又动荡、悲哀而又热烈、恶俗浅薄、五光十色，而又洋溢着一种不可扼止的力量的生活所特有的魅力。"[②] 六眼井、三眼井、大井头在胡辛的笔下活色生香，东汉高士徐孺子的书屋、古代的高士桥今日的孺子路、有乾隆御匾的干家大屋，娓娓道来，而七姊妹冬季鄱湖观候鸟，分明的是深厚的寓意。历史积淀与时代风貌相撞相融，耳边响起《渴望》的主题歌：过去未来共斟酌！

这方水土这方人，酿就了"这是一部充满魅力和激情的小说。……魅力来自他们的生命，他们的呼吸活气"[③]。

古城南昌，呼之欲出！

---

① 林一民：《我读胡辛》，《创作评谭》1995年第5、6期合刊。
② 王蒙：《为〈蔷薇雨〉序》，《读书》1991年第1期。
③ 王蒙：《为〈蔷薇雨〉序》，《读书》1991年第1期。

前言　胡辛创作与江西文化形象建构

胡辛的童年在赣南。赣江水域风情民俗浸淫于她的中篇小说《我的奶娘》《情到深处》《粘满红壤的脚印》《这里有泉水》，还有长篇小说《聚沙》和同名校园青春剧中。赣南老区红军家属奶娘、非常岁月中的程婶、改良红壤的农学院大学生艾小雨，还有电影《党的女儿》中妞妞的外孙女原型……一代又一代的老区女性穿越时间的隧道，从红土地的地域背景中坚忍从容地走了过来，烙刻着岁月沧桑和不变的信念，让人无限感佩。

尤其值得关注和评析的是胡辛对景德镇敏锐的感触和不变的情怀。《四个四十岁的女人》中的两位女性——乡村教师柳青和助产士魏玲玲的感人事迹源自作家在景德镇兴田和程家山的亲历和所见所闻。1985年，《人民文学》刊登的《昌江情》，又是一篇地域"实名制"的小说，其主人公李昌江和他的母亲洗衣妇也是有真实的原型的。中短篇小说《瓷城一条街》《地上有个黑太阳》《"百极碎"启示录》《禾草老倌》、长篇小说《陶瓷物语》（《怀念瓷香》）等，让读者了悟，白色土情结是胡辛创作生命中永恒的情结。简而言之，瓷的烧制，除了瓷石，还得有白色的高岭土，它是制瓷的骨骼，也是中国瓷领先世界1500年的法宝！1990年，胡辛作为主创之一的九集电视系列片《瓷都景德镇》，已将千年瓷都的历史和现状，做了较清晰的梳理和激情满屏的解说！这是第一部全面展示景德镇的电视系列片，获得1991年度全国优秀电视节目二等奖。2004年景德镇建镇千年纪念时，她又率江西高校首个广播电视艺术学硕士点的研究生前往景德镇，实地拍摄出九集电视专题片《瓷都名流》，在江西卫视频频播出，为陶瓷大师和广大观众所热捧。2019年，大散文式的长篇论著《瓷行天下》脱颖而出，在洋洋洒洒纵横捭阖中，景德镇是瓷行天下的源头清晰可信！

2019年8月，国家发改委、文化和旅游部正式印发了《景德镇国家陶瓷文化传承创新试验区试验方案》（发改社会〔2019〕1416号）。是年11月14日，国务院总理李克强亲临景德镇视察，寄语"创出千年瓷都新风光，打造国际瓷都"，这对于千年瓷都来说是一个新的里程碑，它将迎来新的辉煌。

回过头去想，胡辛早早地从事景德镇陶瓷文化题材的创作，是否表达了一个女人对这方水土这方人的赤诚之心和火热之爱？是否体现了一个作家对景德镇陶瓷文化的敏锐感受和慧眼先知？是否折射出一个教授学者对陶瓷文化世界性意义的真知灼见呢？

前言　胡辛创作与江西文化形象建构

固然，文学不是文件，但胡辛笔下的景德镇地域题材彰显的陶瓷文化的传承与创新，体现了江西当代文人对发扬陶瓷文化的担当。铁凝说过：文学如城市璀璨灯火中的一盏，有了这盏灯，城市就具有永恒的意义。

露丝·本尼迪克特认为："谁也不会以一种质朴原始的眼光来看世界。他看世界时，总会受到特定的习俗、风俗和思想方式的剪裁编排。"[①]

"胡辛试图通过陶瓷文化来着力表现其中的人与时代，她真正着迷的是发掘这种文化中所蕴含的民族精神实质，这种精神实质被她以'冲突'的方式表现了出来。陶瓷文化对于胡辛来说，意味着走进民族精神内部的便捷通道。"[②]

胡辛对地域的重视和珍爱，早在她获国家级文学奖后的1988年的创作谈中，就明言："如果说文学作品是长青之树，传统便是哺育滋润它的河流，地域则是绿树赖以生存的那片土壤。"[③] 正是她对江西的红土地、景德镇的白色土和古城南昌的全方位的爱之深刻与浓烈，恨之深切和明白，方使她的整个创作生涯充满活力，绵延至今！生命的故乡激活了小说家的想象的风，风中的这方水土这方人，是一个属于大家的别样故乡。如同威廉·福克纳笔下的家乡约克纳帕塔法县杰佛生镇邮票大的地方！不过，胡辛的故乡可是载入世界史册的地方！

当下流行非虚构小说，胡辛的小说在地域特色方面早早地非虚构。当年曾有评论家善意提醒她：江西不比北京上海广州四川等，名气不大，过于执着于地域色彩，可能会适得其反。但她凭着文化自信，倔强执着地走了过来。

二　女性文学的播种者

胡辛在《四个四十岁的女人》的题记中写道："女人为什么要有自己独立的节日？——作者问于三八妇女节。"1983年就有如此清晰的自问，虽然当时的她是懵懂的，但客观上成了较早从女性视角拷问女性独立价值的中国女作家之一。同时，她也是比较早地接触女性主义理论的女作家，她和她的团队着力寻觅中国女性文学踪迹，2001年4月在《南昌大学学

[①] ［美］露丝·本尼迪克特：《文化模式》，王炜等译，社会科学文献出版社2009年版，第5页。
[②] 路文彬：《冲突人生》，《创作评谭》1995年第5、6期合刊。
[③] 胡辛：《传统·地域·创作的反思》，《文艺理论家》1988年第1期。

前言　胡辛创作与江西文化形象建构

报》上发表了《中国女性文学纵览》，并为中国人民大学复印报刊资料《中国现代、当代文学研究》同年第 12 期全文转载。后又在中国社会科学出版社出版了论著《长河荒凉却温暖的灯光——中国女性文学焦点透视》，从中国女性文学的几个母题进行了回溯和思考。

　　1984 年，胡辛在《人民文学》上发表的《昌江情》的题记亦有："女人是鱼，离开了水哪能活？"昌江畔洗衣妇母子的故事催人泪下，感人肺腑。她的长篇小说《蔷薇雨》写足了女人，有评论家认为："俨然一部现代'红楼梦'，它以七姐妹迥然不同的各种遭遇，展示了一个现实与历史交融，文明与保守较量，革新与传统抵牾的生动画面，集中体现了时代对这个'女儿国'的投影。"① 2000 年，胡辛出版长篇小说《陶瓷物语》，有论者认为其"自守姿态，实际上参与了当代文化建构，这无论是对小说艺术发展，还是对女性自我解放，我想都是有益的"②。中国女性文学和女性主义理论的崛起虽然受西方女权主义理论的影响，但是，其自有中国特色，哪怕发展中多歧路。当代中国社会女性空间的拓展，无疑使女性很有可能参与历史文化的重构，尤其是对被湮没的女性历史文化！胡辛在近作《瓷行天下》中，更是引经据典、妙语连珠，如："人类从狩猎到农耕，有人说是八千年前从一只女人的手采集种子开始的；翻开权威性的《中国陶瓷史》，第 2 页见：'陶的出现无疑应归功于女性。'……陶瓷历史莫非真是一部隐形妇女史？"③ 她已然清晰，她在为重建中国女性史贡献自己的绵薄之力。又如："千年中国瓷特有的气息悠悠飘荡。瓷是冰凉又温馨的，是纯洁又复杂的，是坚韧又脆弱的。她的烧炼，犹如一个女子从呱呱坠地到豆蔻年华，从初为人妻到怀孕分娩，从茹苦含辛的母亲到从容老去，瓷，是女性的。谁会说谁又敢说'不'呢？"④ 这一表述俏皮而又坚定。

　　其实，在胡辛过往的创作中，已屡屡对瓷的烧炼与人生进行比较和升华。她将陶瓷考古学者刘新园的话扩充为：石会崩，木会朽，人会亡，而瓷，即使粉身碎骨，其质却永恒不变。瓷是不朽的文化外衣，历经岁月的风雨，却依然故我地折射出分娩它的时代特有的光辉。

　　是瓷拟人，还是人拟瓷？土与水在火的炼狱中的结晶，是瓷，大多数

---

① 于青：《永恒之女性》，《中国青年报》1991 年 12 月 15 日。
② 姚志文：《女性写作与文化建构》，《南昌日报》2003 年 10 月 12 日。
③ 胡辛：《瓷行天下——千年帝王意志下的瓷路沧桑》，江西美术出版社 2017 年版，见前言。
④ 胡辛：《瓷行天下——千年帝王意志下的瓷路沧桑》，江西美术出版社 2017 年版，见前言。

是正品，也有次品，还有废品！但也有让人大喜过望之时，那是鬼斧神工的精品，乃至极品！但不管结晶成什么，再也回不到当初！犹如人生，再也回不到从前！

她将烈火焚烧千锤百炼却易碎的瓷与人的情感尤其是女人的情感进行比拟。愈是精美的瓷，愈害怕碰撞，哪怕轻轻一碰，一不小心，它也会摔得粉碎。这，犹如人的感情，尤其是女人的感情。

"正因为瓷是女性的，所以，行天下之'行'，是多么柔肠百结、豪迈阳刚、百媚千娇、铿锵有力。要知道，她有的是束缚她身心的'三寸金莲''三从四德'，然而，她竟然娇弱又强健、轻盈又沉重地飞翔于六大洲五大洋，卑贱又高贵，美轮美奂又亲和家常，既让各国皇帝将相贵族富豪竞相折腰顶礼膜拜，又让各种肤色的平民百姓普通人也终享有瓷的清洁、美丽和快乐。"[1]

读起来，与其说是给人感悟，不如说是感奋。

瓷行天下，负重若轻！

瓷行天下，是一种精神。

难怪乎，从郭力根的《〈瓷行天下〉弘扬的是一种精神》力赞2018年中国好书的开阔和深刻起步，到温江斌的《千年瓷史书写中的文学叙事》的叙事解析，告诉我们《瓷行天下》能从年产50万册的图书中脱颖而出，斩获中国好书奖，成为当年赣地出版社赣人写的唯一，是有其可靠的缘由的。而何静、蔡海波的综论《论胡辛创作的陶瓷文化情结》，将胡辛的景德镇白色土——高岭土情结娓娓道来，解析胡辛对她的青春年华留在景德镇的种种怀恋，正是真情铸出了短、中、长篇关于景德镇陶瓷文化的传承与创新的传奇故事。胡辛的大学老同学陈刚和他的女儿陈影则从新闻工作者的视角评析了《瓷行天下》的经典之处。几位年轻学者和在读学生的论文也别开生面，从生命之花、陶瓷意象、瓷性精灵和"传统守望与现代文明冲突"诸方面进行研读，亦让人耳目一新。

将瓷喻女性，或许不是胡辛的独创，但却是她的尽心尽力的推出。学者胡颖峰的《胡辛小说创作论》是一篇研究胡辛创作的重要评论。她指出："胡辛是中国新时期女性写作的代表作家之一，也是江西自现代以来文学成就最突出的女作家。她由《四个四十岁的女人》发轫，从追求女性

---

[1] 胡辛：《瓷行天下——千年帝王意志下的瓷路沧桑》，江西美术出版社2017年版，见前言。

为社会承认的'理想'价值，到《蔷薇雨》呼唤女性的内在自觉，再到《怀念瓷香》重构己身历史的母性书写，其小说创作的清晰流变可谓代表了女性写作的三个阶段，且见证了一个学者型作家艺术创造的品质和智慧。她纵横文坛近30年，她的小说创作使人们看到：一方水土和一方女人有着隐秘的生命关联。一种具有持久魅力的写作，往往是经由自身丰富的生命感悟而朝向地域与传统的精神扎根。"①

剖析得真到位！地域与女性隐秘的生命关联在千百年的男性中心社会中，可能超强于地域与男性的生命关联，胡辛经由自身丰富的生命感悟而向着地域与传统的精神扎根，当是她具有持久魅力的创作源泉。

我们无须惊讶她的性别言说，那不是暴风骤雨，只是文字的细雨，但一样有着自己的呼喊与渴求。她不同于新生代女作家们的喃喃"私语"，有的是从容的自守的姿态，热烈又镇定，持续中爆发出一部部默默书写江西这片红土地和被称为瓷都的第二故乡。她穿行于历史与当下、女性与社会、故乡与世界之中，从混沌到澄清，从迷茫到彻悟，以文化的力量担负起理应担负的文化使命。

三 江西文化形象建构的实践者

在中国科学院院士、南昌大学首任校长潘际銮的眼里心中，胡辛是"一个有个性有风骨的作家教授"。在青年学者胡颖峰与胡辛的访谈中，胡辛的人生，是"等候生命的每一个春天"。

江腊生在年会论文《瓷性人生的激情演绎——胡辛小说创作论》开篇即言："作家胡辛是部大书。其一是作为一个作家创作的成果体量大，而且质量高。……其二在于文本中的气量宏大。……其三是文本的内宇宙之大。无论是人物传记，还是小说，或是文化散文，作家都深入个体内在的人性世界，将其置于复杂与冲突之中，建构了一系列微观却具有无限张力的人性空间。"

李洪华在年会论文《女性主体意识的彰显与文化审美的自觉——论胡辛的小说与传记文学创作》中则认为，胡辛"是新时期以来中国女性写作成就卓然的代表作家之一。……无论是《四个四十岁的女人》《这里有泉水》《我的奶娘》等中短篇小说，还是《蔷薇雨》《聚沙》《怀念瓷香》等

---

① 胡颖峰：《胡辛小说创作论》，《江西社会科学》2011年第11期。

长篇叙事，抑或是《蒋经国与章亚若之恋》《最后的贵族——张爱玲》《陈香梅传》等传记文学创作，都彰显出鲜明的女性主体意识和文化审美自觉，既有为女性独立的诘问呼喊，也有对女性价值的自觉重构；既有根系乡土的深情凝视，也有超越地域的文化省思"，彰显出学者型作家独特的学院气质。

吴海是胡辛大学时代的写作老师，他的《以艺术的笔触抒写人生——小说〈四个四十岁的女人〉欣赏漫笔》是胡辛获奖小说的第一篇评论。他对胡辛近 40 年的创作生涯，发出提问："胡辛是一个怎样的作家？"他认为，作为作家的胡辛，主要具有 7 大特点：高起点、具有强烈探索创新精神、自觉追求鲜明地域特色、学者型、高扬女性主义文学旗帜、宝刀不老、常青树式和功成名就。

但胡辛并不认为自己已功成名就，她始终"在路上"！

从对景德镇陶瓷文化的创作和研究来看，她不仅还在进行文学创作、艺术瓷画，对景德镇陶瓷题材的小说、影视剧、瓷行天下等进行了资料收集梳理和学术性探研，而且，她还在积极筹建景德镇陶瓷文学影视数据博物馆，希望为景德镇国家陶瓷文化传承创新试验区抛砖引玉。

她感叹，中国是瓷的祖国，可夺得 1953 年威尼斯电影节银狮奖的沟口健二的《雨月物语》恰恰是凭借了陶瓷的神秘与神奇意境。低矮的窑屋、拉坯胎的辘轳车、冒烟的柴窑、茫茫雾霭、夜运瓷器的小船、女鬼若狭……陶瓷意味、聊斋意蕴，依稀仿佛，似曾相识。这不能不让景德镇人扼腕长叹！陶瓷文化可供影视剧发掘的资源何其丰厚，何以火爆全球的《人鬼情未了》是美国电影？拉坯制陶瓷竟成为美国式镜头经典？

当然，她了解，外国影片中的陶瓷情结，其实正折射出景德镇陶瓷文化超越国界的传播。

她在问别人，更在问自己。让陶瓷留驻文学，愿文学耀亮陶瓷。

这种文化担当，让人肃然起敬。

笔者想引用陈离的年会论文《"文史"即"心史"——胡辛〈张爱玲传奇〉浅论》里的一些话。他认为其是"所有的张氏传记中极具特色的一本"，"是 20 世纪以来中国人的'心灵史'"，"是一本风格显明个性十足的书"，"最直接的阅读感受，是胡辛的语言，充满着激情，读来让人心情激荡，书中最精彩的地方，让人击节赞叹，让人荡气回肠，当然更让人百感交集，让人心中生出无限的哀愁和悲伤。这是胡辛的文字的魅力所在"……

虽不关乎地域，但是胡辛创作对艺术风格的追求，陈离表达得淋漓尽致。

胡辛的创作关乎江西文化形象的建构。

她的创作有厚重又鲜亮的江西地域特色，有深厚又激越的这方水土这方人的历史积淀和当代张扬，有发自内心的叩问和寻寻觅觅！有感情，有担当，有温度，有厚度，有深度。明朗又锐利，深刻苦痛又阳光灿烂。

（詹艾斌，江西师范大学文学院院长）

目　录

胡辛创作综论

胡辛：一个有个性有风骨的作家教授 ·················· 潘际銮（3）
生命融汇在赣鄱大地和江右文脉 ···················· 黄细嘉（9）
胡辛是一个怎样的作家 ·························· 吴　海（12）
围绕胡辛　我总想说点什么 ······················ 王明美（15）
胡辛笔下的时代命题与瓷都缩影 ···················· 孙海浪（21）
为江西推出有底气有重量有温度的文集 ················ 王一木（23）
声色满满：胡辛及作品中的花木情缘 ········ 侯秀芬　李玉英（25）
胡辛小说创作论 ····························· 胡颖峰（37）
女性主体意识的彰显与文化审美的自觉
　　——论胡辛的小说与传记文学创作 ················ 李洪华（51）
瓷性人生的激情演绎
　　——胡辛小说创作论 ······················ 江腊生（62）
论胡辛早期小说中传统与现代的纠缠 ················· 张振强（76）
乡土眷恋与新女性
　　——读胡辛短篇小说《四个四十岁的女人》 ··········· 艾芳怡（84）
厚积薄发的《四个四十岁的女人》 ···················· 李　蔚（87）

陶瓷文化研究的执着

《瓷行天下》弘扬的是一种精神 ··················· 郭力根（93）

目　录

千年瓷史书写中的文学叙事
　　——论胡辛著作《瓷行天下》的写作策略 …………… 温江斌(106)
墨香悠悠　瓷韵声声
　　——胡辛创作印象 ………………………… 陈　刚　陈　颖(116)
千年窑火烧出的生命之花
　　——论胡辛景德镇系列作品的女性
　　　生命意识 ………………………………… 高建青　胡梦婷(121)
透过乡土情怀的女性"荒原"
　　——阅读胡辛《〈四个四十岁的女人〉与景德镇》 ……… 肖　文(128)
胡辛小说中的陶瓷意象研究 …………………………… 王冬娜(133)
扎根于赣鄱大地的瓷性精灵 …………………………… 朱晓雯(143)
传统守望与现代文明冲击
　　——读胡辛短篇小说《禾草老倌》 ……………………… 刘宇翔(153)
论胡辛创作的陶瓷文化情结
　　——从《昌江情》到《瓷行天下》 ………………… 何　静　蔡海波(156)

跨界穿越的魅力

创造者的多维面向
　　——兼论胡辛的陶瓷艺术 ……………………………… 周思中(167)
"文史"即"心史"
　　——胡辛《张爱玲传奇》浅论 ………………………… 陈　离(174)
"园丁"灵魂：论作家胡辛的教师情结 ……………………… 肖建民(178)
高山仰止
　　——致敬胡辛教授 ……………………………………… 季俊峰(184)
胡辛影视剧中的离散意识研究 ………………………… 周传艺(186)
别样的风景：胡辛影视创作管窥 ……………… 王小娥　肖玉梅(193)
胡辛影视教育理念研究 ………………………………… 蔡海波(201)
论胡辛创作中的虚构与纪实的强弱互动 ……… 邓　煜　张升阳(209)
胸藏文墨　悠然忘我 …………………………………… 孙　宪(220)
不改初心：浅谈胡辛的国画与瓷画 …………………… 吴　迅(225)

目　录

经典回放·小说世界

为《蔷薇雨》序 …………………………………… 王　蒙(233)
耳目一新
　　——读一月号《小说选刊》 ………………… 刘锡诚(237)
《四个四十岁的女人》得失谈 …………………… 谢　云(239)
童心一片觅真途
　　——读《四个四十岁的女人》随感 ………… 徐太行(241)
接近四十岁的一跃
　　——访《四个四十岁的女人》作者胡辛 …… 卓　凡(244)
喜看新蕾出墙来
　　——评《四个四十岁的女人》 ……………… 赵秀忠(246)
以艺术的笔触抒写人生
　　——小说《四个四十岁的女人》欣赏漫笔 … 吴　海(250)
独具匠心的艺术创作
　　——评《四个四十岁的女人》 ……………… 刘开汶(254)
时代的列车滚滚向前
　　——读胡辛新作《四个四十岁的男人》 …… 吴松亭(258)
从叙述学角度看《四个四十岁的女人》 ………… 魏洪丘(261)
为《这里有泉水》序 ……………………………… 崔道怡(265)
渴望：一个真实感的人生
　　——浅议《"百极碎"启示录》 ……………… 张渝生(271)
献给妻子的颂歌
　　——浅谈电影《同龄女友》的改编 ………… 道　正(274)
胡辛的艺术世界 …………………………………… 吴宗蕙(277)
诉说女性
　　——评胡辛兼谈新时期女性文学 …… 江　冰　王　军(285)
女性的诉说：胡辛小说创作谈片 …………… 晓　寒　俏　静(289)
一样的心情一样的雨
　　——读《蔷薇雨》后 ………………………… 傅伟中(295)
一个深刻的悖论：执着中的迷惘与迷惘中的执着 ……… 陈金泉(297)

· 3 ·

目 录

永恒之女性
　　——读胡辛长篇小说《蔷薇雨》……………………………………于　青(312)
真诚如雨　热烈如瀑
　　——读胡辛的长篇小说《蔷薇雨》…………………………………刘　华(314)
土地·女性·人生
　　——记女作家胡辛 …………………………………………………吴山芳(326)
说一说胡辛 ………………………………………………………………谭　谈(328)
愿洒小小蔷薇雨
　　——访中年女作家胡辛 ………………………………熊伟明　匡建二(330)
我读胡辛 …………………………………………………………………林一民(332)
冲突人生 …………………………………………………………………路文彬(338)
一种创作的必然 …………………………………………………………王　军(342)
遭遇困惑
　　——对胡辛"女性小说"创作得失的几点思考………江　冰　王　军(346)
得到的与失去的 …………………………………………………………郭力根(355)
胡辛：自强的女性
　　——胡辛《女人的眼睛》序 …………………………………………陈骏涛(365)
红土地的女儿　白色土的倾诉 …………………………………………李玉英(369)
徘徊在爱与痛的边缘
　　——言说胡辛小说的一种情怀 ………………………张升阳　戴瑶琴(374)
女性写作与文化建构
　　——浅评胡辛的《陶瓷物语》…………………………………………姚志文(384)
红土地的青枝绿叶
　　——胡辛创作 20 年 …………………………………………………侯秀芬(387)
在传统与现代之间的守望与超越
　　——论胡辛创作 20 年 …………………………………黄会林　沈　鲁(390)
首届"庐山笔会"《四个四十岁的女人》获奖前后 ……………………周榕芳(404)
素手青条上　红妆白日鲜
　　——地域、女性双重视阈中的胡辛作品研究 ………………………何　静(410)
初探胡辛笔下的女性人物及女性意识 …………………………………鲍欣璐(421)
挚爱情深　怀念瓷香
　　——浅谈胡辛的女性瓷缘 …………………………………………刘庆玉(428)

目 录

经典回放·传记回响

泪洒章江长恨歌
　　——读《蒋经国与章亚若之恋》………………… 秋　林(435)
你为什么要这样辛苦
　　——记女作家胡辛 ………………………………… 胡志亮(439)
亦贵亦凡亦俗亦仙
　　——胡辛笔下的张爱玲 …………………………… 曲　篁(446)
着力探视女性的心灵
　　——评胡辛的三部人物传记 ……………………… 胡颖峰(448)
胡辛传记世界探微 …………………………………… 李云凤(455)
假如网迷们有一本《网络妈妈》……………………… 徐佩印(467)
网络时代的绿色书写
　　——评胡辛新作《网络妈妈》……………………… 朱俊莹(469)
情暖人心
　　——观《网络妈妈》有感 ………………………… 林　云(473)
读《网络妈妈》………………………………………… 王　凡(476)
汪洋中的一叶扁舟
　　——透过妈妈作家看《网络妈妈》………………… 王小娥(478)
借我一双慧眼　深味人间真情 ……………………… 杨芝峰(481)
天不老,情难绝
　　——有感《网络妈妈》……………………………… 邱晓怡(484)
一网情深播母爱
　　——《网络妈妈》有感 …………………………… 闻　艺(486)
网海明灯,温馨港湾
　　——读《网络妈妈》有感 ………………………… 何剑波(489)
绚烂之极归于平淡
　　——管窥胡辛传记女性情感与艺术世界 ………… 郭敏秀(491)

经典回放·影视天地

对传统婚恋观的反拨
　　——评电视连续剧《蔷薇雨》……………………… 徐小英(499)

目 录

女性题材又一部力作
　　——评电视剧《蔷薇雨》……………………………………邓全明(501)
女性回归何处
　　——观《蔷薇雨》有感………………………………………余　颖(503)
女人命途细品味
　　——评电视连续剧《蔷薇雨》………………………………黄立敏(505)
电视与书籍的文化碰撞
　　——为《电视艺术十二讲》序………………………………仲呈祥(507)
名导名片展示的独特艺术景观
　　——读《百年回眸》…………………………………………黄会林(509)
《聚沙》见证"80后"学生成长之路 ……………………………桂　子(516)
日韩偶像剧叙事元素论析
　　——兼论24集校园青春剧《聚沙》…… 邓　煜　何　静　王小娥(519)
每部作品都是青春的纪念册
　　——胡辛影视教育谈…………………………………………柳易江(531)
在守护中追寻：文化视角下的胡辛影视创作研究 …… 温江斌　何　静(534)
为《凭栏观海　岁月留声——胡辛论说30年纵览》序 ………叶　青(542)
等候生命的每一个春天
　　——胡辛访谈录……………………………………胡　辛　胡颖峰(545)

诚谢的话 ……………………………………………………………胡　辛(567)

胡辛创作综论

胡辛：一个有个性有风骨的作家教授

潘际銮

关于胡辛，有师生如是评价：课讲得好的老师很多，作品写得好的作家也不少，但课讲得好作品又写得好的作家教授却不多，胡辛就是这"不多"中的一个。我以为此评价是很到位的。

1993年4月，应江西省领导的诚邀，我从清华园到南昌大学出任校长，目标是奔"211"重点建设大学，深感担子之重。其时，江西大学与江西工业大学合并，种种亟待解决的问题中有一项是加强文科建设。中文系的作家胡辛是我较早接触到的一位，不过，是先读其作品，后见其人。我的女婿是冯宗璞家族的人，也算是瓜葛亲吧。宗璞曾在1990年为翻译家朱虹亲笔写信联系过胡辛，因为朱虹应美国兰登书屋之约，要将胡辛的《四个四十岁的女人》等中国女作家作品翻译介绍到美国。1995年，作家出版社出版了《胡辛自选集》（四卷本），这是江西第一个在作家出版社出版个人多卷选集的作家。胡辛与著名作家王安忆、张炜同一时期推出，上海市作协、山东省作协皆分别为王安忆、张炜举办了首发式，江西只在《江西日报》发了一条短讯。我当时觉得应该大力宣传一下，但胡辛说，这在江西已是高规格待遇了，低调为好，作家还是以作品说话。我认为这是个人才，不仅文采斐然，而且大气，有胸襟。尤其是她不因为自己是个获全国奖的作家而少上课或不上课，她担纲的课程很多，很能吃苦耐劳。她曾在论著《长河荒凉却温暖的灯光——中国女性文学焦点透视》的《后记》中不无诙谐地说："我所完成的巨额工作量使我想起了20世纪50年代走在时间前面的劳动模范王崇伦，我比周遭的作家在创作之外不知辛苦多少倍，以至我看到一部名为《求求你表扬我》的电影时，不觉发出会心

胡辛创作综论

的幽默一笑……"①她这是实话实说,因她上的课类课时量太多太大。有一次排了一位男作家的课,但他上不了,系里要她上,她也就接了下来。性格爽朗的她,常笑说学校"重男轻女"。她把喜怒哀乐都写在脸上,是个乐天派,但说到底是将教师当作她的天职。学生对她的教学反映非常好,说听她的课是一种艺术享受。那时候文学作品的社会地位很高,她在校内校外的讲座也总是获得满堂彩。

清华大学校长梅贻琦有名言:所谓大学者,非谓有大楼之谓也,有大师之谓也。

胡辛是不是大师,还得让岁月来验证,但作为高校校长,至少应重视她的知名度和对教育事业的忠诚度和认真度。

我想用三句诗词来概括胡辛走过的人生之路和对文学艺术的创新追求。

文苑振金声,遒良冠百城

胡辛38岁发轫于文坛,先后出版了中短篇小说集《这里有泉水》《地上有个黑太阳》《四个四十岁的女人》等,长篇小说《蔷薇雨》、《陶瓷物语》(又名《怀念瓷香》)、《聚沙》等,长篇传记文学《生命的舞蹈——蒋经国与章亚若之恋》《最后的贵族——张爱玲》《陈香梅传》《彭友善传》《网络妈妈》,散文集《女人的眼睛》,论著《电视艺术十二讲》《百年回眸——名导名片管窥》《我论女性》《长河荒凉却温暖的灯光——中国女性文学焦点透视》《瓷行天下》等。文字之多、涉笔之广博也成就了她的独特风格,使她成为"新时期中国女性写作的代表作家之一,也是江西自现代以来文学成就最突出的女作家"②。人们提到胡辛,总是能记得她那些带有符码的篇名,它们已成为江西文学史上的一道亮丽风景。

我对她的作品为何比较熟悉?这得从1994—1996年的几件事说起。

1994年夏,陈香梅主动要来南昌大学看看。我嘱胡辛送上几本书,她起初不愿意,说"人家是美籍华人,不见得作兴我的书"。我说:"胡辛呀,你要有自信,我和夫人都喜欢看你的书。"那天黄昏,陈香梅在我居住的小院落里,一见面就说:"我在美国读过胡辛的书。"随即陈香梅夜半

---

① 何静、胡辛:《长河荒凉却温暖的灯光——中国女性文学焦点透视》,中国社会科学出版社2012年版,第386页。

② 胡颖峰:《胡辛小说创作论》,《江西社会科学》2011年第11期。

三更给胡辛打电话,谈给她写传之事。当时,学校和作家出版社都支持胡辛,胡辛写作也很辛苦很认真。1995年由作家出版社出版《陈香梅传》,反响非常之大。但后来发生了点不愉快的事,那是有的人不尊重胡辛的创作劳动。在这件事上,我旗帜鲜明地支持胡辛。

1995年,教育部派出的"211"高校评审组,总共有九位专家,组长是原北京师范大学校长、数学家王梓坤。他们纪律严明,评审认真,当然不得送礼。我夫人建议,南昌大学有个作家群"两胡一相",就送他们的书,送精神产品当合情合理。这样校方就要求"两胡一相"送书,共12本,胡辛一人就占了9本!其实,两位男作家写的书并不少,只是略逊胡辛的认真劲儿。这九位专家接到书后很高兴,说南昌大学真是藏龙卧虎之地。他们极有修养,从我处要了胡辛的电话,个个都给她打了电话道谢,她也很激动,说想不到理工专家也爱看文学书。其实,文理本应相互渗透。

1996年冬,时任香港中文大学校长高锟邀请我与李良贸、曾广兴、胡辛三位教授一同前往做学术交流。同样,我要求胡辛将书带去作为礼物之一,随行的两位男教授很爽朗地一路帮忙提书。我们到达香港中文大学的翌日,参观校图书馆时,馆长突然提出看看我们的胡辛教授在世界各高校的藏书情况。他将胡辛的名字输入后,还真有不少高校收藏了她的著作!胡辛目瞪口呆,因那时她对电脑知识知之甚少。大家也都有意外的惊喜,掀起了一个即兴的小高潮。高锟很热情地接见了我们一行,双方也交换了礼物。回住所后,从江西医学院到香港中文大学任职的年轻助理教授已在等候我们。助理教授告知,按常规,香港中文大学赠予男士的是一条领带,赠予女士的则是一方纱巾,哪怕对方是哈佛大学的也少有例外。这时,胡辛察觉高锟亲手递给她的,却是一包装得颇华美的沉甸甸之物,她当大家的面小心翼翼地拆开,一看,是一镀白金的小相框!从这些细节中我了然香港中文大学和高锟是将胡辛当作知名作家学者看待的,同时也印证了我对她的评价。那次,我们顺道走访了深圳大学,深圳大学当时思贤如渴,但引进教授不超过50岁,而蔡校长却当面表示欢迎51岁的胡辛调进该校,我当然不放。回校后,我毅然决然提议她"出山"当中层干部,并兼顾她的创作。但由于意见难以统一,最终她做的是事事处处都必须实干的"文化艺术教学部"主任,对她的创作肯定有影响。校组织部长廖淑梅找她谈话时,她也毅然决然地不干,后来我再找她谈话,要她为南昌大学多做贡献。她很委屈地说："我性格太直，当不了官。再说，这一年我出了6本书呵！"她快人快语，实话实说，也爱仗义执言。一旦上任，她全身心投入。为加强文理工渗透，她配合教务处处长肖玉梅，将公共选修课程开到96门，又建立百人合唱团、校舞蹈队、女子二胡队等，硬是将文化素质教育做得风生水起。南昌大学并校五周年的晚会和此后的贵宾来访，基本上是文化艺术教学部组织的节目，一演再演，没乱花学校一分钱。

掬水月在手，弄花香满衣

胡辛在加强文化素质教育的工作中，深感影视教育的重要。她的作品《四个四十岁的女人》《这里有泉水》《蔷薇雨》等已陆续改编成电影或电视剧，《四个四十岁的女人》还获得飞天奖，她在影视创作和理论方面是有基础和天分的。她先率中文系、新闻系的十余位教授和副教授在全校开设电视艺术、影视鉴赏等课程，深受同学们的欢迎。当时生物楼可坐200多号人的阶梯教室常常人满为患，中间过道还加了一排排自设的条凳。在此基础上，她提出建设影视专业，并申报广播电视艺术学和电影学硕士点。当时，学校是支持她的。遥想我当年在清华大学创办全国第一个焊接专业时，起步是非常非常艰难的，不是一个"苦"字可以概括的！

按学校惯例，女干部55岁就要退居二线，但我们要求胡辛二度出山，出任影视艺术研究中心主任。2003年是并校十周年纪念，但我当时恰恰离开南昌大学，回到了清华园。当时，学校已联系了中央电视台播出专题片却还没动手，在不足一个月的时间里，校宣传部硬是要胡辛担纲拍摄24分钟的专题片。救场如救火。她答应拍摄的前提是，要学校领导拿出10个左右的一线教学老师名单，以人物为本来构架。君子之交淡如水，我们联系不多，但始终没有中断过。就在那一年，我得知南昌大学获批江西省第一个广播电视艺术学硕士点。此后，胡辛带领师生在影视艺术领域探索，无论是剧本创作还是影视实践，可谓筚路蓝缕，收获颇多，南昌大学广播电视艺术学曾得以被武汉大学测评为全国同类硕士点第六名！2007年、2011年胡辛担任制片和编导的两部长篇校园青春剧《聚沙》《沙之舞》在中国教育台、江西电视台播放，也获得各类奖项，造成不小影响。但要知道，其时学校每年给影视艺术研究中心的经费，不过区区一万元，后增添到三万元！她硬是用艰苦奋斗、勤俭创新的精神坚持到底。深究她的影视创作，我们发现她将理论与实践融合，教学与育人结合，是对部分高校仅仅重视影视理论单向教育的有力改革和创新性探索，这一专业的研究生就业形势很好，应该说，胡辛功莫大焉。

胡辛的身上有股子精神，常使我联想起当年我在西南联大读书时不屈不挠的劲头。做事业，是要有一点精神的。

诗画本一津，天工与清新

2014 年 11 月，继在景德镇举办回顾展后，胡辛又在南昌举办了"胡辛执教 47 周年从文习艺 31 周年回顾展"。她邀我出席，我当然很高兴为她加油，我与夫人出席了开幕式。我夫人最爱荷，也许与我们生活久居的清华园，与朱自清的《荷塘月色》有关，而我更喜欢山水画。但我们不约而同喜欢胡辛画的人物，并非画艺有多精湛，而是为那充满了生活气息的呼之欲出的人！在回顾展上，周创兵致开幕词，我做了长篇发言，我觉得，应该借这个平台好好表扬表扬这位 70 岁仍朝气蓬勃的老教师，她是南昌大学的一张名片。我接受江西电视台采访时说，我知道胡辛是个好老师，是文坛老将，但我没想到她还成了画坛新秀，真是太有才了！她在古稀之年，迈入陶瓷国画领域，既是她文学才华的延伸和衍生，也是对自己本身的深化和超越。厚实的文学修养、对于自然的爱好和身上遗传父母辈的艺术细胞，使她具有敏锐独特而细致入微的感受。她绘影绘形、以情入画，涉笔山水、人物和花鸟，其中的物我交融、人情物态均自然圆到、神完气足，让人心向往之，显见出她文人学者的逸兴悠长和童心不灭。

胡辛具有多种才艺，不同艺术相互渗透。她的文学艺术作品，感染力极强，在这些有着强烈生命力作品的背后，我感受到她坚韧自信、锲而不舍、倔强自强的性格品质，同时也触摸到其中所蕴含的文化积淀。无论是文学作品、影视剧作，还是国画陶瓷，都贯穿着鲜活的江西地域特色，浸染着赣鄱文化的风骨与精神，这是非常可贵的。文学的、影视的、陶瓷的，和谐完整地统一在胡辛身上，我想历史是会记住她的。在我看来，她的这些充溢着个性与地域特色的艺术品，她的这种不懈奋斗、持之以恒的探索精神，成就了提升江西文化影响力，提升艺术生命境界，提升文化守正创新之气的时代意义和生命意义，我想这就是胡辛致力于探求艺术创作的价值所在。

"心随朗月高,志与秋霜洁",我期待胡辛及其艺术创作再攀高峰!

(潘际銮,中国科学院院士、清华大学教授、南昌大学原校长、南昌大学名誉校长)

生命融汇在赣鄱大地和江右文脉

黄细嘉

金秋十月，可谓秋高气爽天清朗，秋深叶红地锦绣，秋收仓实人幸福，在这个天、地、人均感壮美、秀美、丰美的季节，江西师范大学文学院、江西省文艺学会文艺理论与批评专业委员会、江西师范大学当代形态文艺学研究中心联袂召开"胡辛创作与江西文化形象建构"学术研讨会，这是江西高校和文艺界的一件大事、喜事和盛事！也必将成为中国文艺界一件有意义的美事、有价值的实事、有作用的佳事、有影响的故事。在此，我谨代表胡辛工作和生活、传道和授业、创作与收获、奉献和成就的南昌大学，向研讨会的召开表示衷心的祝贺！向认真筹办这一活动的组织者致以真诚的谢意！

1967年，胡辛毕业于江西师范大学中文系，是母校的辛勤培育，将她从一名文艺青年和文学新秀培养成长为中国文坛一棵根深干粗、枝繁叶茂的常青树。

胡辛从母校毕业后，执教过农村学校、普通中学、重点中学、中专、大学、"211"重点建设大学、部省合建高校、世界一流学科建设高校，她带过小学生、中学生、中专生、大学生、研究生、进修生和拜师求艺者。她曾幽默地说过："中国现有的教育层次和形式，我几乎都插过一脚。"教师，是她的终身职业和使命追求，文学创作是她的业余爱好和价值升华。现在她是南昌大学二级教授，因曾任江西省政府参事，在教学一线工作到70岁，可谓实实在在的执教半个世纪之久！而且，她还在继续发挥生命的张力和情感的热度，让生命之树常青。她曾被评为江西省高校优秀硕士生导师和江西省优秀模范教师，五次获得江西省优秀教学成果奖。由她领衔

· 9 ·

胡辛创作综论

主持的广播电视艺术学硕士学位授权点，曾位列中国高校同类硕士点第六名。同时，她还率研究生拍摄出 24 集校园青春剧《聚沙》在中国教育电视台正式播放，8 集《沙之舞》在江西电视台播放，闯出了高校影视教育理论联系实践的创新之路。这一切，与她求学的江西师范大学的校风熏染、校训激励和她执教的南昌大学的学风熏陶、学德滋养是分不开的！

回顾她的创作成就，可谓别开生面，铸就师魂，震动文坛，自成高格。1983 年，胡辛以《四个四十岁的女人》获国家级文学大奖，其主角柳青，就是忠诚于农村小学教育的女人，折射出其对母校育人的感恩和树人的感怀。后来，她的中篇小说《这里有泉水》，更是塑造了普通中学老师的群像，愿人们看到"人类灵魂工作者本身也有灵魂！"长篇小说《蔷薇雨》中七姊妹中的老三阿玮也是乡村小学教师。《怀念瓷香》中的树青也是以教师为职业的业余作家。教师，在她的心里和笔下，成了延续文明和承载灵魂的代表，她为文明和灵魂写作，让人感动、感激、感沛！在中国历史的长河中，孔子便是中国人景仰的教师，胡辛为师写师，可谓高山仰止，景行行止，不忘初心。

胡辛在工作与学问上是我的师长，在平常生活中是我可爱的大姐，在人际关系中她是我的偶像，我是她的"粉丝"，但由于她的亲切平和与亲近平易，让我有点亦师亦友的感觉。胡辛是我景仰和敬爱的闻名作家、知名学者、著名专家，其不断创新和超越自我的精神，不断出新、超越时空的成就，值得我们学习和传承。胡辛的思想是一本厚厚的书，需要我们长期慢慢品读与咀嚼，才能感受到她的卓越深邃和深刻悠远；胡辛的情感是一条长长的河，需要我们与之一起流淌与奔腾，才能感受到她的激流勇进和壮怀激烈。全国政协副主席邵鸿曾说，胡辛的名字和作品将留在中国特别是江西文学史上。除了天赋，深重的家国情怀和不懈的奋斗精神使胡辛之所以成为胡辛。这种情怀和精神，正是我们今天在迈向现代化和中华文明伟大复兴的进程中特别需要的。

胡辛言："我挚爱的是文学创作。"她以女性的视角、地域的坚守、家国的情怀，深度挖掘中华文化和赣鄱人文，出版了 42 本书，近千万字，可谓硕果累累。她执导了十余部影视片，多次获奖，可谓星光灿灿。她近年的力作《瓷行天下》被评为中国好书，可谓好评如潮！这些作品和成果无不倾注她对赣地赣人、赣文赣魂和中国文化、中华文明的深情，同时也毫不遮蔽其批判的意识和抨击的锋芒，其感情是真挚的，感怀是深切的，感想是深刻的。她生活、工作、创作、成就在江西。她将自己的生命融汇在赣鄱大地和江右文脉，行万里路，读万卷书，孜孜不倦地解读、书写、描绘江西，讲述江西故事，传播江西声音，表达江西思想，弘扬江西文化，构建江西形象，成就江西话语权，对现代江西文化形象构建和传播发挥了重要促进作用。她的一些作品被翻译成英文、日文、希伯来文等七语种文字，在海外产生影响，传播了中国文化和江西形象。年逾七旬的她，虽不时有病痛折磨，但仍保留着旺盛的创作欲望和强大的思想张力。学术研讨会主题"胡辛创作与江西文化形象建构"，无疑具有超越时空的现实意义和承前启后的历史价值！

真切盼望这次研讨会对胡辛与江西文化形象构建的研究产生新的感悟，形成新的认知，出现新的视角，达成新的共识，真正为现代江西文化形象的构建，做出文学的解析和贡献！

（黄细嘉，南昌大学党委委员，江西发展研究院院长、教授）

胡辛是一个怎样的作家

吴 海

江西师范大学是作家胡辛的母校,胡辛是江西师范大学中文系的骄傲。我与胡辛曾有过一段师生关系,但自她毕业后,离开省城奔向瓷都,我们便一直处于失联状态。直到 1983 年她的处女作《四个四十岁的女人》在《百花洲》杂志第 6 期发表,不经意间被我发现,深深地感动了我。我立马写出了《以艺术的笔触抒写人生——小说〈四个四十岁的女人〉欣赏漫笔》这篇评论,发表在《百花洲》1984 年第 3 期上。这是《四个四十岁的女人》的第一篇评论,也是关于胡辛创作的第一篇评论。从此,我也就长时间关注胡辛的创作,胡辛的创作也一发而不可收,创作热点频频闪光,由小说而传记而影视而理论研究而绘画,终于以累累硕果成就了今天的胡辛,她近 40 年的创作历程在我的审美意识中刻下了一条清晰的印迹。

那么,胡辛究竟是个什么样的作家?

一是,胡辛是个高起点的作家。她以《四个四十岁的女人》一炮打响,这既是她的处女作,也是她的成名作和代表作。小说发表后,最先得到了著名作家王蒙的首肯,随后《小说选刊》《新华文摘》相继转载,并获得当年全国优秀短篇小说大奖。胡辛顿时声名远播,成为江西文坛第一位获国家级大奖的女作家。"胡辛"二字也便镌刻在江西当代文学史册中。

二是,胡辛是个具有强烈探索创新精神的作家。探索创新精神是作家创作前进的不竭动力。胡辛的创作先从短篇小说起步,继而推出《这里有泉水》等系列中篇,再一鼓作气,大胆闯进长篇领域,拿出思想艺术厚重的《蔷薇雨》,让评论界刮目相看,于是一篇篇评论竞相发表,巩固了《四个四十岁的女人》所带来的影响。胡辛在小说园地喜获丰收之后,笔触一甩转向了长篇人物传记写作，接二连三地推出了《蒋经国与章亚若之恋》《最后的贵族——张爱玲》《陈香梅传》等佳作。接着她又开拓了一片影视剧创作天地，将长篇小说《蔷薇雨》改编为连续电视剧，还拍摄了一批电视专题片，常常是集策划、编导、总撰稿于一身。她创建了南昌大学影视艺术研究中心，师生合作，拍摄了24集校园青春剧《聚沙》，在艺术实践中培养影视艺术人才，在江西省属首创。未曾预想到的是，胡辛晚年还来了个华丽转身，拿起画笔，闯进画坛，穿梭于文坛与画坛之间，成了一位跨界的成功人士。回望胡辛创作轨迹，她从不停步，一直走在探索创新之路上。

　　三是，胡辛是个自觉追求鲜明地域特色的作家。浏览她的作品，不难发现胡辛笔下营造了三个文学世界。她通过《四个四十岁的女人》《蔷薇雨》《陶瓷物语》《昌江情》《瓷行天下》《我的奶娘》等作品，从不同侧面分别表现了南昌市井文化、景德镇陶瓷文化和赣南文化。这三个文学世界，正是胡辛人生轨迹的缩影、人生体悟的结晶。由于作品的地域特色鲜明，便带来了辨识度高的艺术效果。风格即特色，特色孕育着风格，在胡辛的作品中获得了印证。

　　四是，胡辛是个学者型的作家。著名作家王蒙曾多次强调作家要学者化。胡辛既有丰富的创作实践，也有多方面的理论成果，出版了《我爱她们——以另一种方式论女性》《百年回眸——名导名片管窥》《电视艺术十二讲》《长河荒凉却温暖的灯光——中国女性文学焦点透视》等学术著作。实践上升为理论，理论指导实践，在胡辛身上有着生动体现。然而真正让我惊叹的是她的新作《瓷行天下》。它既是一部长篇文化散文，也是一部千年陶瓷文化史，没有相当丰富的知识积累是无从下笔的。我觉得单凭这部作品称她为学者型作家也无不当。

　　五是，胡辛是个高扬女性主义文学旗帜的作家。胡辛创作的旺盛期正是中国文坛关于女性主义话题热议之际。有的人受西方女性主义文学思潮的影响，爱把问题讲得玄而又玄。胡辛对此也有自己的表述："女人写，写女人。"鲜明简洁，通俗易懂，多少年过去了，我依然记住不忘。胡辛既是这样主张的，也是这样实践的。她从处女作《四个四十岁的女人》开始，就高度关注女人们的命运。长篇小说《蔷薇雨》写了七姐妹的不同人生遭际，几部长篇传记也多以女性为主人公。因此有人指出："胡辛写足了女人。"这并非虚言。

六是，胡辛是个宝刀不老、常青树式的作家。从1983年创作发表处女作至今近40年，她笔耕不辍，从未停步，即使进入古稀之年，创作热情如昨，依然敢于投入《瓷行天下》这样高难度的创作。不仅如此，胡辛已经宣布，《瓷行天下》只从汉唐写到明代，她将细写清代成为续集。这需要多大的毅力与勇气！

七是，胡辛是个功成名就的作家。其标志就是"胡辛文学艺术馆"的建立。在江西，这是首座为当代作家建立的文学艺术馆，也是迄今为止唯一一座当代江西作家的文学艺术馆。我想，景德镇市政府在一个风景区为胡辛建立文学艺术馆，可见胡辛的文学艺术成就是非凡的，可见胡辛对景德镇市的文化贡献是非凡的。我目睹开馆的盛况真有几份感动，深感胡辛的成功，深感胡辛的意义，深感文学艺术的影响力。那天竟有那么多省级干部、厅级干部，还有那么多作家、评论家、教授、记者和大批文学爱好者出席开馆仪式，大家共同被胡辛的成就所感动。我当时就对胡辛戏言："你此生足矣！"

最后，我要告诉大家，胡辛在2019年12月接受江西日报记者罗翠兰采访时说过这样一段十分精彩的话："柳青曾对路遥说：从黄帝陵到延安，再到李自成故里和成吉思汗墓，需要一天时间就够了，这么伟大的一块土地没有陕北自己人写出两三部陕北题材的伟大作品，是不好给历史交代的。我想，江西作家是否该拷贝且因地制宜地改为：从人类第一个陶罐的发现地万年到千年瓷都景德镇，再到第一面军旗升起、第一个革命根据地创建、第一个苏维埃政权建立的地方，在高速公路四通八达的今天，有一天的时间就够了。这么伟大的一块土地没有江西自己人写出两三部江西题材的伟大作品，是不好给历史交代的。"文学朋友，当你听到胡辛如此掷地有声、充满强烈责任感和使命感的话语，能不由衷地对胡辛产生一种敬意吗？！能不意识到江西作家所肩负的重任吗？！

祝愿胡辛未来的文学之路走得更远、更稳健，自身的文学形象更丰富、更出彩！

（吴海，著名评论家，江西社会科学院文学研究所原所长）

围绕胡辛 我总想说点什么

王明美

缘起：不是"老"朋友却是好朋友

我与胡辛不是"老"朋友，因为我们相识得比较晚。

记得第一次与胡辛交集，是 20 多年前在南昌大学学生会组织的一次活动上。那次活动是在一个晚上，在老校区北区大礼堂里举行的。台下坐满学生，台上有两个嘉宾：一个是著名作家胡辛，另一个是"非著名"社会学者王某人，外加一个年轻貌美的女主持。那次活动的主题是什么已经记不得了，反正是当时的年轻大学生所关心的话题，由主持人发问，我们（我与胡辛）分别作答。面对主持人和学生的提问，胡辛思维敏捷，对答如流，给我留下了深刻印象。打那开始，对这位文采了得、口才同样了得的著名作家，我便从心底里佩服，佩服得五体投地，一种"须眉须让巾帼"之感油然而生。

从那以后，我与胡辛非经常性地在一些学术的和非学术的社会活动中不时相遇，渐渐地加强了了解，增进了友谊。可以说，我与胡辛并非"一见如故"，但一经相识彼此便坦诚相待、以心相交，很快就成了好朋友。

大概是前两年，在一次聊天中，我得知她曾在 1998 年到北京大学中文系做访问学者，立即高兴得跳了起来，为有这么一个杰出人物加入到江西的北大校友队伍里而欣喜若狂。我立马将她拉入江西北大校友群，邀她参加校友会的活动。胡辛的入群在江西北大校友群里引起极大反响。我与她的关系也成为"好朋友+校友"，更是"亲上加亲"。

这次"胡辛创作研讨会"，胡辛邀请我这个"文外汉"参加。我自是十分荣幸，盛情难却。可她还要我在会上做个发言，那我应该说些什么呢？我

胡辛创作综论

想了一想，那就围绕胡辛说三点：夸夸胡辛、学学胡辛和劝劝胡辛。

一　夸夸胡辛

通过多年接触、交往和了解，在我的眼里，胡辛是一个特点明显、优点多多的人，是一个很值得夸一夸的人。

1. 胡辛是一个名作家、大教授，是一个功成名就、著作等身、桃李满天下的人。关于她的成就，众所周知，与会的许多文人学者均有论述，就不需我在这里赘述了。

2. 胡辛的成名道路，颇具典型意义。这是一个"早年沉寂""中年发迹""晚年爆红"的知识分子走过的艰苦而光辉的历程。

她不是"英才早发"。她并非不聪明，但她的聪明才智和青春年华在早年都奉献给了培养下一代的基础教育事业上，真正是"蜡炬成灰泪始干"，燃烧了自己照亮了别人。《四个四十岁的女人》中那个与孩子们心心相连的山村女教师，就是她当年的真实写照。所以，她的"早年"，从大学毕业参加工作到文学得奖而扬名天下之前，她的确是"默默无闻"地"沉寂"着。

她的确是"中年发迹"。凭着"不甘寂寞"的志气和韧劲，依靠自己的天赋和勤奋，她在"不惑"之年一投（投稿）成名，拿到了全国文学大奖，声震华夏、誉满天下。这是她十多年里孜孜追求、刻苦勤奋的回报。

更难得的是，成名之后她没有自满，没有松懈，没有停息，而是依旧刻苦，照样勤奋。在教书育人、桃李芬芳的同时，继续写作，笔耕不辍。于是，一部部文学作品先后付梓，一个个影视作品陆续"出笼"。于是张爱玲、章亚若、陈香梅等在她的笔下，一个个穿越到了今人的视野里，像蔷薇雨那般飘洒在大众面前，给人们带来惊喜和芳香。

更更难得的是，她的"晚年"好戏连连，光彩耀眼，令人惊艳。在她退而不休、年届古稀之年，她竟然华丽"转身"勇敢"跨界"，"窝"在景德镇政府为她建造的胡辛文学艺术馆里，移情丹青，竟然在瓷瓶、瓷板上走笔描画，玩起另一种艺术来了。并且画得像模像样，"一笔惊人"，一众作品引来阵阵叫好，赢得好评如潮。如此的"跨界"和"转身"，在当今中国的文坛上，委实稀奇，殊为难得。

胡辛在花甲之后醉心瓷画，用她自己的话说，是她"晚年的追梦"，是她的"业余挚爱"。但她"移情"这个"挚爱"，却是喜新不厌旧，依然在她的沃土里深耕文学。这不，在古稀之年，她又一次以其力作《瓷行天下》获2018年度"中国好书"奖，再次轰动文坛。真是退而不休，宝刀不老。这种"老"而弥坚的光辉形象，在当今文坛，即便不好说是独一无二，也实在难觅能与之"匹配"者也！

3. 胡辛是一个刚直不阿的"女侠"。她一身正气，疾恶如仇，不畏权势，不惧官威，不求官，不媚上。胡辛是一个浑身透明的人，是一个敢做敢说敢担当的坦荡君子、女大侠。她坦诚待人，与人交往不玩心机，让人放心。她平易近人，虚怀若谷，不出风头，连照相都往后缩、靠边站，哪怕是她为主角的场面和场合。她为人耿直，不藏不掖，有话直说，从不绕弯子。她有一副"直来直去的坏脾气"（胡辛语），哪怕面对领导，也敢于直抒己见，甚至尖锐批评。坊间曾流传她在办公楼过道上与大学领导"叫板"的故事。倘若是真，倒是十分有趣，值得写入"野史"。

4. 胡辛为人谦虚，是一个懂得感恩的人。她名满天下，却是那么的谦虚。她荣誉多多，却从没见她炫耀过什么。但她记得人家给过的帮助，总念着人家的好。她在我面前曾多次提到，她的《四个四十岁的女人》的发表和得奖，要着重感谢两个人：一个是"你的同学周榕芳"（北京大学中文系毕业，曾任《百花洲》主编，后任江西出版集团总编），是他看中了胡辛的小说，把它发表在了他任主编的大型文学期刊《百花洲》上；另一个是王蒙（著名作家、前文化部长），是他"偶然"发现了《百花洲》上刊登的这篇小说，立马推荐给了《小说月刊》予以选登发表，为它的得奖奠定了基础。她说："我永远记得他们对我的帮助。"由此可以看出，胡辛是一个知恩图报，深谙"滴水之恩当涌泉相报"的人。

5. 胡辛不求官，不媚上，是一个靠本事吃饭的人。胡辛是作家，同时又是一个学者，是一个做学问的人。无论是搞文学创作，还是做文学研究，她都坐得下来，钻得进去，耐得住寂寞，有一股"板凳一坐十年冷"的劲头，皓首穷经而不悔。对学问如此执着、用功，想不出成果都难。她不受名利地位的诱惑，"两耳不闻官场事，一心只求写文章"。这在当今的社会里，殊几难得！说句实在话，以鄙人之愚见，胡辛之所以能有今天的成就，与她没有走仕途、去做官有着极大的、必然的联系！君不见，古往今来，有多少文人骚客，因为挡不住官场诱惑，经不起名誉地位的腐蚀而去做官，最终荒废了学业，到头来一事无成！即便在今天，这样的"官迷"学者和官学通吃的政客，依然毫无羞耻地招摇过市，亵渎学术，可悲可恨！

我们可以来个假设：假如胡辛1983年获得"全国优秀短篇小说奖"之后就被"提拔"去做了"厅官"（或者更大的什么官），那她的宝贵时间和精力就要花费在大量的官场运筹和烦琐事务当中去了，哪有时间写文章、搞创作？如果真是这样，那她的成果恐怕只能却步于那"四个女人"了，那后面的"张爱玲""陈香梅""章亚若"，《蔷薇雨》《瓷行天下》，以及大量的文学创作论著，就都会与我们无缘了。倘若如此，那是多么可惜的事情啊！

好在胡辛不是"官迷"，没有去做官，才为我们留住了原汁原味的本真胡辛和她写下的那么多的优秀作品。这既是胡辛本人的幸运，也是时代的幸运！

二　学学胡辛

胡辛是著名作家、优秀教授，她能有今天的成就，得益于她的许多优秀品质。这些优秀品质，很值得我们学习。除了上面讲到的那些以外，愚以为还有如下几点。

一是勤奋，刻苦。一幅架在鼻梁上的酷似玻璃酒瓶底的高度近视眼镜就是明证，这是勤奋、刻苦刻下的"年轮"。活到老，学到老，老了还"勇敢跨界""华丽转身"，而且"跨界"便出彩，"转身"即靓丽。这丰厚的底蕴来自她数十年的勤奋和刻苦。

二是认真，严谨。她要求自己是这样，要求学生也是如此。她是个"严师"，自然出"高徒"。她曾多次请我为她带的研究生"匿名"评审课题（论文），我发现水平都比较高。印象特别深刻的一次，是2017年初为她的一个女研究生所做的有关"影视主题公园开发与规划"的课题做结项评审。这个课题的结项报告写得非常好，主题鲜明，论点明确，论证有力，层次分明。课题在做了大量调查研究的基础上，提出了富有针对性，且具操作性的对策建议。结项报告写得很完整，课题主持人的陈述很完美，对评委现场所提问题也对答如流。看得出来，课题主持人对这个课题的研究做得很扎实，对结项报告做了充分准备，课件也做得很漂亮。作为国家社科基金课题的匿名评委，我做过的项目（课题）评审很多，可像胡辛这位研究生所做的这么优秀的结项报告，确属少见。从这个课题的结项答辩可以看出，这个研究生做课题是很认真的，学风很是严谨。这反证出她的导师胡辛做学问的认真和严谨。

三是植根于心的使命感。胡辛曾在《瓷行天下》的后记里写道:"柳青曾对路遥说:从黄帝陵到延安,再到李自成故里和成吉思汗墓,需要一天时间就够了,这么伟大的一块土地没有陕北自己人写出两三部陕北题材的伟大作品,是不好给历史交待的。"

紧接着,她有感而发,继续写道:"那么,我们江西的作家是否也应自问:从人类第一个陶罐的发现地万年到千年瓷都景德镇,再到第一面军旗升起的地方、第一个革命根据地建立和第一个苏维埃政权建立的地方,在高速公路四通八达的今天,有一天的时间就够了。这么伟大的一块土地没有江西自己人写出两三部江西题材的伟大作品,是不好给历史交待的。"

从这段话里,我们读出了什么?读出了她的使命感,根植于心的使命感!

正是这根植于心的使命感,促使她勤奋一生,写出那么多的优秀作品。

正是这根植于心的使命感,促使她含辛茹苦,培养出一批批年轻学子。

正是这根植于心的使命感,促使她永不满足,永不停歇,于是佳作迭出,硕果累累。

正是这根植于心的使命感,鼓舞和激励着她敢于尝新、不断创新,以致步入古稀之年还在耕耘,还在创作,还在拼搏,还在努力。

还是这根植于心的使命感,促使她在母校江西师大八十诞辰之际,语重心长地寄语师大的莘莘学子:"祝愿学弟学妹在江西这片美丽的红土地上承担起伟大的使命,续写新的篇章!"

这是多么博大的胸怀,多么远大的志向!

愿胡辛这根植于心的使命感,同样根植于一代一代莘莘学子的心里,代代相传,发扬光大!

三 劝劝胡辛

在这个"胡辛作品研讨会"上,作为好朋友,作为校友,作为同龄人,我还要劝劝胡辛:

悠着点儿,别太玩命了!

我知道,你老骥伏枥,壮心不已。

我知道,你宝刀不老,还能搞创作,出作品,还想做很多很多的事。

但岁月不饶人,毕竟是70多岁的人了。

这个年纪，不应该是工作第一，而应该是休息第一、健康第一。

在保证身体健康的基础上、前提下，可以做些事情。但要调整心态，放慢节奏，不能再拼命、玩命了！

即便创作，无论是文学创作，还是瓷画艺术，都要量力而行。不应再把创作当作任务来完成，而是把它当作是一种休闲、一种消遣。

在这休闲和消遣中享受快乐，寻得开心。

我想，这，应该成为我们晚年生活的常态。

希望你笑纳我的这个好朋友的"劝诫"！

（王明美，著名社会学研究学者，江西社会科学院社会学研究所原所长，中国社会学会常务理事）

胡辛笔下的时代命题与瓷都缩影

孙海浪

胡辛是我近50年的老朋友。她的《四个四十岁的女人》《蔷薇雨》至《瓷行天下》等作品我都拜读过，其作品各具特色。近2万字的小说《四个四十岁的女人》讲述四个中年女人柳青、魏玲玲、叶芸和蔡淑华在事业、爱情、家庭中的平凡故事，道出了她们生活艰辛与精神困惑，虽如此，她们仍憧憬着美好的理想，珍视着少时的友情。《蔷薇雨》是道德与感情的探索，以古城南昌为背景，通过对徐孺子后裔徐家书屋七姊妹的爱情事业家庭的种种状况的描摹，展示了经济大潮中各种观念的嬗变和时代的巨变。在撰写南昌题材的同时，她还把视角放在景德镇陶瓷文化题材的创作上，先后推出了系列散文《瓷都梦》，短中长篇小说《昌江情》《瓷城一条街》《地上有个黑太阳》《陶瓷物语》，大散文《瓷行天下》等一部部经典之作。在电视系列片《瓷都景德镇》《瓷都名流》中，她将瓷与人、爱与恨、声与画、历史与传说、纪实与虚构、艺术与魔幻、文学与影视、故事情节与人物心理的探索等，以及人物故事与陶瓷专业有机巧妙地嫁接在一起，使之天衣无缝，雅俗共赏。从《四个四十岁的女人》获得国家级文学奖，到《瓷行天下》获评2018年中国好书奖，可以说，面对一次次时代命题的挑战，她一次次交出了令人满意的答卷。

《瓷行天下》是一部向世界讲述中国瓷故事的优秀力作。它图文并茂，描述了从汉唐以来至明清各个历史时期陶瓷烧造工艺，不断发展的历史轨迹与审美特征。我从她的作品中，看到了"中国瓷"为何"先世界一千七百年从而独步天下"。我还从她40余部作品中感觉到了，胡辛在用心、用情、用功撰写中国故事，她那一部部厚重的文艺作品别具一格，人物有血有肉，有灵气，有神气，体现了作家在弘扬中国传统文化的过程中求变求新，在自己作品的字里行间留下了新时代的标识，引导读者与新时代的脉搏一起跳动。

我从胡辛的时代命题与瓷都缩影中，看到了作家一步一个脚印探索前行的艰辛汗水，感悟到了她笔下性格各异、栩栩如生的人物形象，这是作家在文学创作的道路上，不断变革创新的智慧火花。

胡辛独具慧眼，心系社会发展，在关注历史大视野与展现中国改革进程中，建构起现实与历史、个人与时代的大格局，并通过人物符号探索个体本质，把自己的作品命题融入波澜起伏的时代音符中。

（孙海浪，国家一级作家、江西省作家协会原副主席）

为江西推出有底气有重量有温度的文集

王一木

胡辛是我们大家尊敬的著名作家,在江西师范大学80周年校庆的日子里,江西师范大学文学院为她召开"胡辛创作与江西文化形象建构"的学术研讨会,成为校庆活动之一,这是非常有意义的重大活动。

胡辛是江西师范大学中文系1963级校友。毕业后53年一直工作在教育一线,没有离开过三尺讲台。她说过:"教师是我的终身职业,文学创作是我的业余挚爱,而绘画陶艺则是我晚年的追梦。"她才华横溢,她有风骨,有个性,更有辉煌的成就。她是中国女作家的代表性人物,是中国文坛的骄傲,更是江西的骄傲。胡辛在江西大型文学双月刊《百花洲》上发表的小说《四个四十岁的女人》获得1983年全国优秀短篇小说奖。2018年,由江西美术出版社出版的长篇专著《瓷行天下》从全国出版的50万册图书中脱颖而出,获得2018年度中国好书奖,要知道,是年仅32本书获得此项奖,真正是万里挑一。江西作家在江西的出版社出版的书屡获大奖,应该说不是偶然是必然。作家和家园的情感是难以割舍的。至今她出版的42本书中有近一半是江西的出版社出版的。江西的出版社给了江西作家平台,优秀的江西作家又给平台增光添彩,真是相映生辉。当然,我们一点也不反对江西作家作品走出江西走出中国走向世界,也欢迎外地外域作家在江西的出版社出版他们的作品。文明因交流而多彩,文明因互鉴而丰富。特别有意思且更有意义的是胡辛创作的地域色彩、地域特质特别鲜明,这对江西文化形象的塑造和构建具有非常积极的意义。而探寻江西文化形象的建构,就应该以深入分析研究像胡辛这样具有符号性意义的人物个案为切入点,这样对提升江西文化形象,促进江西的文化强省建设具有现实意义和深远的历史意义。

　　胡辛是个好老师,桃李满天下。胡辛更是一个好作家,多才多艺,成就斐然,各方面造诣都很深,有很高的学术价值和文化价值。她是小说大家,短、中、长篇小说精品多多,有经典作品《四个四十的女人》、《这里有泉水》、《蔷薇雨》、《陶瓷物语》(《怀念瓷香》)等。她也是传记大家,2005年被评选为中国当代十大优秀传记作家之一,有经典著作《蒋经国与章亚若之恋》《最后的贵族——张爱玲传》《陈香梅传》《网络妈妈》《彭友善传》。她的大散文式专著《瓷行天下》获2018年中国好书奖,被翻译成多种语言在海外发行。她还是剧作大家,被改编成电视剧的《四个四十岁的女人》获得过"飞天奖",电视剧《这里有泉水》《蔷薇雨》《聚沙》《沙之舞》,电视片《瓷都景德镇》《瓷都名流》等皆受广大观众好评。晚年的她,还成了国画、陶瓷画家。她绘画技法全面而又自成一格,作品浑厚又透着无限的灵秀之美,景德镇政府为她在景德镇建立了胡辛文学艺术馆。这样的作家,这样的教授,在全国可谓凤毛麟角,在江西也是独领风骚,她的文本、她的艺术、她的精神,都非常值得研究。希望这样优秀的作家愈来愈多,写出更多优秀的文学作品,塑造出更多教育人、鼓舞人的真善美的人物形象!表达出文学的情怀,彰显出文化的力量!展现鄱湖大地丰富多彩、独具魅力的地域特色,也为中国新时代文化建设增事业添砖加瓦!

(王一木,江西人民出版社副总编辑)

声色满满:胡辛及作品中的花木情缘

侯秀芬　李玉英

我们与作家胡辛，是相交33年的好友。我们之间不仅是编辑与作者的工作关系，更是无话不说、从不设防、分享幸福、分担痛苦的好姐妹。在我们，钦佩她的才华和活力，是心甘情愿地"为她人作嫁衣裳"；在她，是对我们的绝对信赖和依托，尽心尽力写出锦绣文章。

1984年早春三月，在北京海员俱乐部观1983年全国优秀短篇小说颁奖仪式，一睹来自江西革命老区的获奖作家胡辛的朴实真貌，到今日皆垂垂老矣，真有弹指一挥间的沧桑感叹！1984年，我们即为《中国作家》约稿——她的中篇小说《粘满红壤的脚印》如期发表。接着，我们在人民日报的广告中看到湖南《芙蓉》的预告，她的中篇小说《这里有泉水》放头条，其时，正逢"文学新星丛书"第一辑已出版，于是，当机立断，约她进入丛书的第二辑，前提是必须是处女集！有过合集的都不行。命运的安排就是这样，就在此前，她婉拒了三人合集，否则会与"文学新星丛书"擦肩而过。作家出版社于1985年推出胡辛的中短篇小说集《这里有泉水》。接下来，出版了她的长篇小说《风流怨》，又于1995年世界反法西斯胜利50周年之际，推出她的长篇传记文学《陈香梅传》。1996年，作家出版社推出她的四卷本自选集——《蔷薇雨》《蒋经国与章亚若之恋》《最后的贵族——张爱玲》和《陈香梅传》，与王安忆、张炜的六卷本自选集同期面世。2003年推出她的画家传记《彭友善传》。在漫漫几十年中，我们为她新书的出版、创作20周年纪念、从文习艺31年回顾展等活动都写过评论文章，无他，出于内心的认同和赞赏，我们是她文字语言最早、最认真的阅读者和严苛的审稿者。

胡辛创作综论

她的执着的女性独立价值的寻觅与追求，她的痴心不改的红土地、白色土情结，她的赣南、南昌、景德镇三地缘等，已经在评论者的笔下一论再论。我们曾有评论《胡辛：红土地的女儿》《红土地上的青枝绿叶》《红土地上永远的青枝绿叶》等，蓦然回首，发现胡辛对"树"无论是上意识还是潜意识中都有着不倦的迷恋，她笔下的女性形象亦有着树的品质，有着与男性比肩而立的树的追求。无论是小说、散文还是影视剧，她对植物的情有独钟也成了一种现象，植物在她的笔下不仅仅是修饰，而是生命与生命的交流，这种花木情缘或许是探研胡辛作品的另扇窗口、另把钥匙。

一 作为树的形象和你比肩而立

1977年3月，舒婷发表了《致橡树》，奏响女性主义诗歌。"我必须是你近旁的一株木棉，作为树的形象和你站在一起。"脍炙人口，广为流传。

1983年冬，胡辛在《百花洲》上发表处女作《四个四十岁的女人》，题记"女人为什么要有自己独立的节日？"[①] 在当时，颇敏感又前卫。这部获奖小说布局结构严谨又宽松，从傍晚6点左右到深夜11点，四个小学初中同窗九载的女人分别20年后邂逅于妇女保健院，"占据庭院中葡萄架下唯一的石桌和四个石凳，得以尽情叙别"。在这一短暂时空中，四个40岁的女人20年的经历或平铺直叙，或跌宕起伏，或出人意料，或峰回路转，如《小说选刊》卷首语所言："厚积薄发，负重若轻。"四个女人柳青、叶芸、魏玲玲和蔡淑华中，圆心儿是柳青。此柳青与男作家柳青同名，似是冥冥中的昭示：未来的作家。但是，她却命运多舛，大学毕业后分配到江西偏远的山村，始终是山村小学和中学的教员，连个大学生都还没有培养出来，自己又被检查出绝症！命运是如此残酷，但她却很乐观，因为她得到了学生们对她纯真的爱！我们是否可以揣测，胡辛给主人公取名柳青，或许潜意识中有着执拗的偏好，以为这个名字更适合女性呢？岁寒三友松竹梅代表中国文化，轻盈柔弱的柳虽曾被一些人贬为没骨气，但遭到反驳，农艺与土壤博士潘富俊在其著作《草木缘情——中国古典文学中的植物世界》中，对中国古典文学中的植物世界进行了翔实又生动的描绘。据他的统计，历代诗总集以柳、松、竹为三甲，词总集以柳、梅、竹为三甲，散曲总集以柳、荷、桃为三甲，重

---

① 胡辛：《四个四十岁的女人》，《百花洲》1983年第6期。

要章回小说以茶、柳、松为三甲。因而历代诗词歌赋小说里出现的植物以"柳"为最。① 身材瘦弱、气质清高的柳青，与柳的形象何其相似！古人折柳表离意，柳又是悲意的象征，这与四个40岁的女人分别20年，以及柳青的现实处境又何其吻合！柳虽柔弱，但坚韧，插栽到哪儿都容易发芽、成长，随遇而安把根扎。柳青乐观向上的品质，实以柳启兴、取喻。

叶芸这名字，则是对女人为衬托男人的绿叶精神的质疑，女人失去了事业，失去了独立价值的追求，那就像掉了魂了。四个40岁的女人在葡萄架下叙旧，其葡萄架可能是写实，也可能是作家有意设置。"天，真闷呀，刚才还飘荡在空气中的淡淡的栀子花香和葡萄叶的青爽气味怎么都消逝了，只剩下叶芸那呛人的烟味呢？"女人执着中的迷惘、迷惘中的执着在天人合一中得到释放。

中篇小说《粘满红壤的脚印》中，农学院农学系土壤农化专业毕业的艾小雨爱的是改良红壤！在最困难的非常岁月，她在偏远的红泥村生存了6年，在那里与学新闻的大学毕业生刘依群相爱，依群支持她，体谅她，理解她，称她为"你这个父本黑旋风、母本林黛玉的糅合体呀，真拿你没办法"②。他对她说的俏皮话是："知否知否，应是绿肥红瘦。"因为她的理想是改良被称为"不毛之地"的贫瘠的红壤。小说以艾小雨第一人称手法开篇："如果你愿意跟我一道，拂着细细密密的雨，迎着湿湿润润的风，在这连绵起伏的山丘地带走上一趟，那么，我想你心中会升腾起另一种情愫：豪放、雄浑、热烈中又沁出深深的悲凉。放眼望去，青草、灌木丛、稀稀拉拉的次生针叶林和不多见的阔叶树——这浅薄的植被掩盖不住土壤的赤红。更有那光秃秃的荒山在雨水浸润中呈现鲜艳的、厚重的红色，刺激你的感官。你会情不自禁地叹一声：啊，多壮美！南方的秀丽中融汇了北方的粗犷。是红的色彩令你陶醉。然而，我是一个土壤工作者，我的脑际滚雷似地响着四个字：红色沙漠！不要看它没有黄色昏君——沙漠的暴虐，没有白色的恶魔——盐碱的蛮横，可你千万别掉以轻心！走在这据说是世界上也罕见的水土流失区，我的心头沉甸甸的。严重的责任感和深深的歉疚压迫着我的心。"③ 但是，当非常岁月那一页翻过后，他们回了省

---

① 参见潘富俊《草木缘情——中国古典文学中的植物世界》，商务印书馆2015年版。
② 胡辛：《粘满红壤的脚印》，《中国作家》1985年第3期。
③ 胡辛：《粘满红壤的脚印》，《中国作家》1985年第3期。

城，依群成了小有名气的作家，他希望在土肥站工作的她改行，不要再与红壤打交道！然而，她执着坚守。他们之间的矛盾，她的追求，与《致橡树》可谓异曲同工。她不做凌霄花，也不做绿荫下的小鸟，甚至不止是泉源、险峰、日光、春雨，而是与他比肩而立的一株木棉树："我们分担寒潮、风雷、霹雳/我们共享雾霭、流岚、虹霓/仿佛永远分离/却又终身相依/这才是伟大的爱情/坚贞就在这里/不仅爱你伟岸的身躯/也爱你坚持的位置/脚下的土地。"小说中还有不少农化专业的术语，胡辛写作前进行了大量的实地调研采访，与土肥站的站长还成了好友。

中篇小说《我的奶娘》是胡辛的半自传体小说。讲的是赣南革命老区普通妇女的故事，时空跨度从第二次国内革命战争到"文化大革命"结束。翠竹是江西革命老区的标识，也见于小说时时处处：竹林、竹筏、竹扁担、竹筒、竹拐棍……隐藏红军伤员的山洞口长满青竹翠蔓。奶娘的丈夫名竹生。竹生爱吹短竹笛，竹笛上刻了枝玉梅花。奶娘为丈夫做的鞋底图案都嵌有一丛竹子。丈夫北上后留下的信物就是这支短竹笛。为了救烈士的儿子石丹而牺牲了竹生。为了抚育石丹，她改嫁过两次，做了教授的女儿、保长儿子的奶娘，最后却落了个痞子家属的身份，但她无怨无悔。她的一生历尽旧社会苦难，又承受新时代风雨。奶娘离开人世，雪天的竹子在胡辛笔下是这样悲怆又昂扬、荒凉又奔腾。自古以来，竹、松、梅喻为岁寒三友，尤为中国文人士大夫所青睐，苏轼将竹子雅逸精神高扬："宁可食无肉，不可居无竹。无肉令人瘦，无竹令人俗。"而胡辛将竹之象征给了老区最底层的"奶娘"。她是复杂的却更是单纯的，她既承载着劳动妇女的传统美德，而其背负的因袭重负又令人扼腕叹息，但恰恰因了矛盾的统一，才更见其真实和深沉的历史感。在她问心无愧的一生中，一样具有竹的不可阻挡的旺盛的生命力和正直、向上、有节的品质。"我的奶娘"是一个融于大自然的女性，她早早地识得山中百草，石榴皮煎水、辣椒秆、茄子秆烧灰、木芙蓉叶子嚼嚼烂，益母草的红花、白花，跟红糖一块熬成益母膏……在她手里皆成了治病的好药。

绿竹林也是中篇小说《这里有泉水》这部"师魂颂"的典型环境。题记："我愿：你能看到一颗颗有痛苦有欢愉、有惶惑有追求、有血有肉的怦怦跳动的心……人类工程师本身亦有灵魂。"胡辛将她的切入视角直指老师本身。鹅江畔的鹅江中学一幢破败的教师宿舍名"六粥斋"，据传是传承范仲淹断齑画粥以供朝夕而有大志的清贫精神。斋的周遭绿竹婆娑竹，是这群老师生活的环境也是品性的象喻。六户人家中的生物老师丁成亚，毕业于中正大学农学系，正是他几十年惨淡经营出一个世外桃源：千百杆翠竹掩映，数千枝桃花含苞，木槿、忍冬、蔷薇交缠篱笆门上，繁花绰绰，姹紫嫣红，叫人目不暇接。花圃中有一眼带着辘轳的石井，房前屋后，还散散落落七八株果树：石榴、枇杷、枣树、梨树……语文老师树云与美术老师马良的爱情故事正是在桃源内外被演绎得如歌如泣，"地上未见连理枝，地下根根已相通"。年轻时遇人不淑的树云却能在悲凉与境遇中自强不息，以善良、柔刚和博大的情怀赢得鹅江中学师生的拥戴。貌似玩世不恭的马良其实正直向上。树云的眼里，南方的白杨，与其说它们是树中的伟丈夫，倒不如比拟成正直、质朴、严肃，也不缺乏温柔的女子更贴切些。马良则是硬硬的杂木。在胡辛笔下，花草树木拟人化，人又花草树木化，其细腻敏感由此可见一斑。

《瓷城一条街》和《地上有个黑太阳》是胡辛以景德镇为地域背景的有分量的两部中篇小说。年轻的陶艺家谷子、传统粉彩绘画者青青和瓷厂厂长景兴皆生于长于瓷器街，景兴与青青是父辈做主的半认真半玩笑的"娃娃亲"，这出不合时代的别扭事，因青青突患下肢瘫痪，而让景兴背负起道德担当。谷子与京都记者在万历陵墓中的由争吵到征服的浪漫情，让江波追到瓷城，正是江波指出景兴不是爱只是道德完善，而乡野冬的植物的气息，仿佛苏醒了谷子和景兴深藏的爱！一切猝不及防！情爱果真是不讲道理的？情感的跌宕起伏伴随着植物的枯荣更替，她总能从大地四季的变化中悟出：繁茂中见凄寂，荒凉中出兴旺。

长篇小说《陶瓷物语》（《怀念瓷香》）是关于景德镇的又一部代表作。胡辛已超越一般的性别对立，思虑生命深处的女性呼喊。她认为，瓷文化是中国文化的重要象喻，瓷的晶莹高洁又脆弱易碎其本质是女性的，女性与瓷互为符码，瓷文化当成为中国文化的母体。胡辛的底气和自信，可以看成是对华夏文明的另一种解读。其女主人公姓树名青，仿佛与树云有着姐妹亲情关系，也足以见胡辛对"树"姓的偏好。树青13岁时，跟随母亲从省城下放到制造陶瓷器黏土的故乡高岭。母女俩与31岁的古陶瓷学者林陶瓦共居一屋檐下。母亲对单身汉林陶瓦有着高度的警惕和排斥，但树青与他却有种天生的互吸力。是林陶瓦偷偷地用单车载着她走遍了瓷都的山野和街巷，也许她天生与瓷有缘，而林陶瓦唤醒了她的爱。他们始终走不到一起，不为别的，因为她与他太像，都寻求独立的意识、独立的

胡辛创作综论

价值。白色的高岭土，纯朴、圣洁，是烧制硬质瓷的骨骼。树青的自强不息、决不随波逐流，在商品经济汹涌澎湃的今天，只能是曲高和寡、处处碰壁，但这不正是自强不息的圣洁情怀吗？这是珍稀的品质，就像是不死的胡杨一样。在胡辛的笔下，她总是用自己的眼睛观察四季，有自己的心得感悟。她的作品常写常新，让读者常读常新。

纵览胡辛作品中的正面女性形象，无论柔刚，不分老少，成功者、失败者、传奇客、平庸人，在骨子里都有着与男性比肩而立的树的品质。

二　花草树木皆有情

胡辛的代表作《蔷薇雨》，也是一部畅销又长销的长篇小说。是继《四个四十岁的女人》题记"女人为什么要有自己独立的节日？"后的又一次深度拷问。1997 年由上海永乐影视集团和江西电视台联手摄制成 28 集同名电视剧，胡辛亲任编剧。胡辛喜爱蔷薇。早在 1992 年初她应《星火》之约，写篇"自画像"时，她就直言："如果女性注定与花有缘，那么开在五月末的最后的蔷薇恐怕该属于我。过了盛期，不见缤纷，却有兀傲。不见娇柔，却有单瓣野蔷薇的清芬与野气。自然，还少不了也能刺痛人的不算少的小刺儿。"是否可以说，蔷薇是她和她的作品的象喻呢？虽然蔷薇不是乔木，属藤状攀爬篱笆院墙之灌木，但是蔷薇不是凌霄花，枝叶交映、芳香袭人的她是有主心骨的，而且浑身长满了小小的有倒钩的刺——用于自卫。蔷薇的原产地在中国，有 2000 多年的栽培史。蔷薇仿佛成了她的性别言说，对，在文字的细雨中，呐喊出对男性主体话语的叛逆，"只因世俗社会对女人依旧存在着不会太少的偏见与傲慢"[①]。

《瓷城一条街》中，无论是瓷器街还是瓷器，皆声色满满。谷子对京都记者江波言瓷器街："街两侧，有两条细细浅浅的流水沟。乍看，破碎瓷片镶嵌而成；细瞧，水中、流淌出一幅长长的百花图：红的牡丹、橙的美人蕉、黄的金菊、绿的荷叶、蓝的勿忘我、紫的罗兰，招来黑翅金点的花蝴蝶！倚着汩汩的流水沟，是三级细条麻石台阶。上得台阶，便是紧紧挨着的一间间小巧精致的瓷器店：瓷砖瓷墙琉璃瓦，瓷柱上攀着瓷龙，瓷檐上翘着瓷凤，好不富丽堂皇！"而江波来到真实的瓷器街，看到的则是："这条小街出奇的干净。青石板上纤尘不染，连坑坑洼洼处也光洁锃亮。

---

① 胡辛：《我论女性》，《创作评谭》1991 年第 3 期。

尤其招人喜爱的是家家户户的门旁屋前都种着花花草草：或是粗拙古朴的匣钵中绽了栀子蔷薇，或是华贵描金的瓷盆中亭亭立着含笑扶桑，有的屋檐下的寸土中居然爆出一蓬剑兰、几簇美人蕉，更有紫色的牵牛花攀着门楣，刺蓬蓬的仙人球笑在墙头瓦上，难怪小街飘溢着甜甜淡淡的幽香。"陶瓷世家傅野鹤的家门前"秋菊有佳色"：黄色的金芍药、侧金盏、金孔雀，大红的醉杨妃、绣芙蓉，粉红的醉西施、桃花菊，蓬蓬勃勃、流光溢彩，仿佛是华贵的菊展！街上下里巴人家前的满天星虽俗气，但一样流泻着生命力。无论是现代派女性谷子，还是传统型小家碧玉——残疾女子青青，都各有她们自己的生命图案。正是花草树木之情调充盈丰沛了瓷器街和瓷器街的人们。

《"百极碎"启示录》是流泻着意识流和魔幻主义的瓷的故事，但很有现实意义。开篇是高中女生小弟眼中的学校操场："操场像一只清代康熙景德镇御窑的五彩花篮，盘内圆是绿草坪，圆环是灰褐色的400米跑道，外圆是参差的灌木丛并缀满绚丽斑斓野花的五彩地。足球门、滚圈、秋千、吊桥、爬杆平添了花篮的流态动感。而我，是花篮里的一只白蝴蝶。花篮伏在绿草坪中。夕阳像妈妈年轻时亲吻我的嘴唇，热辣辣红艳艳甜滋滋，可眨眼她就隐匿到那幢七层楼高的碉堡似的死气沉沉的宿舍大楼后面啦，那里是我的家，可我不想归家。"[1] 小弟不像女生，冲撞规矩，向往自然自由，这给她带来种种非议。但有缺憾的人生才是真正的人生，试看瓷中极品百极碎，正是因为胚与釉的膨胀系数不吻合才出现美不胜收的裂纹！

以国画家和陶瓷大师胡献雅夫妇为原型创作的小说《河·江·海》，有象喻意义的植物则是深秋的柿子树。在陶瓷学院他的寒舍小院中，在他下放江村山坳坳里看野猪的"观音棚"旁，在他发配到的瓷厂手工作坊的天井中，都各有一棵柿树。非常岁月，"他在江村村外的'观音棚'里过的七十大寿。秋深了，观音棚外的那棵柿树挂满了橙红橙红的柿果，他用树枝在地上画着画着，便念出了声：'屈子颂橘，吾独爱柿，耐旱拒霜，涩后沁甜，绿叶婆娑，柿蒂作药，伴君一生，欣哉慰哉。'"非常岁月打上句号后，他回到市区，也就"一间卧房一间画室一间厨房，总共26平方米，成'L'形排列。院内那株柿树依旧亭亭如盖，只是躯干上多了累累

---

[1] 胡辛：《"百极碎"启示录》，载胡辛《我爱她们——以另一种方式论女性》，二十一世纪出版社2005年版，第202页。

疤瘢，武打乎？斗殴乎？玩耍乎？谁知道。"城乡三株柿树是他人生沧桑的见证，那惊艳九龙陶瓷展的釉里红柿瓷瓶是他精神寄托所在。

《陶瓷物语》中的反派女角江红莓，并不脸谱化。妖艳的女子红莓与娇艳的蛇莓相映衬。江红莓内心歹毒，但是其不服输的个性、神秘幽怨的人生经历，还是非常吸引人的。蛇枕头花又名野草莓，民间有说是惊蛰后蛇出洞爬过而开的红艳之花，以为有毒，其实不然，野草莓不仅美丽可观赏，还能入药。蛇枕头花从胡辛的小说《瓷城一条街》到《地上有个黑太阳》到《陶瓷物语》，与叮当作响的破碎瓷片交相映衬，别样的妖媚神秘！而疯疯癫癫、不知其年龄可谓不死的"骚寡妇"在书中是一象征符号，她长发如麻般披散着，成年累月穿行于山岭古街巷，她常在清澈见底的河流溪水中裸泳，如同惠特曼诗句："我愿意走到林边的河岸上／去掉一切人为的虚饰／赤裸了全身／我疯狂地渴望能这样接触到我自己。"这是女性在漫漫苍茫历史流变中顽强存在的符号吗？

胡辛难以割舍的红土地映山红情结，延伸到21世纪她编导的长篇校园青春剧《聚沙》和同期书中：硕士生秋月儿来自大山的深处，她的养母是烈士后代殷山红，殷山红与映山红同音，正是她茹苦含辛抚育大秋月儿，在当今高校演绎出真情故事。

花草树木，在胡辛的作品中，就这样互文见义，相映成趣。

三 源自生命深处的对话

胡辛是城里人，而且，至少从她的祖父、外祖父辈始，似乎就割开了与乡村的脐带。她的祖籍是黄山脚下太平县，曾祖父是清末文翰林胡季瑗，但到祖父一代家道中落，从黄山来到南昌，在裕民银行打拼，也不知何故，加入了南昌籍。其父酷爱音乐，毕业于中国较早的音乐高校——国立福建音乐专科学校。毕业后曾在中正大学任教，第一任校长是胡先骕。胡辛说，她父亲对胡先骕的印象非常好，称其为硬骨头的一介书生。胡先骕两次留学美国，学植物学，是中国植物分类学的奠基人。大约她父亲的好恶影响了她，她喜欢植物。她的家在系马桩主街向东伸进去的大桃花巷1号，是幢两层楼的洋房子。在《四个四十岁的女人》中，有这样的纪实："小时候，她们四家分居在系马桩和它两侧的桃花巷、松柏巷及干家巷。系马桩前无马系、桃花巷内没花香，松柏巷口不见松，只有干家巷内似乎还住着干氏大家族，但这些与她们有什么相干呢？"实际生活中，胡辛家南院有夹竹桃和桑树，东院也有一株庞大的夹竹桃，西院是菜地，南边是条很窄的小巷，与日后享誉中外的大画家黄秋源毗邻。黄家微型小院有株无花果。胡辛后来写了篇散文《无花果》，记的就是还没开花结硕果时的他。胡辛小学毕业那年写作文《我的理想》，就想当一名植物学家。也就是那一年，她将毕业照和班上同学送给她的照片放进苏联糖的空盒子里，那是圆圆的洋铁盒，盒面盒底都布满了各式鲜花，就像那时流行的苏联花布一样。后来菜园葵花结子后，她选了一把饱满的子留着做种子，也放进苏联糖的空盒里。待第二年谷雨时打开一看，全长毛了！她捧着盒子号啕大哭！全部照片都毁了。她说，没有生活常识更没有农学知识的城市女孩就这么傻！四体不勤五谷不分。

胡辛中学时代在南昌一中度过。《这里有泉水》中树云的私生子树华考上京都大学生物系，得益于丁成亚老师。而据胡辛说，她在南昌一中读书时一打成右派的生物老师就这姓名，有怀念之意。南昌一中的植物老师其时就有在苏联杂志上发表文章的。校园里有植物园，在厕所旁，丰富多彩，而且还饲养了鸡们和北京鸭们。

等到胡辛考入江西师范大学，颇有名气的生物系已迁至江西大学，但校园里依然植物繁茂。她成名后写了篇纪念散文，名《栀子、桃林和紫藤》。

当年的栀子树密密匝匝绕湖全是。"到得六月花开季节，只要一走进师院，那浓而不烈清而不淡的馥郁之香，让旧人新人都觉得这气息是师院的一特色。近了，白白的一片，是热烈清凉的六月雪。湖西边有几幢小洋房掩映在绿树丛中，那是校领导的住所。清幽、神秘。在我们心中，高校领导就应是这样子的。"

那桃林在第一教学楼和学生宿舍区之间的校广播站前，宛若乡野的桃林。"不太规则却又有点规则，就这么密密疏疏地成了一片林子……等到桃林火起来时，不是你看花们，而是花们看你了，粉红的层层叠叠，热烈狂放，还带着叽叽喳喳的声浪扑将过来，我们这些女同学就会比往日'疯'点，仿佛桃李是属于我们女孩的。……结果时，桃叶茂密色泽深深，所以，发现青色桃子时我们又会惊惊乍乍，好像她们是一夜之间长成似的。"

艺术系的琴房和琴房外的藤架，留给她"梦着的是淡淡忧伤的紫藤"。等她再回母校时，栀子花已连根毁灭，桃林荡然无存，小琴房和梦中的紫藤皆已消逝得无影无踪，这忧伤也就渗进了梦里。她言："是怀旧。不仅仅是对人，还有怜惜那些植物生命的毁灭。"其实师范大学与"桃李满天下"何其和谐契合！胡辛酷爱朱自清对栀子花的点评"浓而不烈、清而不淡"。在兴田村，她了然，庭院栽培的复瓣栀子花与野生的单瓣栀子花是不同的，野生的还可做染料。英国驻华大使、古陶瓷学者艾惕思质疑元代纹饰之一种是否是射干时，向古陶瓷学者刘新园咨询，刘回答是栀子花，艾惕思欣然认同并赞赏。胡辛进一步说，是野生的。

　　胡辛大学毕业后被分配到景德镇，一周后被发配到离市区80千米的兴田村小学。兴田村的茂林修竹给她留下了深刻的印象。后调到西郊的石岭中学，她在为龚农民的《深水静流》作序中如是回忆："陡峭的石岭河岸硬是布满层层密密的树林和芭茅，由此组成石岭中学沿河的天然围墙，其中大栗子树已成林。老师们还在石岭上垦荒种菜，蕨菜、莴苣、辣椒、茄子是大家所热衷的种植物。扁豆丰收，沉甸甸地几乎将架子压倒。学习区是一排排红砖教室，最北面有幢红砖礼堂，礼堂的北面是山峦，石岭的师生在林润山校长的率领下，很快垦出了一片茶山。"① 再调到东郊一中，满校园古老的樟树、苦楝子树更使她对这所历史悠久的中学生出眷恋。东郊是新的瓷厂、陶瓷研究所云集处，专门生产外销瓷的宇宙瓷厂、为民瓷厂与一中毗邻。瓷上的东西纹饰不乏植物类，或许，由于早早地关注，她在后来写作《瓷行天下》这本书时，对明清外销瓷上声色满满的植物纹饰，有着浓烈的兴趣。

　　从高中到大学，胡辛这代人没少过下乡参加春插、双抢（夏收夏种）、秋收、冬天修水库。插秧割禾挑谷子、种棉花摘棉花、栽红薯剪藤挖红薯、种甘蔗且在南方的"青纱帐"里诵读郭小川的诗，毕业分配到山沟沟里，还得频繁地上山砍柴——砍树、放树下山，再扛回住地，拣橡子，开垦茶园，培土、施肥……各种农活，她都有尝试，虽苦累，但毕竟并无矫情地感叹过：感谢生活！

　　千年之交时，胡辛应北京大学教授谢冕之邀做访学。1999年4月，她的两千字散文在江西日报发表，我们读后拍案叫绝。距离产生美，真是南国女人的眼睛所见呵。写了篇2000字的散文《北国之春》，从"柳未吐丝，虽有寥寥几株红白梅树花意阑珊，却仍是残冬景象"始，很快"未名湖畔便是一派烟柳朦胧，西门的龙须柳成了老顽童。金黄的连翘狂放，与

---

① 龚农民：《深水静流（胡辛序）》，作家出版社2006年版。

声色满满:胡辛及作品中的花木情缘

南方灌木迎春花相似,但却是名副其实的树!最热烈、最狂放属榆叶梅,不待叶长出,花们早就成群结队不顾一切地爆出,是从生命的深处的挣扎绽放,让人感动。玉渊潭公园的樱花、卧佛寺古老高大的玉兰,洁白洋槐花满树丫,似印证着:人,有时是不如树的。丁香在戴望舒的笔下已化成了一缕诗魂,然而,它实在是很民间化的,等到花谢了结出串串四季豆般的果实,便成了农家乐园……花们叶们,如狼似虎地跟人抢春日!……因为北国的春格外的短,所以花们格外珍惜?"[①]

胡辛年近70时,又来了一个华丽的转身——绘国画与瓷画。她的画作,被画家定位为文人画。花鸟、山水、人物,全面铺开。山水大张大合,很见气势,人们看后,啧啧称道:这哪里是70老妪画的山水,正当年的男人亦不过如此。她的人物,于稚拙中见生机勃勃,有意思。她的花鸟,荷、梅、松、竹、牡丹、蔷薇等纷纷入画。"岁寒,然后知松柏之后凋也",松柏是君子之德。周敦颐曰:"予独爱莲出淤泥而不染,濯清涟而不妖,中通外直,不蔓不枝,香远益清,亭亭净植,可远观而不可亵玩焉……莲,花之君子者也!"梅花,"疏影横斜水清浅"。兰,"秀雅清新,暗香远播"。胡辛将她的作品绘成国画,烧炼于瓷瓶、瓷板上,实在是很有韵味。而对"人,是思想的芦苇",她似乎情有独钟,芦荡中,一群麻雀飞过,她取名"飞翔""草民的天空"等,耐人寻味。

"天人合一",无论儒、道、佛皆奉行之。大自然是人类的朋友、老师,更是人类赖以生存的环境。植物与土地有着不解之缘,那是对根的依恋。尽管农业科技的发展,已出现不要土地的植物,但是,没有土地的植物总让人觉得不踏实,甚至不靠谱。胡辛酷爱中国古代诗词,在她的作品中,有意无意总会贴切地引用一些古诗词,她的小说往往被人称为散文化,这与她跟大自然近且亲不无关系。

胡辛,以学者的深邃和作家的敏锐,注目社会,回眸历史,投身大自然,在生命的穿行中,她有她自己独到的体悟。既恪守传统,又决然先锋,既张扬独立,又向往两性和谐。就像她笔下的女性与植物的生存境遇,那么纠结难解。当代社会语境中女性意识有新的寻觅和追求吗?历史文化和当代文化的重构是需要我们女性的双手的。胡辛有短文《花之魂》,妙不可言!"凡此种种,仿佛花有魂。一日读当代小说忽蹦出这么一句:

---

① 胡辛:《北国之春》,《作家文摘·青年导刊》1999年5月28日。

植物不像人，是这样坦然地绽开生殖器官——花。真正触目惊心。固然从科学的眼光看来蛮科学，可是花却掉了魂了。"

"自在飞花轻似梦，无边丝雨细如愁"，女人如花花似梦。然而，将花喻胡辛，我们却觉得轻了些。她是红土地上的一棵树，永远的青枝绿叶。她一直在搜集整理植物学家胡先骕的资料，亲赴当年中正大学在泰和的旧址采访拍摄，几番上京都采访胡先骕的家属亲人和中国植物研究所人员。她创作了多年的《红与绿》便是写江西一植物学世家的"百年孤独"。我们期待着她的长篇小说《红与绿》、长篇传记《胡先骕传》早日问梓。此时此刻，仿佛已经嗅到那声色满满的江西植物的新鲜气息了！

（侯秀芬，作家出版社原总编辑、编审；李玉英，作家出版社原资深编辑、编审）

胡辛小说创作论

胡颖峰

一

　　我愿意从胡辛 28 年前创作的第一篇作品《四个四十岁的女人》开始，去探寻胡辛小说创作的发展。一个作家创作的发展，应该是在艺术的国度里不断淬炼自我、磨难自我、超越自我的过程，因而无论在"人格"还是"风格"方面，都具备文学史的"典型"意义。《四个四十岁的女人》写的是昔日中学同窗的四个普通女人在阔别 20 年后邂逅，各自对逝去岁月的诉说。那是一段青春盛放的岁月，"理想的火苗"在她们的胸中燃烧：进了文艺学校的叶芸想成为"小潘凤霞"，高中辍学进了抚河棉纺厂做挡车工的蔡淑华要做"小郝建秀"，进了助产学校的魏玲玲欲争当"第二个林巧稚"，而考上北师大的柳青，她的理想则是成为"乡村女教师瓦尔瓦拉·瓦西里耶夫娜"。然而，那也是一段青春残酷的岁月，生活是那么辛苦。蔡淑华工作后不久即离开织布机成了一名区妇联干部，她喜欢自己的工作，但丈夫对她的工作不屑一顾，子女们对她这个家务事全包的姆妈也总是抱怨。叶芸分到县剧团当演员，她靠自己的努力成了剧团的二牌花旦，却不得不为了结婚生女而中止，当她拒绝再生育、做了结扎重新活跃在舞台上时，却遭到好事者的恶意中伤诽谤，此后她两次离婚，直落得身败名裂，身心交瘁。魏玲玲分到县医院干了 6 年接生工作，但成家后为了丈夫的冷暖营养和当好儿子的"家庭教师"，她改了行，没有事业的依傍使她心中充满落寞、忧怨之情。

　　在作者笔下，蔡淑华、叶芸和魏玲玲的人生充满了理想不得实现的辛酸和痛苦，人们由此了解到：压着因袭重担，身处各种条件尚且十分落后

胡辛创作综论

匮乏的社会环境里，女性多少带点强制性地走出家庭之后，她们想要实现自己的理想所面对的苦恼、阻碍何其深重。但即便如此，胡辛仍执着于"理想"，柳青便是她塑造的一位"理想"女性：她一生未婚，默默无闻地在农村执教15年，虽然在不正规的山野学校里没有培养出一个大学生，但她从自己的学生那里"得到了人世间最崇高、最纯真的爱"，不幸的是她已身患绝症，面对死亡。柳青在荒芜中最长久的坚持，其动力深深源于她对一个早逝的医科大学生的刻骨铭心的爱，她以一个女人所能付出的全部牺牲（甚至生命），来换取一个真正意义上的理想的实现。

阔别20年的经历，行年40的感慨，四个女人在事业、理想、爱情、婚姻、家庭中的寻寻觅觅，负重若轻地浓缩在这个短篇中。"理想"与"爱"显然自始即是胡辛的内心"世界"。这篇小说，和同时期张洁的《方舟》、张辛欣的《在同一地平线上》等作品一道，体现了新时期之初女性写作的新质在于追求女性为社会承认的"理想"和"社会人"的价值，代表了女性现代意识即女性的自主自觉意识的诞生，呼应了时代人性觉醒的普遍要求，应该是那个时期最具代表性的"女性文学"作品之一。

王安忆在谈到自己的创作时曾说："一个人刚创作时，虽然不成熟，但却往往很准确地质朴地表达出一个人为什么而创作。"[①] 这是对的，最原初的总是最本真的。《四个四十岁的女人》之于胡辛，有一种非常重要的意义，这不仅因为这篇小说为她带来了声誉——获得当年的全国优秀短篇小说奖，是她崭露文坛的笔墨开端；还因为这篇作品投入了她情感的原汤，她此后的作品都由此沸腾开来，都是"写一个主题（第一部小说）及其变奏"[②]。这"一个主题"便是"写女人"，这"变奏"便是不断自我开拓，借着文字中的流转多姿，自由飞翔。"飞翔是妇女的姿势——用语言飞翔也让语言飞翔。"[③]

二

胡辛从《四个四十岁女人》的"理想"情绪里走出来的标志是《蔷薇

[①] 王安忆：《流水三十章随想》，《小说界·长篇小说专辑》1988年第1期。

[②] 胡辛：《好一片"罂粟红"》，载胡辛《红罂粟丛书·胡辛卷·自序》，河北教育出版社1995年版。

[③] ［法］埃莱娜·西苏：《美杜莎的笑声》，黄晓红译，载张京媛主编《当代女性主义文学批评》，北京大学出版社1992年版，第203页。

雨》。其间十余年的时间里，胡辛发表了一系列的中短篇小说：《我的奶娘》《粘满红壤的脚印》《这里有泉水》等作品，抒写的是生养自己的赣南这方红土地上的普通女人的命运；瓷都系列作品《瓷城一条街》《地上有个黑太阳》《昌江情》《瓷都梦》等，诉说的则是瓷都这方留有自己青春梦想的苍凉的白色土上女人们那苍凉的故事。在这两个系列的作品中，作者依旧怀着理想主义的激情，以诗意抒情的笔调，塑造了一系列纯洁、高尚、坚忍的女性形象。她们虽备受苦难、历经坎坷，但仍源源不绝地无私地奉献自己的母爱（奶娘），执着于事业（艾小雨、树云），无悔于爱情（四小姐），她们反叛传统、敢爱敢恨，焕发出炽热的生命力（小弟、谷子、金景景）。如果说女性在事业上表现出独立、坚韧的奋斗意志，其实只是完成了女性理想对外部世界的探索，那么在胡辛的系列中短篇小说中，女性爱的生命力的张扬，则已经表现出向内探索的情爱观的进步了。

西蒙·波娃认为："（妇女）要能够写作，要想能够取得一点什么成就，你首先必须属于你自己，而不属于任何别人。"① 属于自己之后，更要书写自己。把自己从父权制的定位身份挣脱开来，写内在的自己，写真正的自己，写希望的自己，如此才能让女性的声音被听见，那长久而深藏的压抑才能纾解。《蔷薇雨》便集中展露了女性内在的爱欲之自然性。出身书香名门的徐家七姊妹，尽管生活经历不同，个性脾气各异，但对爱的追求都是那么执着。主人公徐希玮清高孤傲，经历生活磨难却仍然虔诚地寻找真爱。她的大姐希璞在对静默如死水般的现实爱的不满中处处透出对理想爱的渴求。二姐希玫从无爱的婚姻中挣脱出来却又陷入荒谬的情爱之中。而在更为年轻一代的女性身上，对爱的追求表现得更为大胆而热烈。四妹希瑶爱上了个"流浪无产者"。五妹希玓做了垃圾老头的儿媳妇。六妹希玑相好上一位个体户。青春活泼的七妹七巧则追求年龄比自己大得多的浪子凌云。在作者笔下，女性的爱欲仍旧负担着太多的社会沉积物，如六眼井女训、三眼井女诫、大井头女流格言，以及祖母严厉的"清白名声"家训，还有悬挂在徐家书屋前的年深月久、沉重破旧的"节孝可风"牌匾。但名节、操守、门第等传统观念，咒骂、凌辱乃至于磨难，都改变不了女性对爱的初衷。徐希玮从自身的经历中感受到，清白名声"是千百

---

① ［法］西蒙·波娃：《妇女与创造力》，郭棲庆译，载张京媛主编《当代女性主义文学批评》，北京大学出版社1992年版，第144页。

年处于底层的女性自卫的积淀,是女性生存、尊严的自我修筑的堤坝。然而,这堤坝何尝不是常常毁于女性自身的情与欲的潮水呢"[1]。众所周知,中国传统社会原是以男性为中心的。男子为君,女子为奴;男为良人,女为贱妾;一方面是"幸",是"御",一方面是"承",是"荐"。男女之间,尊卑判然。女人没有爱情的权利,女人爱的欲望长久地被扼杀和漠视。但我们在《蔷薇雨》中看到,女性在投身爱情的时候,常常带有赴汤蹈火式的勇敢,既超越世俗的礼法,又蔑视现实的差距,甚至可以跨越意识形态的鸿沟。虽然外在的形式极端对立,但内在的真诚是一致的。小说中女性叛逆的声音无疑昭示着她们爱欲本能的解放,有着反抗父权体制对女性爱欲长久以来的误解与压抑的作用,更是女性对身体自主权的一种争取。

胡辛以为,女人的陶醉多在母性,女人的痛苦多在爱情。《蔷薇雨》的深刻之处还在于写出了女性在爱欲中的局限以及由此带来的无可奈何的伤痛感。

主人公希玮当年被初恋凌云离弃,怀着凌云的骨肉离开家,在先天下肢瘫痪的儿子死了之后又回到家,她想报复男人但奈何不了,在委身于辜述之这个软弱的半男子之后,又猝不及防地被他"骗了、玩了、甩了、扔了",再次在爱情上遭到毁灭性的挫折,她不由反省:"为什么青春逝去、历尽磨难之后,她会重蹈覆辙,又一次栽进感情的陷阱,让千疮百孔的身心又一次新添累累伤痕呢?不要去责怪男人,怨恨的只是自身。女人永恒的弱点铸就了她永恒的悲哀。"[2] 也许,如早期一些女性主义者所知觉到的,爱情是男性制造出来控制女性的神话。爱情不是两性平等的催化剂或成果,而是阶层制度的黏合剂。对女人而言,爱情等于屈服。

也许,爱的本质就是痛苦的。柏拉图在《飨宴篇》里说了希腊众神的欲爱:在宇宙之初,有纯阳性的人,有纯阴性的人,有阴阳合一的人,因为得罪了天神,他(她)都被劈成两半。从此以后,每一半都在寻找另外一半,但无论如何寻找,找到的总不会是原来那一半。因此,人注定了是不完整的,欲爱是走向疼痛的开始。

也许,经由爱情这个最普通的题材,女性检视与己身密切的经验,同时意味着女性自主意识的抬头,她们企图由爱情中解码,找出成为两性私

---

[1] 胡辛:《蔷薇雨》,二十一世纪出版社2005年版,第356页。
[2] 胡辛:《蔷薇雨》,二十一世纪出版社2005年版,第356页。

密关系里主导、强势的奥义。因此，我们与其将女性书写爱欲的小说视为对爱情的耽溺，不如将其视为是对两性关系的审思与操纵的渴望。

《蔷薇雨》的独特之处在于为女性安排的是自我救赎之路。作者让主人公希玮18年来独自一人咀嚼伤痛，这是个"残酷"的安排，凌云最后是作为对她的补偿和完成而来到她身边的。希玮的姐妹们最后纷纷离开家，亦可看作女性集体无意识的"逃脱"。大姐希璞被看似相敬如宾的丈夫轰出家门，业务拔尖却被排挤去了偏远的山村。四妹希瑶爱上了一个"流浪无产者"，"胜利大逃亡"到海南岛，回归后又赴鄱湖考察。六妹希玑因母亲始终不松口她与黑皮的婚事，也扬言要出走。而七巧在爱无望之后竟嫁个傻子，漂洋过海去了美国。作者借七巧之口说出：徐家姐妹离开家，"不是因为家太肮脏，而是太清白！清白得容忍不了一点污垢一点尘埃，这种清白便成了一副沉重的十字架，在我们本来就够弯的脊梁上又平添了重量"[①]。在这里，女性的出走是自我追寻，是追求更真实、更自由、更尽情的一种自我。作者表现的是情爱，但笔下没有为爱殉情的悲剧，而总是让她的人物经得起伤痛事件的打击。然而，人虽未死，伤痛却在身上隐隐可感，长年累月不消，甚至会伴随此后的余生，这就构成了她作品中忧伤惆怅的基调。

"个人女性主义者"认为："女人自身的一切均属个人所有，包括女人的身体与性的欲望……女性是用其特有的性别特质来征服男人的，因此女人的'性就是权力'。性的'权力'并不等同于男女平等的'权利'，因为它是内在于女性的东西，而不是向外争取而来的。"[②] 从《四个四十岁的女人》到《蔷薇雨》，胡辛女性写作的价值就在于它完成了从女性理想对外部世界的探索到呼唤女性的内在自觉的演进。

三

在《蔷薇雨》中，女性自然之爱欲的觉醒如春日之花，她们以出走表达对传统道德命名的男权中心的叛离，可中心仍稳如泰山。根据女性主义学者肖瓦特的说法，要真正达到"她们自己的文学"，女作家在质疑、批

[①] 胡辛：《蔷薇雨》，二十一世纪出版社2005年版，第338页。
[②] 孙康宜：《关于女性的新阐释》，载孙康宜《古典与现代的女性阐释》，联合文学出版社有限公司1998年版，第5—6页。

胡辛创作综论

判甚至颠覆既有体系之后，必须反省自省，进而重构己身的历史观。在这个意义上，胡辛的长篇小说《怀念瓷香》（又名《陶瓷物语》）具有不容忽视的价值。

从情节上看，这部小说主要写了一个缠绵悱恻的情爱故事，其中夹杂着扑朔迷离的家族谜、古瓷案。对于一部长篇小说来讲，以此为情节基础多少显得平常，这显然不是胡辛这位勤于思考、勇于追问的作家所追求的。事实上，在《怀念瓷香》中，故事情节已经变得不那么重要，或者说，作者并不在意小说的故事本身，她无意于把故事讲得多么扣人心弦、引人入胜，胡辛所在意与她所力求达到的是什么呢？是超乎这一个情与爱的故事之上的带有某种象征意义的东西，是对故事背后历史和文化中女性匮乏与空白的关注。

如果说，所有的历史都属于一种记忆的重新建构，一部男性书写的人类文明史其实不是记忆，而是对女性不折不扣的遗忘。"女人没有历史。……她们只是被规定、被掩盖、被言说的他者。"① 当女性主体的认知一直被限制在边缘地带时，女性会自我内化这种边缘的价值观，因此会有许多"边缘化"的自我定位的角度。然而，女作家不仅反映了这些角度的女性地位，更深入指出女人居于其中的不平心情以及挣脱意图，甚至让女性主体也能逐渐占据男性中心位置。

我们看到，在《怀念瓷香》中，陶瓷的历史基本上是由男性来讲述的：林陶瓦向树青讲述皇瓷和皇瓷镇的历史，毕一鸣向苔丝讲述渣胎碗和民间青花的历史，古陶瓷博览区的老师傅讲述皇瓷镇的瓷器工艺——过手七十二……但当男性自豪地讲述陶瓷的辉煌历史时，作者却掀开这些历史的表象，让人同时看到女性在陶瓷史中的创造："皇瓷镇的女人在炼瓷史上一直是巧手辈出，功不可没。只是男人的历史埋没了她们而已，所谓高岭婆婆的传说、孝女跳窑出祭红的传说、青花仙女的传说等等，可看作一部隐形的妇女陶瓷史……最早的陶就是陶的雕塑，是由女人发明的。"② 而在皇瓷鼎盛时期，郑贵妃与青龙缸、徐皇后与永乐瓷、张太后与蟋蟀瓷罐的故事也在作者笔下娓娓道来。更不用说当代以凤雕著称于世的占家女子心灵手巧，芳名远扬，当年传经送宝就是由占家媳妇赛桂英担纲的。树

---

① 季红真：《女性启示录》，珠海出版社 1997 年版，第 138 页。
② 胡辛：《怀念瓷香》，二十一世纪出版社 2005 年版，第 187 页。

青的养母江玉洁，一生钟情粉彩，长相丑却冰清玉洁。而尤为耐人寻味的是，小说主人公树青来到白色荒原，参加皇瓷镇专题片的拍摄，这一部现代的陶瓷纪录片恰恰是由树青这位女性执笔的。虽然最后没有署名，没有得到她应该得到的名和利，但撰稿书写本身便是一种再命名、再呈现、再诠释，是一种拒绝被遗忘，或更进一步说，女性要争回历史发言权，就必须坚持书写，并且扩大书写。由此，胡辛在《怀念瓷香》中开发了一个前所未有的陶瓷世界，并且这个世界是由女性赋予的生命所占有的，这使她的女性视野陡然开朗。

她开始重新审视历史创造中的女性力量，那在生命之初即血缘相系的"母性空间"，便成为小说最具革命性的寓言。《怀念瓷香》中的主人公树青是个遗腹子，她没有父亲，在没有男人的家庭中长大，而"母亲是一个伟大又庄严的书面语"①。树青和母亲、外婆，以母女世代的互慰方式（感情的力量）取代父子传统冲突典型（权力斗争），深具反思意义。其实母女同流的女性力量集结，足以汇聚成一片女性生命的海洋。小说中另一个无父无母的女性江红莓，她回乡寻根，便是寻找母亲的过程，由此与骚寡妇、养母江玉洁、传说中的大小姐和苔丝，汇成了另一道母性的生命之流。胡辛试图开拓一道河渠，沟通母女之间的生命之流，因为她们本是同源。母女共生共创，更能互爱。著名的女性主义学者西苏就说："在妇女身上一直隐藏着随时都会涌出的源泉；那个为了他人的所在。母亲也是一个隐喻。她把自己的精华由别的妇女给予妇女，这使她能够爱自己并用爱来回报那'生'于她的身体，而这对于她是必要的也是足够的了。"②

母性空间，对女性来说，既是生命创始之处，也是保存"完整"或"整体"的原始、混沌自我的时期。因为父权的介入，母亲一直处于被压抑的边缘位置。在小说中，胡辛有意赋予母性空间一种充满原始生命力的主体位置。她称白色的荒原是母土，并极力张扬窑门图腾的母性崇拜："你就是一个活生生的赤裸着的女子。赤裸着丰硕的双乳，赤裸着繁衍生命的甬道，正昭示着分娩的苦痛与伟大。"③ 而她笔下的骚寡妇，一个又老

---

① 胡辛：《怀念瓷香》，二十一世纪出版社2005年版，第19页。
② [法] 埃莱娜·西苏：《美杜莎的笑声》，黄晓红译，载张京媛主编《当代女性主义文学批评》，北京大学出版社1992年版，第196页。
③ 胡辛：《怀念瓷香》，二十一世纪出版社2005年版，第78页。

胡辛创作综论

又丑的疯女人,"大概过的是原始人的生活,吃的是山果野菜,饮的是东河溪水,一年四季赤身露体贴着大自然,她的生命力反而特别强盛"①。"她是一尊老而又老的土地婆!"②"她很巫。她很玄。她又很实在。她就是衰老和泥土。是没有釉衣的陶。"③ 她在繁华世界里忽隐忽现,像疯子,又像预言者,更似白色土上的一个原始的母性符号。

在胡辛的心中,瓷都就是一座"母性的城",她自言22岁第一次到瓷都,朦胧而又深切的感触就是这样:"也许昌江东岸成百上千的老少女人们,那跪拜式的浣衣图烙刻下太深的印象;也许那神秘的窑门的传说,分明凸现出远古的女性的图腾;也许烧窑的艰难和痛苦、出窑的期待和辉煌,太像十月怀胎和一朝分娩;也许制瓷可戏谑为玩泥巴的艺术,而泥土,无论哪个民族,似都有地母这尊女神。"④ 胡辛的母性书写,想象淋漓,字质丰沛,泼辣实在,是小说中最引人注目的部分,也是女性铭刻历史的策略。

因此,《怀念瓷香》是一部超越故事情节现实的作品,表现出"女性主义探索"的独特所在。作者用书写来颠覆现状,并将女性接引到历史的关键处加以重新定位,试图以女性观点渗透历史话语来突显自我。她重新诠释了历史中的女人,其实也在重新移转女人自我的地位,这对于女性重新审视自我地位的意义,无疑是迈出了重要的一步。女性不再以男性的角度评断自己,已懂得自我肯定,自我照亮。在这个意义上,《怀念瓷香》可以说是胡辛小说创作道路上的里程碑。从这里开始,胡辛建立起真正属于她自己的小说语汇,一种对重构己身历史的理解。她的小说既是文学的,也是文化的。

四

文学同时为境界与语言的探索,作家于表现其心灵体验之际,即是同时寻觅适当的意象、辞藻、章句、布局等以作为表现媒介的过程。胡辛用心于意象经营,是形成其小说风格之要因,这里尝试剖析胡辛小说中最具核心意义的两个象征意象——蔷薇和陶瓷,试图去回溯一段探索情境与语

---

① 胡辛:《怀念瓷香》,二十一世纪出版社2005年版,第38页。
② 胡辛:《怀念瓷香》,二十一世纪出版社2005年版,第47页。
③ 胡辛:《怀念瓷香》,二十一世纪出版社2005年版,第265页。
④ 胡辛:《怀念瓷香》,二十一世纪出版社2005年版,第295页。

言的美丽途程。

胡辛生于暮春,自言开于暮春时节的"最后的蔷薇恐怕该属于我":"过了盛期,不见缤纷,却有兀傲;不见娇柔,却有单瓣野蔷薇的清芬与野气;自然,还少不了也能刺痛人的不算少的刺儿。"① 她透过蔷薇来自喻自况,虽为咏物,实则感物吟志,而其穷物之情、尽物之能的笔触便呈现在作品《蔷薇雨》中。

她将徐家七姊妹比作蔷薇中的七姊妹花:"一簇七朵朵相依相偎,娇痴柔媚,袅袅欲笑,活像同气连枝的姊姊妹妹!她们徐家的七姊妹。"②

她将徐家七姊妹对情爱的追寻比作盛开的野蔷薇:徐家书屋院中,"每每暮春,最火旺的自是蔷薇"③"开得出奇猛浪娇娆……惊心动魄得邪乎!"④

蔷薇是象征爱情之花,在诗文中以蔷薇写爱情的更是不胜枚举。英国诗人彭斯的《一朵红红的蔷薇》、德国诗人克洛普斯托克的《蔷薇花带》、俄国诗人伊凡·米雅特列夫的《蔷薇》等,都是以蔷薇为喻,献给爱人的情诗。多少年来,蔷薇沉淀在春天深处,花影彤彤,暗香浮动,妖娆地散发着情爱的召唤。在《蔷薇雨》中,胡辛借着蔷薇的书写,呈现了七姊妹在情爱追求过程中不同的生命形态:欲爱时的等待与渴望,欲爱时的震颤与悸动,欲爱时的大笑与大哭,欲爱时的眷恋与愤怒,欲爱时像重生与濒死一般的燃烧与撕裂的痛……作者以蔷薇为题抒发其生命的观点,借蔷薇的属性来比拟人生遭遇,以歌咏蔷薇来传达对女人爱欲价值的肯定。

花的开放总是与女人的青春联想,而花在时间中的萎落也让女作家敏感。胡辛还在小说中引用莎士比亚的诗句"女人如蔷薇,转眼即凋零",表达对女人已逝的青春和美好年华的感伤,以及伤逝后的自我整理。

"生命的成长并不容易,我们在植物的成长中往往看到的也就是自己的成长,我们觉得'美',常常也是因为在植物中看到了自己,看到了成长过程的喜悦与艰难吧。"⑤ 如蒋勋所说,胡辛在属于她的蔷薇花中看到了自己,而女人们在《蔷薇雨》的蔷薇花中也能看到自己,女性生命与蔷薇

---

① 胡辛:《女人如花》,载胡辛《我爱她们——以另一种方式论女性》,二十一世纪出版社2005年版,第397页。
② 胡辛:《蔷薇雨》,二十一世纪出版社2005年版,第30页。
③ 胡辛:《蔷薇雨》,二十一世纪出版社2005年版,第34页。
④ 胡辛:《蔷薇雨》,二十一世纪出版社2005年版,第24—25页。
⑤ 蒋勋:《艺术概论》,生活·读书·新知三联书店2000年版,第3页。

彼此合鸣，这使人物的情感有了一种永恒的性质。

但蔷薇作为一种植物毕竟被动，它只能枯寂等待的特质，大不同于可以自由飞翔的鸟儿，这使它在作为爱情象征时多少暗示了女人在情爱追寻中一味等待、自我牺牲和依附的被动角色。正如小说主人公徐希玮从自身的经历中所感受到的："世上除了女人便是男人，女人要独立，终究又能独立到哪里去呢？"① 在爱情关系里，男人始终是女人的归宿所在，无法反方向思考，这全在于女人自视为男人的"他者"心理。这是女人的痴情，也是女人的困境。但女性作品里呈现的痴情女人，虽然有时几近"无我"的卑微，却能呼应孙康宜所言"痴情者总是站在主动的位置"②。所以，选择爱情题材并大量书写的女作家，究竟是依循男性观点的自我设限，还是刻意安排的反击策略？值得肯定的是，相对于以文明、思想、工业为主所建构的男性社会，女性在书写中着重以花草自然为象征，追求更祥和、永恒的世界，显然具有反思和突显对比的含义。

如果说蔷薇意象的运用在文学叙事中已经形成了传统，胡辛以女性的视角对之进行了现代探索；那么陶瓷这个物象在《怀念瓷香》中充满象征意味的存在，在个人艺术独创方面则要走得更远。

在《怀念瓷香》中，瓷器至少可以被读解出两个层面的象征意义。一个是象征女人真挚高贵的情感。这种情感便是作者感悟最深的炼瓷的过程：卑贱的泥土、清纯的水，经人的热心热手揉成一处后，进到火的恋膛里，历经1700℃高温的烧炼，"是相知相交相融，却也是拼搏撕掳改造，是撕心裂肺的呐喊，更是情切切的憧憬希望！"③ "这土与水在火的炼狱中糅合冲撞挣扎拼搏后的结晶，只要一不小心轻轻一碰，眨眼就粉粉碎！这，太像人生历程，太像人的情感，更像女人的情感。"④ 小说中树青自少女时代起便萌发对林陶瓦的爱恋，这爱恋便像这炼瓷一般，愈是纯真深挚，愈是害怕破碎。一个是象征女人坚烈自尊的性格。小说借林陶瓦之口说出："石会崩，木会朽，人会亡，而瓷，即使粉身碎骨，千年万载后其

---

① 胡辛：《蔷薇雨》，二十一世纪出版社2005年版，第394页。
② 孙康宜：《莎孚的情诗与"女性主体性"》，载孙康宜《古典与现代的女性阐释》，联合文学出版社有限公司1998年版，第184页。
③ 胡辛：《小说家视野里的陶瓷文化——兼谈〈陶瓷物语〉等景德镇地域文本的创作》，《南昌大学学报》（人文社会科学版）2003年第4期。
④ 胡辛：《怀念瓷香》，二十一世纪出版社2005年版，第49页。

质也不变。瓷是永恒的信息，是不朽的瓷工的史记。它总是忠实地、依然故我地折射出分娩它的时代特有的光辉。"① 这便是陶瓷惊艳的美丽。小说中的树青便是有着这瓷一样秉性的女人。虽然在京都导演莫非的眼中，树青是个没有"女人味"的女人："年龄偏大，个性偏强，才气偏高，相貌偏平。"② 但他从不敢轻视她，就因为她身上有瓷的秉性：敢于抗衡，不卑不亢，"碎成一瓣瓣，也依然故我"③。虽然树青因无意间目睹林陶瓦这个古陶瓷学者做秘密的古瓷生意，并涉嫌一宗古瓷走私案，她的爱破碎了，但她在心底依然珍藏着自己的爱，就如她少女时代珍藏的初恋一般。作者借由瓷器之美来弥补女人现实中的无力处境，也有自我勉励之意。

俄国作家车尔尼雪夫斯基说过："自然界美的事物，只有作为人的一种暗示，才有美的意义。"④ 蔷薇、陶瓷，它们是美丽的自然之物，在小说中经由作者经验的综合、转位和女性视角的暗示，赋予其社会属性，使之情感化、拟人化，从而与女性实际生活的心情感应，与女性生命状态的呈现暗通，并寄予女人的未来许多希望，遂自视觉的单调意象升入感官与性灵的复叠意象，成了最动人的自然之物。它们固然可以单纯地提供物质层面的理解，然而更多时候，它们在作家的艺术自觉下，通过文字的经营，成为一种隐喻，蕴含着作家观看人世的讯息。它们历来不在人类历史的中心，但女人乐于化身其中，并发出最美的赞叹，这不仅将自然之物从历史或文学史中的附庸或素材地位，移转至作品中成为最闪亮的主体，同时隐然将女性主体位置中心化。胡辛面对这些物象，深耕文字的犁耙，开出一方充满诗意的田圃，建构起了由作者和读者共同组成的心灵共同体。

五

胡辛自言，她生于江西瑞金，祖籍安徽太平；6 岁时随家迁往南昌，并在南昌完成了她自小学至大学的全部学业；1967 年大学毕业后，先后在景德镇、南昌从事教育工作。因此可以说，安徽黄山太平是她的原乡，瑞金是她童年的家乡，景德镇和南昌是她青春的家乡，且南昌又是她现在的家乡。她没有生长在原乡的土地上，但她有几个家乡，而这些家乡便是她

---

① 胡辛：《怀念瓷香》，二十一世纪出版社 2005 年版，第 197 页。
② 胡辛：《怀念瓷香》，二十一世纪出版社 2005 年版，第 29 页。
③ 胡辛：《怀念瓷香》，二十一世纪出版社 2005 年版，第 288 页。
④ ［俄］车尔尼雪夫斯基：《生活与美学》，周扬译，人民文学出版社 1959 年版，第 10 页。

胡辛创作综论

的小说扎根的地方。就如青年评论家谢有顺所说的那样,小说家要扎根,要有自己的根据地,要让自己的经验和材料有个基本的生长空间:"要像歌德所说的,认识到写作是独立和终极的。他必须有一个用他的一生来辨析和陈述的地方。"[①] 就如鲁迅写绍兴,沈从文写湘西,莫言写高密东北乡,贾平凹写商州,福克纳写自己那"像邮票大小的故乡"——每一个伟大的作家,往往都会有一个自己的写作根据地。这个根据地,不仅是地理学意义上的,也是精神学意义上的。

人对地域的附着性可以是很强烈的。而促使地域乡土情怀滋生的条件并非依恃自然地理或空间坐标,决定空间架构的知识体系是"人本中心论"而不是"地方中心论"。"赫尔曼·黑塞在他著名的小说《纳尔齐斯与歌尔德蒙》中称艺术家、诗人为'母性的人',此种人以大地为故乡,酣眠于母亲的怀抱,是由于他们富于爱和感受能力。"[②] 胡辛便是这样一位对于自己生长的土地"富于爱和感受能力"的作家。或者说,对于家乡,她有着作为人子的深情。自创作伊始,她笔下的家乡便是随着她一起长大的,她写下的便是自己脚下那一方水土和一方女人隐秘的生命关联。南昌、景德镇、赣南,这些熟悉的地域、这些地域的文化对她都是一种滋润。我们看到,她早期的小说创作基本上都是透过自身在南昌、景德镇、赣南这些地方生活的经验来形构地域的意象。这些小说写作的重点不在地理背景,而在土地上的人;人物是主旨,地域只是背景。值得注意的是,到了《蔷薇雨》和《怀念瓷香》,小说对于地志描摹的比重以及地域意识有逐渐增强的趋势,地域开始被赋予一种崇高的象征地位。

在《蔷薇雨》中,作家描写了赣地洪城从大井头、系马桩、三眼井、六眼井、孺子巷再到大井头这么一个"磨磨圈"大的地方,描写了这个地方所特有的民俗、世态、语言、习惯。作家对于嫁女、养月子、饮食、唱戏等地域文化细节的细述,自然而亲切;对于方言的运用,传真而不勉强。然而对地域的附着再深,其前提无非是家——由最原生的空间局外延展的社交范域。家的维护和延续是地域感建立的核心,而家的危机也暗喻着传统秩序的崩解。在胡辛笔下,"家"成了限制和桎梏徐家七姐妹的空间,

---

[①] 谢有顺:《长篇小说写作的基本问题——在深圳作家协会长篇小说研修班上的演讲》,2010年7月27日,http://blog.sina.com.cn/s/blog_59380f500100k3c2.html,2011年8月30日。

[②] 赵园:《地之子·自序》,北京大学出版社2007年版,第1页。

小说的情节以徐家姐妹逃离家庭的形式作结,无疑暗示了女性在"家"之外的、将来的可能性。正如后现代地理学家爱德华·索雅(Edward W. Soja)所言:"空间在其本身也许是原始赐予的,但空间的组织和意义却是社会变化、社会转型和社会经验的产物。"①

胡辛忠实于自己的内心和经验,一直持守一种面向地域的写作,而她长期担任大学教授的经历,使她对地域的描述有着学者特有的实证精神,这在《怀念瓷香》中表现得非常突出。美国汉学家金介甫在写作《凤凰之子:沈从文传》时,评价沈从文"以记录人和编地方志者的身份,成为他自己乡亲的辩护人"②。胡辛又何尝不是这样一位"辩护人"。《怀念瓷香》体现出的文化性色彩,便突出了一种写实的正确性。其中关于陶瓷历史的考据,关于古陶瓷的知识,参阅了许多陶瓷专业研究论著,并进行了有关的实地田野调查,这使她对自己所写的生活是禁得起推敲的,是有质感的。当然,需要指出的是,纯粹的文化学表述并不属于文学写作的范畴,那只能是地方志、考古学意义的描述,这显然不是胡辛所追求的;胡辛所努力的,是以文化人类学的眼光,寻找艺术的表达方式,注重符号的象征性和隐喻的表现,从而体现出她对地域文化的特殊理解,具有文化的多义性。寻找、查询、探求,这是《怀念瓷香》常见的"基因"。小说中的女人们,就像漂泊的浮萍似的,都在寻找自己的"母体",寻求自己的根,自己的归依,自己的附着处,自己的支撑点。其中人物的本源、人物的历史与往事、人物的生活陈迹,在小说中若隐若现,因此,小说往往也就是对埋藏在时间厚土下的文明与历史的追溯、挖掘与反思。

地域本身会让人反思自己从哪里来,到哪里去。说方言、知习俗,认同土地同样成为女性衡量身份属性的指标。地域角色在胡辛小说创作中发生如许变化,使我们看到土地的面貌不仅愈来愈清晰,而作家的本土意识也愈来愈强烈。"小说家在寻找乡土、民俗的同时,他自己也被乡土、民俗所寻找,一切难解难分,或许,这就是小说家的地缘。"③

---

① [美]爱德华·W. 苏贾:《后现代地理学:重申批判社会理论中的空间》,王文斌译,商务印书馆2004年版,第121页。
② [美]金介甫:《凤凰之子:沈从文传》,符家钦译,中国友谊出版公司2000年版,第237页。
③ 胡辛:《乡土·民俗·小说家》,载胡辛《我爱她们——以另一种方式论女性》,二十一世纪出版社2005年版,第43页。

胡辛创作综论

六

  胡辛是中国新时期女性写作的代表作家之一，也是江西自现代以来文学成就最突出的女作家。她由《四个四十岁的女人》发轫，从追求女性为社会承认的"理想"价值，到《蔷薇雨》呼唤女性的内在自觉，再到《怀念瓷香》重构己身历史的母性书写，其小说创作的清晰流变可谓代表了女性写作的三个阶段。[①] 她年近40才开始文学创作，纵横文坛近30年，倾注其热血，坚忍其意志，勤勤恳恳，以笔为锄，持续耕耘，为自身、为女性、为人世，耕耘一片丰畴沃野——既无愧于文学的庄严，亦无愧于艺术的崇高，实为人格与风格之合一。她的小说见证了一个学者型作家艺术创造的品质和智慧，使人们看到：一方水土和一方女人有着隐秘的生命关联，一种具有持久魅力的写作，往往是经由自身丰富的生命感悟而朝向地域与传统的精神扎根。她的小说既淡也浓，时而端庄如成年者，忽而又纯真简单如孩童，行年40如柳青，如徐希玮，如树青，理性、知性、独立、强韧、热情而敏感、倔强而脆弱，她们总是走在返乡的途中，寻找自己的历史、自己的"自我"，而那亘古的爱呵，是她不变的信仰，即令必然如花如瓷，也依旧会兀自绽放的……

  （胡颖峰，著名评论家、江西省社会科学院研究员、《鄱阳湖学刊》编辑部副主编）

  [①] 肖瓦尔特在《她们自己的文学》（外语教学与研究出版社2004年版）中提出女性小说家崛起的三个阶段：妇女阶段（feminine phase，模仿主流传统之思维模式，以及内在化其价值标准及其对社会角色的看法）、女权主义阶段（feminist phase，反抗这些标准和价值，以及提倡女人之权利及价值）和女性阶段（female phase，自我发现，转向内在，不依赖反抗，寻找自我位置）。

女性主体意识的彰显与文化审美的自觉
——论胡辛的小说与传记文学创作

李洪华

自 20 世纪 80 年代初，胡辛以《四个四十岁的女人》登上文坛以来，先后发表了 1000 万余字的小说、散文、传记和影视剧本，是新时期以来中国女性写作成就卓然的代表作家之一。检视胡辛的小说和传记文学创作，无论是《四个四十岁的女人》《这里有泉水》《我的奶娘》等中短篇小说，还是《蔷薇雨》《聚沙》《怀念瓷香》等长篇叙事，抑或是《蒋经国与章亚若之恋》《最后的贵族——张爱玲》《陈香梅传》等传记文学创作，都彰显出鲜明的女性主体意识和文化审美自觉，既有为女性独立的诘问呼喊，也有对女性价值的自觉重构；既有根系乡土的深情凝视，也有超越地域的文化省思。

一

尽管胡辛说，写《四个四十岁的女人》时，并没有自觉的女性意识，甚至连女性主义理论都不知晓，"只是跟着感觉走，完全是感性的认识，是生活教会了我"①。然而，作者一开篇在题记中的那个发人深省的诘问——"女人为什么要有自己独立的节日"，却又清晰地彰显了作者的女性意识。这篇长达 1.8 万字的不短的短篇小说之所以斩获 1983 年的全国优秀短篇小说奖，并非偶然，小说中所释放出来的思想能量和审美内涵触动了无数读者的敏感神经，在当时乃至此后较长时期引起了热议和震动。小说以倒叙

---

① 胡辛、胡颖峰：《等候生命的每一个春天——胡辛访谈录》，《创作评谭》2017 年第 5 期。

的方式讲述了四个阔别多年的女同学，在一次偶然邂逅时，对往昔时光的追忆。柳青在学校时就处处表现出不甘示弱的女强人姿态，"我就不信，女的超不过男的"，每次考试都要勇夺得第一，她的理想是要成为中国的"乡村女教师瓦尔瓦拉·瓦西里耶夫娜"，而且一直心怀作家梦。然而命运多舛，柳青虽然考入了北京师范大学，但毕业后却被分配到偏远的山村教书，在一个普通乡村小教员的位置上"蹉跎岁月"，连个大学生都没有培养出来。更令人惋惜的是，她被检查出患有绝症，所剩的生命不多。想成为"小潘凤霞"的叶芸从文艺学校毕业后，分到县剧团当演员，虽然靠自己的努力成为剧团的二牌花旦，但后来在经历了结婚、生子、结扎、离婚和诽谤中伤后，在身败名裂中陷入了身心交瘁的边缘。当初要做"小郝建秀"的蔡淑华高中辍学后到抚河棉纺厂做挡车工，后来离开织布机成了一名区妇联干部，虽然自己喜欢这份助人为乐的工作，但是却得不到家里人的理解。要当"第二个林巧稚"的魏玲玲从助产学校毕业后，被分配到县医院做了六年妇产科医生，但后来为了照顾丈夫和儿子，放弃了医生职业，在家庭主妇般的生活中充满了落寞幽怨。这些当年意气风华的同窗，如今青春不再，理想未酬，生活大多不尽人意，令人感慨唏嘘。坚硬的现实生活中充满了各种不确定的变数，不管是在事业还是家庭方面，追求独立自强的女性无疑还有漫长的道路。

长篇小说《蔷薇雨》的发表及其后来由作者本人担纲编剧改编成28集同名电视连续剧的播出，再一次为胡辛赢得了巨大声誉。这部40万余字的长篇让胡辛有足够的空间从更深广的社会生活和历史文化层面展示她探寻女性命运的思想睿智和艺术才华。作者在市场经济大潮和红城古巷的书香门第这一具有强烈冲击力的时空背景下，来讲述徐氏七姊妹及其周围人物在剧烈社会变革中的生活变故和情感周折。老三希玮是作者重点刻画的对象，当初遭到初恋凌云离弃，却怀着他的孩子离开家，儿子夭折后又回到家，委身于软弱自私的辜述之，却不料又被欺骗，重蹈覆辙。其他几个姐妹在婚姻爱情上都不尽如意。大姐希璞的生活虽表面平静如水，但在与凌光明的暗生情愫中流露出对现实婚姻的不满和对理想爱情的期盼。二姐希玫的婚姻里没有爱情，极力挣脱却又陷入另一个漩涡。四妹希瑶爱上了一个"流浪无产者"。五妹希玓嫁给了垃圾老头的儿子金苟子。六妹希玑看上了个体户。七妹七巧则大胆追求比自己年龄大上许多的浪子凌云。出身书香门第的古巷女子在时代潮流的激荡下，试图超越礼法传统，迸发出对自由爱情的躁动和向往,纷纷逃离家的羁绊,但却最终都归于平庸和失败。当然,胡辛并没有仅仅停留在故事表面来展示雨中蔷薇的不堪易折,而是进一步追问其深层缘由。小说中,让徐家姐妹心存畏惧的不仅仅是弥漫在周围的世俗眼光,更来自家族传统,徐家祖传的"本白布"所隐喻的根深蒂固的贞操观念就像悬在徐家女人头上的"达摩克利斯之剑",让她们难越雷池。在小说最后,作者更是借七巧之口吐露了家所施加给她们的难以承受之重:家里太清白了,"清白得容忍不了一点污垢一点尘埃,这种清白便成了一副沉重的十字架,在我们本来就够弯的脊梁上又平添了重量"①。在历史传统之外,女性自身难以逾越的局限同样是徐氏姐妹不幸的肇因。小说中,遭受两次打击后希玮躬身自省:"为什么青春逝去、历尽磨难之后,她会重蹈覆辙,又一次栽进感情的陷阱,让千疮百孔的身心又一次新添累累伤痕呢?不要去责怪男人,怨恨的只是自身。女人永恒的弱点铸就了她永恒的悲哀。"②如果说在《四个四十岁的女人》中,胡辛主要通过自述的方式注重从外部现实世界探讨女性意识觉醒的可能,那么在《蔷薇雨》中,则显然更进一步从历史传统和女性自身两方面来反思女性独立的艰难和局限。

长篇小说《陶瓷物语》是胡辛女性书写的集大成者。在经历了对女性命运、历史传统和自身局限的探寻之后,有了明晰的女性意识和自觉的文化理论支撑的胡辛终于寻找到一种更宏大而丰富的书写方式,在负载深厚历史文化积淀的瓷与女人之间,重构一种更具有文化象征意义的女性叙述空间。胡辛在小说的"后记"中说:"一个女人,对失落了少女的最后的梦,萌动着母亲最初的梦的一方水土,不会不长久地思念。"③少女、女人、母亲、水土,这是一组饱含着浓烈情感,具有同构语义的文化符号。胡辛在此明确坦陈了《陶瓷物语》的思想主旨和创作初衷。事实上,现实生活和文学创作中的胡辛都给人以情感浓烈的赤诚的印象。喜欢"直抒胸臆"的她对周围的人们、脚下的土地和曾经的人生都有着冷暖自知、黑白分明的情感底色。《陶瓷物语》中既有对爱情的书写,也有对母性的礼赞,更有对文化的寻根。小说以电视台拍摄皇瓷镇的专题片为线索,叙写了一个缠绵悱恻的爱情故事。专题片撰稿人树青在拍摄过程中遇见了20年前自

---

① 胡辛:《蔷薇雨》,二十一世纪出版社2005年版,第338页。
② 胡辛:《蔷薇雨》,二十一世纪出版社2005年版,第356页。
③ 胡辛:《陶瓷物语》,花城出版社2000年版,第399页。

已爱慕的兄长林陶瓦。然而时过境迁，彼此精神上都很难再走进对方的心田，空留怅惘。林陶瓦似乎在汹涌的经济大潮中已然成为矫健的"弄潮儿"而名利双收，虽牵扯到的"海关古瓷案"风波后已澄清——不过是林陶瓦团队的高仿瓷，误会解除，但两人永远不可再牵手了。树青还是当初那个曲高和寡、坚定执着的女人。她虽是瓷都的外来者，但却有着瓷一样洁白的心性和坚定的品质，正如林陶瓦所说，"她就是那么冰清玉洁、那么纤尘不染、那么崇高无求"①。虽然专题片最后没有树青的署名，但她没有计较这些世俗的名利，在她看来，书写本身有着更重要的意义，它是一种命名和呈现，是一种拒绝遗忘。不难发现，本名胡清的作者在树青身上寄寓了理想女性的诸多美好品性。如果说女性与陶瓷有着天然的关联，那么这种精神内蕴更多的是母性。在作者笔下，皇瓷镇这座"母性的城"，白色的陶土实际上就是流淌着的白色乳汁，"从陶土到瓷，女人的卑贱与伟大，脆弱与坚韧，朴拙与华美，大度与小气，都蕴含在个中"，"瓷失落了男子汉的粗犷阳刚之气，而充满了女人气"②。小说中，遗腹子树青在母亲和外婆的抚养下长大，通过与瓷的亲近，她深切体会到"苍凉的白色土，赤裸着坦诚，宽容和无私"③。而从小失去父母的江红莓带着苔丝从国外还乡，与其说是捋清与青花王子毕一鸣的扑朔迷离的情感纠葛，不如说是寻根寻母之旅。她的养母江玉洁是真实的彩绘女工，而那个又老又丑的疯女人骚寡妇，"吃的是山果野菜，饮的是东河溪水，一年四季赤身露体贴着大自然"④。骚寡妇和彩绘女工，在她的寻找中汇成了一道母性的生命之流。尤其是骚寡妇，"她的生命力反而特别强盛"，"她是一尊老而又老的土地婆"⑤。在某种意义上，《陶瓷物语》中的爱情故事更多承担的是叙述的动力，作者实际上是要借那些经历了生命烧炼和阵痛的瓷礼赞母性的伟大，寻找民族传统的文化根性。

二

值得注意的是，胡辛小说在探索女性命运、追问女性意识的过程中自

---

① 胡辛：《怀念瓷香》，二十一世纪出版社2005年版，第290页。
② 胡辛：《怀念瓷香》，二十一世纪出版社2005年版，第296页。
③ 胡辛：《怀念瓷香》，二十一世纪出版社2005年版，第296页。
④ 胡辛：《怀念瓷香》，二十一世纪出版社2005年版，第38页。
⑤ 胡辛：《怀念瓷香》，二十一世纪出版社2005年版，第47页。

始至终都有一种文化审美的自觉。如果从题材内容的地域文化特征来看，胡辛的小说创作大致可分为三类：一是反映赣南革命历史文化的小说，譬如《我的奶娘》《粘满红壤的脚印》《情到深处》等；二是书写南昌古城文化的《四个四十岁的女人》《蔷薇雨》《街坊》《情到深处》等；三是描写景德镇陶瓷文化的小说，譬如《陶瓷物语》《瓷城一条街》《昌江情》《禾草老倌》《地上有个黑太阳》《"百极碎"启示录》《河·江·海》等。

在"红土地"系列小说中，胡辛把关切的目光投向那些红军长征后留在红土地上的普通女人们。《情到深处》中的四小姐，虽出身官宦人家，却能千里跋涉，穿越层层封锁，代替意中人完成艰巨的任务，为红军送钱送粮，后来尽管受尽折磨，却终生不悔。《我的奶娘》中的奶娘，在丈夫随红军长征走后，毅然挑起了家庭的重担。她虽然只是一个普通农妇，却不分高低贵贱，用宽厚仁慈的爱和乳汁，滋养了烈士的后代、教授的女儿、地主的儿子，三蛮子、石丹、金宝吸吮她的乳汁长大，而无论是面对大官还是痞子阿贵，她都是满满的人性关怀。她们虽出身不同，但都具有平凡而伟大、坚韧而善良的慈母情怀，蕴含着深广厚重的革命历史文化内涵。《四个四十岁的女人》在叙述女主人公们的人生故事时，总是不忘打量洪城今昔风貌：被称为"火炉"的省城、闷热烦躁的夏夜、高矗的百货大楼、繁华的大道、热闹的工人文化宫、系马桩、桃花巷、松柏巷、干家巷、干家大屋等。而在《蔷薇雨》中，从那些散落在小说各处的三眼井、洗马池、系马桩、干家大屋、徐孺故楬等历史旧识和徐氏姊妹的情感生活来看，作者的着力点似乎不在表现色彩斑斓的现代都市生活状貌，而在于探讨现代文明冲击下传统女性的心理情感嬗变和对行将远去的古巷风情的追忆和惋惜。

当然，胡辛最为钟情的还是有着久远历史和母性品质的景德镇陶瓷文化。胡辛曾多次动情地表白自己与瓷都景德镇的"深情厚谊"："我在景德镇生活工作了整整十三年，也就是说，我人生中的青春季节结结实实地留在了景德镇。从第一眼烙刻进脑海的'烟囱森林的天空'和'昌江东岸浣衣图'，到远山、西郊、东郊等中学的平凡又传奇的生活工作，我几乎走遍了老景德镇的城乡街巷，踏访了每一寸土地。我一次次伫立于罗汉肚古柴窑的窑门前，早早地知晓这就是母性崇拜、生殖崇拜。"[1]

---

[1] 胡辛、胡颖峰：《等候生命的每一个春天——胡辛访谈录》，《创作评谭》2017年第5期。

胡辛创作综论

《陶瓷物语》中，作者以人写瓷，以瓷喻人，无论是主要人物林陶瓦、毕一鸣、树青，还是次要人物马禾草、姚火旺、叶丁香、江玉洁、江红莓等，都无不具有瓷的精魂，正如林陶瓦所说："石会崩，木会朽，人会亡，而瓷即使粉身碎骨，千年万载后其质也不变。"①不仅如此，作者还借不同人物直接讲述陶瓷历史，呈现陶瓷文化。小说中，林陶瓦向树青讲述了皇瓷和皇瓷镇的历史，毕一鸣向苔丝讲述了渣胎碗和民间青花的历史，古陶瓷博览区的老师傅讲述了皇瓷镇的瓷器工艺，郑贵妃与青龙缸、徐皇后与永乐瓷、张太后与蟋蟀瓷罐等各种陶瓷历史和陶瓷故事都在作者笔下徐徐展开。对景德镇陶瓷文化的倾力书写更表现在后来的长篇历史纪实散文《瓷行天下》中，从汉唐古道丝路与瓷的时空穿越，到宋元天青与青花的海外传奇；从永乐窑器的苍凉背影，到嘉靖景德的一枝独秀；从瓷香万里器成天下，到沉舟侧畔欧瓷逆袭，胡辛以泼墨山水的气势铺展了"瓷行天下"的巨幅画卷。不难发现，在这些富有地域文化特征的作品中，胡辛总是通过独特的人情风物的描写表现出文化审美的自觉，从而使得她的小说创作在女性写作之外更彰显出一种学者型作家的学院气质。

三

尽管胡辛本人曾多次强调"我钟爱的是小说，而不是传记"②，但是她在传记文学创作领域所取得的成就和影响并不逊色于小说。20 世纪 80 年代末至 90 年代中期胡辛的三部长篇传记文学作品《蒋经国与章亚若之恋》《最后的贵族——张爱玲》《陈香梅传》在海峡两岸出版，在世界华人区产生较大影响。2005 年，胡辛更是获得中国十大当代优秀传记文学作家奖。胡辛的传记文学与其小说创作一样，有着鲜明的女性视点和强烈的主体意识，这不仅表现在她主要以女性人物为传主，书写她们绚丽的人生、倔强的个性，更重要的是，她常常选取独特的视角，以主体融入的方式，进入传主的生活世界和情感心理，复活出入情入理的传主人生故事。

1993 年，原本耕耘于小说园地的胡辛赫然捧出了令人"惊艳"的长篇

---

① 胡辛：《怀念瓷香》，二十一世纪出版社 2005 年版，第 197 页。
② 胡辛：《虚构在纪实中穿行——传记作者主体性不容忽视》，《九江师专学报》2000 年第 1 期。

女性主体意识的彰显与文化审美的自觉

传记文学《蒋经国与章亚若之恋》，作品的成功和影响在其后"几乎有华人的地方皆有此书"①的畅销和长销程度上可以得到见证。这是当时中国大陆第一部写蒋经国与章亚若的传记作品，一段"讳莫如深"的尘封往事，一场"惊世骇俗"的爱情传奇，在家国情仇和战火烽烟的大幕下徐徐展开，跌宕起伏。20世纪三四十年代，出身于书香世家的知识女性章亚若带着她的迷惘和追求，从南昌到赣州，因缘际遇中与蒋经国产生了一段虽"惊鸿一瞥"却"刻骨铭心"的生死恋情。从1939年蒋经国与章亚若"初识"，到1942年章亚若"暴毙"，蒋章之恋不过短暂的三年时间，但作者却以丰富的想象和小说笔法在有限的材料中，极力铺展了蒋章二人从初识的"倾心"，到相知的"意合"，再到生离死别的"刻骨铭心"。当然，作品的叙述跨度并不局限于蒋章"生恋"的三年，而是把他们各自的家族渊源和"死别"后的故事也都收纳其中，更加上烽火岁月的家国春秋，使得作品具有了更为丰富的主题意蕴和历史厚重。这种"生死别恋"与"家国春秋"的写作方式同样使《陈香梅传》获得成功，陈香梅与陈纳德的人生故事在战火烽烟的历史背景和中美关系的国际格局中被铺展得"山河浩荡"。第一部"生于昨日"分叙了陈香梅、陈纳德的成长历程，叙写了战火中的"倾城之恋"；第二部"春残梦断"描写了陈香梅与陈纳德的生死离别，插叙了甜蜜的往日时光；第三部"梅香四海"记述了陈香梅在美国的奋斗历程及其为中美关系的奔走。与曾经讳莫如深的"蒋章之恋"不同的是，陈香梅与陈纳德的婚恋故事是中美关系史上众所周知的一段"佳话"。不似章蒋的一隐一显，二陈都是"家国春秋"中的显耀人物，正如作者在"后记"中所言，"这个不同凡响的女人，前半生与中国近代史纠纠葛葛，后半生与美国当代史起起伏伏，背景太广阔深邃，与历史人物的关系太盘根错节"②。因而，较之《蒋经国与章亚若之恋》，虽然都弥漫着抗战时代的烽烟，但由于传主的不同身份、作者所掌握材料的多寡，尤其是作者与传主之间的不同关系，《陈香梅传》中"家国春秋"的比重要远超"生死别恋"，史传笔法也明显多于文学叙事。

1995年9月8日，一代"传奇"张爱玲在大洋彼岸黯然去世，《最后

---

① 胡辛：《生命的舞蹈——蒋经国与章亚若之恋》，江西教育出版社2012年版，第407页。
② 胡辛：《陈香梅传奇——她在东西方的奋斗》，江西教育出版社2012年版，第407页。

的贵族——张爱玲》的出版可谓"恰逢其时",在读者当中引起较大反响。全书主要由三部分组成:第一部分"觅",从张爱玲因文而名开始,然后是与胡兰成因文而生的"懂得"和"恋情",还有张爱玲的家族故事、香港经历及其与苏青、炎樱等人的交谊;第二部分"惑",从张爱玲的创作影响开始,然后讲述了乱离时代张胡二人的情变;第三部分"漂",从张爱玲短暂出走香港后的赴美,与赖雅"彼此依偎"的婚姻,及至生命晚年的凄凉。作品虽然仍以张爱玲的婚恋生活和写作人生为主体内容,其间也有20世纪四五十年代的战乱阴影和政治局势,但是表现方式已不再是"家国春秋"背景下的"生死别恋",甚至几乎没有史传笔法的踪迹,作者一方面主要运用小说笔法叙述张爱玲的婚恋与人生,另一方面则是在学者理性支配下关于张爱玲作品与人生的互文解读。《彭友善传》是胡辛传记文学的又一成功尝试,作者进一步沿着"虚构在纪实中穿行"的创作路线,用史传笔法叙述传主生命历程及其相关人物事件,以艺术想象进入和解析传主的艺术世界。作品一开始简单交代了鸦片战争、"公车上书"、辛亥革命等诸多重大历史事件,用简笔勾勒出动荡时代"热血家族"的历史远景,然后按照时间顺序叙述了彭友善的人生经历和家族往事,从彭友善写到彭友善的祖父恭宾、曾祖父彭挎,甚至继续向前追溯到彭氏家族远祖钱座,在此基础上展开传主的生命历程和艺术人生。值得注意的是,像《最后的贵族——张爱玲》那样,作者也在对彭友善绘画艺术的描叙和解读中充分展现了学者理性和艺术想象的魅力。作者对彭友善彩墨国画的描述可谓独具匠心,尤其重点描述了彭友善杰作《同舟共济图》创作前后的种种遭遇及其重要价值。彭友善用近8个月的时间制作完成,恰逢蒋介石50大寿,熊式辉向他要了这幅画作为江西送给蒋介石的寿礼。30年后,彭友善因这幅画遭到批判。该画后来一直由蒋经国长期收藏。作家以画为载体,既是叙画之遭遇,也是写人之曲折。在《网络妈妈》中,一向书写历史人物的胡辛转而直面当下现实。《网络妈妈》是"遵命之作"。作品讲述了"网络妈妈"刘焕荣的感人事迹。刘焕荣是江西弋阳社会福利厂的会计,14岁时因火灾致残,十指被毁,但她身残志坚,克服种种困难,凭借坚强的毅力重新走向生活,自学电脑操作,通过网络向那些沉迷于网络游戏,误入网络陷阱的青少年伸出援助之手,在网上撒播她真挚的母爱。刘焕荣虽然"没有亲生子女,却被许多孩子称为'网络妈妈';没有健全的双手,却谱写出了比许多正常人更华美的人生乐章"①。

综而观之,胡辛的传记文学具有自觉的女性意识。如果说,胡辛的小说是典型的"女人写,写女人",那么她的传记文学同样也是如此,不仅传主多为女性,而且以女性视角关注笔下人物的命运,塑造人物的性格和心理。在《蒋经国与章亚若之恋》中,作者以女性视角来解读大时代浪潮中一个普通女性的"幸与不幸"。最初触动作者的不是民族大义和经国伟业,而是一个"29岁就打上了生命句号的女子",因为"人们总爱以情妇的粗糙框架去禁锢一个活生生的女性,以俯视和暧昧去淹没或扭曲这一首长恨歌",在作者看来"这是怎样的傲慢与偏见",因而她要"调整视角,另辟蹊径,回归这位南昌女子本来的面目本来的情感"。② 同样,无论是对于"传奇且悲怆"的张爱玲,还是奔走在东西政治文化版图的陈香梅,抑或是身残志坚的"网络妈妈"刘焕荣,胡辛总是带着鲜明的女性意识走进女性传主的生活世界和情感历程,"从女性理想对外部世界的探索演进到呼唤女性的内在自觉"③。

胡辛的传记文学彰显出鲜明的主体意识。虽然传记文学创作强调传主本事的真实客观,所谓"对于所叙述的史迹纯采客观的态度,不丝毫参以自己意见"④,但是"传记文学是史,同时也是文学","传记文学中的传主,正和一般文学中的主人公一样,是作者创造的成果"⑤。作为一名长期在大学从事教学研究的学者型作家,胡辛的文学感性常常与学者理性相互哺育。她认为,虽然传记文学是纪实的,不同于以虚构为生命的小说;然而,传记又往往是传记作家用文学手笔去还原且凸现传主的历史,因而,"虚构是传记的灵性所在"⑥。在《蒋经国与章亚若之恋》《最后的贵族——张爱玲》《陈香梅传》《彭友善传》《网络妈妈》等作品中,在寻觅显现这些传主的踪迹时,胡辛总是运用"自己的认知和感知","在资料的

---

① 胡辛:《网络妈妈》,江西教育出版社2004年版,封底。
② 胡辛:《虚构在纪实中穿行——传记作者主体性不容忽视》,《九江师专学报》2000年第1期。
③ 胡辛、胡颖峰:《等候生命的每一个春天——胡辛访谈录》,《创作评谭》2017年第5期。
④ 梁启超:《中国历史研究法补编》,载梁启超《中国历史研究法》,上海古籍出版社1987年版,第157页。
⑤ 朱东润:《陆游传·自序》,载朱东润《朱东润传记作品全集》第1卷,东方出版中心1999年版,第47页。
⑥ 胡辛:《虚构在纪实中穿行——传记作者主体性不容忽视》,《九江师专学报》2000年第1期。

胡辛创作综论

框架中丰满传主的血肉","用自己的生命去'复活'他"①。譬如,关于章亚若的生平材料,在民间"逸闻"中,"可是连只言片语都未留得",在官方正史上,更是"连身影也了无痕迹"。于是胡辛调整视角,另辟蹊径,在"大事不虚,小事不拘"的前提下,"遥体人情,悬想事势","以揣以摩"②。尤其是章亚若与蒋经国从初识到相恋的那些细节和心理,无不倾注了创作主体的情感和想象,以至于胡辛说,"我的传记,其实也应该称为传记小说"③。在创作《最后的贵族——张爱玲》时,胡辛充分发挥同为女作家的主体性,通过张爱玲的作品去体察传主的情感心理,并融入自己的主观想象和体验,试图还原一个有着"苍凉"生命底色的张爱玲。当然,胡辛传记文学的主体性还直接地体现在那些充满了作者情感思想的抒情和议论中。

胡辛的传记文学具有突出的本土意识。胡辛出生于赣州,成长于南昌,对于脚下的这片土地始终怀着炽热的情感,这使得她在传主的选择和题材的处理上有着明确的本土地域意识。在她所有的传记文学作品中,除了《最后的贵族——张爱玲》和"遵嘱"而作的《陈香梅传》④外,其他几部作品无不彰显了作者为本土人物树碑立传的"初心"。《蒋经国与章亚若之恋》其实是一个南昌女子在赣州的"悲欢离合"。胡辛说:"作为一个女作家,尤其作为一个南昌籍的女作家,我以为怎么也应该为传奇且悲怆的南昌女子章亚若写下点文字……我甚至是这样解释她的悲剧:一方水土养一方人。南昌的女子,或扩充为江西的女子,似乎也有其性格和气质的共性。这方地理封闭严实,却也受兵家必争的撞击和南北东西的交融,这方女子的身与心似乎也融汇着北国的豪放与南方的婉丽,矛盾着温柔妩媚与倔强耿直,于是,不只是一个女子在爱的祭坛上留下了亦缠绵亦刚烈的传奇故事,我想,这是江西女子的不幸与幸之所在。"⑤ 在《彭友善传》中,作者怀着追慕的心绪走进"乡贤"彭友善的精神世界与艺术人生。传主

---

① 胡辛:《虚构在纪实中穿行——传记作者主体性不容忽视》,《九江师专学报》2000年第1期。
② 钱锺书:《管锥编》(第一册),中华书局1986年版,第166页。
③ 胡辛:《生命的舞蹈——蒋经国与章亚若之恋》,江西教育出版社2012年版,总序第5页。
④ 《陈香梅传》的创作其实也有着本土的渊源,其创作动因是陈香梅来南昌访问而起,详见作者后记。
⑤ 胡辛:《虚构在纪实中穿行——传记作者主体性不容忽视》,《九江师专学报》2000年第1期。

彭友善既是在国内外画坛享有盛誉的著名画家，也是与作者父亲有着莫逆之交的"彭伯"，更是具有赣地知识分子风骨的典型代表，因而作者在叙写彭友善艺术人生时，着重把传主还原到特定的地域文化和历史语境中，把对个体生命的考察上升到对老一辈知识分子尤其是赣地知识分子精神世界和人格魅力的探询。在《瓷行天下》的后记中，胡辛历数了赣鄱大地的历史文化遗珍后说："这么伟大的一块土地没有江西自己人写出两三部江西题材的伟大作品，是不好给历史交待的……这是我们的使命，更是宿命。"[①]其对生养她的土地的拳拳情怀可谓溢于言表。

总之，以小说家身份进入传记文学创作的胡辛，在她的传记文学中表现出鲜明的女性意识、主体意识和本土意识。正如著名学者黄会林所说，采用女性视点是胡辛创作的一种守望与超越姿态，根系乡土是胡辛永恒的守望，而在纪实与虚构中对历史语境进行还原和超越则是她的小说和传记创作的理智与机智。[②] 这一关于胡辛创作特质的概论无疑是切中肯綮的。

（李洪华，南昌大学中文系教授、江西省作协副主席）

[①] 胡辛：《瓷行天下·后记》，江西美术出版社2018年版。
[②] 黄会林、沈鲁：《在传统与现代之间的守望与超越——论胡辛创作20年》，《南昌大学学报》（人文社会科学版）2005年第1期。

瓷性人生的激情演绎
——胡辛小说创作论

江腊生

　　作家胡辛是部大书。其一是作为一个作家创作的成果体量大，而且质量高。自 1983 年其处女作《四个四十岁的女人》获全国优秀短篇小说奖以来，已出版著作 40 部，主打小说，兼涉传记文学、散文、影视剧本，还主持省级以上课题 20 余项，并撰写百余篇研究论文。其二在于文本中的气量宏大。《瓷行天下》放眼全球，心怀天下，考察汉唐至明清历代帝王、王朝政治与瓷器、瓷业和瓷器外销的隐秘关系，艺术地勾勒了中国瓷器走向世界的丰富图景，体现了作为一位文化学者的独特视角和敏锐眼光。其三是文本的内宇宙之大。无论是人物传记，还是小说，或是文化散文，作家都深入个体内在的人性世界，将其置于复杂与冲突之中，建构了一系列微观却具有无限张力的人性空间。阅读胡辛的作品，总感觉自己的知识储备不够，视野难以企及。在我看来，要想全面阅读胡辛的创作，至少需要文学、文化学、影视传播、历史学等知识建构。因此本人只能盲人摸象，略窥一斑而已。

　　阅读胡辛的作品，于我而言，是一次冒险。因为太大了，我仿佛走进瓷器博物馆，知道每一件都是精品，却无法真正领略其灵魂。我不敢哇哇大叫，因为怕出洋相，又怕惊扰了艺术的天使。我只能蹑手蹑脚，俯身倾听其中的声音，感受其中的温度。同时，我又是一次内心的对话，一次激情的对话。我经常自诩本人工作学习的激情，却在胡辛的文本中感受一种更大的激情虹吸力，让我在其中流连忘返。我认真地读，与其中的每一个人物对话，就仿佛在与胡辛面对面地交谈。冒险有距离，有敬畏，对话则无比亲近和亲切。我从中读女性话语与中国经验的表述，读其中瓷器文化与人生的互文，读文本叙事的复调与背后的强大主体性。我愿意将其创作置于当代文学的进程中，努力寻找其属于的位置。因此，研究胡辛的创作，触及当代文学中女性命运与话语建构、文化散文的灵魂穿透、文学与影像化的关系等命题，无疑对丰富当代文学史的理解，把握当代文学进程具有一定的价值和意义。

一　女性话语的情怀书写

胡辛的小说是典型的"女人写，写女人"。她的小说里，用心最多、用力最重的人物形象当然是女性。因此，女性意识、女性话语自然成为学界研究胡辛创作的重要切入点。黄会林的《在传统与现代之间的守望与超越——论胡辛创作20年》、胡颖峰的《胡辛小说创作论》、郭力根的《生命中的城与女人》、江冰的《遭遇困惑》等，都从女性小说创作的女性命运关注入手，将其置于女性意识和女性话语的语境下，注重从现代与传统、城市与女性、地域文化与女性，以及女性命运的反思等命题展开深入的研究。这些研究将胡辛的创作纳入当代文学中女性文学思潮的范畴中加以定位，从学理上进行了文学创作的整体把握和反思。然而阅读胡辛的创作，不难感受到其中涌动的一股温暖的情怀，将女性命运与现实生活相互融合，使得众多女性命运既有历史的厚重，又有时代的质感。因此，我这里重点谈的是胡辛创作中女性话语的呈现方式，也就是其创作本质是一种情怀写作，一种有温度的激情写作。

首先是家国情怀。胡辛一生的创作都在关注女人，却不难发现，其笔下的女人几乎都与家国之下的事业有关。作者沿着当年伤痕文学的惯性，怀着理想主义的激情，以抒情的笔调，在一个宏阔的家国视野下塑造了一系列纯洁、高尚、坚忍的女性形象。在她们身上，传统女性的一系列品质与时代的家国情怀相互勾连，女性话语自觉纳入国家话语的宏大层面，通过母爱、奉献等品质，将女性意识与家国、事业相互融合，也构成了胡辛一生中建构女性意识的主要话语力量。处女作《四个四十岁的女人》中的柳青是一个默默献身于山村教育的小学教师，她恋爱失败，身患癌症，却坚守乡村教育，体现中华民族几千年积淀下来的崇高而又悲剧的人生境界。尽管遭遇了太多时代和生活制造的痛苦，但四个朋友认定的青春无悔，指向的正是家国层面的话语系统。《粘满红壤的脚印》中的女主人公

胡辛创作综论

艾小雨是一个毕业于农学院的土壤工作者，默默地奉献于红壤的改良。《这里有泉水》透过鹅湖中学"六粥斋"中六位教师的凡俗人生，以诗意的笔调书写理想的人生追求。年轻的树云涉世未深，未婚先孕却被男友抛弃，无奈之际欲投江自杀却被美术老师马良救起。面对马良的追求一再拒绝，独自带着私生子树华生活。改革开放一开始，树云被推选为副校长，从地区教委要来年轻的音乐老师余多与体育老师萧乐乐，支持她们在乡村中学搞素质教育，却遭到办公室主任钟如冰的百般刁难与阻挠。最终树云在大家的帮助下教学改革取得了成功，与马良跨越18年的爱恋也终成正果。树云的故事，将女性生命的价值自觉融入国家的乡村教育事业，小说在看似平淡无奇的生活日常中彰显了浓烈的家国情怀。

其次是文化情怀。胡辛是学者型的作家，自然会将其生命中经历和体验的各种文化经过整合，化入其创作中。在《蔷薇雨》中，小说通过书写经济大潮中徐家书屋希璞、希玫、希玮、希玥、希玑、七巧等姐妹迥然不同的遭遇，表现了女性的爱情、婚姻、命运等主题，也不难看出其中难以忽略的对南昌古城，乃至国家的文化情怀与眷念。老大希璞致力于医学事业却难博丈夫的理解与支持，于是选择下乡巡回医疗；老二希玫为报恩嫁作平林妇，欲在服装设计上有所作为却被奸商害得锒铛入狱；老三希玮心高气傲，带着私生子"晓峰"在深山老林生活18年后重归故里，却与昔日恋人凌云"剪不断、理还乱"；老四希瑶学识渊博，过了谈婚论嫁的年龄仍无法找到自己的"另一半"，却依然依恋着二姐夫石平林；老五希玥与金苟结合干起了"厨娘"的营生；老六希玑在徐家书屋门前开起了"理发屋"；老七七巧恋着三姐昔日的恋人凌云，最后舍弃一切，不择手段地嫁给姚律师之子傻宝宝远走他乡，追寻心中的"美国梦"。不管徐家书屋七姐妹如何在情感上、生活上困惑、挣扎，最后都归于乡井。"凡有井处必有人烟，或曾经有人烟；井台旁是你的家园，或曾经是你的祖宗的家园。"[①] 所有的人生的荒凉的故事，最后都回到了井这一文化家园的记忆与眷顾中。

《蔷薇雨》的独特之处在于为女性安排的是自我救赎之路。作者让主人公希玮18年来独自一人咀嚼伤痛，这是个"残酷"的安排，凌云最后是作为对她的补偿和完成而来到她身边的。而希玮的姐妹们最后纷纷离开家，亦可看作是女性集体无意识的"逃脱"。作者借七巧之口说出：徐家

---

① 胡辛：《蔷薇雨》，江西教育出版社2012年版，第404页。

瓷性人生的激情演绎

姐妹离开家,"不是因为家太肮脏,而是太清白!清白得容忍不了一点污垢一点尘埃,这种清白便成了一副沉重的十字架,在我们本来就够弯的脊梁上又平添了重量"①。在这里,徐家的"太清白",与文本反复书写的"井"等意象一并构成的文化家园,既是众多姐妹生命中难以承受的文化重负,又是自我救赎的精神家园。作者表现的是情爱迷局,但笔下没有为爱殉情的悲剧,而总是让她的人物经得起生活、情感的打击。其中的根本在于文本中反复营造一种温暖、可靠的家园氛围,支撑起众多女性的日常生活。

每一个人物的聚离与情感的分合,背后都有一个无形并且温暖的文化家园做底色。于是蔷薇雨湿冷而缠绵的氛围中,呈现了一个个现实与历史交融,文明与保守较量,革新与传统抵牾的生动画面。女性命运与家园记忆水乳交融,文本在微观的女性命运关注的同时,体现了守望文化家园的宏大追求。正如侯秀芬等解读《怀念瓷香》所言:"瓷文化是中国文化的重要象喻,瓷晶莹高洁又脆弱易碎,其本质是女性的,女性与瓷互为符码,瓷文化当成为中国文化的母体。胡辛的底气和自信,可以看成是对华夏文明的另一种解读。"②胡辛用文学创作的方式,在日常的俗性世界里开辟出一块诗意的空间,这是作家和她作品中的人物希图守望的精神家园。

最后是个体情怀。女性话语的本质是关注女性个体本身的存在。《瓷城一条街》中,残疾却又聪慧的青青希望拥有善良的景兴,享受他突如其来的一个吻。她喜欢活泼热情的谷子,却又怨恨她对景兴的诱惑和攫走了最宝贵的东西。她深爱着景兴,却又诚挚地要求悔婚,还他以自由,甚至希望他和谷子在一起。谷子热情奔放,一直喜欢儿时照顾自己的景兴。当她大胆地追求景兴并有了身孕后,却陷入了对青青的无限愧疚中。她果断地打掉孩子,不敢正视青青清澈的眸子。这两个女子面对爱情的纠结和挣扎,支撑起了一个复杂、丰富的人性空间,而成为文学史上少有的个体形象。

在《蔷薇雨》中,凌云在18年后如愿以偿地和希玮结合,终结了徐希玮的悲剧。然而七巧远嫁美国,出人意料地与傻子姚宝宝结合,其实是在得不到凌云爱情的绝望心境下的孤注一掷。作家放弃把凌云塑造为爱情圣徒的形象,而是刻画了一个"高尚的伪君子",她敏锐地观察到了人性

---

① 胡辛:《蔷薇雨》,二十一世纪出版社2005年版,第338页。
② 侯秀芬、李玉英:《声色满满:胡辛及其作品中的花木情缘》,《创作评谭》2017年第5期。

胡辛创作综论

的多层面,并在爱情的悲与喜中揭示了人性的弱点。石平林与徐希玫之间是一场无爱的婚姻。石平林单方面无怨无悔的情感付出不断鞭击着徐希玫,她对石平林有的只是感激,却用以身相许的方式来弥补自己和家庭对他的亏欠。鄢河鸥的再次出现让徐希玫陷入两难选择:要么自己痛苦,要么家人痛苦。徐希璞不愿做丈夫精心打造的幸福家庭的道具,她要选择独守在自己营造的纯净白色天地,捍卫她不容亵渎的精神家园。她在丈夫的逐客令下,义无反顾地穿着白色的圆领衫、白色的睡裤、白色的拖鞋,从她白色的小闺房立马"滚"到即便夜幕中也五颜六色的街头巷陌,自由地呼吸生活的气息。这些女性的人性空间内,爱与恨、传统与现代、爱情与责任等相互矛盾,又相互包容,在充满着丰富的生命活力与复杂的张力效果中,构成真正"自由的独立体"。作家自言:"这其间,理性与情欲的撕掳、人格与本能的抗衡、灵魂与肉体的崩裂,在人们,尤其在女人的心田迸发种种律动和骚动。是玉石俱焚的悲憾?是人的自我价值的张扬?是归真返璞的恬静?"[1] 她们身上虽然受到来自传统的羁绊,也有爱情的人性自私,却最后归于生命世界的希望,最终通向瓷化的人生境界。

于是,在胡辛的小说中,无论是宏大的家国情怀,还是守望家园的文化情怀,最终都立足于一个个女性的生命个体,书写她们丰富复杂的人性空间。透过她们的挣扎与纠结,呈现一个个外在困惑与矛盾,内心却向往自由的个体世界。

二 陶瓷世界的生命诠释

研究胡辛的创作,自然离不开陶瓷文化的影响。张升阳等在《徘徊在爱与痛的边缘——言说胡辛小说的一种情怀》一文中,将其称为"白色乡韵的回响"[2],表现其中一个个人物的陶瓷人生。何静在《素手青条上 红妆白日鲜——地域、女性双重视阈中的胡辛作品研究》一文中,将胡辛的创作分为绿色、红色和白色三种,白色同样为陶瓷文化书写。[3] 这和江西

---

[1] 胡辛:《凭栏观海 岁月留声——胡辛30年论说纵览》,中国社会科学出版社2018年版,第39页。

[2] 张升阳等:《徘徊在爱与痛的边缘——言说胡辛小说的一种情怀》,《南昌大学学报》(人文社会科学版)2003年第2期。

[3] 胡辛:《凭栏观海 岁月留声——胡辛30年论说纵览》,中国社会科学出版社2018年版,第39页。

的旅游文化宣传非常吻合，但总感觉与人的生命感有些错位，更多的立足于创作中的文化品类，而将作家的创作资源加以面上的抽取。实际上，江西作家的创作中与景德镇的陶瓷文化相关的不少。江华明的《瓷器破碎》《尖锐的瓷片》等小说，重在将陶瓷文化化入景德镇人的生命世界，而成为他们底层艰难生活的文化氛围。在江子的《青花帝国》中，陶瓷往往与火神童宾、皇帝、西方的国王等男性话语相连，作家渴望在与历史相关的人物与陶瓷之中寻找文化的密码，在靠近历史真相的激情中捕捉人性的本质。在我们看来，胡辛的创作中，陶瓷属于女性，陶瓷世界与人的生命世界构成互文结构，陶瓷的命运就是女性命运的隐喻。胡辛用一个女性的生命激情和生命体验，与坚韧而又纯洁的陶瓷世界相互碰撞，形成富有生命力的陶瓷人生与艺术世界。

首先是瓷性生命的个人演绎。在胡辛早期创作中，陶瓷文化作为一种日常生活的特质，在人物个体身上转化为独特的情感和气质。在我看来，瓷性包含了白色的江西文化特色，却比白色文化更具有生命质感和灵性。瓷性，是一种如瓷一般纯洁、高雅的人生追求，它可以是个体日常生活的呈现，也可以是情感、精神气质上的脱俗和雅致。同时，瓷器虽然易碎，其每一个碎片却依旧能保持生命的原质，将生命的力量一直绵延，因而具有一种与"china"一致的生命韧劲。这既属于瓷，也属于中国。因此，我认为胡辛小说书写的瓷性生命，正是绵延数千年中国民众生命气质的隐喻性体现。而这一瓷性气质，在小说中却是通过作家融入自身生命热度的日常生活书写来加以演绎的。

胡辛在这里工作八年，太熟悉这方地域："黑色的烟囱森林天空、白色的高岭土和红色的窑火，黑、白、红是典型的东方色调。袖珍古镇手工作坊星罗棋布；乡野山地源源输出高岭土和釉果，无数松林砍伐成金字塔般的窑柴柴垛！"[①] 她将自己对景德镇文化的一往情深倾注于笔墨文字。《昌江情》中，母子情是主调，但在我看来，景德镇的昌江东岸生动的浣衣图让人难忘。景德镇的女人是勤劳的，每家每户的女性无论老少美丑，都有着洁癖似的喜爱洗洗刷刷，皮鞋洗后高高挂在竹竿上暴晒，家中的门板都扛到江边刷洗。这些日常生活的图景虽未涉及瓷器，却是瓷城人的洁

---

① 胡辛：《小说家视野里的陶瓷文化——兼谈〈陶瓷物语〉等景德镇地域文本创作》，《南昌大学学报》（人文社会科学版）2003年第4期。

净、清雅品质的折射。而在《瓷城一条街》《地上有个黑太阳》《河·江·海》《"百极碎"启示录》等小说中,作家进一步采用意识流等技巧,进一步将瓷性融入笔下的生命追求中去。这些小说中的瓷都女性虽出身、经历、性格各异,但深入她们的内心世界,却发现胡辛似有意为她们注入了"瓷性"气质。"骚寡妇"大字不识一个却勇闯柴窑,并"征服"了把桩师傅;老三届大学生景景身世诡秘爱情受挫却痴心不改;瓷街绘瓷女青青身残却一心投入瓷器的包装设计;具有现代气质的女大学生谷子则不畏世俗敢爱敢恨,风驰电掣的摩托车身影令人难忘;还有充满叛逆精神的女中学生小弟等,她们的身上都有一种常人所不具备的气质:韧性、激情。也许她们命运多舛,甚至不为道德乃至法律所容,但她们一直坚守心中永恒的纯洁、善良、雅致,坚韧却又小心翼翼地呵护脆如美瓷的情感。

如果说江子笔下的瓷器文化是一个充满男性气质的青花帝国,其笔下的人物自然是血性的把桩师傅童宾、画师、工匠、皇帝、国王、郑和、刘研究员等,这些无一例外都是男性身上的每一个故事,都是个体在寻找人与瓷之间的神合。作家坦言:"与以往的青花主题书写不一样的是,我这本小书,写的是人。人是精神的载体。景德镇这座伟大的东方艺术之城的精神,当然要由人而不是器物来指认。我努力呈现跟景德镇有关的人们的艺术精神,他们的性情、人格,他们的爱与恨、力与美,他们的癫狂与劳作,他们的牺牲与贡献。我想,他们立起来了,景德镇的千年文化品格也就得到集中展示。"① 那么,在胡辛的笔下,瓷都就是一座"母性的城",她自言:"也许昌江东岸成百上千的老少女人们,那跪拜式的浣衣图烙刻下太深的印象;也许那神秘的窑门的传说,分明凸现出远古的女性的图腾;也许烧窑的艰难和痛苦、出窑的期待和辉煌,太像十月怀胎和一朝分娩;也许制瓷可戏谑为玩泥巴的艺术,而泥土,无论哪个民族,似都有地母这尊女神。"② 瓷性人生的洁净、雅致、韧性与母性的内涵达到一致,作家将瓷性的人生理解化入一个个具有地域文化特色的日常生活图景中,每一个生命个体的情感、人生都赋予了瓷的魅力而收获了美学的绵延。

其二是瓷器世界与生命世界的文本交互。随着创作的深入,作家书写

---

① 凤凰网江西频道:《江子:跟随青花抵达历史新边疆》,《文化·大家》第51期,http://jx.ifeng.com/a/20180315/6435749_0.shtml,2020年9月8日。
② 胡辛:《怀念瓷香》,二十一世纪出版社2005年版,第295页。

瓷器文化的野心似乎更大。她不满足于在一个瓷性文化的氛围下书写个体的日常生活、情感追求等，而是将瓷器文化直接推向前台，与女性命运的书写构成互文结构，二者相互渗透，你中有我，我中有你。"胡辛是瓷性的，就如她在著作中所写的，瓷是女性的，优雅、圣洁、艳丽、细腻。同时，瓷作为中华母体语言的构件，是女性世界感悟的源泉；瓷，更是女性形态、情爱、品格和理想的象征。"①《怀念瓷香》则以省城女教师树青应邀为皇瓷镇电视专题片撰稿为开端，在对景德镇陶瓷文化历史长河的溯源中，将飞天婆、林陶瓦、毕一鸣等几个家族的兴衰成败故事、水红莓与林陶瓦、毕一鸣千丝万缕的情感纠葛及其身世之谜的故事加以镶嵌，于是，一部陶瓷史与一部女性情感、生命史相互交融。其中，关于陶瓷的历史有：林陶瓦向树青讲述皇瓷和皇瓷镇的历史，毕一鸣向苔丝讲述渣胎碗和民间青花的历史，古陶瓷博览区的老师傅讲述皇瓷镇的瓷器工艺，等等。在这些陶瓷历史的讲述中，又有机地镶嵌进一系列传说，其中有"最早的陶是女人发明的""高岭婆婆的传说""孝女跳窑出祭红的传说""青花仙女的传说""徐皇后和永乐瓷""万贞儿与鸡缸杯""郑贵妃与青龙缸"等。小说分为13个章节，其中"白色土""罗汉肚""窑门图腾"等皆为陶瓷工艺制作的铺陈或曰陶瓷史的概览，但却将"骚寡妇""火狐狸""红蛇莓"等人物篇镶嵌其间，将个体的生命世界与历史追忆交织一体，运用复合繁杂的结构，将树青与江红莓的身世之谜与古老的陶瓷史交织交融。

有意思的是，小说中关于陶瓷的辉煌历史的讲述者为男性，作者却掀开这些历史的表象，让人同时看到女性在陶瓷史中的创造："皇瓷镇的女人在炼瓷史上一直是巧手辈出，功不可没的。只是男人的历史埋没了她们而已。""最早的陶就是陶的雕塑，是由女人发明的。"②尤其是郑贵妃与青龙缸、徐皇后与永乐瓷、张太后与蟋蟀瓷罐的故事也在作者笔下娓娓道来。在小说中，作家有意赋予母性空间一种充满原始生命力的主体位置。她称白色的荒原是母土，并极力张扬窑门图腾的母性崇拜："你就是一个活生生的赤裸着的女子。赤裸着丰硕的双乳，赤裸着繁衍生命的甬道，正昭示着分娩的苦痛与伟大。"③而她笔下的骚寡妇，一个又老又丑的

---

① 刘庆玉：《挚爱情深　怀念瓷香——谈胡辛老师的女性瓷缘》，《创作评谭》2017年第5期。
② 胡辛：《怀念瓷香》，二十一世纪出版社2005年版，第187页。
③ 胡辛：《怀念瓷香》，二十一世纪出版社2005年版，第78页。

疯女人，"大概过的是原始人的生活，吃的是山果野菜，饮的是东河溪水，一年四季赤身露体贴着大自然，她的生命力反而特别强盛"①。"她是一尊老而又老的土地婆！"②"她就是衰老和泥土。是没有釉衣的陶。"③ 她在繁华世界里忽隐忽现，像疯子，又像预言者，更似白色土上的一个原始的母性符号。于是白色土、窑门、土陶等瓷意象与骚寡妇、火狐狸、红蛇莓等女性命运相互缠绕，瓷史与女性，尤其是母性的命运史构成了互文结构，既有历史的神秘与悠远，又有现实的幽怨与自豪。

最后，心怀天下，灵动大气。随着作家对陶瓷文化世界的了解越来越深刻，她又不断结合自己的学科专业特点，将传记写作与电视专题片的制作相结合，完成了一系列陶瓷人物的传记作品，如《瓷都名流》和电视纪录片《瓷都景德镇》等。在出版社的策划下，2017年出版了《瓷行天下》，陶瓷文化书写于是具有了外销瓷一般心怀天下的视野。瓷的外销历史、中国文明史、世界帝王史，还有百姓的日常生活史互相融合，既树立一个中国陶瓷外销的历史，又融合个体的性情与喜好。于是瓷史便是人类文明史。正如中国好书颁奖词所言："以'外销瓷'为切入点，追溯了汉唐至明清时期历代帝王的政治制度、个人意志和审美情趣对瓷器、瓷业和外销瓷的影响，以瓷带史，全方位呈现了中国陶瓷文化海外传播的历史沧桑，勾勒出中国瓷器行走天下，光耀世界的华美图景。"④

文本主线以中国瓷器外销的大历史为背景，追溯了汉唐至明清时期历代帝王的政治文化更迭、个人意志和审美情趣对瓷器、瓷业和外销瓷的影响。从"汉唐古道 丝路瓷路双生花"到"宋元帆影 天青色与青花瓷"，从"国色元青花 原来竟是外销瓷"到明代"长风破浪 直挂云帆济沧海"，从"欲说还休 失之交臂大海洋"到"一半是火焰 一半是海水"，这些历史繁华与世事荒凉的交织中，作家充分展示瓷的历史和品类，历数窑工、瓷匠、皇帝、后妃、名流、平民之众，将瓷的历史与世界文明史相互融合。在一个个引人入胜饶有情趣的外销瓷的叙述中，作家将人的审美情趣、国家命运置于一个大文化视野下，从精神的层面上阐释及反思瓷行

---

① 胡辛：《怀念瓷香》，二十一世纪出版社2005年版，第38页。
② 胡辛：《怀念瓷香》，二十一世纪出版社2005年版，第47页。
③ 胡辛：《怀念瓷香》，二十一世纪出版社2005年版，第265页。
④ 见2018年度"中国好书"《瓷行天下——千年帝王意志下的瓷路沧桑》颁奖词，2019年4月23日，tv.cctv.com/2019/04/23/VIDEVt4u3pwvWPKFJ8JEp/uA190423.shtml。

天下的文化传播。"珍贵的瓷,本是历朝历代千千万万能工巧匠的心血汗水凝练,然而,大历史几乎忽略'瓷器'二字,陶瓷历史也极少记载瓷匠姓名,甚至根本没有留下其真名实姓……似乎只有以皇窑御瓷为主,才能凸现中国陶瓷乃至世界陶瓷演进的线路……这是怎样的不公和悲凉……西方瓷的接受史研发史又岂能离开一个个皇帝的为瓷而狂?"[①] 其中个体命运的关注、穷则思变的反思,不断见诸文本,让读者在阅读中既能充分感受深刻而温暖的人文情怀,又能感悟立足世界之林的民族文化反思。

辅线则充分发挥其文学话语,尤其是女性话语的感性力量,以瓷说事,以瓷说人,带领读者走进个体的生命与情感。在"青花与釉里红的纠结"一节中,既有瓷史发展的描述,又有朱元璋气质的表现。作家写朱元璋喜欢红色,胸襟宽广却又极其的狭隘,于是一个立体的皇帝形象与"釉里红"的出现有了历史和人性的合理性。在江子的《青花帝国》中,明皇朱瞻基、清皇乾隆都热衷于关心景德镇的瓷器生产,迷恋瓷器上的青花,波兰国王奥古斯都二世喜欢静坐在他的瓷器宫殿里,享受无忧欢畅的时刻。这些皇帝都在权力的辉煌中,企图建构一个心中的瓷器帝国。而胡辛在《瓷行天下》中,往往旁逸斜出,书写他们的生命追求、人生喜好,在复杂的情感结构中表现他们与瓷器的历史奥秘。在书中,胡辛继续发挥其女性话语的优势,将瓷史与女性命运史相结合。文本中万贞儿誓死保卫朱见深,于是有了她与成化瓷的关系,但作家重在书写万贞儿的忠贞、情感,并与瓷的特征相连,自然成化瓷注入了人的灵动的魅力。同样,勤政爱民的弘治皇帝登基,立即停烧御窑,发展民生,任由民窑瓷器扩大外销,百姓于是安居乐业。整个文本图文并茂,作家费心尽力搜集古码头、古窑址、古河道、古窑口、代表性外销瓷器物、沉船遗址及打捞等的图片,呈现出历史的厚重与苍凉。同时,作品注重融通中外的新视野、新话语和新表现手法,寻求文学话语与历史话语的结合,在展示中国陶瓷文化博大精深的同时,具有穿越时空、行走天下的精神魅力。

三 历史、影视文化与主体意识的交融

阅读胡辛的作品,总想全面了解其人、其文、其事。她写小说,写关

[①] 胡辛:《小说家视野里的陶瓷文化——兼谈〈陶瓷物语〉等景德镇地域文本创作》,《南昌大学学报》(人文社会科学版)2003年第4期。

于瓷器文化的大散文,写剧本,拍电视剧,几乎是文艺界全能。这段时间的仔细阅读和思考,发现其各种努力和成果是相通的。几乎在她所有的创作中,都有一种无处不在的萦绕其中的历史氛围。这些氛围的营造,通过一系列影视画面、意象与个体的命运,尤其是女性命运相互融合呈现出来。最后这些特征都离不开弥散在文本中强烈的主体意识介入,构成胡辛创作难得的自信与气质。这种自信与气质负载在作品人物个体或瓷器文化之上,令读者不难感受到其中涌动的激情与理性的文化反思。

首先是历史沧桑的氛围萦绕。黄会林在论文《在传统与现代之间的守望与超越——论胡辛创作20年》中指出,"胡辛的小说作品背后始终矗立着一个'守望者'的形象"①。守望的既是江西本土的地域文化,也是传统的精神世界。胡辛言:"如果说文学作品是常青之树,传统便是哺育滋润它的河流,地域则是绿树赖以生存的那片土壤。"② 可以说胡辛的创作总是有一种历史的沧桑感,萦绕在文本中,既有她对生命,尤其是女性生命的理解和体验,又是她构建自我文学空间的努力。

无论是处女作《四个四十岁的女人》《昌江情》,还是《蔷薇雨》《怀念瓷香》,或是《瓷行天下》等,不难感受其中厚重的历史记忆与文化氛围。在《四个四十岁的女人》中,昔日中学同窗的四个普通女人一台戏,像薄伽丘的《十日谈》轮番诉说年华逝去的沧桑。阔别20年的经历,行年40的感慨,四个女人在事业、理想、爱情、婚姻、家庭中的寻寻觅觅,其中的"理想"与"爱"都化入一种"曾经沧海难为水"的历史沧桑感中。《蔷薇雨》讲述的是徐家书屋七姊妹的命运沉浮,却嵌进了古城的民俗风物、历史传说、地方掌故。徐孺子的古老掌故,烙刻进作者对古城文化的深层思考。小说里氤氲着的古城历史文化气息伴随着人物的喜怒哀乐如同那缠绵又伤感的蔷薇雨滴,共同构成了一种古典而又幽怨的氛围。《禾草老倌》回述了古老的禾草包装瓷器的技术似乎将炼瓷的古镇与种田的农村紧紧相连。《地上有个黑太阳》将家族史身世谜嵌进古陶瓷史的追忆中。《瓷城一条街》以记者江波的视角追寻着瓷器街烧窑的、绘瓷的、绞草的、陶瓷考古的、搞雕塑的等世俗百味。《怀念瓷香》则在古老陶瓷

---

① 黄会林、沈鲁:《在传统与现代之间的守望与超越——论胡辛创作20年》,《南昌大学学报》(人文社会科学版)2005年第1期。

② 胡辛:《创作的反思——传统·地域·自我的寻觅》,《文艺理论家》1988年第1期。

瓷性人生的激情演绎

文化历史长河的溯源中，互文式地讲述了当代形形色色的个体浮沉故事，悠远的历史空间回荡着人文情怀的追索。

在此基础上，胡辛小说以现代意识穿透传统的历史记忆，并加以理性的反思。在《瓷城一条街》中，作家打破道德话语的二元对立，直接让传统娴淑的青青、激情奔放的谷子，还有挣扎纠结的景兴展开人性的冲突与较量。作家面对古老的瓷城、厚重的文化，不断展开爱情与责任之间的判断与选择。在《瓷行天下》中，面对外销瓷的辉煌历史，明代尽管白银如潮水般地涌进了中国，中国几千年的制瓷技术却随之外流。作家用世界的眼光在历史的前行中陷入思考制瓷技术的昨天和未来。

其次是影视艺术的融入。从《四个四十岁的女人》开始，胡辛的创作就展露了文学向影视艺术借鉴的天才。小说通过四个40岁的女人在省妇女保健院的葡萄架下相遇，然后以对话的方式，展开20年生活沧桑的追忆。场景的集中、对话的方式，还有一系列细节的逼真呈现，都体现了作家与影视的天生契合。在《瓷城一条街》中，谷子骑着摩托车，风一般从古老的瓷街而过。《昌江情》中，"偏西的日头给昌江撒下了无数碎金细银，江水在女人们的搅拂下荡漾、荡漾，洗呵，洗呵。""她们英英武武，气气派派。肩上枕着一根亮锃锃的毛竹扁担。一头挑着瓷城特产——腰子形大竹篮，要洗的衣物尽你装满，另一头挂着两只脚的洗衣搓板和一只圆圆的蒲垫。她们的裤脚管自然早就卷起，随着呼喊，她们右手擎着的棒槌便雄赳赳地在李昌江眼前晃动。"[①] 这些昌江边上亘古难忘的画面，展现了古城特有的日常风情和温暖情调。在《这里有泉水》中，鹅江东岸，在绿竹桃红之间，有一排屋檐翘起的破败老屋，号"六粥斋"。在这里，家家一天劳作完毕，炒上几个小菜，合家围坐一桌。家长里短在这里飞升。在《蔷薇雨》中，"童年的梦里，佑民寺的大佛，绳金塔的铜顶，青云谱的唐朝老桂，分明牵扯着遥遥历史的那一端；系马桩上挤挤挨挨的店铺、茶肆、花生铺、酱园、京果店、烧饼铺、猪血摊，喧闹着世俗的热腾腾"[②]。胡辛充分调动自己的生活经验和生命体验，用这些镜头式的画面挽留住终将随时间的磨洗而逝去的古城风韵。在《瓷行天下》中，作家写弘治皇帝登基之

[①] 胡辛：《昌江情》，载胡辛《〈四个四十岁的女人〉与景德镇》，江西教育出版社2018年版，第24页。

[②] 胡辛：《凭栏观海 岁月留声——胡辛30年论说纵览》，中国社会科学出版社2018年版，第36页。

前与父皇的对话，二人的性格透过直观真切的画面扑面而来。

　　胡辛善于捕捉日常生活的生动细节，通过一系列的对话、影像画面，呈现出一个个富有瓷街风情的生活图景。其中有悠远的文化古韵，鲜活的家长里短，执着的女性生命，最终实现了一颗女人心的飞翔。

　　最后是作家主体意识的强烈。不同的作家笔下，主体意识往往通过不同的方式呈现出来。有的作家将主体加以隐匿，让其中的人物自说自话，任由人物个体按照自身的逻辑行动。如刘震云的小说《故乡天下黄花》等、苏童的《妻妾成群》《我的帝王生涯》。而有的作家主体却现身说法，或直接负载在人物身上，通过人物的言语来表达自己的价值诉求。如古华的《芙蓉镇》、路遥的《人生》等。阅读胡辛的作品，不难感受其中强烈的主体意识，或通过负载在其中的人物个体身上，或按捺不出现身说法，展开个体对人物命运、陶瓷文化展开历史性的反思和判断，体现了文本感性的价值判断在历史、人物身上的明显参与。

　　很多人读出胡辛早期小说中有明显的教师情结，本质上这是作家主体负载在其笔下的人物身上的结果。《四个四十岁的女人》中，作家有时化身柳青，有时又附在叶芸、淑华等身上，表达自己对世事沧桑的理解和感悟。也就是说，作家的文本激情影响着每一个人物，她们对理想的追求，对生命的理解，最后不由自主地汇入作家作为一个女性的主体追求之道。同样，在《瓷城一条街》中，性格迥异的青青与谷子，对待景兴的爱情，本该是两种完全不同的选择，最后却在其背后强烈的主体声音中达成共识。这样，主体意识的介入，使得文本充满激情，价值判断鲜明，但在一定程度上也因为左右了人物本该有的性格逻辑，而减弱了文本内在的张力效果。长篇小说《怀念瓷香》以陶瓷作为构架，讲述了皇瓷镇上一出出缠绵悱恻欲说还休的情爱故事，其间还夹杂家族谜、古瓷案。历史、情感、伦理、悬疑……类型元素可谓丰富多彩。女主人公树青应邀作为纪录片《皇瓷镇》的撰稿，回到阔别多年的皇瓷镇，她便拥有陶瓷历史的阐释者与书写者的身份。女小说家则隐身于树青这个人物的所见所闻、所思所想，理性地审视皇瓷镇整个陶瓷史，在视角的流动与叠加中保有对历史的选择、组合与阐释的话语权。这些情不自禁的理性话语最终汇成一条主体的激情大河，于是文本一气呵成，瓷的历史与人的历史相互缠绕，最后实现了升华。

　　总之，胡辛的创作既体现了一个女性生命的激情和柔情，又见证了一个文化学者的智慧和思考，还深藏着一份来自人性深处为爱、家庭、事业

瓷性人生的激情演绎

不断撕扯，最后归于平静的隐秘感悟。小说如人，时而沧桑如老者，时而纯真如孩童，时而坚韧又热情，时而脆弱又倔强，这正是瓷性之花的激情绽放。

（江腊生，江西师范大学文学院教授）

论胡辛早期小说中传统与现代的纠缠

张振强

作为当代江西学者型作家重要代表的胡辛,自20世纪80年代以《四个四十岁的女人》登上文坛以来,即以令人敬佩的对艺术的热忱与毅力,笔耕不辍地将自己的艺术生命延续到了21世纪。胡辛说过,她的渴求和希冀,是做一个小说家。① 本文试从胡辛早期创作的小说入手,来分析贯穿于其中的女性意识、生活与情感、瓷文化等主题背后所蕴含的传统与现代的纠缠与冲突,并解读产生于特定时代语境、文化场域中的这种纠缠与冲突对作家创作的影响。

一 女性意识的现代性"彰显"与传统性"附丽"

《四个四十岁的女人》获得1983年全国优秀短篇小说奖之后,胡辛就被称为"新时期较早的一位具有'女性意识'的作家"②,"中国新时期女性写作的代表作家之一"③。此后,《蔷薇雨》《怀念瓷香》等小说的出版,进一步确立了胡辛小说"女性写作"的特色。即使是在随后的《最后的贵族——张爱玲》等传记性纪实写作中,女性意识的彰显也成为胡辛文学书写的一个重要表征。

通过小说的阅读,我们可以发现,女性意识的凸显成为胡辛早期小说

---

① 胡颖峰:《着力探视女性的心灵——评胡辛的三部人物传记》,《江西社会科学》1996年第10期。
② 江冰、王军:《遭遇困惑——对胡辛"女性小说"创作得失的几点思考》,《文艺评论》1993年第3期。
③ 胡颖峰:《胡辛小说创作论》,《江西社会科学》2011年第11期。

文本表层最为突出的存在形态。在《四个四十岁的女人》的篇首，附有一个作者在"三八"节的灵魂自问："女人为什么要有自己独立的节日？"①这其实不只是作者的自问，更是女性对自我主体性确认之问。"胡辛曾以'女人写，写女人'这个口号来概括她（以及不少女作家）的写作。"②"女人写，写女人"口号的重点不应该放在写作主体性别与书写内容主题的强调，而应落在口号提出时的社会语境与历史场域对其生成意义的决定性作用与影响。胡辛在访谈录中曾经说道："写《四个四十岁的女人》时，我真的连女性主义理论都不知晓，完全是感性的认识，是生活教会了我。"③我们可以看出，胡辛早期小说创作中女性意识的凸显并不是来自西方女性主义理论与话语的刺激与引导，而是来自中国女性的"自觉"。20世纪80年代，思想解放与"再启蒙"成为占据社会与时代主流的话语，形成了一种笼罩一切的文化场域。知识女性被裹挟在这巨大变革之中，同样想傲立潮头，却突然发现：即使是相对"独立"的知识女性、职业女性，其对自我"价值"实现的追求往往也会淹没在传统惰性与庸俗现实的茫茫大海中。这些"精英"女性所掀起的朵朵浪花，最终也会无声地消失在永不停息的潮涨潮落之中。女性精英群体再次认识到：女性真正介入历史浪潮的前提仍然是自我主体性的确认。这也是当时"再启蒙"思潮强大的建构力作用与影响的体现。

所以，胡辛"女人为什么要有自己独立的节日"之问的核心所指，仍然是女性自我主体性如何在新时期的确认与追寻。《四个四十岁的女人》文本中，在叶芸、蔡淑华、魏玲玲、柳青对各自人生经历的讲述中，充满着女性理想的"丰满"与现实的"骨感"之间的冲突与无奈，映射着女性现代意识的再次觉醒、彰显与恒久"不变"的传统、社会之间深层次的碰撞与交锋。现代女性意识的诗意在面对庸俗日常强大的"同化"力之时，无奈与落败也许是留给现代女性的单项选择，即使这种选择披着"爱必须有所附丽"这种颇有"文艺味"的外衣。被胡辛赋予极强理想色彩的柳

---

① 胡辛：《四个四十岁的女人》，载胡辛《〈四个四十岁的女人〉与景德镇》，江西教育出版社2018年版，第2页。
② 江冰、王军：《遭遇困惑——对胡辛"女性小说"创作得失的几点思考》，《文艺评论》1993年第3期。
③ 胡辛、胡颖峰：《等候生命的每一个春天——胡辛访谈录》，载胡辛《〈四个四十岁的女人〉与景德镇》，江西教育出版社2018年版，第729页。

青，默默无闻地在农村执教了15年，"得到了人世间最崇高、最纯真的爱"。这种"获得"在一定程度上彰显了柳青作为现代知识女性自我主体性的确认，但代价是其一生未婚。摆脱了日常庸俗的纷扰，柳青才赢得了"人世间最崇高、最纯真的爱"。也正是基于这种摆脱，柳青才能坦然面对自己即将到来的死亡。"柳青以一个女人所能付出的全部牺牲（甚至生命），来换取一个真正意义上的理想的实现。"① 女性意识的自觉、主体性的确认难道只能建构在"全部牺牲"的基础之上？难道只有摆脱了庸俗日常而"残缺"的人生才是柳青类知识女性理想的最终之彼岸吗？《蔷薇雨》中徐家七姐妹的人生之路，对于爱情的追寻，对于女性身体权的争取，印证着现代女性意识只有在与父权社会、伦理传统的冲突斗争中才得以彰显。同时，现代女性仿佛只有在抗争中拼尽全力以至头破血流、浑身带伤的情况之下，在基于心灵与身体双重疼痛感之上，才能感受自身的"存在"性。

在《四个四十岁女人》的结尾，作者超越了叙述者直接面对读者问道："事业、理想、奋斗、爱情、婚姻、家庭……一切的一切，是多么的复杂，处处是问号，女人们啊，答案在哪儿呢？"仿佛我们又回到了"五四"时期"问题小说"的窘境：我们发现了问题之所在，可出路在哪里？胡辛在1994年的一次座谈会上，面对如何在新时期寻找女性的独立价值这个问题时说道："我们今天得到的是我们从未拥有过的，而我们今天轻易抛却的，却是我们甚至我们以后的几代人要苦苦寻求的呢。"② 新时期的女性得到了什么从未拥有过的？而又轻易抛却了什么以后几代人要苦苦追寻的？在《四个四十岁的女人》《蔷薇雨》《昌江情》《瓷城一条街》中，柳青、徐希玮、秀秀、谷子等新时期的女性获得了经济、人格等方面的独立性，但这些是否就能保证女性真正找寻到自己的独立价值？面对"答案在哪儿呢"的终极之问，胡辛的小说中曾经也有过迷茫，这就使得在她的女性主义小说中，呈现出一种现代女性意识的彰显，以及这种"彰显"无处落脚时的那种无可奈何的漂泊感。女性意识的"附丽"在哪里？当胡辛将目光投向日常生活与情感以及文化传统时，这种"附丽"在小说文本中才找寻到了一个可资依靠的支撑点。

---

① 胡颖峰：《胡辛小说创作论》，《江西社会科学》2011年第11期。
② 胡辛、胡颖峰：《等候生命的每一个春天——胡辛访谈录》，载胡辛《〈四个四十岁的女人〉与景德镇》，江西教育出版社2018年版，第730页。

二 生活、情感的现代性追求与传统性坚守

胡辛说"生活的确是创作的源泉","作家的地域视野是受控于自己的精神类型和文化心理的"[①]。有评论者也指出:"胡辛是一个不折不扣的'生活型作家'。"[②] 胡辛的小说几乎围绕着南昌、景德镇、赣南等地而展开叙述,浓烈的地域情结与她自身的人生阅历密不可分。在《四个四十岁的女人》中,南昌城的地域特色还只是小说叙述的背景性因素,即使挥去南昌城的影子,四个女人的故事依然"精彩"。而到了后期的《禾草老倌》《昌江情》《瓷城一条街》等小说中,赣南的红土地、景德镇瓷般的白与净等地域性风景与日常生活的描写,成为这些小说中一种不可或缺的结构性存在。这种特有的风景与日常构成了小说的整体性氛围与情趣,成为小说所依存的基础。在这风景与日常生活的描绘中,小说在不经意间呈现出现代与传统在文本表层与深层中的缠斗,日常生活表层现代性追求之变与深层的对传统坚守的不变,成为小说的建构之基。

在《昌江情》中,在外省A大学渡过四年的李昌江回到了昌江边的故乡,做为"离去—归来—离去"的一位"现代"知识分子,故乡的一切如故与他在城市所经历的现代化显得那么格格不入,即使这里是他在城市中日思夜想的故乡。李昌江将妈妈接到城里的新居居住,搬家时妈妈只争取保留住了几根使用多年的浣衣棒槌,成为将城市与故乡连接在一起的唯一象征。对于妈妈来说,时间与空间的外在变化,对于她其实并无意义,只是延续了自己与伢仔过去的日常生活。新房所代表的现代性的多变与棒槌所象征的日常生活与情感的不变,成为小说文本表层与深层互相映射的结构。而在李昌江看到母亲回到老家与秀秀一起在昌江浣衣时那幸福的时光,他刹那间明白:母亲与秀秀等众多女子在昌江边一起浣衣的场景,才是日常生活的核心与意义所在。在这一刻,李昌江完成了"离去(精神与身体)—归来(身体)—离去(身体)——再归来(精神与身体)"这样一个完整的精神与身体之旅。在李昌江精神回归故乡与传统的同时,母亲与秀秀对传统与情感的坚守,使得她们找寻到了自己社会价值之所在。对

---

① 胡辛、胡颖峰:《等候生命的每一个春天——胡辛访谈录》,载胡辛《〈四个四十岁的女人〉与景德镇》,江西教育出版社2018年版,第726、728页。

② 江冰、王军:《遭遇困惑——对胡辛"女性小说"创作得失的几点思考》,《文艺评论》1993年第3期。

传统与情感的坚守，成为乡村女性自身价值与主体性确认不可或缺的那种"附丽"。

爱情同样是胡辛小说里一个永恒的主题。但胡辛对男女情爱并不持乐观态度，她坦然承认："我书里的爱情的确极少完美的。"① 也许在胡辛现代知识女性的视域里，爱情必然牵涉男女之间的纠缠，而由于积淀了几千年的男性中心的传统，女性在社会中处于事实上的绝对"劣势"，尤其在爱情之中。胡辛说道："女性必须正视自我救赎之路，从来没有什么救世主，更不能靠所谓的另一半——男人。"② 在胡辛的小说中，觉醒的女性意识只有远离了"要命"的爱情，也许才能真正走上自我追求之路。《四个四十岁的女人》中爱情不是坠入日常庸俗的婚姻，就是超越于世俗的精神之恋（柳青的这种精神之恋还是期刊编辑要求胡辛强加的，以求增加作品中的亮色）；《瓷城一条街》中谷子、江波、青青、景兴之间复杂的情感纠葛；《"百极碎"启示录》中妈妈与"大兄"之间逝去的初恋；《糟糠之妻》中，城市中现代女子的暧昧、拒绝与乡村中糟糠之妻的亲情与坚守；等等，均体现了胡辛的这种爱情观。

在胡辛早期小说的爱情叙写中，觉醒的女性意识对于爱情的理解与憧憬存在着表层的现代性追求与潜层的传统性回归两条脉络。两条脉络的冲突与争斗在一定程度上拓展了小说对于情感、生活抒写的深度与穿透力。《瓷城一条街》中的谷子，浑身散发着知识女性的现代气息，与江波邂逅而一见钟情，衍生出不顾世俗的爱情，这种极富现代意识的爱情与瓷城街传统弥漫的日常生活交织在一起，别有一种韵味。但谷子没有意识到的是，儿时玩伴景兴其实早就深深埋进她的内心，就像瓷城街的传统早已融入她的潜意识中一样，她是瓷城街文化造就的女子。当谷子正视自己的内心，正视瓷城街的传统时，回归景兴，回归传统，成为她毅然决然的选择。但文化积淀的惰性，却又将谷子、青青、香姆妈这些现代与传统女性的爱情均推向了延续千年的悲剧性。《糟糠之妻》中，曹老师在城市中对于中年女子情感寄托的失败，与其内心对于糟糠之妻所抱有的传统义务与亲情的召唤形成了组合力，推动曹老师走向内心的平静与命运的认同。而

---

① 胡辛、胡颖峰：《等候生命的每一个春天——胡辛访谈录》，载胡辛《〈四个四十岁的女人〉与景德镇》，江西教育出版社 2018 年版，第 731 页。

② 胡辛、胡颖峰：《等候生命的每一个春天——胡辛访谈录》，载胡辛《〈四个四十岁的女人〉与景德镇》，江西教育出版社 2018 年版，第 732 页。

"我"的妻子小茜与谷子一样充满着现代女性的独立自信与情感的张扬，但最后还是向"我"发出"终极"之问："当我像师母那样老时，你能像曹先生那样对我好吗？"女性意识的觉醒与确认永远摆脱不掉男性这个永恒"他者"的存在。

围绕地域情结展开的日常生活书写与爱情话语的叙述，构成了胡辛早期小说文本的主体内容。胡辛将彰显女性意识的爱情书写与浓郁地域色彩的生活、风景的叙述交织在一起，建构了一个不可分割的时空结构与文化场域。生活与爱情在时空结构中呈现出外在形态的现代性流动，而这种现代性流动却又挣脱不了深植于其中的文化场域对其的规训。因此，在胡辛的小说文本中，表层的生活与爱情的现代性之变以及深层传统、文化永恒性的建构，构成了文本多重话语的交流与对话。但在小说文本中，表层的现代性话语最终都会向深层的传统话语妥协与回归，这在一定程度上削弱了文本的对话性穿透力与深刻性。当然，这与胡辛所持有的文学观、人生观、文化观等密切相关，更脱离不了胡辛登上文坛时特定的历史情境与社会语境，这不仅仅是胡辛个人的问题。"胡辛，以及和她同时代的大多数作家都具有一个共同的特征：热爱生活，描写生活，但又容易囿于生活。在她们看来，正常的生活秩序，业已成为不可逾越的规则，所有的行为，都是已经发生过了的，充满了合乎规范的理由，对此，阅读者无需过多地行使思考和提问的权利。"[①] 所以，当胡辛转向文化与传统，聚焦于赣地域特有的瓷文化，在小说文本中找到连接现代与传统的那条暗河之上的桥梁之时，这一切也就显得那么自然与顺理成章。

三 沟通个体与存在、现代与传统的瓷文化书写

在访谈录中，胡辛说道："家乡、祖国是人的根系所在。……家—家乡—国家，血缘—亲情—家国情怀，我以为是不容颠覆的传统文化的核心和精髓。"[②] 在胡辛的小说中，瓷文化承载了她所坚守的"不容颠覆的传统文化的核心和精髓"。瓷文化与女性意识、日常生活交织在一起建构了胡辛小说文本的深层结构。在胡辛早期的瓷文化系列小说中，瓷成为传统文

[①] 江冰、王军：《遭遇困惑——对胡辛"女性小说"创作得失的几点思考》，《文艺评论》1993年第3期。

[②] 胡辛、胡颖峰：《等候生命的每一个春天——胡辛访谈录》，载胡辛《〈四个四十岁的女人〉与景德镇》，江西教育出版社2018年版，第723页。

化的载体。瓷的历史与其炼狱般的生成也成为一种隐喻和象征,女性社会价值的追寻与确认、日常生活(爱情)的意义与真谛、现代与传统的延续与融合,均内化于小说文本瓷文化的书写之中。作为"生活型"作家的胡辛,将瓷文化的书写附着在小说中个体命运与生活的叙述中,在瓷文化场域中生成的小说文本的深层结构,成为沟通个体与存在、现代与传统的那个跨越时空的暗河与纽带。

《禾草老倌》中,掌握着传统的瓷器包装技艺的老倌,在整个瓷城中"也算一个角色",只不过这个"角色"的光辉闪耀在瓷城"过去"的瓷器包装文化中。面对着历史的前进,先进的现代包装技术侵蚀与挤占了老倌的生存空间,也消除了老倌身上曾经闪亮的个体价值与意义。老倌只能在对过去的回忆与对现代技术的抵制中找寻自己"曾经"的价值与意义。老倌日常生活的纠结与苦痛传达的是传统与现代的冲突。徒弟景芳作为联结老倌的过去与现在、打通瓷城传统与现代的主体性存在,成为现代瓷城的一个象征。在景芳的关心与引领中,在国家对传统文化的保护与珍视中,老倌最后颤抖的双手擎着红聘书向瓷城的后生们说道:"崽伢,书,多读些,读好些,没错。七十二行,行行要读书。"个体与存在、现代与传统在这里碰撞而融合,人生意义与日常传统在瓷文化的书写中得到了文学想象中的升华。

瓷文化在胡辛小说中贯穿性的结构性存在,使得小说文本中个体、生活、情感的话语讲述均建构于这种结构性存在之上。以瓷文化为核心的日常生活风景的描写成为笼罩小说文本的整体性氛围。在瓷文化场域中的个体建构了以瓷为核心的文化时空,从而寻找自己生存的价值与意义。瓷的洁白纯净与炼狱般的铸造,与情感(亲情、爱情)的内涵与外在又相契相成,瓷与情难解难分。《"百极碎"启示录》中大兄对妈妈的爱与其对"百极碎"之爱纠缠在一起,大兄对疯丫头"小弟"的关爱有加,当然有她是妈妈女儿的原因,但更看重的是"小弟"像瓷一般的独立性格,是大兄在瓷中的知己。"小弟"现代女性意识的彰显与大兄对瓷文化传统永恒性的坚守在小说文本中形成了一种丰富的内涵与张力。而《瓷城一条街》之中,谷子、江波、景兴、青青、傅野鹤、田雨、胖姨娘、香姆妈、小野等等,众多的个体生命不管是源自植入的现代性,还是生成于瓷城的传统性,两者的交织形成了瓷街的人生百态。在胡辛的笔下,现代与传统在个体生命的体验中得到了融合与发展,而瓷文化就是现代与传统交合的中心。

　　具有地域色彩的瓷文化的书写，这种创作风格的形成当然与作家自身的生活阅历紧密相关，但也契合了文本所产生的历史语境与文化场域。新时期伊始，"再启蒙"的思潮促使胡辛以拷问女性社会价值何在的女性意识书写登上文坛，但这种追问并没有解决女性价值依存何处的关键所在。随着20世纪80年代中期"寻根"文学的兴起所带动的对于传统文化的挖掘与追寻，胡辛开启了对其所身处的地域瓷文化的探寻。在对瓷文化的知识考古中，胡辛不仅将其视为女性意识的"附丽"，更将其看作连接古老中国与现代世界的桥梁。但我们不能肯定的是"寻根"启发了胡辛，还是胡辛的创作自发地迎合了"寻根"文学的历史语境与文化场域。理论上的术语概括面对复杂的文学书写事实永远是苍白无力的，我们也只能在特定的历史语境与文化场域中（包括文本创作与文本阅读两个方面）去解读胡辛为我们呈现的小说文本，这也许才是文学的现实。

　　　　（张振强，江西师范大学2019级博士研究生、邯郸学院讲师）

乡土眷恋与新女性
——读胡辛短篇小说《四个四十岁的女人》

艾芳怡

胡辛,是一位饱含强烈女性意识和乡土情结的作家、编剧、导演和教授,也是一位执着于教育事业的人民教师。多重社会身份蕴藏着胡辛对生活的热忱、对人生价值的追寻以及鲜明的独立女性姿态。

胡辛在《四个四十岁的女人》中写道:"四十岁,对于女人来说,真是个不可宽恕的年龄。青春,彻底地在这个门槛上告别;衰老,不可遏止地从这里起步。"[①] 1983 年,对于正在迈向不惑之年的胡辛来说,或许是一个生理衰老的起点,却也翻开了她人生崭新的一页。1983 年,胡辛携着处女作《四个四十岁的女人》初涉文坛,便获全国优秀短篇小说奖。一举成名,更觉良工心苦。少年时代的青涩洒脱、英雄城的一街一巷一景一木、40 岁女人的生活境遇,无不透视出胡辛对于精神家园的坚守,对一方水土的挚情热爱和对女性生存现实的人文关照。

40 岁是一个向青春告别的年龄,但生命之树长青,年轻的心不会衰老,对青春的畅想不会停止,胡辛怀着深情在《四个四十岁的女人》中守望着年少的自我,试图唤醒每一位读者内心深处的情感寄托。"四姐妹"上课放学都要结伴同路,一路有说不完的知心话;偷偷给老师取绰号;挤在揉面粉做烧饼的案板上写作业;"大跃进"时代提大铁锅、锯铁窗棂……胡辛笔下的姐妹情谊是真挚的,是未经润色的,一幕幕生活化的

[①] 胡辛:《四个四十岁的女人》,载胡辛《〈四个四十岁的女人〉与景德镇》,江西教育出版社 2018 年版,第 5 页。

场景使得"姐妹情谊"更加真实可感,写实精神跃然纸上。

在胡辛的笔墨下,文字在挽留少年时光之际也成为传承古城风韵、耕耘集体记忆的艺术手段。"松柏巷的天主教堂""抚州门外的绳金塔""孺子亭里捉迷藏""抚河对岸看桃花""佑民寺中看菩萨",充满南昌地域特色。这些地方,不只是小说中四个女人所踏足过的,而且对于每一位南昌当地人来说都是有迹可循的。在《四个四十岁的女人》中,胡辛用文字语言镌刻了英雄城的历史痕迹,用古城历史文化气息牵扯着读者对家乡的思恋,凸显了文学创作应有的人文关怀和社会价值。在地域文化面临被"地球村"瓦解、传统民俗面临被现代主义颠覆的时代,能在引人入胜的叙事当中观照历史,引领读者体验历史更是一种难能可贵的坚守精神。

也许在《四个四十岁的女人》创作之初,作者对女性主义理论还不甚了解,但鲜明的女性主义色彩已然裹挟在小说的叙事之中。

小说文本和形象建构完全建立在女性主体经验自我言说的基础上,而男性形象只是碎片化地存在于女性的口头叙述之中,从而消解了以男性为中心的视角打量,弱化了男性对女性的凝视,女性成为文本绝对的主体。从文本内部来看,小说还蕴藏着丰富的女性议题。淑华认为:"爱孩子是母鸡也会的,可要做个称职的母亲,就不那么简单了。"叶芸感叹:"弱者啊,你的名字叫女人。"玲玲发问:"难道女人追求的目标仅仅是做贤妻良母吗?"女人们对于人生际遇的感慨,折射出作者对于母亲角色的思量、社会对于女性生育和婚姻的种种偏见,反映了女性在事业与家庭之间两难的现实。

戴锦华在《浮出历史地表》一书中写道:"新女性在文学史上有两种出路:要么进入家庭、埋没于日常生活,从而磨灭其'我是自己的'闪光个性——子君的命运就是如此;要么拒绝家庭,放浪人间,游戏人生,拒绝承当社会性别角色,投身社会以逃避寄生的命运,保持自主性……"[①]然而,在《四个四十岁的女人》当中,读者看到了新女性的另一番天地。旧有的生活方式规定的性别角色与新的主体价值观念之间的虽有冲突,但小说也在不断地缝合家庭与女性主体之间可能的裂隙。胡辛的女性意识是温和的,不是激进的。她认为:"女人的独立绝不是与男人的对立。"因

---

① 孟悦、戴锦华:《浮出历史地表:现代妇女文学研究》,北京大学出版社 2018 年版,第119 页。

此，在小说当中，女人们即使不断地追求事业的独立，也没有完全脱离家庭，没有扼杀女性作为妻子的身份，更没有为了衬托女性的崇高而"矮化"男性。就连始终孤身一人的柳青，心中也曾掀起过强烈的爱的波澜，像她曾深爱过的男人一样，永远忠于热爱的事业，以至于柳青感怀："当我死时，世界呀，请在你的沉默中，替我留着'我已经爱过了'这句话吧。"①

"一个女孩子是孤单的、弱小的，四个女孩抱成团，那就有'所向披靡'的力量！"②无论是无忧无虑的少年时光，还是人到中年再次重逢的欣喜若狂，还是畅谈快意却又将别离，四个女人的心始终紧紧连在一起，她们相互倾听、相互理解、相互关怀、相互扶持，表现出女性之间深厚的情谊，构建起一幅女性共同体的景象，拓展着女性意识表达的写作视野。

陀思妥耶夫斯基在他的小说《卡拉马佐夫兄弟》中写道："在世上人人都应该首先爱生活，爱生活甚于爱生活的意义。"③四个40岁的女人在生活的磨砺中，更加坚定了热爱生活的信念，焕发出顽强又鲜活的生命力。淑华说："我不相信，非得做一个不合格的妇联干部才配做及格的姆妈。"④她势必要和社会对女性的不公抗争到底。即使婚姻屡屡受挫，受人冷眼与诋毁，叶芸也没有终止对幸福的追求。相夫教子的安逸生活并没有为玲玲带来安全感和满足感，她的忧愁、她的激情、她的骄傲始终被理想牵萦着。病痛的纠缠使得柳青"四十就要回首平生"，但她从未放弃生活，而是始终为"爱"摇旗呐喊。四个40岁的女人的"命运交响曲"，更是奏响了胡辛对于写作事业的热爱，对英雄城这一方水土的热爱，对女人那永不妥协的精神的热爱。当代的新女性是自由的、独立的、有智慧的、有信仰的，四个40岁的女人是如此，胡辛亦是如此。

（艾芳怡，南昌大学新闻与传播学院2019级研究生）

---

① 胡辛：《四个四十岁的女人》，载胡辛《〈四个四十岁的女人〉与景德镇》，江西教育出版社2018年版，第20页。

② 胡辛：《四个四十岁的女人》，载胡辛《〈四个四十岁的女人〉与景德镇》，江西教育出版社2018年版，第6页。

③ [俄]陀思妥耶夫斯基：《卡拉马佐夫兄弟》，荣如德译，上海译文出版社2004年版，第274页。

④ 胡辛：《四个四十岁的女人》，载胡辛《〈四个四十岁的女人〉与景德镇》，江西教育出版社2018年版，第11页。

厚积薄发的《四个四十岁的女人》

李 蔚

我是胡辛在江西省商业学校教书时带的第一批学生,现在在江西省商务学校担任副校长。当然,我也像胡辛一样,从来没有脱离过教学第一线。老师说过,师生是没有血缘关系的生命链条的环环相扣,历经近40年,信然。

我们见证了老师写作、发表和获奖的过程,回过头去思考,梳理感慨如下。

一 好小说如好普洱,历久弥新

1984年的春天,一个喜讯传遍了位于南昌市长埭的江西省商业学校。我们的老师胡辛的小说处女作《四个四十岁的女人》获得1983年全国优秀短篇小说奖!消息传来,整个商校沸腾了!小小的校园沸腾了。那时候,优秀小说犹如红头文件般重要,大家争相传阅。其实,很多同学对这篇不短的短篇小说并不陌生,因为初稿出来后,老师要送去杂志社投稿,为了留下底稿,我们几个同学帮老师分段誊抄了一遍,记得有一万七八千字。

该小说是经典。一是构思巧妙,构架精到。小说写的就是四个20岁的女孩子分别20年后,一个夏天的傍晚在省妇女保健院的小庭院里不期而遇,尔后相互叙述别后的遭遇。我们极钦佩老师的构思,一个短篇从黄昏到夜幕降临,就将四个女人20年的经历,不,还有少女时代手牵手、其乐融融的日脚全淋漓尽致地刻画了出来。难怪评论家赞叹"负重若轻"。

该小说是经典。二是主题深刻,立意超前。从女孩到女人的柳青、叶芸、玲玲和淑华,她们从清醒追求到彷徨迷惘,但仍探求奋斗,表达了中国女性在女性解放之路上的执着前行。在 20 世纪 80 年代中国的伤痕文学中，从女性的视角、女性的立场来反思的作品，还是不多的，而《四个四十岁的女人》却敏锐地触摸到这一点，这是极其难能可贵的。记得当时我们就为其女性的独立意识、独立价值的追求深深感染。那时，面临毕业的我们就像故事中的四个主人公少女时代那样年轻！

该小说是经典。三是叙事风格自成一体。构思巧妙也得借助语言的功力，小说引领读者进入四个女人的故事，四个女人的故事全靠四个女人的自述，这是很难抓人的，但胡辛就能引人入胜，使人不仅不觉枯燥，反而如临现场，被四个女人的讲述套了进去。而且，可当职场励志书来读，常读常新，百读不厌。

转眼之间，40 年又逝去！江西省商业学校老师当年的居住小屋已拆去，但当年为老师欢腾的气息似乎还萦绕在身旁，往事并不如烟！

二　好小说源于生活，要接地气

好小说源于生活，要接地气。

我们初读《四个四十岁的女人》，就感触到字里行间生活的真实的质感：无处不在的沉甸甸的压力和无时不有的乐天的精神。感到老师发自灵魂深处的感叹。

记得是 1981 年的新学期，我们班已上课了一段时间，有一天，我们班班主任的肖老师换了位新老师，她就是胡辛，梳着两条长辫子，带着两个 10 岁左右的儿子，她的家就在教学楼对面的矮平房西头的一间。我们上课、下课、晚自习，在廊上走来走去，似乎都能将老师的平素生活尽收眼底。

她从早到晚都是忙忙碌碌的。那时他们夫妻又分居两地，邓老师还在乐平。日常生活繁杂又艰难，两个上学的顽皮的儿子、一日三餐、洗洗涮涮，多少烦恼和无奈！还有繁重的教学任务，可以毫不夸张地说，有时一条走廊每间教室的课都是她在上！我忽然明白，为什么她的笔名叫"胡辛"——人生就是茹苦含辛。因为了然，所以无畏。老师的嗓音洪亮，很有穿透力，并喜爱以姿势助讲话，特别生动和富有感染力，充满激情，我们常感叹：上她的课，真是一种艺术享受。夜深人静，她南屋窗前的灯总是亮着的，走近，隔着矮篱笆，我们总能看到她奋笔疾书的身影。她爱美，在矮篱笆内种了一株硕大的香水月季，紫红色复瓣花朵绽放时，香气弥漫校园。她做班主任也是非常投入的。那时，班上同学都很腼腆，男女生之间不主动说话，胡老师就鼓励大家积极参加学校组织的各种文体活动，每每拔河比赛、篮排球赛时，她都带头摇旗呐喊，这促使同学们积极参与活动，也收获了不少奖项，集体荣誉感空前高涨。

那是一段怎样的难以忘怀的日子啊！在生活的艰难与无助中，她磨炼出非凡的气质，乐观向上的进取精神，并深深地感染着我们。我们都喜欢胡老师的笑，她笑起来真好看，是知性女性的感召力。看她的作品，也是相同的感受。

我因珠算比赛屡屡拿奖，老师极力推荐我留校，终如愿。有幸与老师成为同事，有幸陪在老师身边第一时间拜读、誉抄她的作品，我珍惜与老师相处的时光。

好小说有真实的生活内容、真实的情节和真实的细节描写。在《四个四十岁的女人》作品中，医生挑灯夜救产妇的情节和细节，学生奔上山头抄小路送别柳青老师的感人场景，无不来源于真实的生活，当然又高于生活，所以，无不打动读者！四个来自不同基层的平凡人物，她们真诚的叙述，无不感染着读者，作品的文学形象正是在这看似风平浪静实则波涛汹涌的铺叙中突力呈现，扎根在读者的心灵。

三 好小说如经典散文，要有哲理感悟

"三个女人一台戏。何况是四个女人，更何况是四个四十岁的女人！"

"四十岁，对于女人来说真是个不可饶恕的年龄。青春，彻底地在这里告别，衰老，不可遏止地从这里启步"。

小说，或扩大为文学，说到底还是语言的艺术。老师的文字功底、语言表述是清新流畅，能融叙述、描写、议论于一体的。在叙述中加以议论，使语言充满张力和感人的体悟。

有时，读起来不外乎是庸常生活场景，但透过现象却有感人的力量。如柳青患病候车准备进城的一段描述，那热气腾腾的各式早点，那乡土乡音的热闹吆喝，生活的喧哗与骚动，反衬身患重病的柳青对生的留恋，对生活的渴望，对生命的珍爱，读来让人动容落泪。

老师的语言功力和文字魅力，在她日后的中篇小说、长篇小说中，更见淋漓尽致。如《蔷薇雨》"赘引"中对古老红城的六眼井、三眼井和大井头的描绘，那真是如数家珍，但恰恰在这种貌似展览的铺陈中，却蕴含着强烈的文化批判精神。在《陶瓷物语》(《怀念瓷香》)中,哲理感悟性语言比比皆是。如对炼瓷的感悟,对瓷器破碎惊心动魄的描述,都能让人怦然心动。"土与水,在火的炼狱中,结晶为瓷。越是精美的瓷越经不起碰撞,你不小心轻轻一碰,她就会摔得粉粉碎!这,太像人的感情,尤其像女人的感情!"[1]

在我们40岁左右的时候,全班搞了一次聚会,我们盛情邀请到已是大学教授、知名作家的我们当初的班主任胡辛。她依然靓丽动人,腹有诗书气自华!而我们也人到中年,各自奋斗在不同的岗位上,《四个四十岁的女人》似乎永存在我们心间。

老师的人生,佳作迭出,声名鹊起,很快成为江西省文坛的杰出代表以及全国知名的作家,她是江西师范大学的骄傲,是南昌大学的一张名片,我以为,是我们江西省商务学校一道永不褪色的亮丽的风景!

(李蔚,江西省商务学校副校长)

---

[1] 胡辛:《怀念瓷香》,二十一世纪出版社2005年版,第49页。

陶瓷文化研究的执着

《瓷行天下》弘扬的是一种精神

郭力根

胡辛的长篇著作《瓷行天下》（江西美术出版社2017年版）已入选2018年度中国好书文学艺术类，该年度出版书籍多达50万册，仅32本入选，真可谓名副其实的"万里挑一"，出类拔萃。

中国，是瓷的祖国。China—中国，china—瓷，瓷就是中国符号的代表。瓷，当之无愧与中国古代的四大发明比肩而立。瓷可称为最早的世界性商品，然而，她更多的是从精神层面上承载着中国优秀传统文化走向世界。中国的瓷领先世界至少1500年，在这漫长的岁月里，中国瓷让世界叹为观止。而江西景德镇是世界瓷都，江西万年则是陶的故乡。两地相隔不过百余千米，这是怎样的人类史、造物史的亲缘和机缘呵！

胡辛大学毕业即分配到景德镇工作，8年后调到乐平（现已划归景德镇）工作5年，整整13年后才回到南昌。如她自己的感叹："一个女人的花样年华黄金岁月就镌刻进这方水土。"她的创作富有地域色彩——赣南、南昌和景德镇，而景德镇陶瓷题材占了近二分之一。景德镇于她，是乡恋乡愁，是追思奋进，更是融进骨血割不断的亲情。《瓷行天下》亦可谓厚积薄发，水到渠成。

作家王蒙评价说：《瓷行天下》赋予瓷以精神的主题，大气而灵动。它告诉我们柔美爽利的中国瓷器，是最早的世界性器皿标本，承载着海外文化交流互动，同时赏心悦目。原故宫博物院院长单霁翔认为：该书以"一带一路"倡议为契机，通过对中国瓷文化、外销瓷历史及承载作用的研究，将历史与当代时空交错，引领读者步入荣耀与坎坷交织的千年瓷路，领略中国陶瓷文化的博大精深和对世界文明的重大贡献。

陶瓷文化研究的执着

一　纵横捭阖：高扬行天下精神

《瓷行天下》着眼梳理外销瓷行走天下的历史脉络，顺应国家"一带一路"和中国文化"走出去"的发展规划，为推动中华文明与世界文明的交流和对话尽一份力。瓷行天下当是"瓷上文化"和"瓷耀世界"的前提，如若没有瓷行天下，瓷文化的传播何能如此广大深远？

1. 视阈开阔　恣肆汪洋

回眸千年瓷路，交织着繁荣与沧桑，荣耀中有苍凉，严峻中见奋进，闪耀的是中华民族的精神之光。

《瓷行天下》以漫长中国历史朝代变迁为纵轴，从汉唐宋元到明清，俱往矣，史料钩沉，目不暇接，风景视阈辽阔，但作者却能沉稳把握，着眼外销瓷与国运、世运之关联，徐徐展开，娓娓道来，密处不能走针，疏处可以跑马。众所周知，明清是中国外销瓷的高峰期，而《瓷行天下》则以明代外销瓷为中心内容，因在出版计划中，清代外销瓷将在下一部尽情展现，故该书的尾声"并非尾声"。

《瓷行天下》在横轴中镶嵌着一个个或明朗激越或不乏无奈乃至让人扼腕叹息的外销瓷故事。故事中的人与瓷缠绵悱恻，人如瓷，瓷拟人，难分难解，交相辉映，互证互动，这与眼下常见的外销瓷书籍以外销瓷个案系列主打有所不同。当然，该书同样有引人入胜的饶有情趣的外销瓷个案解析，但她立足于从精神的层面上来厘清并阐述中国外销瓷之路的文化传播及世界性意义。[1]

《瓷行天下》前言近2万字，开章明义："喜欢书名《瓷行天下》。""中国自古有'行天下'之精神。"再引近人许之衡在《饮流斋说瓷》中所言："瓷虽小道，而于国运世变亦隐隐相关焉。"[2] 尔后紧扣瓷的不朽成为硬质《史记》和外交书，追述中国江西万年是发现人类最早陶器之地，当之无愧为"陶的故乡"。中国原始瓷则诞生于3000多年前商周时代，到1700余年前的东汉，烧炼出真正的瓷。几千年来，中国瓷"西方不亮东方亮，黑了北方有南方"，尤以江西景德镇窑火千年不熄，后来居上。尔后提炼中国五次外销瓷（唐宋元明清）的潮涨潮落，洋洋洒洒，纵横捭阖。读者

---

[1] 江西美术出版社中国好书《瓷行天下》宣传版。
[2] 许之衡：《饮流斋说瓷译注》，山东画报出版社2010年版，第10页。

被引导着,做了一次中国外销瓷史的追根溯源式的漫游。

"汉唐古道:丝路瓷路双生花",作者毫不讳言:张骞、苏武、班超、昭君、法显这几位家喻户晓的著名历史人物,何关陶与瓷?至少古籍史料和当代考古还没发现他们与瓷有何直接的、具体的关联,而汉代其时已在东西丝路留下了外销瓷屐痕。但是,《瓷行天下》偏偏要彰显的就是张骞"凿空"丝绸之路的精神,这是行天下的精神,是民族魂和大情怀!

"梦回泱泱大唐:让时空穿越"从"南青北白"的中国瓷地域特色说起,继而从唐三彩到异域三彩的辐射论文化的交流与互鉴。而"黑石号"沉船的打捞,破解了多少不尽的瓷之谜?读者随着打捞梦回大唐,在顿悟体悟中醒悟奋起。

"宋元帆影:天青色与青花瓷"中展示审美定势、审美趋同中的传承与创新。美到极致是天青。宋真宗在澶渊之盟那一年将年号赐予昌南镇的瓷,而有了景德镇。地上传世与地下考古,往昔海上千帆竞发与今天海下沉船打捞遗珍是不同的惊艳。

读着读着,不觉拍案叫绝:《瓷行天下》的宏大叙事与"搜尽奇峰打草稿"①(石涛语)的美学追求已跃然纸上!若将此书的结构解构,可看到古今穿越中,一个个外销瓷瓷里瓷外的缤纷故事竟然将历史大事件与历史人物串联缀起,具象的考古发掘和沉船探密原来将过往历史纷纷打捞而起。真个是时空穿越,"以瓷带史"!

"国色元青花:原来竟是外销瓷!"周杰伦演唱的《青花》将"阳春白雪"式的歌词通俗化、普及化,地不分南北,人不分男女老少,皆知唯有青花真国色!不想她的身世原是外销瓷!是忽必烈情有独钟景德镇,使景德镇成为御窑烧炼皇瓷之都,一时演绎出"元青花海外传奇"。今天土耳其托普卡普宫里陈列的瑰宝元青花,让无数学者、游客怀着虔诚之心顶礼膜拜。从1976年朝鲜半岛西南的新安海域中国元初沉船景德镇青白瓷和龙泉青瓷出水,到2010年西沙群岛海域沉船元末青花面世,勾勒出海上元瓷之路。而分别处于元代首尾的马可·波罗与汪大渊在作者笔下的"隔代对话",恰恰也是对这段瓷路历史的见证。

---

① (清)石涛:《苦瓜和尚画语录》,载卢辅圣主编《中国书画全书》第12册,上海书画出版社2009年版,第162页。

陶瓷文化研究的执着

2. 肩挑驼运舟行：人类文化史的奇迹

中国瓷，其技其艺，最早传入朝鲜、日本，再传入越南、泰国等东南亚各国及地区，再经西亚、东非传入欧洲。直到18世纪中叶，欧洲才点燃瓷之光。是瓷行天下大力推动了中国瓷文化的传播和中外文化的交流。

我们必须正视的是，偏僻的内陆山城景德镇在瓷行天下中是不可或缺的角色。可以毫不夸张地说，历代，尤其是元明清外销瓷的输出，绝大部分瓷器出自景德镇。

至明清，唐代七大名窑（邢州窑、越州窑、鼎州窑、婺州窑、岳州窑、寿州窑和洪州窑）、宋代六大名窑（柴窑、汝窑、官窑、哥窑、定窑、钧窑）等大部分已随岁月的流逝而黯淡，赣浙粤闽地域的窑口兴起，如果说后三地窑口距海港有"近水楼台"之便利，那么景德镇几千年以来数以万计的瓷器用的都是近乎原始的肩挑手提鸡公车到港口后，水路凭舟，陆路靠驼，岁岁年年源源不断地输出海内外四面八方！

"从昌江扬帆启航，入鄱阳湖，至南昌，溯赣江而上，至赣州，再从陆路翻越赣粤交界的千年梅岭古道，再上船经广东九江险滩，顺北江而下，才抵达广州。约自唐宋以来，即景德镇瓷外销最主要的路线。梅县千年驿道上留下了多少挑夫的屐印和汗水。此外，还有东至福建泉州、福州、厦门之瓷路，北经大运河至南京、明州之瓷路，还有经赣江长江出海之瓷路，船夫挑夫们用怎样的体力毅力和智慧，默默地步履出人类文化史让人肃然起敬的奇迹！郑和七下西洋的瓷器，可以毫不夸张地说，大多出自景德镇。景德镇，当是郑和下西洋之第一港。"①

大航海时代的序曲于1488年奏响。大航海时代是人类重要的时代，地理新发现，海道大通，终让世界连在一片。在这样的背景下，精美的瓷器由中国瓷匠烧制出，瓷器的包装由绞草工用禾草包就，再用肩挑驼载舟行的方式将瓷器运至全国，运往世界。瓷路真是让人叹为观止的人类文化史上的奇迹。《瓷行天下》之"行"，就是中国人排除万难"走出去"的精神，是中国人文化自信的展示。中国瓷器作为中华文明的载体走向全球，影响全球，又汲取世界各国丰富文化滋养了中国文化。瓷文化的输出和交流互动，促使世界文化无比繁茂兴盛。

然，一代代的瓷匠们运输者们却只是默默无闻地劳作，只有千年不熄

---

① 胡辛：《瓷行天下——千年帝王意志下的瓷路沧桑》，江西美术出版社2017年版，见前言。

的窑火寄托着世世代代中国人的瓷之梦。

3. 史料严肃　新闻真实　故事动心

《瓷行天下》写作的难度在于必须将严肃严谨的史料、真实的新闻（考古发掘、沉船打捞）等和文学书写相融。

欲将历史和新闻演绎成动听动心的故事，实际操作中必须把握好"度"，毕竟是纪实与虚构的碰撞和融合！这其中，固然有语言的表述、叙事的技巧、结构的创新，但最重要的，还是"认真"二字。读万卷书，行万里路。胡辛曾主动请缨，带助理参加《瓷上世界》摄制组的全程拍摄，后虽未能成行，但她极重视身临其境的现场感，所幸她踏访过不少瓷路的重要节点。写作要在海量的资料中，去粗取精，去伪存真，由此及彼、由表及里地选择、判断和提炼，这，折射出学者型作家的思想思维和哲理的思考。我以为，《瓷行天下》做得较好。结构宏大复杂，错综却井然有序；笔墨酣畅淋漓，时而擦出智者的思想火花；在专业研究和普罗大众之间架起了桥梁，深入浅出、雅俗共赏，可读性强。仅读《瓷行天下》的目录，就有过瘾之感。

这，皆出于胡辛对景德镇的深情厚爱，用艾青的诗句表达最为准确："为什么我的眼里常含泪水，因为我对这土地爱得深沉。"

二　别出心裁：皇帝与外销瓷

2018年度"中国好书"颁奖盛典给《瓷行天下》的颁奖词是："以'外销瓷'为切入点，追溯了汉唐至明清时期历代帝王的政治制度、个人意志和审美情趣对瓷器、瓷业和外销瓷的影响，以瓷带史，全方位呈现了中国陶瓷文化海外传播的历史沧桑，勾勒出中国瓷器行走天下，光耀世界的华美图景。"[①]

皇帝的瓷，当是景德镇的地标，是景德镇的名片。自元代忽必烈指定浮梁瓷局烧造御用瓷以来，历经明清，640年的御窑皇瓷，练就了景德镇的"皇"字号。景德镇古陶瓷研究的方向目标也无非就是这方水土烧造的皇帝的瓷！当然，同时亦兼顾以湖田窑为主的民间青花瓷。皇帝的瓷与民

---

① 2018年度"中国好书"颁奖盛典《瓷行天下——千年帝王意志下的瓷路沧桑》颁典词，2019年4月23日，tv.cctv.com/2019/04/23/VIDEVt4v3pwvWPKFJ8JEp/uA190423.shtml，2020年9月10日。

陶瓷文化研究的执着

间青花犹如景德镇展翅飞翔的双翼，缺一不可。《瓷行天下》将每朝每代的皇帝治下的政治制度、个人意志和审美情趣，与瓷器瓷业以及外销瓷的关系和影响进行比较研究，做到"以瓷带史"，这是她的别出心裁了；作者进而实锤印证了"瓷虽小道，而于国运世变亦隐隐相关焉"，这就是她的清醒和高明。

1. 皇瓷、民间瓷与外销瓷

《瓷行天下》成书后，江西省出版集团有一段评语："本书从梳理考察汉唐至明清历代帝王、王朝政治直接或间接施加于瓷器、瓷业和瓷器外销的影响、作用，别出心裁地梳理出了一条不同于通行著作体例与风格的中国瓷器外销主线，这，体现了作者作为一位文化学者、作家的独特视角和敏锐眼光。整部著作画面感很强，把读者带入了浮沉千年的中国瓷路。"

但是，人民，只有人民，才是创造世界历史的动力。为什么此书还强化封建帝王呢？然而史书上记录第一线采石的、淘泥的、拉坯的、利坯的、修坯的、绘瓷的、把桩的、烧炼的、包装的、运输的……所谓制瓷流程"过手七十二"的具体师傅的名字，真个是寥寥无几。这是极不公平的，是无奈中的荒凉。再将视野转至世界各国对中国陶瓷的接受史，又何尝不是以各国帝王将相富翁名流的反应表现为史例史证呢？

《瓷行天下》的作者对此有极其清醒深刻的认识："珍贵的瓷，本是历朝历代千千万万能工巧匠的心血汗水凝练，然而，大历史几乎忽略'瓷器'二字，陶瓷历史也极少记载瓷匠姓名，甚至根本没有留下其真名实姓。所谓陶瓷史的正本清源，所谓御窑皇瓷的精品鉴赏，所谓民窑瓷器的洞天别地，甚至当今升温的外销瓷热，有哪一样不是随着改朝换代的变迁，顺着一个个皇帝的名号年号，把握皇帝们的好坏优劣精明昏庸，揣摩他们相同相近或大相径庭的艺术情趣审美走向去推测猜测探研之？似乎只有以官窑御瓷为主，才能凸现中国陶瓷乃至世界陶瓷演进的线路，而民窑瓷与外销瓷无论怎样冲决，也难逃皇家的天罗地网，又怎能柳暗花明另辟蹊径？这是怎样的不公和悲凉！但是，你不能不承认，帝王的意志、眼光、魄力和情趣主宰着一代代瓷的命运，浓烈地影响濡染着一代代瓷的审美走向，并且决策着把握着瓷行天下的有无、近远、力度和影响，禁海开海屡禁屡开，但毕竟广州、泉州、明州、杭州、厦门、福州、月港等从未完全彻底禁闭，禁中的输出输入不绝如缕，如黑格尔所言：存在的就是合理的。景德镇之外，靠海的浙江福建广东瓷业亦蓬勃发展，高质量的德化

《瓷行天下》弘扬的是一种精神

白、低质量的汕头器也为海外富贵者贫贱族爱不释手。瓷器在海外也从庙堂之高普及到黎民百姓，改变世人的饮食品质生活格调和审美情趣。而西方瓷的接受史研发史又岂能离开一个个皇帝的为瓷而狂？无论是大小语种南腔北调说着同一句俗话：一方水土养一方人。无论是智者庸者也说着同样的话语：帝王也是人。普普通通的人。帝王如何能割裂与一方水土与平民百姓的种种关联？御窑民窑又何尝不是在官民竞市中碰撞？如同层韵涌叠着层韵，何能不抵牾不交流不杂交，以至水乳相融？唯其如此，瓷文化才生生不息吧。"①

不弄明白个中奥妙，是捋不清更写不好这其中的复杂丰富、交融互动的血脉关系的。

《瓷行天下》辩证唯物地探析了血脉传承中文化也是基因的现象。尽管一切都将逝去，但留下来的仍有文化。皇帝的瓷与民间青花水乳交融的关系，朱棣的北国豪迈，朱瞻基的江南风华，正是一方水土一方人的养育。有陶瓷考古学者指出，民间青花渣胎碗的纹样，实是从宣德官窑蝶耳杯嫁接变种过来的。同时还指出，这种似花非花的态势，当代的抽象艺术与之又何其相似！

《瓷行天下》对外销瓷的概念做出了较准确合理的选择，认为外销瓷与皇瓷、民间的瓷实质是交叉关系，而非对立关系，当然，外销瓷也有其独具特色的一面，如定制瓷克拉克瓷徽章瓷（这其中亦是交叉关系）等。所以，不仅官窑皇瓷与民窑民间瓷是水乳交融的关系，它们与外销瓷其实质也是交流互鉴的。

2. 有明一代：瓷的传承与创新

明代的外销瓷是《瓷行天下》的重彩华章。明代皇帝与外销瓷的故事在作者笔下栩栩如生、跌宕起伏、山重水复、柳暗花明……永乐红地白龙纹梨形小壶是为了再现"靖难"之役中神奇画面而作的故事，宣德帝与波涛汹涌的青花海龙纹瓶的故事，成化帝的鸡缸杯中蕴藏的与万贞儿的故事，万历帝与定陵中青花大龙缸的故事……小小瓷器玄妙地折射出国运世变。

明代的外销瓷史，可谓承上启下，继往开来。上承汉唐宋元生生不息的瓷路，下启清代外销瓷征服世界的辉煌。

---

① 胡辛：《瓷行天下——千年帝王意志下的瓷路沧桑》，江西美术出版社2017年版，见前言。

陶瓷文化研究的执着

自唐至宋，外销瓷逐浪高，并成为其经济支柱之一，这与宋代风花雪月的慢生活有关，审美追求的丰富和科技的突飞猛进，在传承中创新，才让单色釉瓷呈现出赤橙黄绿青蓝紫的辉煌。

至于元青花的意义，是划时代的。一是二元配方的出现，二是素瓷向彩瓷的飞跃，这是里程碑式的纪念。刘新园曾指出："就现有相关文献与遗物来看，中国官窑按外国人的需求而生产外销瓷似乎始于元代。"① 青花瓷实是汉族文化、蒙古族文化和波斯文化等交流交融互鉴的结果，蕴含着满满的传承与创新。

《瓷行天下》的作者凝眸明初盛景，挖掘出洪武帝朱元璋顽固"海禁"的不为人知的另一面：他对瓷的一往情深，散落在海外的洪武瓷似藏匿着另样故事。蛮霸的永乐帝的故事太多太凶残太血腥，然，秀丽的永乐青花又演绎出他的不无缺憾的情感悲剧。正是在永乐帝总指挥下，郑和七下西洋，行天下的瓷融进了主旋律。原本中国应该是地理大发现的先导，结局却是与大航海时代失之交臂！成长于秦淮河畔的宣德帝寄托于瓷上的行天下之梦，刚开了个头，却匆匆煞了尾。但，瓷文化的传承与创新交流涌动于海内外仍是不争之事实。

其时景德镇为"天下窑器所聚"，为什么？因为她有海纳百川的胸怀，因为她有独步天下的眼光和实力，因为她始终将传承与创新实践于瓷业。

与永宣瓷相比，成化斗彩的传承与创新的特色是以柔克刚以小搏大，是精益求精，这才是制胜的法宝。

《瓷行天下》对大航海时代的忠厚皇帝弘治和"古惑仔"皇帝正德的描摹可称绘声绘色，入木三分。忠厚皇帝错失良机，"古惑仔"皇帝盲打误撞大航海时代，正德青花执壶可看成第一宗葡萄牙定制瓷，明朝也差一点与葡萄牙建立瓷贸易关系，但一切阴差阳错，纷繁喜剧终悲剧收梢。面对惊涛拍岸，只余无奈慨叹。

不问海道问鬼神的嘉靖帝，在外销之潮逐浪高中，朝中却是荒唐几十年！尽管在马尼拉大帆船为外销瓷劈波斩浪中，景德镇一枝独秀，近海闽粤先得月，然而，式微已然。

无赖儿郎万历帝，振奋之后仍是荒唐，克拉克瓷如出海芙蓉，一半是火焰，一半是海水，岁月哪里是悲欣，只剩满目悲凉！

---

① 转引自刘淼、吴春明《明初清代瓷业的伊斯兰文化因素》，《厦门大学学报》2008 年第 1 期。

《瓷行天下》弘扬的是一种精神

明朝，忽喇喇大厦倾，只见崇祯青花兀自开。真是乱世陶瓷物语。

有学者称，自明代中晚期至清康乾盛事，是中国外销瓷的鼎盛期。康雍乾三朝，景德镇民窑已从二三百座发展至千余，工匠商贾每日不下数十万。所产瓷器"行及九域，施及外洋"，但是，最繁华时也是最荒凉。巅峰之后是衰落，瓷运与国运互为象喻！

掩卷遐思，一切是怎样发生天翻地覆的逆转的？我们读书读瓷，陶瓷所承载的文化信息，让我们领略到中国陶瓷文化的博大精深，骄傲于中国瓷对世界文明的重大贡献，从瓷文化理解中国理念、中国智慧、中国风格对人类命运的担当。同时，我们在触摸瓷器时，就有触摸历史的感觉。不朽的瓷见证了文明的变迁。精神之外，物质的、商业的价值，都值得人类珍惜和探研。还是回到一切是怎么逆转的呢？或许，这是《瓷行天下》让我们共同面对、共同思考的问题。而绝不仅仅是皇帝家天下的兴亡更替的那些事儿。

三　女性视角　女性感悟　生命交付写作

胡辛与瓷都景德镇有不解之缘。在她眼里，陶与瓷，皆与女性有关。

陶是人类创造的第一种物质。她在《瓷行天下》中煞有介事地写道："翻开《中国陶瓷史》，第2页有：'陶的制作应该归功于女性'。"她的长篇小说《陶瓷物语》（《怀念瓷香》）被誉为"从这里开始，胡辛建立起真正属于她自己的小说语汇，一种对重构己身历史的理解。她的小说既是文学的，也是文化的"[1]。而《瓷行天下》无疑又是一次超越自我的飞翔，她以更激越、更奔放的语词，盛赞瓷如女性，女性如瓷，真挚动情地赞喻：瓷行天下正是中国女性的天下飞翔！

1. 炼瓷：犹如女人的人生和情感

"瓷特有的气息是冰凉又温馨的，是纯洁又复杂的，是坚韧又脆弱的。她的烧炼，犹如一个女子从呱呱坠地到豆蔻年华，从初为人妻到怀孕分娩，从茹苦含辛的母亲到从容老去。"[2] 胡辛感叹。

胡辛是1967届江西师范大学中文系毕业生，大学毕业分配至景德镇，她对景德镇的第一印象：为天空是"烟囱的森林"惊愕莫名；为母亲河昌

---

[1] 胡颖峰：《胡辛小说创作论》，《江西社会科学》2011年第11期。
[2] 胡辛：《瓷行天下——千年帝王意志下的瓷路沧桑》，江西美术出版社2017年版，见前言。

陶瓷文化研究的执着

江东岸老少女人们跪拜式的浣衣捣衣图而震撼；为破旧的、独特的、迷宫式的小街大弄而着迷……当她再分配到兴田公社学校时，才晓得距离市区80千米的兴田也还属景德镇，这是个没有瓷的山村，却仍与瓷有关联——为烧炼瓷器提供窑柴！她后来调到景德镇西郊的石岭中学，再到东郊一中。景德镇的天地山水人情风俗随着她的成长而渗化进血液骨髓。在学生带领下，她无数次穿街走巷，无数次伫立点火烧窑的窑门前。她了然：瓷是土与水在火的炼狱中的结晶。点火烧窑三天三夜后，砸开窑门，有的是正品，有的是次品，也有让人大喜过望的精品，乃至极品！也有什么也不是的废品。可是，无论是什么品，都回不到从前！

她怦然心动，感悟到：炼瓷，犹如人生。

越是精美的瓷器，越经不起碰撞，哪怕不小心轻轻一碰，它也会摔得粉碎。她叹息：这，太像人的感情，尤其是女人的感情！

这些诗一般的哲理感悟伴随着她从少女到人妻到人母，在生存的艰辛和人性的温暖光辉中渐生出对瓷的特殊女性感悟。这些感悟一次次融进胡辛的散文诗、短中长篇小说和电视系列片电视剧中。

她的处女作《四个四十岁的女人》获1983年国家级文学奖，那时，在改革开放的春风中，女性写作和女性主义理论研究成为热点，像是忽地洞开了一扇新窗，用女人的眼睛看到的风景与以往是那么不同。女人的独立意识和社会价值成了当代女性的追求。《四个四十岁的女人》的地域背景是南昌与景德镇，圆心儿柳青是村小教师，叠印着兴田山村兴田人依稀仿佛的背景。随后，《昌江情》《瓷都梦》《瓷城一条街》《地上有个黑太阳》《这里有泉水》《禾草老倌》《渣胎碗》《河·江·海》等小说散文都浸透了她对这方水土这方人的挚情。1990年，长篇小说《蔷薇雨》出版发行，书香世家徐孺子后人七姊妹等在经济大潮席卷中，或主动搏击或被动席卷，但女性内在自觉在苏醒，虽地域背景为红城（南昌），但是，女人，如花，如瓷，象喻越来越清晰和执着。

2000年，长篇小说《陶瓷物语》问世，有评论家称之为"重构己身历史的母性书写"，这是地地道道的景德镇陶瓷题材的地域长篇。

胡辛三次问鼎中国女性文学创作奖，要知道，该奖项每隔五年才评一次，这是对她女性写作的承认和褒奖。

2019年世界读书日，长篇著作《瓷行天下》获2018年中国好书奖。这一切，能不是水到渠成？或曰"不积跬步，无以至千里；不积小流，无以成江海"。关于景德镇，关于陶瓷，她真的是"说不尽，写不尽"，可贵的是，总是常写常新！

景德镇，正是她写作的血脉和精神所在。

在影视方面，1990年她应江西电视台之邀，几次前往景德镇，拍摄了中国第一部大型的9集电视系列片《瓷都景德镇》，该片获全国优秀电视节目二等奖。2004年，景德镇建镇千年纪念，她又率南昌大学首届广播电视艺术学研究生赴景德镇，拍摄出9集电视片《瓷都名流》，在江西卫视播放，并参赛成都国际电视节评选。2007年，24集校园青春剧《聚沙》于江西教育电视台"五一"黄金周连播4天。2011年，8集校园青春剧《沙之舞》也正式播出。这些作品里边都有景德镇的血脉。

36年的文学创作，半世纪的教学生涯，景德镇始终保持在胡辛的情怀中，想忘也忘不了！《瓷行天下》有温度、有高度、有力度，因为她接景德镇的地气，又仰望着景德镇的天空，景德镇的每一寸土地都布满了陶瓷的历史、人类的历史。

2. 瓷行天下：女性生命的感悟

通读这部厚若城墙的著作后，特别的"女性意识"强烈地冲撞着我，我笨笨地检索30万余字中有多少个"女"字，205个，似不多；于是又搜索起"男"字，竟然只有48个。这样看来，胡辛的女性思考女性感悟女性力量应是很自然地流泻于笔端的。

评论家胡颖峰曾称："胡辛是中国新时期女性写作的代表作家之一，也是江西自现代以来文学成就最突出的女作家。她由《四个四十岁的女人》发轫，从追求女性为社会承认的'理想'价值，到《蔷薇雨》呼唤女性的内在自觉，再到《怀念瓷香》重构己身历史的母性书写，其小说创作的清晰流变可谓代表了女性写作的三个阶段，且见证了一个学者型作家艺术创造的品质和智慧，使人们看到：一方水土和一方女人有着隐秘的生命关联，一种具有持久魅力的写作，往往是经由自身丰富的生命感悟而朝向地域与传统的一次精神扎根。"[①]

写得真好，评价特到位。

正因了这种与一方水土的隐秘的生命关联，正因了向地域与传统的又一次精神扎根，由此诞生了厚重且不乏深刻的《瓷行天下》。瓷，如花。

---

① 胡颖峰：《胡辛小说创作论》，《江西社会科学》2011年第11期。

陶瓷文化研究的执着

瓷有兰心蕙质，瓷是铿锵玫瑰。瓷，如女人。百媚千娇，又坚韧刚毅。胡辛在展示千年瓷路的阳光与风浪、荣耀和沧桑时，特别想要强调的是：瓷，其特质、特性、特征实在是女性内质的。瓷就是女人，女人就是瓷。人喻瓷，瓷拟人。正因为瓷是女性的，而且是中国女性的——她曾被神权、政权、族权和夫权四大绳索捆绑，曾被"三寸金莲"死缠扭曲，曾隔绝于知识之外……然而，终冲破一切罗网，柔肠百结、豪迈阳刚地飞翔于六大洲四大洋（除了南极洲和南冰洋）。她柔韧又勇猛地承载着中国文化飞翔于天下！

女权主义理论家西苏说："飞翔是妇女的姿势——用语言飞翔也让语言飞翔。我们都已学会了飞翔的艺术及其众多的技巧。几百年来我们只有靠飞翔才能获得任何东西。我们一直在飞行中生活，悄然离去，或者在需要时寻找狭窄的通道和隐蔽的岔道。"①

米兰·昆德拉曾言，作家的创作无非是"写一个主题（他第一部小说的）及其变奏"②。我以为，胡辛如此。她在第一部小说中写的"一个主题"便是"写女人"，她的"变奏"是开拓创新，永无止境，借着语言飞翔也让语言飞翔。流转多姿，顾盼生辉。

胡颖峰指出，《怀念瓷香》中胡辛"开始重新审视历史创造中的女性力量，那在生命开始的血缘相系的'母性空间'，便成为小说最具革命性的寓言"③。

在《瓷行天下》中，胡辛写到1998年央视专题部一制片人曾找过她写电视片《景德镇》的解说词，他们曾踏访过景德镇天后宫旧址。天后宫又名妈祖庙，是旧时护佑海上行舟船民的海神娘娘。那时她看到八根硕大的础石和木柱，有触目惊心之感。如同巨大的惊叹号直刺天空！其实，这也是景德镇瓷行天下第一港的见证！可惜，坍塌了。历史不可逆，更不可再生，历史文化资源是最可贵的！

胡辛，执教近半世纪，从文36年，古稀之年仍笔耕不辍，其所作《瓷行天下》，可谓"为女性、为人世立了一座丰碑，既无愧于文学的庄严，亦无愧于艺术的崇高，实为人格与风格之合一，见证了一个学者型作

---

① [法]埃莱娜·西苏：《美杜莎的笑声》，黄晓红译，载张京媛主编《当代女性主义文学批评》，北京大学出版社1992年版，第203页。
② [法]米兰·昆德拉：《小说的艺术》，唐晓渡译，作家出版社1992年版，第140页。
③ 胡颖峰：《胡辛小说创作论》，《江西社会科学》2011年第11期。

《瓷行天下》弘扬的是一种精神

家艺术创造的品质和智慧"[1]。

瓷行天下,负重若轻。

瓷行天下,是一种精神。

(郭力根,江西省委网信办副主任)

---

[1] 胡颖峰:《胡辛小说创作论》,《江西社会科学》2011年第11期。

千年瓷史书写中的文学叙事
——论胡辛著作《瓷行天下》的写作策略

温江斌

《瓷行天下》① 是江西作家胡辛多年沉浸于瓷史的集大成之作，著作公开出版后即获"2018 年中国好书"荣誉②，在学界引起反响。全书 9 章 18 节近 350 页，共 40 万余字，该书对外销瓷的历史文献进行了全面梳理，引用了大量文献，其中，既有文本典籍，也有图像资料；既有新闻报道，也有考古发现；既有传统经典，也有其他来源的著作。在论述具体史实时，除了征引各个版本的史书记载外，作者还兼采用影视文献、西方油画等，更显得独辟蹊径。《瓷行天下》参考文献多达百个，包括了大量的古代文献、现当代研究专著，这不仅为后续的研究者提供了一份全面的参考书目，也体现了该书征引文献之丰富，以及充分吸收学界研究成果的特点，呈现出浓烈的"史"识。需要注意的是，《瓷行天下》于历史写作之中采用诸多的文学创作手法，在宏观的"史学"处理之外展示出灵动的"文学"色彩。

一 "瓷里瓷外的人的故事"

《瓷行天下》主要讲述了中国瓷从汉唐到晚清的千年历史，全书以外销瓷为写作核心，沿着中国王朝不同的阶段而改变瓷的历史叙事场景，努

---

① 胡辛：《瓷行天下——千年帝王意志下的瓷路沧桑》，江西美术出版社 2017 年版。
② 《瓷行天下——千年帝王意志下的瓷路沧桑》获"2018 年度中国好书"。

力从帝王意志的视角窥探千年"瓷路沧桑"。该书的英文名为"The Overseas Journey of Chinese Ceramics",而作者力图从历朝历代"帝王意志"或者说"王朝背影"的影响下展示中国外销瓷的发展。作家在叙写外销瓷世界传输的过程中,将瓷的命运和中华民族的命运紧密联系起来,某种意义上,瓷的兴废寓意着中华民族的兴衰。而瓷的外销由此体现出一种中华民族不屈不挠的奋斗精神,体现出中华文化的深远的影响力。"2018中国好书"颁奖词确指出了《瓷行天下》这一方面主旨:"以'外销瓷'为切入点,追溯了汉唐至明清时期历代帝王的政治制度、个人意志和审美情趣对瓷器、瓷业和外销瓷的影响,以瓷带史,全方位呈现了中国陶瓷文化海外传播的历史沧桑,勾勒出中国瓷器行走天下,光耀世界的华美图景。"①

确实,《瓷行天下》以"一带一路"倡议为契机,通过对中国瓷文化、外销瓷历史及承载作用的研究,将历史与现实交错,展示出荣耀与坎坷交织的中国千年瓷路,讴歌了中国陶瓷文化的博大精深和对世界文明的重大贡献。不过,对于作者来说,瓷既是史,更是诗,即该书还从作家的身份讲述了中国瓷的传奇故事。实际上,在肯定外销瓷传播、展示中华文化这一主旨的同时,作家最后还感叹说:"中国瓷为什么能领先世界一千七百年而独步天下?中国瓷为什么曾经征服过世界,又为什么在西人逆袭中溃于一时,乃至今天依然落伍?外销瓷史属中国陶瓷史且与之同步,从中依旧能寻觅出活着的精神?从主动的瓷行天下到被动之行天下,幸耶不幸?幡然猛醒何以为戒?瓷里瓷外的人的故事,能否引起阅读共鸣和感悟?"②

作者对"瓷里瓷外的人的故事"的强调,成为该书写作过程贯穿始终的重要创作路径。细读文本即发现,作者以"瓷"为叙述主体,仍然从人的角度去把握、架构千年瓷史。为此,《瓷行天下》既有对千年瓷史发展的宏观描述,也有对历史中的一件件精美的瓷器的细致描述,特别是作家总是将人与瓷联系起来,由此追溯出人的故事和情感。因此我们看到,作家一方面把视野放在千年瓷史这一角度,另一方面又将视线投注到瓷史中人的情感、人的生活和人的审美。为此,作家在宏观把握纵横几千年的中

---

① 2018年度"中国好书"颁奖盛典《瓷行天下——千年帝王意志下的瓷路沧桑》颁典词,2019年4月23日,tv.cctv.com/2019/04/23/VIDEVt4v3pwvWPKFJ8JEp/uA190423.shtml,2020年9月10日。

② 胡辛:《瓷行天下——千年帝王意志下的瓷路沧桑》,江西美术出版社2017年版,第334页。

陶瓷文化研究的执着

国瓷史时，将外销瓷中关于人的故事发挥出来，如瓷与帝王、瓷与女子、瓷与官宦、瓷与手工业者、瓷与学者等关系写得详尽细腻、淋漓尽致，为此千年瓷史在作者的文本结构中被组接为一个个故事性叙事。如第一章"汉唐古道：丝路瓷路双生花"就将张骞出使西域、苏武牧羊、班超镇守丝路、昭君出塞等故事串联起来。再如第二章"宋元帆影：天青色与青花瓷"讲述了宋真宗"澶渊之盟"、宋徽宗与天青瓷、忽必烈与青花瓷、汪大渊航海、马可·波罗传教等系列故事。因此，《瓷行天下》的潜在叙事结构具有小说性的叙事模式，它以一个个人物为中心，把一桩桩关于瓷器瓷史的事件围绕这些历史人物予以娓娓叙述。

还要注意的是，这些故事文本常常能在瓷与人的关系中刻画出人物的性格，并于藕断丝连中闪烁有关人性主题的探讨。如写明历代帝王对外销瓷的影响时，作家就写出了永乐帝铁石心肠之外的柔软无助，宣德帝骄奢淫逸却有清雅之性，成化帝人情冷暖之中的灵性感悟，弘治帝威权之外的悲天悯人，嘉靖帝自卑中的过分自尊等的复杂人性，写就了"瓷的光辉是以皇帝内心悲哀和无助酿就"。为此，作者写作时常常进入人物情绪、心理和生活环境，生动地写出"帝王也是人、普普通通的人"[①] 的人性内涵。任何历史都是由人构成的，如果仅仅关注事件描写而忽略其中的人性人情的关照，那么历史文本只是一堆干巴巴资料的整合。胡辛在写作中将对人的关注与事件描绘结合起来，并对事件中的人进行细腻刻画，颇能洞见历史的本体和"真实"，正所谓没有人的历史那真是无源之水、无本之木。当然，在更为具体的人性关照中，作家更强调瓷是女性的。《瓷行天下》在前言中就写道："瓷是冰凉又温馨的，是纯洁又复杂的，是坚韧又脆弱的。瓷的烧炼，犹如一个女子从呱呱坠地到豆蔻年华，从初为人妻到怀孕分娩，从茹苦含辛的母亲到从容老去，瓷，是女性的。"[②] 为此，她在著作中选取了许许多多的女性文本，如昭君出塞瓷瓶、青花钱塘故事纹盘和朱元璋与马皇后故事、朱棣与徐三妹故事、贵妃万贞儿的故事等。作家甚至把目光远涉西方女性，如路易十四时代的曼侬德夫人、路易十五时代的蓬皮杜夫人等。于此在瓷器的描述或瓷史的阐述中写就女性的爱与哀愁，作家就直接说："越是精美的瓷器，越经不起碰撞，哪怕不小心轻

[①] 胡辛：《瓷行天下——千年帝王意志下的瓷路沧桑》，江西美术出版社2017年版，见前言。
[②] 胡辛：《瓷行天下——千年帝王意志下的瓷路沧桑》，江西美术出版社2017年版，见前言。

轻一碰，它也会摔得粉粉碎。"她叹息："这，太像人的感情，尤其是女人的感情！"①

作家曾坦言"陶瓷文化的专业性的确很强……的确为学术性与故事性、严肃性与可读性所纠结"②。或许，在一定程度上，将人与瓷勾连是作家写作"历史文本"时所借用的一种策略，不经意间却形成了双线结构，成为该著传播中华文化之外，探讨人性、弘扬人情的另一个主题。著名历史学家克罗齐看来，所有的历史都是文人史。③ 也正如美国学者卢波米尔·道勒齐尔在《虚构叙事与历史叙事：迎接后现代主义的挑战》一文中所说："历史话语不可能到达'真实界'，因此它只是培植一种'真实性的效果'，它（至少自19世纪以来）把叙述特别设定为真实界的能指，于是制造了这样的效果。"④ 尽管历史不可能达向真实界———历史的本体，但《瓷行天下》通过宏观文化与人性的双重视角使得胡辛在培植一种真实性效果的叙事中力图达向瓷史本体的能指。《瓷行天下》将瓷写成历史与人的杂混体，避免蜕变为一种沦落于让人一看而束之高阁的高雅读物，显示出黄仁宇式"大历史观"（macro-history），在一定程度上显得真实可亲、可敬可爱且耐人寻味。

二 "虚构在纪实中穿行"

瓷器在中国古代历史上扮演了很重要的角色，是外汇的重要创造者，也是东方文明的重要载体。要把握住它，难度很大。特别是关于外销瓷的记载，历史上留下来的资料很少，这对写作构成极大的挑战。从另一个角度看，这种挑战又给作者提供了大量想象和创造的空间，会给写作者在"历史"写作过程中带来创造的快感。细读该书可以发现，作家在以人入瓷故事方式架构千年瓷史的同时还呈现了一种新型讲述瓷史故事的方式，充分体现了作者于历史写作上的独具匠心和独特视野。

《瓷行天下》是一部兼具历史性、学术性和文学性的作品，作家真正

---

① 胡辛：《瓷行天下———千年帝王意志下的瓷路沧桑》，江西美术出版社2017年版，见前言。
② 罗翠兰等：《这里创造瓷，也生长瓷文化》，《江西日报》2019年12月10日。
③ 杨乃乔：《文学性的叙事与通俗化的经典———论黄仁宇〈万历十五年〉的书写策略》，《学术月刊》2007年12月。
④ ［美］卢波米尔·道勒齐尔：《虚构叙事与历史叙事：迎接后现代主义的挑战》，载［美］戴卫·赫尔曼主编《新叙事学》，马海良译，北京大学出版社2002年版，第179页。

陶瓷文化研究的执着

做到了以严肃的叙述论著论文为依据，同时注重搜集鲜活翔实的资料，以大历史为背景，更瞩目个体生命的种种感知。《瓷行天下》在写作中常采用的方法就是"虚构在纪实中穿行"。"虚构在纪实中穿行"是作家在创作《蒋经国与章亚若之恋》《最后的贵族——张爱玲》《陈香梅传》等重要传记中的经验总结和经典手法，作家曾对"虚构在纪实中穿行"这样解释道：

> 事件的历史也许是无法改变的，可是叙述的历史却是各有各的叙述，是处于流变的状态中……复活历史便是一种艺术的还原。还原就是想象在时空中的往回穿越。①

"还原就是想象在时空中的往回穿越"，"想象"这一虚构手段由此成为作家写作传记的重要手法，实际上也是《瓷行天下》的写作方式。当然，这种"想象"与"虚构"是作家在保证学术准确性、历史真实性的同时，又对特定的历史情态进行合理的构架，在穿插的种种故事轶闻中，对人物的心理和生活情境等做了合理的想象，保证了该书的可读性、趣味性。让我们在这里重新阅读《瓷行天下》，看看作者是将怎样一种"虚构"的文学性描写穿行于外销瓷叙事"纪实"之中，试以朱棣征战建文帝为例：

> 数九寒夜，大雪纷飞，朱棣率部属在冰天雪地中摸黑疾行军，他不回头，也不敢回头。等到雪霁，他才勒住马缰，放慢了行军的速度，这一慢，却慢出了他的心事：四年了，何时是尽头？爱将勇士一个个死在他面前，就是他自己不也一次次面对死亡？他心里清楚并非苍天护佑，而是他的傻侄儿发出了"勿杀叔父之瑜"，若非此，他早已身首异处。挫败感夹杂着动摇感袭来，他沉沉低下头，身累心更累。刹那间，有若隐若的金光从他的双肩缕缕喷出，是晨曦初露？是雪后必晴？他听见身后有叽叽喳喳声，这是他的军队行军时决不允许的！叽叽喳喳声却越来越大，汇聚成声浪，他停住马步，欲回头，莫

---

① 胡辛：《虚构在纪实中穿行——传记作者主体性不中忽视》，《南昌大学学报》（人文社会科学版）2002年第1期。

非哗变？不，他听清了，只有一个单词：龙！龙！龙！①

朱棣征战是真实的历史事件，但关于他在征战之中的心理乃至环境，几无历史记载，这就给写作以极大的"创作"空间。以上所引叙述是史学专著论述的职业性学术话语，还是历史小说陈述开场背景的文学性话语？在叙事的语言修辞方面，我们可以感受到作者的声音在力图进入对历史的客观叙事时，小说人的声音也悄然地流露了出来。实际上，《瓷行天下》就是常常在尊重历史大框架的范围内"想象"千年瓷史诸多情境，而"想象"的方法则采用呈现场景、设置悬念、展示细节、丰富对话等多种文学的手法，讲述一个个纷繁复杂而又意味深长历史故事，以上的例子在书中比比皆是，读来颇为酣畅淋漓、趣味横生。

为此，这部著作在书写策略上呈现了不可回避的个人风格与气质，作家把投诸其中的历史洞见不尽其然地杂混于文学叙事的故事性与可读性中。关于这一点，胡辛自己也坦然承认："将故事与专业嫁接，将外销瓷从皇帝的瓷和民间用瓷中提取，是远嫁的公主还是生离的女儿？新千年强调新闻故事化、故事纪实化，无非张扬可读可看性和真实性。还真不好写。"②的确，《瓷行天下》以想象性的叙述穿插于千年瓷史的种种纪实乃至学术研究中，使得该书成为一部兼容于历史性与文学性"混杂"读本。

海登·怀特在《元历史》（Metahistory）一书中即指涉了历史研究者往往在叙事中把历史编排为故事的可能性："'历史领域里的元素'（历史事件）按照一定次序排列成一种编年史，这编年史转换成一种故事，这故事通过情节编排获得（被解释成）某种意义。最后的也是最重要的一步便是历史纪撰的选择。通过情节编排进行解释的方式相当于把故事当作'某种故事'：传奇、悲剧、喜剧或讽刺文。"③从一个并非严谨的角度来看，《瓷行天下》的叙述声音不是在编年体中的流动，而是在断代纪传体中的流动；这种断代纪传体则更接近把围绕着一个中心人物所发生的诸种历史事件组接在一起，并以文学性话语来进行叙事。只要翻

---

① 胡辛：《瓷行天下——千年帝王意志下的瓷路沧桑》，江西美术出版社2017年版，见前言。
② 胡辛：《瓷行天下——千年帝王意志下的瓷路沧桑》，江西美术出版社2017年版，第334页。
③ ［美］卢波米尔·道勒齐尔：《虚构叙事与历史叙事：迎接后现代主义的挑战》，载［美］戴卫·赫尔曼主编《新叙事学》，马海良译，北京大学出版社2002年版，第180页。

陶瓷文化研究的执着

阅《瓷行天下》的目录，就不难发现这部著作就是由诸多故事编排和文学性叙事来构筑的。

需要说明的是，《瓷行天下》是以真实历史事件的"虚构"叙事收获读者而达向学术的通俗性或历史的文学性，迥异于那些在大众传媒频繁出镜的把经典炒作到媚俗学术超男超女的商业文本。自然，具有文学性的历史读本应该遵循历史的本体，谨慎地择选文学修辞语言和文学叙事性构架使历史更为准确地出场。无疑，《瓷行天下》做到了很好的探寻。

三　"走千里，行万里，还在江西的怀抱里"

作家就还原千年瓷史的问题慨叹说："瓷行天下，拟还原外销瓷历史。历史是已然翻过去了的日月。将翻了过去的又翻回来，美其名曰还原历史。然而，因了岁月如流，历史页岩破损而难以复原，还有种种主观的缘由，如立场、视角、目的等的不同，解读便会有种种差异乃至迥异，虽然，历史本身仍静静地安身于过往的岁月中。外销瓷历史亦如是。"① 作家将瓷的艺术史、东西方文化交流史乃至世界贸易史融于一体，成为合历史与文学为一的文本，除了作家的视角所构成著作的独特性之外，还有她的江西赣地这个作家创作"立场"与背景。

作家在写瓷史时说："时间轴上，从古至今；地理视阈，除却南极洲、澳洲、亚洲、欧洲、非洲、美洲乃至北极洲，都要有所涉及！"然而，《瓷行天下》于写作中合理处理千年瓷史时空后，更是聚焦于江西这块土地上与瓷发生的种种关联，正所谓"走千里，行万里，还在江西的怀抱里"②。细读350页的《瓷行天下》，其中江西文化元素满满：从文天祥的叙述、汪大渊的书写、汤显祖的描摹到洪州窑的介绍以及各时期景德镇生产的瓷器瓷瓶的展现……作家将江西这片土地上发生的与瓷关联的人和事予以"一网打尽"，显示了其赣地情怀。当然，对于瓷史书写，作家更是把景德镇这个地理文本予以了浓墨重彩的刻画，作家直接说："关于陶瓷，所有的话语所有的探源所有的解谜，都不得不指向一座至今也算偏远的山镇：景德镇。"③ 为此，《瓷行天下》中给予了景德镇这个"江西文本"以

---

① 胡辛：《瓷行天下——千年帝王意志下的瓷路沧桑》，江西美术出版社2017年版，第337页。
② 胡辛：《瓷行天下——千年帝王意志下的瓷路沧桑》，江西美术出版社2017年版，第337页。
③ 胡辛：《瓷行天下——千年帝王意志下的瓷路沧桑》，江西美术出版社2017年版，见前言。

诸多写作篇幅,其中"正德与景德镇""一枝独秀景德镇""独步天下景德镇""晚明景德镇与伊万里卡"等就独立成节成为著作叙述的核心点。如果说《瓷行天下》的时间坐标重心在明代,那么可以肯定地说它的地理空间则重点落脚于景德镇。因此,在《瓷行天下》的叙事中,景德镇这一地理空间并非是千年瓷史静止的、被动的事件"容器",而是能动的、积极建构的场域的叙述主体。

地理当然是历史写作一个重要支点,不过就历史写作而言,地理在历史的平面上"均衡地""面面俱到"又"蜻蜓点水"式地予以展现,而且这种展现是一种不附带情感的、"客观""中立"的叙述。自然,景德镇在中国千年瓷史上有着独特意义,给予它大幅度的展现并不为过,是难以"蜻蜓点水"地避免的。《瓷行天下》在选择瓷业瓷器叙述中常以一种"主观"情感来叙述,甚至于文本写作时直接予以赞美,如在叙述中国瓷的运输路线之时,《瓷行天下》就这样写道:

> 无论是大海洋时代之前还是之后,输至港口的中国瓷路永恒地是中国人的担当,如果说粤闽浙地域的窑口距海港有近水楼台先得月之便利,那么,偏远的内陆山城景德镇,千年以来的瓷器输出却并非易事,然而年年月月,数以万计的瓷器,无论是皇帝瓷还是外销瓷,就这样源源不断地自景德镇输出!……约至唐宋以来,此即景德镇瓷外销主要路线。此外,还有东至福建泉州、厦门之瓷路,北经大运河至南京、明州之瓷路,还有经赣江长江出海之瓷路,船夫们用怎样的体力毅力和智慧,默默地步履出人类文化史让人肃然起敬的奇迹!郑和下西洋的瓷器,可以毫不夸张地说,大多出自景德镇。景德镇,当是郑和下西洋之第一港。①

"并非易事""肃然起敬""毫不夸张"等词语运用与感叹等语气结合,使主体的叙事与抒情结合一起,深深映现出作家对景德镇的热爱与对江西这方土地的深情。实际上,这种为江西创作的自觉性散见作家叙述中。她曾说:"作为江西的作家,我们当然可以写地球村无论何处的故事,可总有一些作家,他(她)们会顽强乃至顽固地写'家乡那邮票般大小的

---

① 胡辛:《瓷行天下——千年帝王意志下的瓷路沧桑》,江西美术出版社2017年版,见前言。

陶瓷文化研究的执着

地方'。因为，家乡毕竟是人的根之所系处，是随着自己身体和灵魂成长的地方。乡音乡情乡恋难以割舍。"① 作家在《瓷行天下》的后记中引用了现代诗人艾青的名句，"为什么我的眼里常含泪水，因为我对这土地爱得深沉"。后记的结尾又直接改用了当代作家柳青的名句直接说：

> 从人类第一个陶罐的发现地万年到千年瓷都景德镇，再到第一面军旗升起、第一个革命根据地建立、第一个苏维埃政权建立的三地，在高速公路四通八达的今天，有一天的时间久够了。这么伟大的一块土地没有江西自己人写出两三部江西题材的伟大作品，是不好给历史交代的。②

对于"每一寸土地都是历史"的江西，"不好给历史交代"的自觉意识成为作家长期写作的情愫和责任，也成为溶于作家艺术创作的重要的元素和气质。文学的生产是作家的个人行为，它重视和张扬作家的个性表现。胡辛就是在《瓷行天下》创作中展示出高度的自觉写作、创作的个性：通过地域中所负载的情感自觉不断超越，完成关于千年瓷史的历史观照和深度哲思；同时以地域中特有的灵性感知方式对历史时空进行体验、超越、创造，将地域承载千年历史塑造出具有超越性的精神维度。作家对千年瓷史的鲜明表达之一是最真实贴切的地域题材，她以自己的地域生活为写作溯源，以强烈的个人情感和经验进入历史的叙述中，由此强化千年瓷史的社会责任感和艺术认知度。因此，《瓷行天下》这种带有强烈情感倾向的叙述更强调作家自己体验过瓷史，千年瓷史由此内蕴为一种"个人史"的书写与抒发，呈现出浓郁的"感事"色彩。

严格地讲，如果一部在学理上纯粹的史学专著，应该尽可能地关闭对历史进行文学性叙述及小说性想象乃至附带个体经验和情感，应该把职业性读者的阅读眼光锁定在接近历史本体的层面上而无法逃逸。不过，对于历史的思考所给出的结论，不应该局限在学术界，倘若能够借助于一种新的叙事模式渗透于公共文化领域，并对大众阅读主体产生影响，这当是一件可喜可贺之事，黄仁宇《万历十五年》即是这种写作的经典作品。作为

---

① 罗翠兰等：《这里创造瓷，也生长瓷文化》，《江西日报》2019年12月10日。
② 胡辛：《瓷行天下——千年帝王意志下的瓷路沧桑》，江西美术出版社2017年版，第338页。

"雅俗共赏的有厚度有温度的文化读物"[1]。胡辛的《瓷行天下》以小说性的叙事结构与文学性的叙事方式，将作者自我浸淫多年的文学创作经验融入千年瓷史书写中，无疑为读者敞开了想象的空间，捕获了更多的读者，对当下历史文学化写作进行了探寻。

（温江斌，文学博士、江西财经大学人文学院副研究员）

---

[1] 胡辛：《瓷行天下——千年帝王意志下的瓷路沧桑》，江西美术出版社2017年版，见序言。

墨香悠悠　瓷韵声声
——胡辛创作印象

陈　刚　陈　颖

江西师范大学 80 周年校庆的活动中，专门为佼佼学子胡辛举办了一场"胡辛创作与江西文化形象建构"研讨会，是非常有意义的活动。

胡辛在 37 年的文学生涯中出版了 42 部文学著作，涉及小说、散文、传记、影视、评论等，数达千万字。获全国性大奖十余次，花甲之年还涉猎瓷画创作，成为在中国乃至东南亚、欧美有影响的文学家、艺术家、教育家，在江西堪称首屈一指，在全国女性作家中也是独具特色的佼佼者。

笔者（陈刚）是她在江西师范大学中文系 63 级的同班同学，回望胡辛文学艺术的一路走来，笔者印象最深刻的就是"生活"二字。生活，是胡辛创作的源泉，是胡辛创作的动力，更是胡辛创作永葆活力的"生命黄金"。

"三位一体"的文化底蕴源泉

胡辛的童年是在瑞金、赣南度过的，少年和青年时期到了南昌，参加工作辗转到了景德镇，后又回到南昌。瑞金是红都，在中国是唯一的；景德镇是瓷都，在世界是顶尖的；南昌有着 2000 多年的悠久历史，占据着"昌大南疆"的历史地位。

瑞金，是中国红军挥洒热血、创建功勋的地方，是中华苏维埃共和国的诞生地，沉积着许许多多可歌可泣的革命故事。景德镇，有 1000 多年的制瓷史，一代代窑工用汗水和智慧铸就"china"不朽的地位，千百年来闪耀的灼灼光辉耀目于世人。南昌，历史悠久，名楼、名家、名画、名地层出不穷，还是中国人民解放军的诞生地。

红色瑞金、白色景德镇、古色南昌，这三地重要的文化特色构成了江西的"金三角"，"三位一体"融合成胡辛创作的生活源泉。生活在这三地的胡辛，汲取了赣文化中丰富的养料，化作笔下流淌不绝的极富赣文化特色的一部又一部佳作。

充满激情的个人生活源泉

胡辛出生于1945年，那是抗日战争即将结束、解放战争接着开始的年代，童年生活无疑是动荡和艰辛的，但1949年后，她内心则充盈着自由和快乐。她通过《四个四十岁的女人》，形象而又生动地展现了她的这一时代。她在书中说："少年时代恐怕还是这一生中最值得回味的。"无论是"到抚州门外去看绳金塔金光闪闪的塔顶"，还是"到孺子亭去捉迷藏"，或者是"进到佑民寺去看那又高又大的神秘的菩萨"，都给她们"所向披靡的力量"！

1963年，胡辛考入江西师范学院中文系，这在当时是非常幸运的。据说，当年有千余名高中毕业生第一志愿填报了江西师范学院中文系，但只录取了60名。四年大学光阴，她两次下农村参加"社教运动"，多次到贫困的山村参加支农；学业还未结束，又经历了十年动荡的冲击；在"四个面向"的号召下，大学生们纷纷走向农村、边疆、厂矿、基层。在这一特殊年代，"教授家庭"出身的胡辛经受了人生深刻而又强烈的考验、动荡和磨砺，逐渐形成了自己的人生观、世界观，培育出顽强不屈、刚毅奋进的品格。她秉持"生活处处皆学问"，与劳苦大众打成一片，许多人都因为她的直率、透明而对她另怀一份亲近和崇敬。

1968年7月，胡辛被分配到景德镇城区80千米外的一所农村小学任教，再到农村中学、城市中学。她表现了自己忠于教育事业的才华，赢得了学生的喜爱和家长的赞誉，并与他们结下了深厚的情感。享誉中外的优秀短篇小说《四个四十岁的女人》就是在13年的景德镇教师生涯中诞生的。作品中，柳青离开学校学生送别的感人场景，就是胡辛调离景德镇时的"情景再现"。

经历过的磨砺越多，爱得越深沉。原名胡清的胡辛，撒去了汗水和泪水，历尽艰辛成长为胡辛。她热爱生活过的每一片土地，热爱生活在这片土地上的人们，以满腔热情去讴歌赣鄱大地和芸芸众生。她笔下的女性，无论是知识女性还是目不识丁的农村妇女，无论是有过显赫人生的名人还

陶瓷文化研究的执着

是无名之辈，总是在曲折艰辛中依然充满阳光，充满人性美的正能量。可以说，胡辛通过她的作品，成功地传播了赣鄱文化的优良传统和赣鄱人的精神风貌，是颂扬和传播赣鄱文化的功臣。

永不枯竭的赣鄱文化源泉

胡辛起步于写短篇，继而写中篇，再到长篇小说、人物传记、散文，丰富的作品来源于她心中永不枯竭的文化源泉，特别是赣鄱文化的源泉。

从教50年，胡辛从未离开教师岗位，从小学教到中学、中专、大学，还在江西高校率先获批了广播电视艺术学硕士点，是一位有建树的教育家，桃李满天下。她的文学艺术创作，只是她业余时间的"欲罢不能"，这种"欲罢不能"的激情，源自于她胸中永不枯竭的文化生活源泉。

胡辛的创作源泉奔涌不息，在于她对生活有着细腻的洞察能力。但凡她经历过的生活，在她心中总挥之不去、抹之不掉。《昌江情》中，女人洗衣的场景描写跃然眼前，形成一道亮丽的风景。《禾草老倌》中禾草老倌包装瓷器的高超技艺的"过瘾"描写，更是绘声绘色，让读者拍案叫绝。在《石岭往事》中，她花了很大的篇幅写鸡，特别是写母鸡孵蛋的过程，将母爱写得栩栩如生，入神入画。

胡辛的创作源泉不枯竭，源自她扎实的文学素质。学生时代，她的写作成绩总是名列前茅，小学、初高中、大学都有高名次的获奖作文。她有着扎实的语言文字功底，叙事流畅，文字生动，给人强烈的感染力。她还善于吸取有地方特色的群众化语言，与她生动的文学语言结合在一起，就更上一层楼了，也使她的作品赣文化特色更加丰满。

胡辛的创作源泉不枯竭，源自她丰富的想象能力。多年来，她广泛阅读，积累知识，丰富多彩的生活给她带来丰富的想象力，这些都成为提升胡辛文学艺术修养的基石。在景德镇生活13年，胡辛接触到的都是平凡的人、平常的事，但经过胡辛的艺术加工，就变成了引人入胜的故事、小说、散文。胡辛成功的五部人物传记，如果没有这许许多多合情合理的艺术加工，就不会有作品问世后的漂洋过海，风行亚太和欧美。

胡辛的创作源泉不枯竭，源自她汩汩的创作激情。年过古稀，不仅写出了获"中国好书"奖的《瓷行天下》，还闯入瓷画世界，创作了大量以文学作品为题材的瓷画，开辟了瓷画创作的一条新路，是极具创意的。期盼她的瓷画技艺异军突起，在新的艺术领域再结丰硕之果。

墨香悠悠　瓷韵声声

《瓷行天下》好书探秘

胡辛的佳作《瓷行天下》获 2018 年度"中国好书"奖，可喜可贺。墨香悠悠，瓷韵声声，跃然纸上，吸引我们去探寻该书文能被评为好书的缘由。

读《瓷行天下》，首先感受到它是一部不折不扣的史书，从中国瓷的起源到发展，到变化，到创新，脉络清楚而分明，虚中有实，实中含虚，整体饱满而充实。作者在下笔前，详尽地阅读了有关中国瓷近百部著作，绝大部分史实出自前人的研究基础之上，然而又融进了作者自身的认知。如作者在叙写深受世界各国喜爱而又经久不衰的青花的历史时，如是说："青花，曾在唐代昙花一现，宋代惊鸿一瞥，此外，三百年无影无踪。到元代再绽放便呈成熟状，于伊斯兰地区风行一时，直到明代，至永乐宣德出奇地妩媚又清雅，也才有了入得皇宫，出得国门的国色青花之名。"[1] 作者之所以能如此简练而又准确叙述瓷之瑰宝青花的发展史，与其写此书之前就已有丰厚的阅读积淀和自己的探寻密不可分。作者正是在这些浩浩的瓷话著作中汲取前人的成果，并融入自己的认知，才使得《瓷行天下》能准确地还原丰富多彩的中国陶瓷行走天下，影响世界文化的历史。所以，此书的史料价值不可低估。

读《瓷行天下》，笔者又真切地感受到其该作品文学价值很不一般。作者初涉文坛就因写短篇小说《四个四十岁的女人》获全国优秀短篇小说奖。此后，又有长篇小说《蔷薇雨》和同名电视剧风行全国，紧接着又有《蒋经国和章亚若之恋》《最后的贵族——张爱玲》《陈香梅传》等人物长篇传记闻名海内外，她是赣地文学创作之花，是传记文学的佼佼者。正因为有如此深厚的文学功底，作者在写中国瓷行天下的过程中，充分发挥了她的文学才华。她用大量文学的语言、手法、结构著写瓷的历史，使中国瓷的历史跃然纸上，鲜活而又形象。每一章的标题都是形象的语言，如"丝路瓷路双生花""美到极致是天青""直挂云帆济沧海""心在瓷梦中行走"等。书名，用了一个"行"字的拟人手法，就使中国瓷销海外的历史活了起来。

读《瓷行天下》，同时也能感到它是一部艺术类的书籍。景德镇是中

---

[1] 胡辛：《瓷行天下——千年帝王意志下的瓷路沧桑》，江西美术出版社 2017 年版，第 128 页。

陶瓷文化研究的执着

国瓷都，也是世界瓷都，作者在景德镇有过工作生活十余年的经历，而在书写该书之前，作者因爱好与天赋，进入艺术瓷的创作实践中，有着较深的艺术瓷制作功底，这成为她将瓷的艺术展示在读者面前不可多得的优势。她不仅准确地记叙了各大名瓷的制作工艺与配料，还清楚地记叙了历代名瓷的烧制特色。她还以女性特有的感知，形象地记写了瓷的烧制过程。她说："土是卑贱的，水是灵秀的，火是神威的，土与水在火的炼狱中揉合冲撞，挣扎拼搏后的结晶，这太像人生的历程；而一不小心，轻轻一碰就粉碎的瓷，又太像人的感情，等到天地归于寂静时，砸开窑门，捧出匣钵，看看都变成什么吧……"[1] 所以，她认为，瓷是女性的，"特别像女人的人生和女人的感情，而愈是精美的瓷器愈怕碰撞，一不小心，它就会粉碎"[2]。

综上所述，《瓷行天下》是历史、文学、艺术三者有机的结合，具有独特的风格和特色。笔者认为，《瓷行天下》既可列入社会学类，也可列入文学艺术类，但由于它的文学艺术特色更加浓厚，表彰者将它列入文学艺术类也许更为贴切。

千年不熄的窑火锻造出五光十色的中国瓷，影响了世界众多国家的艺术文化。无数史实证明，从1000多年前开始，中国瓷就已和丝绸一样从陆路和海路流向世界各地。胡辛在《瓷行天下》中这样说："瓷，是源远流长的中国文化不朽的外衣，是中华文明的太阳永不沉沦的标志。"

胡辛在70高龄之后有《瓷行天下》这样举重若轻的佳作问世，是继她的小说《四个四十岁的女人》之后，众多传记以及影视艺术登上一个个台阶之后登上的又一高峰，也可以说是她人生创作的登顶之作，对她个人而言实在难得。《瓷行天下》在2018年是江西省出版界作家群中唯一获得"中国好书"奖的图书，对江西文化形象构建来说更是实属难得。

（陈刚，新余广播电视台原台长、主任编辑；陈颖，新余市广播电视台副台长）

---

[1] 胡辛：《瓷行天下——千年帝王意志下的瓷路沧桑》，江西美术出版社2017年版，见前言。
[2] 胡辛：《小说家视野里的陶瓷文化——兼谈〈陶瓷物语〉等景德镇地域文本创作》，《南昌大学学报》（人文社会科学版）2003年第4期。

千年窑火烧出的生命之花
——论胡辛景德镇系列作品的女性生命意识

高建青 胡梦婷

"女性"话题在近来的文学中一直是一个热点话题,正因为此,"女性文学"应运而生。"女性文学"作为一个坚实的文化存在,它为几千年的哲学洞开了一扇新门,那就是用女人的眼睛看世界。胡辛曾以"女人写,写女人"来概括自己的写作。在她的笔下,瓷就如同生命,在窑火的锻造中诞生,而窑作为这锻造的载体,其外形和女性的外形是一样的。所以,它与她是生命的孕育者、传承者。然而在封建王朝千年的桎梏下,女性的地位是低下的。而今,在时代的培养下,女性也从男性的附属品中脱离,开始觉醒,走向独立,追求自我的生存价值,成为时代的新女性。

胡辛,作为一代新式女性,她是成功的,她笔下的传奇故事也是成功的。她同王安忆等人不一样,她是侧重描写某一特定地域故事的作家,同时也是较早的一批关注"女性文学"的作家。可以说,胡辛对于"女性文学"与"地域文学"的发展有着引领作用。1983年,其处女作《四个四十岁的女人》获全国优秀短篇小说奖。其作品翻译成英文、日文,远销海外,在世界华人区中有一定的影响。她的景德镇陶瓷系列作品被翻拍成影视剧,收视颇高,受到人民群众的喜爱。《陶瓷物语》《瓷城一条街》《地上有个黑太阳》等作品不仅让普通大众了解了制作一件精美的瓷器就宛如孕育一个生命般艰辛,也使得陶瓷文化更加被人所熟知,吸引了海内外的一批批学者与青年,提高了景德镇的知名度,也为中国提高了知名度。

在胡辛的作品中,女性角色丰富,女性角色的情感也较丰富,既有细

陶瓷文化研究的执着

腻柔和的一面，又有果敢洒脱的一面，从而展示了区别于大众视野的另一种视角的女性姿态与女性魅力。那燃烧了千年的窑火就如女性一般，孕育着生命，传承着生命。在窑与妇之间，即有着来自自然的那种强大的生命力量，又有着独属于女性的细腻柔和之美，是精致的艺术品，亦是火与生的结合。然而随着时代的发展，胡辛对于笔下的一批女性赋予了新的生命——她们是时代的先锋，是打破传统封建桎梏的勇士，是追求自我存在价值的妇女，她们不再甘于做他人的附属品，她们是觉醒的生命之花。

一　瓷与雌：千年窑火与生命的传承

景德镇，又名"瓷都"，有着悠久的瓷文化，其名称是宋真宗景德元年用其年号命名而来，可谓殊荣颇高。而景德镇也利用这得天独厚的地理位置与自然资源，发展成了世界瓷都，使得瓷可以以"china"的名称代表中国走向世界，彰显华夏人民的智慧，传播华夏人民的文化。

瓷是脆弱的，也是永恒的。因为瓷就如同新生儿一样，在千年窑火的烧制中诞生，独一无二地生存于世，发扬自己的价值，但是只要一个踉跄，这瓷就会成为一摊碎片。然而，即使是碎片，埋藏于泥土之下，也不会消失，依旧有着它的价值，就如"百极碎"，正是因为其不完美，所以受到了人们的偏爱，也增加了价值，埋藏于泥土之下，只待千年之后再次被挖掘。人们对于这精美的艺术品总是赞不绝口，因为即使粉身碎骨，它依旧有着独有的价值。就像人一般，即使百年之后，其给予后代的记忆与财富也依旧是宝贵的。但是，人们只会去赞叹这瓷的精美，却忽略了孕育这精美生命的载体与过程。一个瓷器的诞生，是由选泥、成型、晒坯、上釉、烧炼再到出窑后的定型成色。这一道道工序犹如精子与卵细胞相遇，经过层层斗争，最后孕育出生命的萌芽，再由母亲的腹中经过40周的慢慢孕育，锻造，最终诞生。瓷就如同新生儿，窑就如同母亲，千年窑火就好比那诞生生命的甬道。这不禁让人感叹人类与大自然的伟大。

《陶瓷物语》中胡辛是这样着墨的："窑门，是一赤裸着的女人，而那女人正叉开双腿竭尽全力在分娩！那女人就这般赤裸身体地强坐着，一对丰硕的奶子涨鼓鼓又红彤彤，似已储藏了足够的奶水来哺育即将诞生的新的生命。""一只只匣钵里便藏着火的结晶——瓷。"[①] 胡辛借助树青这一人

[①] 胡辛：《怀念瓷香》，二十一世纪出版社2005年版，第70页。

千年窑火烧出的生命之花

物的视角,将窑火烧瓷比喻成母亲分娩,让人更加直观地感受瓷是如何诞生的,也叫人体会其中的艰险,感受生命的涌动。《地上有个黑太阳》中,对于寡妇椒椒闯窑一事,胡辛是有花笔墨在上面的:"女人啷样不能进窑?!看看窑门明明是女人的胸口女人的奶子女人的肚子女人的腿!明明是晓得女人会下崽明明想托女人的福烧一窑出一窑结结实实的好瓷,还偏偏要人模狗样禁女人忌女人贬女人!"① 这是椒椒对那群男人们说的话语。从这里也可以清晰地感受到窑的外形与瓷的烧制是怎样进行的以及女性开始觉醒,提出质疑,做出反抗。同时,也正是因为女人进窑会塌这一迷信的说法,让人不禁联想到每一位母亲在生育孩子时的痛苦与危险,是生命与生命的博弈,那甬道不只诞生出新生儿,也诞生出一个母亲的强大与伟大。瓷的诞生,也是一道道工序,然后经由千年窑火的煅烧,在一个个匣钵中成长,最后窑工将窑门砸开,就涌现出一件件精美的瓷,有时又会潜藏着破碎的瓷。就像新生命,有时也有着不完整的。

在景德镇,窑火一经点燃,就再也未曾熄灭。她的火的生命孕育出无数的瓷,使得它们走向世界,代表中国,在外彰显中国独有的特色与炎黄子孙非凡的智力。也正是因为这一特色,景德镇走出了许许多多的陶瓷工艺家与学者,他们奔波于世界各地,宣扬这一文化,他们也深知,是千年窑火与陶瓷,养育着他们,造就了他们,他们是传承者,亦是创造者。因为生命的诞生是未知的,我们不可能预知那下一个匣钵孕育出的是怎样精美的生命。

人类的繁衍经历了漫长的道路,有着悠久的历史,直到今天,这繁衍的脚步也一直在延续着,探索着。而瓷的产生,似乎也有着这种默契,窑火一经点燃,就从未熄灭,陶与瓷也就在这窑火的炼制中从未间断,产生了一批批新的生命,而每一个生命,都散发着独有的魅力,发扬自己的价值。就如人一般,从出生到死亡,都在为人类、为社会贡献自己的价值,也在不断地变换角色,增加角色,绵延着自己的生命,即使百年之后,这繁衍的繁衍也依旧在进行,生命的传承也依旧在延续。千年的窑火,是人类智慧的结晶,但只有与自然结合,才能创造出新的生命,从而用传承来回报我们的大地母亲。在胡辛的笔下,窑是女人的身体,窑口便是诞生生

---

① 胡辛:《地上有个黑太阳》,载胡辛《〈四个四十岁的女人〉与景德镇》,江西教育出版社2018年版,第139页。

陶瓷文化研究的执着

命的甬道，而瓷便是新的生命。在千年窑火的锻造中，生命在涌动，永无止息，就像人类的繁衍也一直在传承着。生命的脉动或许是共生的吧！

二 力与丽：原生的自然之子与新生的都市丽人

"原生"与"新生"在胡辛笔下的人物身上被表现得淋漓尽致。胡辛对于"自然生命力"的追求是热烈的，甚至于是羡慕的。或许正是因为这种热爱，在她的作品中，总有那么一两个释放天性，散发着无拘无束的自然生命力的人物，给人以力量感，令人感到自然美。同时也有遵循母辈的教导，温柔守己，有着浓郁的瓷街女性特色，给人以传统美。

谷子，一个瓷街中的普通女子，在胡辛的笔下，折射出许多未知的东西。谷子的初次出场，就给人一种慵懒自在的美。在胡辛的笔下，大学毕业后的谷子是一个超凡脱俗千里挑一的现代派姑娘！在满世界的女人们无不浓妆艳抹、镀金真金首饰叮当响时，她全然一派天然姿色。衣着也极随意，只是不论什么布料什么款式一到她身上，就显出一种洒脱奔放、青春迸发之感。

这样的谷子就像是自然之子，自由自在。青青则与谷子不同，她们是两种女性，这也刚好折射出她们性格上的差异。对于窑巴佬吓唬女孩子不能进窑，否则窑会塌这一行为，谷子是刁横地说着"就要进！偏要进！"并身体力行了；而青青，则是听话地在外面等待，羞涩得不敢说一句话。青青是传统的瓷街女性，遵循着老一辈的规矩，恪守着传统道德，是地道的女娃子。而谷子，是自然哺育的新女性，受到过新知识新思想的熏陶，有自己的想法，受到过大城市的女性的感染，是都市与自然培养下的丽人。所以谷子是打破传统女性的一个开口。对于爱情，谷子也勇于追求，敢于面对自己所犯的错误，并为之承担责任。在即将成为母亲时，她毅然反对他人的意见，遵从自己的想法，延续着生命的传承，如同千年的窑火，极具传统自然的力感美。青青虽是残疾，但她意志坚定，渴望独立，希望得到尊重和平等的对待，这是她作为独立人格的一面。对于爱情，她懦弱、善良，不敢面对，但内心又是时而开心时而难过，常常羡慕他人可以和自己所爱之人畅快地谈论，故而总是以推开、拒绝的方式来折磨自己。这或许是她传统的一面，因为在她的内心深处，女性是男性的一个象征性的物品，不健全的她是不值得拥有的。或许是母亲的影响，青青是一个追求自我但又有着传统一面的女性。青青的母亲一个人养育着青青，在其他粑粑头女性的眼里，她是一个守妇道的女人，是一个能干的女人。在爱情来临时，她与火师傅二人敢于争取幸福，然而，传统的粑粑头女性们却极力地劝阻、破坏这段爱情，将其扼杀在摇篮里，并表示"已做了多年的寡妇，现在放弃实属惋惜"这样荒唐的想法。她们是传统封建观念的受害者亦是维护者。《地上有个黑太阳》中的景景是一个自然生长的女人，所以她无拘无束，不受任何事情或人的牵制，或许正是因为这种完全野的性格，她最终也为自己的错误买单。她虽是自然所培养的女性，有着自然的美，但是她却没有掌握好道德与法律的准则。所以说，自然的女性是美的，都市中的女性也是美的，原生与新生的结合则更是美丽的。她们都有着独属于个人的魅力，但是解读她们，或许是艰难的。

在胡辛的笔下，女性是复杂的，她们似乎就像海洋一样，需要永无止境的探寻，因为她们的美，她们的力量，她们对于生命的热爱与追求是无法想象的，那种疯狂也是无法掌握的。

三　妇与附：女性意识与作为"他者"的女人

女性，在传统观念中是依附于男权社会而存在的，尤其是在封建王朝时期，女性的权利是被限制的，她们必须遵守三纲五常，遵循父权社会的一切封建道德。女性处于被欣赏、被看、被把玩的位置甚至于被当成商品转卖。直至今日，女性依旧处于被动的状态。但是男权社会又必须有女性的支撑才可以繁衍，所以女性便成了繁衍的工具。然而，在男权社会的影响下，女性作为母亲抑或说她们这种繁衍的能力也是不被肯定的。就像弗洛伊德的俄狄浦斯精神一样，俄狄浦斯王弑父娶母，浅层地分析，这是一个悲剧，人们会从俄狄浦斯王的悲剧角度出发。但是，这又何尝不是父权社会下的挑战与争夺呢？自古，胜者为王，败者为寇，在俄狄浦斯王杀父成功后，他顺理成章继位，并继承了一切，这难道不是男权社会的争夺吗？可是，他的母亲作为一个女人，即使是王后，最尊贵的女人，也没有选择的权利，只能依附于男权社会，来达到生存的目的。这就如同低等动物般，没有自己的生命意识，不知道自己的生存价值，女性的觉醒是沉睡的状态。然而随着时代的发展，女性慢慢地有了自己的定位，生命的意识在觉醒，生存的价值观也在复苏，女性越来越清晰地明白自己的重要性，也深知自己是独立的生命体，并不依附于任何人。在胡辛笔下，谷子、寡妇椒椒等人要闯窑门时，窑巴佬们都会以"女人进窑，是会塌窑的"这种

陶瓷文化研究的执着

迷信说法而将女性置于门外。但是窑的外形却又如女性的身体一般,所以这就是滑稽的一点。而女性们对于这迷信说法的行为,让人感受到女性的反抗与男权社会的虚伪。然而也正是从这里我们可以清晰地感受到女性对于自己的价值与主体意识的觉醒和维护。

《四个四十岁的女人》中,柳青是唯一没有成家的女人,所以她起初对于自己未成家是感到特殊的,她认为自己没有履行一个女人的职责。然而在她患病后,学生们的所作所为使她无比感动,深刻地感受到了自己的价值,自己存活于世的生命价值。作为一个女人,她的职责并不只是成为母亲,她是一个独立人,有自己的选择,也有选择实现生命价值方式的权利。男性们从不会因没有为人类繁衍而感到自卑,也不会因没有成为一位父亲或者是没有成家而觉得自己没有履行一个男性的职责。但是女性却时常会流露出这种想法。时至今日,许多女性依旧依附于男性、家庭而生存,从而实现自己的人生价值。已婚的叶芸、魏玲玲、蔡淑华,无论年轻时有多么渴望着自己的未来,并为之计划着,然而20年后,她们再次相逢,曾经的梦想已然变成了家庭,一切以家为中心,只是她们对于这一切是不满的,对于自己的工作是热爱的,不愿意为家庭而牺牲自己所爱的岗位,这或许就是女性们埋藏于深处的生存价值观的觉醒吧。纵观各个年龄段的女性,她们对于生命的追求是不一样的。《昌江情》中李昌江的母亲与《瓷城一条街》中青青的母亲,她们是寡妇,在男性缺席的情况下,她们毫无怨言地支撑起家庭的重担。这时家庭的话语权便由父亲转向母亲,女性也在此刻有了一种主人意识,被依附的意识,并深知自己的重要性,生存价值观在觉醒,生命意识在觉醒。

所以,男权社会的影响是根深蒂固的,女性的生存价值观的觉醒是漫长的。所幸的是,在如今的社会,越来越多的女性有了独立的人格,不再依附于谁。在各个领域不仅有着男性的背影,也同样有着女性的身影。

时至今日,女性的审美、外貌等评判依旧以男性的审美眼光为准则。所以,"一个人之为女性,与其说是'天生'的,不如说是'形成'的"。树青作为一个新女性,在见到林陶瓦时,也会自然地流露出爱美之心,对于林陶瓦身边出现的女子,她首先打量的便是穿着打扮。故而,女性在社会环境的影响下,对于着装是敏感的,因为那是她们吸引异性的一个因素。一个人,在不同的培养环境下自然会形成不同的性格与意识。男性对女性的影响持续了几千年,男权对于女权的压制也一直在持续着。所幸的是,时代思想的发展,女性与男性同样的培养方式使得女性开始觉醒,开始维护自己的权利,释放自己的天性,追随本心。

(高建青、胡梦婷,宜春学院文学与传播学院教师)

透过乡土情怀的女性"荒原"
——阅读胡辛《〈四个四十岁的女人〉与景德镇》

肖　文

　　人是环境的产物，一方水土对一个作家的影响越大，她对这地域的附着性就会越强烈，她笔下的内容所折射的乡土情怀也就越深刻。阅读胡辛的作品，我的脑海里会很自然地浮现出两片土地，一片是"红色的土地"，另一片则是"白色的土地"。这两片土地是胡辛创作生长的母土，也是她所有故事的源泉。

　　胡辛的作品具有很强的地域色彩，景德镇的风土人情与陶瓷的文化述说是她倾心描绘的对象，这和她在景德镇度过的那八年青春岁月密切相关。她常说景德镇是她第二个故乡，她把一个女人最美好的黄金岁月留在了景德镇，便也把最纯挚的心灵融入了景德镇。她的故事即是她在这方水土上亲身经历的点点滴滴的沉淀，她与这片土地及这片土地上的人之间有说不完的故事，也便成了她笔下最美好动人却又真实残酷的青春挽歌。

　　但是，循着胡辛的心迹，就会发现胡辛写作的重点其实不在于地理背景，而在于那片土地上的人们，人物才是她写作的主旨，地域只是背景。作为现当代女性作家的她，自然更加关注这片土地上的女人们。在胡辛以景德镇为地域背景的中短篇小说系列中，她展现了景德镇这方水土确实宜陶亦宜人，这方水土孕育的女性是如此淳朴、坚强、善良。小说《昌江情》中一开头就写道"女人是鱼，离开了水哪能活？"瓷城的女人们总是相互吆喝着："下港去啊。"那汩汩流淌的昌江，那清脆的棒槌声声，那火一般的夕照构成了一副绝美的图画……胡辛的心灵和思维是细腻的，这符合她作为女性作家信赖感觉的执着。她的作品似乎永远都环绕着景

透过乡土情怀的女性"荒原"

德镇与这片土地上的女人在生命上的深度关联娓娓道来,她将自身的生命感悟与地域和传统结合起来,使得她的作品能够扣人心弦,具有生命的质感。

毋庸置疑,胡辛清新的笔调、娓娓道来的述说确实能把人带入一个思想遨游的境界,但在那人间烟火的热闹之中,我总感觉有一个巨大"荒原"的存在,那就是女性的"荒原"。她笔下的大多数女性以各自独特的生命体验在现实生活的水深火热中不断地挣扎着,却无一不展现出一种生命的失陷和缺憾的美感。初读胡辛的处女作《四个四十岁的女人》,我便知道"理想"和"爱"自始就是胡辛的内心世界。四个40岁的女人当中就属柳青的故事最令人感叹,柳青不同于叶芸、淑华、玲玲的是她一生都没有结婚,没有向爱情、婚姻、家庭妥协。她还是甘做山野的一朵小花,在农村执教15年,虽然默默无闻,却得到了人世间最崇高、最纯真的爱,她以一个女人能牺牲的所有来获得一个真正意义上的理想的爱。胡辛那种缺憾忧郁却又执着的理想主义色彩正展现了她作为一个新时期创作女性自觉意识觉醒的特点,非常质朴地表达了她为什么而创作。

一 女子如水

江南水乡,女人如水,"善利万物而不争"。胡辛的小说中有许多像水一样的柔情女子,比如《四个四十岁的女人》中的叶芸、淑华、玲玲等,这些女子,本性淳朴、美好、温婉可人,她们都具备水的秉性,具有极大的"包容性",这是作者对景德镇水土钟灵毓秀的赞美。但是,在这些女性身上,我们更多感受到的是她们对于自身命运的"不争",她们在对生活的妥协中逐渐流失的生命意识。小说《瓷城一条街》中美丽温婉可人的青青与景兴是长辈指腹为婚的一对璧人,在外人看来两人如此的般配,不幸的是青青双腿残疾,景兴给青青传递去一片温柔、一种信念、一股撼她心灵的力量,但青青一直觉得是自己拖累了景兴,不断将婚期推迟。当江波指出景兴爱的不是青青而是热情如火的谷子的时候,她是痛苦的,但她的内心又是极度包容的,一切都为别人着想,如此温柔善良。当得知谷子住院之后,青青还去看她,那痛苦的眸子里是一片坦诚善良。又如《糟糠之妻》中曹梦山的妻子,"她美过,活泼,开朗,健康,年轻时就像朵带有露珠的杜鹃花"。当土改工作队要送她进县妇女干训班培养的时候,一

陶瓷文化研究的执着

句"你是山，我是水，水绕山转"，一个淳朴而保守，软弱又坚强的中国传统农村妇女形象跃然纸上。她为了家庭忍受着种种厄运，"她耳聋也是为了我，我曾对生活丧失了信心，想一了残生，她挽救了我，她卖血给我买补品，而自己，病倒了"。"她一切都为了你！岁月、辛劳、丈夫、儿女夺走了她的青春、健康、前景，留下的只有皱纹和白发。"① 如此结发妻子，如此糟糠之妻，怎能不敬爱？她甘当绿叶，为了所爱而承担起生活的重担，像水一样源源不断地滋润着所爱的人。

二 女性如火

瓷都火窑，女子如火，燃起生命的神采。在胡辛的小说中，"神秘的窑门"是一个被多次提及的神秘意象，瓷的容器性和窑门的外形都好像与女性有着千丝万缕的关系。在生命的沉淀下，窑门已不仅仅是窑门，而是一个熔炉，生命在里面燃烧，赋予了女人"火"的特性。胡辛的小说中具有火一般性格的女子大多具有反抗的意识，比如说目不识丁却胆敢闯窑最后征服把桩师傅的骚寡妇，活泼新鲜的现代派大学生谷子，命运多舛也不向命运低头的老三届大学生景景，清澈似一泓水、热情如一捧火的纯情女中学生小弟……她们都是胡辛内心的一把火，是瓷都女性如火个性的代表。但是，胡辛塑造这一类性格激烈的女性，仿佛是在对照时间轴上上一代女性的悲哀，以及同代其他更多不斗争女性的痛苦挣扎和年轻一代女性内心的荒芜。于是，她回归现实生活，试图挖掘人性深处的荒凉：女性能否突破心理生理和传统道德的束缚，展现自由而摇曳的灵魂呢？她对那难以实现的梦想投以期盼的目光，但现实是残酷的，现实中的不可得，就只能通过塑造这一类具有理想人格的女性来建构一个理想的世界。但她们的结局依旧是悲剧性的，柳青得了癌症，骚寡妇没名没分最终是凄凉，谷子因道德不容，景景因法律不容都只能自食其果。

或许在胡辛心中，缺憾才是美吧，就像"百极碎"，它本是技术缺憾，由于工艺处理不当使得胎釉膨胀系数相差过大而出现的裂纹，被人遗弃在那荒山尘土之中，多年后我们看到它，却发现它有着自然清逸俊秀浪漫随意洒脱奔放之美，还透着一种冷峻沉稳的伤心美。胡辛笔下的女性就如

---

① 胡辛：《糟糠之妻》，载胡辛《〈四个四十岁的女人〉与景德镇》，江西教育出版社2018年版，第204页。

"百极碎"，因了苦痛因了缺憾碎成一小块一小块，但正因为碎成百极，才更美更美。

三 女人如瓷

胡辛说"女人如瓷"，它晶莹剔透、柔美易碎，她把这种缺憾的美感赋予和瓷有着类似特征的女性身上，试图从瓷的裂缝当中寻找女性生命挣扎突破的力量。她的小说中多次提到神秘的窑门，说那是女性的图腾，它的外形就像是女子赤裸着的半个身子，那一对红彤彤的匣钵，是流泻生命之汁的玉乳；那丰硕的双腿，那四方形的放柴口，是分娩生命的神秘甬道。窑门奇异怪诞的原始色彩作为一种文化意象获得了广阔的象征意义，流泻着永恒又莫测的变动。窑门实际上是当时人们集体无意识的产物，它积淀着人类有史以来的经验和感情最深层的部分，这种意识的产物留给后人的是无尽的思考，它仿佛与女性有着千丝万缕的关系。随着时间的推移，这种生命原始的崇拜却发展成了禁忌。小说《瓷城一条街》中提到，柴窑严禁女人入内，否则会倒窑，满窑前，窑户老板先要在窑门上张贴风火神像举行祭祀仪式，尔后点火烧窑，直到熄火开窑，窑屋不分昼夜，皆要点燃油灯，窑屋里古色古香的椅子是把桩师傅的"专座"，这一切都实质上蕴含着悠长深远的文化积淀和文化渗透，这是男性文化的张扬和渲染，窑屋禁忌实际上是对女性崇拜的反叛和补充。当泼辣风流的骚寡妇闯窑的时候立马受到了把桩师傅的拳打脚踢，但在这一场搏斗之中，那一窑的瓷却烧得分外的好，寡妇也与把桩师傅莫名其妙又顺理成章地成了相好。与其说这是一场滑稽的闹剧，不如说这是两种混沌意识的搏斗，这是一场非自觉的懵懂的碰撞和突破。人们对骚寡妇闯窑的认可，也可以说是对女性神秘的追慕回归。除了窑门，还有那古老的窑屋，窑屋富有包容性的外形就像是女人孕育生命的肚子，窑屋产出绝美的瓷器，女人孕育人间的幼崽，那熊熊的烈火在不断燃烧，在释放那生命煅烧的呼喊，看似刚强，实则又是柔弱。神秘的窑门，古老的窑屋，熊熊的烈火，一齐产出绝美的瓷器。瓷，很细腻、精致、鲜润、漂亮，富有女性之美，温润如玉的瓷，感觉就是一种女性的，母性的呵护。

其实，除却窑门、窑屋、瓷与女性相似之外，炼瓷也是一门艺术，炼瓷犹如人生情感，女性的情感是柔软、脆弱的，就像瓷，怕磕、怕碰。胡辛笔下的爱情少有圆满，甚至千疮百孔。在胡辛笔下的女性人物传记中，

陶瓷文化研究的执着

张爱玲、章亚若、陈香梅都是书香门第,清冷高傲,这样美好的存在,一旦遭遇爱情,一切的美丽都烟消云散,只剩一份苍凉、悲凉、凄凉真实存在。自古以来,爱情总是难全,胡辛把人生情感的锻炼和炼瓷联系起来,爱情的痛苦和困惑就如土和水在火的炼狱中的挣扎和拼搏,这种苦痛仿佛才是生命存在的意义。女性的灵魂一半牢牢系缚于传统道德、传统文化,另一半压抑着的原始生命力却焦渴企盼奔腾,经得住烈火烧炼的情感才能烧出这世间最精美的瓷器。

胡辛说:"人的生命,瓷的生命绝对有可能有这样或那样的缺憾和遗憾,或太幼稚或太玄奥或太粗野或太精细或太浅显或太深邃,总之,难以完美。但只要有自己生命的独特个性,这就足够了。"是的,难以圆满的故事才动人心弦、令人唏嘘,有缺憾的"百极碎"是瓷中珍品,有缺憾的人生才是真正的人生。

胡辛这位女性小说家将她看到的女性荒原贯穿在许多故事当中,欲将独立的女性意识融入生命意识之中,倾听来自生命深处的女性的集体无意识呼声。瓷如女性,是那么柔美又坚韧,轻盈又沉甸甸,脆弱又所向披靡,精美又深接地气,胡辛笔下的瓷器就像《瓷行天下》中的瓷器一样有漂洋过海的勇气,有行走天下的豪气,胡辛将女性和瓷文化紧紧联系起来,传达一种独特的文化,是内心深处无意识的呼喊,是作品存在的意义。

四 结语

好的文学让我们体恤时光,开掘生命之生机。生活是创作的源泉,胡辛立足脚下的土地,书写人生,刻画人性,传达瓷文化,将自己独特的人生感悟与景德镇、与瓷文化结合起来,具有动人心魄的震撼之美。小说中描写的瓷都的氛围、瓷都的人情、瓷都的凡人琐事像一幅生动的画卷,让我们在欣赏人间烟火之时又跳脱出来,感受胡辛笔下女性内心的挣扎和呼喊,引人深思,久久不能忘怀。

(肖文,江西师范大学文学院 2019 级研究生)

胡辛小说中的陶瓷意象研究

王冬娜

20世纪80年代初,赣地女作家胡辛开始了文学创作,她的处女作《四个四十岁的女人》首次向读者表露出她的女性立场和女性意识。在赣鄱这块红土地出生、成长的胡辛,30多年来,她的小说中尽情蒸馏着这片乡土中的女人坎坷而又倔强的人生,可以说胡辛多情细腻的文字实现了她曾经许下的真诚诺言:为这方水土这方人留下一点文学的摄影、笔墨的录像。曾自嘲为"高龄初产妇"的胡辛多年来始终在寂寞的文学征途中默默耕耘,在专业教学期间出版著作40余部,共计千万字,这种艺术生命的密度和力度是我辈望尘莫及的。同时,作为江西作家,胡辛用自己生命的长度一步步地丈量这片红土地的宽度,在纸与笔的光影中书写自己对赣地的乡土情结,反思在现代文明冲击下,中国传统文化该何去何从的问题,从而增添了文学艺术的厚度。

一 陶瓷意象与女性意识书写

赣地作家胡辛一生都致力于民俗学和女性文学研究,她人生中最美好的青春全部奉献给了"瓷都"景德镇,在景德镇执教八年,她完全沉浸在这片白色土里,潜心钻研陶瓷文化,并在历经千年窑火冶炼的陶瓷中感受女性之美。

景德镇得名于宋真宗的厚爱,此后窑火便千年不熄。明代是陶瓷的黄金时期,康熙、雍正、乾隆三朝可以说是中国瓷业的历史高峰,但正如月满则亏,实际上由于晚清的闭关锁国政策以及国外仿瓷技术的后来居上,中国的陶瓷业岌岌可危。但是,作为内陆小山城的景德镇,因其地理位置

陶瓷文化研究的执着

的偏狭、陶瓷工艺的高超、白色高岭土矿藏的丰富以及长期积淀的地域文化心理的护佑，故受海禁政策的影响较小。景德镇的陶瓷自古以来都是欧美及东南亚地区的热销品，自明代郑和七下西洋开辟了海上贸易之路起，景德镇的陶瓷便大量流往海外，使得景德镇青花瓷名声大噪，海内外游客纷纷慕名而来。殊不知，陶瓷的发展与女性有着密不可分的关系。

陶瓷与女人的缘分古已有之。"陶是人类生产的第一个物质，而第一个物质中的第一个，便是妇女用手和泥，再捏出个篮子形状，或干脆就篮子上涂抹捏制泥后，晾干，放到火里焙烧而成的。"[1] 在胡辛的《瓷行天下》中，陶瓷的黄金时代是明代永乐帝亲手缔造，朱棣对永乐青花的喜爱似与一个女人有关，永乐帝的皇后去世后，他追求小姨三妹徐妙锦遭婉拒，内心失落，遂将一腔柔情诉诸青花瓷中，否则难以解释生性残暴，杀人如麻的粗野男子为何会独独青睐风格简约素雅的青花瓷，大概是对温婉清丽的徐三妹所做的一点点怀念，或是对自己性格缺陷的一种弥补。明宣德青花的艺术造诣可谓明代之最，宣德帝亲手绘制的明宣德蟋蟀罐栩栩如生，却被张太后一手毁掉，为的是维护皇帝完美正统的形象。而成化帝朱见深对万贵妃"母亲"般的依恋则成就了成化斗彩鸡缸杯。弘治帝却对子母鸡斗彩杯不忍卒看，因为这温暖的亲情只会平添他"人皆有母，独朕无"的伤感。万历帝为了与郑氏死后葬于一起，下令督造特大青龙缸，却终未炼成。明代皇帝与女人的情爱纠葛真假难辨，但这又有何妨？艺术要的就是似与不似之间，留一半清醒留一半醉。

承古之志，汇智尚德。新时期女性作家胡辛认为，作为中国文化重要象喻的陶瓷，其本质是女性化的。瓷，有女性之美。故她笔下的女人多与瓷有着纠缠不清的爱恨瓜葛。在《陶瓷物语》中，女性不再是游走于字里行间的一个个抽象的"能指"符号或是作为被叙述的纯粹客体，女性本身所包含着的丰富的精神与文化意义使之成了一部寓言化的陶瓷史的象征。树青是新时期女性的代表，瘦弱的身躯里藏着女性的独立意识，虽爱慕古陶瓷大师林陶瓦但绝不依附，似"薄胎瓷"，既有女人的娇柔纤弱，又有于火中烧炼而成的刚烈。披散长发赤裸身子在昌江河里洗澡的骚寡妇，日复一日地静坐于江边，像一根千年枯木贮藏着数不尽的秘密，似"渣胎碗"，虽然粗糙丑陋，却如母亲的手般温暖宽厚。外貌美艳的江红莓，似

---

[1] 胡辛：《怀念瓷香》，二十一世纪出版社2005年版，第183页。

"瓷花篮",集精致繁缛、雕捏镂刻于一体,有着注重细枝末节却爱使小性子的秉性。正所谓,瓷化女人,女人化瓷。胡辛笔下的女人似乎都有一个专属的瓷名,精准地概括了她们的一生。

胡辛笔下的女人多具有强烈的女性意识,但落笔点却是女人柔弱的内心。"陶瓷的烧炼,太像人生,尤其是女人的人生。土与水,在火的烤膛里,糅合撕掳,爱恨交加,难解难分,平寂,结晶出,合格,次品,鬼斧神工不再有二的艺术品。"① 而精美的瓷经不起碰撞,一撞就粉碎,这又太像人的感情,尤其是女人的感情。《陶瓷物语》中的树青是个洒脱而自强的女人,但她心底却珍藏了一个男人。当她再次踏上景德镇这片故土,不仅是为了拍摄《千年不熄的窑火》,还是想回来看看她美好的初恋,毕竟当初的不告而别,始终是她心底的一道伤疤,丑陋又显眼。她与林陶瓦的爱情源于一只黑釉罐,懵懂少女爱慕瓷文化渊博的"火狐狸",但这段心照不宣的暗恋却因树青母亲的极力阻挠不了了之。几十年后,那个13岁的天真少女早已变成了40多岁的"半老徐娘",当看到她昔日的恋人怀抱着"赤练蛇"江红莓,并用手轻拍她的手背时,树青的内心还是不由地激起千层波澜,似用开水直接冲洗盛过鱼的精美瓷盘,它生出裂纹却并不破裂,皇瓷镇人说这是瓷受了惊。命运总是惊人的相似,年轻美丽的苔丝却执拗地爱上了比她大几十岁的毕一鸣,或许是被他精妙无比的民间青花工艺所折服,抑或是景仰他淡泊名利,一心扑在造瓷上的毅力与精神。但这段老少恋还未开始,就被江红莓扼杀在摇篮里。苔丝和树青一样,她们的爱情始于陶瓷,却也终于陶瓷。刚强的女人在爱情面前总是踽踽独行、小心翼翼,她们脆弱敏感的神经太像精美的陶瓷,稍不小心,便摔个粉粉碎。

陶瓷与女人的缘分不浅,便使景德镇这座城也拥有了女性力量。胡辛认为,"瓷都"景德镇是一座"母性的城",具有母性空间。千百年来,虽然炼瓷的72道工序都是男性来把握,但是女人也从未缺席。"窑门图腾"的生殖崇拜、女性崇拜和丰收崇拜一直是一个无法规避的问题,可是在以男性为中心的文化环境下,女性话语权一直受到打压,女性意识得不到伸张。"窑门",正如把桩师傅姚火旺所说,是一个打臊胈的女人,赤裸着身子,叉开两条腿,竭尽全力地坐着分娩。可女人却从来不

---

① 胡辛:《怀念瓷香》,二十一世纪出版社2005年版,第5页。

陶瓷文化研究的执着

被允许进入窑屋,这毫无根据的窑门禁忌难道不是对女性生殖崇拜的悖论?骚寡妇偏偏不信邪,不仅进了窑屋,还在窑门口生下了娃儿。结果非但没倒窑,这一窑的瓷器反而烧得特别好,而骚寡妇与把桩师傅也莫名其妙且顺理成章成了相好。这场闹剧与其说是对男性为本位的儒家文化的诅咒和挑衅,不如说是人对两难氛围的混沌模糊状态的又一次非自觉的、懵懂的碰撞与冲突。人们对骚寡妇闯窑的默认,也可以说是对女性神秘的追慕回归。

"母性的城"孕育的女人自然具有母性情怀,"生于斯,长于斯"的胡辛便巧妙地通过陶瓷意象来表现这座城里女人的女性意识,展开女性书写。陶瓷,是美丽又脆弱的自然之物,但在小说中经由作者胡辛综合、转位和女性视角的暗示,赋予其社会属性,使之情感化、拟人化,从而与女性的真实情感照应,与女性的生命状态暗通。胡辛小说中的女性与陶瓷意象互为符码,陶瓷意象充满了象征意味,既象征着女人真挚高贵的情感,又象征着女人坚强自尊的性格。她们是一群自强不息的奋斗者,对赣江流域的这片红土地爱得深沉,具有深厚的母性情怀。《昌江情》中靠帮别人浆洗衣物独自抚养儿子长大的李婶,《这里有泉水》中致力于学校改革的鹅江中学副校长树云,《四个四十岁的女人》中立志成为乡村女教师瓦尔瓦拉的北师大毕业生柳青,《粘满红壤的脚印》中的土壤工作者艾小雨,《海的女儿》中那位致力于保育事业的研究生母亲,等等,她们是赣鄱土地上最普通最平凡的一群女人,胡辛通过女性群像书写,把她们塑造成了这片红土壤上最最可爱的人,体现了女性的崇高美。

胡辛是在"女人写,写女人"的创作旗帜下完成的小说,所以她的小说就像蒸馏过的人生,她笔下的女人也或多或少会有她自己生活的影像和生命的力量,具有"绝然属我"的生命体验。正如黄蜀芹所说:"女性的视点,就像在通常有南北方向的窗口的房间里开一面朝东的窗,那里也许会显露出不同的风景。"① 在胡辛的处女作也即成名作《四个四十岁的女人》中,她开篇便提出:"女人为什么要有自己独立的节日?"② 这时候女性意识的种子已经埋在了胡辛小说的土壤里。王安忆在谈到自己的创作时

---

① 戴锦华:《雾中风景:中国电影 1978—1998》,北京大学出版社 2005 年版,第 169 页。
② 胡辛:《四个四十岁的女人》,载胡辛《〈四个四十四岁的女人〉与景德镇》,江西教育出版社 2018 年版,第 2 页。

常说:"一个人刚创作时,虽然不成熟,但却往往很准确地质朴地表达出一个人为什么而创作。"① 很显然,胡辛是为女人而创作的。在随后发表的小说《这里有泉水》和《蔷薇雨》中,其女性意识越来越明显。柳青、树云和希玮这三个女性就像女性精神的传递链条,蕴含着女性精神的层次感:大学毕业生柳青义无反顾地去到乡村执教,在她身上闪耀着人文主义的光辉;鹅江中学副校长树云致力于素质教育的改革,带有理想主义的成分;而徐家三妹希玮在爱情与理想的漩涡中苦苦挣扎,却又具有个人主义的倾向。有意思的是,这三个女性都从事教育事业,这是否与胡辛多年执教的人生经历有关呢?从"人情—人生—人性"不断深化的历程中,胡辛完成了女性自我成长和自我超越的精神跋涉。

二 陶瓷意象与赣地乡土情怀

"怀家恋土"是中国传统文化的重要母题之一。对于江西本土作家胡辛来说,她的一生都在赣鄱大地上度过,可以说,赣南、景德镇和南昌构筑了胡辛文学的总体世界,凝聚着她对故土家园的一片深情。正如她自己所说:"走千里行万里,还在江西的怀抱里。"景德镇在她的心里是非常有分量的,她多次提及景德镇是一座母性的城市,它苍茫的白色土让她魂牵梦萦。她本人与白色土地纠缠不清的八年情,她对这方水土的热情与悲悯以陶瓷为中介详尽而全面地传达了出来。

胡辛笔下的瓷都男女成了她故土情结的最佳代言人,他们或肆意,或含蓄地展示着自己对白色土的依恋,而陶瓷意象作为媒介则巧妙地传达了作者深沉的故园情怀。《陶瓷物语》中的林陶瓦和毕一鸣,他们一个粗粝奔放,一个含蓄内敛;一个致力于皇瓷镇的古陶瓷研究,一个沉浸于民间青花的精雕细琢。但他们身上都流淌着白色瓷的血液,为陶瓷艺术的推广和开拓鞠躬尽瘁。他们的生命源于瓷,爱情源于瓷,甚至灾难也源于瓷。他们对瓷有着深刻的理解,正如古陶瓷学者刘新园所说:"石会崩,木会朽,人会亡,而瓷,即使粉身碎骨,千年万载后其质也不变。瓷是永恒的信息,是不朽的瓷工的史记。她总是忠实地,依然故我地折射出分娩它的时代特有的光辉。"② 因此,无论是飞黄腾达,还是偏居一隅,抑或是身陷

---

① 王安忆、陈思和:《两个69届初中生的即时对话》,《上海文学》1988年第3期。
② 胡辛:《怀念瓷香》,二十一世纪出版社2005年版,第3页。

陶瓷文化研究的执着

囹圄,他们最终的灵魂都奔着瓷的方向走去,告别喧嚣与骚动,回归山野田园。林陶瓦以博学的古陶瓷知识向莫非他们讲解陶瓷史,明为讲史,实则抒情。毕一鸣则蜷缩于自己的茅草屋内潜心钻研民间青花瓷,一副看破红尘、置身事外的模样,可当树青和苔丝首次拜访时,他却忍不住教她们勾画民间青花,传授民间青花的知识。其实,这是两位陶瓷大师对陶瓷深厚感情的不经意流露。如果说林陶瓦和毕一鸣属于理性的研究者,那么树青则是感性的体悟着。她将满腔的热情都倾注于电视片解说词中,不计回报,不问归期,像一名虔诚的朝圣者,一步一步地走近陶瓷,揭开陶瓷之谜,犹如一场心灵的告白。他们三个人拧在一起,便勾勒出了陶瓷的精神气质。

在这片白土地上,胡辛真诚地挖掘着生活中这种刻骨的真实,恰如王蒙所言:"那种真实的生活气息,真实的艰难和痛苦,那种历尽艰难仍然真实、仍然活跃着的一颗颗追求理想、挚爱而绝不嫌弃生活的心感动了我。"[①] 当然,也感动了万千读者。她在展现瓷都知识分子对陶瓷的钟爱之外,还刻画了瓷都普通手艺人对陶瓷近乎疯狂的倔强。把桩师傅姚火旺和禾草老倌马禾草对瓷的热爱更加直白坦率,他们用粗糙的手掌、精湛的手艺来回报陶瓷对他们一生的赐予。陶瓷在他们心中具有凌驾一切的地位,任何情感在挚爱的陶瓷面前都只能搁浅,因此以兄弟相称的他们才会因为一件小事而反目成仇,实际上归根结底都是因为他们对陶瓷从一而终的深爱。马禾草病倒在医院的病房里,但他却始终保持着百折不挠的倔强精神。他活着的目的说到底还是那点禾草包装手艺,而这点心思也唯有大哥姚火旺才能参透。两人斗了大半辈子,谁也不服谁,说到底还是缘于对陶瓷的情意。而这情意,又何尝不是胡辛的呢?

俗话说,一方水土养一方人。胡辛不单守望人性、人生、人情,她所守望的还有她的"根",而这"根"便是人类无意识的种族心理积淀。张爱玲曾说:"该是园里的一棵树,天生就在那里,根深蒂固,越往上长,眼界越宽,看得越远,要往别处发展,也未尝不可以,风吹了种子,播送到远方,另生一棵树,可是那到底是艰难的事。"[②] 所以,胡辛便扎根于江

---

① 王蒙:《为〈蔷薇雨〉序》,《读书》1984 年第 1 期。
② 转引自胡辛《花谢花会再开——〈蔷薇雨〉创作谈》,《南昌大学学报》(人文社会科学版) 1995 年第 1 期。

西这块红土地上,通过灵动的语言给我们重新构筑起一个她所熟悉并认同的古镇,古城镇里的风俗民情、历史传说、地方掌故,构成小说中韵味悠长的风景线。她用小说重新雕刻了时光,用艺术挽留住终将随时间的磨洗而褪色的古城风韵。她一次次地在小说中重新找回自己的"根",那个在生命里深深烙下无法抹去的印记的地方。《我的奶娘》是一部半自传体小说,叙述了一位勤劳善良的苏区妇女的故事,以新的母系神话参与了"文化大革命"后文学对人性的呼唤,以人性的善良取代简单的阶级对立,礼赞在艰难中生存,在坚韧中博大的女性情怀,其实也是对厚植于这片土地的民俗风情由衷的赞美。《粘满红壤的脚印》中的土壤工作者艾小雨在老区烈士遗属红婶的理解和支持下,继续追求自己的理想,将一腔热情播撒在赣南地水土中。《蔷薇雨》中的被称为"革命老妈妈"的"糯糍女"用自己的乳汁救活了在赣南游击战中身负重伤的凌光明。《情到深处》中出身官宦家庭的二小姐桑桑,老年返回故里,斥巨资买下老宅——菜园角11号,改为义务幼儿园,培养下一代,为牺牲的意中人周君肩负起教书育人的使命。《瓷城一条街》中老一辈禾草包装被新兴的精美包装所取代的必然趋势令人惋惜。《昌江情》既写了故乡情,又写了母子情。"母亲河"昌江见证了浣衣妇母亲对儿子默默地奉献与爱,也目击了大学生李昌江一毕业就坚定不移地回到她怀抱的深情。胡辛用纸笔镌刻下发生在这片红土地上的人和事,或许多年后,这些人和事早已烟消云散,但蕴含在字里行间的这份深情定会像陶瓷一样历久弥新,依然故我地折射出分娩它的时代特有的光辉。

赣地作家胡辛的小说地域色彩浓厚,充满地域文化气息,这与生她养她的这片红土地有巨大的关系。正如露丝·本尼迪克特所说:"谁也不会以一种质朴原始的眼光看世界。他看世界时,总会受到特定的习俗、风俗和思想方式的剪裁编排。"[①] 地域与作家,城与人,从来都是文学史上有意味的创作现象,20世纪中国文学史上有一大批优秀作家,如鲁迅、老舍、沈从文、汪曾祺、邓友梅、韩少功、莫言、贾平凹等都是地域民俗文化的积极表现者和阐释者。现当代文学史上的"乡土文学""山药蛋派""荷花淀派""寻根文学"等都从乡土民俗中汲取了丰富的艺术营养。地处"楚

---

① [美]露丝·本尼迪克特:《文化模式》,王炜等译,生活·读书·新知三联书店1988年版,第5页。

陶瓷文化研究的执着

头吴尾"的江西也曾兴起过一阵"赣文化热",文坛也曾呼唤过"文学赣军"的壮大,可终究难成气候。一贯面向文学,背对文坛的胡辛其实很早就开始默默耕耘,试图在赣地文学创作中闯出一条路来。在她的小说视域下,陶瓷意象承担了这种功能,它不仅承载了赣地文化,而且还映照着人类的文明景观和民族精神气质。胡辛用心灵历程中的生活,透过地域文化关照人性的发展,进而揭示出赣人的心理素质、审美意识、伦理观念、生存智慧等是怎样从正负两面制约着我们的昨天、今天和明天,令人深思。

三 陶瓷意象与传统文化坚守

对传统文化的坚守就是对"根"的坚守,科技的迅猛发展和物质的极大丰富使人们陷入了无法逃脱的生存困境,灵魂没有寄托,只能在精神的荒原上孤独地游弋。而现代艺术在现代社会乃至后现代社会中以它的敏感与思辨告别了古典的雍容气质和浪漫情怀,重新以一种现代性的眼光去审视和解读这个世界,然而,人类的孤独、恐惧和痛苦并未从"现代性"的豪言壮语中获得应有的慰藉与温暖。对于乡土中国来说,情况似乎更为复杂。对于这个历史和文化的积累都过于负重的国家而言,20世纪中国优秀知识分子中的绝大多数都对传统文化持否定态度。殊不知,中国传统文化中所蕴含的精神特质和生存智慧是我们这个民族几千年来一脉相承的重要支点,是我们应对生存困境和民族前途的一把利刃。因此,文人应该自觉担负起坚守"传统"这一人文角色,对于被异化的现代文明应该持坚定的批判立场。

站在时代前列的胡辛清醒地意识到中国传统文化源远流长、文脉相传的重要性,因此,她自觉担负起坚守传统文化的使命。她曾说:"今天我们得到的是我们从未拥有过的,而我们今天轻易抛却的却是我们,甚至是我们以后的几代人所苦苦寻求的。"[①] 赣人的伦理思想、人格理想、生存态度及人生智慧都在胡辛的小说中得到了张扬。胡辛小说中对传统文化的坚守与对人的守望是统一的,在赣地文化中,人创造了独特的人文环境,环境也熏陶着人。

一个地方的文化内蕴与这个地方的人密不可分,"瓷都"景德镇能千年窑火不熄的原因是瓷都人精湛的手工艺和世代相传的工匠精神。《陶瓷

---

① 胡辛、胡颖峰:《等候生命的每一个春天——胡辛访谈录》,《创作评谭》2017年第5期。

物语》中老一辈的毕了然、飞天婆、姚火旺和马禾草，他们的一生都奉献给了陶瓷事业。毕了然为陶瓷付出了生命；飞天婆励精图治重振"雕凤捏花"的雄风；把桩师傅姚火旺一辈子在窑门口看火，眼睛都熏坏了；禾草老倌马禾草一生都在干一件事——禾草包装。而年轻一辈的林陶瓦、毕一鸣、树青、苔丝，继承了老一辈对陶瓷专一刻苦的工匠精神。林陶瓦致力于古陶瓷研究，从未停止过田野调查；毕一鸣为了保持民间青花的纯粹性而选择归隐山林；非专业的陶瓷爱好者树青通过影视声画将笔尖流淌出的陶瓷文化传递给广大群众；而"洋妞"苔丝却有一颗中国心，怀着对陶瓷的一片赤诚，千里迢迢来到中国，立志要报考古陶瓷学者林陶瓦的博士。虽然他们有年龄、性别、种族等差异，但同处于这片土地上的他们又仿佛是同一个人，一个爱好古陶瓷的人；凝聚成同一种精神，一种刻苦钻研、锐意进取的工匠精神。

　　红土地的"造化钟神秀"与胡辛自身对传统文化的坚守成就了她的文学创作。胡辛也曾表示自己是一个怀旧的人，但需明确的是，这份怀旧不是停留在今昔对比而导入今不如昔这一阅读定势的思维观念，而是把这种对比升腾为一种对文化、对民族的生存思索，这也是其小说的厚重所在。"陶，是人类创造的第一个物质；而瓷，是中国的创造。CHINA——中国，china——瓷。中国是瓷的祖国。瓷，当与四大发明比肩而立。"① 对于瓷，我们应该要有朝圣者一样的虔诚之心。《陶瓷物语》中记录的湖田古民窑遗址，20世纪80年代就被评定为当时唯一的国家级文物保护的古瓷窑遗址，并成为江西省唯一的全国重点文物保护的历史遗址，可如今却弥漫着商业气息，俗不可耐。老刘头说当时日本人拍摄湖田青花，看到室内琳琅满目的民间青花时，直接扑通一声跪倒在地，磕头磕得咚咚响。日本就是这样一个民族，遇到比自己强大的国家，无论是民族文化软实力强还是综合国力硬实力强，都会像朝圣者一样，怀着虔诚的信仰去膜拜、学习乃至超越。反观国人，到了古窑遗址一顿乱拍就完事了，丝毫没有对国宝、传统文化的敬意，这是最要不得的。正如毕一鸣所说："中国人疏远了陶瓷，既不能理解现代，又不能走进传统。"②

　　虽然这个高速运转的现代社会正冲淡着传统的印记，虽然在这个大众

---

① 胡辛：《怀念瓷香》，二十一世纪出版社2005年版，第12页。
② 胡辛：《怀念瓷香》，二十一世纪出版社2005年版，第176页。

陶瓷文化研究的执着

传媒占据主导地位的时代，信息社会的一体化正瓦解着地域文化的独特性与丰富性，但传统文化中凝结蕴含着的许多价值诉求却依然是人们长久以来所追求的永恒理想。《"百极碎"启示录》中18岁的女学生小弟与"百极碎"陶瓷之间似有许多的关联，小弟并不完美，甚至从头到脚充满了缺憾，就像"百极碎"陶瓷一样，身上布满了裂纹，但工艺上的错误缺憾却缔造了臻精臻美浑然天成的艺术品，使它成了瓷中精品。这不就像绝大多数普通人的人生吗？虽然没有一个漂亮的起点，但却一直奋斗在路上，即便不完美，但它完整。这或许才是"百极碎"陶瓷所要传达的价值诉求和文化内蕴，而这也是现代社会中的人们所急需补给的精神营养品。

陶瓷是人类创造的第一个新物质，历经千年而不朽，负载着厚重的传统文化。陶瓷不语，需要现代人主动去发现、探索和传递它所蕴含的文化瑰宝。赣地作家胡辛八年的"景漂"经历为景德镇陶瓷谱写了一曲时代华章，她巧妙地将这方红土地上的女人与陶瓷联系在一起，以女人的情感融入陶瓷的肌理，丰富了陶瓷的文学阐释空间。胡辛对陶瓷的重新解读则将尘封已久的瓷器文化重新展示在世人面前，拂去历史的尘埃，为陶瓷文化留下了文字的摄影和笔墨的录像。

总之，赣地作家胡辛因其对江西这片红土地的热爱，对皇瓷镇一如既往的钟情，对昌江女人由衷的赞美，30余年来潜心于键盘与字符的碰撞中，为"物华天宝，人杰地灵"的江西叙写了一部翔实真诚的陶瓷史，让千年窑火在书中得以延续。虽然她著作中也存在一些不足之处，企图表现的生活面、人和事太多太广，某些引经据典和评述类型的语言缺乏节制，有些许生硬。但是，胡辛对江西文化的弘扬仍然功不可没，为陶瓷文化走向世界打下了坚实的基础，她的名字定会在景德镇陶瓷史上留下浓墨重彩的一笔。

（王冬娜，江西师范大学文学院2019级中国现当代文学研究生）

扎根于赣鄱大地的瓷性精灵

朱晓雯

进入新时期以后，文学作品中的女性开始从男性化、革命化的套子中解放出来，女性写作、女性文学迎来了一个大发展时期，涌现出了大量的优秀作家作品，如张洁创作了《爱，是不能忘记的》《方舟》《祖母绿》，王安忆创作了《三恋》，张辛欣创作了《在同一地平线上》等。都着力凸显女性意识，展现女性的生命体验、生存困境，大胆地展露女性的爱情与欲望。胡辛，在将自己作为一名女性的真实的生命体验化为文字，从笔端流泻出来时，也在无形中汇入了这股女性文学的潮流之中。但她并没有这股潮流冲到极端纵情欲望的身体书写，而是始终扎根在赣鄱大地上，将赣州、南昌、景德镇这三座在她生命中意义重大的城市与她的女性意识结合起来，展现女性在这片土地上平凡却真诚的生活。

一　地域水土蕴养各异风情

一方水土养一方人，不同的人们在各自的土地上耕种、生产、生活，他们在土地上诞生，经历人生的种种喜与忧、爱与痛，在土地上留下或深或浅的证明他们来过这个世界的痕迹。一代又一代的人出生又死亡，一代又一代的人不停地与各自土地上的自然风物发生交流，然后他们学会了传达感情，学会了使用语言，各异的地方文化在这过程中逐渐被打磨成形。人们创造出了风貌各异的地域文化，而不同的地域文化也以一种强势的姿态反哺着每一个个体。自五四运动以来，文坛上就屡屡出现有着浓浓的地域文化色彩的作家。鲁迅笔下的鲁镇与未庄，沈从文创造的清新灵秀的湘西世界，汪曾祺笔下的诗化空灵的故乡高邮，贾平凹塑造的淳朴厚重的商

陶瓷文化研究的执着

州等,都是作家们对自己所生活的土地进行慎重思考,深入开掘,才得以诞生的。对地域文化浓厚意蕴的不断开掘与书写为20世纪80年代中期中国文学的"寻根热"大潮做了充分的铺垫。站在今天回望过去,胡辛作品中渗透的地域文化因素与她对地域文化深层意蕴的深度开掘,正与"寻根"这一代人不谋而合,发生共鸣。

胡辛出生于江西瑞金,童年时期在赣州度过,童年的生活经历使她形成赣南红土地情结;学生时代,胡辛在南昌度过,从景德镇回返之后也一直定居于南昌,在这豫章故郡中,形成了她的南昌古城情结;对胡辛影响最深的是在景德镇生活的13年,她曾在一次访谈中说道:"一个女人,对萌动做母亲的梦而且真正成了母亲的一方水土,是不会不长久的思念的。"①景德镇地域文化的印记,也确实深深地印刻在她的作品中。胡辛将她对地域文化的挖掘与对女性命运的思索结合起来,真正展示了"一方水土一方女人"。

胡辛出生40天时家中请了一位叶坪的农妇做她的奶娘。奶娘将她熟悉的农村"土味"带到胡辛的家庭中,她一遍遍地唱《送郎当红军》等红歌,使胡辛在幼年时期就受到红色文化的熏陶。大概是受童年经历的影响,胡辛作品中与赣南红土地联系起来的女性大多以老区妇女的形象出现。《我的奶娘》中的奶娘是一位红军战士的妻子,丈夫在长征后没了音信,为了保护红军遗孤,她失去了自己的亲生儿子,改嫁给老郎中后又受到伪军团长的迫害,为了生存,她只能改嫁给一个老痞子,沦为坏分子的妻子。她几乎经受了一个女性可能遇到的所有磨难,但却依然保持着善良,无怨无悔地哺育了所有孩子。如果将奶娘的生命比作土地,那一定是块红土地,命运不曾给她沃土,她却挣扎着哺育着所有的孩子。《沾满红壤的脚印》中的程婶是一位烈士遗属,是红泥村的妇女主任。当"我"向妇女们宣传近亲结婚的危害时,正巧戳中了大队书记婆娘的痛点,引得她破口大骂,是程婶站出来维护"我"。当小文书冲进教室造反时,程婶一声大喝,领着村边地里干活的女人们冲将进来,扒了小文书的衣服,把他吓得像只癞皮狗似地逃走了。

奶娘与程婶都够"红",也够"土"。她们拥护、爱戴红军,一首首红歌唱得雄浑有力、开朗爽快。程婶的丈夫牺牲了,她绝无怨言;奶娘为了保住

---

① 胡辛、胡颖峰:《等候生命的每一个春天——胡辛访谈录》,《创作评谭》2017年第5期。

红军的孩子牺牲了自己的孩子。她们够红,但她们又绝非为了传达红色精神而塑造的符号式的存在,因为在她们身上还熔铸着这片土地上自古以来凝结成的善良、坚韧、顽强,这两者共同构成了她们复杂、多元的性格。

"豫章故郡,洪都新府。"自古以来便被称赞物华天宝,人杰地灵的南昌是胡辛的创作中不能绕过去的一座城市。对南昌,是怎样也爱不够的,而在爱之余,还有怨恨。赣州、南昌、景德镇这三座城市,都与胡辛水乳交融,这些城市属于她,她也属于这些城市。赣州,是胡辛童年时的记忆,是生命初期的体验,这座城市激发了胡辛生命初始时对红色文化、母亲怀抱的依恋。在景德镇,胡辛完成了一个女人一生最重要的蜕变,感受到女性与瓷间难舍难分的联系,对女性意识有了更深的理解。南昌,仿佛是夹在这两者之间的,是被打散了糅合在胡辛的生活记忆中的。就像是老舍,他长期生活在北京,北京的风貌是刻在他的每一瞬间的记忆中的,因此他在写北京时,才能娓娓道来,写清每一条胡同,每一处院子,施施然铺展开一幅北京风情图卷。胡辛在《蔷薇雨》中,也将从大井头,到系马桩、三眼井、六眼井、孺子巷,再到大井头这个磨磨圈,以及磨磨圈中干家大屋、凌云巷、南海行宫等诸屋诸巷布置得松紧合宜。《四个四十岁的女人》中三眼井、六眼井、大井头、系马桩、桃花巷、干家巷、松柏巷也真实可考。除了南昌的风貌,更重要的是这座城市的气质和它的文化也透过胡辛笔下的女性展现了出来。南昌是一座理学文化浓郁的古城,传统的伦理道德化身为《蔷薇雨》中的徐老太,温情地恐吓着徐家的几代女子。《四个四十岁的女人》中蔡淑华、钱叶芸、魏玲玲三人,都有各自的理想,在倾吐了各自的困扰之后,并没有向原本的生活做出反抗,原本的贤妻良母在一番"牢骚"之后还是做着贤妻良母。魏玲玲面对丈夫与孩子的责难,仍然无法反驳。甚至连她们的理想,也可看作是对儒家文化中"修齐治平"思想的皈依。

1967年大学毕业之后,胡辛被分配到景德镇,在景德镇工作生活了整整13年,她作为一个女性,生命中最美好的时光是在这里度过的。在这片孕育了瓷的白色土地上,她从女孩变成女人、妻子,再变成母亲。她深深地爱恋着这块拥有白色土的土地,"白色土的纯洁、白色土的骨气、白色土的坦诚、白色土的无私,支撑着瓷的悠久的文明"[1]。

---

[1] 胡辛、胡颖峰:《等候生命的每一个春天——胡辛访谈录》,《创作评谭》2017年第5期。

陶瓷文化研究的执着

胡辛的整个青春结结实实留在了这片土地上，景德镇这片土地上的地域文化也潜移默化地影响着她，并化作两个精灵进入胡辛的文本之中，一个是水的精灵，一个是火的精灵。广阔包容的昌江从景德镇穿行而过，她似是张扬的，每个到景德镇的人不能不领略她的风姿；她又是静默的，无言地流淌，淘洗着岁月的石沙，以柔情包裹住每一根冰凉的浣衣女的手指，将她们的辛劳一同冲洗而下。《昌江情》写尽了景德镇水的柔情，也将胡辛对昌江，对这片土地的眷恋之情展现得淋漓尽致。作品中的那位母亲是昌江水的化身，丈夫去世之后，厂里的补助、邻居们的救济，她一分也不收，独自一人凭借双手将孩子抚养长大。她以温柔的姿态接受生活所有的苦难，从无怨言。《瓷城一条街》中的青青也具有同样的昌江水包容而坚韧的品性。除了"昌江东岸浣衣图"之外，第一眼就烙刻进胡辛脑海中的还有"烟囱森林的天空"，这烟囱之下，是千年不息的窑火。胡辛除了通过女性来展现景德镇这片白色土地水样的包容与坚韧，也通过女性来展现这片土地的热烈与"泼野"，一种火一样的"蛮"劲、辣劲。《瓷城一条街》中的谷子在江波眼中是"火的艺术"的故乡人，她永远鲜活，热烈地燃烧着自己，遵循本心去追求爱。《地上有个黑太阳》中的椒椒野泼凶悍中又荡漾出妩媚多情，当她闯进柴窑与福海对峙时，分明同窑火一样的炙热，她斜斜的眼里是波，泪里却是火。

二　对男性话语的柔性反抗

一个女性一生有两个家，第一个是她与父母组成的，在这个家中，她是孩子，能够尽情肆意；第二个则是她进入婚姻之后组建的，这时女性获得了自己的第二种生命形态———一个妻子、一个母亲。胡辛笔下的女性在各自的婚姻家庭中拥有各自的爱与痛，她们的生活永远不会像一匹光滑的绸缎，什么事都在上面顺溜地划过，而是像一块凹凸不平的绉纱，表面粗糙但却有生命的厚度。胡辛对进入婚姻状态中的女性相当关注，在她的作品中，主要以三种形式来展现女性在婚姻家庭中的生活状态。

胡辛的很多作品都写于20世纪80年代，她笔下描写的女性多生活在这一时期，甚至更早，这时的中国仍然在适应改革开放带来的巨大冲击。在江西这块缓慢前行的红土地上，有众多的人，当然其中包含大量的女性，依旧处于传统伦理与政治伦理的双重教化之下，而未嗅到新的生活的清风。

扎根于赣鄱大地的瓷性精灵

我们能够轻易地在她的作品中找到这样一类女性，她们谨守传统伦理对一个"好女人"的要求。《昌江情》中的母亲独自一人将三岁的孩子抚养长大，她用自己的两只手，用最原始的工具，熬过了岁月的风雨。在瓷厂领导让她到厂里来做家属工时，她毅然拒绝，"突地跪了下来，像鸡啄米似地给领导们磕了几个响头"①，决不愿给厂里、给国家添负担。《瓷城一条街》中的香姆妈，虽年过 50，但还是清瘦秀气，残存着当年的风韵，心灵手巧，连做些萝卜干咸菜也要比别人香七分，完全符合自古以来对女性"上得厅堂，下得厨房"的期待。她还安受一个寡妇的本分，一贯守口如瓶，不惹是非，在陌生男子江波来时，她周到地拿出茶食招待，但又不久留，"像来时一样悄没声息退了出去"。这样的女性，不论是放在过去哪一个朝代，都是受人敬仰，值得旌表的。然而当这些由传统伦理塑造而成的"模范女性"步入更为重视人本身的时期时，她们身上的悲剧性就会一定程度地显露出来。李昌江的母亲面对领导的帮助，本能地下跪磕头；香姆妈明明心里与火生师傅情意相投，但在胖姨娘的一番话前，考虑到两人的名声，颈脖子僵僵硬，点不了头也摇不了头。对她们的赞扬实际上都化作锁链与镣铐，禁锢着她们。

作者为了强化对这一类女性的刻画，刻意弱化"丈夫"这一角色的存在感，甚至索性让其消失，《糟糠之妻》中曹梦山这一角色被刻意矮化了，衬托出那位"农婆婆"的付出之伟大；《昌江情》中的母亲与《瓷城一条街》中的香姆妈则都是寡妇。在婚姻家庭中，不论丈夫这一角色是否实际存在，女性往往处于付出者的位置，这并不是由某一个男性造成的，而是长久以来的传统时代话语的整体胜利。

传统的伦理道德、过去的时代话语，像是一条长长的阴影，拖在胡辛笔下的这些女性身后，李昌江的母亲、曹梦山的妻子"农婆婆"、福海的媳妇小蝶等，她们几乎完全被这一阴影给罩住了，一步也不越轨。但毕竟进入了新时期，当整个社会发生了从农业到工业、商业的转变，男人们逐渐失去依靠身体力量获得的对土地的权威，女性们发现自我的价值可以在家庭之外的地方实现时，新的思索与反抗也就产生了。

对于一个女人而言，当青春的艳丽的欢愉在岁月的流逝中泛出陈旧的黄色，衰老不可遏制又无法挽回地发生时，应该如何自处呢？胡辛在《四

---

① 胡辛：《无言的白色土》，《中国审计》2003 年第 10 期。

个四十岁的女人》中,一开篇就发问:"女人为什么要有自己独立的节日?"以这样一个问题展开了对女性,尤其是进入婚姻拥有新的家庭后的女性生命意义与存在价值的思考。淑华在外人眼中是个"全福人",但她却无法处理好事业与孩子之间的关系,她热心妇联干部的工作却因此受到孩子们的埋怨,认为她不是一个好姆妈。叶芸为了追求做一个真正的女人,三次结婚两次离婚,但却被看作是一个水性杨花、轻薄下贱的女人。玲玲家庭和睦,条件也优渥,但她做一名助产师的理想却在夜深人静时化作一缕时隐时现的忧怨折磨着她。在《四个四十岁的女人》的结尾处,胡辛替柳青、钱叶芸、蔡淑华、魏玲玲以及所有的人到中年的女性发问:"事业、理想、奋斗、爱情、婚姻、家庭……一切的一切,是多么的复杂,处处是问号,女人们啊,答案在哪儿呢?"如果说胡辛在《四个四十岁的女人》中展开了对女性在婚姻中应该如何自处这一问题的思考,那么《粘满红壤的脚印》则试图给出一条出路。青年时期的依群爱小雨,爱她的赤诚与无私奉献,支持她在这片红土地上挥洒汗水。14年之后,他却居高临下地俯视小雨的工作,以一种傲慢的态度告诫她离开已经让他腻了的红壤。面对丈夫与理想这两个选项,小雨虽然内疚、心绪不安,但她还是坚决地选择了自己的理想。作者虽然没有指明应该如何解决对理想和事业的追求与在婚姻家庭中的责任承担这两者之间的矛盾,也缺少女性面对这样的两难问题时更深的痛点的挖掘,但是她给出了自己的倾向,即应寻求家庭之外的更广阔的世界。

　　胡辛在她的《我与女性文学》中提到,她非常赞同鲁迅说过的一句话:"母性是先天的,妻性是后天的。"在胡辛的创作中,也自觉不自觉地受到影响,她笔下的女性,充当妻子的角色时,或许会有这样那样的反抗,但当她们作为母亲时,却是心甘情愿的。因为做母亲,是生命链条最具象的体现,是一种人生过渡,是刻骨铭心的情感的升华。《昌江情》中李昌江的母亲靠给人洗衣,将儿子培养成才。《粘满红壤的脚印》中艾小雨为了工作,离家21天,丈夫的傲慢的命令反而激起她奔赴红土地的决心,只是对孩子小凝感到内疚与不安。《"百极碎"启示录》整个文本萦绕着一种阴冷灰暗的氛围,唯有最后母亲的哭泣与哀求给作品带上了一点暖色。

　　妻性与母性共同构成一个女性区别于男性的内核,这两者有时各自散发光彩,有时又难舍难分地交融在一起。当这两者交融在一起时,女性往往能够获得一种奇异独特的柔韧的力,这种力能够在一定程度上化解传统伦理或男性话语所建构的男强女弱模式。《糟糠之妻》中的农婆婆对于曹梦山而言如妻如母；《瓷城一条街》中的香姆妈照顾生病的火生师傅喝药时，满眼怜爱，像哄小孩儿似的，让铮铮铁汉也变得像孩子般听话。农婆婆、香姆妈这类人，她们既无生理力量上的优势，也无社会地位上的优越。与瘦小单薄的香姆妈相比，火生师傅身强体壮且受人敬重；与土里土气的农婆婆不同，曹梦山是文质彬彬的大学教授。这两位女性，无论怎么看都处于劣势，但在实际交往中，她们才是主导者，她们既像女人爱男人又像母亲爱孩子一样爱着男性。胡辛在长期以来形成的男性话语体系中开辟出了一块女性的空间，达成了一种精神上的向母系社会的回归。

三 窑火烧炼后的涅槃新生

景德镇烧制陶瓷的历史有2000余年之久，"新平冶陶，始于汉代"，但它并非中国瓷的源头，在宋以前景德镇还尚未以瓷闻名于天下。宋代名噪一时，风行一世的名窑是定窑、汝窑、官窑、哥窑、钧窑，但是这五大名窑却早已湮灭在历史的尘埃之中，唯有景德镇后来居上，其窑火在之后的1700余年中生生不息，景德镇也一跃成为世所公认的瓷都。瓷都人不一味地因循旧法，他们集百家之长，创作出了清丽素雅的青花瓷、古色古香凝重幽菁的粉彩瓷、百种颜色争奇斗艳的颜色釉和有"嵌玻璃"之称的玲珑瓷。在创造这么多令人惊叹的瓷器之外，还形成了独有的陶瓷文化。这瑰丽的陶瓷文化轻易便能征服来此地者，胡辛也自愿成了她的拥趸。陶瓷烧炼的过程与结果简直就是人生的缩影，无论是成为正品、次品，乃至极品或废品，都再也回不到从前了。而且历经火的炼狱的瓷，又最怕摔碎！这又太像人的感情。她认为，作为中国文化重要组成的瓷文化，其本质也许是女性化的。

胡辛笔下写的瓷，分明透露着女性们绰约的身影，是白玉青葱的纤纤素手，是凝霜雪的皓腕，是丰盈饱满的乳峰在读者眼前滑过。读她笔下所写的女性们，又能看见瓷的精魂，臻精臻美、晶莹素洁、高贵典雅，虽然极端脆弱，轻轻地一击一撞便会粉碎，但其质却不变。瓷性与女性水乳交融，难分彼此。

胡辛笔下的女性有瓷的姿态。《瓷城一条街》中，青青是这样登场的："繁茂的牵牛花藤蔓绿叶掩映中，半藏半露着一个可以入画的古色古香的绝妙女子……再偏着脑袋看女子身后的厅堂，高脚茶几上立着一尊二十寸

陶瓷文化研究的执着

的万花观音，观音前还燃着几枝檀香，细烟袅袅，幽香缕缕。"① 明明写的是女子青青，但却让人恍惚间仿佛见到一尊精美的瓷器被放置于其间，散发出莹莹的光。《这里有泉水》中，树云"眼角眉梢已布满了鱼尾纹。但那风韵气度，却显得超凡脱俗。像拉斐尔的圣母玛利亚，像瓷城的坐莲观音……看什么都给人凝视的感觉，透着几分忧郁"②。女性娴静典雅的姿态与瓷互为呼应。胡辛笔下的女性还有瓷的质地。青青虽然深爱着陶景兴，但因为身体残缺坚决不愿与陶景兴结婚，当她发现陶景兴背叛了两人的婚约时，她在短暂的愤怒之后选择了原谅，痛苦的眸子中仍然是一片坦诚善良。树云在青年时期被一个卑鄙无耻的小人欺骗，但她的心没有被仇恨占据，依旧以一颗赤诚之心面对生活，关心她的师友，爱护每个孩子。她们同瓷一样，虽遭损害但不改其质。

瓷都的女性不仅拥有着瓷肌瓷骨，还同瓷一样，在窑火烧炼之后便得到涅槃新生。瓷，由泥与水制成，在烈火中烧炼几天几夜之后，才能打开窑门，取出匣钵，瓷的光彩才盈盈于眼前。"卑贱的泥土、清纯的水，经人的热心热手揉成一处后，进到火的恋膛里，是相知相交相融，却也是拼搏撕搏改造，是撕心裂肺的呐喊，更是情切切的憧憬希望！"③ 瓷并不是冷冰冰、机械化地来到这个世上的，它烧制的过程是如此地动情，又带着在火中挣扎嘶喊的高亢，一如人生，尤其是女人的人生，起初只是一抔土、一捧水，经历生活的烧炼之后，成就了如瓷般的高贵纯洁的心。

胡辛将对女性成长的思考与瓷的烧炼联系起来，使瓷与女性主体在深层次上发生共鸣。《瓷城一条街》中活泼的现代派大学生谷子热烈地追求爱情，当她被江波吸引时，毫不矫饰自己的情感与江波交流，在她发现自己心里一直隐藏着的那个影子是陶景兴时，妖娆活泼的谷子就像一头猛勇的母狮，扑将过去，把自己奉献给他。《地上有个黑太阳》中的骚寡妇椒椒闯入象征男性权威的柴窑，她像是一道闪电劈进了柴窑，像是一簇烈火蹿进了柴窑，使窑里的男人们震惊又叹服，连把桩师傅福海也被她征服。

---

① 胡辛：《瓷城一条街》，载胡辛《〈四个四十岁的女人〉和景德镇》，江西教育出版社2018年版，第43页。
② 胡辛：《这里有泉水》，载胡辛《〈四个四十岁的女人〉和景德镇》，江西教育出版社2018年版，第231页。
③ 胡辛：《小说家视野里的陶瓷文化——兼谈〈陶瓷物语〉等景德镇地域文本的创作》，载胡辛《〈四个四十岁的女人〉和景德镇》，江西教育出版社2018年版，第618页。

同样是《地上有个黑太阳》中，金景景也有与椒椒一样叛逆的气质。她与自己法律意义上的弟弟龙隆隆存在着不能为世人所理解的朦胧暧昧的情愫。仙人居的一夜，景景在冲动盲目混沌中交付了自己，等到从疯狂忘我中清醒过来时，才感受到自我迷失之痛。"汹涌着，泪；凝固了，血；在盲目的爱的火焰中冶炼过，心。"①谷子和椒椒违背的是世俗道德，景景违背的是法律的规约，这些对女性身的、心的规定像是瓷窑中的焰火，一浪又一浪地淬炼着她们的心灵与灵魂。默默忍受往往会使知觉麻木，当女性在与这些强加在她们身上的规约条律撞在一起，撞得头破血流时，鲜血勾勒出她们的轮廓，她们才能发现自我的存在，这时泥与水就烧炼成了晶莹的瓷。这瓷或许会有这样那样的瑕疵，或太粗野或太深邃或太浅显或太玄奥，但都拥有自己的独特个性，就像有缺憾的"百极碎"一样是瓷中珍品。

　　在胡辛建立女性与瓷的联系中，窑门与女性的重合是最具有讨论性的。胡辛在景德镇遗失了少女的梦，真正蜕变成一个女人，或许正与她的生命状态相契合，她感受到了窑、窑门与女性之间神秘的联系，听到了来自久远的过去的女性的叹息。她无数次伫立在窑门之前，无数次感到痴迷惶惑，无数次为窑门震撼征服，因为这窑门是远古的图腾，是瓷的图腾，是火与女性的结合。

　　"窑门—女性"的特殊情结，在胡辛的作品中非常常见。《瓷城一条街》中，她说窑门"是一个女子赤裸着的半个身子，那两只红彤彤的匣钵正是一对哺育生命的玉乳。不管怎么说，窑门已不是窑门，而是生命的燃烧"②。《地上有个黑太阳》中，骚寡妇椒椒高喊："看看窑门明明是女人的胸口女人的奶子女人的肚子女人的腿。"③《窑门——火与女性的图腾》中说窑门是一个赤裸着的女人，她"赤裸着丰硕的双乳，赤裸着繁衍生命的甬道，这宣泄着分娩的痛苦与伟大"④。窑，借用的是女性的形体，借的是女人的双乳、女人的肚子、女人诞下新生命的甬道，烧瓷人明明是想借

---

①　胡辛：《地上有个黑太阳》，载胡辛《〈四个四十岁女人〉和景德镇》，江西教育出版社2018年版，第164页。
②　胡辛：《瓷城一条街》，载胡辛《〈四个四十岁的女人〉和景德镇》，江西教育出版社2018年版，第46页。
③　胡辛：《地上有个黑太阳》，载胡辛《〈四个四十岁的女人〉和景德镇》，江西教育出版社2018年版，第139页。
④　胡辛：《窑门——火与女性的图腾》，载胡辛《〈四个四十岁的女人〉和景德镇》，江西教育出版社2018年版，第330页。

陶瓷文化研究的执着

女人的福气来烧出一窑好瓷，但柴窑却反而成了女人的禁地。这源于远古时代的对女性生殖的崇拜原本是多么的单纯，哪个来到世上的幼小的生命会不依恋母亲温暖的怀抱、丰硕的双乳呢？但男性在建立起自己权力话语之时，用蛮力将女人们从柴窑中驱逐出去，像毒蛇在亚当与夏娃耳边蛊惑那样，告诉她们，她们是不洁的、晦气的，哪怕她们借出了身体，新生命孕育也并非她们的功劳。胡辛正是感受到了这种对女性的压抑，才让椒椒做出闯窑的"惊人之举"，让不守规矩进入窑里的谷子反烧出难得的窑变珍品。胡辛不是采用抨击批判男性权威来彰显女性的力量，也没有选择纵情于欲望的女性身体书写来暴露女性的内心世界，而是选择直接展现女性的血与热，展现她们的不屈与反抗，表现她们坚韧执着的精神。

女人不是无根之水、无本之木，她们同男人一样是在土地上生长起来的人。她们比男人更敏感、多情，更容易受到不同地域的神秘感召而沾染上它们各自的气质。胡辛笔下的女人们与她们各自生长的土地和谐地交融着，相互依赖着，她写女人，也就是写江西这片土地。尤其是她将景德镇深厚的陶瓷文化与女性意识相碰撞，成功地开创了一种新的女性书写方式。

（朱晓雯，江西师范大学文学院2019级中国现当代文学研究生）

传统守望与现代文明冲击
——读胡辛短篇小说《禾草老倌》

刘宇翔

胡辛生于江西,长于江西,30多年来,她创作了1000万余字的小说、散文传记和影视剧本,是江西文学成就突出的女作家,也是新时期女性写作的代表作家之一。她站在时代前端,倾诉女性,歌吟家园,坚守理想,在她的作品中处处洋溢着对一方故土的热爱。

自改革开放以来,现代文明带来的是物质生活的提高,生产效率的提升,同时随之而来的是对固有思想观念以及旧生产方式的冲击。社会经济政治的改变多多少少会撼动传统固有的思想和生产方式,然而两者具有自己的相对独立性,不与政治经济亦步亦趋地同步变化。因此胡辛在《禾草老倌》中用大量篇幅描写出"禾草老倌"与"镇巴佬"等人在包装上的对立。"禾草包装就像乡巴佬进城,土头土脑……要是学你这种包尸裤,屁股蛋蛋要捂出一饼饼的大头痱子吧。"传统与现代二元结构的种种矛盾冲突构成了当代生活一些极其重要的方面,这些表现出来的矛盾在现代人的生活中显得复杂和突出。面对传统与现代交织这一状况,把人们的生活放在一个更广阔的社会背景和长远的历史视野之内进行思考更有利于情感的表达。胡辛在瓷都景德镇八年的成长经历使得她对这方水土非常熟悉。因此在她的小说中,既能感受禾草老倌所承载的传统技艺随着时代发展而后继无人的落寞,又能在结尾处以镇巴佬"果真捂出了大头痱子"这样诙谐幽默的方式对传统生产方式所具有的深刻价值进行反思,从而拓宽小说的时空。现代文明如狂风一般席卷旧的社会结构,而与之相适应的旧生产方式被迫在这种侵袭中崩塌和重组,在传统生产方式面临被现代文明所冲击

陶瓷文化研究的执着

的时代，能对传统有所坚守正是胡辛小说的亮点所在。

"当历史要求我们拔腿走向新生活的彼岸时，我们对生活过的'老土地'是珍惜地告别还是无情地斩断？"这是现代人的困惑，也是胡辛在小说中提出的问题。新的事物、新的观念冲击着旧观念和旧道德，这是社会现代化进程中的必然。然而随着社会现代化步伐的加快，传统生产方式所承载的文明在现代化工业生产冲击下显得十分脆弱，传统文化很多优秀的东西也被抛弃掉。但人们又对现代文明没有完全地领会。这种现代文明的冲击给当时的人们更多的是心理上的困惑和迷惘。一方面是传统文化的熏陶和影响，另一方面是现代化文明的吸引，而在两者之间艰难取舍就造成了人们带有特时代烙印的矛盾心理。《禾草老倌》中景芳与禾草老倌的冲突其实就是现代与传统的冲突。时代对瓷器的包装提出了更高的要求，传统的禾草包装讲究耐用、实用，"就是踢到西北也没事"。而禾草老倌一手培养出来的徒弟景芳，所崇尚的新时代的包装则讲究装潢精美，重在外观上的打造，对于实用性则有所欠缺。于是我们看到两种不同的价值观就此产生对立。在小说中，禾草老倌始终无法理解"销售量竟猛增十几倍"的事实，认为人们都是傻子，之后则愈发排斥这种新时代的包装，情感上也容不得对传统禾草包装半句不好的话，听到补考生说"淘汰"二字便大发雷霆，呵斥景芳"白白教了你三年"。时代的进步是无情的，随着困惑的逐渐消隐，禾草老倌有了"无可奈何花落去"的感慨。

对传统乡土文明和现代文明如何取舍？胡辛给出了答案：既要适应现代文明又不能一味抛弃传统。现代文明是历史大势不可阻挡，现代文明也可以洗去传统文明中的落后因素，是人类文明进程的重要步伐。社会现代化的最终目标是要彻底改变落后的生产方式和生活方式，改变落后的生活观念和陈旧习俗。但是作为读者，我们不应忘记，在这巨大的历史进程中，我们也将付出巨大的代价，其中包含许多我们珍视的东西。小说中虽然禾草老倌最后获得了中华包装协会瓷城分会终身名誉会员的称号，但是他自己也明白"禾草包装势必淘汰"，情感上的难分难舍挡不住时代的滚滚潮流。因此跨越传统与现代的断裂，寻求两者的和解是胡辛在这部小说里的应有之义。

胡辛曾说："今天我们得到的是我们从未拥有过的，而我们今天轻易抛却的却是我们，甚至是我们以后的几代人所苦苦寻求的。"虽然这个高速运转的现代社会正冲淡着传统的印记，但传统文化中凝结蕴含着的许多价值诉求却依然是人们长久以来所追求的永恒理想。或许，尊重过去，执着现实，拥抱未来，对过去取精华去糟粕，将现代深深地植根在传统之上而又完成对传统的超越，是胡辛在这部小说中想要告诉我们的。

（刘宇翔，南昌大学新闻与传播学院 2019 级研究生）

论胡辛创作的陶瓷文化情结
——从《昌江情》到《瓷行天下》

何 静 蔡海波

为什么我的眼里常含泪水？
因为我对这土地爱得深沉。

——艾青

作家对地域文化的审视受到自身的文化积淀和精神属性的影响。女作家胡辛创作的地域视野离不开江西，赣州、南昌和景德镇是她创作的三个基点也是文化的制高点。她是感性的、激情的。根植于传统文化的文化心理，使她对这方水土这方人始终充溢着悲悯情怀。

胡辛出生于瑞金，童年在赣南度过。童庆炳阐述作家的童年情结时说："几乎每一个伟大的作家都把自己的童年经验看成是巨大而珍贵的馈赠，看成是取之不尽、用之不竭的创作的源泉。"[①] 瑞金奶娘摇摇篮的手，晃出的朦胧的雾中风景，伴随着昂扬又缠绵的红歌。长大后，《情到深处》《我的奶娘》流泻胡辛笔端，不忘初心留下《粘满红壤的脚印》，渴望《这里有泉水》，并渗进暮春花开如瀑的《蔷薇雨》，涌动于24集的校园青春剧《聚沙》……她以当代女性视角切入，不同于以往"男性英雄中心主义"的元叙事观，在历史与现实的穿越思考中，给予女性独立的寻觅和女性价值的追求以深切的洞察和观照。

古城南昌、英雄城南昌，是胡辛的第一故乡。她在南昌度过了整个学

---

① 童庆炳：《作家的童年经验及其对创作的影响》，《文学评论》1993年第4期。

生时代。离别 13 年后，中年的她重回南昌，直至今日。南昌是她真正的家。吴宗蕙认为："作家的主体意识，作家海阔天空、驰骋万里的想象、联想、幻觉以至潜意识，莫不根植于故土。开掘出这片厚土中的深层的文化传统、道德观念、科学史观和文明程度，就在一定程度上表现了中华民族的文化传统、道德观念、科学史观和文明程度。"① 胡辛的处女作《四个四十岁的女人》获得 1983 年全国优秀短篇小说奖。这篇主要以南昌为地域背景的小说，展示了当代四个 40 岁的女人从少女到不惑之年的成长中的彷徨与追求，立意新颖，举重若轻。被誉为"俨然一部现代'红楼梦'"②的长篇小说《蔷薇雨》，醇厚民俗风情图鲜活灵动，书香人家、市井人物纷至沓来，遥远的历史积淀与改革开放的惊涛拍岸碰撞，让人振奋，让人犹疑，让人思考，彰显出学者型作家书写平民史诗的气魄、力度和智慧。

胡辛还有着景德镇得天独厚的一片天地。她大学毕业后分配至景德镇工作整整 8 年，后调至乐平 5 年，胡辛与景德镇便有着 13 年的渊源。

纵观她 36 年的创作，以景德镇为地域背景的作品占了近二分之一。《四个四十岁的女人》中，主人公柳青和助产士玲玲从南昌的学校毕业后，她俩各自命运轨迹的素材皆来自景德镇。从第一篇纯粹以景德镇为地域背景的小说《昌江情》，到今天洋洋洒洒的大散文式的"中国好书"《瓷行天下》，其陶瓷文化情结当是胡辛三地创作中最缠绕、最执着也最有新意和独创精神的难解情结。

一　瓷的烧炼与母性昌江

China，中国；china，瓷。中国是陶的故乡，是瓷的祖国。陶，是人类创造的第一个物质。而距景德镇不逾百里的万年县，发现了人类最早的陶器。中国的瓷，至少领先世界 1500 年。"瓷都"景德镇，虽不是中国瓷的最早发源地，但是千余年来，其窑火不熄，绵延不断地以瓷器骄傲于世。在胡辛的眼里心里，"瓷都"景德镇是座母性的城市。

在她的文学与影视作品中，烧炼陶瓷的"窑门图腾"频频出现。在散文《窑门——火与女性的图腾》中，她写道：

---

① 吴宗蕙：《胡辛的艺术世界》，载《女作家笔下的发性世界》，首都师范大学出版社 1995 年版，第 155 页。

② 于青：《永恒的女性——读胡辛长篇小说〈蔷薇雨〉》，《中国青年报》1991 年 12 月 15 日。

陶瓷文化研究的执着

"无数次伫立你的跟前,无数次为你痴迷惶惑,无数次为你震撼征服,因为你是远古的图腾!瓷的图腾!

"你是火与女性的结合,你是生命与繁殖的昭示,你是创造之难与造化之易的莫名,你是卑贱与高贵、丑陋与精美的辩证。

"你在窑门前喃喃自语,似祈祷似忏悔,似彻悟似迷惘。

"不只是无数次来到这里,无数次念叨这里,还无数次抒写过这里。"[①]

在中篇小说《瓷城一条街》《地上有个黑太阳》、长篇小说《陶瓷物语》(《怀念瓷香》)中,都出现了柴窑窑屋里"窑门图腾"的情节。"骚寡妇"椒椒的闯窑门,仿佛是神圣的图腾与荒诞的现实间毫不留情的碰撞。"窑"孕育着陶瓷生命,就如同远古人类的女性生殖崇拜,而"门"则成了女性的禁忌!昔日母系社会的辉煌早已被颠覆,空留表演式的道具,并且沦落为今天的禁忌:女人不能走进窑屋,否则会倒窑!窑屋成了男人的圣地,而熊熊窑火烈焰却成了另样的哭泣。无数次伫立在窑门前的胡辛便有了激愤的艺术顿悟。从顿悟到感悟,她感受到女性"第二性"的悲凉之境。广博、深厚的母性之门,不应拒绝女性!她懵懂又清醒地走近民族文化心理的道口,倔强地提起笔,用文字去刻画去撞开这窑门禁忌。这也酿就了她独特的审美意象。

陶泥是卑贱的,水是灵秀的,窑火是炼膛也是炼狱。正是土与水在火中的撕掳拼搏、相撞相融,历经昼夜,在回归平静后砸开窑门,方诞生出新的生命!也许是正品,也许是次品,也许成了废品,当然也有让人大喜过望的时候,生成的是佳品,乃至极品,但无论生成什么,它们都无法回到原初的状态。

陶瓷的烧炼,与人的成长何其相似。胡辛在陶瓷的制作烧炼过程中,不仅感叹陶瓷文化中的人生哲理,而且通过与女性的主体性交叉比较,发现了人类生命诞生与完成的同构性。人的变迁、女性的变迁,尤其是女性的抗争都如同土与水在火中嬗变、成长、涅槃或毁灭!

与千年不熄的窑火相对的是昌江的水。《昌江情》发表于《人民文学》1984年第5期,是胡辛第一篇景德镇地域小说,却偏偏没有写瓷,而是母性的赞歌。她记录了自己第一次见到昌江的印象——母亲河东岸女性浣衣图!尽管这一图景随着洗衣机的普及如今已彻底消逝,但胡辛为其留下了

[①] 胡辛:《瓷都梦——一个女子的寻觅》,《星火》1992年第5期。

永恒的笔墨记录。景德镇的女人是极其勤劳能干的，家家户户的女性都将到昌江洗刷称为"下港"。何止浣衣洗被，家中的门板都要扛到江边刷洗，皮鞋里外洗净高高挂在竹杈上暴晒，真让人忍俊不禁。

瓷行天下，出发的港口就在昌江！"下港"之口语千年流行，是景德镇瓷行天下的见证。

胡辛一直把"瓷都"景德镇作为创作的母本，也是她进行女性写作的灵感源头之一。女性与陶瓷在胡辛笔下交织展现，充满了女性的细腻情感和独特的人生况味。"瓷都"仿佛牵连着女性自己的历史源头，留有"母系社会遗址"意味，将此作为她的创作根据地，继而成为这一个锦心绣口的女作家创作个性成熟的标志。

二 瓷的女性与瓷行天下

长篇小说《陶瓷物语》所要传达的亦是"母性的思恋"。瓷的晶莹细腻、柔美易碎，窑与瓷的容器性，甚至瓷与"雌"的谐音，都让瓷与女性产生了千丝万缕的联系。高岭土是瓷的骨骼，胡辛言："高岭土是白色的，拿一厝白色土放进玻璃水杯里，它会像白玫瑰一样一瓣一瓣开放，但是转瞬间就变成一滩白粉末了。这让我想起莎翁之句：女人像蔷薇，转眼就凋零。"[①] 胡辛用自己独特的女性视角与生命体验构筑起一个不同于男性书写的艺术天地、情感空间。《陶瓷物语》以陶瓷作为构架，讲述了皇瓷镇上一出出缠绵悱恻欲说还休的情爱故事，其间还夹杂家族谜、古瓷案。历史、情感、伦理、悬疑……类型元素可谓丰富多彩，但作者显然有其更为在意的表达意图。女主人公树青应邀作为《皇瓷镇》纪录片的撰稿，回到阔别多年的皇瓷镇，她便拥有陶瓷历史的阐释者与书写者的身份。女小说家则隐身于树青这个人物的所见所闻、所思所想，理性地审视皇瓷镇整个陶瓷史，在视角的流动与叠加中葆有对历史的选择、组合与阐释的话语权。"最早的陶是女人发明的""高岭婆婆的传说""孝女跳窑出祭红的传说""青花仙女的传说""徐皇后和永乐瓷""万贞儿与鸡缸杯""郑贵妃与青龙缸"……在皇瓷镇辉煌的炼瓷史上，女人们巧手辈出，功不可没，只是男人的历史埋没了她们而已。一部由女性讲述的陶瓷史与一部少女成

---

① 胡辛：《小说家视野里的陶瓷文化—兼谈〈陶瓷物语〉等景德镇地域文本创作》，《南昌大学学报》（人文社会科学版）2003年第4期。

陶瓷文化研究的执着

长史就这样交融在一起,难分难解又回味悠长。瓷,的的确确是女性的、母性的。

再一次走近高岭的白色土,胡辛陷入大历史的回忆之中。这片几乎被淘空了的白色荒原,留下一代代矿工为开采瓷土而辛劳的心血和汗水。他们是历史前进的真正动力,却没有留下名字。窝在白色土里的小小的高岭村,树青得面对一段属于自己的"初恋史"。比她年长17岁的林陶瓦,如父如兄,却是她真正的初恋,她崇拜他,痴迷他,因为他仿佛是知识与力量的化身!在时空交错的叙述中,树青完成了对往昔纯真情感的梳理和复杂内心的剖析。然而,小说的结尾,这对曾经的情人给读者留下的只能是遗憾!树青跟踪林陶瓦,发现仿古瓷的秘密作坊!虽然林陶瓦最后从"一级文物走私案"全身而退,但来自商业社会的某种功利使树青与林陶瓦之间已有了裂痕。她明白:人,无论如何是回不到从前的。然而,作者并不对男女主人公之间"不再"的命运而感伤,她只是借助一个貌似老式的情爱故事,探究男性女性对人生对情感的意识差距,关注的是人的归宿问题。

瓷器真是人类梦之所在?仿古瓷是否还原了原本一去不复返的历史,寄托了人类怀旧情结?无论是姚火旺神奇的"窑眼以验生熟",林陶瓦"以假乱真"的高仿技艺,还是马禾草的消逝的"绞草手艺",还有从不惧严寒的"骚寡妇"的"天籁之音",逝去岁月中看似不经意的东西,在富有张力的小说中获得了超时空的永恒。《陶瓷物语》的最高点就是对瓷的灵性感悟,正如此书封底引陶瓷考古学者刘新园所说:"石会崩,木会朽,人会亡,而瓷,即使粉身碎骨,千年万载后其质也不变。瓷是永恒的信息,是不朽的瓷工的史记。它总是忠实地、依然故我地折射出分娩它的时代特有的光辉。"[1]

2018年度"中国好书"颁奖盛典对《瓷行天下》的颁奖词是:"本书以外销瓷为切入点,追溯了汉唐至明清时期历代帝王的政治制度、个人意志和审美情趣对瓷器、瓷业以及外销瓷的影响。以瓷说史,全方位呈现了中国陶瓷文化传播的历史沧桑,勾勒出中国瓷器行走天下、光耀世界的华美图景。"

《瓷行天下》与一般的外销瓷书籍有所不同,它着眼于从精神的层面

---

[1] 胡辛:《陶瓷物语》,花城出版社2000年版,封底。

上来阐述中国外销瓷之路及世界性意义。在近2万字的前言中,从秦汉至明清,点睛之笔就是千年瓷路的精神。从第一章"汉唐古道:丝路瓷路双生花"来看,张骞、班超、王昭君、法显等,他们跟瓷似没有直接的关系,但他们跟"丝绸之路"关系甚密切,张扬着"行天下"的精神。

中国窑工瓷匠以手上春秋烧炼出难以数计的精美瓷器,器成方走天下,但在交通工具尚不发达的岁月,无非是肩挑手提或用独轮车等从古窑口运至古驿道、古码头,再源源不断输出到世界各地。而今陈列在世界各大博物馆或民间藏家手中的外销瓷,传世的、出土的、海捞的……渐渐拼接还原出千年陆海陶瓷之路,这当是人类文化史上不可思议的奇迹。胡辛的思绪飞翔,寻觅陆地海上外销瓷行踪,她对瓷的女性母性气质又有了新的感知。如此娇柔轻盈又脆弱的瓷竟然能不畏千难万险行天下,世界的大洲大洋,几乎都留下了瓷的屐痕。瓷有的就是中国女性的气质!中国女性曾被封建桎梏锁住身心几千年,曾被"三寸金莲"封闭于心牢,但是,她们终究冲决了一切而飞翔!是将瓷作为女人的象征,抑或将女人比喻为瓷?应该是象喻。

中国瓷器作为中华文明和文化物化的载体最早走向全球——不,应该说瓷本身就是中国元素的文化符号,瓷文化的输出和交流互动,促进了人类的文明和世界文化的繁茂兴盛。

《瓷行天下》积淀和张扬的是一种精神,一种不屈不挠排除万难"走出去"的精神,这是中国人笃定沉稳的文化自信的展示。《瓷行天下》更是赋予瓷"行天下"的女性气质:中国瓷,负重若轻,大气磅礴,又灵动飞扬。

弗吉尼亚·伍尔夫在《自己的一间屋子》中提出"双性同体"的女性主义术语,认为在进行文学创作时,优秀的作家应是双重性别。信然!

三 女性历史与哲理的超越

《百花洲》为胡辛的"母刊"。虽然她的第一篇景德镇地域小说并不是在该刊上发表的,但《百花洲》推出了此类题材的系列作品。中篇小说《瓷城一条街》和《地上有个黑太阳》尽领风骚。两部小说风格迥异。前者对"瓷都"、瓷器和"瓷都"人的描摹更为清新自然;而后者的表现则更加浓墨重彩酣畅痛快。前者采用传统手法,画面感极强;后者现代派,有意识地采用意识流的时空交错。胡辛的另一部作品《"百极碎"启示录》

陶瓷文化研究的执着

则显魔幻风格。

这些小说中的"瓷都"女性虽出身、经历、性格各异,但深入她们的内心世界,却发现胡辛似有意为她们注入了"火"元素。"骚寡妇"大字不识一个却勇闯柴窑,并"征服"了把桩师傅;老三届大学生景景身世诡秘爱情受挫却痴心不改;瓷街绘瓷女青青身残却一心上进;当代女大学生谷子则不畏世俗敢爱敢恨;更不要说充满叛逆精神的女中学生小弟——她们的内心都燃烧着"火"一般的激情。也许她们命运多舛,甚至不为道德乃至法律所容,但她们一直坚守心中永恒的真善美,小心翼翼珍惜那脆如美瓷的情感。

胡辛了然:生命如瓷,常有这样那样的缺憾,但只要有自己生命的独特个性,就够了。正如"百极碎"是釉与胎的膨胀系数不同而产生的缺憾所致,但它是瓷中珍品,可能如同人生不无缺憾才是真正的人生吧。

"胡辛是瓷性的,就如她在著作中所写的,瓷是女性的,优雅、圣洁、艳丽、细腻。同时,瓷作为中华母体语言的构件,是女性世界感悟的源泉;瓷,更是女性形态、情爱、品格和理想的象征。"① 这是胡辛创作的"圆心儿"。因而,胡辛的女性写作较为沉稳与通达。她始终主张女性文学同样是人学,女性文学也必须以全人类的视角,放在整个人类社会中去表达。

记住了历史的人,总是不免要怀旧的。包装师傅马禾草渐行渐远的身影让人感慨万千,"茭草业终究是给淘汰了。这是一曲怎样的挽歌"。她追恋茭草业昔日的辉煌和骄傲,却又理性地看到时代的前行、审美的嬗变必须与时俱进。

胡辛以她对陶瓷和陶瓷文化的挚爱和熟稔,落笔从容凝重,举重若轻,表达了她对古镇千年窑火不熄的守望,对古镇人物离合悲欢的同呼吸共命运。她不是古镇来去匆匆的过客,更不是古镇炼瓷若淘金的功利者,她只是对这方水土这方人依依不舍,感恩他们在她最艰难的岁月中给予她的真情真爱。"胡辛在《怀念瓷香》中开发了一个前所未有的陶瓷世界,并且这个世界是由女性赋予的生命所占有的,这使她的女性视野陡然开朗。"②

---

① 刘庆玉:《挚爱情深怀念瓷香——谈胡辛老师的女性瓷缘》,《创作评谭》2017 年第 5 期。
② 胡颖峰:《胡辛小说创作论》,《江西社会科学》2011 年第 11 期。

时间是有重量的。胡辛创作的精神源泉,也给读者留下了诸多感悟和启迪。她大刀阔斧又谨慎求证,试图破译瓷都的历史,从某个视角看也就是直逼女性生命的历史。合上书本,依稀仿佛中,胡辛沿着今已寂静的古河道,漫步于古老的青石板上,石缝间草蔓里或许留下了老瓷片,她拾起它,就像拾起了过往岁月……

20世纪90年代初,胡辛的长篇小说《蔷薇雨》应邀改编为30集同名电视文学剧本。而1989年她就担纲9集电视系列片《瓷都景德镇》的撰稿工作,这是关于景德镇的最早的大型纪录片,获得1991年中国电视二等奖和1990年"团结鼓劲、振兴江西好新闻"江西省政府一等奖。摄制组上高岭,过东埠,探访瑶里,踏遍古镇大街小弄,访遍了十几个大国营瓷厂,录下了其时各行各业的能工巧匠,留下了名副其实的陶瓷艺术家的身影。

2005年,9集电视系列片《瓷都名流》在江西卫视播出,这是胡辛率南昌大学首届广播电视艺术学研究生编导摄制的。粉彩元老王锡良,学院派民间青花秦锡麟,雕塑界权威周国桢、姚永康、刘远长、张育贤,颜色釉装饰人物的李菊生,刻花装饰创新的何炳钦,"珠山八友"后人刘平等,尽展荧屏。"此中有人,呼之欲出",其拍摄在技术艺术上的大胆探索创新,亦获业界和社会好评。电视电影《惊艳陶瓷》则将几个家族几代人纵横交错的故事演绎得跌宕起伏,从陶瓷中折射出人性的善恶沉浮……

从追溯陶瓷历史到改革风起云涌的当今,从古镇老街女人男人到瓷都旧貌换新颜,从小说散文影视到亲手绘制陶艺……胡辛几乎是多维度全方位地深入景德镇。如若没有深沉的真爱,怎能在长达半个世纪的生涯中,始终不绝地对这方水土这方人洋溢着爱恨交织的倾吐!

鲁迅曾说过:"只有真的声音,才能感动中国的人和世界的人;必须有了真的声音,才能和世界的人同在世界上生活。"[①] 胡辛的创作充溢着对生命与生活的真诚书写,始终不忘对崇高的执着追求。对理想的追求和实现理想的艰辛体验的抵牾碰撞形成生命的张力,使胡辛的小说阳光明朗,又不乏反思叩问。

---

① 鲁迅:《三闲集·无声的中国》,载鲁迅《鲁迅全集》第4卷,人民文学出版社2005年版,第15页。

陶瓷文化研究的执着

胡辛言："如果说文学作品是常青之树，传统便是哺育滋润它的河流，地域则是绿树赖以生存的那片土壤。"① 地域既是她创作的基点，也使她拥有文化制高点。赣州、南昌和景德镇三城独特的地域感、厚重的文化感和鲜明的时代感长久地、鲜活地存在于她的作品之中。

（何静，南昌大学新闻与传播学院副研究员；蔡海波，南昌大学新闻与传播学院博士生、讲师）

---

① 胡辛：《创作的反思——传统·地域·自我的寻觅》，《文艺理论家》1988年第1期。

跨界穿越的魅力

创造者的多维面向
——兼论胡辛的陶瓷艺术

周思中

人与动物的区别在于人的生产性和创造性，不仅有种的生产，也有物的生产。这两种生产，不仅是物质的，也是精神的；不仅是功利的，也是文化的。人的生存状态也有三种："创造性生存""无名性生存"和"破坏性生存"。社会的发展和进步，表面上以少数的有标志的创造性成果所代表，实际上是以上三种力量共同博弈的成就，每一个成就性创造恰恰是集体创造在后铺垫的结果。而之所以落在个人的身上，取决于其个人的内在禀赋、努力与坚持及对外在因素的学习和机运。胡辛在文学创作、影视研究与实践、教师责任和陶瓷艺术家之间的不同穿越，恰恰代表了胡辛作为文学家的语言生存、作为教师的责任生存、作为艺术家的形式生存多栖现象。这三种生存方式在胡辛身上完整有机地统一起来，从而彰显社会的积极创造性人格。

一 人的创造性

人为创造者所创造，其被创造的全部目的在于衍续生命、繁荣生命、创造生命。因而人被创造出来，也区别于其他被造物。相对无机物，它是有机的；相对矿物，它是生命的；相对植物，它是动物；相对一般动物，它是高度发展智能的；相比智能动物，它又是高度情感的；相比情感动物，它又具有高度的创造性。因而，在人身上既具备一切无机、有机物的一般属性，又具备一切无生命和有生命物的特殊属性；既具备完美的物质性又具备高度的精神性——这种精神性可以概括为情感、理智、思想。在

跨界穿越的魅力

思想层面，又有直觉、顿悟、灵思……因为这种特质，人可以创造物质及精神的一切形式。精神的内容为物质形式所表达，或以非物质的形式所表达，由此，人类既创造了桌子、椅子、建筑、汽车、飞机等物质载体，又创造了语言、文字、绘画、音乐、诗歌、文学等精神形式。人与其他动物的区别在于人的这种生产性和创造性，人不仅与动物一样有种的生产，也有物的生产。这两种生产，不仅是物质的，也是精神的；不仅是功利的，也是文化的。人的生存及幸福，也取决于这种创造的过程，人之快乐和痛苦都系于此过程，换言之，它构成了人类全部的生存意义及法则：生产、创造。这构成了人之世界、人之快乐、人之幸福、人之梦想。反之，当一个人来到这个世界，无以生产，无以创造，甚至无以为生产及创造奉献任何有价值的，有建设性的劳动或工作，其人生大多是没有价值的、空虚的、无聊的、痛苦的。同时，由于无价值而没有存在感，这种存在感构成了人之生存及梦想，而存在感的实质是人在这个世界奉献了多少有价值的生产及创造，这也是人类社会进步的内在动力。

笔者在这里把这种奉献的有价值生存称之为"创造性生存"，这是社会少数的精英性创造性人群。在社会发展的某个转折阶段，创造性人群也有可能成为社会的多数，而成为多数的时候，通常是社会产生跳跃性质变的时候。比如在公元前四五百年之际，中国产生了老子、孔子、孟子、墨子，西方产生了苏格拉底、柏拉图、亚里士多德，印度产生了释迦牟尼。在14—17世纪，文艺复兴运动中的但丁、彼得拉克、薄伽丘、达·芬奇、米开朗琪罗、拉斐尔、阿尔伯蒂等一大批多才多艺、思想深邃，感情丰沛的创造性人物，即是此类生存。这是一种。第二，因种种内在或外在因素无以奉献有价值的创造性生存，称之为"无名性生存"，这是一种大部分普通人生存的状态，虽然他们无法为这个世界奉献有价值的标志性创造，但他们也或多或少地为这种标志性创造服务或者维护而奉献。比如，这些标志性创造者的配偶、家庭，和支持他们的团体、组织以及朋友和对手，还有一大批他们的同伴，其中有启发他们，或者无名的榜样，也有他们的对手甚至敌人，使他们在这个世界里屡遭困厄，也使他们总是反省自己，最后扬长避短，取得成果。换言之，恰恰是一大批"无名性生存"为"创造性生存"提供了土壤或环境、气候和肥力，从而为"创造性生存"提供条件。这是一种。第三，因某些原因创造性被压抑或因打击或因人格障碍而被压抑而转向破坏、混乱乃至毁灭的生存称之为"破坏性生存"。客观言之,他们是社会少数,其破坏性在社会造成一定的伤害或痛苦,在某种程度上是毁灭性的破坏。其程度大小不同,但这也是社会客观的存在,它与建设是相互作用的,在一定层面上,也是"创造性生存"得以发展的前提条件。

从以上来看,社会的发展和进步,表面上以少数的有标志的创造性成果所代表,实际上是以上三种力量共同博弈的成就,每一个个人的成就性创造恰恰是集体创造在后铺垫的结果。而之所以落在个人的身上,则取决于其个人的内在禀赋、努力及坚持及对外在因素的学习和机运。

鉴于以上观点,来看待胡辛在文学、小说、教育、绘画及最近在陶瓷艺术上的探索,我们看一个创造性人格如何在各个不同的领域里创造性生存。

二 作为文学家的语言生存

语言是人类交流的工具,也是人类的创造工具。语言在本质上是人类的存在方式及家园。人类的语言艺术、诗歌、小说、散文等等实际上是人类使用语言在文学上的创造性生存。这种生存是人类赖以存在的形式之一。它是以一种书写方式而进入社会、走进历史的最有效方式。

与古人和今人一样,胡辛以小说开始,进入其文学语言的生存环境中。胡辛原名胡清,生于落霞与孤鹜齐飞的洪都——南昌的一个文人世家,自幼有卓绝的艺术天赋及文学才华,1967年毕业于江西师范大学中文系。由于所谓的"出身问题",大学毕业后她被分配到景德镇的一个偏僻山村做小学老师,成为班上被认为分配最差的一个。在这个叫兴田的山村,她承受着人生巨大的失落和强烈的反差。她的人生和世界观也受到极大的冲击和调整,但对一个文学青年来说,这是一个极为宝贵的人生大学校。正是这个大学,让胡清体会到什么是人间的冷暖,什么是真情和虚伪,什么是卑贱与高贵,什么是质朴与平凡。乡村的清苦、人间的冷暖、村民的质朴、孩子的纯真以及乡村教师的生活与大自然的美景,给她敏感而细腻的心灵以极大的慰藉,也给她以深沉的思想。她丰富的女性情感和文学灵思,以万顷汪洋倾泻在这一方僻隅,在小河小溪间欢快地流淌、奔腾、宣泄。随后胡清调到景德镇西郊的石岭中学和东郊一中,胡清在这块土地上一待就是八年,这八年胡清在这里完成了她的"抗日战争",也奠定了其人生及艺术的发展方向。此后再调到地处乐平的江西为民机械厂职

跨界穿越的魅力

工子弟学校任教,今天乐平也归属景德镇了。在这里她深刻地领悟了"茹苦含辛"四个字的含义,也是她的笔名的由来。1983年调回省城南昌的胡清以"胡辛"为笔名发表了处女作《四个四十岁的女人》,获全国优秀小说奖,从而让人们认识了"胡辛","胡辛"是一个标志,她开始了其文学语言创造性生存的启航。教师的胡清终于走向文学的胡辛。之后1990年长篇小说《蔷薇雨》、1992—1995年三部长篇传记文学《蒋经国与章亚若之恋》《最后的贵族——张爱玲》和《陈香梅传》、1998年《女人的眼睛》、2001年的《陶瓷物语》、2003年的《彭友善传》、2005年《网络妈妈》等相继出版,并获全国、省级各类大奖。1987年她调入南昌大学后,又从现当代文学兼顾影视文学及艺术研究的教学研究,她的影视同期书《聚沙》随24集同名电视剧的播出应运而生。作为主创人员的其影视作品有17部95集。作为文学家的语言生存的胡辛,为中国当代文学奉献了充满女性灵性及情感智慧的胡氏文学,是她一生奠定其创造性成果的基础,文本语言式的"胡辛"终于走进历史,和她那个时代一样,进入永恒。

三 作为教师的责任生存

如果说文学创作是胡辛其语言创造性生存,那么教师是其真正的责任职业。胡辛是一名职业教师,从小学到中学、大学,其职务从一般教师到教授,从乡村教师到硕士生导师,胡辛经历了新中国最艰难的教育转型和大规模的巨大转折,其对教育的体验和认知也是深刻的。学校也是胡辛接触人生的一个窗口,透过这个窗口,胡辛了解了学校、学生及教师以及其后的社会。而其学生及其服务群体也通过这个窗口了解他们的老师。她从教近50年,教的学生一届比一届年轻,她生理年龄一年年增大,而她的心理年龄却永远是火热的、开放的、年轻的,这正是一个作家、艺术家和教师对生活、学生及青春的挚爱和热情所致。她历任景德镇兴田小学、兴田中学、第四中学、第一中学教师,江西省为民机械厂职工子弟中学教导主任,江西省商业学校教师,南昌大学中文系教授、现当代文学硕士生导师,南昌大学文化艺术教学部主任,南昌大学影视艺术研究中心主任、广播电视艺术学硕士生导师,江西省第八届政协委员,江西省高级知识分子联谊会常务理事,中国高教学会影视专业委员会常务理事,中国电视家协会高校影视艺委会理事,中国作协会员,江西省作协常务理事,江西省妇联执委,江西省文联委员,教育部学位与研究生教育评估专家。开讲的课程有：写作、中国现当代文学研究、20世纪中国文学思潮、世界电影美学思潮、影视编导、中国电影史、世界电影史、电视艺术学、中国女性文学研究、小说艺术、民俗学等。作为一个充满生命活力和思想智慧的学者型作家，胡辛以独立的女性意识、深厚的文化底蕴、丰富的人生经验和富有激情的艺术顿悟，创造了真诚、鲜活的人间情致和灵活不拘的艺术教育及表达形式。这种表达形式也是独特的，她在任何场合无论是课堂、讲堂，还是会议上，都真诚、真挚、热情、坦率地表达她的观点，体现出她的职业责任感和使命感，这是一个作为责任生存的胡辛，体现出她的社会价值和奉献。

四 作为艺术家的形式生存

如果说，50年前刚刚大学毕业的胡辛被分配到景德镇做山村小学老师，自此开始她人生第一份作为教师的责任生存，把她置入社会之中，那么，34年前的她的小说成功，开启了其作为作家而创造的语言生存。随后，她把文学的文本转换为影视文本，从而把一个想象的文字的鲜活世界转换成一个视觉的、对话的、图像文本，这对胡辛和她的小说都是一种全新的挑战，从而也唤醒了作为艺术家的胡辛视觉的、图像的艺术形象。虽然，作为小说文学家，她的形象思维一直在那里，并不因作为教师而减损，而作为影视文本作家，她必须考虑画面和视觉文本，这样，当她必须处理二维平面和多维平面时，已有的视觉形象经验，会为她提供支持，从而为她日后的艺术创造提供支援。从总体上，胡辛的事业是阶段式的，一阶段一阶段跳跃式的，从教师到作家，从作家到影视文学家、学者研究家，当人生的探索与奉献达到顶峰，她又跳跃到一个更新、更自由的领域，即绘画艺术和陶瓷艺术领域。

景德镇是胡辛事业及探索的开始点，也可能是她一生归宿的落脚处。其间巨大的反差，跌宕起伏，波澜壮阔，几经轮回，其中只有一个中心，这个中心就是她对生活的爱、对人类的深情、对大自然的诗意的艺术表达。艺术表达可以是语言、文字、音乐，也可以是绘画，是笔墨。也许，对于其他人，其间的跳跃是巨大的鸿沟；而对于胡辛来说，只不过是本质相同而形式不同的艺术转换。这种形式到那种形式之间的关系不是断裂的、分割的，而是相互联系、互相支持、互为支援的，这恰恰是一个大艺术家具备的广泛基础及基本修养。这种修养是他们登上伟大艺术顶峰的条件。相同的

跨界穿越的魅力

情况我们可从泰戈尔、纪伯伦、波德莱尔、雨果、艾青那里看到，他们既长于写作，又精于绘事，如中国著名诗人王维，"诗中有画，画中有诗"。从作家而到陶瓷画家，也是一个艺术家的圆满归宿，而对胡辛而言，是她一生最后要完成的艺术使命，她要攀登的最后一座无限顶峰。

绘画及陶瓷绘画是一种艺术从一、二维平面移置三维空间的过程。从二维的平面绘画来说，中国画有着漫长的历史，而中国画的笔墨形式也是中国人习以为常的视觉经验，当我们看山水时，我们往往会把它归于某家笔墨，而某家笔墨的确和某地山水有某种对应的联系。胡辛的幼年是否受过绘画启蒙，我们不得而知，但她父辈为书香门第，其父辈广结善缘，又收藏了江西许多大家画师之作，无疑为她日后从事文学及绘画打下了基础。加上其聪慧的天资、鲜活的形象以及充沛的感情，从事绘画，只是隔一层纸的事情。从胡辛画的水墨画可见其水墨的笔墨技巧与浓郁情感融为一体，有强烈的文人意趣。

景德镇的陶瓷绘画自元代之后愈来愈走向精微，不过，自民国时期珠山八友把文人水墨与粉彩技艺结合在一起，也使陶瓷绘画走上独立，走进现代。今天的景德镇在后工业时代随着传统手工艺的复兴，又形成新一轮的"工匠来八方，器成天下走"的局面，大批的水墨画家、油画家、现代艺术家来到景德镇，开始了他们在陶瓷艺术上的新探索，其中一批艺术家熟悉了这种新材质，找到了艺术的"第二春"。他们的到来，引进了各种外来的新艺术理念、方法及图式，在传统的材质上也有所突破，有所创新，对当代景德镇陶瓷艺术起到了推动作用。相比这些外来艺术家，胡辛陶瓷艺术呈现出以下特点。

1. 构图大胆，用笔泼辣。这是胡辛长期的艺术素质决定的，她虽为女性，有女性的柔情与细腻，但骨子里有男人的强悍与坚韧。这与她敢想敢干的精神与作风是分不开的。

2. 画面饱满，充满张力。这是一个对表现对象充满爱心和热情的艺术家，没有全心投入的情感，就没有打动人心的力量。相比技巧娴熟的工匠，胡辛的陶瓷艺术不以技艺而以情感制胜，这是她长于工匠的地方。

3. 巧用色料，异想天成。陶瓷的胎釉、色料的烧成必须配以工匠的合作和窑火的配合才告完成。胡辛的陶瓷艺术实战经验虽然不是很丰富，但她善于学习，勤于思索，并能发现一些色釉的特点，巧用泥性及料性，异想天开，居然让人眼前一亮，别开生面。这也是胡辛陶瓷艺术的一大亮点，希望她能够保持下去。

　　胡辛对于山水、花卉有独特的构图和笔墨情趣，她对青花釉里红及色料的灵活运用，已到烂熟于胸、挥洒自如的程度，反映出她有极高的陶瓷材料应用的悟性和天生的水墨情趣。这也是她新探索成功的重要保证。当然，作为陶瓷艺术家的形式生存，胡辛才刚刚开始她的"童年"，在许多方面仍有幼稚、青涩、粗拙之处，如其人物画，造型尚待提炼，形态更趋优美。但其山水花鸟装饰画在陶瓷艺术上已达到许多老手都难企及的高度，此无疑取决于胡辛的高洁的人品、练达的学问、敏感的观察、强烈的情感、大胆多样的表现，这都是一个艺术家成功最重要的条件。而技巧及对陶瓷材料的熟练掌握对于一般工匠而言都不是问题，何况对于胡辛这样聪慧灵巧的艺术家来说，语言文字的世界变成了笔墨点线面、色彩缤纷的形式世界，这个世界是中国绘画的笔墨基因，早已潜伏在胡辛的艺术基因里，面向大海，春暖花开。

　　胡辛在年近70之年又开启了其陶瓷艺术的启航之旅，她表现的气势和创造的精神是许多男人都不敢企及的。有许多人功成名就，就不思进取，安于守成，但这不是胡辛的性格，胡辛正是一个创造者的性格，从她身上体现出了创造者的多维面向，这样的不倦的创造者、劳动者在日新月异的阳光下改变自己，完善自己，也完善他们的作品，而其作品，就是创造，是人类、社会、宇宙通过创造来完善自己，而创造的形式是多样的、多维度的，也是非语言能尽达其奥妙的。

　　（周思中，中国传媒大学教授、景德镇陶瓷大学陶瓷美术学院教授）

"文史"即"心史"
——胡辛《张爱玲传奇》浅论

陈 离

张爱玲是中国现代文学史上最有才情、影响最大的女作家之一。随着时间的流逝,其作品的艺术价值和文学史意义愈益凸显。在读者当中,张爱玲应该是被阅读得最多的中国现代女作家。所谓有中国人的地方就有"张迷"。自夏自清的《中国现代小说史》被大陆学界知晓,到柯灵的《遥寄张爱玲》发表,一度从大陆销声匿迹的张爱玲,再一次引起研究者和读者极大的兴趣,《传奇》和张爱玲的其他文章,像"出土文物"似的,重新与读者见面,一时洛阳纸贵——这发生在30多年前,不过在今天,已经成为现代文学史的"陈年旧事"了。之后张氏的研究文章和专门的研究著作,便层出不穷,蔚为大观,实有"一发而不可收"之势。而可以归之为张氏"传记"这一类的书,以我的孤陋寡闻,见过的至少也有十几种之多。

胡辛为张爱玲所写的传记即是其中的一种。据作者自己介绍,此书写作完成于1992年,最初的书名是《最后的贵族——张爱玲》,而后一版再版,多次印刷,最新版由江西教育出版社印行,书名也改成《张爱玲传奇——旧上海的最后一个贵族》。今天是一个文化凋零,但出版却畸形繁荣的时代,每年出版的新书达数十万种,很多书往往是"方生方死",刚出版即死亡。一本书出版之后近30年,会多次重印,并被广泛阅读,本身即很能说明问题。30年不算太久,在人类的历史上更是短短的一瞬,但对于一个人,对于一本书,也算得上是漫长的时间了。

我不知道胡辛自己怎样看待她为张爱玲写的这样一本传记。从1983年

"文史"即"心史"

发表处女作《四个四十岁的女人》开始，胡辛已经在文学创作的道路上走过了近40年的时间。作为20世纪40年代出生的作家，"新时期"开始之后，胡辛已经人到中年。胡辛发表处女作时的年龄，也正和鲁迅在《新青年》上发表《狂人日记》时的年龄相当。这当然首先是时间上的一个巧合，但在我看来，这个时间上的巧合，其实也有些意味深长。19世纪以来到20世纪一直到今天的中国，真是风云变幻波谲云诡，每一个生活于其中的人，都难免有身世之叹和家国之哀，知识分子和读书人当然更是如此。中国传统的读书人本来就有感时伤世的传统，到了近现代，社会急速而剧烈的变动，更是会让现代的中国知识分子有更强烈的"历史"和"时间"的意识。对于个人在"大时代"中的命运和遭际，会有更多的思考。一本书的写作有各种各样的机缘和动机，外在的机缘当然会起相当的作用，但说到底，一个作家会写一本书，而且会尽心尽力，内在的动机一定起着更重要的作用。胡辛一定是想借这样一本书，说出一些她在另一类的文字里没有说出，或者无法说出的话。胡辛当然不是张爱玲，她的小说创作应该在一定程度上受到过张爱玲的影响，尽管没有必要在两者之间进行某种牵强附会的比较，但毋庸置疑，同为中国人，同为女性写作者，同样生于20世纪，同样有在"大时代"中颠沛流离跌宕起伏的人生历程，虽然两位作家没有交集，代际上也有较大差异，但两位写作者的心肯定是相通的。

《张爱玲传奇》可能算不上严格意义上的传记，因为其中有大量的关于张氏作品的解读和分析，但此书也不同于一般的现代文学研究领域的作家"评传"，因为其中篇幅不少的文字，实接近于小说。这使得胡辛的这部著作，成为所有的张氏传记中极具特色的一本。胡辛的主要身份，并不是一位学者，而更多的是一位作家，所以她写这本书的时候，更多关注的可能并不是文学史，或者更广泛意义上的文化史，而是20世纪以来中国人的"心灵史"。这是胡辛这部张氏传记的独特意义和价值所在。因为作者并不是专门的文学史研究专家，书的史料价值可能并不突出，在某些细节上可能处理得不是那么完美，甚至可能有一些小的失误，但终还是瑕不掩瑜。

众所周知，传记写作是胡辛所有创作的重要组成部分。这方面的主要成绩，除了这本张氏传记，还有作者为章亚若、陈香梅所写的传记，以及为名画家彭友善所写的传记。从传主的选择，也足可看出前文所说，胡辛这一类写作的"内在动机"。按照我的理解，《彭友善传》一书的写作，可能更多的出于外在的机缘，我们暂且存而不论。另外三部重要的传记，实

跨界穿越的魅力

有某种紧密的内在联系。传主均为女性，而且身世极为传奇，都是20世纪以来中国历史上的重要人物。题材的选择一方面是要在某种程度上保证写作的意义和价值，另一方面，是作者要借他人之酒杯，浇自己心中之块垒。如果我的猜测有什么冒昧之处，还要请胡辛多多原谅。如果我们相信所有的创作说到底都是作家的自传，那么也许我们更可以相信，所有的传记都是作者为自己写的自传——至少从"心灵史"的意义上来说，这样的说法是部分成立的。

喜欢和不喜欢该书的人都能够为自己找到充分的理由。我记得书里不止一次引用张爱玲的话："因为懂得，所以慈悲。"我们确实可以说，胡辛是懂得张爱玲的。我不敢说我懂得胡辛，但也许我读懂了这本《张爱玲传奇》。没有读懂也没有关系，我可以说一些自己肤浅的感想，以表达对一位几十年笔耕不辍，并在晚年保持超出常人、令人震惊也令人羡慕和嫉妒的旺盛的创作活力的前辈作家的敬意。

在我看来，《张爱玲传奇》是一本风格显明个性十足的书。传主个性十足，传记的写作者个性十足，所以《张爱玲传奇》风格显明个性十足，就一点也不奇怪。可能在有些读者看来，这部书完全不符合传记著作的"一般写法"。但作者可能根本就不在乎所谓的传记著作的一般写法，胡辛的个性在书里也得到了充分的体现。是传记但又不遵守传记的"一般写法"；似评传但又不符合评传的"规范"；似小说但当然不可能是小说，也许不这样，就不是胡辛所能写的一部张氏传记。"冷静"和"客观"显然不是胡辛的风格，这就像她的为人，也有点像她说话的风格，真诚、坦率、热情似火，有时候有些咄咄逼人，甚至有些锋芒毕露，喜欢和不喜欢她的人都可以为自己找到充足的理由。她对生活的热爱、对文学的追求、对理想的执着，无论如何是令人敬佩的。有人可能会说，这和张爱玲很不一样啊……我理解这样说的意思。但其实"放不下"和"放得下"，有时候可能得看从什么角度看问题。说张爱玲"放得下"当然没错，但她对于自己写下的文字的重视，何曾真的做到了"放得下"……有时候我倒是觉得，中国读书人的精神可能往往偏于消极，特别是人到中年之后，所以，某种意义上的"放不下"，也许恰恰是值得我们学习的——至少对于我来说是这样。

这样的风格显明和个性十足也体现在《张爱玲传奇》的语言上。最直接的阅读感受是，胡辛的语言充满激情，读来让人心情激荡，书中最精彩的地方，让人击节赞叹，让人荡气回肠，当然更让人百感交集，让人心中生出无限的哀愁和悲伤。这是胡辛文字的魅力所在。她的笔锋常带感情，她用她的执着和热心肠，来写张爱玲的"冷"和"苍凉"，这中间有怎样的"参差"和"对照"的功夫，我一时也难以说清楚。但我确确实实感受到了胡氏语言的显明风格和独特的魅力。有时候我不禁想，作者的执着和热心肠，也许只是一种呈现在读者和世人面前的表象。当然我们不能说这种表象是一种掩饰，但也许作者的内心深处，也有一般人所容易忽视和没能看出的另一面。生于长于置身于20世纪以来的跌宕起伏的时代潮流中的中国知识分子，无论他（她）有怎样的外在的经历，无论他（她）的个性如何，内心深处都有一种无法与人言说的沧桑和无奈和"苍凉"吧——如果不是这样，我相信胡辛也不会想到要为张爱玲立传，也写不出这样一部别具一格的张氏传记。

我阅读《张爱玲传奇》时印象特别深刻的，还有胡辛书中大量对张氏作品的精当阐释和分析。这也是这本传记的特色之一。《倾城之恋》《沉香屑·第一炉香》《金锁记》《茉莉香片》《红玫瑰与白玫瑰》《十八春》，几乎所有张爱玲的小说，胡辛都在书中结合作品的写作背景，做出了独到的解读。这种解读不同于一般的文学批评和文学史研究，总是能发人所未发，是一位写作者对另一位写作者的心领神会，可以看作是处于不同时空中的两位女性写作者之间的心灵对话。张爱玲最重要的身份当然是作家，她一生最重要的成就当然是小说和散文创作。缺少对张爱玲的重要代表作品的精到的阐释和品评，任何一本张爱玲传记的价值都可能要大打折扣。我以为胡辛的张氏传记，可以满足大多数张迷的阅读期待。

在数十年的写作生涯中，胡辛笔耕不辍，在小说、传记、散文随笔、文学评论、电影电视剧创作，以及非虚构写作等众多领域都取得了令人瞩目的成就。胡辛对文学的热爱、对理想的执着、对生活的热情，以及无论遇到怎样的坎坷曲折和艰难困苦，都坚持不懈奋勇向前的精神，永远值得后来者敬仰和学习。

（陈离，江西师范大学文学院教授、江西省作协副主席）

"园丁"灵魂:论作家胡辛的教师情结

肖建民

胡辛说:"我的终身职业是教师。"或许笔者也是个教师而且读书求学时代曾经怀有文学之梦的原因,我特别敬重教师出身的作家,尤其是其中的中小学教师,因为这个群体相较于大学教师,面对处在身心发育期的孩子,备课上课、批改作业、个别辅导、班级管理等,事无巨细琐碎繁杂,心力交瘁是种常态,但能在这样逼仄的空间里脱颖而出,炫出又一道靓丽的风景,在文学创作领域不仅有所建树,而且别具一格,实属不易,叶圣陶如是,刘心武如是,曹文轩如是,胡辛亦如是。

教师作家的处女作,或代表作,往往都与教书生涯有关。叶圣陶出生于一个城市贫民家庭,18岁那年即因家贫无力升学,为维持生计而"一连当了十年"小学教员,其后又"曾经在五所中学三所大学当教员"[1],其代表作之一《倪焕之》(1928)描述了主人公倪焕之中学毕业后到乡村高等小学任教,满怀救国救民的理想,希望通过教育拯救社会的人生经历,反映了"五四""五卅"这些规模壮阔的革命运动曾经给予当时知识青年的巨大影响。这是中国现代文学史上一部重要的长篇小说,被茅盾称为"扛鼎"之作,"代表时代的作品"。刘心武自北京师范专科学校中文系毕业后,担任了15年中学教师,其代表作之一《班主任》(1977)通过两个表面上好坏分明,实质上都被"文化大革命"极"左"思想扭曲而畸形的中学生形象,揭露和批判了极"左"思想对青少年的毒害,发出了"救救"

---

[1] 叶圣陶:《过去随谈》,载叶圣陶《叶圣陶集》第5卷,江苏教育出版社2004年版,第305页。

孩子的呐喊，被视为伤痕文学的发轫之作，是在中国当代文学史上具有划时代意义的力作。儿童文学作家曹文轩1977年毕业于北京大学中文系并留校任教，其代表作《草房子》（1997）、《红瓦》（1999），前者是农村小学生活的生动又深刻的反映，后者是农村中学生活的提炼和反思。曹文轩2016年获国际安徒生奖，是中国儿童文学影响世界的标识。

胡辛自江西师范大学毕业就被分配至农村中学任教，几经辗转，回到南昌，"自始至终与粉笔打交道"（胡辛，1986）。其处女作《四个四十岁的女人》（1983）构思新颖，选材巧妙，以四个于1962年初中毕业的女同学（"布谷鸟"钱叶芸、"憨大姐"蔡淑华、"小鸟依人"的魏玲玲和"圆心儿"柳青）在20年后的一次邂逅为线索，巧妙地在一个大故事中穿插了四个小故事，描述了四个性格迥异的中年女性，怀着自己的理想，在经历了"文化大革命"之后，在百废待兴之时，对往事的回忆、对事业的追寻、对爱情的追求、对缺憾的拷问、对未来的思考……如激流奔涌而来，冲击读者的心灵。该篇小说被王蒙"偶然发现"，誉满文坛，是新时期最具代表性的"女性文学"作品之一，体现了新时期之初女性写作的新质，代表了女性现代意识即女性的自主自觉意识的诞生，呼应了时代人性觉醒的普遍要求。而四个女人的"圆心儿"柳青恰恰是山村小学的教师。

记得30多年前，当我初读《四个四十岁的女人》时，竟不能自已，为柳青掉了泪。听说流泪是人类最直接的情感流露，原因也多，大体有感动、伤心、痛（肉体的痛）、生气、担心（紧张）等，对照一下，觉得这些分析有点道理。小说对人物的刻画，从肖像描写入手，用对比的方式呈现人物20年后的变化。你看，"昔日苗条、机灵、高傲，还特别喜欢给别人起绰号""三个闺密都为之倾倒""叫男同学都咋舌"的学霸柳青，如今"仿佛锐气消尽，瘦削的脸庞上架着一副黄边眼镜，既过时又肥大的白府绸短袖衫和蓝棉绸长裤掩饰不了她瘦骨嶙峋的身形，她平添了几分老态"，一个美丽的青春偶像突然变形、变老了，巨大的反差让人心里特别难受。女同学相遇，离不开婚姻、孩子，但外美内秀的柳青，完全出乎大家意料，当她说"我——还没有结婚"时，"夜色好像一下子浓黑了许多，女伴们的眼光倏地暗淡了"，她居然还从未向她心中的"白马王子"、15年前同去公社报到、一直给她正能量影响的一个医科大学毕业的乡村医生，表白过自己对他的爱慕之心，他却在一次出诊中意外掉下山崖，"同是天涯沦落人"，从此阴阳两相隔，而且，连"他爱我吗？"还"不知道"，真

跨界穿越的魅力

叫人心痛心酸。柳青的理想是要成为"乡村女教师瓦尔瓦拉","被老俵们视为'文曲星',被学校当作'顶梁柱'",虽然十几年来默默无闻,"时至今日还没有培养出一个大学生",但对自己的选择和付出无怨无悔,然而厄运居然不期而至,柳青被查罹患绝症。当读到她转院省城要上客车时,学生赶来看望,送上鸡蛋食品,司机帮着打理这个场景时,我禁不住流下了泪。回想起曾在农村中学教书家访时,家长总是要煮上两个蛋,放上一点糖,蛋是当时农村兑换现金用于其他生活开支的重要物资,蛋寄寓了家长对老师的尊重和对孩子用知识改变命运的期望,多么纯朴的感情!据胡辛说,这个场面描写的素材,就来自她曾经任教的景德镇农村的兴田中学。鲁迅曾说:"悲剧是把人生有价值的东西毁灭给人看。"这部小说就是这样,真性情,原生态,层层深入,直击人心,就像赵丽宏在《疼痛》一诗中写的:"如闪电划过夜空,尖利的刺激直锥心肺。"我被柳青炽烈的情爱世界深深感染,对柳青的病情命运极为担忧。

30多年过去,今日重读,见字如面,那四个40岁的女人又一次来到眼前,那容貌、那声音、那动作、那激情,还是那么楚楚动人,还是那么直撩人心,我真想也加入其中,参与她们的谈话,禁不住又流了泪,又一次发出一直积压在心底的一声问候:"柳青:你还好吗?"可见,一部好的小说,始终有着温度,而且仍将延续。正如法国文学评论家朱利安·格拉克在《首字花饰》一书中,对作品的持久影响,使用的一个词:后续性。我想,这个"后续性",就是作品随着时间的沉淀还会愈见其所呈现的时代感、历史感和生命力。亦如接受美学的创始人之一沃尔夫冈·伊瑟尔所说:"文学作品不是由作家独创的,而是由作者和读者共同创造的。文学创作的价值,只有因读者的积极接受才能最后实现。"[①] 这个"后续性",首先来自优秀作品本身,同时存在于读者的阅读、感悟之中,还存在于多种方式与多种媒介的传播之中。《四个四十岁的女人》翻译介绍到日本、美国等国家,不是一偶然现象。好的作品是跨越国界的。

教师从事文学创作的优势是文化积淀深厚,但要想真正成为一名优秀的作家,还要有一定的天赋和才情,还要付出百倍的艰辛和不懈的探索。如果说,《四个四十岁的女人》是胡辛的突破期,"破茧化蝶",此后便是胡辛的爆发期,才情横溢,熔岩奔突,一发而不可收,涉小说、传记、影

---

① 转引自黄厚江《和谐:语文课堂教学重要的审美原则》,《江苏教育》1992年第1期。

视文学、散文随笔和理论研究等多种形式，出版图书42本，著作等身，构成了红土地上瑰丽的文学画卷，是中国新时期女性写作的代表作家之一，也是江西自现代以来文学成就最突出的女作家，在世界华人区中有较大影响，让我叹为观止。

"文学是人学。"（钱谷融）"女人写，写女人"，是胡辛的重要文学主张和实践，以其对女性精神世界的探求而独树一帜，由清新真实、行云流水般的《四个四十岁的女人》发轫，从追求女性为社会承认的"理想"价值，到波澜壮阔、跌宕起伏的《蔷薇雨》呼唤女性的内在自觉，再到隐喻象征、具有魔幻主义色彩的《怀念瓷香》重构己身历史的母性书写，其小说创作的清晰流变可谓代表了女性写作的三个发展阶段，见证了一个学者型作家艺术创造的品质和智慧。有一个有意思的现象，胡辛作品《四个四十岁的女人》里的柳青、《蔷薇雨》七姐妹中的阿玮、《怀念瓷香》里的树青等人物，皆是默默无闻的中小学女教师，在作家的心里，似乎有着女教师情结，或许也虚虚实实地渗透了作家的人生经历和参悟。女人如叶，青翠欲滴，甘为绿叶的柳青，为什么不早早向心中的"白马王子"倾吐爱慕之情，让他早早享受到这份感动和幸福？女人如花，娇艳美丽，知性娴淑的阿玮，寻寻觅觅，但遭凌云离弃，被辜述之欺骗，即使后来凌云回到了身边，但这算是找到了真爱、迎回了"护花使者"吗？女人如瓷，高洁如玉，纯情执着的树青，27年历火淬而不变，但女性细腻的感情也经不起碰撞，陶艺家林陶瓦那一声告别，是真爱的开始，还是永久的……"女教师"在胡辛的小说文本中成为具有独特寓意的象征。"女教师"是知识女性的重要代表，胡辛从女性作家的视角，描述她们的理想追求、情爱世界、生活波折、内心诉求、负重若轻，显得更为直接、真切、细腻、广阔，对于女性实现自己的人生价值，唤起女性的内在自觉，进行女性的自我塑造，无疑具有感染、启示、激励的作用。

仰望星空，视事业为生命，永不停步，不断超越，是优秀教师作家的特质和人生的主旋律。叶圣陶后来成为著名的教育家、出版家，他"教是为了不需要教"的教育思想成为教育界人士普遍认可的至理名言。刘心武后来成为著名文学期刊主编，走进荧屏在"百家讲坛"精彩演绎《红楼梦》，还大胆挥毫写了《续红楼梦》，与高鹗一比伯仲，壮心不已。胡辛的执教履历表：景德镇兴田小学3个月、兴田中学1年半、景德镇石岭中学3年半、景德镇一中3年、乐平江西为民机械厂职工子弟学校5年、江西

跨界穿越的魅力

省商业学校6年、江西大学—南昌大学30年，50年教龄中，有47年始终站在教学一线的三尺讲台前。人称："上课上得好的教师不少，作品写得好的作家不少，但课上得好作品又写得好的作家教师却不多，胡辛就是这不多中的一个。"在即将迈入古稀之年，她又给人一个意外的惊喜——闯入瓷画国画创作领域，让人惊羡不已。诗书字画虽是同源，都是艺术创造，但表达方式、使用工具毕竟不同。人们常说隔行如隔山，胡辛能勇于在这片天地驰骋，源于儿时的爱好、父母的熏陶和瓷城生活的耳濡目染，源于对瓷都一种特有的感情。借用黑格尔的说法，是从"自在"到"自为"，对陶瓷艺术的价值，从了解到发自内心的酷爱，亲历践行。胡辛的瓷画作品，有山水，有花鸟，有人物，其中有的人物画，就是她文学作品中人物的具象表现，例如《四个四十岁的女人》、《蔷薇雨》中的七姐妹、《陶瓷物语》中的树青与林陶瓦等，充满生活气息，功力不凡，栩栩如生，呼之欲出，别有一番艺术的感染力。景德镇是千年瓷都，陶瓷艺术源远流长，独具一格，世界一流，不论是在法国巴黎的凡尔赛宫，还是在俄罗斯圣彼得堡的夏宫，都可以看到景德镇的瓷品，流光溢彩，举世瞩目。胡辛《四个四十岁的女人》中有两个原型来自景德镇山村。《昌江情》《瓷都梦》《瓷城一条街》《地上有个黑太阳》《"百极碎"启示录》《禾草老倌》《陶瓷物语》等小说散文，还有中国第一部大型电视片《瓷都景德镇》，9集电视系列片《瓷都名流》等，都凝聚着胡辛对景德镇的挚爱和希望。由江西美术出版社推出的文化专著《瓷行天下》，则是胡辛对中国外销瓷的荣耀又苍凉的回顾和反思。胡辛从文学塑造、以瓷抒怀到心瓷合一、创造制作，不只是对陶瓷艺术的酷爱，更是对中国传统艺术的自信，是对瓷都文化建设的新贡献，也是对给了自己精神哺育的白色土的反哺。

教师与作家之间并没有内在必然的因果关系。作家用自己的作品丰富人的精神世界，被誉为"人类灵魂工程师"；教师亦被称为"园丁"，通过传道授业解惑培养人才。二者功能、责任各有不同，工作方式、思维方式差异很大，胡辛竟能将二者处理得如此之好，水乳交融，"鱼和熊掌"得兼，让人敬佩。究其原因，是胡辛对事业不懈追求、不畏艰难、不断开拓创造的精神使然。农村中学任教，丰富了她的人生阅历，成为写作的重要素材；创作文学作品，又是她成为大学教授后在三尺讲台上新开拓的坚实基础。为了培养适应时代需求的人才，她不仅为中央电视台中国电视剧制作中心编剧30集电视连续剧《蔷薇雨》，而且助力学校拿下江西高校第一个广播电视艺术学硕士点。为了丰富专业课程内容,她撰写、出版了多部具有真知灼见的文学理论专著,既有学术源流的考证思辨,又有大量鲜活的实践例证,如《电视艺术十二讲》《百年回眸——名导名片管窥》《长河荒凉却温暖的灯光——中国女性文学焦点透视》等。从课程论的维度,她的人生经历、创作过程、各类作品,就是一种丰富的课程资源。她不辞辛劳,积极进行影视教育教学改革,理论联系实际,带领研究生走遍江西的山村水乡,拍摄专题片《千里踏访颂师魂》,还组织学生进行《聚沙》《沙之舞》《惊艳陶瓷》等中长篇电视剧与电视电影的"自编自导自演自摄制",在中国教育台、江西电视台播放,可谓业绩赫然,桃李争艳,硕果累累。她的讲座深受学生欢迎,走出校门,走出省门乃至国门,都得到好评,这是意料之中的。我自己也曾为学生讲过文学理论课程,常常感到有个短板,就是没有像胡辛那样对文学创作原理的深切体验感悟与传递,或易失之浅显。她还作为嘉宾走进荧屏,1999年在中央电视台《半边天》栏目与张越谈当代女性,多次在江西电视台、南昌电视台做专题,近日又在江西教育电视台"跟着总书记读经典"的专题节目中解读诺贝尔文学奖获得者、美国著名作家海明威的名著《老人与海》,大力推动全民读书活动。她从教的最大乐趣和愿望就是学生的成长和学生对自己的超越。著名作家王蒙曾倡导作家要学者化,可以说,胡辛堪称其一,既是作家,又是学者。我们作为教师,应该像胡辛那样,像叶圣陶倡导的那样,多做"下水"作文,以此来丰富自身的写作体验与实践智慧。

本文仅从教师与作家的视角探寻,但即便如此,也只是匆匆"一瞥",意犹未尽。激情挥洒红土地,古稀再织新华章。胡辛是一位充满理想和才情的教师、作家、学者,心中始终驻着春天,必定将绽放出更多更美的花朵装点人间。

莲子已成荷叶老!

(肖建民,上海市普陀区教育学院副教授)

高山仰止
——致敬胡辛教授

季俊峰

习近平总书记在北师大座谈时指出："一个人遇到好老师是人生的幸运，一个学校拥有好老师是学校的光荣，一个民族源源不断涌现出一批又一批好老师则是民族的希望。"[①] 忝列胡门弟子，无疑我是幸运的，胡老师的耳提面命，使我受益终身。同时这也是当代江西的幸运，因为红土圣地上涌现出了自己的文学高峰和文化守护神。人杰地灵，诚哉斯言！

胡辛是我就读南昌大学现当代文学研究生时的导师。我称导师为"大先生"。

一是三年求学期间，先生学问之深广，待学生之慈厚，做学问之顶真，谓大先生。二是学生毕业分配后，先生依旧牵挂并呵护之，指点人生之路，谓大先生。三是我已离校几十年，仰视恩师，恩师初心不改，立足江西，学习再学习，跨界贯通，硕果累累，大先生，深敬仰之。

胡老师长期致力于"女人写、写女人"，立足于江西地域文化，著作等身，文采斐然，作品具有很高的审美价值，各位方家已多有论述，不再赘述。笔者认为，胡老师这座文学宝藏还蕴含了极为丰富的道德教育价值，是贯彻落实新时代以文化人、以文育人的绝佳教材。

首先，作品具有深厚的家国情怀，是进行新时代爱国主义教育和江西历史文化教育的生动教材。"行千里，走万里，还在江西的怀抱里"。对故

---

① 习近平：《做党和人民满意的好老师——同北京师范大学师生代表座谈时的讲话（2014年9月9日）》，《人民教育》2014年第19期。

乡的深情讴歌，对陶瓷文化乃至赣鄱文化有着深深的爱，胡老师用真情连接起陶瓷与文学、女性与文学，用文学深情缅怀过往，文字背后始终涌动着一股深沉的爱恋和炽热的激情，一种深沉的文化自信和满满的文化自豪。胡老师惊艳于江西历史文化，大声疾呼，江西历史文化太伟大了，江西人应该自信，当代江西人应该继承弘扬传统文化，把这方水土建设得更加美好。

其次，作品始终洋溢着向上向善的力量，是进行社会主义核心价值教育的生动教材。习近平总书记指出，文艺是铸造灵魂的工程，文艺工作者是灵魂的工程师。好的文艺作品就应该像蓝天上的阳光、春季里的清风一样，能够启迪思想、温润心灵、陶冶人生，能够扫除颓废萎靡之风。胡老师自觉秉持与人为善的文学观，自觉践行以文化人、以文育人的文化使命，笔下的人物往往具有强烈的理想主义情怀，坚毅执着、自强不息，与命运进行永恒的抗争，作品总是给人以前行的力量，总是让人看到真善美。

最后，作品刻画了一大批独立自强、坚毅执着的女性形象，对当代女性特别是年轻女性的成长具有较强的现实价值和借鉴意义。胡老师始终关注时代变迁中的女性情感、命运，塑造了一系列鲜明独特、火一般热烈勇敢、瓷一般高贵纯粹的女性形象，其笔下的人物都是突破小我、走出狭隘天地、追求独立、实现自身价值的大写的女性，她们用柔弱的身体与命运、与时代展开不屈不挠的搏击，谱写出一曲曲悲壮而崇高的命运交响曲。柳青、树青等女教师形象更是感人至深。胡老师刻画的这些女性形象以及胡老师本人的奋斗历程，似乎启示我们，女性要成功尤其不易，但唯有靠自身不懈努力打拼出来的一方天地才更加光彩照人。而企图做攀缘的凌霄花，寻找终南捷径，终将竹篮打水。

《论语·述而》曰："其为人也，发愤忘食，乐以忘忧，曾不知老之将至。"这也许就是胡老师的写照啊。

井冈苍苍，赣水茫茫，先生之风，山高水长。

（季俊峰，南昌航空大学党委委员、中共南昌市委党校专职副校长）

胡辛影视剧中的离散意识研究

周传艺

"离散"（diaspora）一词出自希腊词语 diasperien，解释为"播撒种子"的意思。从《圣经》中较早地出现亚当、夏娃偷吃禁果被赶出伊甸园的故事，到现代文明的演进所带来的资本扩张、殖民侵略，"离散"一词略乎带有更多的否定成分：流放（exile）、无家可归（homeless）、彷徨无依（rootless）等。中国文学作品中的"离散"意识自"五四"运动之后便延续了这一倾向，从不同方面表现现代人的生存状况与精神归宿成为随处可见的叙述母题，如鲁迅的《阿Q正传》、王任叔的《疲惫者》、洪灵菲的《归家》、沈从文的《湘行散记》、巴金的《灭亡》等，从不同程度刻画了人们无枝可依、精神流浪的境况。当下影视剧作品的文化研究中，族裔性（ethnicity）、民族主义（nationalism）、后殖民性（postcolonialism）等视域成为愈加显著的理论谱系，这与"离散"的想象、建构与生成有着内在的关联。胡辛影视剧[①]中，"离散"是作者自觉建构出的一种主体意识，她通过光影流逝来追寻身份的迷失，巧借地理位置的迁移来表述个体的苦闷。在她的剧中，离散意识是彷徨无措的边缘人物，是支离破碎的家

---

① 胡辛，原名胡清，中国作家协会会员，1983年凭借《四个四十岁的女人》获全国优秀短篇小说奖，之后从事长篇小说、长篇传记、中短篇小说、散文集、影视剧本等创作，出版论著、书籍40余部。作为主创人员参与的影视作品有：电视连续剧文学剧本《花谢花会再开》（百花洲文艺出版社）、电视电影剧本《惊艳陶瓷》（刊于《电影文学》）、影视文学剧本集《赣地·赣味·赣风——在流变与永恒中的地域文学艺术创作》（江西教育出版社）、电影《同龄女友》、电视系列片《瓷都景德镇》《瓷都名流》、电视专题片《红绿辉映领袖风》、电视连续剧《蔷薇雨》《聚沙》《沙之舞》《四个四十岁的女人》《这里有泉水》等。本文选取胡辛创作的影视剧作为研究对象，来分析其影视剧中的离散意识。

庭境况，是自我深处的真实表述。

一　胡辛影视剧中离散意识的文化语境

1993年，胡辛作为编剧，应约为中国电视剧制作中心完成了30集电视剧《蔷薇雨》的创作。后该长篇电视连续剧由上海永乐影视股份有限公司出品，张仁川导演。该剧讲述了江南某市颇有名望的徐家书屋，在波谲云诡的时代变幻中，徐家七姐妹面对各种观念，苦苦寻找人生价值的故事。该剧折射了市场经济大潮下，传统与现代、困境与突围、革新与守旧等多种意识形态的交锋与碰撞，在家的"铁屋子"寓言下，人物未卜的前途与多舛的命运。2006年、2011年胡辛又分别完成了24集电视剧《聚沙》和8集电视剧《沙之舞》的编导和创作。两部电视剧皆聚焦当代硕士研究生的生活，真实地再现了当下学生群体的生活经验、生存状态、情感境遇，通过剧中人物的各种"被动选择"表现出了不同程度上的焦虑与无奈，引发了社会和文化等多重维度的思考。

(一) 现代社会的流浪者

从1947年的GATT（General Agreement on Tariffs and Trade，即关税暨贸易总协定）开始，世界各国贸易逐渐扩大，在世界自由经济体的体制下，透过商品的贸易，资本的流动，逐渐形成全球化的发展。在全球化进程中，空间和时间的壁垒被打破，个体存在的意义必须由空间之间的关系来确定，即"基地化"："基地（site）被两点或两元素间的近似关系所确定；从形式上，我们可以将这种关系区分成序列的、树状的与格子的关系。"① 也就是说，一个基地必须参照另一个基地才可以获得自身的意义。这也就造就了空间、地理的转移，以及流浪者与观光者，这也是现代社会空间生产下的离散、漂泊意识的基本形态。正如鲍曼所言："并不是所有的漫步者在路上奔波是因为他们愿意奔波而不愿意定居一处，并不是因为他们想去他们现在所要去的地方……他们四处奔波，那是因为在一个旅行者定制的世界中，'老老实实呆在家里'简直是一种羞辱，简直是服贱役；而且从长计议，似乎也根本不切实可行。他们四处奔波，那是因为他们背后一直有一股无比强大、无比神秘、不可抗拒的诱惑力推着他们前行。他们一开始就已在精神上背离家乡。家乡毫无希望可言。他们绝没把自己的

---

① 包亚明主编：《后现代与地理学的政治》，上海教育出版社2001年版，第19页。

处境看成是自由的表现。这些人是流浪者。"① 流浪者通过背离家乡而去寻找改善自身生活环境的处境体现出了一种被迫的离散意识，这是胡辛小说、影视剧中较为隐晦的经验表达。在《蔷薇雨》中，徐家书屋处于既不沿海、又不偏远的夹缝地带，而这正是传统与现代、落后与文明、坚守与转变的交合区域。故事发生于20世纪末，在急剧嬗变的现代化进程中，徐家姐妹彷徨、躁动、拼搏、无奈：老大操守端正，品正行医，却被世人讥讽；老三在爱情里缠绵悱恻，始终往返于山村小学与城镇之间，寻觅自身的价值；徐家老父因与晚辈的思想冲突而被称作"老顽固"……《蔷薇雨》中的现实影像在离散意识的文化语境中被建构出来，通过众多的人物处境，来揭示当下社会底层人物的无奈与被动。

（二）在地性与自我抒写

胡辛影视剧中具有明显的"在地化"属性，剧（片）中的江西本土的历史经验与时代现状是胡辛影视剧注重刻画的表现内容。这种强调地方的差异性（异质性）是作者本身影像风格的高度辨识，也成为同质性时代浪潮中的明显抵牾。

表1　　　　　　　　胡辛影视作品中的在地化属性

上映年份	影视作品名称	（胡辛）担任职务	在地化属性
	《惊艳陶瓷》	编剧	瓷都景德镇的文化探寻与年轻一代的坚守传承
1984	《四个四十岁的女人》（上、下集）	原著	通过四个女人20年的生活寻觅，来还原出一幅南昌地志的生态景象
1985	《这里有泉水》（上、下集）	编剧	景德镇的地域文化、红色印象与情感体验
1990	《瓷都景德镇》（9集）	撰稿	透过电视系列片的形式介绍了景德镇陶艺的生产过程，从抟土成形到色釉之笔勾勒素胚，再到最后烧炼成器
1996	《蔷薇雨》（28集）	编剧	剧中细致入微地描绘了洪城的三眼井、六眼井、孺子巷、大井头等水土地貌，摹制出赣地的民俗风情、语言特色、人情世故

---

① ［英］齐格蒙特·鲍曼：《全球化：人类的后果》，郭国良、徐建华译，商务印书馆2013年版，第89—90页。

续表

上映年份	影视作品名称	（胡辛）担任职务	在地化属性
2001	《千里踏访颂师魂》（上、下集）	撰稿、导演	采访江西城乡中、小学16位一线老师的事迹
2005	《瓷都名流》（9集）	编剧、导演	以人物专题片的形式，分别介绍了景德镇的瓷艺大师秦锡麟、何炳钦、周国桢、姚永康、李菊生、王锡良、刘远长、张育贤、刘平
2007	《聚沙》（24集）	编剧、导演、策划	讲述了西江大学广播电视艺术学硕士点8位研究生之间单纯又复杂的关系，通过秋月儿的人物主线，投射出学生之间、师生之间、家庭之间的情感纠葛
2011	《沙之舞》（8集）	编剧、导演、策划	讲述了西江大学有机化学点与边陲某研究所联合研发国家重点课题，留学归来的"洋博士"在面对金钱诱惑时，盗取实验数据，贩毒牟利，最终迷失自我的故事

胡辛曾说："如果说文学作品是长青之树，传统便是哺育滋润它的河流，地域则是绿树赖以生存的那块土壤。"[1] 诚然，作为著名作家、影视创作者，赣地的文化特色与风土人情已成为胡辛作品中的内在诉求与自在性表达，这种在地性愈发成为胡辛影视剧中的一种标签与识别。江西景德镇的瓷器、滋养赣地人民的赣江、红色革命印记井冈山等"意味形式"都内蓄着胡辛情感意识的深刻体验，凝结了其长期以来成长领悟过程中的心理残迹。如果说在地性特征是确立胡辛影视剧作者倾向的根基，那么自我抒写便是确立其离散意识的源头。胡辛1967年毕业于江西师范大学中文系，这位正当韶华年芳的高才生被分配到偏远的乡村任职村小，后历经景德镇兴田中学、第四中学、第一中学教师，再到江西省为民机械厂职工子弟中学教导主任、江西省商业学校高级讲师、江西大学（1993年与江西工业大学合并组建为南昌大学）中文系教授。由此可见，胡辛丰富的人生阅历背后是其数十载的辗转周折、漂泊未定。离散的本质是一种跨界（bordercrossing）和跨文化（transcultural）行为。胡辛生于江西瑞金，童年在赣州，再迁往南昌，工作后便在景德镇、南昌从事教育行业，长时段、大范围的离散伴随着历史文化的更迭与变迁，每一次地理边界的到访与跨越，都成为胡辛成长历程中的记忆割裂与未来憧憬，身份的焦虑与影响的困惑

---

[1] 胡辛：《传统·地域·创作的反思》，《文艺理论家》1988年第1期。

跨界穿越的魅力

相盈接踵，身体的游离与精神的漂泊如影随形，这一复杂的心理体验结晶于影视作品中，便具有了离散意识的隐形抒写。景德镇、赣南、南昌三个地域在胡辛影视剧中建构起一种空间想象，能够唤起胡辛心底深处的文化记忆与情感经验。这种挥之不去的"故乡"眷恋与"精神家园"的寄托、渴望在《千里踏访颂师魂》《这里有泉水》等剧作中有着非常深刻的表现。如果将这种边界的物理概念上升到形而上的哲学思辨，那么"越界"现象所体现出来的离散意识也会转变为一种心理体验，因此，婚外情与出轨等便成为胡辛影视剧中随处可见的叙事母题。如《蔷薇雨》中，徐家老三从潜意识中具有挣脱传统家庭藩篱的束缚的自我诉求，另一方面因为私生子，又受限于传统伦理道德的窠臼，对自己背叛家庭的行为感到深深的自责，于是在两种相反的价值观念中自我挣扎，变得焦躁、敏感，并由此影响了正常家庭秩序的建构，导致了家庭情感的危机。徐家姐妹与徐家老父之间的父女关系也正是体现了现代化浪潮中人们的精神离散体验：代表传统的父亲与姐妹们面临的新型伦理观念之间的困境与突围。徐家姐妹在两种文化之间所面临的"文化休克"诠释了离散者内心的孤独、失落的痛苦挣扎。

二 主体的边缘与外来者形象建构

1991年《离散：一种跨国研究期刊》（*Diaspore: A Journal of Transnational Studies*）杂志创刊，标志着离散文化理论研究的开端。沃特维克（Vertovec）、罗宾·科恩（Robin Cohen）等人分别从社会范畴、归属感、移民文化等方面概括出离散的不同内涵。将离散主体置于语言、文化的角度言说，是空间转移、流动的必然性使然。在胡辛影视剧中，人物主体的边缘性和外来者形象，是离散意识建构的重要生成机制。

"边缘性"意味着与"中心"相对，边缘群体常常有着被"主流"或"中心"边缘化的外在经历或内在心理。离散的历史是"属下"的历史，是"他者"的历史、"底层"的历史，离散者由于语言、文化等多重因素异化，主体性逐渐被消解，受到主导意识形态的规约，体现出一种失语的状态。如果置于离散意识的研究视野中，"边缘性"则成为其重要体现。在胡辛长篇电视剧《聚沙》和《沙之舞》中，来自五湖四海的西江大学研究生，为了求学梦想相聚一起，伴随着一种背井离乡的状态和挥之不去的陌生感，离散意识体现为一种离家的忧伤，一种失去了故有家园的失落感

(loss),由此而产生的强烈落差。在《聚沙》中,来自北方的顾言和江鸿、南方的涂芃芃、本地的张一驰、本省的韦小北、偏远农村的秋月儿……地域的差异、性格的迥异、文化的隔阂使得同学之间的矛盾、误会、纷争频频。西江大学广播电视艺术学硕士点的成立,使得离散者有了一种家的想象、精神的寄托。然而,看似稳定的共同体下,"边缘者"的身份被隐形言说。秋月儿是胡辛笔下着重刻画的一位人物形象,她由于家庭的特殊始终未能融入班级集体中,面对张一驰等同学们的热心帮助也十分抵触抗拒。甚至她替代沈佳琪在舞台上演出反却遭到了同学们的误会。因此,秋月儿在剧中的很大篇幅处于一种边缘化的存在。正如钟年所言:"面对不同群体的角色规范,边缘人往往无所适从,从而引发内心矛盾,导致身份的不确定,并形成独特的人格类型。"[1]

外来者形象同时也是胡辛影视作品中离散意识建构的重要体现。"外来者"本身就有一种群体指向和地域属性,离散意识自不待言。"外来者故事"是"五四"运动以来中国文学的一个基本母题,外来者形象也充斥于20世纪文学、影视作品中,如钱锺书笔下《围城》中留洋归来的方鸿渐,费穆导演的《小城之春》中来自上海的医科毕业生,谢铁骊导演的《早春二月》中外来知识分子肖涧秋……传统意义上的"外来者故事",主要指外来文明的携带者,来到一个相对落后的封闭空间,通过与这一封闭空间相对不同的信息,展开现代与传统、文明与野蛮、进步与落后、光明与黑暗等一系列二元对立的冲突序列。如果说,传统外来者形象更多地带有一种救赎的性质,以及对于现代文明的肯定与向往,那么胡辛影视剧中,似乎多了一层现代社会迷失自我、对于传统的那份把握与坚守的思辨者倾向。在《沙之舞》中,易教授当年所带的硕士何冰从国外读博归来,作为一个外来者形象,何冰英俊的外表、广博的学识、突出的科研能力让校内女生十分着迷。然而,何冰却利欲熏心,攫取了实验室的戒毒方程数据,最终走向了不法之路。由此看来,剧中的何冰"离去又归来",带来的并非进步的思想观念,而是身份的迷失。又如《聚沙》中的秋月儿,她来自革命老区,家庭贫困,生活拮据,但却秉性纯真,待人真诚,被养母的高尚情操感动,做出了退学回村小教书的决定。作为一个"外来者",秋月儿内心深处的朴实、真诚、自然,与现代人的灰暗、虚伪、做作形成

---

[1] 钟年:《中国人的传统角色》,湖北教育出版社1999年版,第176页。

跨界穿越的魅力

了鲜明的对比。在《蔷薇雨》中，胡辛就已期待那份"在这个物欲横流、一切向钱看的纷繁世事中，总还保留着纯真又炽热的情"。胡辛通过自身创作的影视剧来呼唤愈渐消弭的道德操守与人性关怀，正如她自己所言："我们得到的是我们从未拥有过的，而我们轻易抛却的也许是我们乃至我们以后的几代人苦苦追寻的。"

胡辛影视剧中涉及"原乡"与"他乡"的空间转换，边缘人物、外来者形象的建构，家庭的支离破碎，身份的迷失与追寻等众多社会层面上的离散意识，剧中的人物都在某种程度上承担着离散之苦，这正是胡辛影视剧中以小见大的精妙所在——透过离散的形式背后，深刻挖掘出风起云涌的时代变迁。正如海登·怀特所言："历史话语是通过'形式论证''情节设置'以及'意识形态暗示'三种策略进行自我解释的。"[1] 胡辛影视剧中的离散意识也正是透过流动的空间、多层面的人群以及自身的生命体验来完成了对历史的重新结构。然而，离散不仅是一种跨越性行为，它同时必然结合一个或多个地点想象家园、重新根治的方式，来完成一种"不知不觉的无根漂泊"到"拥抱多元"的身份转变。我们看到胡辛影视剧中的那份反抗、开拓与创造，是她借剧中"他者"的声音，传达了一种积极的生命感悟，让人们能够去体会蕴藏其中的感铭肺腑之力。

（周传艺，山东师范大学讲师）

---

[1] Hayden White, *Metahistory: The Historical Magination in Naceteeth-Century Curope*, The Johns Hopkins Unversity Press, 1990, pp. ix – x.

别样的风景:胡辛影视创作管窥

王小娥　肖玉梅

1983年,胡辛以处女作《四个四十岁的女人》斩获全国优秀短篇小说奖,作品中朦胧而又清晰的女性书写为她开了一扇崭新视阈的文学之窗,随后,小说的影视改编为其开启另一扇通往声画艺术的影视之窗。从《四个四十岁的女人》《这里有泉水》与《蔷薇雨》的影视改编到影视同期书《聚沙》,从《瓷都景德镇》《千里踏访颂师魂》等主流意识形态的"遵命之作"到《瓷都名流》《红绿辉映领袖峰》《追寻胡先骕》等的自觉自发之作,从长篇校园青春剧《聚沙》《沙之舞》的"自编自导自演自摄制"到电视电影《惊艳陶瓷》的新出发,胡辛驰骋于文学的影视改编、电视专题片、电视纪录片、校园青春剧与电视电影的创制激流中,淡定从容,奇迹不断。以笔墨声画摄录下江西这方水土这方人,为发掘赣地"物华天宝、人杰地灵"的历史文化资源,传承江西"红色文化""绿色文化"和"古色文化"亲力亲为、砥砺奋进。

一　小说与影视的结缘互动

张艺谋曾言:"中国有好电影,首先要感谢作家们的好的小说为电影提供了再创造的可能性,如果拿掉这些小说,中国电影的大部分作品都不会存在。"[①] 张艺谋就是靠小说的影视改编起家的。胡辛亦较早、较清晰地认识到小说与影视剧之间的同根同源、相依共生的不解情缘,并将二者的嫁接进行了实战演练。

---

① 陈默:《张艺谋电影论》,中国电影出版社1995年版,第249页。

跨界穿越的魅力

《四个四十岁的女人》（1983）一问世，即被上海和广西电影制片厂分别改编成同名电视剧和电影《同龄女友》，并获得第五届全国优秀电视剧"飞天奖"。中篇小说《这里有泉水》（1985）被上海戏剧学院改编成电视剧。40余万字的长篇小说《蔷薇雨》（1990）出版后即由中央电视台中国电视剧制作中心扶植改编成65万字的30集电视文学剧本《花谢花会再开》，几经曲折，辗转数春秋，终在1998年由上海永乐集团求索制作社和江西电视台联合摄制成28集电视连续剧热播大江南北。一短一中一长，或授权或亲自担纲编剧，皆因小说文本的影视化思维和想象、画面感强等影视化倾向而成功地改编成电影或电视剧，在尊重原著的同时又力争求同存异。

《四个四十岁的女人》改编成的同名电视剧和电影《同龄女友》在改编上基本忠实于原著，小说文本中画面感较强的场景基本都搬上了银幕荧屏。电视剧《四个四十岁的女人》的邂逅空间虽仍是小说中的省妇女保健院的小庭院，但进行了拓展延伸，将故事从黄昏到深夜的几个小时的时空拓展到了数天，添加了三个女伴陪柳青去上海大医院看病的情节。荧屏中的男性亦不再是原著中四个女人话语言谈中的"缺席场域"，除却叶芸的第二任丈夫稍显凶神恶煞粗俗鲁莽之外，其余都较善解人意，能为柳青治病献计献言。这无疑淡化了小说文本中浸透空气和骨子里的女性的无助感。电影《同龄女友》把重逢空间改成了钱叶芸的家中小院；妇产科医生魏玲玲的"一把刀"丈夫改成了歌唱家，而她则放弃了工作相夫教子；柳青终身未嫁，倾心于乡村教育事业，得到了乡村人民的爱……米兰·昆德拉言："小说是速度的敌人，阅读应该是缓慢进行的，读者应该在每一页、每一段落，甚至每个句子的魅力前停留。"[1] 小说文本中女性的独立、女性意识的彰显皆能在文字的慢慢咀嚼中品出个中三昧，而电影、电视剧不同，其是大众文化、大众传媒，面对的是千家万户不同领域不同职业不同年龄的芸芸受众，是"一遍过"的艺术，容不得观众半点停留，因此，其亮色和温度都必须适度适宜。这种扩展和改变亦是媒介转换的必然。中篇小说《这里有泉水》亦如是，只不过它将小说文本后半部分树云男友的出场及由此引出的树云的身世之谜进行了删略。是主题立意的需要？抑或女

---

[1] 中国社会科学院外国文学研究所《世界文论》编辑委员会编：《小说的艺术——小说创作论述》，社会科学文献出版社1995年版，第65页。

性命运女性意识彰显的需要？或许两者兼而有之。

胡辛认定："如果说电视剧与小说的缘分更深，那么电视连续剧跟长篇小说就是不解之缘了。电视连续剧和长篇小说一样，不怕人物众多，不怕故事情节曲折繁杂，不受时间空间的限制，旁逸斜出繁花满树那才有看头。长篇巨著也只有在长篇电视连续剧中才能得到恢宏磅礴又舒缓细腻的展现。"[1] 不同媒介的叙事转变在胡辛创作中亦可寻觅出有规律又逆规律之轨迹。

28集电视连续剧《蔷薇雨》将徐家书屋七姊妹丰富曲折的命运遭际与古巷辜家、姚家、冯家、杨家、凌家等几个家族的故事绵延交融、难解难分。因其女性故事的丰富生动，吴冕、廖京生等老中青明星群体的倾心演绎，以及内蕴深厚的文化底蕴，获得好评如潮。

尽管胡辛自言电视剧不怕人物众多，枝繁叶茂旁逸斜出才有看头，但担纲编剧的胡辛在忠实原著的同时还是进行了适当的改写、扩展和删略。首先，该剧删除了小说中的四个人物——席大鹏、钱光荣、勺子和糯糍女。其次，该剧还一一删除了阿玮第二次栽进感情陷阱、瑶瑶的恋人席大鹏的故事、希璞和老副省长凌光明之间的朦胧的柏拉图式的精神恋等情节。同时，该剧还对晓峰、和尚等人物形象进行了适当改写。晓峰从小说中的17岁就在山中去世，到电视剧中摇身一变"成了凌云与阿玮、徐氏家族和凌云父亲等纠结的大活扣"。晓峰的"复活"不仅加强了剧作矛盾冲突的悬念性与张力，而且丰富了阿玮与凌云的性格。而和尚从小说中的改良型的市井泼皮形象到电视剧中圆头圆脑的善良憨厚胖子形象的改写无疑给电视剧的气氛营造增色不少，平添了几分喜剧色彩。除此之外，扩展亦是《蔷薇雨》"小说的影视改编"的必要手段。阿玮与凌云、七巧、姚鸿、辜述之、巴小霞之间的纠葛戏得到扩展，增添了不少情节链和很多细节；二玫与石平林、副省长鄢河鸥之间的误会戏也进行了填充和扩展，不像小说中多用心理活动来过渡。尤为值得一提的是，电视剧的结局对小说结尾进行了颠覆式的改写，大大淡化了小说结尾的悲剧性，而是变成了迎合观众审美趣味的皆大欢喜的大团圆结局。淡化了哲理，少了回味，但到底走向了世俗化的生活。

---

[1] 胡辛：《电视剧与小说缘分更深——兼谈〈蔷薇雨〉的改编》，《南昌大学学报》（人文社会科学版）1998年第3期。

二　电视专题片、纪录片的多元文化显影

胡辛认为："文化生存环境既有地域独立性的自然环境，又有社会环境。江西文化的生存环境自然也离不开孕育她的自然环境和社会环境。江西地域的相对封闭性和跃动的开放性，使江西文化一直以来呈现出丰富性和多元性。"[①] 打响"八一"起义第一枪的南昌，开辟"以农村包围城市、武装夺取政权"的革命摇篮井冈山，建立中华苏维埃共和国临时中央政府的"红色故都"瑞金等承载了太多的"红色文化"记忆；素有"匡庐奇秀甲天下"之美誉的庐山，汇雄、奇、险、峻、秀、幽等自然风光的井冈山等秀美的自然山水为江西这方热土积淀了丰厚的"绿色生态文化"；千年窑火不熄的景德镇孕育出恒远的"古色陶瓷文化"……如果说，胡辛小说的影视改编，只是以影视思维彰显赣文化资源的"小打小闹"，那么，胡辛电视专题片、纪录片的创制可谓真正开启了江西多元文化的镜像表达，是主流文化与大众文化或主动或被动的交织交融。

1990 年，胡辛作为主创之一的大型电视系列片《瓷都景德镇》由江西电视台和景德镇市委联合摄制，获得全国优秀电视节目二等奖和江西省政府奖，分为"瓷都风采""瓷河探源""瓷技纯青""青花荟萃""五彩纷呈""晶莹璀璨""玲珑生辉""巧夺天工""新潮新韵"9 集，属于主流意识形态的"遵命之作"。可以说是迄今为止，较全面、系统、形象地展现瓷都风采，弘扬景德镇陶瓷文化的电视作品。该片以陶瓷文化为主线，在航拍下的景德镇全貌的展示与"推拉摇移"的镜头流转中，瓷与人、陶瓷史料与制陶工艺等叠印辉映，以其丰富的文化底蕴、传统与现实的两极交汇张力，给人带来美的感受与理性思考。

"胡辛的'遵命之作'常将伦理亲情融汇于主流话语之中，在她所写所摄的人物身上，常将其性格、言行、命运与伦理感情交融，也许在她是并不自觉的运用，但到底是主流意识形态与民众的血肉相连，而且很容易唤起受众的心理认同和情感共鸣，开辟了一条主流面向大众的传播渠道。"[②] 电视专题片《千里踏访颂师魂》是胡辛为师德师风建设而摄制的又

[①] 胡辛：《赣地·赣味·赣风——在流变与永恒中的地域文学艺术创作》，江西教育出版社 2012 年版，第 4 页。

[②] 何静：《多元语境下的叙事变奏——胡辛笔墨声画创作论》，江西教育出版社 2007 年版，第 89—90 页。

一"遵命之作",获中国教育电视二等奖,感人感动感佩。2001年胡辛率8位研究生分期分批走遍江西11个地市的乡野山村,将镜头对准16位中小学教师,其中近一半是女性,多是乡村教师,有的几度出山进山,有的是印尼归国华侨,有的是劝说城市中学的丈夫扎根乡野村小的师范生……星子县隘口镇半山村小钱茶花老师十年如一日爬半山,周末儿女与妈妈相拥石桥的泪目场景;程段村小徐小年老师与几十个学生穿着金黄色救生衣,在青山绿水间唱着歌鱼贯而行的诗情画意般上学放学画面;林玉凤老师为爱扎根深山老林几十年,为山里孩子撑起一片天空的至真至美至纯大爱……一段段客观影像还原和再现出了一个个教师的信念与坚守,道出了教师们平凡中的伟大,挖掘出教师们"爱心、诚心、恒心、无私、无怨、无悔"的师魂内蕴。朴实的话语振聋发聩,感人的画面引起观众心与心的情感共鸣。

在9集电视系列片《瓷都名流》中,胡辛将摄像机的镜头聚焦于景德镇的名人名流们:高山仰止景行行止的王锡良,将民间青花"学院化"的秦锡麟,温润如玉一枝独秀的何炳钦,用瓷演绎人性的"动物世界"的周国桢,城雕"陶"与"瓷"的主创者姚永康,开创颜色釉装饰人物"此中有人呼之欲出"的李菊生,在源远流长的传统陶瓷工艺中创新的刘远长,永远的写实主义者张育贤,得雨岑之风真传者刘平等。这9个造诣颇高的陶瓷艺术家都生活在景德镇这片热土上,领受白色土上七彩雨的熏陶。胡辛在对他们人生经历和陶艺特质进行叙事编码的过程中,将他们的作品和绘瓷制陶的画面与人物访谈穿插进行,既有对人生历程的回顾,也有创作的感悟,还有创作的困惑与追求……采取的是平民化的视角,选择的则是大众文化叙事策略,一下子拉近了观众与名人的距离。从瓷到人,真是写不尽拍不尽的景德镇,更是胡辛13年景德镇生活的"故园情结"。

无独有偶,电视专题片《追寻胡先骕》将镜头聚焦于中国植物学界的老祖宗,"水杉"的发现者胡先骕。该片将胡先骕从诞生到赴美学成归国与艰难岁月中国植物学的崛起、中华人民共和国成立后胡先骕跌宕起伏的人生历程分为上、中、下三集。既有史料的钩沉又有中国科学院植物研究所、庐山植物园、泰和中正大学旧址的丰富多彩的镜头呈现,还有胡先骕子女、研究者等相关人物访谈充实,试图以声画摄影塑造还原一个活生生、立体多面的胡先骕。挖掘江西名人,将中国传统学人"先天下之忧而忧"的情怀、丰厚的知识底蕴、真挚的师友情缘,高山仰止,景行行止的

跨界穿越的魅力

精神发扬光大。

电视风光片《红绿辉映领袖峰》片头即呈现出井冈山连绵五百里的绿色竹海与毛泽东旧居、红军医院、烈士纪念碑叠印画面，开门见山地点明了"对红土地革命传统文化与绿色生态文化传颂"的主题与立意。毛泽东到井冈山与王佐见面的历史场景还原、精神广场上四组雕塑的各个角度的镜头等与"推拉摇移"中见其宽厚深沉的五井源泉、领袖峰上的山光水色进一步阐释了"红与绿"的交相辉映。尤为可贵的当是胡辛传承江西"红色文化""绿色文化"和"古文化"的不懈追求。

三 校园青春剧的实践与创新

起源于日本，形成"文化攻势"于韩国，传播到东亚及欧美各国的偶像剧发轫于20世纪90年代。偶像剧所承载的是大众文化中最时尚、最流行的元素。青春、爱情、励志和娱乐是偶像剧的四大必要元素。当一些国产偶像剧仍然沉醉于一味模仿日韩偶像剧的梦幻世界时，胡辛率研究生"自编自导自演自摄制"的中长篇电视连续剧《聚沙》《沙之舞》与电视电影《惊艳陶瓷》，却别开生面地进行了青春剧的本土化实验。

24集校园青春剧《聚沙》于2007年"五一"黄金周在中国教育台播出，可称为中国高校第一部以师生团队面貌创制的长篇电视连续剧，也是中国第一部直面研究生生活题材的长篇电视连续剧。故事围绕西江大学电视艺术学8位研究生——著名生物学老教授的外孙女沈佳琪、来自革命老区的村小教师秋月儿、势利眼涂芃芃、落落寡合的平民之子张一弛、从农村走出的"小书虫"薛哲、革命家庭长大的"江姐"江鸿、圆滑世故的"技术骨干"顾言、圆溜溜的小胖子韦小北——的学习情感生活展开，爱情、亲情、友情、师生情交织交融、充满阳光。剧中，8位研究生的青春靓丽、张一弛与秋月儿若即若离的朦胧爱恋、顾言与沈佳琪和江鸿的"暧昧三角恋"、秋月儿勤工助学的自力更生，以及韦小北、涂芃芃的插科打诨、幽默搞笑等是对日韩偶像剧青春、爱情、励志、娱乐等构成元素的一种借鉴，但又不流于以往不少国产偶像剧那般无生活气息的矫揉造作，以其特有的视听图谱、人物符码、细微真实的"生活流"、浓厚的校园"气息"谱写当代研究生的青春之歌。该剧学生演学生，校园、教室、拉片室、剪辑室、寝室、图书馆、操场、食堂等都成了不可或缺的视觉空间编码，既有学习的氛围又有生活的气息还有励志的影子。内容真实可信，既

· 198 ·

别样的风景：胡辛影视创作管窥

有同学之间的真诚关爱、友好互助，又有相互猜疑、不公平竞争；既有师生之间的深情浓意、代与代之间的理解与沟通，又有隔膜疏离乃至提防。在相撞中相融，渐渐地由散沙走向聚沙。

此后，胡辛又率硕士生们"自编自导自演自摄制"了8集电视剧《沙之舞》，创制过程中就赢得新华网等媒体的关注，其同期记录拍摄过程的《在路上》获四川电视节"金熊猫"奖国际大学生影视作品评选纪录片类最佳创意提名奖。这部关注青年一代教育问题的《沙之舞》于2011年暑期在江西电视台公共频道播出，好评如潮。《沙之舞》将镜头对准"贪欲"，反映的是反毒戒毒与吸毒贩毒的较量。立意点则是道德是沙之金光所在，贪欲毁灭人性之光。探讨了高校学生学习、生活、爱情、日常点点滴滴中真与伪、善与恶、美与丑的碰撞、纠葛和撕掳。高校生活的生机勃勃、丰富多彩，激流下的潜流、阳光下的阴影交织，既增加了情节的悬疑度，又做到扣人心弦。与《聚沙》相比，《沙之舞》在题材上有所突破，话语传达和叙事策略上有较大变化。当代大学校园对真爱的呼唤和寻觅演绎得颇具张力。何冰与任若水、夏霜之间剪不断理还乱的缠绵纠结，何冰对欧阳易晶周密的算计和情感利用，邵折腾与文静茹的"奇遇"，化学点女生对何博的搞笑式"迷恋"等，从人物的表象到心灵世界的变异追寻，无疑给《沙之舞》增添了可看性和思考深度。

在经过了《聚沙》《沙之舞》的"沙场大练兵"之后，胡辛又一次率研究生们"自编自导自演自摄制"电视电影《惊艳陶瓷》。该片以民国、"文化大革命"、当代三个时期架构故事。当代故事讲述的是红城大学广播电视学专业男女生8人拍摄毕业创作——电视电影《青花釉里红》；"文化大革命"故事围绕永红父亲的"裸体瓷瓶"，讲述青年陶景兴、少女永红、卫红在特殊时期"信任与背叛"的故事；民国戏中，少女秦雯蕙爱上了革命党人陶建民，在执行任务中负重伤的陶建民将一尊"三羊开泰"瓷瓶交予雯萱、雯蕙兄妹保管，但贾慕鹏的圈套、雯蕙的年少无知，致使本能顺利逃离的陶建民不幸牺牲……三个故事在蒙太奇镜头的切换中交织交融，在蔺玉主持的《惊艳陶瓷》节目中交集：远在洛杉矶的老年秦雯蕙对于陶建民的牺牲始终难以释怀，借助《惊艳陶瓷》节目漂洋过海来"赎罪"，而陶建民之子恰恰是当代戏中毕业创作《青花釉里红》的顾问陶景兴；蔺玉的母亲是"文化大革命"戏中的永红，老年陶景兴为当年的"裸体瓷瓶"事件登门谢罪……片中雯蕙与陶建民、青年陶景兴与永红、雷鸣与蔺

跨界穿越的魅力

玉"犹抱琵琶半遮面"的朦胧情愫是校园青春剧《聚沙》《沙之舞》中爱情元素的延续，但更富有悬念与戏剧性张力，结构也更加枝繁叶茂旁逸斜出，给人以无尽的遐思，有意思又有意义！胡辛就是这样，稳扎稳打、淡定从容地率领师生为挑战日韩偶像剧做种种实验。

胡辛的创作，依然处在行进中的现在时态，从文学的影视改编到电视专题片、纪录片的创制再到校园青春剧的挑战与实验，胡辛完成了从编剧到编导的华丽转身。她将文字的笔墨、声画的摄影聚焦于江西这方厚土，用镜头影像镌刻出赣地别样的风景。对胡辛这位创作多面手、不老松，拙文肯定是自不量力，落在纸上的仅仅是意义的一部分。但重要的是，她搏击于文学与影视双向互动激流中的种种尝试，这种率领年轻一代迎难而上、脚踏实地、呕心沥血的探索精神，对我，对我们这一代年轻人，无疑是仰视并学习的榜样。

（王小娥，南昌大学新闻与传播学院助理研究员；肖玉梅，南昌大学教授、南昌大学教务处原处长）

胡辛影视教育理念研究

蔡海波

胡辛不仅是著名作家,也是从教50余年桃李满天下的教师,南昌大学教授。胡辛多次称"我的终身职业是教师",初心不忘,自豪之情,溢于言表。她以高尚的师德风范和不断创新的教育理念贯穿执教始终,深受学生喜爱。从教期间,胡辛于2004年创立南昌大学广播电视艺术学硕士点,并担任该硕士点的负责人、硕士生导师。该硕士点为江西省第一个广播电视艺术学硕士点,十余年里培养了百余名广播影视专业高层次人才,带领学生创作大批彰显江西地域特色和校园青春旋律的影视作品,使硕士点短短时间内在全国同类专业评估中排名第六,填补了江西影视研究生人才培养的空白。同时,胡辛也长期担任南昌大学影视艺术研究中心主任,教学、科研和实践三位一体交相辉映,星星之火,已成燎原之势。她以敏锐宽阔的作家视野、艰苦奋斗的井冈山精神以及深厚广博的人文情怀带领广大师生为江西影视教育开辟出一条新路,为薄弱暗淡的江西影视教育事业增添一抹亮色。

在创办广播电视艺术学之前,胡辛已经在尝试影视教育。担任文化艺术教学部主任期间,胡辛在全校开设影视鉴赏、电视艺术等课程,普及影视艺术,提升学生影视鉴赏能力,深受学生喜爱。影视课上,"生物楼可坐两百多号人的阶梯教室常常人满为患,中间过道还加了一排排自设的条凳"[1]。2004年第一届广播电视艺术学硕士生入学,胡辛面临的不仅是影视鉴赏教育,更是在立足于影视专业特点的基础上,如何高质量、有特色地

---

① 潘际銮:《一个有个性有风骨的作家教授——胡辛印象记》,《创作评谭》2017年第5期。

跨界穿越的魅力

培养有理论素养、有实践能力的影视专业研究生，是难度更大的影视创作教育。多年摸爬滚打，胡辛逐渐形成一套颇具自身鲜明个性的影视教育理念，她以激情满怀的人格魅力和敢想敢做的创造精神，抓住理论联系实践的根本理念，紧扣赣鄱文化和青春故事的项目教学特色，以教书先育人、做事先做人的师德风范为江西影视教育发展做出开创性贡献。

一 "影视教育切忌纸上谈兵"

自 20 世纪 90 年代影视教育从专业院校扩展到综合性高校之后，影视专业纷纷上马，遍地开花。但是，综合性院校影视教育重理论轻应用、重学术轻实践的问题也是老生常谈的通病。这与影视应用型人才培养方向和影视行业需求极其不匹配，导致影视专业就业形势严峻与招生状况火热的冷热两重天。针对这一现象，胡辛在接受新华网江西频道专访时说："我们中国的高校培养的研究生纯理论型太多，应用型的太少，而影视教育是最忌讳纸上谈兵的，一定要理论联系实践。"[1] 2004 年，胡辛到美国纽约大学影视学院做交流，该校漫长的影视实验室以及特别重视实践操作的教学理念给她很大触动。胡辛强调："一名影视学研究生，只有自始至终参与了一部影视剧的制作，他才算是合格的。"

广播电视艺术学创办后，胡辛紧扣理论联系实践的教育理念，强调成绩如何要靠作品说话。以影视项目为平台，通过完成影视作品锻炼学生的应用能力，"项目教学"和"做中学"理念贯穿广播电视艺术学培养全过程。开设"毕业创作"课程，要求学生必须有自己主创的合格影视作品才能拿到学分。按照"构思—设计—实现—运作"的教育模式，在人才培养机制上以项目（影视作品）为依托，将策划、编导、摄制、播出（参赛）等为实践过程。将学生融入项目中，发挥学生主体作用，最终完成影视作品继而公映或参赛。2004 级、2005 级广播电视艺术学研究生入学后，胡辛积极鼓励、强力引导他们创作反映自身生活的电视剧。分组协作、赏罚分明，坚持"导演负责制"，根据学生特长分工合作。依托《毕业创作》和《影视编导》两门研究生的实践和理论课程，胡辛强调："用实践来落实课堂理论，以实践来检验学生的动手能力，就是拍摄的初衷。"经过 4 个月拍摄，半年的剪辑，最终，一部长达 24 集的电视连续剧《聚沙》问世，

---

[1] http://www.jx.xinhuanetcom/news/2009 - 05/21/content_ 16589567. htm.

它是中国首部反映研究生生活的电视剧，是完全由广播电视艺术学研究生自编、自导、自演、自摄制完成的长篇电视剧，是高校影视专业师生摄制长篇电视剧的一次大胆尝试。《聚沙》于2007年"五一"期间在中国教育电视台播出，2008年摘得中国高校影视创作奖，是唯一一部获奖的电视剧。"这是在拍戏，却又近似一次教育实习，可它又远不只是一次教育实习，它更接近于一段象牙塔内的影视神话。这是在创造，创造一个让中国影视界刮目相看的神话。这是在寻梦，寻找一个中国教育史上孜孜以求的梦想。"①

《聚沙》开启了胡辛践行理论联系实践的影视教育之路，之后带领师生陆续摄制了《瓷都名流》（9集）、《红绿辉映领袖峰》、《千里踏访颂师魂》等一批高质量有特色的专题片、纪录片，引导学生实践各式类型的影视作品。2011年夏，8集电视连续剧《沙之舞》在江西电视台播出，这是胡辛带领2007级、2008级广播电视艺术学研究生摄制的又一部校园题材电视剧，获中国高教学会影视教育专业委员会优秀影视创作奖、首届大学生电视作品大赛提名。该剧延续了《聚沙》的项目教学模式，并引导学生在题材主题和创作手法方面做进一步创新，同期完成的记录《沙之舞》创作过程的纪录片《在路上》，获四川电视节"金熊猫"奖国际大学生影视作品评选纪录片类最佳创意提名奖，是影视创作形式的又一次新尝试。

学生实践项目经常出现的问题是作品仅仅为"习作"，难以落地。播出或参赛是衡量影视项目教学的圆满与否的最后一个环节。胡辛要求进行影视作品拍摄，一方面是学生锻炼的方式，重在过程收获；另一方面其质量必须符合播出要求，最终能在有影响力的电视台或其他平台上播出。所以，胡辛带领学生摄制的影视作品基本都在中央台、省台播出，两部电视剧都拿到播出许可证，并出版影像光碟，获得国家级、省级奖项。一是对学生的高质量严要求，创作非儿戏，习作并非低质量；二是让学生有成就感，也为日后找工作增添砝码。

综合性院校影视专业设置较为宽泛，试图让学生把中文、新闻传播、美术、摄影摄像、后期技术等大量专业知识都掌握，力求学生样样涉及。但过于广博的知识面导致学生很难把各种理论技能消化吸收、有效运用，样样精通是不现实的。影视项目实践一方面是学生在学习各种基础课程

---

① 尹思齐：《江西大学生的"影视传奇"》，《大江周刊》2007年第7期。

跨界穿越的魅力

之后的综合性演练,另一方面是检验影视专业学生综合能力的必要过程。在项目实践中,胡辛引导学生树立团队创作意识,强化导演、撰稿、摄像、剪辑等核心岗位的分工协作能力。尤其是导演,他是团队的核心、领袖,应有高于他人的专业素养、深厚的知识储备和统领全局的组织领导能力,甚至要有一定个人魅力。胡辛在实践过程中有意识强化学生的领导组织沟通能力的实训,培养小组的集体精神和协作意识,激发主动学习兴趣。

二 率先垂范与强力引领的为师之道

项目教学,对教师的实践能力和创作经验提出更高的要求,教师的组织能力和实践能力直接影响学生项目实践达到的高度,教师应当在传道授业解惑的基础上成为项目的策划组织者和学习情境的设定者。要求教师有完整的实践经验、跨学科的知识素养和技能、团队组织能力和创造学习情境的能力。目前,相对于影视专业院校,综合性院校的影视专业教师在实践能力方面相对薄弱,甚至很多教师没有实践经验,纸上谈兵,同时在"唯论文是瞻"、重科研轻教学的高校价值导向氛围下,大多数教师对待提升影视实践能力的态度并不积极,造成一些影视项目教学流于形式,实践过程浅尝辄止,实践效果不尽如人意。

胡辛常说"只有作品是永恒的!""一切靠作品说话!"胡辛是创作型教师,著作等身的著名作家,其丰富的文学创作经验和深厚的人文素养让其对文艺创作过程驾轻就熟,所以她在文学、影视、国画、陶瓷等多种文艺形式中触类旁通、多点开花。其拥有的丰富创作经验对带领学生从事影视创作有极大的帮助。在创办南昌大学广播电视艺术学硕士点之前,胡辛早已有大量的参与影视创作的"实战经验",亲自担任编剧将《蔷薇雨》等自己的文学作品改编为影视剧,担任大型电视专题片《瓷都景德镇》的撰稿,等等,多个作品都在中央台和省台播出并获诸多国家级、省级奖项。丰富的实践经验和超强实践能力为她从事影视教育打下坚实基础,底气十足,并促使她率先垂范地带领学生提升实践能力。作为年过花甲的作家,她并不因名气大、年纪大而仅发号指令,做"甩手掌柜",胡辛永远充满激情,斗志昂扬地走在最前头,亲自担任总编导、总策划,从策划、编剧再到拍摄剪辑各个流程,手把手教学,毫无保留地传授经验。"胡老师特别抓导演组,她三番五次找导演组同学谈话,并给予他们技术上的大力指导。而其他老师则日夜陪着同学们进行拍摄，并分别下蹲到各个小组进行指导。"① 胡辛甚至在60多岁的年龄学习非编软件，并亲自动手剪辑，这是很多学生甚至年轻教师做不到的。作为教师，她以身作则带领学生学习各项技能，躬身笃行地实施理论联系实践的教育理念。她敏锐的作家眼光和丰富的影视实践经验大大提升了项目教学的成效，将教学与科研、教学与实践相结合，带领学生走出课堂进行开放式学习。

学习情境的搭建是项目教学中的重要组成部分，是营造能够激发学生创造力，调动学生学习主动性和充分发挥潜能的学习氛围。胡辛常对学生说，"慈不掌兵"，"技术无非就是要吃苦"，"一个镜头剪了？不流畅，再剪。一段话录了？还有杂音，还要重录。一行字幕校了？位置不对，又校"。以"霹雳手段"对学生的学习惰性、散漫习惯予以强有力的纠正。

三 青春故事与赣鄱文化的实践底色

有限的教学条件如何贯彻理论联系实践的教学理念？"有条件要上，没有条件创造条件也要上！"胡辛以井冈山精神坚定培养应用型人才的理念毫不动摇。"其时学校每年给影视艺术研究中心的经费，不过区区一万元，后增添到三万元！但影视有行业的特殊性，影视专业需要高投入。她硬是用艰苦奋斗、勤俭创新的精神坚持到底。"② 面对经费不足的"窘境"，胡辛一方面积极争取学校支持，购买专业设备，为学生搭建更加专业的技术平台。另一方面，胡辛另辟蹊径，树立"青春故事＋赣鄱文化"的影视内容创作策略。坚持以真实质朴、原汁原味的大学生校园故事为题材，并将江西地域文化杂糅其中的影视风格。在电视剧实践中，坚持自我，独辟巧径，拍摄校园青春剧。《聚沙》剧中浓浓的大学生活味道，扑面而来的青春气息，鲜明立体的人物性格，一改国产青春剧的浮夸造作和脱离现实的弊病，让人耳目一新。《沙之舞》作为《聚沙》的姊妹篇，同样以江西高校为立足点，聚焦研究生的学习科研、情感纠葛。主人公何冰的堕落之路以及他与夏霜、若水的情感纠葛扣人心弦。剧中一个个性格各异、个性鲜明的大学生形象清新自然，演绎出高校师生人物百态。

坚持校园故事，借鉴商业偶像剧模式，实践既原生态又模式化的创作

---

① 尹思齐：《江西大学生的"影视传奇"》，《大江周刊》2007年第7期。
② 潘际銮：《一个有个性有风骨的作家教授——胡辛印象记》，《创作评谭》2017年第5期。

跨界穿越的魅力

风格。"把偶像剧的元素和叙事模式都拿过来,但必须有原创的激情和真诚。""我们打造的就是新现实主义流派的'还我普通人'的品格,选取的都是最贴近师生生活的校园题材,自己写自己、自己演自己是顺理成章的。我们编写剧本都是按学生的条件度身定做、量体裁衣的,我们的摄像机是追随着学生的轨迹扛到了校园内外。所以,强烈的真实感和质朴无华,就是我们影视作品的特质。"[①]借鉴、模仿乃至超越,胡辛带领学生实践偶像剧创作模式,辩证吸收国内外影视创作经验,让学生在创作中树立信心,提升自身。在无资金、低成本的前提下,创造性地借鉴"新现实主义"的创作风格,"将摄像机扛到校园",关注普通大学生群体,使校园剧多一份真诚和质朴。校园青春剧,顾名思义,就是表现学生自己的喜怒哀乐,反映的是学生身边的事,影视剧的创作灵感源于对生活的细腻观察体验。在实践拍摄中,胡辛指导学生养成观察生活、注意细节的习惯,将作家的细腻情感和锐利眼光传授学生。胡辛说:"一部影视剧拍下来,学生们无论是技术还是艺术,都有了深度的实践体验。每一部影视作品,都是我们团队的创作;每一部影视作品,都是学生青春的纪念册。"[②]

胡辛文学作品中充满了浓浓的江西味道,赣鄱风情跃然纸上。胡辛怀着一份对故土的赤子之心,以笔墨声画多种艺术形式热情抒写赣鄱文化。立足江西本土文化的胡辛没有忽视在影视教育实践中对江西文化的抒写。红色文化在江西占有举足轻重的地位,而红色文化也是大学生思政教育的重要组成部分,如何将思政与专业课程相结合是当下高等教育改革的重点。胡辛对红色江西的熟稔使她在建构红色文化与青春故事相结合方面驾轻就熟。《聚沙》在对当代年轻人的心理情感描绘的同时融入了江西红色元素,红色经典电影《党的女儿》在剧中作为关键线索一再出现,剧中主人公秋月的养母殷山红是来自江西革命老区的农村母亲,而她的外婆正是电影《党的女儿》中玉梅的原型之一。将江西红色文化融入校园青春剧,将历史与现代紧密相连,将曾经失去的与不曾拥有的融会贯通。在新时期下,红色文化并不仅仅是革命斗争的回顾和展示,更要反思当今社会商品经济下对红色文化的继承和弘扬的问题以及其与思政教育相结合的方式方

---

① 柳易江:《每部作品都是青春的纪念册——胡辛影视教育谈》,《江西日报》2011年9月2日第B1版。

② 柳易江:《每部作品都是青春的纪念册——胡辛影视教育谈》,《江西日报》2011年9月2日第B1版。

法问题。"《聚沙》在讲述青春故事中穿插着靓丽多彩的赣鄱符号：革命摇篮井冈山、千年瓷都景德镇、神秘的庐山、人杰地灵的修水、打响八一起义第一枪的南昌等等，都在剧中得到多角度的展示。"① 9集电视专题片《瓷都名流》将景德镇顶级瓷艺大师尽收镜头，胡辛带领研究生们深入瓷都，细致探访陶瓷大师，留下大量陶瓷艺人和陶瓷工艺珍贵影像资料，也是对学生的一次难得的陶瓷文化寻根之旅。胡辛一路走来，"行千里走万里，还在江西的怀抱里""从风光秀丽的赣北，到群山逶迤的赣南；从渊明故里桃花源畔，到朱子旧居婺水之源；从临川秀水才子之乡，到井冈胜地庐陵故郡……"② 摄制了《千里踏访颂师魂》《红绿辉映领袖峰》《追寻胡先骕》等展现江西人文自然的电视专题。胡辛立足江西本土，展示青春风采的影视实践内容创制使南昌大学影视教育具有强烈的地域色彩。

四 教书先育人，做事先做人

原中正大学校长胡先骕称："人文教育，即教人以所以为人之道，与纯教物质之律者相对而言。"③ 教育的目的"不仅使被训练者成为一个有知识的分子，而且使其成为具备高尚人格的一个人"④。"做事先做人"这句话是胡辛经常挂在嘴边的，时时念叨学生，处处提醒学生德才兼备，以德为先。胡辛常言："我们今天得到的，的确是从来没有的；然而，今天我们所轻易抛弃的，可能就是以后几代人要去苦苦寻求的。散沙，一盘散沙，或许可以从一个侧面，反映了当代研究生某种真实的存在状态。"⑤ 影视教育应用为上，人才培养德育为先，两者相辅相成。胡辛说："影视实践不仅仅是培养学生的创新意识和动手能力，更重要的是直面师生的思想道德与价值理念，在世俗喧嚣、众语喧哗中，能否克服种种困难众志成城拍摄出电视作品。"⑥ 影视专业学生如果只是单纯地学会一些技术手段，忽

---

① 邓煜、何静、王小娥：《日韩偶像剧叙事元素论析——兼评24集校园青春剧〈聚沙〉》，《南昌大学学报》（人文社会科学版）2008年第1期。
② 王小娥：《嫁接的艺术与艺术的嫁接——文学与影视双重视阈下的胡辛创作研究》，《山东文学》2012年第3期。
③ 胡先骕译：《白璧德中西人文教育谈》，《学衡》1922年第3期。
④ 梁耀祖：《山东乡村建设研究院设施概括》，《民众教育》1932年第3卷第6期。
⑤ 柳易江：《稀罕的就是纯真》，《江西日报》2011年7月19日。
⑥ 柳易江：《每部作品都是青春的纪念册——胡辛影视教育谈》，《江西日报》2011年9月2日第B1版。

跨界穿越的魅力

视丰富综合的文艺学术理论知识，只能使自己局限在较低层次，不利于长远发展。注重团队协作的影视实践对人的考验不仅是技能，更重要的是品德。胡辛称："当下，物质世界的纷繁和诱惑带给年轻人竞争的压力，他们每天忙碌奔波，急于寻求同类的认同，而内心却抑制不住那份不安、迷茫与孤独。我相信《聚沙》让他们成长、成熟，并必将走向成功。"[①] 剧组是影视学习的基础，也是考验集体协作和奉献精神的试金石。在剧组中，需要发挥每个人的作用形成合力，这对长期各自为战的学生来说是挑战，也是锻炼他们团队合作精神和增强奉献精神的机遇。胡辛在实践过程中通过一次次的班会、谈话纠正不当行为，扫除不良心理。学会做人和提升文化底蕴是学生持续性成长的动力。

中国科学院院士、原南昌大学校长潘际銮说："深究她的影视创作，我们发现她将理论与实践融合，教学与育人结合，是对部分高校仅仅重视影视理论单向教育的有力改革和创新性探索，这一专业的研究生就业形势很好，应该说，胡辛功莫大焉。"[②] 胡辛为江西高校影视教育注入一股清流，是当下"唯论文""唯学历""重科研轻教学"不良风气下的一股春风，是立志纠正"精致利己主义"扭曲价值导向的育人之道。胡辛说："老师是把自己所走的弯路删掉直接给他们引路的。我们以最大的能量让其全面成长，力争向社会输送高素质的影视人才。"[③] 以德立人，知行合一，胡辛尊重影视教育规律，恪守育人底线，坚定推行理论联系实践的教育理论，理论和实践相辅相成。没有实践，空谈理论犹如空中楼阁；没有理论，盲目实践也会撞得头破血流。

（蔡海波，南昌大学新闻与传播学院讲师）

---

① 桂杰：《〈聚沙〉见证80后学生成长之路》，《中国青年报》2008年4月8日。
② 潘际銮：《一个有个性有风骨的作家教授——胡辛印象记》，《创作评谭》2017年第5期。
③ 柳易江：《每部作品都是青春的纪念册——胡辛影视教育谈》，《江西日报》2011年9月2日第B1版。

论胡辛创作中的虚构与纪实的强弱互动

邓 煜 张升阳

近年,有研究者指出:"非虚构写作从概念引进到写作实践在我国蔚为风潮,报纸、期刊、网络媒体甚至图书出版业都在追捧这种新颖的写作理念与作品。非虚构写作具有'真实性'与'文学性'两个基本特征,注重通过采访与资料还原事实,关注边缘群体与忽略的事件。"①

当然,此风潮主要相关新闻写作,但实质上已波及文学创作。

回过头去审视胡辛的文学创作,既以虚构小说著称于世,又以非虚构的传记享誉海内外。在20世纪她就撰写了《虚构在纪实中穿行——传记作者主体性不容忽视》等几篇论文,引起了学界关注与争鸣,她是中国作家中较早清醒地寻觅探研纪实作品的虚构元素与虚构作品的纪实因子,并实践于创作中的学者型作家。

她认为,小说的确是虚构的艺术,但是,显性与潜性的纪实亦穿行于虚构中,如鲁迅论及他笔下的"人物的模特儿也一样,没有专用过一个人,往往嘴在浙江,脸在北京,衣服在山西,是一个拼凑起来的脚色"②,又如张爱玲所言:"在文字的沟通上,小说是两点之间最短的距离。就连最亲切的身边散文,是对熟朋友的态度,也总还要保持一点距离,只有小说可以不尊重隐私权。但是,并不是窥视别人,而是暂时或多或少认同,

---

① 刘蒙之:《非虚构写作:内涵、特点以及在我国的兴起动因初探》,《传媒1号》2008年2月22日。

② 鲁迅:《南腔北调集·我怎么做起小说来》,载鲁迅《鲁迅全集》第4卷,人民文学出版社2005年版,第527页。

跨界穿越的魅力

像演员沉浸在一个角色里，也成为自身的一次经验。"① 在小说中，虚构是强主流，纪实貌似弱点缀，但这种"弱"点缀，却如同溪流中的石头，虽小，但时有左右溪流的流向和态势的功能。

传记当属纪实、非虚构文学，真实当是生命，是首要特点和基本标准。然而，胡辛认为并没有完全绝对的真实的纪实，对传主的人生经历需要传记作者去搜集穷尽、竭泽而渔、去粗取精、去伪存真，传记作者要用文学笔法语言艺术去为传主的历史作传，作者在动心用笔时，其对传主的理解和解释不无"想象的风"，这就是在纪实中穿行的虚构，虚构是"弱"的，但不能小觑想象的风，往往能起到寻找传主灵魂的作用。

胡辛的论点还不仅仅局限于文学创作，在她与李东辉撰写的论文《银幕百年：生命记录与虚构的相撞相融》中，开篇即言："生命的记录与虚构始终是纷繁变幻的电影流派及理论抵牾相争又互动互补的焦点。然而，电影无法将记录与虚构彻底剥离，因为电影让你认识了你自己，留住了岁月流逝，还得张扬人类的天性——希冀在梦中飞翔。"②

其实，自人类有意识地进行文学艺术创作以来，就面临着纪实与虚构的互动互补、相撞相融，本文试图对胡辛文学创作中的虚构与纪实特色进行探研，并剖析这一特色的优势和须警惕之处。

一 女性视阈地域定位中的纪实与虚构

评论家胡颖峰认为："胡辛是中国新时期女性写作的代表作家之一，也是江西自现代以来文学成就最突出的女作家。"③ 其处女作《四个四十岁的女人》发表于江西省双月刊《百花洲》（1983年第6期），由此发端，以社会理想为目标，追求女性独立意识和女性价值。后《百花洲》曾一度改为专发女性文学刊物。时隔7年，胡辛的长篇小说《蔷薇雨》（1990）在百花洲文艺出版社出版，其时，文学市场凋零，偏偏她的《蔷薇雨》订单反馈超万，后多次印刷，并相继在4家出版社出版，畅销又长销，简直有点传奇。但《蔷薇雨》绝非迎合市场的商品之作，曾被誉为"俨然一部

---

① 张爱玲：《惘然记序》，载张爱玲《惘然记》，花城出版社1997年版，第1—2页。
② 胡辛、李东辉：《银幕百年：生命的纪实与虚构的相撞相融》，《南昌大学学报》（人文社会科学版）2003年第1期。
③ 胡颖峰：《论胡辛的小说创作》，《江西社会科学》2011年第11期。

当代《红楼梦》"① 是作家转向女性内审的一个里程碑。又隔了 10 年,世纪之交中由花城出版社推出了长篇小说《陶瓷物语》(2000),作家"重构己身历史的母性书写",至此"见证了一个学者型作家艺术创造的品质和智慧,使人们看到:一方水土和一方女人有着隐秘的生命关联,一种具有持久魅力的写作,往往是经由自身丰富的生命感悟而朝向地域与传统的一次精神扎根"②。再经 17 年,大散文《瓷行天下》由江西美术出版社强力推出,斩获 2018 年度"中国好书"奖。2018 年度共有出版物 50 万种,仅评出中国好书 32 本,名副其实的"万里挑一"。《瓷行天下》"以'外销瓷'为切入点,追溯了汉唐至明清时期历代帝王的政治制度、个人意志和审美情趣对瓷器、瓷业和外销瓷的影响,以瓷带史,全方位呈现了中国陶瓷文化海外传播的历史沧桑,勾勒出中国瓷器行走天下,光耀世界的华美图景"③。这部瓷书将历史、文学、艺术和科技融为一体而行天下。西苏言:"飞翔是妇女的姿势——用语言飞翔也让语言飞翔。"④ "《瓷行天下》无疑又是一次超越自我的飞翔。"⑤

坚定的女性主义立场、女性主义写作是胡辛创作的第一个明显特征。另一个明显的特征便是鲜活的地域定位、地域色彩。胡辛自言:"走千里,行万里,还在江西的怀抱里。"她说这是宿命,却乐观认同。对生她养她的这方水土这方人溢出满满的真挚情爱。童年烙刻进赣南的红土地,青春留在了景德镇白色土,古城南昌——学生时代镶嵌进又绵延着她的中老年。她一次次引用艾青的诗句:"为什么我的眼里常含泪水?因为我对这土地爱得深沉。"

或许正因了坚持女性视阈和地域定位,胡辛的创作,又浸淫着另一大特色,那就是:虚构与纪实在穿行中碰撞交融。

所谓女性视角,肯定不同于男性的视角,就像在以往传统的门窗之外,又艰难地开启了另一扇窗户,从这扇窗户中所看到的风景与以往是那样的不同。女性与土地,与生"我"养"我"的故乡的关系,亦肯定不会

---

① 于青:《永恒之女性——读胡辛长篇小说〈蔷薇雨〉》,《中国青年报》1991 年 12 月 15 日。
② 胡颖峰:《胡辛小说创作论》,《江西社会科学》2011 年第 11 期。
③ 央视第 1 套、第 10 套,2019 年 3 月 23 日世界读书日《中国好书》颁奖盛典。
④ [法]埃莱娜·西苏:《美杜莎的笑声》,黄晓红译,载张京媛主编《当代女性主义文学批评》,北京大学出版社 1992 年版,第 203 页。
⑤ 郭力根:《〈瓷行天下〉弘扬的是一种精神》,《中国新闻出版广电报》2020 年 6 月 3 日。

跨界穿越的魅力

弱于男性。千百年来的男性中心社会,"男主外、女主内"已成定势,女人被喻为人类的家园、男人憩息的港湾,女人自身就被人们誉为地母!所以,小说再虚构,也还是面对现实的想象,即便脱离现实的虚拟,或凭空捏造天马行空,还有一根无形的长绳,牵扯着高高飘扬的风筝,或少或多总有纪实的成分。作家对土地的依恋愈深沉浓烈,其纪实的成分就愈多。女人提起笔来创作小说,那山那水那街巷那房屋,还有那身边的人和事,能虚构到哪里去呢?试读萧红的《生死场》《呼兰河传》,是小说,亦可对应她的家乡、她的人生。新写实主义作家池莉等笔下的武汉三镇的都市人间烟火,纪实元素无孔不入。当然,因为几千年男性中心社会对女性的禁锢,女性作家又会特别向往想象中的飞翔。

传记是非虚构人生纪实。它不能编故事,更不能胡编瞎造。纪实是对现实、对真实的描摹,大背景、大事件、大人物、凡人小事等等怎样记录?从历史那端走来,无非是口口相传和笔墨记录,尽管到现代依托高科技传媒可高精准记录,但还是要通过人的思维得以掌控展示。哪怕机器人也还是人编的程序。是记录者对被纪实对象的心的聆听、解释和理解。一百个演员就有一百个哈姆雷特,那么,一百个作家写同一个人同一件事,结果绝对不会百篇一律。有言"本事一经描述,就成了小说",哪有百分之百的纪实?

"真实是新闻的生命",但试看天下的同一事件由多家媒体报道,因视角视阈立场观点逻辑思维语言表达情感倾向等的不同,展示中总会有偏颇,乃至迥异,这并非罕见。黑泽明导演的日本电影《罗生门》,在这部艺术电影中,它迷蒙又清晰地表达哲理的思考:什么是真相?真相是什么?真相的确只有一个,但你的眼睛所看见的,并不一定就是真相。

对历史的还原,对传主的塑造,胡辛认为:"还原历史就是一种限制中的虚构。"[①] 传主个人的人生轨迹和心电图镶嵌于大历史的背景中,欲将历史还原复活,即使面对当年时空的记录,想象依然在时空中逆行穿越。"因为有'原来'的限制,传记作者的想象必须受到所谓的真实的限制,但是,正因为这限制,方在限制中见高手!高手才能让想象虚构还原出早已流逝的真实,且入情合理。大历史背景的文学再现、历史氛围的营造渲染,见

---

① 胡辛:《虚构在纪实中穿行——传记作者主体性不容忽视》,《九江师专学报》(哲学社会科学版)2000年第1期。

传记作者的虚构能力；在寻觅显现传主的踪迹时，作者运用的是自己的认知和感知；作者在资料的框架中丰满传主的血肉时，其实是在用自己的生命去'复活'他（她）。"① 这就是传记作者的主体性不容忽视。

钱锺书在《管锥编》中说："史家追叙真人实事，每须遥体人情，悬想事势，设身局中，潜心腔内，忖之度之，以揣以摩，庶几入情合理。"② 鲁迅对司马迁《史记》的评价是："史家之绝唱，无韵之离骚。"这是对《史记》的最高评价，其实也一语中的，道出了纪实与虚构在《史记》中的关系。对事件的熟知了然之外，还蕴含着灵动机智的纪实与虚构的拿捏。

在影视界，曾有过这样的说法：把故事片拍得像纪录片那么真实，而把纪录片拍得像故事片那么好看。其实，对虚构和非虚构写作都适用。

二　胡辛小说创作中顽强的纪实细节

宗璞强调过："小说是蒸馏过的人生。"胡辛也曾多次真情表白："我钟情的是小说，而不是传记。"胡辛成名作《四个四十岁的女人》中，对四个少女生长的古城有这么一段描述："小时候，她们四家分居在系马桩和它两侧的桃花巷、松柏巷及干家巷。系马桩前无马系、桃花巷内没花香、松柏巷口不见松，只有干家巷内似乎还住着干氏大家族，但这些与她们有什么相干呢？她们只晓得她们应该形影不离……钻到松柏巷天主堂内偷看那除了帽檐是白的外，一身都黑漆漆的嬷嬷，心都紧张得咚咚跳，有意思！跑远点到抚州门外的绳金塔下仰脸看金光闪闪的塔顶，到孺子亭去捉迷藏，花五分钱坐渡船过抚河去三村看桃花，或进到佑民寺去看那又高又大的神秘的菩萨，就更有意思了！一个女孩子是孤单的、弱小的，四个女孩抱成团，那就有'所向披靡'的力量！"③ 南昌人都晓得，这完全是写实，可以看成是实名制的古城地图。

对讲述故事地点省妇女保健院地理位置的描写，"出门就是繁华的大道，隔壁就是高矗的百货大楼，横过马路就是热闹的工人文化宫"，亦千真万确。乃至住院部小小的庭院中，葡萄架下只有唯一的石桌和4个石凳，都这么准确！从20岁分别到40岁见面，女人的经历女人的命运与广播里

---

① 胡辛：《虚构在纪实中穿行——传记作者主体性不容忽视》，《九江师专学报》（哲学社会科学版）2000年第1期。
② 钱锺书：《管锥编》第1册，中华书局1986年版，第166页。
③ 胡辛：《四个四十岁的女人》，《百花洲》1983年第6期。

跨界穿越的魅力

传出的贝多芬的《命运》交响曲节奏合拍：近了，近了，命运在敲门，"我要扼住命运的喉咙！"

那么，一部虚构小说为何要对地点如此写实？窃以为，这就是"家"的感觉。从胡辛的人生经历来看，她大学毕业就离开了南昌，在景德镇、乐平生活13年后才重回南昌，当回到老家时，感觉家变小了，门窗家具都变得小起来，真实又虚幻的感觉，让她悟到"真正的家是随着自己的身体一起长大的"，而怀旧是人类难解的情结。童年的记忆在音符的跳跃中蹦出，一切陌生又亲切、真实又迷离。难怪旅居海外的南昌老人会在半夜打电话给亲戚，言："是写我们的家！"

待40万字的长篇小说《蔷薇雨》面世，其历史的沧桑感与当代改革的惊涛拍岸，让人怦然心动。更让不少人啧啧赞叹："前见北师大教授熊德兰的半自传体长篇小说《求》（《收获》1982年第9期），作者是从南昌走出去的，《求》弥漫着浓郁的南昌味；而《蔷薇雨》，当是文学史上又一部南昌味长篇。"作者开章明言："借故乡湖井巷陌，编一纸真真假假姊妹风流惘惘情。"她毫不隐晦，她写的就是故乡红城，东南西北湖和巷陌间的"井"更是凸显，其赘引长达5000字，浓墨重彩的就是"井"！六眼井、三眼井和大井头赫然其上。

"井"，在中国诗词戏曲至现当代小说中，一直是个不可忽视的意象。陆文夫的小说《井》中女人与井的命运直击人心，直接点题。洪城的六眼井的女训是"女子无才便是德"，三眼井的女诫是"女人要有三只眼。两只眼看世上，一只眼看住心"，"大井头只有一只眼——女人就是男人的肉，或含在嘴里，或踩在脚板下"，一言以蔽之，女人的眼睛要看住女人的心！作者后出了一部散文集《女人的眼睛》，女人从追求社会价值的普适性转而对女性内心进行审视。

哪里都有井，同名井亦多多。但各有各的族群心理积淀。六眼井有六只眼，六眼相通，共一口出奇清澈沁甜水。灌婴洗马池、孺子高士桥、南海行宫、白象普贤寺彰显着地段的不凡。其纵横街巷，干家大屋、都司前居达官富贾，孺子巷、书院街多淡泊书香门第，而纪念东汉高士徐孺子的高士桥的坍塌毁坏，不乏幽默讥讽。三眼井的三眼构成方正拘谨的"品"字，其庄严与悲怆仿佛是近旁的寡妇云集地清洁堂的低矮牌坊，是苦难女性的心狱。大井头、流水沟、鹅颈巷、鸭子塘、羊子巷，则充满了底层社会世俗的喧嚣与骚动。

这样的赘引，弥漫着女性与地域难解难分的情结，将红城女人的性格命运渲染得淋漓尽致，亦是作家亲身经历的感悟。张爱玲说过："写小说的间或把自己的经验用进去，是常有的事。至于细节套用实事，往往是这种地方最显出作者对背景的熟悉，增加真实感。作者的个性渗入书中主角的，也是几乎不可避免的，因为作者大都需要与主角多少有点认同。"①《蔷薇雨》于1997年改编成28集同名电视连续剧，热播大江南北，颇获好评。

胡辛小说的地域风情，当时就有评论者善意提醒："因为你的古城知名度不高，所以，你虽竭尽全力描绘她，但并不见得能取到北京、上海、广州、南京、重庆之类名城的效应。"但是，胡辛却"固执己见"，对家乡写了又写，她认为打响"八一"起义第一枪的古城，怎么不是名城呢？

景德镇是胡辛的第二故乡。《四个四十岁的女人》中助产士魏玲玲救难产产妇的情节细节就来自她当年的亲历。当年正是兴田公社医院的医生一行在四盏马灯的照耀下，成功地为来自龙塝（当年红军医院所在地）的产妇做了剖腹产，且母子平安。乡村中学师生送别柳青的高潮，亦来自她调离兴田中学的亲历。那份纯真的友情一直延续到半个世纪后的今天。真正的是纪实在虚构中穿行。

如一幅风俗画的短篇小说《昌江情》，不仅是实名制的，而且为20世纪80年代昌江东岸留下了笔墨的浣衣图景！中篇小说《瓷城一条街》《地上有个黑太阳》中对瓷器街、黄家洲、刘家弄、中渡口等的栩栩如生地描绘，是纪实，而故事中的人物昌江、景兴、景景、谷子等，多有原型。

在长篇小说《陶瓷物语》（《怀念瓷香》）中，作家的笔触从景德镇市区向四野扩展，东埠、高岭、瑶里、兴田、储田、经公桥、沧溪、严台……娓娓道来，不疾不缓，如同展开了一幅昌江四河图。可以将这部书当成旅游指南来用，跟着她的叙事笔触，去触摸窑火千年不熄的柴窑、窑柴遍及的深山老林、瓷土瓷石釉果挖采尽了又发现开采的景德镇。而今，国家发展改革委员会、文化和旅游部正式印发《景德镇国家陶瓷文化传承创新试验区实施方案》，千年古镇又一次迎来了百年难遇的历史机遇，看来，胡辛辛苦不倦地写第二故乡"邮票大的地方"是写对了，不是押宝，不是投机，而是出于对这方水土这方人的热爱。

---

① 张爱玲：《红楼梦魇》，北京十月文艺出版社2012年版，第169页。

跨界穿越的魅力

古城和白色土之外,胡辛还拥有一片红土地。她出生在红色故都瑞金,经宁都到赣州,整整 5 年。《我的奶娘》是她的一部半自传体小说,她与奶娘乘帆船顺流而下至南昌的日子,像无数的梦枕着胸间的江河,流淌着她对瑞金的一往情深。我们有理由对她还在创作中的长篇小说《红与绿》寄予厚望。相信将会是一部用女人的眼睛收纳的红土地上的女人们百年集结和奋进的故事。

福克纳说过:"写家乡邮票大的地方。"胡辛亦如是,但更大气。

三 胡辛传记文学中"虚构"穿行

胡适认为:"传记的最重要的条件是纪实传真。"也就是"要能写出他的实在身份,实在神情,实在口吻,要使读者如见其人,要使读者感觉真可以尚友其人"[1]。毫无疑问,纪实是传记文学的生命。但是,传记文学与报告文学,更不用说新闻等与现时同步的文体的要求还是有距离的。传记一般都是历经岁月淘洗后的回首追忆,所以,它也应是蒸馏过的人生。张爱玲就曾说过:"历史如果过于注重艺术上的完整性,便成为小说了。"当然,传记文学毕竟不等同于小说。

胡辛已出版了 5 部长篇传记文学,即《蒋经国与章亚若之恋》《最后的贵族——张爱玲》《陈香梅传》《彭友善传》和《网络妈妈》,还有 2 部报告文学《姹紫嫣红总是春》《天排山放歌》。前三部作品畅销又长销于海峡两岸,在世界华人区中有较大的影响。我们且看这三部传记中虚构在纪实中穿行的状况并究其原因。

第一种情况:生平资料匮乏而不得不虚构。

《蒋经国与章亚若之恋》出版于 1990 年。写作于蒋经国尚未去世时,应江西省出版社之约而写。蒋经国称赣南为第二故乡,直到晚年他对赣南也充满回忆和依恋。他在赣南的历史资料乃至传奇故事等,是比较丰厚的,有当时留下的或日后当事人回忆的或被挖掘的。但是,江西女子章亚若,29 岁就死于非命。其本人也没留下书面的片言只语,老照片也寥寥几张,所存资料非常有限。对蒋章之恋的传闻始终是众说纷纭、莫衷一是,真凭实据的是一对非婚生双胞胎。但即使孪生兄弟对母亲的了解也极有

---

[1] 胡适:《南通张季直先生传记序》,载胡适《胡适文存》三集第 8 卷,外文出版社 2013 年版,第 1088 页。

限，他们最亲的人是外婆，而这位南昌老太又始终守口如瓶，只有每每夜半的哭声惊醒一对外孙。那么，有关章亚若的所有的情节和细节，只有想尽一切办法，采访哪怕只有瓜葛关系者！像王力告诫研究生写毕业论文首先必须对相关资料"竭泽而渔"一样，得先穷尽，再复活之，方能另辟蹊径——想象中虚构，回归这位南昌女子本来的面目、本来的情感！首先赣南的抗日大背景和小环境是可充分还原的，因而可在此大框架中大胆想象小心求证。所幸的是作家的母亲与章亚若是同年代的普通又独特的知识女性，她们是"五四"以后浮出历史地表的第二代女性，她们痴迷庐隐、冰心、丁玲的小说，是迷惘又执着探求女性解放的中国知识女性。在传记中，章亚若的中学时代是在教会葆灵女中度过的，但成书之后，章亚若的大侄儿修难向作家坦言，姑姑是松柏巷里南昌女中毕业的，这与作家的母亲竟然是同一所女中！其时南昌女中的女生们很有民族自尊心，从不觉得南昌女中会比葆灵差一丁点儿。作家的外婆与章亚若的母亲又是同一代的南昌旧式女性，三寸金莲，喜欢抽点水烟，但也能不畏艰辛，有着别样的勇敢和担当。于是在搜集、审视、解构和重构中，形形色色的碎片乃至蛛丝马迹被一次次拼图、镶嵌、链接，让时间之河倒流，复活逝去的岁月湮没的女性。作家渐渐地淘洗出地域对女性性格的影响："赣地地理封闭严实，却也受兵家必争的撞击和南北东西的交融，这方女子的身与心似乎也融汇着北国的豪放与南方的婉丽，矛盾着温柔妩媚与倔强耿直，于是，不只是一个女子在爱的祭坛上留下了亦缠绵亦刚烈的传奇故事，我想，这是江西女子的不幸与幸之所在。"[1] 无怪乎蒋孝严在台北与作家见面时，会真切感叹："您写我外婆是写得最好的！就是我外婆。我是从您的书中了解到我母亲的。"

2020 年 6 月 2 日，一篇署名"中时"，由"古籍"公众号推出的题为《蒋经国日记首次曝光：孝严、孝慈不是我儿子！》的文章指出，保存在美国斯坦福大学胡佛研究所档案馆的《蒋经国日记》正式对外开放。前台湾省旺报社长黄清龙前往查阅，发现蒋经国的一则日记将双胞胎的生父栽到上犹县县长继春身上。胡辛在接受采访时对答如流，历数六大证据链，言之凿凿，合情合理。问她何能如此无懈可击？答曰："蒋亲笔写的日记并非真相，春秋笔法一目了然。"而在纪实中穿行的"虚构"是经过如侦探般的推理推断才成立的。

---

[1] 胡辛：《蒋经国与章亚若之恋》，台湾新潮社 1991 年版，后记。

跨界穿越的魅力

第二种情况：还原中的限制性想象。

《最后的贵族——张爱玲》的创作则不同，张爱玲留给后世的不是碎片，而是她的呕心沥血的佳作，《金锁记》《倾城之恋》《十八春》《秧歌》《赤地之恋》等，将张爱玲的创作轨迹和人生轨迹交叠着或清晰或朦胧地展示，就连她的不幸婚恋也在其著述中依稀仿佛。与胡兰成的《今生今世》《山河岁月》等对照参考，在寻寻觅觅中还原真正的张爱玲的处境和语境，小心翼翼不去撕碎张爱玲的语言纤维，不去搅浑原状原汁的人生况味，在还原中进行限制性地想象。这样写出的一部评传自有其精彩和可取之处，无怪乎2019年还被选为九年级学生暑期的必读书目。

第三种情况：由此及彼、由表及里的解释与推断。

《陈香梅传》这部传记是胡辛受南昌大学和陈香梅女士的委托而写的。她曾多次面对面采访陈香梅，并一起上井冈山数日。陈香梅回美后，二人还有书信、照片来往。传主自己还著有自传《一千个春天》，中国台湾将其拍摄为20集同名电视剧，美国传记作者则著有《陈纳德传》。但是，即便是传主的自述中亦有硬伤，如读者指出，抗战时大西南的火车线路、传主进中央通讯社时社长究竟是谁等，都存悬疑。胡辛不仅旁征博引，还孜孜不倦地小心求证。一方面要纠错纠偏，另一方面又必须大胆想象。非常有意思的是传主的自传中，已有她与初恋情人毕尔的第一次约会的记述，但却被胡辛完全解构了，胡辛根据陈母在香港去世前后父亲始终没赶过来的遗憾，推断在女儿们心中会投下阴影，另虚构了陈香梅与毕尔的相遇，催人泪下。此情节竟然得到传主的认同和赞叹，应该是触动了传主心田旧伤痕。胡辛多次慨叹："写传记比写小说辛苦多多！"写作三部传记都面对浩大的工程，幸而，三部传记的广阔背景有相似段，还有交叉重叠的关系，所以，方能事半功倍。

第四种情况：语言的魔力。

胡辛曾言："传记作者正是胆大包天，敢与上帝比试比试，再捏一个人的人。也许惟妙惟肖，也许一塌糊涂；也许形神兼备，也许有形无神；也许走形走神，也许已经脱胎换骨……但不管怎样，这个再捏出的人与上帝造的人终归是有差距的。"[1] 传记文学，说到底还是语言的艺术。是传记

---

[1] 胡辛：《虚构在纪实中穿行——传记作者主体性不容忽视》，《九江师专学报》（哲学社会科学版）2000年第1期。

作家用语言去重新描绘还原已逝去的时空，去复活已走过岁月的人的一生！胡辛说得好："传记作者的比试，除了资料的占有和新资料的发掘、选材的眼光、书写的切入、对传主的理解、解释及哲理的思辨外，很重要的一条则是语言的驾驭。"①

俗话说："嘴是两块皮，说话有转移。"传记作者通过语言发掘、展示传主的种种信息，但是又必然遮蔽了传主的种种信息！因为语言既是桥，又是墙。传记作者以语言为桥，让我们走过桥，似乎走近且正走进传主，看清了外表，并透视出传主的灵魂。但那只是"似乎"！因为语言的墙又总在遮蔽着一些什么，像是在误导你误读……这个语言所建构的传主，并不是完全真正的传主，只不过是传记作者理解和解释后的"传主"！那就是溶进了传主血液中的"语言的虚构"！真的，"不是你在说语言，而是语言在说你！"传记作者有意无意诱惑着读者体悟"言外之意"。

英国传记文学理论家尼科尔森说："个性、艺术、真实是传记文学的三要素。"② 胡辛认为："真实"放在最后，当有他的道理。

例证不用列举，因为只要阅读胡辛的传记，就能咂摸语言的魔力。

胡辛曾在散文《自画像》中俏皮地说："我写小说时，人们说那是我的人生；我在叙述我的人生时，人们说我在编小说。"虚构与纪实，在小说与传记的创作中，就是这样虚虚实实虚实难辨。但胡辛并不认同新闻的虚构写作，她以为新闻应与文学绝缘才好，素面朝天赤裸裸，不要有任何伪饰，只要生命的真实。

（邓煜，南昌大学副处长；张升阳，南昌大学中文系教授、南昌大学人文学院原书记）

---

① 胡辛：《虚构在纪实中穿行——传记作者主体性不容忽视》，《九江师专学报》（哲学社会科学版）2000年第1期。
② 转引自王成军《论中国当代传记文学》，载《传记文学研究》，湖南文艺出版社1997年版，第102页。

胸藏文墨　悠然忘我

孙　宪

　　我与胡辛相识时间不长但神交已久。她的处女作《四个四十岁的女人》获全国优秀短篇小说奖时，其时我所执教的景德镇陶瓷学院就掀起了热议话题，记得李菊生兄就颇自豪地对我说："胡辛是我的老同学！"又知晓《四个四十岁的女人》中教师柳青和医生魏玲玲的原型都来自景德镇山村——原来胡辛大学毕业即分配到景德镇，一待就是8年！辛卯初秋，我与她在江西省政协画室偶遇，她原本是为朋友的小孩学画来咨询的。我从她的谈吐中觉得她对绘画有感悟，便即兴让她临摹一只我画的家雀，并打趣她临摹的家雀头大得像吃了三聚氰胺；但她随即画出的第二只家雀却蛮像样了！于是，我作了一幅兰花让她"家庭作业"。又赠她一幅斗方山水《三清神韵》。然而，她"家庭作业"迟迟未交，原来她仍在教学科研第一线，重压下一时无暇顾及；而我也在教学第一线，忙得不亦乐乎。有时匆匆见面，聊天多于习画，因我们算是同乡，她的父亲胡江非与我的恩师胡献雅又是知交，我们又都在景德镇生活过好些年，眼下又都执教于高校，于是南昌旧话、瓷都往事、新风时弊，家事国事天下事，扯起来有话逢知己之感。高兴时也舒纸磨墨即兴作画，见她学画一次比一次飞跃进步，更打心底祝贺。她称我为老师，其实难副。

　　光阴荏苒，不知不觉她年近古稀。在教育、文学、影视上功成名遂的胡辛又为自己打开了一扇窗，学习国画之外，又开始涉猎陶瓷艺术，且山水、人物和花鸟全面铺开，"苦"中作乐，且乐此不疲。她创造了"奇迹"，短短时间收获颇丰，得到诸多画家学者的认可和赞许，成为横跨文坛和画坛的又一佼佼者。

2014年是她执教47周年、文艺创作31周年纪念，借此契机，南昌大学为其举办回顾展，江西教育出版社为其出版画册，这当是一件盛事。弟子逾千、著作等身、满壁丹青，亦体现了胡辛一贯敢想敢干的勇气、能力和魄力。

实话实说，胡辛从来都是最引人注目的一个，说话铿锵有力，走路大步前行，做起事来更是风风火火。作为老师，她经常向学生们介绍日本著名导演黑泽明的自传——《蛤蟆的油》，并让研究生们自编自演短剧公演。黑泽明自言，日本深山里有一种外表丑陋的蛤蟆，人们抓到它后，将它放到镜子前面，蛤蟆看到自己就会吓出一身的油，而这种油恰恰是治疗烧伤烫伤的珍贵药材。黑泽明自喻是站在镜前的蛤蟆，而吓出的一身油应该就是他那些闻名于世的电影。黑泽明的自知，是自谦和自信，给世人的昭示是不要怕丑，要敢于正视自己，方能攀登高峰。

以情入画　以画载文

中国画与西洋画的区别，窃以为最显著的一点可能就是中国画的文人特质，它包含、蕴藏又宣泄了强烈的文人情怀和文人情趣，兴之所至，信笔拈来，往往不拘章法，不求形似，肆意而为。表达的是真性情、高格调。胡辛常说，画画是人的天性。每个人都可以拿起笔信手涂鸦，聊以自娱。文人画特质可能更接近于人的天性。胡辛刚刚学画时，其《葫芦八哥》《水清月古》《香远溢清》等作品中的葫芦、八哥、荷叶、荷花、麻雀等，寥寥几笔，率意天真，稚拙中见力度，不落俗套，毫无匠气，让很多人赞叹："这是你画的!？不得了！"

天性使然的文人画，与胡乱涂抹相比更加有内涵和深度，于人重在学养深厚，于画重在格调高雅，它特有的文学性、抒情性与工匠画有所区别，而不仅仅拘泥于程式、笔法。胡辛本是教授、作家，腹有诗书气自华，何况她与美术界颇有渊源，撰写过长篇传记《彭友善传》、长篇小说《陶瓷物语》(《怀念瓷香》)等，在《文艺报》《江西日报》发表过介绍胡献雅、黄秋园、彭友善、胡敬修、蔡超、李菊生等为人为画的文章，作为主创摄制并播出过两部9集电视系列片《瓷都景德镇》和《瓷都名流》等。她对画坛大家名作耳熟能详，眼界高，有品位，奠定了她进入画坛的基础。而作家的头脑和对对象敏锐的观察力，更使得她的作品虽兴之所至，但又言之有物。纵览胡辛绘画作品，基本每幅画作都寄托着她的情

跨界穿越的魅力

感,以情入画。其有特色题材,一是表现祖籍黄山太平,如《梦里黄山》《梦归黄山》《黄山礼赞》《家乡太平》,多以山水画还原故乡印象。二是家乡江西的名山秀水如《井冈之春》《巍巍井冈亦秀》《庐山之恋》《井冈山上杜鹃红》《秀奇三清山》《芦溪龙虎山》《鄱湖冬韵》《红军长征第一关——瑞金云石山》《兴田记忆》等,这也与她富有江西地域特色的文学创作传统一脉相承,将江西红色文化、绿色文化、陶瓷文化融入绘画之中。三是以女性视角、教师身份表达她身边的人物。胡辛以家人为原型创作了《三代女性·走过从前》等陶瓷作品,寄托了其对父母、奶娘以及六姐妹的深厚感情。作为47年教龄的老教师,胡辛常说教师的职业属性已融入她的血液中了。她善为人师,其陶瓷和国画作品《毕业歌:莲子已成荷叶老》极富新意,白发苍苍的老教授与身穿毕业服的学生合影留念,周围环绕着绿已转黄的老荷叶,而成熟的莲子挺立其间,寄寓她干了一辈子的教师事业。学生们面对此作品时,都兴高采烈地猜测这人是谁、那人是谁,她总是笑而不语,这恐怕是胡辛作为教师最为得意之时。四是对本身文学作品的视觉还原和重构,这也是胡辛绘画创作中最为独特的部分。胡辛一直以来秉承着"女人写,写女人"的创作志趣,从处女作《四个四十岁的女人》伊始,中篇小说《这里有泉水》、长篇小说《蔷薇雨》等都被改编成电视剧,有的小说还改编成电影,她的作品描绘了一系列栩栩如生、命运各异的女性形象。这回,胡辛以其小说人物为原型创作了国画和陶瓷作品《四个四十岁的女人》和《蔷薇雨·七姊妹》。以情入画,以文出画,将文学与绘画结缘,极富新意,是她作为作家和画家双重身份所独特的情感表达。

胡辛笔下跳动的斑斓色彩的山水、人物、花鸟让人耳目一新!她创作的《戏梦人生》《听画看音》《桃花源记》《层林尽染》等国画和陶瓷作品体现了自己的独特风格。她多选用戏剧人物、仕女、荷花、蔷薇、梅花等侧重女性化的主题,追求绚烂繁复、色彩秀丽的风格,不拘泥章法,大胆着墨赋色,浓烈而不失典雅。如她所言:"总觉得自己画没有画完,墨没有用够,颜色少了一种。"虽说其人物、花鸟的技法上不像专业画家那么老道娴熟,但也能独辟蹊径,平淡天真,自成一体,别有味道。其山水画里浓浓的江南情调喷薄欲出:树木浓郁、繁花似锦、层峦叠嶂、满纸烟云,就像她的文字一样华丽优美,体现了她女性视角下的独特审美情趣。

苦中作乐　怡然自得

1967年，刚刚大学毕业的胡辛被分配到景德镇的一个山沟里做村小老师，自此在景德镇一待就是8年，在这里她领悟了"茹苦含辛"四个字的含义，这也是她的笔名的由来。人往往会淡忘一帆风顺的经历，而历尽艰辛的磨难却刻骨铭心，"我的八年青春都献给了景德镇"，从胡辛日常的言语中更能体会到她对景德镇的刻骨铭心——进而有了对陶瓷的挚爱，也埋下了绘制陶瓷的种子。在她的眼里，"瓷如女人"，"瓷犹如人的情感，轻轻一碰就会粉粉碎"，需要细心呵护，容不得丁点碰撞，当然包括她对景德镇、对陶瓷的眷恋。

恍然间，当年的茹苦含辛还历历在目，而胡辛已是年近古稀的老人。她被景德镇市政府授予"景德镇市荣誉市民"称号，那份对陶瓷的炙热情感更见炽烈。为圆少时梦想，她重走景德镇，回到曾经工作过、生活过的地方，过上"苦行僧"的日子，长期待在地处偏远、住宿简陋的浮梁乡村、龙山窑等地，每日粗茶淡饭，潜心学习画瓷，乐在其中，甚至中午都不愿休息一刻。胡辛延续她一贯敢想敢做的做派，略试釉上画后，直接入手自己喜爱的釉下彩，甚至绘制烧制难度极大的青花釉里红。当300件大瓶《戏梦人生》放进窑中烧制，她期待着，有点忐忑，又有点兴奋，待窑门打开，瓷器取出，她不禁将脸庞贴在还见烫人的瓷瓶上，不知是母亲痴爱孩子还是孩子依偎母亲？这件作品以青花勾勒，用了釉里红、霁蓝、影青、紫金、黄花釉等釉料和大红、蓝紫、娇黄、深绿、胭脂等高温釉下色料。不敢说把握娴熟，但其彩釉料性的发色、浓浓深浅的搭配等的确叫人眼前一亮，关公、包公、岳飞母子、诸葛亮、白娘子、小青、穆桂英、铁弓缘、拾玉镯……穿越时空，实乃"汇千古忠孝节义笔笔画来漫道逢场作戏，将一时悲欢离合细细品味管叫拍案称奇"，既是老百姓喜闻乐见的戏剧人物，又表达了作者的人生观、价值观。《毕业歌：莲子已成荷叶老》将李清照词句与教师职业融汇，立意颇高。《三代女性》图文并茂，四张老照片四段真实朴素的解说词，解说词旁的脚印等让人"走过从前"。这些不得不让人赞叹她的创新性。她谦称她这是"点墨染青"，但正是"点墨染青"中让她摆脱了烦心劳神的俗事俗障，"回首向来萧瑟处，归去，也无风雨也无晴"，进入淡定之境界。

胡辛的瓷画作品目前已出版画册，当是江西文艺界和教育界的一件喜

跨界穿越的魅力

事。作为获得全国奖的作协老人、收获颇丰的影视文人和崭露头角的画坛新人，胡辛始终立足江西，勤耕不辍，画册的出版，开启了胡辛在艺术创作上的新一页，也是阅尽人世百态，历经人生风雨后的从容回归。我以为书画家首先应该是个文人，胸无点墨，哪来腕下清风？丹青不知老将至，富贵于我若浮云。相信丹青陶瓷会给年近古稀的胡辛带来更加广阔的天地！

（孙宪，教授、著名山水画家、江西教育学院美术系主任、江西省美术家协会副主席）

不改初心:浅谈胡辛的国画与瓷画

吴 迅

　　胡辛原名胡清,是我的二表姐,但我们从不称"表",也确实亲。她的母亲是我的亲姑姑,我的父亲是她的亲舅舅。我的父亲1949年考上厦门大学财会系,其时家庭拮据,我姑姑将耳朵上戴的金耳环取下给了弟弟做盘缠。可知姐弟情深。我姑父1939年毕业于中国最早的三所音乐高校之一——国立福建音乐专科学校,擅长民乐二胡和西洋小提琴,身高1.85米,听父亲说,20世纪40年代姑父穿着燕尾服指挥大合唱,堪称赣州一绝。姑姑毕业于南昌女中,身高1.65米,是单位的主办会计,写得一手好字,唱歌、弹琴、篮球、排球,样样精通,是那个时代的新女性。姑姑、姑父育有6个女儿,6个女儿音乐天赋都不差,但没有一个学艺术,原因是姑父固执地认为学艺术必须有超人的天赋,这不能不说是遗憾,但是,学文的二姐在年近70时,居然在国画和陶瓷绘画方面弄出了动静,这不能不说是天赋和勤奋的合力吧。

源于生活　蕴于文学

　　书画同源,原指的是书法和绘画。其实,文学与绘画亦同源。绘画和音乐是人类最早的艺术,文学只能算"小妹妹",但文学的深度比之其他艺术,又是为人类所迷恋的。苏轼评价唐代诗人王维有名句:"味摩诘之诗,诗中有画;观摩诘之画,画中有诗。"王维本人就是诗人兼画家,是深得其中三昧的。画中有诗,应是画的最高境界,而诗中有画,则是容易改编成影视剧了,文学的魅力是更胜一筹的。

　　2014年教师节时,胡辛在景德镇举办了"执教47周年、从文习艺31

跨界穿越的魅力

周年回顾展"，其时，我从北京赴景德镇参加她的回顾展，至今记忆犹新，就两个字：惊愕！偌大的景德镇美术馆一楼，胡辛创作的38部书、66个瓷瓶、60幅国画和各类奖证奖状，还有部分手稿，让人目不暇接，真有气象万千之感。

虽然，其文学创作只摆放在一乒乓球桌大小的玻璃柜中，但最重的分量却在文学，她毕竟是作家教授，或曰教授作家。她以处女作《四个四十岁的女人》获1983年全国优秀小说奖，1984年3月赴京领奖时，胡辛成了"新闻人物"，在京都的我们全家都为她高兴。她书中所写的4个女人的坎坷命运和不倦追求，同样撼动了年长者和年少者，因为大家都处于相同的时代，感同身受。虽是女人的故事，但也同样引起男性的共鸣，当然，作为独立意识的张扬和独立价值的寻觅，女性可能感受更深。其处女作可说是中国女性文学的先声，画界亦有女性主义画家一说，应该是不同的形式，相同的求索。1990年，胡辛又以长篇小说《蔷薇雨》轰动文坛。我的父亲读时击掌赞叹，因为该书让他忆起了家乡南昌，六眼井、三眼井、大井头、系马桩、桃花巷、干家大屋、松柏巷……对我父亲一辈来说，那是跟着童年身体一起长大的老街巷，难怪有旅居美国的老南昌半夜打来电话索书！2000年，胡辛的又一部长篇小说《陶瓷物语》由花城出版社出版。据说，由该社申报茅盾文学奖，还从初评中脱颖而出呢。这本书我是喜欢看的，因为还原了瓷都景德镇这方水土的氛围，那形形色色的景德镇人也都栩栩如生地活跃于眼前。作为画家，向往景德镇亦如陶瓷工作者的朝圣情结。毕加索的老年时代痴迷于陶瓷创作，我们画家也大多如此。但话还得说回来，回顾展中占据面积最大且最抢眼的到底还是"画"——国画和陶瓷作品。

这几部书，胡辛都以国画和瓷画的形式进行了再创作。《四个四十岁的女人》分了三个画面：童年跳绳、少年漫步和中年葡萄架下话别，构思周到准确。《蔷薇雨》有画面三种，一种是徐家大屋"节孝可风"与徐家三代全家福，一种是蔷薇盛开中七姊妹相依相伴，还有一种是女主人公徐希玮与男主人公凌云20年后重逢时的无语相对，其古旧老屋与如瀑蔷薇形成强烈反差，构图、色彩与立意都有其独到之处，也足以观照到胡辛对该长篇小说的偏爱，只是老房子的处理太规整了一些。《陶瓷物语》（《怀念瓷香》）的立意和构图布局，我以为胡辛也颇费了心思。她选取了长篇小说中的一个情节——31岁的男主人公林陶瓦骑自行车载着13岁女主人公树青从窑屋回山村,这是相差18岁的长幼恋,林陶瓦的不由分说和孔武有力,小小年纪的树青双手捧着瓷瓶,硬是挺挺地坐在自行车的后座。这既反映她对瓷的心爱,更反映她内心潜意识的独立,而不是像一般女孩子坐后座时手总会搂着骑车者的腰部,至少也会攥着他的衣服。令人拍案叫绝的是,这个大瓷瓶的背景竟然是景德镇瑶里古镇的古街貌!别出心裁的是还添上了瓷窑,还有窑前堆放的柴火!没有对景德镇生活生态的熟稔,没有艺术家的细腻观察和提炼,是不会有这种虚实相间的灵感和大胆落笔的。

小说是虚构的艺术,而胡辛有个大瓷瓶《三代女性·走过从前》则是她母亲家族的纪实画面浓缩史,图文并茂,全然原创性质,当是胡辛的有心之作。看起来是几张照片的排列组合,每张照片旁都配有年代与文字解说,很理性,更感性。"1945 为庆祝抗战胜利而拍":三寸金莲的老气外婆(胡辛的外婆就是我的祖母,而我只是在照片上见到过她)、黑色旗袍大波浪卷发的母亲和穿着布拉吉的大姐。这真是新旧交融百感交集的三代女性!"1952 母亲与四个女儿":母亲已改成双大辫,父亲缺席,因为远在上海华东戏曲研究所工作。"1962 困难时期":一直跟随她们家的奶娘终回自己瑞金的老家,这是一张特殊年代的离别留念。"'文化大革命'非常岁月":姑姑一家分散在好几个地方:永新、景德镇、九江、丰城、湖口、安福、永修等。1975年,母亲与4个大女儿相聚南昌,正是"渡尽劫波母女在,相逢欲说又还休"!这种类编年史的构图处理方式非常具有中国传统文人的处理风格。

仔细想想,这些作品就是她的生活,既有她个人的履历,又有与她相关的周围的人和事,有的是她的文学作品的图画版,所以,这样的作品是有生命的,是会打动人的。

如果说胡辛的长篇小说是在普通人中寻找传奇,那么,她的三部传记则是在传奇中寻找普通人。《蒋经国与章亚若之恋》《最后的贵族——张爱玲》和《陈香梅传》之所以成为海内外华人中的畅销和长销书,这与她写出了人性中共通的东西不无关系,人性的光辉与黑暗,人性的温暖与冷酷……我相信,她会将她的传记文学也付之于生动深刻的画面,那是另一种还原历史。

由我这个画画的来谈文学,实在是班门弄斧,但是,画画的最缺的,或最需要的,不恰恰是文学底蕴吗?

跨界穿越的魅力

大巧若拙　文人胸臆

从中国画专业的角度来说，胡辛的画在大的归类方面应该属于文人画。文人画，也称"士大夫写意画""士夫画"，是文人墨客们随兴所至，借绘画以抒泄胸中之逸气，并不求工整与形似，也不讲目的与价值，只求意境的心灵事业。陈师曾说："画中带有文学性质，含有文人趣味，不在画中考研艺术上之工夫，必须于画外看出许多文人之感想，此乃所谓文人画。"是在画中充溢书卷气，在画外也有那股耐人寻味的思考和气息。简言之，随意挥洒，笔情墨趣，伸纸戏墨。

对文人画有一个定位，就是不学为人，自为而已。文人画在魏晋南北朝时期就见端倪。严格地说，萌芽于唐，兴盛于宋元，史称宋元为文人画的黄金时代。文人画作为正式的名称，就是由元代画家赵孟頫提出的。宋元400多年，文人思想蓬勃，突破汉唐烦琐训诂，呈现出游心物外、不拘格律的新思潮，这种思潮表现得最显著且辉煌的，莫过于绘画。

以教师为职业的胡辛，其关于教师的几幅国画和瓷画如《莲子已成荷叶老》《毕业歌》等，我以为具有文心、诗情和画意。作者执教近半个世纪，一直工作在教育第一线，其中甜酸苦辣，寸心尽知。立意来自宋代词家李清照的《怨王孙·莲子已成荷叶老》，"湖上风来波浩渺，秋已暮。红稀香少。水光山色与人亲，说不尽，无穷好。莲子已成荷叶老，青露洗，蘋花汀草。眠沙鸥鹭不回头，似也恨，人归早"。如果说李清照的词是对萧瑟秋景的另一番感受，那么，胡辛将其用在国画和瓷画中，营造出秋天荷塘的意境，求索万物的真质，那就是教师如春蚕吐丝，如蜡炬成灰的另一种比喻，更见植物之美。作者的深度修养，薄名利、脱世俗、宽胸怀、性洒脱也就蕴含其间了。她是以文学诗词之心去观看万物，感受万物的；被物感动后，达至物我两忘，挥笔戏墨以泄胸中之感。是诗意浓的逸品画。

国画、瓷画《戏梦人生》也堪称心血之作。"汇千古忠孝节义笔笔画来漫道逢场作戏，将一时悲欢离合细细品出管叫拍案称奇"——这幅戏剧对联道尽人间感悟。胡辛选择的戏剧人物有：关公、包公、诸葛亮、穆桂英、岳飞母子、武松、白娘子与小青、"拾玉镯"男女、"铁弓缘"男女、"花为媒"女子、"三叉口"武生、"牡丹亭"柳梦梅与杜丽娘等，可谓各具代表性，有着深刻的寓意。作为作画不过3年的初学者，不可能全原创，但构图很有意思。这种组合和排列充满了理性的智慧和情趣。在种种诙谐和谐的不以时间为序的"穿越""混搭"画面中,作者想象翅膀的飞翔、对真善美的追求跃然其上。

陈衡恪认为"文人画有四个要素:人品、学问、才情和思想,具此四者,乃能完善",信然。

文人画多取材于山水、花鸟、梅兰竹菊和木石等,借以抒发"性灵"或个人抱负。胡辛有几张画特别有意思。有一幅国画《云想衣裳花想容》,从吴昌硕的牡丹水仙脱胎而来。立于画前,不会想到是一个初学画画的人所作,很老辣,很稳重,还有一点野泼,有那么一点儿金石之味。这反观出她在创作的时候只有激情没有顾忌没有束缚,为情所动的东西总有动人之处。

瓷瓶《秋菊有佳色》以大红色与釉里红相间而成,具象抽象泼墨写意,菊们在似与不似之间,笔艺非常好,神来之笔,非常棒!

瓷瓶《鄱湖秋韵》同样非常之棒,是青花釉里红之作,村庄、秋树、芦苇、鄱湖,群鸟……表现力很出众,虚实相间,像是无意为之,却正中靶的。

展品中的一对500件大瓷瓶"高山仰止""景行行止",是井冈山和庐山的瓷画,立意好,笔艺好,用笔、颜色疏密关系都非常好。用笔触笔包括后来烧制完成,真的很漂亮,自然天成。

瓷瓶《踏遍青山人未老》,也真看不出是初学画者所为。笔力老到,有金石味。颜色也好,不拘束,活了。还有一幅国画《巍巍井冈亦秀》,这张画在山水画里应该是很成熟的一件作品。

瓷瓶《听音》,人物造型很有意思。紫藤点点线线虚虚实实,藤下,一妙龄美女在抚筝,另处一络腮胡子的和尚似在聆听抑或窃听,却无丝毫邪意。

《钟馗神威》造型很漂亮,颜色釉也烧得不错。

她的人物画有点关良的味道,还有点林风眠的味道,但绝对没有生硬地照搬和机械地模仿。她有她自己的味道,这是很难的。

关于瓷画,与国画是不同的,材质不同,宣纸有渲染之效果,釉下瓷在泥上画的感觉很难把握。瓷瓶的构图是立体的,圆的怎么走?通景。能做到完美吗?瓷是工艺,我画过瓷,我知道画瓷的艰辛。我非常非常的惊讶,胡辛这个年龄能画这么多的瓷而且很精美!能随心所欲、言之有物、格调高雅,难!从艺术角度来说,有些东西是精品,很高很高!我觉得她的瓷比她的画要高得多。

跨界穿越的魅力

　　我不知道胡辛在画瓷器的过程中，是个什么样的状态，但是她的方法很多，她有很严谨的地方，静如处子，也有动若脱兔的地方。可能她不一定有理性的想法，但无意为之正中靶的，而且看起来表现得很丰富，看着也很舒服！

　　尽管有的画面上可能有些稚笨，但是恰恰这个"稚笨"是很多艺术家追求的老道，好多大家到了晚年的作品，炉火纯青的时候就是很"笨"，他要返璞归真，他要返还童趣，追求这种纯真的、清纯的、干干净净的境界，这才是画最真谛的地方。

　　顾名思义，真正的文人画家既是能诗词妙文章者，又是率性挥洒的画家和书法家，当然，他们重品德、积学问、知书达理。从传统文人画来看，常常于简洁淡雅、清新飘逸中见诗情画意，往往重水墨轻艳丽，以承载其空灵虚静的心境。从这点上看，胡辛的画作又有所不同，她并不一味地沉浸于文质彬彬的雅致中，而有着人间烟火味，有着世俗的热闹与鲜活，有着与大自然息息相通的默契。如同她的一部小说的题名："这里有泉水"。那画源如泉水从心坎潺潺流出。

　　胡辛的画，不辱画笔，观之有理，处处是奇招，不是说招招必中，但十中八九，她的画让人看起来很舒服，有些地方是别人不敢这么做的，蔡超就说这跟她深厚的文化底蕴有关系，因为文人画最主要的就是文蕴要深厚，要有积累要有修养，这样才能言之有物，才能笔下有神，它可以很随意，但是绝不空洞，她的画就是这样一个感觉。她的画都有故事，尽管有些地方按着纯粹的学术来讲有些功力不到的地方，但是她的长处也恰恰在这，不为其左右，她任意挥洒，为情所移，让看画的人情不由衷。而且她的画内容丰富，表现的题材相当广泛。还有工艺，说实在的很多专业画家不敢这么干，也干不来，这恰恰是文化人艺术家创作者应该向胡辛学习的地方。

　　原江西省美术协会主席蔡超出席了胡辛在景德镇和南昌两次回顾展的开幕式，足以显出胡辛的美术作品在业内应该是分量比较重的。

　　研讨会上有人说，胡辛以不同的媒介表达不变的女性主题！我想，她是一个追求女性独立价值的女性，是时间的沉淀、文化的深度成全了我的二姐。

（吴迅，中国著名国画家、国家画院研究员）

经典回放·小说世界

为《蔷薇雨》序

王 蒙

    大概是1983年吧——岁月匆匆，往事重叠，"数学"也变得愈来愈模糊了。那天黄昏等待晚饭的时候，我坐在一张低档次的人造革面长沙发上，顺手打开了新寄到的杂志《百花洲》，读到一篇小说《四个四十岁的女人》，那种真实的生活气息，真实的艰难和痛苦，那种历尽坎坷仍然真实、仍然活跃着的一颗颗追求理想、挚爱而绝不嫌弃生活的心感动了我。也许这样一种心地被一些人认为"过时"了，而又被另一些人认为不合标准？读到那位身患绝症的教师柳青——是这个名字吗？——的故事的时候，我落泪了，我推荐了这篇小说，我记住了这篇小说的作者的名字——胡辛。

    短短的六七年过去了，我读到了胡辛长篇小说《蔷薇雨》的校样，这已经是一篇地地道道的大块文章了。仍然是那颗心，却有着全然不同的气魄、眼光和自信。小说描写江西一个叫作红城的城市的角落，六眼井、三眼井、大井头、灌婴的洗马池、乾隆题过匾额的干家大屋、东汉高士徐孺子的故居……栩栩如生，充满着地方特色、民俗风情、历史积淀与时代的新貌。阖上书，似乎可以听到大井头边女人们的吵吵笑笑，看到一辆横冲直撞的摩托车。小说着重描写了徐孺子之后徐士祯的七个女儿的各自的音容笑貌、个性脾气、命运遭际。大姐徐希璞，这位医道精良的外科医生，是理想化的冰清玉洁与正气凛然吗？为什么对待庸俗丑恶的朱主任父子却又显得那样窝囊和一无用场？她给我们树立的是希望还是失望呢？二姐徐希玫，她的美丽、她的智慧、她的勇气和眼光似乎在成就着一位改革开放、商品经济的弄潮儿，为什么却又一头栽入犯罪的泥沼？莫非这也是值得咀嚼的确实存在着的时代悲剧？身陷囹圄，她仍然是光彩照人的啊！三姐希玮，作者用的笔墨最多，她似乎是女性性别的一个典型，她背负了变迁的时代，变迁的古老中国的女性的十字架。她接受了萨特？经过18年不可思议的出走，她清醒么？还是既然是女人就无法从爱情的苦海中得到拯救？四姐希瑶，她的经历就更近于怪诞，当然，从她的身上我们仍然可以感到不乏古典意味、不乏优良传统色彩的爱情的正直与正直的爱情的力量。而且，我们也许应该感谢作者通过这个人物透露出一点比特区还"特"一点的海南岛的信息。五妹希玓，这位勺勺居餐馆的女老板，是商品经济掀起的一个浪头么？是经历了剧烈的社会变革的文墨世家发生变异的一个例证吗？她的现实感毋宁说是可爱的，而且，在她身上，作者寄托了对于赣菜的那么多感情。六妹希玑，乖巧、泼辣和尊严，她应该更好地活下去吧？七妹七巧呢，徐家出了一个歌星，这个歌星不择手段地"出洋"远走高飞，不是令人羡慕更令人痛惜的吗？

也许这七个女子的行状和表述并非都经得起细致的推敲，也许作者写这几个人不无匆忙不无以意为之的臆想掺杂在真实的活剧之中。还有围绕着这七姊妹的一些男子，他们都能给读者留下印象，却又多少使读者觉得不甚满足。也许作者企图表现的生活面、人和事太多太广了？也许还可以挑剔一些别的缺点，例如某些语言特别是某些评述类型的语言的缺乏节制。但所有这些都掩盖不住一个令人惊喜的事实，这部书不是一部抻长了的书，而是一部内容充实的书。它充满了生活，充满了现实，充满了历史，充满了变革，充满了杂七杂八的信息。一句话，它具有一种我们的古老而又新鲜、沉重而又动荡、悲哀而又热烈、恶俗浅薄、五光十色，而又洋溢着一种不可扼止的力量的生活所特有的魅力。

这是一部充满魅力和激情的小说。徐家七姐妹是有魅力的。凌云、黑皮、席大鹏、钱俏、姚鸿乃至辜述之，也是有魅力的。凌光明、金铃子、章曼娜、辜也秋、冯胖子，直到疯疯傻傻的钱光荣与钱嫂子一家也是有魅力的。甚至幽灵一般的徐家老祖母，活尸一样的言语、观念和行止，却仍然有自己的魅力。魅力来自他们的生命，他们的呼吸活气。就说老祖母吧，下面一段文字是对她出嫁场面的描写：

    茶叶拌米雨一般撒向上轿新娘的头盖上，爆竹大作，唢呐高亢，乐队鼓手先行……花轿后……五颜六色绣花缎被、大大小小二十只樟木箱、红彤彤的大小脚盆、红彤彤的马子桶中插着黄松松的筷子,压阵的居然是一台笨重粗蛮的老式织布机……

……女人呀,一辈子的脸面就靠一回挣……男人们的颈脖伸得像鹅颈,新娘子芳颜难睹,惟见轿帘下一双红缎绣花金莲……天色晦暗细雨绵绵……抬织布机的正抱怨比抬棺材还累时,花轿里竟扔出一束鲜艳欲滴的姊妹花!

好一束鲜艳的花,满腔春意关不住,一束鲜花出轿来!老祖母也罢,只要是活人,就有活力,有青春,哪怕是久远的青春的记忆。而活力就是魅力。一切魅力,归根结底,不就是生活的吸引和召唤吗?

作者是怀着浓厚的兴趣真诚地描绘我们的生活画卷的。不论是四个老女人的"麻雀战"还是勺勺居的一顿筵席,不论是歌星夏梦露走穴的紧张场面还是医院的一次"民意测验",不论是自来水亭边女人们的唾沫织成的"彩虹"还是在保护区看到的候鸟与不看候鸟的"勺子"对鲜鱼的采购,也不论是一个文学期刊编辑部的一场混战与一个美术展览的小小风波,充溢其间的最令人羡慕的是作者的一种"兴会",一种爱生活、贴近生活、追求生活并且咀嚼生活的盎然生趣。

作者是怀着浓厚的兴趣真诚地描绘我们的生活的变异的,尽管这些变异中有许多幼稚和肤浅,有许多歪曲和丑恶,有许多旧瓶新酒、新牌子旧酒、新酒变旧酒以及新新旧旧的霉菌病毒,有许多也许后代子孙们觉得他们的祖先似乎过分慷慨挥霍地付出了的痛苦的代价……然而这变革毕竟是有声有色、有血有泪、有"书"有戏的。变革的一面是新生,另一面是腐烂;一面是失落,另一面是获得;一面是迷惘,另一面是进击。毕竟是变革而不是停滞带来了巨大的希望与众多的机会。毕竟是变革而不是停滞已经成为并终将成为我们生活的主潮。变革非自今日始,七姊妹的父亲徐士祯已经大大改变了徐家书屋的面貌,选择了完全不同于祖宗传统的生活与"济世"道路,在他面对新的变异而目瞪口呆乃至痛心疾首的同时,不是仍然膜拜悲壮的太阳了吗?门第的影响仍然深重,门第的界限却早已突破。是怎样的杂交、渗透、蚕食、"意识流"般的变迁啊!近百年、近70年、近40年中国社会的急剧变迁,旧的封建秩序土崩瓦解,社会主义负载着沉重的历史却又在每个角落每个领域改变着历史、重新勾勒着生活,这一切都在该书中得到不同程度的反映。特别是近十余年的改革开放使已经急剧变动了的生活再一次发生新的裂变，追新趋时，即使在这本书里也可以感到此种时尚的躁动与炫耀。尽可以挑剔"新"与"时"中的一千条缺陷包括罪恶。"新"与"时"的活跃却是不可避免的，代价已经付出、正在付出和仍将继续付出，而我们的生活是大有希望的。

能说这种态度是不正确的么？能说这种变革中的五光十色不是吸引人的么？能说这种几乎"与时代同步"（虽然我并不一般地赞成这样一个文学口号）地反映生活反映现实的努力是不值得珍惜的么？即使还确实有一些不准确不成熟乃至芜杂浅薄的地方。

当然，该书中也还有一些不那么轻易变动的东西。作者像钟情于变革一样地钟情于永恒。女性的主题，女性意识的主题，爱情、婚姻、命运的主题，文化特别是爱国主义的主题、人生的主题贯穿在《蔷薇雨》里。它流露出这一切来了么？或者，如作者在全书之首引用的美国朗费罗（真抱歉，我还不知道这个朗先生呢）的话，它能"滴进"人生里吗？朗费罗说："没有悲伤，人类的心会变得寂寞、无情而傲慢。"大概要在悲伤成为过去乃至凝结为艺术以后才会体味得更醇厚吧？呜呼《蔷薇雨》，你的悲伤能不能更深沉、更从容一些呢？你的那些引经据典和指点批注，能不能更精粹些呢？也许那是下一部书的事了吧？

1990 年夏书于北戴河东山

（王蒙，中国当代作家、人民艺术家、中华人民共和国文化部原部长）

（原载于《读书》1991 年第 1 期）

耳目一新
——读一月号《小说选刊》

刘锡诚

大凡办得好的或比较好的文学期刊,都有自己的个性和特点。《小说选刊》具有沉稳和严肃的风格,它既不奉迎趋时,也不保守僵化,几年来为繁荣中国社会主义文学事业做了有益的工作。但他们并不以这样的成绩为满足。本着文艺为人们服务、为社会主义服务的方针,他们广泛听取读者的意见,锐意革新版面,在努力把刊物办成全国优秀小说的荟萃之所的总目标下,披沙拣金,力图将思想上有深意、艺术上有新意的好作品呈现给读者。读罢改版革新后的1984年元月号之后,一阵难得的兴奋与满足的感情涌上了心头。

这一期刊物除选载了六篇短篇小说外,还选载了三部中篇小说。选载优秀的中篇小说,是《小说选刊》的一项重大改革。这既同小说创作的实际情况相适应,又符合广大读者的需要。近几年来,中篇小说在文坛上异军突起,及时地在《小说选刊》上选载其中的优秀者,无疑会对中篇小说创作的健康发展,起到积极的引导作用。

从这一期所选的小说来看,倡导作家们描写新时期的社会生活和新的人物,是编者的一个重要的编刊思想。几篇作品都以饱满的热情描绘了生活在各条战线上的新的人物。《啊,索伦河谷的枪声》(作者刘兆林)塑造了一个在新的形势、新的环境里会做政治思想工作的连队指导员冼文弓的形象。作者不回避现实生活中的尖锐矛盾和斗争,如实地写出了典型的环境,使冼文弓的形象显得真实可信。《玛丽娜一世》(作者楚良)描写了回乡女知青马腊腊——玛丽娜破旧俗、争解放、创业绩的历程,塑造了一个很有个性的新人形象。小说在妙趣横生的情节发展中，不知不觉间便展现出了一幅生机勃勃的农村图景。《无声的雨丝》（作者达理）用细腻的艺术笔触把生活的素描和心理分析融合起来，揭示了一个奋斗在世俗的不平等家庭环境和工作环境中的新女性——柳茵的灵魂。短篇小说《四个四十岁的女人》（作者胡辛）里以短短的篇幅写了四个饱经沧桑而又命运各异的女人，其中那位受到孩子们尊敬和热爱的山村女教师柳青，是特别值得尊敬的一个热爱生活的强者。

编者还针对近几年来滋长起来的"长风"，通过所选作品有意提倡小说要写得简约、精炼。希望该刊的编者能一以贯之地坚持下去！

（刘锡诚，作家、中国文联理论研究室研究员）
（原载于《人民日报》1984年1月16日，《小说选刊》1984年第1期）

《四个四十岁的女人》得失谈

谢 云

少年时代的同窗好友，阔别多年，偶然重逢，欣喜之余，自然总要叙谈别后的际遇、当前的景况。胡辛的短篇小说《四个四十岁的女人》（载《百花洲》1983年第6期）抓住这种生活中常见的现象，扩而大之，使不期而邂逅者有四人之多，而且是清一色的女性。于是在抚今追昔的慨叹之中，在酸甜苦辣的回味之中，作者编织起关于妇女命运的故事，展现出社会生活的一个侧面。类似这样的艺术结构方法，不管过去有没有人采用过，但在这篇作品中，仍然给人以新鲜之感，这该是值得注意的吧！

四个女人，当年也像所有风华正茂的青少年一样，都有过自己的憧憬。20年过去，今天情况如何？当年一心想当小郝建秀的成了一个区妇联的干部和"贤妻良母"。自信会成为小潘凤霞（名演员）的，现在是离过两次婚，被人认为"不正经"的女人，终于做了一个"名副其实的老头子"的继室。有志于争当第二个林巧稚的成了一个清闲的行政干部和颇有作为的丈夫身边的一片绿叶。除去另一个女人柳青外，真是少年心事如拿云，而今尽付东流水，尽管大家都还在不同的岗位上为人民服务，生活上也过得不算坏，甚至还对自己的家庭、丈夫表示了某种满意或骄傲，但毕竟无法掩饰内心的惆怅以至郁闷。人生的道路本来就不可能笔直，像这种有志难酬的现象，并不足怪，但作者把它聚集到几个女人身上，就绝不是漫不经心的偶然之笔了。

作品一开头，我们便读到了这样的卷首语："女人为什么要有自己独立的节日？——作者问于'三八'节。"我想，正是在这一问之中，透露出了作品的意图。作者通过四个女人20年生活的风风雨雨，实际上提出了一个问题：即使在今天的社会里，妇女的生活、命运和前途仍然存在种种问题。同时，侧面而含蓄地批评了实际生活中男女不平等的现象，以及妇女自身存在的弱点。现在全国妇女界正在提倡妇女的"自尊、自爱、自重、自强"精神，反对轻视和歧视妇女的传统偏见残余，足以说明作品的社会现实意义。

四个女人之一的柳青，是唯一实现了自己初衷的人。她曾想过要当作家，但当她被录取到北京师范大学以后，就甘心于做一个瓦尔瓦拉式的乡村女教师了。她在山野中不正规的学校里做了一二十年小学教师。她献出了青春和对人民的热情，也赢得了人民的尊敬和爱戴。作品描写她离开偏僻的乡村，乡亲和学生们为她送行的场面，是很感人的。她说："真的，我是幸福的，真正幸福的，真的。"我相信她说的是由衷之言，并且在自己的心里也引起了共鸣。

也许作者是以柳青作为其他三位女性以至与她们有着相似命运的更多的妇女的一面镜子，通过这个人物形象启示着一条妇女应该走的生活之路吧！但令人费解的是作者偏偏给这位可敬的妇女安排了另一种遗憾。她不但没有享受到作为一个女人应该享受到的爱情的欢乐和家庭的幸福，甚至让她患上了不治之症（尽管还只是一种怀疑），从而使读者的心头蒙上一层阴影，一缕凄凉。作者赋予作品的亮色，是不是过于吝啬了一点呢？

作品结尾处借柳青之口说："让我们携手去迎接更美好灿烂的明天吧！"大家也说："你——还是我们的圆心儿。"本来未尝不可就此结束，但作者最后又发了一段议论："事业、理想、奋斗、爱情、婚姻、家庭……一切的一切，是多么的复杂。处处是问号，女人们啊，答案在哪里呢？"诚然，世界上的事物总是复杂的，但那些问题即使对于女人们来说，答案也并非那么微茫，不但在理论上早已解决，而且在我们的现实生活中也到处可以看到实例，问题只是要排除外来的阻力并战胜自己的弱点。作者以无可奈何的口吻提出问题，不但显得多余，而且给人以虚无感，成了败笔，这是令人遗憾的。

（谢云，作家，人民出版社原副总编辑，《人物》杂志原主编、编审）

（原载于《文学报》1984年3月15日）

童心一片觅真途
——读《四个四十岁的女人》随感

徐太行

胡辛的处女作《四个四十岁的女人》在《百花洲》刊出后，经《小说选刊》转载，最近获全国1983年优秀短篇小说奖，得到广大读者的好评。

这篇作品在思想、艺术上都取得了一定的成就。诚如《小说选刊》在编者的话中所评介："一篇短篇小说写四个性格迥异的人物，写一个大故事中的四个小故事，是相当困难的，但作者胡辛的这一处女作负重若轻，一股清溪顺畅地沁入人的心田……"这种艺术结构的手法，运用得巧妙而又自然，给人以新鲜的感觉。不但写出了四个女人的不同个性，而且显示了各人性格的发展，加之文笔俊俏活泼，细节真实感人，形象栩栩如生，读后更使人留下深刻印象。

小说一开头是写同窗九载、阔别20年的四个40岁的女人突然重逢的惊喜情景。她们天真纯朴地回忆少年时期的生活，推心置腹地互叙别后之情和遭遇，为姐妹们也为自己的幸运而欢欣，为姐妹们也为自己的坎坷而悲叹。肝胆相照，甘苦共尝，友爱之情，出于肺腑。这些描写，读来感到亲切、熟悉，如闻其声，如见其人。随着互诉衷肠的层层深入，很自然地揭示出人物的内心世界：有欢笑也有热泪，有探索也有领悟。她们从各自的遭遇中，体会到一个女人不能仅仅满足于小家庭的"安乐窝"，不能仅仅满足于一个只知道侍候好丈夫和孩子的贤妻良母。即使是夫唱妇随、儿女绕膝，再加电气化的小康家庭，如果没有自己的理想，没有为自己的理想而奋斗不息的事业，一个女人，特别是受过中等或高等教育的女人，总难免感到怅然若失，感到一种精神上的空虚和迷茫。

40岁，对于女人来说，确如作者所说的那样，是青春告别的门槛，衰老起步的地界。这个人生的转折时刻，该是理想成熟的时候了，也该是认真掂一掂自己肩上革命担子的分量的时候了！若不善自把握，及时创业，而听任时光流逝，那么，"四十"一过，顺坡下滑，确也可畏可悲了。在我们的现实社会中，40岁上下的中年人，特别是女人，被世俗腐见、家庭生活和挫折失利等磨钝了意志的刀锋剑刃者为数还少么？有些人光华日黯、锋芒渐收，变成了碌碌无为之辈；甚至有的堕落到孜孜不倦地为营建自家的安乐窝，不惜损公肥私、心死于无形而不知自哀。我们的作家，面临某些中年人这一严重的精神麻木状态，难道不该振臂疾呼促其醒悟么？《四个四十岁的女人》就是这种针砭时弊的较佳作品之一。有若警钟声声，催人猛醒。这也就是作品立意的可贵之处。

这篇小说写到蔡淑华热爱本职工作而对丈夫的无理责难奋起争辩；写到钱叶芸反抗封建世俗屡遭非难和打击而痛苦迷惘；写到魏玲玲一度失去为民治病的孤寂和献身救人的幸福愉快；也写到柳青的纯贞的深涵的爱情和扩大爱的领域、提高爱的境界的高尚情操。特别是柳青处于疑难绝症的威胁下，尚能以殉道的精神献身于社会主义乡村教育事业，而受到广大群众的深切爱戴，给女友们在人生观上以深刻的启迪和鼓舞。所有这些都充分说明只有为人民事业献身者，方能永葆青春，得到真正的幸福。当我们看到小说结尾时，三位女友在听完柳青的倾吐衷肠后，热泪盈眶地同呼"你还是我们的圆心儿"时，不是已经清楚地看到女友们思想认识上的飞跃么？！作者笔下的这些人物，都是真诚的、朴实的、有血有肉的，充满了生活的气息。虽然她们从不短的人生道路跋涉过来时，饱尝甜酸苦辣，身上心上，风尘仆仆，且不无伤痕。有的还沾上了点颓丧。但她们的本质是好的，特别是阔别重逢之际，童心再现，熠熠夺目。她们在一片童心交融中，互爱互勉，从自己跋涉的足迹中，终于鉴别出是非得失——领悟和寻觅到摆在"不惑"之年面前的人生真正的通途。这就给同辈人以生活的信念和力量！

有人认为《四个四十岁的女人》中，就有三人是有志难酬的，似乎是过多地聚集到作品人物的身上了。其实，这个问题只要联系到故事的时代背景是容易理解的。

不难推算，这四个40岁的女人，都是在刚入成年时期就被卷进"十年动乱"的漩涡了。这场史无前例的浩劫，不但把国家推到了经济破产的边缘，也搞乱了人们的思想，污染了社会风气。这四个女人正是沿着这样的时代轨迹，艰难地跋涉过来的。加上几千年封建社会的流毒，便决定了她们的命运多舛。理想，由于种种干扰，确是难以实现的。更何况各人的思想素质不一，如叶芸在被迫首次离婚后，意气用事，轻率决定和一轻薄儿结婚，她本身的这一弱点，更加重了其厄运。但是，事已至此，四个女人立足现实，对恋爱、婚姻、子女以及事业前途等问题，亦即人生道路的问题，重新认识和抉择，不是很有必要么？我们看到今天仍有不少三四十岁的中青年人，由于过去荒废了学业而在通过各种途径补课，确不失为好事。同样，作品中女主人公的重新认识生活的真谛，也可说是更大范畴内的补课，同样是好事。

有人还认为，作品里四个女人中只有柳青在事业上实现了初衷。但作者却给她安排了另一种遗憾，即没有爱情的欢乐和家庭的幸福，还患上了不治之症（虽尚未确诊），因而觉得作者给予作品的"亮色"过于吝啬，调子过于低沉，使读者的心头蒙上了一层阴影，一缕凄凉。我不是这样看的。现实生活中（包括个人生活）并不是没有疾苦灾难的。不治之症，夺走了我们多少好同志和善良人们的生命，我们并没有低评生活中或作品中这类人物的形象，相反，由于他们平日为人的高尚，更激发了我们对这类人物的敬爱之情。这里关键在于鉴别什么是强者的人生观、生死观和恋爱观，什么是弱者的人生观，生死观和恋爱观。小说结尾时是这样描写柳青的："柳青昂扬地站了起来，潇洒地两手一摊：'邂逅畅谈到此结束，让我们携手去迎接更美好灿烂的明天吧！'"三位女友听后，在震惊之下，都受到爱的强烈波澜的冲击，同声称赞柳青还是她们的"圆心儿"。小说的调子是昂扬、振奋人心的。我们读后，在悲壮挥泪之中，除奋发激情外，何尝有什么阴影和凄凉之感?! 我觉得作品不必回避现实的矛盾和多样性，不必人为地粉饰"亮色"，而是要正视现实，并准确、深刻地反映现实，讴歌强者的心灵美。

当然，这篇小说作为作者的处女作来说，并不是十全十美的，仍有其不足之处。这主要表现在作品中的四个女人，除柳青外，其余三个人的形象还嫌单薄些，只是粗线条地带过，笔触不够细腻和生动，影响了作品的艺术效果。但尽管如此，这篇小说仍不失为上乘之作。

（徐太行，作家、江西省文学创作室创作员）

（原载于《江西日报》1984年4月4日）

接近四十岁的一跃
——访《四个四十岁的女人》作者胡辛

卓 凡

等了几天,她终于从北京领奖回来了。4月3日下午,在江西省商业学校胡辛家中,我见到了她。我问:"你多少岁了?""39。"呵,也是快到40的人了,难怪能在一篇短短的小说里,创造出四个性格、命运迥然不同的40岁的女人形象,因而获得1983年全国短篇小说奖。

胡辛是3月17日去北京的。谈起3月19日在北京领奖的情景,胡辛感慨万端。她说,人家都认为处女作得奖是件难得的事,可她是"高龄初产妇"啊!起步太晚了。这次得奖的作家,一大批都是二十七八、30左右的青年人。他们对生活有自己的见解,对创作有自己的追求,虎虎生气溢于言表。胡辛真急,不努力很可能成为昙花一现的人。王蒙对她说,要扎实地深入生活,写出更多的好作品来。是啊,既然走上了这条路,管它前面有多少荆棘,淌着血也要一步步向前爬。

《四个四十岁的女人》,描写了分别20年的四个40岁的女人相遇的情景,通过她们各自的生活经历,反映了妇女在事业、理想、家庭、爱情等问题上的遭遇,表现了她们的高尚情操和坚韧精神。胡辛说,她1967年从江西师范学院中文系毕业后,一直当老师,接触最多的是女教师、女医生,深为这些人的高尚品质所感动。在景德镇,有位女教师人工流产,只休息了三天,就因缺老师而叫丈夫用自行车推着自己去学校上课。在远离景德镇70多千米的一个山村,胡辛结识了一帮下放来的女医生。这些人,有些是"右派""走资派"的妻子,她们白天被斗得头破血流,深夜还随叫随到去出诊。她接触的妇女,小时候大多是有理想、有抱负的,但生活的重担，压得她们不得不围着丈夫、孩子的轴心转，而在事业上做出牺牲。胡辛感到，妇女不能只满足做贤妻良母，而要在事业上奋进，把自己的光辉辐射出来。《四个四十岁的女人》的主题，是她的一番思考后的产物。

胡辛对艺术的真实来源于生活有真切的感受。读过小说的人都感到有一种亲切感。小说中的柳青、玲玲、蔡淑华、叶子等人物，都有生活的原形，是在概括了她的朋友们的特征的基础上创造出来的，有的还融合了她自己的经历。比如山村教师柳青的命运，就有着她自己在山村教书的影子。上面提到的深夜出诊的情节，也被她搬进了小说。

在胡辛家，我还见到了她远在乐平工作的丈夫。原来，胡辛去北京领奖半个月，两个孩子在家无人看管。她丈夫只好请假在家主持家务。胡辛笑着说："他这次也演了几天《人到中年》中的傅家杰。"

（卓凡，江西日报社文体部原主任、高级记者）
（原载于《江西日报》1984年4月5日第一版）

喜看新葩出墙来

——评《四个四十岁的女人》

赵秀忠

"三个女人一台戏,何况是四个女人,更何况是四个四十岁的女人!"这是小说《四个四十岁的女人》(载《百花洲》1983年第6期,胡辛著)的开头。多么急促铿锵的节奏!多么老道讥诮的文笔!一阵紧锣密鼓,帷幕拉开了!剧中人上场了!四个人物,一个场景,是一出"独幕剧"!

"舞台小天地,天地大舞台。"《四个四十岁的女人》又岂止是一场独幕剧,简直是通向生活大舞台的一个窗口。透过这个窗口望出去,进入我们视野的,是历史与现实的融合,是城市与乡村的沟通,是生活的绚烂多彩,是人物的各具风韵。

小说是那样的耐读,那样的引人入胜,以致令人不愿释手,而又不能一下子悟出其中的道理,品出其中的妙谛。然而它又绝非扑朔迷离的"朦胧诗",它是一件底蕴深邃韵味深长的艺术品。作者为我们刻画了四位性格迥异而又闪烁着光彩的女性形象。那带着人生的波折和婚姻上的酸辛的是娇小玲珑、罗曼潇洒的"布谷鸟"钱叶芸。那经受过生活上的波折和政治上的不幸,但最终还是有了一个幸福家庭和舒适工作的,是高雅、庄重、干练的玲玲。蔡淑华,这个昔日的憨大姐,走过30年无可无不可、平淡无奇的生活道路,仍不失其憨厚禀性和慈善的菩萨心肠,就连她用大巴掌在鼻尖上抹汗的动作都是30年前的。四人中的圆心柳青,这个与当代名著《创业史》作者同名的乡下教师,则是一个作者倾心所爱、着意刻画的人物,也是读者所乐意接受、由衷喜爱的美的化身。她形单影只,瘦骨嶙峋,但读者感受到的是孱弱躯体内的一颗忠于党,忠于人民的火热的心。

她默默无闻、举止粗俗（擦镜片、揩眼泪的动作——道地的老俵动作），但我们却为她不屈不挠的进取精神和对山区乡亲博大精深的感情而肃然起敬。她的人生道路是不平凡的、短暂的，但她身后留下了一行坚定的脚印。读这样的小说，欣赏这样的行文，简直是一种美的享受，是一种心灵的净化。尤其是车站送行的场面，可谓作者的传神之笔。读至此，我这个将近而立之年的汉子竟然不可自制地潸然泪下。这么多的孩子连夜赶着山路前来为老师送行，这本身就是学生对老师的最好肯定和奖赏，是山乡教师15年心血结晶的具体体现。然后，这是一个平凡的人，是一个默默无闻的普通教师。但唯其平凡、普通，才更真实、更可信、更感人。

同样，钱叶芸、魏玲玲、蔡淑华也一样是平凡的普通人，她们和常人一样，也有着少年时代的乐趣，青年时期的热情和中年人的烦恼。她们既有过理想的憧憬，也有过爱情、婚姻、家庭诸问题上的酸甜苦辣。是的，她们实在是太平凡了，太不引人注目了。然而她们仍然是生活的强者，她们的身上仍不乏闪光的精神和宝贵的品质。在世俗人的眼里，钱叶芸也许是个轻浮的女人，不轨的"戏子"，但她为什么三次结婚，两易其夫？还不是为了争得做人的起码尊严和妇女的合法权益？按常人的眼光来看问题，柳青没有丈夫，没有儿女，而且刚刚跨过40岁的门坎，就将步入幽冥世界的大门，应该说是可怜的、不幸的，但她自己却认为是幸福的、充实的。为什么？因为她把自己的青春献给了党的教育事业，把自己的爱情献给了山区的崽仂妹俚。与两人相比，蔡淑华、魏玲玲倒是幸运的，她们有引以为豪的丈夫，有令人惬意的儿女，有美满舒适的家庭，还有悠闲宜人的工作。按理说，她们该是心满意足的了。其实不然，她们也有自己的隐忧和不快。我们从她俩那淡淡的哀怨、缕缕的愁丝之中看到的是20世纪80年代妇女对火热的现实生活的热爱和向往，是对真正人生价值和妇女地位的追求和深究。因此可以说，这四个女性形象正是20世纪80年代妇女的缩影，她们身上闪烁着活泼的时代精神！她们的叙旧和心灵的显现，还引起我们对社会许多问题的思索。由此可见，作者在篇首的发问就不是没有着落的了。"女人为什么要有自己独立的节日？"其深意存焉！作者正是这样把历史与现实交叉起来，把人物与环境融合起来，把四个人物的不同个性区分开来，从不同角度加以表现，给我们展示了一组立体的、多侧面的、活生生的艺术群像。使读者既感受到了生动逼真的形象之美，又得到了现实的认识和哲理的启示，因而使作品有了雄健的力度和丰厚的广度。

这也许正是小说吸引人而且耐看的原因之一。

与塑造人物相适应的精巧构思，是小说的又一特色。作品不算太长，而其容量可不小。人物，四个，而且各有风姿。时间，20年（确切说应该是30年），四个女人从童年到中年，前有来龙，后有去脉；空间，纵横驰骋，有车如流水马如龙的省城，有偏僻、闭塞、穷困的山村，还有村野产房，乡下车站，城内的百货大楼、天主堂……作者面对这些材料却负重若轻，运用得是那么得心应手。她让四个女人鬼使神差般地邂逅于省城的省妇幼保健院，然后又把她们安排在葡萄架下这一特定的环境之中。20年前的同窗好友，经过了20年的坎坷人生，20年后又故地重逢，各自进行表白，互相开展询问，也就成为理所应当的了。而且她们又都是女人，女人交谈其中话题离不开孩子和丈夫。这样小说中的人物就不但有具体的自然环境，而且有了广阔的社会环境。进而为塑造真实鲜明的艺术个性奠定了基础，为反映杂然纷呈的社会现实提供了可能。作者懂得生活和艺术的规律，借鉴了独幕剧的结构特点，把四个人物集中于一个场景之中，通过人物的对话来发展情节，连接故事。作者就像一个高明的导演一样，经过一番惨淡经营、匠心独运之后，只要把她的人物引上舞台，其后矛盾的推进、性格的显现，就靠"剧中人"的对话来完成了。读者呢，就像看一出精彩的独幕剧一样，既被紧张跌宕的故事所吸引，又感觉到"剧情"的发展是那样的顺理成章、轻松自如。"偶然是世上最伟大的小说家"（巴尔扎克），胡辛深谙此道，在借鉴戏剧结构的同时，又运用了艺术上的偶然巧合，使四个女人的相会出乎意料，又在情理之中，为作品增添了强烈的戏剧效果和浓厚的喜剧色彩。

还应该特别一提的是作者驾驭语言的能力。单看开头一句就大胆泼辣，不同凡响，笔调是那样的活泼俏皮，语句又是那样铿锵有力。像一阵急促的鼓点，一下子就叩响了读者的心弦，点明了小说题旨，进入了故事情节，为全篇定下了基调。接着看下去，目之所及，无不涉笔成趣、妙语连珠，字里行间，透露出一股鲜活清新之气，甚而还有一种阳刚之美贯注其中。小说在语言上的这些特点最突出地表现在作者的叙述语言和作品的人物语言上。就叙述语言来说，句式富于变换，长短句错综相间，排偶句恰到好处，感叹句、反问句时有运用。使得小说忽而如行云流水，放荡不羁；忽而又似波澜起伏，跌宕有致。此外，作者在交代情节和人物上似有当代小说名家柳青语言风格的影响，即将作者的叙述和主人公的议论统一起来，给人以直观的感觉又给人以情愫的感染。在人物语言上，抓住刻画性格的意旨来运用，将个性表达得极为鲜明。

当然，小说也并非没有瑕疵。比如，作品反映的生活固然是广阔的，容纳的社会内容也的确是丰富的，但由于头绪过多而篇幅有限，以致对这些问题都缺乏深入的开掘和细致的剖析。然而，无论如何，这仍是一篇很有力度的小说，我为胡辛迈出这坚实的第一步而高兴，同时也渴望读到她更为成功的新作。

（赵秀忠，《河北日报》资深评论员）

（原载于《文论报》1984年2月10日）

以艺术的笔触抒写人生
——小说《四个四十岁的女人》欣赏漫笔

吴 海

最近，在一位文学之友的推荐下，我阅读和欣赏了短篇小说《四个四十岁的女人》（原载《百花洲》1983年第6期，后由《小说选刊》1984年第1期转载）。说实话，乍看标题，似觉作者有媚俗之嫌，但一进入作品，却渐渐被流贯在小说中的人生主题所撼动，被作者精巧的艺术构思所吸引，被作品的艺术魅力所征服。这篇小说虽为青年女作者胡辛的处女作，但从中显露出来的创作才华是不难发现的。于此，我高兴地认为：《四个四十岁的女人》的问世，堪称江西省短篇创作的新收获；作者胡辛的崭露头角，又为江西省小说创作队伍增添了一名值得注意的女兵。

也许可以说，好奇的读者不一定会喜爱这样的作品，因为它既无惊心动魄的故事，也无离奇曲折的情节，更无趣味低下的刺激性描写，它只不过是真实地抒写了四个40岁的女人小时同窗九载、尔后阔别20年之久，如今邂逅的热烈情景。她们畅谈的无非是离别后各自的爱情、婚姻和家庭生活的历史与现状。然而伤口正是透过当代中年妇女们所不可回避的家务事、儿女情、夫妻爱以及事业、理想、奋斗等人生问题的描写与谈吐，从而有力地唤起人们对自己生活的幸福的或痛苦的、欢乐的或辛酸的回忆，勾起人们对20年来生活变迁、命运沉浮的思考，引导人们对未来人生道路作严峻探求。因此，这篇小说具有一股赢得读者、发人深思、催人奋起的力量是必然的。

作为短篇小说，成功的经验往往告诉我们，笔墨最好凝聚于一两个人物身上，有的同一个人物还可以成为系列小说中的主人公，如高晓声笔下的陈奂生就是成功一例。作家把陈奂生置于驳杂的、流动的社会生活中去刻画，着力于广角地展现陈奂生变化着的历史命运和时代的发展。然而胡辛不是这样，她的艺术聚光灯同时照耀着四个人物，尽管她的同情心和赞美之情更多倾注于被称为"她们的圆心儿"的柳青，但她对淑华、叶芸和玲玲的描写也并非作为陪衬，作者在极有限的篇幅里，不仅赋予每个人物以各不相同的个性特征，而且赋予她们以各自独立存在的意义和价值。这样做，对于一个发表处女作的青年作者来说，无疑是困难不少的。但令人欣喜的是，胡辛却显出一副驾轻就熟、负重若轻之态。究其因，除取决于作者十分熟悉描写的人物、对所表现的生活有着真切感受外，恐怕还得力于精巧的艺术构思。"三个女人一台戏！何况是四个女人！更何况是四个四十岁的女人！"作者落笔不凡，三言两语，造成强烈的悬念，颇见功力。随机选取一个特写镜头，将少年时代朝夕相处、青年时代各奔前程、中年时代邂逅的四个人物，安置在省妇女保健院住院部庭院的石桌旁尽情叙别，洞开记忆的窗口，撩起人生的帷幕，再现各自的生活小史。作者也许为了避免一味叙述的单调，又刻意安排了一个抛扣子、讲格言的独特细节，既活跃叙谈气氛，又增加少年生活情趣；既体现人物性格，又富有象征意义。当然，这样的艺术构思还不能说是作者的独创，我们容易由此联想起莫泊桑的《羊脂球》和喻杉的《女大学生宿舍》。前者通过对一辆逃难马车上的各色人物的描写，映照出普法战争时期法兰西社会生活的投影；后者则通过宿舍这一生活的普通一角，折射出当代女大学生的精神风貌。但这种艺术构思上的影响和某些相似之处，又显然不能简单地说喻杉的来自莫泊桑，同样也不能简单地说胡辛的来自喻杉或莫泊桑。我觉得胡辛的艺术构思和表现角度无疑是属于她自己的，她写得那么自然、那么真切、那么流畅，单靠机械模拟是难以奏效的。

"文学是人学。"这句话是否是高尔基说过的原话，理论界至今尚存疑。但不管怎样，这一命题的提出应该说是符合文学创作的客观规律的，作家们也大都是积极遵循和努力实践的。当读过《四个四十岁的女人》这一作品后，我明显地感到胡辛刚跻身文坛，就迈上了这条正途，并致力追求以艺术的笔触抒写人生。

作者首先怀着一颗美好的童心，把柳青及其伙伴们的少年生活写得活灵活现。上课结伴同行，回家一块儿挤在做烧饼的案板上写作业，课余有时跑到绳金塔下仰望塔顶，有时至孺子亭捉迷藏，有时到三村看桃花，有时又到佑民寺看菩萨，真是天真烂漫，纯洁无邪，令人回味和向往。当踏上严峻的人生征途时，起初她们各自的心间都燃烧着理想之火。淑华当上了棉纺厂的挡车工，决心做个"小郝建秀"；叶芸当上了演员，决心做个"小潘凤霞"；玲玲成了助产士，决心做第二个林巧稚；柳青念了北京师范大学，决心做个乡村女教师。从她们的理想之光中，我们可以清晰地窥见20世纪60年代初期青年们的纯朴、向上的心灵。然而，人生的道路并不是平坦、笔直的，尽管她们还不能说都经受了巨大的磨难，同时各人的境遇也有明显的差异，但在20个春秋的生活小史中，却无例外地都凝聚着这样那样的隐痛和辛酸。憨厚、质朴、善良的淑华，按照传统观念，她是很幸福的，但丈夫的自私心理透出封建夫权思想，要她更实际一些，工作过得去就行，应尽量把心血用在自己儿女身上，这使她的理想不能不受到一种潜在的压抑。泼辣、开朗、号称"布谷鸟"的叶芸，饱尝爱情的苦果，三次结婚、两次离婚的遭际几乎使她变得玩世不恭，这是她始料不及的。稳重、果断而又带有几分文弱的玲玲，用世俗眼光来看，她应是生活的幸运儿，然而她也有难言的苦衷："难道女人追求的目标仅仅是做贤妻良母吗？"于是她总觉得有"一缕缕时隐时显的忧怨在折磨着"，像"掉了魂"一样产生一种"痛苦感"。聪慧、机灵、具有文学气质的柳青，爱情上的意外刺激是令人同情的，然而使她最为忧虑和不幸的乃是可恶的病魔，强烈的孤独感和怅惘感曾一度无形地袭扰着她。

　　在此，值得称道的是，作者的笔触没有沉溺于四个人物的艰难和辛酸的际遇中，她敏锐地发现了她们的心灵深处理想之火并未熄灭，她们仍在向多艰的人生抗争和呐喊，仍在向美好的未来求索和探寻。不是吗？淑华公然宣称："我喜爱我的工作，我不能容忍人家轻贱它！我不相信，非得做一个不合格的妇联干部才配做及格的姆妈。"叶芸在极度痛苦之中先是发出深沉的感叹："是哪儿出了问题呢？命该如此吗？"继而奋起喊出："地球还在转动呀！"玲玲一直在寻找失去了的"魄"，心灵的声音在颤动："人生的追求哪能停止呢？"山村六年的接生工作使她感到生命的充实而洋溢着活力，她深深地眷恋着，她"愿做一朵山野的小花！"柳青虽失去了爱情，却得到了人世间最崇高、最纯贞的爱；虽死神正威胁着她，但校长、老师和山乡孩子们的火样的热情，使她感到"生活，毕竟是令人留恋的"。于是，强烈的生的欲望给她增添一股不可遏止的冲力，呼喊出："让我们携手去迎接更美好灿烂的明天吧！"

以艺术的笔触抒写人生

真是"人到中年"啊！作品中每个人物的生活小史，堪称一部小小的悲喜剧，喜中有悲，悲中见喜，悲喜交错，显出人生的艰难和严峻。酿成人生悲喜剧的因素是复杂的：有思想上的，也有社会的；有历史的，也有现实的；有必然的，也有偶然的。而这，作者却都未特别地说出，是自然地蕴蓄在人物的命运之中。透过一幕幕酸甜苦辣的人生悲喜剧，展示出生活的多侧面、多色调，而没有把生活简单化、模式化，作者力求使作品成为生活的多棱镜的折光，呈现出丰富繁复的形态。

看得出来，胡辛在艺术上似乎在追求一种特有的真实感和生活化。她总爱把人物活动的环境写得那么真实，把人物的思想、感情、举止、谈吐写得那么贴近生活，我们读着读着，四个人物仿佛就在我们眼前邂逅畅谈，人物命运的曲折变化不时牵动着我们的神经。这种现实主义的追求，无疑会给作品注入鲜活的血液和艺术的生命。

胡辛是一位初露才华的作者，我们对她当然有更高的、更热烈的希望。希望她的表现手法有更多的变化，希望她笔下的人物更具有立体感，希望她对作品的意蕴作更深的开掘。这样，"更上一层楼"的作品将会使我们获得新的艺术享受。

1984 年 1 月 24 日改定
（吴海，江西省社科院研究员、文学研究所原所长）
（原载于《百花洲》1984 年第 3 期）

独具匠心的艺术创作
——评《四个四十岁的女人》

刘开汶

  胡辛的处女作《四个四十岁的女人》（载《百花洲》1983 年第 6 期，以下简称《女人》）写了四个受过中等以上文化教育的中年妇女的生活命运和思想风貌，热情歌颂了为人民献身的革命精神。整个作品所写的人是平平凡凡的人，所写的事是平平凡凡的事。由于作者善于运用现实主义的手法，按照塑造人物形象、刻画人物个性的需要，精心选材，该略的略，该藏的藏，该露的露，从而使结构错落有致，情节跌宕起伏，人物形象栩栩如生，具有较强的艺术感染力。

  一篇万余字的短篇小说，要同时塑造出四个有个性的同龄妇女形象，难度是比较大的。然而，小说通过精巧的构思突破了这个难关。这就是在谋篇布局上的时分时合，分合并用。在没有中心事件的情况下，较好地解决了人物多与篇幅有限的矛盾，基本上做到了"众理虽繁，而无倒置之乖，群言虽多，而无棼丝之乱"（《文心雕龙·附会》），展现了各个人物的思想脉络和个性。

  所谓"合"，就是描写她们相聚在一起的言行神态。作者采取白描的手法，首先把四个 40 岁的女同志的音容笑貌展现在读者面前，神态各异；然后笔锋一转，着意刻画她们少年时代朝夕相聚的天真活泼的性格和纯真的友谊。这样前后照应，以简洁的笔墨把人物形象的轮廓，清晰地勾画出来了，给读者留下了比较完整的印象。

  所谓"分"，就是描写她们分离后 20 年当中各自境遇的变迁。作者以一枚扣子为纽带，把笔触伸向个人的内心世界。通过各自讲述分散 20 年中的境况，揭示了人物的内心活动，使人物形象更趋丰满。例如，钱叶芸这个人物，在"合"的描写中，给读者的印象过去是个天真活泼的少女，而今变得消沉了。人物的性格为什么会发生这么大的变化，在"分"写的时候，较为详细地描写了她的三次婚姻、两次离婚的不幸遭遇，为人物的性格变化提供了内在依据。

无论"合"与"分"，作者始终注意突出重点。很明显，作品中要着力塑造的重点人物形象是柳青。在"合"写的时候，作者以抒情的笔调尽力歌颂柳青的聪明和矜持，把她的形象突出起来；在"分"写的过程中，又插入柳青一些符合她的个性并带哲理性的话，加重了这个人物形象的分量。特别是最后，作者以浓墨重彩、饱含深情地描写她转院治病时在汽车站的所见所闻：那些大至离校数年的堂堂正正的男子汉、客客气气的小村姑，小至奶声奶气的初中崽仔妹俚，还有妹俚的小弟弟，听说她得了重病要转院治疗，纷纷赶到车站来为她送行，有的是连夜赶了四五十里山路来的，并向她身上放一篮子鸡蛋。"车子缓缓开动了，乡下妹俚崽仔哭成一片。"真是感人肺腑，催人泪下。

"百分之九十九的女人们的中心要旨——孩子和丈夫。"小说又从这一生活侧面，对四个女性做了描绘，不仅使人物真切生动而且深化了作品的主题。在教育子女的问题上，有些看来是小事，却蕴含着普遍的社会问题。蔡淑华为了让孩子有更多的时间学习，把家务事全包了，"哪怕倒垃圾，星期天也没有叫崽女做过"。可是成绩照样不好，"初二的学军这女崽三门不及格，四年级的学文数学不及格，刚读一年级的学东这小崽子也只凑合着六七十分"。更有甚者，有的家长特意为小孩买录音机学英语；有的家长请高级老师，星期天上门给孩子辅导；有的家长哪怕是单元测试，也要请几天"病假"陪孩子复习；有的家长在孩子考中学时，拿着橘子水、果子露、香蕉、奶油蛋糕在考场外等着。这一类溺爱孩子的"小事"，在现实生活中确实常常看见。如柳青所说的："'俯首甘为儿子牛'的精神在城市父母中似乎太强了些，大有包办替代之势。儿女们依赖、依赖，象温室里的花朵，象攀缠着树的藤儿。这样下去不行呵。"

在实际生活里出现的各种纷繁复杂、变幻多端的小事，并不是孤立存在的。任何小事的出现，都有它的必然性。《女人》的作者选取那些有内在联系的、有本质意义的、能体现人物个性的小事，安排在人物的活动中，构成人物的思想性格发展中的一个重要环节，对丰富人物形象，刻画人物个性,起了很大的作用。作品中的钱叶芸,因个人婚姻的不幸遭遇,精神颓废,意志消沉,对什么都无所谓,"油"得很。她的这种个性,作品中并没集中篇幅刻画,而是把具有内在联系的能体现这种个性的几件小事,散见在作品中。例如,她"穿着无袖无领、花里胡哨的睡裙,懒洋洋地去买冰棍";她相信"命运",竟把自己睡衣口袋上的一根线吊着的摇摇欲坠的一枚装饰扣扯下来占卦;她会吸烟,"从睡裙的口袋里麻利地抽出一支烟,'嚓'地一声划亮了火柴,一缕青烟袅袅而上";等等。通过这些小事的描写,连贯起来看,钱叶芸的形象就跃然纸上了。

在现实生活中,每个人的思想性格都要受特定的时代的影响。柳青等是在社会主义祖国的阳光雨露下哺育成长起来的,亲身感受到了生活在社会主义社会的幸福,从小就有理想、有抱负。少年时代,她们有的想当劳动模范,有的想当先进工作者,有的想当作家,有的想当名演员,并且各自找到了学习的榜样;进入青年时代,她们追求的既不是《红楼梦》中林黛玉式的自由恋爱,也不是《伤逝》中子君式的饲养小油鸡、小洋狗的静谧惬意的小家庭生活,而是要跳出小家庭的圈子,走向社会,献身于人民的事业。她们虽然也经历了"大跃进"三年困难"文化大革命"的折腾,都不同程度地吃了苦头,但她们并不"凄凄、惨惨、戚戚"地感伤这些不幸的往事,而仍然执着地追求心中的理想。就是像钱叶芸这样的在个人生活上多次遭到沉重打击的不幸者,也不甘沉沦下去,希望换个环境,"做一个好女人"。如果不是生活在社会主义社会,能有这样的思想情操吗?尽管作品中没有社会主义一类的字眼,然而,主人公的言论和行动,无不深深地打上了社会主义的时代烙印。

因此,整个作品的基调是高昂的,是鼓舞人们积极向上的,并且富有艺术感染力。你看,魏玲玲因遭"为父亲鸣冤叫屈,对红五类实行阶级报复等等"的诬陷,被剥夺了助产士的权利,下放在偏僻、闭塞、穷困的农村劳动,生活是艰苦的,精神上刺激很大,但当群众需要她的时候,她忘却了一切忧郁惆怅,奋不顾身地为人民服务,特别叫她难以忘怀的是抢救难产妇和婴儿的那一幕。她深深体会到为人民服务的幸福。后来,她结了婚,从农村迁回城市,丈夫的在香港的父母,陆陆续续给他们捎来了彩电、立体声收录机、洗衣机、照相机、电冰箱一类的现代化家庭设备,改行后的工作又轻松。但是,她对这种安逸的小家庭生活并不感到幸福,而感到"每当夜阑人静之际,总有一缕缕时隐时显的忧怨在折磨我,落寞惆怅压迫着我的心"，为什么呢？显然是因为这种安逸的生活抑制了她对理想的追求，她表示"更愿做一朵山野的小花"。这些描写，丝毫没有图解意念的痕迹，而显得自然流畅，真挚感人。

（刘开汶，江西省委党史研究室原研究员）

（原载于《星火》1984年第4期）

时代的列车滚滚向前
——读胡辛新作《四个四十岁的男人》

吴松亭

曾经以《四个四十岁的女人》获得 1983 年优秀短篇小说奖的胡辛，现在又向读者推出了新作《四个四十岁的男人》。读完这篇新作之后，首先的感觉是新作与旧作有着十分紧密的内在联系。如果将两个作品称作"姊妹篇"，或者说新作是旧作的补充和延续，我认为并不牵强附会。从两个作品看，作者都是通过人物的不同遭遇和命运，从事业、理想、奋斗、爱情、婚姻、家庭等方面，多侧面、多色彩地展示社会生活的丰富复杂性和时代历史运行的轨迹。当然，由于作者的立意和生活侧重面的不同，两个作品从生活底蕴到情绪基调又都各有自身的特点。前者多写历史的曲折与个人的艰辛，后者着重时代的新声与生命的活力。旧作深沉有力，以情动人，尤其以柳青形象的成功塑造，给人以深刻的生活启迪；新作明快清新，幽默喜人，家事国事巧妙地联系，给人以对生活前景的向往。两篇作品，各有所长，尽管在笔力上新作还稍逊于旧作，但新作所提供的新鲜内容却无疑是对旧作的延续和补充。

时代的列车滚滚向前，《四个四十岁的男人》的故事，正是在奔驰着的列车上逐个介绍出来的。和《四个四十岁的女人》里的女人不同，那是青少年时代曾为同窗好友的同龄人；这个作品里的四个 40 岁的男人，则是在列车上萍水相逢的陌生者。他们的议题、他们的思绪，要集中到爱情与事业这个问题上，就不能像《四个四十岁的女人》那样顺理成章、开门见山地提出来，于是就插入了第五个人——大学刚毕业的小报记者，作为故事情节起承转合的连接者。正是由于有了这个记者，四个男人的事业、理想、奋斗、爱情、婚姻、家庭，就十分自然地一幕一幕展现在读者眼前。再加上语言的诙谐生动、蕴含哲理和人物的不同经历、独特个性，就使几个普通人的平凡生活显得新奇而有情趣。这是作者的又一副笔墨，同时也显示了作者于平常中见奇崛的艺术功力。

的确，爱情与事业的主题，在小说中已是屡见不鲜的，何况，已有《四个四十岁的女人》在前，何必再来一个《四个四十岁的男人》。其实，作者写四个女人意犹未尽，笔底下才有四个男人的形象出现。在旧作，作者较多地表现了爱情、婚姻、家庭与事业、理想、奋斗之间的制约和矛盾。诚然，其中也不乏坚强的毅力、忘我的牺牲精神和执着追求的进取心，但生活的磨难毕竟使她们的理想、抱负、才华未能得以实现和施展，即使如柳青那样，事业上有所成就，但个人生活上却未如人愿。当然，这与作者当时的立意有关，她是希望"读者通过对四位同龄女人走过的生活之路的思索，能从心灵深处发出：中国妇女应该，也能够自强、自爱、自尊、自重"。毋庸置疑，这一创作主旨是成功地实现了的。那么，爱情与事业能否和谐地融汇起来呢？这不是《四个四十岁的女人》应该承担的任务，它只能由"四个四十岁的男人"，以他们的生活和斗争来回答这个问题。

《四个四十岁的男人》里，家庭生活多是美满幸福的，正如小说中的人物、中学语文教师余莽说的那样："爱的默契能使家庭生活和谐、美好"，"男子汉是大山大岭、大河大海，女子便是绿树红花、白帆兰舟。一切本来就是和谐的、博大的、深沉的、柔美的、融为一体的"。这段话既是余莽个人的体会，同时也传达了其他男子汉的心声。余莽的妻子新提拔为副教导主任，教学任务和升学率压得她喘不过气来，为了使妻子上任后能"树点政绩"，余莽"默默地承担了所有的家务"。人虽然辛苦，但家庭生活是和谐、美好的。余莽所感受的是丈夫对妻子关心、支持的乐趣，而另一个人物，兽医站站长杨家泰，体会到的则是妻子对丈夫的体贴和疼爱。用他的话来概括就是"婆娘是我生活中的蜜哩！"杨家泰出这趟远门，"从头到脚、里里外外三层新"，都是他妻子的功劳。连脚上那双尼龙袜，也精心地纳上了袜底，甚至还在趾前踝后的蓝布帮子上，用"白线纳成精致的百花图案"，妻子对丈夫的深情，这双尼龙袜就是生动的见证。难怪杨家泰要在众人面前自我吹嘘："我的一声咳嗽、一声叹息、一丝微笑、一个皱眉、一个喷嚏，我的婆娘都会体察到里边的含义。"当然，这纯粹

· 259 ·

经典回放·小说世界

是语言上的夸张，但家庭的温暖和幸福却是显而易见的。

家庭是组成社会肌体的小细胞，家庭的变化往往深受时代发展变化的影响，因此，从家庭的面貌有时也能窥见时代发展的流向。杨家泰和余莽的家庭生活的富有活力，无疑地与现实生活的重大变化有着内在的联系，因为杨家泰走南闯北，发家致富，功在国家，利在自己，是党的尊重知识、尊重知识分子的号召，在教育战线产生良好效果的反映。同样，没有经济体制的改革，小说中的又一个人物齐悲鸿，就不能当上青春机械厂厂长，他的才干也就无法得到施展。因此，对小说中不厌其烦地翔实描写各人的得意神态和叙述家庭生活的和谐，只有与时代的大背景联系起来看，才能深入体会其中蕴含的生活底蕴，以及人物性格中所萌生的时代赋予的新质。我以为，小说《四个四十岁的男人》，在基调上之所以与《四个四十岁的女人》有明显的区别，其源盖出于此。

然而，有社会责任感的作家，又不会仅仅满足于对现实生活的真实再现，他必然力图以作品的思想倾向去直接影响人们的精神品格和道德情操，正如鲁迅所指出的："文艺是国民精神所发的火光，同时也是引导国民精神的前途的灯火。"[①] 社会主义文学，理所当然地要用社会主义思想和共产主义精神，去提高人们的思想境界，塑造人们的品格情操，纯净和美化人们的灵魂。

《四个四十岁的男人》的作者，在这方面同样是着力追求的。她笔下的人物，并不因为美满的家庭和幸福的爱情婚姻而满足，他们对事业、对理想都表现出一种奋力进取的开拓精神。他们是生活的强者，和时代的发展取同一流向，使爱情与事业、家庭与理想，十分和谐而完满地融汇起来、统一起来。而且，在家庭幸福与事业开创上，更以后者为重，自觉地让前者服从后者的需要。小说中的人物齐悲鸿有一句十分精辟的话，可以看作四个40岁的男人共同的心声，他说："燕子衔泥垒窝叫人动心，但雄鹰搏击长空才振奋人心呵！"正是这种豪迈的气魄和开拓的雄心，把他们推上了建设四化的前列和励精图治、立志改革的生活舞台。

（吴松亭，作家、资深编审，曾任《江西文艺》《星火》《创作评谭》主编）

（原载于《小说天地·文学月刊》1985年第3期）

[①] 鲁迅：《论睁了眼看》，《语丝》1925年第38期。

从叙述学角度看《四个四十岁的女人》

魏洪丘

任何文学都是社会生活的反映和投射，文学作品表现的作品世界与现实中的大千世界有着千丝万缕的联系。但是，现实世界是纷繁复杂的、立体式的，生活中的事件是多维的，在一个时间轴上朝着多向空间发展的，其结构是并列性的。文学作品则是语言文字的艺术，它受着叙述的限制，不能同时表现立体生活的多层面，只能以直线形式，在一个时间轴上单层次发展，按先后顺序依次叙述，逐步表达。这就是现实世界和作品世界、生活结构与叙事结构之间存在的鸿沟。作家的卓越才能就在于通过自己的单向叙述表现多层面的生活，以有限的作品世界展现复杂的现实世界，带领读者越过鸿沟，让人们从文学作品的欣赏中进入一个迷离恍惚、美感丛生的新天地。我们说，胡辛正是以她那独特的叙述方式，在《四个四十岁的女人》这篇小说中，为我们创造了一个新颖别致的小说世界。

《四个四十岁的女人》的主题是鲜明的，作者在篇首的引言中已经公开地做了暗示："女人为什么要有自己独立的节日？"小说正是从正面来回答这个平淡而深邃的问题的。事业、理想、奋斗、爱情、婚姻、家庭、成功、失败……一切的一切，造就了多少伟大的女性！虽然她们性格各异，生活遭遇、人生道路不尽相同，但为人类生存发展做出的巨大贡献却是共同的。这是文学中一个永恒却又不易用单向的叙述表达的主题。对以塑造人物形象为主要表现手段的小说来说，这就显得更为困难。社会架构中有着各种不同类型的性格复杂的女性，她们处于不同的阶层，有着各自不同的命运。如何理清现实生活的头绪，把握住主题，安排小说的叙事结构，让人物形象地活在自己的小说世界之中，这是决定作家创作成功与否的一个关键问题。

在这篇作品中，我们首先可以看到，作者以其敏锐的目光和高度的概括力，从生活的大波澜里，在数以千万计的各类女性中，选取了四个具有典型意义的独特性格，把现实世界的多维空间结构分割成几个独立的性格单元。这四个成功的分割体，构成了这篇小说色彩绚丽的自在世界。这里有养尊处优的区妇联干部蔡淑华，有作为贤妻良母的改行医生魏玲玲，有辛苦奔波的专业演员叶芸，还有默默无闻的山村教师柳青。在性格上她们属于不同的类型：蔡淑华平庸恬淡，魏玲玲温柔敦厚，钱叶芸活泼开朗近乎变态，柳青沉默寡言。这四位女性又同是中年——40岁，这个饱经风霜、阅历丰富的数字，给予了她们复杂多变的遭遇。当年的"小郝建秀"蔡淑华离开织布机进了妇联，碌碌无为，平淡无奇。发誓不结婚，争当"第二个林巧稚"的魏玲玲为了家庭抛弃专业改了行，小家幸福令人瞩目却被落寞惆怅所折磨。想要成为"小潘凤霞"的钱叶芸被命运所驱使几度改嫁，历尽艰辛，遭人白眼。过去的高才生、人们心目中的未来作家却成了山村教师，兢兢业业而孑然一身。在一定意义上说，它是女性世界的多层面集中与再现，是当代劳动妇女的最好的典型概括。她们所经受的磨难以及她们奋斗牺牲的精神，足以体现人类生存的伟大价值。

小说的成功不但在于它对现实生活的分割，更在于它的新颖别致的重新组合。这就是作品叙事结构中对叙述观点、叙述次序、叙述距离和见事眼睛诸因素的确定。作者没有采取传统的全知观点的角度，因为作者无所不知地包述一切将容易导致现象的罗列，使小说成为人物的介绍所。她采用的是次知观点的角度，尽量使自己和作品以及作品中的人物保持着一种平行距离，而不是在上的关系，主要通过故事人物的本身来叙述故事。作品以离别20年的老同学的邂逅和相互间推心置腹的倾诉前衷作为叙事结构的纽结，并以此为出发点，分别从四个不同角度发射，形成了一个多向的放射性结构。它不仅将四个不同类型的典型有机地结合起来了，而且使叙事结构有了立体感。从各个人物形象自身来看，她们是社会生活的综合性分割，各具特色，自成一体；从整个作品的叙事结构来看，这四个各自成形的典型性格又在邂逅中完成了分割性的综合。整个作品人物与人物之间、段落层次之间转换自然，从邂逅和由邂逅产生的童真时的回忆，到自然而然地谈现实、丈夫、孩子和家庭，转入正题的"扣子轮轮转"式的各自身世的叙述，插科、打诨、行云流水，和谐得体。

从叙述学角度看《四个四十岁的女人》

然而，老同学的重逢仅仅还只是小说叙事结构的表面联系物。作者并非为重逢而写重逢，没有让人物漫无边际地去东拉西扯，四位主人公的自述是沿着一种特定的轨迹进行的。这就是作品叙事结构的真正内在枢纽——见事眼睛。通过它，我们可以见到小说所要表现的更深一层的内涵。她们的身世自述，既是随意而发却又不是随心所欲的，它们始终围绕着"幸福与痛苦"相交织的圆的轨迹运转。世上无规矩，无以成方圆，小说创作也有呈现其主题的基本方式。《四个四十岁的女人》中规划其叙述圆的轨迹的，是作者巧妙地设置在作品中的中心道具："扣子轮轮转"的纽扣。这枚有机玻璃装饰扣，正面色彩缤纷，反面一片死灰色，其正面代表着幸福美满，反面代表着痛苦辛酸。它不仅左右着四位女性的自述，而且形象地辩证地概括出她们乃至广大女性的特质。这是小说叙事的内在核心，也是呈现主题的基本方式，是联系四位不同类型的典型人物的深层线索，是作者讴歌女性的犀利的见事眼睛。

幸福美满是人人所追求的，追求中都充满着痛苦辛酸，劳动妇女的人生又何尝不是如此。她们不仅要为追求付出比别人多得多的巨大代价，而且甚至为他人做出全部的牺牲。小说中的几个人物，除去独身的柳青外，都"尽了女人的天职和义务"——结婚、生儿育女——这是女人独特的"天职和义务"。它毁弃了多少女性的事业，限制了多少女性的人生。赣剧演员钱叶芸，热心于自己的艺术事业，期冀做一个生活的强者，但是，传统思想的逼迫、世俗眼光的刻毒，使她三次嫁人而得到的仍是"狗尾续貂""轻薄下贱""水性杨花"的结论。妇联干部蔡淑华、由医生改行为行政人员的魏玲玲，也在"爱孩子是母鸡也会的""要做一个称职的母亲"的传统观念面前，牺牲了自己的事业，充当了家庭主妇的角色，"俯首甘为儿子牛"。在生活的蜜罐里，她们深深地埋藏起自己的忧怨。

那些没有尽所谓"天职与义务"的女人的情形又如何呢？小说中写道："在中国，老处女可没什么吃香，独身主义也不是什么时髦事。"四位女性中唯一没结婚的柳青就是一例。她15年兢兢业业，像蜡烛一样把自己有限的光和热贡献给穷乡僻壤的教育事业，可是自己却被巨大的孤独感包围着。她是在尽更高一层的天职和义务！

在这里，我们看到了她们人生道路上的坎坷，也看到了这坎坷伴随着的自足。蔡淑华、魏玲玲的事业牺牲，是与平静、安逸、美满的家庭生活联系在一起的，这生活又常常能给她们以精神的慰藉与满足；钱叶芸则在艰苦奋斗、一次次冲破人生障碍中得到自证和某种快意；柳青也在广大师生的尊重和关心中，突破了孤独的氛围，欣喜地认识到自身存在的价值。人生就是这样的苦与甜的交织，色彩缤纷和死灰色的纽扣式的交织！

　　她们的坎坷与牺牲固然令人同情、敬佩，她们在苦与甜的交织中的追求更让人崇仰。如果说广大妇女的人生是按照幸福与痛苦的圆的轨迹运行的话，那么，这种交织中的追求的精神便是她们的圆心。蔡淑华、魏玲玲以丈夫的事业、家庭的温暖、子女的前途为己任，这是贤妻慈母式的追求；钱叶芸以挣得妇女的独立地位为目标，这是个性解放式追求；柳青以传播文化知识、教育后一代为终身的最高职责，这是崇高的超脱式追求。这些不同层次的追求虽然有着不同的意义，但它们同样都伟大、高尚、令人肃然起敬。作品特别强调了柳青式的追求，小说用这个人物自身的语言抒发了作者内心的感情："让我们握手去迎接更美好灿烂的明天吧！"柳青的昂扬潇洒的话语得到的回答是："你——还是我们的圆心儿。"在追求中，柳青的精神作为圆心的圆心，无疑地显示了更其积极的意义。

　　"事业、理想、奋斗、爱情、婚姻、家庭……一切的一切，是多么复杂，处处是问号，女人们啊，答案在哪儿呢？"作品结尾这个与篇首呼应的问题，在新颖别致的小说世界里不是已经得到了回答吗？《四个四十岁的女人》以其独特的构思，在现实世界和作品世界之间架设了一座美好的桥梁。

（魏洪丘，涪陵师范学院教授）
（原载于《上饶师专学报》1986 年第 1 期）

为《这里有泉水》序

崔道怡

胡辛是王蒙"偶然发现"的。

那天,1983年冬天的一个傍晚,王蒙接到了《百花洲》第6期,便顺手翻阅起来。《四个四十岁的女人》这题目吸引了他,四个40岁的女人"鬼使神差地邂逅"使他饶有兴味地读了下去。"柳青"的性格和命运感动了王蒙,当晚就打电话给葛洛,向《小说选刊》推荐这篇"新人新作"。

第二天,我因工作上的事儿到王蒙家去,见了面他却谈起前一天的"偶然发现"来,还发感慨:"谁说今年的短篇不景气呀?这不是,我随手这么一翻就是一篇相当不错的吗!"我受到感染,回编辑部赶紧找来看,果然不错。读到学生们为柳老师"送行",不禁鼻子发酸,泪水在眼眶里打转。后来,在全国优秀短篇小说评奖委员会会议期间,评委们也大多赞赏。经过无记名投票,《四个四十岁的女人》当选了。

假使那天王蒙有事儿,他接到《百花洲》便放在一边,此后又因这样那样的事务缠身没工夫翻阅呢?

但这难道是"偶然"的么?

胡辛发表这篇处女作时,已经不很年轻,38岁了。一个年近40岁的女人,才开始投身于文学创作,除了自身的主观追求强烈而执着外,总还有一定的客观条件和影响。如果不是20世纪80年代以来,中国文坛日趋兴旺发达,各个阶层、各种类型、各样年龄的创作人才,此起彼涌,如果不是以短篇小说为先导的文学创作,在短短几年的时间里,无论内容的拓展还是形式的革新,都出现了空前的多样的繁荣,胡辛未必会拿起笔,拿起笔写《四个四十岁的女人》这样的抒情之作,也未必能得到肯定。

历史的新时期推出了胡辛。

最先"发现"胡辛的是《百花洲》的编辑们。新时期新涌现的众多期刊，为文学人才提供了广阔的用武之地。而期刊编辑每从自然来稿选中一篇佳作推上版面，都应该说是一种"发现"。既跟广大读者见面，只要作品确有特色，就会被什么人进一步"发现"。《小说选刊》或同类刊物，全国优秀短篇小说评奖委员会以及各地各级类似的评选机构，也会从各种渠道得知佳作流传的最新信息。退而言之，即便由于阴错阳差，《四个四十岁的女人》未能获奖——历届评奖都难免有遗珠之憾，这篇小说也能跟那些虽未获奖但仍引人瞩目的作品一样，在文坛上取得它的相应地位。

正在创新之中前进的现实社会总会"发现"胡辛的。

这是必然的。因为胡辛给短篇小说创作增添了一点儿新意，因为《四个四十岁的女人》不甚一般地抒写了人情。

人情，人与人之间的各种感情——亲情、爱情、友情、乡情……是社会生活和变迁在人际关系上、内心世界里的一种折光反映。它原应成为文学作品不可或缺的重要内容——如果说文学是人学，那么不妨进而引申说文学是人情之学——不写人情的文学能有几个真正的读者呢！但过去长期以来，由于极"左"的思想干扰，写人情竟成为文学的禁忌。20世纪五六十年代交替之际，高缨小说及其同名电影《达吉和她的父亲》的遭遇，便是突出一例。那"一段关于父亲、关于女儿、关于人间的爱与恨的故事"（引自该篇），问世不久就被扣上了"人性论"的帽子。幸亏，敬爱的周恩来总理在1961年文艺座谈会上及时给它解了围："思想上的束缚到了这种程度……父女相会哭出来就是'人性论'……一切都套上'人性论'，不好。"可惜，这种"不好"的状况后来愈演愈烈，直到彻底否定"文化大革命"的"伤痕文学"兴起，才算有了转机。"伤痕文学"是以激情喷发的形态出现的，但它大多属于就事件本身表层揭示社会问题的篇章。真正以写人情为内核的小说，直到1982年才自成一格。铁凝的《哦，香雪》获奖，标志着、显示着短篇小说艺术发展进入一个新里程、新天地。随后，1983年初，史铁生的《我的遥远的清平湾》，拨动广大读者心弦；年末，胡辛的《四个四十岁的女人》，被王蒙"偶然发现"……

获奖前后，人们对胡辛的《四个四十岁的女人》多有评论。其中，《小说选刊》的编者说："《四个四十岁的女人》有可读性。一篇短篇小说写四个性格迥异的人物，写一个大故事中的四个小故事，是相当困难的，

为《这里有泉水》序

但作者胡辛的这一处女作负重若轻,一股清溪顺畅地沁入人的心田。"所见甚是。其他评论,或称道人物个性描写,或赞赏故事结构技巧,或阐发其丰富的思想内涵,从抒写人情这一角度来窥探它则似未曾见,而我独乐于品尝那"一股清溪顺畅地沁入人的心田"的滋味。我以为,"一股清溪",就是人情——20年后同窗邂逅,忘情聚会深情回首,几多纯真几多激动,几多变化几多感慨,有的忧虑有的消沉,有的失落有的充盈,子女、爱情、婚姻、家庭,理想、事业、奋斗、献身……四个40岁的女人在这些人生课题面前各有不同的抉择与经历、苦恼与欢欣。小说没有单一地单向地写人写事写理,而是以情为轴,把四个大半生交织在一起,组成一个多方位的立体世态图,显示出历史的变革。"历史是这样创造的:最终的结果总是从许多单个的意志的相互冲突中产生出来,而其中每一个意志,又是由于许多特殊的生活条件,才成为它所成为的那样。这样就有无数互相交错的力量,有无数个力的平行四边形,而由此就产生出一个总的结果,即历史的变革。"(恩格斯《致约·布洛赫》)胡辛构思时也许并没有明确想到要写"力的平行四边形",或只不过有感于凝聚在四个40岁女人身上错综复杂的人情,因而才"鬼使神差地"让她们"邂逅"起来各诉衷情。但人物性格与命运的差异和对比,作者在顺畅的描叙中流露出的感情,却使我们领悟到了推动历史前进的主要力量所在——对事业、对亲人博大深沉、忠贞不渝的爱,才是最宝贵最崇高最美好的人情。

这大概是作者始料不及的。她在开篇提问:"女人为什么要有自己独立的节日?"又在结尾写道:"一切的一切,是多么的复杂,处处是问号,女人们啊,答案在哪儿呢?"似乎想在妇女问题上做文章,抒写女性应有的自爱自尊自强自重。而小说最动人的地方却在学生们为"柳老师"送行——这才是《四个四十岁的女人》的思想内核,也是胡辛对于生活艺术感受的"圆心儿"。正是这样:彻底否定"文化大革命"以来,不少作家作品之中,不管主观意图如何,无论究竟自觉与否,他们思想艺术的真正"圆心儿",实际上在于抒写人与人间温暖友爱的感情。确实这样:作家忠实于生活,生活会报答作家,有时即便自己尚不十分明确,生活在笔下也能进行"自动调节",艺术本身的内在规律可以帮助作家在生活中找到自己。近年不少小说之所以催人泪下,主要原因有时并不就在作家原定的意图,即使作家动情因而"自动"倾注笔端因而也使读者动情的，常常恰是这一历史时期人民群众所呼唤所向往所珍惜的东西。遭受十年动乱摧残，人与人间的温暖友爱显得更需要更可爱更贵重了。只要你的心与人民息息相通，这是无需着意开掘就能感应得到的。胡辛也感应到了，所以她在艺术实践中把握住了她所领悟的生活的"圆心儿"。当然，她还得在艺术上找到自己，这才不会与人雷同。看来她也已初步找到了——"一篇短篇小说写四个性格迥异的人物，写一个大故事中四个小故事"，即运用时空跳跃的散射笔法、纵横交错的网状结构，把一组人物的性格与命运，组合成为一幅多彩的画图。这是新颖别致、巧妙有味的。那夹杂其间的格言警句，也颇助人读兴。刚起步时便能找到自己，这是很不容易的。胡辛以她的处女作即成名作亦即获奖作预示了她将不断取得新的成就。

　　果然，两年以后，胡辛又连续发表了20万余字各有其特色的中、短篇。现在，她的第一个专集即将出版。纵观辑在这里的5个中短篇，我们不难发现，她生活和艺术的"圆心儿"，还在于抒写人间温暖友爱的感情，在于散射笔法与网状结构。而且，在这方面，愈是下了功夫，作品愈见精彩。

　　《昌江情》，写故乡情，母子情。大学毕业生李昌江"没有留校，没有留在大城市，坚定不移地回到了昌江的怀抱"，但这"就等于和母亲、和故乡没有距离了吗"？小说细腻地描绘了这种亲近中的距离，距离中的深情。他并没有真正"理解母亲，理解故乡"，洗衣机固然可以从棒槌下把人解脱出来，但人的劳动本分、人的互助精神，是不该因现代化而退化的！"秀秀"和母亲"相处得多么融洽"，"姨娘惦记疤生、梁三他们几个单身汉"，这才是母亲的心、昌江的乡情。作品写得情切切意绵绵，如"汩汩流淌的江水"，拍击着人们心中自筑的"护坡堤"。

　　《海的女儿》，也写邻里情，母女情。研究生丹丹"怎么也弄不明白，在艰难岁月中相依为命的母女俩，到了灿烂美好的今日，竟会产生深深的隔阂。妈妈居然接待和帮助曾经批斗过自己的人，这使"一个也不宽恕"的丹丹心情"黯然"。但当她来到大海面前，当她听到乡亲老俵嫂的哲理诤言——"与海相处太近的人，往往会忽略海的伟岸、博大和深沉"，"丹丹心头一惊"，"一种净化和升华的情感流遍全身"。这一篇写得精粹，且有象征意味，然而那对人与人间宽厚亲善的呼唤，更见分明。

　　《四个四十岁的男人》，可以说是《四个四十岁的女人》的"续篇"

为《这里有泉水》序

"姐弟篇"。和写"女人"手法相同,胡辛这一次把四个 40 岁的男人的性格和命运连缀在一起,组成了一幅时代列车运行图。他们素昧平生,萍水相逢,谈论的话题却也是爱情、家庭、事业、人生。如果说"女人"所叙,重在昨天,感叹于历史的曲折和女性的艰难,那么此番"男人"所议,重在当今,则激动于现实的改革和匹夫的责任。前者幽深委婉,沉而有力;后者明快诙谐,轻而不飘。那"我们要和时间赛跑,迎接伟大的建设高潮"的歌声,那"先天下之忧而忧,后天下之乐而乐"的心声,想能唤起读者当中跟小说里"厂长、老俵、干部、教师"同为"老庚"一辈人们的共鸣。

胡辛抒写人情的笔墨,更多倾注在中篇里。她在《这里有泉水》题记中说:"我愿:你能看到一颗颗有痛苦有欢愉、有惶惑有追求、有血有肉的怦怦跳动的心……"这愿望是实现了的。小说以在爱情与事业上都有不同一般遭遇,却又颇能概括一般命运的新任女副校长树云为"圆心儿",散射地勾勒了一组"人类灵魂工程师"的灵魂。除了那个"反面"人物刻画得略失简单浮面,作为中学教师三代形象的老、中、青六个人,都描绘得各有其生动和动人之处。他们对待事业、爱情、家庭、友情的种种言行,映现了忠诚教育、热心改革的人们的现实处境与心境。改革何等艰难,但心向改革的这个小小人间又是多么温暖。"一个平凡的、普通的、甚至有点琐屑的老师,只要他执着地、勤奋地、忘我地在他的'责任田'上耕耘,敬和爱便伴随着他……"这是阻挡不了的,谁也阻挡不了人们对事业的爱和对爱事业的人的爱,尽管总有这样那样的力量总要进行这样那样的阻挡,新时期毕竟已经打破了如磐风雨曾布下的人间藩篱。"把你的负担卸在那双能担当一切的手中吧,永远不要惋惜地回顾。"于是,三代人欢聚一堂,有情人终成眷属。爱的泉水滋润着每一颗为历史前进而怦怦跳动的心,也必将净化每一个也曾把生活误看作沙漠的灵魂。

话说回来,机缘与命运有时也十分要紧。不少初登文坛的作家,正是在获奖之后打开闸门,文思畅达,如泉喷涌的。当初,在胡辛走上文学之路时,为她推助一臂之力的,关键时刻起关键作用的,毕竟是王蒙。那么而今为胡辛的集子作序的,还得是王蒙。但王蒙实在太忙,就在我写这段文字时,他又去美国参加国际笔会了,大概胡辛考虑到这一点,所以点了我的名。这使我既荣幸又惶恐。作序是要有相当水平和资历的,我都不足。我只是一个编辑——第一个读者,只能提供一些情况,谈一点粗浅而又不无偏见的读后感。这不能算序言,这只能说是介绍,向更多的读者介绍:请看这本书,《这里有泉水》。

1986 年元月

(崔道怡,《人民文学》原常务副主编、资深编审)

(原载于《这里有泉水》,作家出版社 1986 年版)

渴望：一个真实感的人生
——浅议《"百极碎"启示录》

张渝生

看完《"百极碎"启示录》，我好像看到生活也变成了一只"百极碎"瓷瓶。如果说，看似充满缺憾实则浑然天成是"百极碎"瓷瓶的极致之美，那么我要问，生活呢，人生呢？

看起来，小说只是向我们讲述了一个"百极碎"瓷从被毁弃、被埋没到被发掘、被承认的故事。实际上，作者透过这个故事，透过故事中一群人物的生活启示我们：生活是丰富又复杂的，有幸福也有痛苦，有完美也有缺憾，而且它们还常常密不可分地揉在一起。我们必须以坦诚的态度正视人生，把握住人生的真正价值。

"百极碎"瓷的被发掘，被承认是小说的主要情节线索。作者对生活的感受和认识是通过围绕这一线索活动着的三组人物来展示的。

小说中的"大兄"和"我"是作者作为一组主要人物加以歌颂和赞扬的，从"我"眼里看"大兄"，以"大兄"的行动影响"我"，互相辉映，展示了"大兄"真诚热烈的生活追求。"大兄"具有"百极碎"式的性格，你看，"天气稍热就爱赤膊"，"早起舞棍弄拳，傍晚散步小憩，月夜仰天而卧，伸手可摘星星"。独来独往，快人快语。虽名噪四海，仍孤独寂寞，总不肯"或者就是看别人的脸色或专门活给别人看"。正是他，把握住了"百极碎"的真谛。

"我"呢，纯真热情，勇于追求，也迷恋于"百极碎"和陶瓷艺术。"我"对生活的种种幻想以及放弃考大学另走一条成才之路的决定，虽然招来了社会的侧目和母亲的眼泪，但"我"不改初衷，自主而顽强地驾驭着自己的生活。

　　这两个"百极碎"式的人物，看起来不合群，思想怪诞，行动特异。实际上，他们的生活由于充满了对事业的追求和真诚的自信而勃勃生机。他们可能有些偏执，也不可能没有缺陷，但他们的人生是真实的，有追求的，因而是美好的。这是真实的人生，这才是美的生活和生活的美。

　　确实，现实生活中有些人看起来平静稳妥、合乎规范、令人艳羡，如小说中的第二组人物——妈妈、爸爸、婆婆、公公那样。他们一个个谦恭自抑，循规蹈矩。妈妈被"大兄"称为"宝姐姐"，始终笑脸吟吟，永远柔顺封闭，穿乔其纱连衫裙都是"胸罩外边加背心，还有到膝盖的长短裤"，生怕有半点失态和出格。婆婆呢，恪守妇道，信奉夫为妻纲，由于崇拜，仅是公公的余晖映照就足以使她神采焕发而更加百依百顺。爸爸心宽体胖，"虽无暇顾及专业却决不忘压抑一头天生卷毛自我表现的机会"，只要稍有卷势，立即推成寸头。公公呢，"老是前人怎么说名人怎么说，考了一辈子的古都没有自己的观点自己的创新"，然而却挂了20多个名誉头衔。如果说这组人物还仅仅是以自己的道德规范来规范自己的生活，那么作者花了一定笔墨刻画的那个太婆，就颇有一点封建传统卫道士的气味。作者从她的"粑粑头，核桃脸，树皮手，抿裆裤，粽子脚"这一外表形象，以及"男人的衣裤和女人的衣裤得分开洗"这一典型细节，揭示了她陈腐的生活准则。

　　就是这群人，组成了一个受人推崇、令人羡慕的模范家庭。实际上，这个家庭的人际关系有其相当虚伪的一面。婆婆烦太婆，妈妈甚至恨太婆，爸爸、公公对博古橱的感情也显然远甚于太婆，以至于太婆之死给这个家庭带来了解脱的轻松感。他们不会因探索创新而犯错误，也不会因攀登险峰而遇艰难，生活中既不会出现飞溅而起的喷泉，也不会出现飞流直下的瀑布，好像只是宁静平稳的一鉴方塘，贮满的是饱嗝和自得。然而，在这一湾死水中我们难道不是闻到了陈腐气味，觉出了其中的沉重负担吗？所以如此，是因为几千年的封建礼教和伦理道德规范给我们的民族留下了沉重的负担，有的消极因素还如某种生物性一般溶入我们的血液。在一些人看来，仿佛只有道貌岸然、端庄贤淑才是中国男女做人生存的唯一规范。活泼泼的生命一旦注入封建礼教伦常的模具就变得僵化，失去生机，只会多制造一些"完美无缺"的两面人、伪君子。在新中国，人民群众的主人翁地位决定了他们的坦荡胸怀；但是，我们还未摆脱历史的巨大惯性，看人看事往往还会戴上有色眼镜，这就严重地影响了我们对人的全面理解和对人的价值的准确认识。正如世界上没有两片完全相同的树叶一样，人们的才能和喜好也总是千差万别的。我们没有理由用传统价值观念当作今日世界的人生路标。

我们欣喜地发现，作者胡辛在小说写法上开始了新的探索。若以创作手法为界，胡辛在人们的印象中属于贴近生活的传统现实主义流派。她的获奖小说《四个四十岁的女人》和继而发表的《昌江情》《四个四十岁的男人》等，已使人们对她的艺术风格有较深的印象。然而，"启示录"一反给她带来声誉的惯用笔墨，拨开单纯写实的绿叶浓荫，给我们亮出另一条艺术探索的通幽小径。作品通篇浸透的象征意味和幽默意味使我们如嚼橄榄，富于回味。

作品采用虚虚实实、虚实结合的象征手法来阐释人生哲理。"由于工艺处理不当"而生成的"百极碎"曾一度不被人喜爱，被当作废品抛弃。"百极碎"的命运，是否会在现实生活中重演呢？把他们从偏见中解脱，正如"百极碎"已成为稀世珍宝一般。整个故事的象征意味极大地深化了主题。

整个作品呈现扑朔迷离、亦真亦假的荒诞色彩，创作出一个适于表现思辨性极强的主题立意的氛围。作品的另一个显著特色是贯穿始终、无处不在的幽默意味。幽默是一种难能可贵的才气。看"启示录"就有这种感受，你时而颔首微笑，时而扑哧出声，只觉宛转自如，妙趣横生。而就在阅读中，自己曾经经历过、感受到但又朦胧不察的意绪在沉淀，在澄清，最后受到了启发，悟出了道理。

《"百极碎"启示录》是胡辛亮出的一个新招数，或者随后会打出一套新的拳脚来，这是我们完全可以抱有希望的。

（张渝生，南昌大学中文系教授）
（原载于《小说天地》1987年第12期）

献给妻子的颂歌
——浅谈电影《同龄女友》的改编

道 正

根据江西省女作家胡辛的获奖小说《四个四十岁的女人》改编而成的电影《同龄女友》，几经周折，终于在全国上映了。它以朴实无华、真切感人的艺术风格，为中国广大中年妇女献上了一支优美的颂歌。在霹雳之声不绝于耳、棍棒拳脚充塞银幕的今天，《同龄女友》像一泓清新的甘泉，注入了观众的心田，赢得观众的喜爱。

改编以后的影片，基本上保持了小说原有的清新、淡雅、于平凡中见奇崛的艺术特色，同时，又从影视的特点出发，对小说的某些情节进行了必要的增删，使四个受过中等以上文化教育的同龄女友的生活命运和思想风貌，以及她们执着的追求和默默无闻的献身精神，得到了较好的表现。

影片以简练、精确的镜头，拉开了序幕：摄影师留下了四位少女"前程似锦"的珍贵照片，照片由白变黄，四位少女进入了中年，伴随着列车滚滚向前的车轮声，出现了《献给妻子的歌》的主题音乐。几组画面，一气呵成，既交代了背景，又含着某种寓意，这样的开头，是影片改编的成功之处，让观众不得不密切关注四位女性走过的生活道路以及她们的命运轨迹。随着故事的逐渐展开，我们注意到影片的忠实于原作现实主义表现手法的基础上，以柳青为主要人物，以她治病为线索，紧紧把握住四位女性对生活、事业的热爱、追求与奉献这一主旨，充分利用电影特殊的表现手段，或闪回，或叙述，或旁白，把四位同龄女友

20 年来所走过的平坦或坎坷的生活道路,所经历过的喜悦或悲愤、惆怅或感叹的情感历程,跌宕起伏、错落有致地组合在一起,较好地做到了"众理虽繁,而无倒置之乖;群言虽多,而无棼丝之乱"。具有较强的艺术感染力。

为了塑造柳青这一典型形象,影片较好地运用了三组人物、画面与生活事件的对比手法。

第一,蔡淑华、钱叶芸两人的生活经历与柳青形成对比。这组对比一方面展示了蔡淑华对工作的热爱,钱叶芸对爱情、生活的追求,另一方面又映衬了柳青,让观众知道:无论怎样,这两人比柳青的生活命运好些。因此,笔在蔡、钱,而意在柳青。

第二,是魏玲玲与柳青的对比。这是影片比小说改动较大的地方。影片以丰富多彩的画面、奔放的音乐,渲染了魏玲玲温暖而幸福的家庭以及她的"绿叶精神",同时,也若隐若现地展示了她的几分惆怅、几分思索,正如玲玲自己所说:为丈夫做出牺牲,这种精神是可贵的,但不是高尚的。从影片的整个结构看,这一幸福、温暖、热情、奔放的情节安排,与影片结尾处乡亲们挥泪别柳青的悲壮场面,形成了极为强烈的对比,使柳青的形象更加真切感人。

第三,是生活、工作、家庭等较为安定、幸福的淑华等三人,与孑然一身、默默无闻为事业而奉献的柳青的对比,突出地说明了柳青得到的,是人世间最忠诚、最崇高、最富有的爱。这样,影片始终把柳青这一主要人物置于中心地位,从四个不同侧面概括和展示了当代中年妇女的生活命运和时代风貌,给观众以人生的思索和生活的启迪。

影片在改编中,增加了一位人物——柳青培养出来的女大学生春妹。戏不多,却起到了不可忽视的作用:不仅加强了影片故事的连贯性,沟通了柳青在山里和城里的联系,而且,从春妹身上,还看到了柳青为事业而奉献的闪光所在。

影片还注意到了在音乐、画面上追求艺术的真实。玲玲的爱人莫为那充满激情的主题歌——《献给妻子的歌》,不仅渲染了特定的环境氛围,烘托了人物的心理,而且使整部影片充满了昂扬向上的基调。

影片的结尾处,伴随北去的列车,叠印出柳青乡村执教、孜孜不倦的忙碌身影,可谓卒章显志,回味无穷。

在当今社会生活"人的主体意识高扬"与"低层次文明"这种不和谐

的浮躁心态中,《同龄女友》的改编者遵循传统的现实主义创作道路,从生活的真实出发,追求艺术的真实,讴歌默默无闻地献身于平凡岗位的普通人,我想,这是值得称道的。

(道正,原名邓蔚文,江西省商业学校高级讲师)
(原载于《文艺理论家》1988年第3期)

胡辛的艺术世界

吴宗蕙

四年前，中年女教师胡辛携着她的处女作《四个四十岁的女人》登上文坛，从而成为受人注意的女作家。这个短篇以其独特的艺术构思、鲜活的人物形象和发人深思的丰富内涵博得了读者的喜爱，获1983年全国短篇小说奖。良好的机遇和试笔的成功，激起她更加强烈的创作热情，短短几年来，胡辛在繁忙的教学之余，陆续创作并发表了中、短篇小说十多部，另有散文、创作谈、杂记、评论多篇，出版了小说集《这里有泉水》（作家出版社"文坛新星丛书"之一）。至此，胡辛的创作愈来愈明晰地显示出独具的艺术个性，胡辛的名字愈来愈为广大读者所熟知，胡辛的作品愈来愈引起文学界的兴趣和重视。这一切标志着胡辛的创作生涯已开始进入一个新的时期——丰收的成熟期。

每个作家都在作品中构建自己的艺术世界。那么，胡辛这位崭露头角的女作家，她展现了怎样一幅具有创造个性的艺术世界呢？

鲜明的地方色彩是胡辛小说的一大特色——也是她创作的一大优势。打开胡辛的作品，一股股浓烈的乡土气息迎面扑来。出现在她小说中的是赣江流域的山山水水、风土人情、方言俚语、人生画面……浓醇的乡韵、乡音、乡俗、乡情漫溢在她的全部作品中。在那片生她、养她、育她、教她、陶冶她的亲爱的故乡热土上，作为风云变幻、人生跋涉的大背景，她建造着自己的艺术世界。

在胡辛的笔下，这块回响着"哎呀来……"优美歌声的神奇土地多彩多姿，极富动人的诱惑力。这是一片圣洁的土地，它曾是革命的发祥地，这是一块贫瘠的土地，红壤酸、瘦、板、旱，人民困窘艰辛；这是一片多艰的土地，白色恐怖、"文化大革命"台风、"左"倾狂澜，曾给它罩上浓浓阴影，刻下累累伤痕；这是一片凝固的土地，传统的规范，因袭的重负，沉重地压迫着、拴锁着人们的心灵；这又是一片生机勃勃的土地，在当今改革大潮的推动下，它正冲破陈规陋俗的种种羁绊，日新月异地改变着面貌。以这块土地作为人物活动的环境和背景，胡辛的选择当然是无可置疑的。

在这片传奇性的神秘土地上，作家以细腻深情的笔触描绘出一幅幅色彩斑斓的生活画卷，刻画出一个个真实、复杂的活泼泼的灵魂，弹奏起一曲曲人生的悲歌和赞歌。在这风云涌动、千变万化的大千世界里，生息着一个个有痛苦，有欢乐，有奋斗，有追求的血肉丰盈的生灵。在作者笔酣情浓的笔下，有农村教师、妇联干部、医生、演员，有工人、技师、画家、记者，有大学生、洗衣妇、纯情少女、革命母亲。这些不同身份、职业、文化教养、气质习性的人物在神州大地上搏击人生风雨，镌刻历史篇章，以各自或辉煌、或灰暗、或非凡、或平庸的生命历程，奏出一曲曲悲凉而雄浑的交响乐。作家借助于她所熟悉的这群形形色色的人物及其所置身的生活环境、社会环境、自然环境，构建艺术世界，弘扬艺术个性，表现自己对人生、社会和艺术的艰辛探索与深沉思考。

同其他作家一样，胡辛也有属于自己创作的生活绿野，有她迷恋和奋力开掘的处女地，这就是她亲见、亲闻、亲历过的熟悉的生活、熟悉的人、熟悉的地域——她深深热爱的故乡。作家的主体意识，作家海阔天空、驰骋万里的想象、联想、幻觉以至潜意识，莫不植根于故土，开掘出这片厚土中的深层的文化传统、道德观念、科学史观和文明程度，就在一定程度上表现了中华民族的文化传统、道德观念、科学史观和文明程度。因此，乡土文学是最富有中国作风和民族气派的作品，它备受中国文坛和世界文坛的青睐，许多乡土文学作家已成为文坛瞩目的著名作家。胡辛致力于乡土文学的创作，描写故乡热土的悠长历史、繁衍变迁、风霜雨露与人民生活，表达世世代代生息在这块土地上的人们的爱与恨、怨与悲、喜悦与苦恼、企盼与寻求，把它作为祖国的缩影、时代的缩影，折射当代中国的深刻变化和当代人的深刻变化，这种努力和苦心是值得肯定和赞扬的。

令人高兴的是，胡辛专注于写故乡人民的生活，倾注全力发掘这块亲爱土地的文学矿藏，却并不局限于表现某一阶层、某一类人的生活，她选取的题材是多种多样的。身为知识分子，她自然熟悉并描写知识分子的生活；多年执教，她责无旁贷地表现教师的苦乐与艰辛。但她也不限于此，不满足于此，她还满怀深情地塑造了各式各样、千姿百态的人物。这样，就有可能多视角、多层次地呈现赣江流域各阶层人民的生活与社会风貌。

胡辛的作品浸渗着对故土的深情厚意，但是，她并不一味地唱赞歌。作家的责任感和艺术家的敏锐，使她勇敢地正视并揭示故乡的贫瘠、落后以及传统观念和因袭负累的沉重，展示出这里正进行的新生与衰朽，先进与保守，根深蒂固的传统与随着改革、开放、现代化而来的新思潮、新技术；新文化、新观念之间的冲突与斗争。960万平方千米大地上兴起的波澜激荡起偏远闭塞的古城小镇的波澜，中国现代化的新潮漾起了静如潭水的赣南赣北、丘陵平原的新潮，一场新的时代旋流正冲破重重阻碍在这块古老大地上掀起。这种改革和蜕变无疑是艰难的、痛苦的，酸、甜、苦、辣相搅拌。胡辛看见了这一切，感受到这一切，表现了这一切，从而使她的作品既有浓浓的乡情，亲切的乡音，和谐的乡韵，又具历史的厚重感。

胡辛在1984年"三八"节撰写的一篇文章中说，她亲闻、目睹许多默默无闻的平凡女性的感人事迹，这使她"雄心勃勃，想为这一代妇女勾勒一组群像，表达她们追求自强的进取心"。这组群像的"画面的底色、背景"，她"毫不犹豫地选了故乡"。(《献给我的同龄人》，见《百花洲》1984年第4期) 这表明，胡辛是以故乡为背景、以塑造这一代妇女群像为目标来构建自己的艺术世界的。作家的这一创作动机和艺术追求，贯穿在她几年来的全部创作中。

胡辛的作品是一个色彩斑斓的世界，活动于其中、给人留下较深印象的不同职业、教养和性格的人物相当多，但主人公大都是女性，那些塑造得有血有肉、性格鲜明、给人以震撼并引人深思的也是女性——特别是她最熟悉的中年知识女性。当然，还有着不同身份、遭际和命运的其他阶层的妇女们。这些风姿各异的女性，从不同角落，以不同起点，用不同姿态走着各自的人生之路，在这片厚实的红壤上留下自己深深的足印，构成了令人瞩目的众美图。

在新时期作家，特别是女作家中，不少人关注妇女命运，塑造妇女形象，涌现出一批批以女性为主人公的优秀之作，组成了新时期琳琅满目、异彩纷呈的女性人物画廊。但是，胡辛笔下的女性不同于其他作家笔下的女性，有她独具的特色和风采。胡辛作品中的女性形象不同于张洁作品中的女性形象，张洁是以描写知识妇女的坎坷遭遇、不幸婚姻和痛苦的爱情追求见长的；胡辛笔下的女性也不同于宗璞笔下的女性，宗璞是以描写中年知识女性的清风傲骨和曲折艰辛的心灵历程而著世的；胡辛小说中的女性又不同于航鹰小说中的女性，航鹰是以努力发掘东方女性在爱情婚姻领域内带有传统文化色彩，并力求与现代意识相融合的美德为目标的；胡辛塑造的女性更有异于韦君宜塑造的女性，韦君宜通过自己的艺术形象，不仅表现妇女自身解放的主题，还反映了更为博大的社会内容；胡辛引入文坛的女性是一群自强不息的奋斗者，无论是纯朴的山乡少女、砥柱中流的中年知识女性，还是在偏僻山区艰难跋涉一生的革命母亲，为幼儿保育事业默默献出毕生精力的女保教员，她们身上都蕴含了中国女性坚韧不拔的美德，从不同角度和侧面显现出各自的自强不息、无私奉献的高尚精神，胡辛所竭力追求和着意表现的是女性的崇高美。

　　由于作家的生活经历、人生体验、社会观念、审美视角以及个人的气质等，胡辛不是从社会普遍关注，一些作家所着力探究的妇女爱情婚姻不幸的角度来寻求妇女解放的道路，而是从她们对事业的孜孜不倦的追求和献身精神来表现妇女的价值取向及作家对妇女彻底解放的探求；不是侧重揭露封建势力、传统道德对女性的摧残和戕害，而是充分展示女性所禀赋的这千年古国、文明之邦熔淬而成的传统美德；不是浓墨重彩地渲染妇女的人生苦难；而是绘声绘色地描摹她们在逆境中顽强搏斗的英姿。这就使胡辛作品中的女性形象系列从总体上呈现出与众不同的风采，显示出作家独特的人生思考与艺术追求。

　　植根在赣江流域红土地上，带着浓重乡音的这群女性对理想与事业的执着追求是十分动人的。四个40岁的女人的"圆心"柳青，热爱教育事业，献身山区教育15年，含辛茹苦，身患沉疴，初衷不变；《粘满红壤的脚印》中的土壤工作者艾小雨，百折不挠，坚持对红土地的调查、研究，忘情于事业，甘冒家庭破裂的危险；《这里有泉水》中的鹅江中学副校长树云，在逆境中默默奋斗，坚持改革，把青春、爱情、精力、才华全部融入了她所钟情的教育工作；《海的女儿》中那位女研究生的母亲，勤勤恳恳，任劳任怨，只知奉献，从不索取，把一生献给了倾心热爱的保育事业。这些平凡而杰出的女性所从事的都是平常普通的职业，也没有创造出英雄的业绩，但就在她们对事业的痴情与挚爱中，对理想的至死不悔的坚忍忘我的追求中，闪现出夺目的思想光彩和性格光彩。胡辛所悉心塑造和热情讴歌的就是这些在人生之船上紧紧握着理想与事业之舵迎风斗浪的坚强女性。值得注意的是，作者在描写知识女性对事业追求的同时，常常伴之以她们对美好爱情的怀恋与向往，把崇高的社会责任感、职业道德感与高尚的爱情交融在一起，这就增强了人物的立体感，丰富了人物性格，使人物变得更加可信、可亲。

《我的奶娘》歌颂了又一类强者形象，奶娘的身上凝聚着中国劳动妇女的种种美德。奶娘的一生简直是历尽旧社会苦难，承受新时代风雨的中国劳动妇女遭际命运的缩影。在白色恐怖的漫漫长夜，她遭受过失夫丧子的苦痛与贫困、受迫害的折磨；胜利后，她珍情重义，强忍着有情夫妻人各一方、相见而不能相聚的痛苦，毅然回到山村侍候身有残疾的后夫；她还曾以自己博大的爱哺育了三个非亲生子女。在这位善良、勤劳、倔强、坚毅的母亲身上既动人地体现出中国劳动妇女的传统美德，又积淀着窒息人心的因袭的重负。作者难于把它们分开。两者统一在这位坚强的母亲身上才是真实动人的，符合生活的真实和艺术的真实，具有深沉的历史感。

在胡辛的女性人物画廊中，还有一组引人注目的年轻女性。在她们活跃奔腾、变幻多思的心绪中，我们更强烈地感受到改革开放的时代气息。在这群青年女子中，《瓷城一条街》中谷子和青青是两个性格鲜明、对比强烈的形象，是表现形式不同的生活的强者。青青温柔、聪慧、恬静，身有残疾但自重自强；谷子热情奔放，敢于冲破传统道德的藩篱。前者多具传统美德，后者更含现代色彩。作者通过这两个她都喜爱的女性形象的塑造，探索在传统道德与现代意识相冲突的复杂的社会形态中年轻一代女性的人生道路，表露作者对传统观念、风俗习惯又依恋又反叛的复杂情感。

综观胡辛的小说创作，我们喜悦地看到她正一步步地实现和强化她的创作构想：为生活在她家乡热土上的当代女性塑像，从不同侧面、不同视角展示几代妇女，尤其是中年知识女性的遭际和命运、痛苦与欢乐、期待与追求，歌颂她们的美德，揭示她们的心灵，艺术地探求妇女彻底解放的真正道路。

胡辛是位真诚、坦率、爱憎分明、感情强烈的作家，她在塑造自己崇敬的心爱的女性形象时，融进了深沉的爱、浓烈的情，从而使这些形象更富艺术感染力，更打动人心。

胡辛满腔热情地赞扬蕴含在女性身上的崇高美，并且对不同年龄、身份和文化教养的女性选取了不同的审美视角。她通过中年知识女性对事业坚贞不渝的追求，表现坚忍忘我的献身精神的美；通过老年劳动妇女含辛茹苦、无私奉献，表现克己为人的牺牲精神的美；通过青年女性对新事物的探求和新生活的思考，表现勇于进取的开拓精神的美。这种种美质都植根于中国女性传统的崇高美。在艺术领域中，崇高常常与悲剧联系在一起，崇高能够深化悲剧，悲剧能达到更高层次的崇高。但是，崇高不一定都体现于悲剧，悲剧也不一定都崇高。正由于此，胡辛并不一味地从女性悲剧的苦难中寻找崇高，而是从女性的无私忘我、舍己为人的高尚品格以及对事业的痴情奉献中升华崇高境界，不是从女性对压迫的反抗和争取个性自由的悲剧结局上展示崇高，而是着意从女性坚忍乐观的奋斗中激扬崇高精神。胡辛的探索意图是明显的，她要在中国妇女崇高意识的积淀和中国妇女现代意识的觉醒的融汇点上进行突破，开拓自己的艺术世界。这种努力已取得可喜的成功。不过，胡辛的崇高意识还有待于进一步深化。固然，崇高并非一概来自悲剧，但悲剧（主要是英雄悲剧）或带有悲剧性的崇高往往更为深沉，更激动人心。谌容的《人到中年》因悲剧性的渗入而使女主人公的心灵美达到极致；胡辛对《四个四十岁的女人》中的柳青和《我的奶娘》中的奶娘的带有悲剧性的描写，也使作品的崇高美荡气回肠。令人惋惜的是，胡辛其他作品对女主人公思想性格中潜含的崇高美的开掘还缺乏深度、高度和力度。

胡辛追慕崇高，但并没有把她钟爱的人物理想化。她直面严峻的现实，审视复杂的人生，用犀利的笔深刻揭示这群钟情于事业的女子在人生道路上的不幸和矛盾：事业与家庭的悖逆，事业与爱情的冲突，事业与社会环境的失调。正是这种种社会性的冲突和传统心理的障碍激发起作者对妇女的高尚情操和崇高追求的由衷赞美，从而表现了作家自己的妇女解放观——事业高于一切，事业是妇女自尊、自重、自爱、自强的立世之本，是女性人生的重心。这在今天某些人看来，也许是怪异、陈腐而难于理解的，但这恰恰是胡辛的社会思考和价值取向的可贵之处，是她对当前那种崇尚实利、注重实用、纵性任情而否定无私奉献、牺牲精神的某种社会心理的一种反驳。

这里，也许存在着"代沟"。胡辛并不否认代沟的存在，她在不少作品中都写到了代沟，如《海的女儿》《芳龄易逝》《雨纷纷的清明》等。胡辛以她笔下的艺术形象告诉人们，要消除代沟而使两代或几代人心灵接近，关键在于心灵的沟通和理解。《海的女儿》中的女研究生终于理解了把毕生精力和爱献给保育事业的苦行僧般的母亲；《芳龄易逝》中年逾三旬的女教师与年方十七的女学生两颗不断撞击的心终于沟通；《雨纷纷的清明》中追逐奢侈的媳妇对朴素、节俭、崇敬先烈的婆婆也逐渐认同和理解。作家对这一社会现象的艺术表现和探索，颇有社会价值和艺术价值。

胡辛创作的深刻性，不仅在于她清醒地认识到妇女只有在对事业的不懈奋斗与追求中才能获得真正的幸福，实现人生价值和最终自立于社会，还在于她痛苦地感受到因袭的重负加诸妇女的有形无形的枷锁是如何难于摆脱。她爱她作品中的这群百折不挠地奋进的自强不息、纯真善良的女性，又时时警惕着自己会偏颇、会爱错。她曾写道："时至今日，我们不否认坚忍忘我值得讴歌，但其中又有值得诅咒的东西，我实在无法将它们分割。"她这支尊重现实的笔，冷峻地揭示了传统美德与现代意识的冲突，道德与爱情的冲突，道义与人性的冲突。这种种冲突不仅表现在旧式妇女奶娘的身上，表现在中年知识女性树云等身上，也表现在年轻一代、受过现代教育并深受新思潮影响的新女性谷子们的身上。作家对现代意识的审视与省悟使她和她笔下的人物一起经受时代的阵痛。所以，她尽管是坚毅乐观的，却也时时流露出内心深处的不安，她的乐观情绪偶尔也建筑在深沉的悲剧性描写之上。如何把传统美德与因袭重负相区别，使传统与现代相汇合，这是我们这一代作家共同面临的严肃课题。

几年来，胡辛辛勤耕耘，在她热爱的红土地上精心构筑自己的艺术大厦，把一批各具风姿的女性形象送入文学画廊，已经引起文坛的注目和读者的赞赏。那么，这位颇有才华和创作潜力的江西女作家是运用怎样的艺术手法来塑造形象、展示纷繁复杂的社会人生呢？

同她选取的题材、表现的主题以及作家的创作主旨相适应，胡辛的创作基本上采用了传统的现实主义方法。这个方法与她所要描写的对象和要表达的作品内容是和谐的，水乳交融，相得益彰。

胡辛不屑于描写那种"纯粹的、无意识的精神活动"或潜意识和光怪陆离的无稽梦幻与梦呓，她要描写的是具象化的实实在在的严峻人生，是世世代代生活在赣江两岸的人们，特别是妇女的遭际与命运，探讨"为什么这些女性有这么多苦难艰辛、曲折坎坷"？"她们又为什么如此坚忍忘我？"(《创作的反思》)进而寻找到妇女摆脱苦难获得真正解放的途径。她的笔端流露出对姐妹们的同情和泪水，崇敬与渴慕，她的肩上担着时代与社会的重担与责任。面对现实，正视矛盾，干预生活是贯穿于胡辛全部作品中的、读者分明感觉到的作家的主体精神。因此，她精雕细刻地再现故乡的山山水水、景物风貌、社会情状、民俗人情，运用传统的写实手法塑造真实生动的艺术形象，有故事，有情节，有发展，有高潮，在情节推进中丰富人物性格，在性格对比中显示不同人物的不同思想风貌，从而，折射出历史和时代。胡辛的现实主义流泻着强烈的感情色彩，充溢着作家鲜明的爱憎以及对女性崇高品德与情操的热情赞美。这是她的作品具有较强的艺术魅力的重要原因之一。

但是，胡辛并不排拒外来的艺术手法，她在自己的创作实践中正逐步地探索和尝试。胡辛擅长于人物（特别是女性）的心理刻画。精细入微的心理描写，深入揭示人物的内心矛盾，充分展示人物的精神世界，是她小说创作的又一优势和特点。如对青青柔中有刚、自重自强、因为太爱而不愿爱的复杂矛盾的内心活动的揭示，对树云在纷乱的人际关系及隐秘的感情世界中内心细波微澜的描写，以至对禾草老倌（短篇《禾草老倌》的主人公）在改革浪潮与包装技艺的技术革新中亦喜亦忧的失落感与矛盾心理的生动描述，都是十分动人的。短篇《芳龄易逝》，作者采用时空交错的写法揭示卢芷芷的复杂心理与感情流程，也相当成功。她最近发表的短篇小说《"百极碎"启示录》（载《小说天地》1987年第12期）加强了哲理含量，运用了象征等手法，在语言风格上也有所借鉴和尝试。探索、试验不一定都能顺利成功，但在坚持传统、发展传统的同时，吸取某些外来手法，不断实践，锐意创新，创造既有浓郁的民族风格，又具现代气息的乡土文学，这是应该肯定和赞扬的。

胡辛执教于高校，人到中年，工作、生活的负荷均较重，但她凭着自己坚强的毅力和对文学事业的挚爱与追求，不间断地向文坛贡献新作，其情可感，其志可歌。她是位文学功底较深、生活积累较丰富的作家，她的创作高峰还在前面。我深信，她将向文坛呈上具有浓郁乡情和深广社会历史内涵的优秀之作，将塑造出更丰满、更具个性风采的女性形象。我们热烈期待着。

1988年"三八"国际妇女节于北京花园村
（吴宗蕙，当代著名评论家、《首都师范大学学报》原编审）
（原载于《文艺理论家》1988年第3期，《评论选刊》1988年第10期）

诉说女性

——评胡辛兼谈新时期女性文学

江 冰 王 军

新时期的女性写作从一开始就具有了某种自觉性，它来自这样一种意识：女性是一个独立和独特的文化群体，其文化属性必须在全方位的反思之后重新确立。一批女性作家首先担负起了文化反思的使命，同时，她们还在两个方面进行了观照和吸收：一是"五四"以来形成的女性写作传统，二是20世纪六七十年代以后世界范围内的女权主义思潮。随着新一代女性作家的崛起，反思和表诉都在不断深化，"新时期的女性写作"的含义也愈来愈丰富，这是今天任何一个批评者都无法不面对的事实。那么，新时期的女性写作到底对我们诉说了些什么，它有什么有别于男性写作的特征，为什么会出现这些差别？就成为我们面对的基本问题。

胡辛的写作无疑具有典型的意义。首先，她是新时期第一代女作家群体中的一位，这一代女作家共有的精神追求和思维方式在胡辛身上极为鲜明。其次，胡辛是一个创作力旺盛的作家，从1983年以来，已出版中短篇小说集、长篇小说、报告文学、传记共9部，她的创作历程也成为女性写作的一个动态标本。最重要的是，胡辛较早地具有了反思女性文化的自觉意识，1983年，胡辛的处女作《四个四十岁的女人》获全国短篇小说奖，这篇小说题首便是一个直截了当的追向："女人为什么要有自己独立的节日？"而且，胡辛从始至终都以"写女人"为天命，《这里有泉水》《地上有个黑太阳》《风流怨》《蔷薇雨》以及最近几年创作的三部传记《蒋经国与章亚若之恋》《最后的贵族——张爱玲》《陈香梅传》，女性主题显而易见地贯穿其中。

胡辛的写作一如她的口号"女人写，写女人"，她选取的是纯粹的女性视角，笔下的每一个人物都融合着作者的全部情感，叙述者的充分介入使情感色彩愈加浓郁，这和新写实主义提倡的"感情零度"呈现出完全相反的走向。同样写江南民间女性，胡辛是近距离的、体验式的，苏童、叶兆言则是冷静、遥远和虚幻的进入被叙述者的内心。和"她"一起品尝、一起倾诉，成为胡辛的叙述惯性。所以我们读她笔下的柳青、徐希玮，便体会到现代女性的深沉和迷惘；读章亚若，就感受了这个与"太子"相恋的女人的勇敢、痴，又可以深入一代才女漂泊、敏感的内心世界。以一颗女人的心去体验另一颗女人的心，这正是"女人写"的一种特有方式。胡辛"写女人"的雄心在《蔷薇雨》的写作中展示无遗，犹如展开一卷巨幅"女性风景画"，上下三辈十多位女性汇聚成一个女人世界。"写足了女人"的《蔷薇雨》也成为胡辛创作的里程碑。诚然，正如王蒙在序言中所说的，《蔷薇雨》的缺憾和魅力一样的明显。结构的庞杂，写作类型的语言混淆，使胡辛未能写成一部"女性史"。

　　除了小说、报告文学和传记的创作，胡辛的写作还包括一个内容：评论。在她的创作宣言式的论文《我论女性》中，胡辛表述了一种极富意味的思考方式。女性的独立首先要从男性强加的枷锁中解脱出来，这种自我解放必然地要采取与男性对抗的方式，它同时面对的另一个敌人是传统在女性身上积淀下来的心理机制。于是，女性独立意识——反"男权中心"就不得不以一种比较激烈的态度反映出来，但是胡辛同时又认识到女性和男性其实是一种互相依赖的关系，以激烈的态度来获取和谐的关系，这种选择无疑相当冒险。同时，胡辛的写作是非常生活化的，往往在不自觉中让思考的结果形而下地与现实生活互相观照，并着力设计它的可行性，这种思维方式形成了这一代作家与后来者写作观念的根本不同。胡辛和刘索拉、残雪的写作几乎是无法展开对话的，前者按照逻辑和现实演绎女性的酸甜苦辣，而后者把这些当作细枝末节抛之脑后，为了思想、观念或者一种感觉，她们宁愿改变生活的本真状态，她们的写作形而上地凝聚于我们的玄思中。胡辛与刘西鸿等也不相同。《白驹》中所描写的麦子和夏春冬秋的心态在胡辛的写作中无法发现。刘西鸿也具有一种比较生活化的态度。《你不可改变我》以一种温和而独立的方式，对男女之间的冲突进行了淡化。胡辛和刘西鸿等其实在对男女两性观念和女性意识的思考上有许多相同的地方，但是思维方式和生活观念上的差异使她们的写作呈现了极不相同的面貌。也许胡辛这一代作家注定了要承载过于严肃的写作使命,她们要与沉重的生活互相背负。再现现实,成了她们写作中的集体无意识。轻松地写作,纯粹是一种奢侈。

胡辛这一代作家是在一个充满了理想主义的时代中成长起来的,她们的反思也不可避免地带有了理想主义色彩,这使她们具有一种下意识的驱动力,要去追寻自己的位置,追寻一种价值观。但是这种价值观的含义是什么,她们似乎无法做出正确的判断。从《四个四十岁的女人》中的淑华、叶芸、魏玲玲、柳青,到《蔷薇雨》中的徐氏姐妹,都没有摆脱命运的阴影。知识女性,尤其是具有通常意义上的强烈的女性意识的女性,她们在思想上高人一等,然而一进入生活,便遭遇到无穷的挫折。似乎女性意识强烈的程度总是与女性的幸福成反比,事业、追求往往对立于爱情、家庭,鱼和熊掌不能兼得。在胡辛看来,前者是女性独立意识的具体体现,没有它,女性就丧失了存在的意义,而后者又是女性内在的天性追求,妻子和母亲的形象和女性重合为一体,没有这些,女性是不完整的。两者的矛盾必然地造成了价值判断的迷惘。

后女权主义的一种观点认为:女权主义的诉求往往只是有利于那些上层的、精英的、处于传统婚姻模式之外的职业女性,她们名正言顺地获得了传统女性无法获得的荣誉、地位以及其他,而大多数生活型妇女所得的利益比所受的损害更少,女权主义要改造原来家庭结构的行动,最终却粉碎了生活型女性试图巩固家底的愿望。作为一名女性学者,胡辛认识到女性意识女权观念在思想上的意义,但是形而下的思维方式,使胡辛总是让这些意识观念放入生活中去检验,而现实提供的答案是:那些具有强烈女性意识的女性总是付出了过多的情感和家庭的代价。怎样才能达到一种平衡?胡辛选择了柳青作为回答:她"爱过了",并一直在追求。可是这就是女性最好的命运吗?胡辛仍然没能说服自己。她表诉了她的迷惘:"我塑造了不多也不少的女性形象,可我不知道我是高扬还是失落了那原本就模糊的女性意识和女性价值!"和她的女主人公一样,胡辛依然在怀疑、追寻,在思考中漂泊。

胡辛写作的十多年,也是西方女权主义介绍进入中国的时代,西方女性话语对胡辛写作的影响是多方面的,但是它们和胡辛的生活感受又毕竟存在着一定的距离。胡辛经常重复弗吉尼亚·伍尔芙的名言:"给我一间屋。""房间"这个意象似乎与女性有某种血缘关系,它的象征意义当然不是单一的，于写作女性而言，它意味着思想和写作的平等、自由。然而，"房间"是最终目的，还仅仅是个手段？"房间"获得之后是否还存在着继续的追问：有了"房间"以后怎么办？正如几十年前那个尖锐的提问：娜拉出走以后怎么办？伍尔芙、多丽丝·莱辛的《去十九号房间》里的苏珊，她们的命运预示着"房间"这一意象的某种危险性，面对它，需要的不仅是勇气，还要冷静和超脱，要对生活的超越……

女性写作不仅仅是指书写女人的历史、女人的情感、女人的语言，它必然地具有同男性写作相区别的地方，它有自己的深层心理机制，有自己的表诉方式，它蕴藏着思索：作为人的一半的女性在人的位置上和男性是怎样的一种关系？女性在人类历史中应该扮演什么样的角色？上帝创造了人的两面，又让他们在走出伊甸园之后再也不能无忧无虑，也正因为同时有了男性和女性，人类才有了动人的故事，丰富的历史。女性的写作在阐发和探讨这种关系时，比男性的写作更有发言权，也更具有提供我们一种观念或生活方式的可能性。我们高兴地看到，新一代女性作家不论是思想观念还是创作技巧，都比她们的前辈更加丰富，在创作的深度和广度上，她们也是巾帼不让须眉，她们的写作给我们展现了优美而独特的风光。我们不可能用西方女性话语来简单地概括和框定我们的女性文学，中华民族的文学传统、妇女传统以及目前的问题，都有别于西方，中国的女性写作也必然要产生属于中国女性的新的话语系统。

可以说，胡辛已经成为一位比较成功的写作女性。但是整体来看，她的写作还有待于进一步拓展和变化，1990年完成《蔷薇雨》之后，胡辛转向了传记的写作，已经出版的《蒋经国与章亚若之恋》《最后的贵族——张爱玲》销量不错，《陈香梅传》也已杀青，未出版已获好评。对胡辛来说，这三部传记只是一个缓冲，它酝酿着下一次的冲击。一个优秀的艺术家必定是一个不倦的漂泊者，她永远要向心目中的圣地进发。我们怀着极大的兴趣期待，在"写足了女人"的《蔷薇雨》之后，胡辛将要给予我们什么样的女性形象和隐藏其后的思考。

(江冰，南昌大学中文系原教授；王军，华东师范大学博士)

(原载于《作家报》1996年1月13日)

女性的诉说:胡辛小说创作谈片

晓 寒 俏 静

诉说:源起于历史的记忆

在跨入90年代的今天,回顾20世纪的中国文学,谁都不能无睹这样一个事实:中国的女性在诉说。她们或愤疾,或焦灼,或高歌,或低吟,或自信雄辩,或自艾无奈……用各种方式和语调,共同构成了属于20世纪的中国女性的"话语"。

诚然,女性的诉说绝非起始于20世纪,早在几千年的《诗经》时代,女性的话语就成为中国文学的组成部分,只是,随着男权社会的不断稳固以及由此所产生的对于女性的整体压抑,女性的诉说被男性的话语所淹没,女性诉说的权利也随着女性地位的不断下降被逐步剥夺。翻翻今天的中国古代文学史,能独立门户的似乎只有李清照一家,再加上蔡文姬勉勉强强称上半家,且不论撰写者的意图以及潜意识的内容如何,即使在文学史的事实中,也的确少有大成就者。而古代社会中的才女诗人留名于今天的,竟多出于青楼女子。艺妓比良家妇女在精神空间上拥有更多的自由,其事实本身就是耐人寻味的。十分有趣的现象是,就连本该独属于女性的"闺怨诗",也成了男性文人抒发情怀的一个途径,当文人们在君主面前自比为女子时,女子诉说再次被淹没。文学中女性意识的觉醒是在"五四"、新文化运动之后,女作家的大批涌现,标志着中国女子21世纪的开始:

——"人生歧路上的怯者"庐隐在诉说。
——在新旧生死之间挣扎的冯沅君在诉说。
——歌颂母爱与童心的"五四"少女冰心在诉说。

——致力于揭示女性社会角色的凌叔华在诉说。

——脆弱的"女神"丁玲在诉说。

——勇敢"大鹏金翅鸟"萧红在诉说。

她们代表了被压抑了几千年的中国女性这一性别群体的诉说。诉说揭开了中国女性崭新的一页，女作家因此不仅仅以性别，而是以其具有真正女性意识、女性视角、女性立场等有别于男士等文学或中性文学的内容所构成的"女性文学"而驰骋文学界。

可惜，这种诉说由于种种历史原因，被中断了几十年。即使在新中国成立后新起的女作家中影响最大的茹志鹃那里，我们也仅仅能够读到一些细腻柔美的文字，而无法认定收在《高高的白杨树》和《静静的产院》里的小说是具有女性视角或充满女性意识的。女性又一次被忽略和淡忘了。

女性真实形象的再次确立发生于20世纪80年代。随着思想解放运动的深入，女作家不但同男作家一道并立文坛，而且继续了由"五四"一代女作家开始的诉说，几千年被压抑的性别群体的历史记忆使她们拥有了十分相近的诉说话题，张洁、谌容、张抗抗、张辛欣、王安忆、胡辛……就是这一诉说群体的具有代表性的女作家。我们这里要说的是胡辛，我们所要回答的是，胡辛作为女性作家，她到底诉说了什么？

《四个四十岁的女人》：第一声诉说

在胡辛以处女作获奖登上文坛之时，张洁、张抗抗、张辛欣等一批女作家已经写出了一些有影响的女性文学作品，胡辛的特殊处在于，她以自身的体验与创作冲动，在一开始就直接切入女性世界，并且成功地用一种朴素的充满人情味的展示方式，赢得了文坛的肯定。但是，在我们看来，胡辛对新时期女性文学发展的贡献却不在她如何动人地讲述了四个女人的平常故事，而在于从一开始就向读者呈现了当代中国女性在现实社会中的艰难境况和不同的意识与追求。看看四位女性的人生吧——淑华是一个敦厚的女子，她一生平淡无奇，认认真真地工作，并无建树，勤勤恳恳地操持家务，却得不到丈夫和儿女的理解，她遇到了社会角色和母亲角色的冲突，按照丈夫的意思，她需要淡化社会角色，强化母亲角色，或者干脆退回家庭，现实的问题才可以解决，不过，这不可能，作为新时代妇女，淑华热爱她的妇联工作，并在这一社会角色上寄托精神。可是，在家庭面前，她成了母亲角色的失败者。

女性的诉说:胡辛小说创作谈片

叶芸的一生都在追求做一个真正的女人,什么是"真正的女人"呢?在叶芸看来,真正的女人是独立的,是不依附于男人,为此,她三次结婚、两次离婚,直落得身败名裂,身心交瘁!她失败的原因只在于"失去了女人最宝贵的东西——名声"。成了世人眼里的轻薄下贱、水性杨花的女子,一个坏女人。与淑华相比,叶芸所面对的不仅仅是一个家庭,而是一个社会,一个千百年沿袭下来的清规戒律,以一个弱女子的力量去抗争清规戒律之后的公众舆论与习惯势力,自然是要碰得头破血流了。叶芸试图改变中国家庭妻子的传统角色内容,结果,她成了婚姻的失败者。

魏玲玲拥有一个幸福的家庭,丈夫小有成就,儿子誉为"神童",又有海外的经济支援,生活美满和谐。为了丈夫和儿子,她改了行,有一份轻松的工作,一门心思只放在丈夫的冷暖营养和当好儿子的"家庭教师"上。可是,她"身在福中不知福",从心底发出了"难道女人追求的目标仅仅是做贤妻良母吗?"的呼唤,构成魏玲玲人生障碍的是,她没有事业的依傍和精神的寄托,因此,她不是幸福的女人。

幸福似乎只属于第四位女人柳青,因为,她认定自己是幸福的。理由在于她作为"一个孤身的敏感的学文的女人",一位默默无闻的山村女教师,从她教的学生那里"得到了人世间最崇高、最纯贞的爱"。柳青的形象是人们所一向赞颂的"蜡烛"的形象,燃烧自己照亮别人,表达了一种完完全全的奉献。也许作者在为她笔下的人物说明:柳青之所以未婚,并非如林巧稚大夫那样献身事业而是因为她"已经爱过了,而且是刻骨铭心的爱"。令人惋惜的是,四个40岁女人中唯一的幸福者,却已经身患绝症,面对死亡……柳青充当了人生事业的成功者和命运悲剧的承受者。

女人在这个世界上活得太艰难了!——胡辛的第一次诉说化作如此沉重的叹息。毫无疑问,《四个四十岁的女人》是一篇朴素无华贴近生活的作品,四个40岁女人的遭遇正是那时代妇女生活的事实,只是与柳青相比,前三个女性的人生要更加平凡真实一些。作者在歌颂肯定柳青的同时,似乎寻找到了一个答案,那就是女人需要事业,事业比爱情更重要,事业是女人独立的基石。相反,女人在爱情之中是无法独立的,更不用说婚姻和家庭了。胡辛是不是在对生活失望之后,无意地制造了事业与爱情的对立呢?至少有一点是可以肯定的,胡辛在小说中断然否决了"男人为事业活着,女人为爱情活着"的规范,从而举起女人在事业中独立的旗帜。

· 291 ·

爱情的悲剧：面对困境的诉说

如果把胡辛的四部小说作品——《四个四十岁的女人》《这里有泉水》《地上有个黑太阳》《蔷薇雨》联系起来看，我们可以发现这样一个事实，即爱情与事业如果说始终是人生天平的两端的话，那么，前两部作品向事业倾斜，后两部作品则向爱情倾斜。柳青和树云（《这里有泉水》）都是视事业为生命支点的女性形象，她们甚至没有真正地享受过爱情，柳青的爱情刚刚萌芽就被深埋了，树云尚未投入爱情。胡辛在《这里有泉水》中十分明确地写道："爱情的确是生活中清洌甘甜的泉水，可是，爱情并不等于生活的全部呵！"柳青与树云对于爱情在生活中的位置是十分清醒的，她们的选择也是十分理智的。

倘若胡辛对于女性爱情的看法仅仅沿着这条思路发展下去，也就没有继续讨论的必要了。从《地上有个黑太阳》的景景和《蔷薇雨》中的希玮身上，我们发现了变化。即使她们作为女人并非为爱情而活着，却已经被爱情填满了生活，她们人生道路上的障碍不是事业而是爱情，苦恼着她们的不是事业上的成功，而是爱情上的抉择。

这种变化到底是怎么发生的？我们下面摘录的两段文字似乎可以作为一种注解：

女人为什么要有自己独立的节日？
——作者问于"三八"节

（《四个四十岁女人》题首）

然而，世人除了女人便是男人，女人要独立，终究又能独立到哪里去呢？

（《蔷薇雨》，第506页）

两段文字均是心田笔底淌出，相隔数年，为何会有这样大的变化，胡辛还是胡辛，但她的认识显然变得深刻而复杂了！不错，胡辛的笔下也写了诸如小弟（《"百极碎"启示录》）、谷子（《瓷城一条街》）这样一类开放的现代女性，但我们仅仅把她们视为作者的一种向往，同景景和希玮相比，后者要深刻得多，更毋论胡辛这位注重个人体验和审美直觉经验的女作家从根本上是属于当今中年知识女性一代的，为她们诉说，恰如说自己心里话，唱自己心中的歌，更真切，更动人！

　　关于胡辛对女性独立观念的变化，可以放在另一篇文章中专门论述，这里让我们集中讨论一下观念转变后的胡辛笔下人物的爱情，看看在这些人物爱情内容中有什么值得开掘的东西。诉说在于胡辛几乎成了一个"情结"，她始终在寻找一种方式宣泄，那么关于爱情的话题她找到了景景和希玮。从两部作品扑朔迷离的情节和复杂的人物纠葛中将这两位女性抽取出来作为分析标本，我们可以发现两者身上有十分相近的东西，她们的爱情生活中都出现了两个男性，景景与隆隆和火崽，希玮与辜述之和凌云，六个人构成了两个"恋爱三角"，重要的还不是"三角"，而是她们的爱情都带有悲剧色彩，爱情历程本身的坎坷曲折使她们一道染上了"爱情恐惧症"，在追求人格独立的同时，竟然失去了追求爱情的勇气。更耐人寻味的是，两人均委身于并非心目中理想的男性。女性情感的全部复杂性在这里得到了突出的体现，在我们看来，胡辛笔下的人物之所以会形成这样一种"模式"，文化这一无所不在的魔杖的作用不可忽视。

　　中国自古以来的爱情几乎都可以纳入悲剧模式，这是一个值得探讨的文化问题。从《诗经·秦风·蒹葭》中我们就不难感受到一种深沉厚重的悲伤情绪，"所谓伊人，在水一方"几乎成了爱情追求者无法逾越的障碍意象。到了李商隐《无题》中，爱情的追求更是到了凄凄惨惨的地步："相见时难别亦难，东风无力百花残。春蚕到死丝方尽，蜡炬成灰泪始干。"爱情在这里甚至没有一丝的幸福和欢乐，而是沉浸着痛苦的思念，读者所获得的也是一种揪心的审美感受，"春蚕到死丝方尽，蜡炬成灰泪始干"，唯有在极度自我压抑的心境中才能够升华出如此精粹的诗句。只要稍加比较，我们就可以发现中国古代女人写爱情就是与西方诗人不同，其中那种常见的悲剧性相思以及痛楚的情感特征使得爱情诗的典型情调往往偏于悲痛哀伤。如果说在西方诗人的爱情诗中我们可以感受到"五月的天空，云雀飞翔"的明朗画面的话；那么，中国古代的爱情诗则如柳永《雨霖铃》中的凄惨画面："执手相看泪眼，竟无语凝咽。"差异的形成，自然有深刻的文化原因，胡辛同样无法回避文化的潜移默化。

　　我们还可以看到在中国文学作品的爱情之中大多少有肉欲的成分，正常的性爱常常被蒙上一层伦理的色彩。这一点在女性作家的笔下尤显突出，即使在"五四"时期，面对郁达夫性欲苦闷的赤裸告白，女作家笔下的爱情也大多是排斥肉欲，她们甚至轻视世俗的性爱，而十分重视和珍惜某种方式的"精神恋爱"，这些受过高等教育有教养情感丰富细腻的知识女性，以对爱情追求的理想主义方式，形成一种"洁癖"——一种对于性爱肉欲的拒斥，这是不是一种性爱被长期抑制的结果？抑制也产生了某种畸变，即母爱替代了性爱，景景与隆隆，希玮与辜述之无不如此。是什么促使这两位不凡的知识女性做出如此牺牲呢？一言难尽，其中自有道理。

　　胡辛笔下的景景和希玮，一面具有对爱情的执着追求，一面却表现了在世俗爱情生活面前的脆弱性——一种无法选择、无所适从的痛苦和困惑。她们都试图保持自己的人格独立，不愿以传统的婚姻方式依附于男子，但内心始终在寻求依托，她们都在向传统的两性关系挑战，坚定地表达出一种向往——犹如女诗人舒婷《致橡树》一诗中所言，女子与男子不再是"青藤"缠绕"大树"的关系，而是与"橡树"并肩而立的"木棉树"的关系。然而，生活不可能像诗歌描述得那般简单，胡辛借笔下女性痛苦而复杂的内心世界表达了对于生活的思考，而思考的深层指向就是爱情生活中的女性。

　　爱情，令人怦然心动的字眼，诗人歌唱了几千年，人们传颂了几千年，可是，在20世纪现代人的面前，她依旧是无法说清的字眼，她依旧给人类带来无穷的困惑。毫无疑问，她至今依旧是人性中最为复杂的问题之一，谁能规范她？谁能穷尽她？谁能走出困境？于是，胡辛在诉说，在思索，在以内心痛苦的体验去接近人生的真谛。由坚定而无奈，由理智而困惑的诉说，不可作简单意义上的理解，因为在我们看来，胡辛正是以此上升了一个精神层面，并逐渐走向深刻的。

（晓寒，南昌大学中文系教授；俏静，南昌大学中文系副教授）
（原载于《创作评潭》1991年第3期）

一样的心情一样的雨
——读《蔷薇雨》后

傅伟中

我几乎是一口气读完胡辛的《蔷薇雨》这部洋洋数十万言的小说的。那会儿也是初春，天正下着蒙蒙细雨。

当我沉浸在其中，我仿佛置身于那四月雨中弥漫着书墨馨香蔷薇如瀑流泻的窄窄古巷，耳畔还随风飘来井台边和古巷尾女人们或真或假、亦真亦假的嬉笑怒骂，我仿佛真切地感受到小说所描写的徐孺子之后徐士祯的七个女儿的逼人气息，仿佛目睹她们与以她们为轴心的几名身份悬殊、性格迥异的男子的始爱终弃一直到卷末还没有归宿的悲喜剧。

在这一个现实性极强、生活气息浓烈的故事里，作者倾注了她作为女性所特有的细腻又不乏流畅的笔触。这些生活在那个叫"红城"的地方的男男女女，当他们日复一日穿行在飘逸着馥郁蔷薇花香的古老长巷里，当他们阔别数载又邂逅，或自卑，或谄媚，更多的是真诚的关心和亲切，当"大胜利大逃亡"的希瑶从希望到失望直至沦落而不再"胜利"时，当出走18载的希玮忽然回归却仍然背负着看不见的十字架无法从苦海中得到拯救时，我们不禁为他们所打动，或唏嘘而叹人情冷暖，或流泪而至柔肠寸断，或愤懑击节拍案而起。小说所描写的生活太真实了，这种真实充满着时代的艰难痛苦和彷徨思索。

当我从书中回到现实，我想，在其中，如果没有作家对汹涌的经济大潮冲击下的各种观念尤其是婚恋观的急速嬗变的思索，如果没有对其所处时代的生活极其敏锐的把握，是断然不会有催动她提笔写这部小说的渴望的。作品的问世，不仅以其浓缩精炼生活引发读者思索争议而扩大了它的影响，更以表现在其中的作者思索社会问题的深邃而成为作品成功的关键。这点，不论作者是否自觉，这位身为女性又酷爱探索女性命运的作家，由于其正视时代，思考现实生活中的女性问题，又艺术地反映了生活，因此，也就表现了生活本身所具有的深刻。

当然，如王蒙所说，书中有些表述并非都经得起推敲，某些评述性语言有些缺乏节制，引经据典和指点批注有时显得拖沓冗长。然而，瑕不掩瑜，作家竭力奉献给我们的那场"蔷薇雨"所淋湿的七个女子全部青春的记忆，当日子已尘封，当年代已久远，我想，只要有人提起，那种记忆仍会如在眼前的。

（傅伟中，江西省出版集团公司副总经理）

（原载于《江西书讯》1991年6月）

一个深刻的悖论:执着中的迷惘与迷惘中的执着

陈金泉

一

从七年前发表短篇小说《四个四十岁的女人》步入文坛后,对女性意识的呼唤始终是胡辛十分关注的审美题旨之一,最近她又推出长篇小说《蔷薇雨》(下文简称《蔷》),更是对这一审美题旨进行了深广而又充满淋淋之气的审美观照。作者披襟当风,笔致错落,以灼热的激情和磅礴的艺术气魄,谱写了一曲女性意识的觉醒、追求、抗争,也极为迷惘的交响乐。在艺术上对女性意识的呼唤当然不自胡辛始。就在新时期文学呱呱落地不久,女性作家就几乎本能地把自己的审美笔触伸向中国女性这一极容易诱发读者审美情趣,也极容易给作者带来麻烦的精神领域。率先可以名之为表现女性意识的小说当推张洁的《爱,是不能忘记的》,尔后,王安忆、池莉等人,也引燃了女性意识的光焰,对中国女性表现出一种稀有的奔放而又潇洒的创作热情。如果把新时期女性作家对中国女性意识进行审美透视的小说分类归档的话,我们可以明显地感到大致分为三个阶段:以张洁的《爱,是不能忘记的》为标志的小说是为第一阶段,这一阶段小说的女性意识尚朦胧模糊,且裹着一件漂亮的外衣,但对爱却充满了令人心醉的、尽管多少有点不切实际的理想主义色彩;以王安忆的《小城之恋》《荒山之恋》《锦绣谷之恋》为标志的小说是为第二阶段,这一阶段小说的女性意识已经脱下了炫目的漂亮外衣,赤裸裸地露出了爱的原始生命的真相,但在张扬女性意识的裸露中却失落了女性意识中极为宝贵的崇高;以池莉的《不谈爱情》为标志的小说是为第三阶段,这一阶段小说的女性意识被社会生活中一种极为理智而又安稳的现实选择挤得一干二净,既然如此，那就不如不仅闭上眼睛，而且闭上嘴巴，不谈爱情为好，在女性意识的寻找中却又逃离女性意识。胡辛的《蔷》显然与上述作品不同。她显然还保留着张洁那种对女性意识的理想的执着追求，用自己的大嗓门呼喊着爱、呼喊着美，呼喊着理想，但似乎又切实地感受到爱的困难、美的困苦、理想的困惑；于是，她迷惘了。但是，胡辛精神难能可贵的地方也就在这里：迷惘并没有成为包裹她的丝茧，相反，愈是迷惘愈是执着，于是，这种执着不可避免地有着某种稚嫩，但却也格外美丽动人，饱含着生命的鲜汁。当然，正是从这个意义来说，我们才如此看重胡辛的《蔷》。

胡辛的《蔷》着墨最多，也最动人的是对徐家七姊妹心灵世界的开阔而又酣畅的审美剥视。徐家七姊妹，尽管生活经历各一、情感心理各异、性格脾气不同，但对爱都那么执着地追求。女人，特别是中国女人，外部有着太重的封建礼教枷锁的禁锢，自身又有着太多的封建观念的束缚，因此，中国女人的爱是不容易的，有了爱还要敢爱就更不容易，敢爱还要有能力去爱就更是难上加难。从总体上讲，《蔷》中的女性比男性强，很有点时下城市家庭中较为普遍存在的"阴盛阳衰"的味道。有几个男性公民，特别是国内外小有名声的副教授、画家辜述之，是给《蔷》狠狠地挖苦了一顿，鞭笞了一通；而徐家七姊妹，却无论是高贵者如希璞，卑贱者如希玓，都似乎不那么把封建礼教、门第观念及自己今后生活中可能碰到的厄运放在眼里。"女子无才便是德"的古训再也拘囿不住她们怦然跳动的心，咒骂、凌辱，乃至于磨难，都改变不了她们对爱的初衷。就如六眼井的野蔷薇开得出奇的娇娆和惊心动魄的邪乎！徐家七姊妹可以说没一个是按照幽灵般的徐家老祖母那僵尸般的传统观念去决定自己爱的方式的。年轻点的四姐希瑶当上了生物系女硕士研究生，却生生死死跟一个修水管的席大鹏跑到海南去闯荡世界；五妹希玓居然一点不顾书香名门的脸面，嫁给很被徐家所不齿的钱金苟；六妹希玑更是有辱东汉高士徐孺子的门庭，放着个大学生——后来的省长秘书——不嫁，却爱上鸭子塘船民的儿子，本人又是个流流落落的无业游民黑皮；更出奇得叫人瞠目结舌的是，红极一时的歌星七妹七巧竟然死死追求比她年龄大得多的、大逆不道的浪子、高尚的下流坯凌云。那么，步入中年的姊妹呢，对爱的追求似乎还更执着。三姐希玮受尽生活磨难仍然虔诚地寻找真情真爱和生活中的男子汉；二姐希玫永不满足现状，在情爱上总领风骚；大姐希璞清高孤傲中处处透出对现实爱的不满和对理想爱的渴求。从这点来说，《蔷》是一部现代女性爱的执着篇。如果我们把《蔷》与新时期前三个阶段女性作家的女性小说比较一下，就可以清楚地看到：徐家七姊妹既不像张洁的《爱》中的女主人公那么圣洁高尚，也不像王安忆"三恋"中的女性青年那么放浪形骸，当然也不像池莉的《不》中的梅莹那样理智实惠，性爱、家庭两者均兼而有之。不管怎么说，太圣洁高尚，使人感到高不可攀；太放浪形骸，又使人感到惶恐不安；太理智实惠，却使人感到寡然失味。徐家七姊妹也许不都那么可人，不都那么讨人欢喜，但她们对爱的渴望和追求，却都是撬动人心的；特别是她们盲目的不顾一切、不计后果的爱，更是叫人感到惊心动魄！

　　如果《蔷》只停留在女性自身世界的这种单一的爱的渴望和追求的审美表现上，这就极大地阈限了作品女性意识的社会的人生的心理的内涵。对爱的渴望和追求固然是现代女性意识的内核，但光有这种内核的女性意识显然是偏狭了一点。内核毕竟不是整体，两者是不能画等号的。人，是社会的人；女人，当然也是社会的人。作为现代社会女性意识的直接体现者的女人当然不能仅仅停留在爱这样一个情感心理领域；她们的人生领域应该比这更广、更深。《蔷》过人的地方也正在于作者把自己的审美笔触由爱这样一个女性自身世界的情感心理领域向更广阔宏远的外部世界——社会人生领域延伸，高扬女性的不屈的宏阔精神，从而使作品充满一种女性特有的阴柔中的阳刚之气。徐家七姊妹不仅个个悖逆祖训在爱的执着追求中自行其是，而且在人生的道路上追求自己的人生价值。《蔷》对七姊妹中最后三姊妹的描述也许有某些牵强的地方，但却相当富有生命元气，着墨不多，却颇有力度。五妹希玓身上祖传的书香基因几乎荡然无存，既没有形象思维细胞，也没有抽象思维细胞，一拿上课本，便甜鼾起伏，这已经很辱没高士徐孺子的书香门庭，她却还竟然开起了餐馆，当上了勺勺居餐馆的女老板，彻底与书香分离，成了世俗社会三教九流中的一员。至于六妹希玑，这个被作者描述得最实际，也最富有风采的女性，就更是对祖宗进行了最为彻底的反叛。她最没有门庭观念，高贵卑贱聪慧愚蠢全叫她一锅煮了，又懵懂，又狡猾，又凶恶，又妖娆，不啻是徐氏门中的吉卜赛女郎；她干的工作更是书香门庭所轻蔑的理发剃头，且堂而皇之把作为剃头佬的国际标志的"红白蓝"，三色圆柱灯高悬门口，这当然也就更是使得徐家的名节、操守当街受辱！七妹七巧，本来日子过得满可以，却要嫁个傻子，为的是"出洋"远走高飞，轻而易举走完别的女人一辈子也走不到的路标，这怎能不叫徐士祯像看怪物般盯着她。总之，名节、操守对徐家姊妹已成了一文不值的抹布。她们看重的是既能给自己带来物质享受，又能给自己带来精神享受的实际利益，或者说看重的是一种十分实惠的人生追求。然而，这也正是她们的人生的社会价值。至于忘情于医务事业的希璞、时装公司总经理希玫、在文学事业上不断攀登的希玮、始而下海南继而到鄱湖进行生物考察的希瑶，也都在自己的人生追求中实现自己的人生社会价值。也许读者可以指责作品对人生的社会价值的审美思考还是单线性的，缺乏一种立体交叉式的思维方式，因此对七姊妹在实现人生社会价值的奋进过程中的酸甜苦辣描述得还不够细致绵密，更缺乏一种隽永悠远的韵致，但作者把女性人生的社会价值作为自己审美关注指向的重要方面来表现，应该说是对前几年过多表现女性的原始生命冲动的审美指向的一个有力的反拨。不管怎么说，《不》里的梅莹不仅无爱，而且在人生社会价值的实现上并无多少建树；"三恋"中的女主人公除了实现性的价值外更是置人生社会于脑后；《爱》里倒是浓墨重彩地表现了女主人公在人生道路上的漫长而又艰辛、曲折而又坚韧的求索，但鉴于作品写于新时期伊始，不可避免地带有刚刚过去的极"左"时期的噩梦的余痕，女主人公的人生价值观还只停留在传统的政治层面上，实现的是人生的政治价值。诚然，本文无意贬抑《爱》在新时期女性文学中对女性意识率先进行审美观照的开风气之先的艺术地位，无意于贬抑"三恋"在表现性觉醒中的审美意义，也无意于贬抑《不》对我国时下普遍存在的无爱婚姻进行审美剥离的独特的美学价值，本文只想就《蔷》与这些作品在表现女性意识中的审美指向的区别来阐释《蔷》的独特的审美价值，从而力求对《蔷》做出较为中肯而又恰当的美学评价。

二

如果我们同意女性文学特指女性作家表现女性生活和女性情感心理经验的作品的话，那么，我国文学史上具有"史"的意义的女性文学的真正发轫期当界定在"五四"时期。在时代思想解放大潮冲击下，中国女作家第一次以群体的面貌出现在广阔的中国文坛上。她们以充沛的才情和犀利的审美笔触，对刚刚冲破封建樊篱的女性意识进行了极为生动而又富有胆气的审美表现。无论是以写"淑女"的温柔与爱心著称的冰心，还是以写女性在情感和理智冲突下悲观苦闷心理的而与冰心齐名的庐隐，抑或是对

一个深刻的悖论:执着中的迷惘与迷惘中的执着

自身所经历过的"高门巨族"的不同女性的心声进行了细腻描写而闻名的凌淑华,更有对压抑和摧残女性自由情爱的重重封建罗网而发出悲愤的艺术指控而名重一时的冯沅君,可以说无一不把女性意识的萌动、茁长作为她们共同的审美题旨。但是,只要我们实事求是考察这一时期女性作家表现女性意识的作品,就不难发现她们笔下的女性意识觉醒、追求、抗争的同时也表现出程度不同、深浅各异的女性意识的迷惘,鲁迅对女性意识的这种迷惘曾用一个发人深省的形象化的问号来进行表述:娜拉出走以后怎么办?在这里,鲁迅提出了一个极其深刻,也极其现实的问题:女性意识觉醒、追求、抗争后的出路在哪里?这一问题,实际上困惑着"五四"以来至今我国每一个热烈追寻女性意识觉醒的女性同胞。于是,在这一问题面前,女性同胞陷入迷惘之中。对中国女性的这种迷惘,自然逃不开"五四"时期女性作家的审美视野,也不可能超然于新时期女性作家的审美触须之外。作为一开始就以呼唤女性意识觉醒的《四个四十岁的女人》而一举成名的胡辛,当然也不可能置女性意识的迷惘而不顾,有作者在《薔》的扉页上所写的"作者自白"为证:"借故乡湖井巷陌,编一纸真真假假姊妹风流惘惘情。"对这一点,任何人难道还能有半点怀疑的吗?

一般来说,"五四"女性作家在表现女性意识的迷惘往往是通过对传统的封建包办婚姻的反叛之后的出路来表现的。时代不同了,封建包办婚姻是愈来愈江河日下,特别在城市,封建包办婚姻更是几近绝迹。因此,和新时期众多女性作家一样,胡辛表现女性意识的觉醒中的迷惘是通过对无爱婚姻的裂变后的走向而进行审美透视的,由于政治的、历史的、社会的、个人的种种原因,我国时下"凑合"着的无爱婚姻为数是很不少的。但是,女人走出伊甸园后,就能找到自己梦寐以求的真爱?严酷的现实往往把女人这种七彩美梦碾得粉碎。《薔》对二姐希玫的描述色调多少有点阴郁。她的婚姻是非常年代的误会产物。在七姊妹中,她最富有改革的进取的弄潮儿精神。作品对她的描述从外到里,从过去到现在都罩上了一层浪漫的光圈。她体魄健康真实,嘴唇富有性感,眼睛里焚烧着生命本体的狂热,闪烁着对人生的抗争和对命运不安分的炽烈的追求。小时候,南海行宫那个摆地摊看相测字的老头曾预言她大富大贵,要成为当朝真龙天子的皇后。但是,命运对她极尽嘲讽挖苦之能事,长大后竟嫁给当年的小排长、今日的小小百花纺织印染厂厂长、中华人民共和国成立前大井头染匠的儿子石平林。问题不在于丈夫的地位不高,而在于她和石平林的婚姻一开始就建立在无爱的荒漠上。石平林虽然从未对第二个女人动过情，但他不仅情感粗糙，而且蹂躏别人的情感。而希玫呢，却从不爱他，只是觉得欠他的情，觉得自己应该爱他。这就是问题的症结。《蔷》在作品中插入的罗素的话是很有意思的："爱情只有当它是自由自在时，才会叶茂花繁。认为爱情是某种义务的思想只能置爱情于死地。只消一句话：你应当爱某人，就足以使你对这个人恨之入骨。"很显然，建立在爱情基点上的婚姻应该是双方自由自在的爱、双方寻死觅活的爱；而任何单方面的爱，对于婚姻都是一场灾难，都是一种不幸。果然，结婚18年后，希玫和石平林产生了情感危机。《蔷》过人的地方在于不只是绘声绘色地描述了希玫与石平林的无爱婚姻的裂变，而在于对希玫婚姻裂变中的情感出路的荒谬性进行了单刀直入的审美曝光。看起来，作者对希玫是够狠的了，总不让她交上好运，总让她成为他人的情欲的猎物。在非常年代里，作者让她成了非常思潮的牺牲品，在汹涌的经济大潮的冲撞下，又让她坠身欲海，再一次成了罪孽的殉葬品。在石平林身上，希玫没找到自己的爱，那么，在别的男人身上，她是不是找到自己的爱呢？对那个心怀叵测的肥硕的港商，希玫与他不存在爱与不爱的问题，只存在建立在金钱利益关系上的相互利用。那么，对那个与希玫通奸的男子，是不是相互间又充满了爱呢？对这点作品没有展开正面描述，但从侧面暗示来看，也不过是一场开心的鬼混！难道这就是女人从无爱婚姻的熬煎中冲出来后的情感出路？别看希玫跟石平林离异后仍旧很有丈夫气，其实这是爱的迷惘的一种矫揉造作的表现。可惜的是，尽管作者意识到了这一点，却未能对希玫的这种爱的迷惘进行笔墨酣畅的审美剥离，从而削弱了作品情感心理的深度和艺术表现的力度。婚姻已经破裂的女性的情爱出路是如此荒谬，那么，婚姻尚维系着的女性的情爱是不是就找到了自己归宿的家园呢？看来也还是同样没有出路，同样表现出爱的迷惘。从表面上看，有着书香门第大家风范千金体，自爱自矜，又与桃花绝缘的大姐希璞的情爱是甜蜜美满的了，况且她丈夫冯春甫官运亨通，当上了令人钦羡的厅长。然而，《蔷》敏锐的地方就在于透过希璞和冯春甫举案齐眉、相敬如宾的婚姻的外层看到情感危机的实质。从表层看，他们的婚姻生活一切都走上了正轨，每周一事的义务也都心甘情愿，问题是缺乏激情，没有韵律，也没有陶醉，如水一般清淡。婚姻到了这个地步实质上也就是意味着情爱的死亡。然而，出路呢？希璞迷惘了。尽管冯春甫叫她滚时她滚得很有勇气，义无反顾地滚，但也只是落

一个深刻的悖论：执着中的迷惘与迷惘中的执着

得个自惭自尽流浪夜深沉的街头！就这样，女性意识进入了迷雾，陷入了泥沼，失去了家园，又找不到停泊地。

既然女性的情爱出路是这样艰难，这样茫然，于是，胡辛就把女性情爱中的执着追求寄托在男子汉身上。寻找男子汉可以说是《蔷》最引人注目，也是花费笔墨最多、表现得最为吃力的审美题旨的一个重要方面。在情爱追求中，女性寻找男子汉是天经地义的事。因为男子汉是高山，是大海，是蓝天，是长河；是钢，是铁，是力，是火；是高远的志向、博大的胸怀、坚忍的意志、英雄的气概、潇洒的豪情、通达的人情的象征。《蔷》中的徐家七姊妹，谁都在寻找自己理想中的白马王子、心目中的男子汉，而三姐希玮尤甚，竟其一生都在寻找自己称心如意的男子汉。然而，她愈是要寻找男子汉，却愈是找不到男子汉。当她中年孤身回到故里红城，遇到了从小就爱她的、红城师院艺术系副教授、国内外小有名气的画家辜述之时，从小就埋在她心底的爱像火山似地爆发了出来。她多么希望辜述之能成为她的像山一样靠得住的、能保护她的男子汉，然而，她竟没有想到辜述之是这样软弱，这样窝囊，刚爱上就跪在地下投降。"五四"时期女性作家的女性文学也触及寻找男子汉的问题，但折射和观照的却是女性对外部客观世界的经济物质的摆脱和对传统的封建家庭的反叛精神。现在的女性当然不需要担心"娜拉出走以后怎么办"的问题，因此，新时期女性作家的女性文学更多的是表现女性自身的情感投入和无私奉献，艺术地剖析的是女性自身的内部审视和反思。《蔷》也不是简单地重复"五四"时期女性作家的女性文学寻找男子汉这一审美题旨所蕴含的审美意蕴，而是顺应时代的前进步伐对寻找男子汉这一审美题旨进行了审美视点的转换和新的审美意蕴的开掘，在表现希玮寻找男子汉时所注目的是女性自身精神世界的审视和重造。《蔷》多处细腻地描述了希玮被那个老长不大的、没有男人汗垢气的、只知道像孩子偎依着母亲那样眷恋着她的、永远成不了男子汉的弱男人辜述之猝不及防地骗了、玩了、耍了、扔了的懊恼、悔恨、痛苦和悲愤心情。希玮的这种心情当然是有理由的，须知她是怀着一种义无反顾的赴刑场般的悲壮情感把自己的全部爱给了辜述之的。不仅如此！她还决心用她的心，用她的爱，用她的性去温暖、去拯救这个软弱的半女人。希望越高，失望也就越重。乌纳穆诺在《生命的悲剧意识》中说过："经由被爱者作为媒体，爱狂烈地追寻某种超越的事物，而当它发现并非如此时，它便感到失望。"于是，生性要强和清傲的希玮感到自己与廉价的娼妓无异,虚脱般地泪流满面。如果说18年前她是被自己认定的男子汉凌云侮辱了和损害了,那么这一次却是被自己意欲塑造为男子汉的辜述之侮辱了和损害了。两次受骗和双重受辱加重了希玮的迷惘。无怪此时的希玮向苍天发问:哪里有清白?何处有纯真?自己又为什么日复一日、月复一月地活着?这自然既是一种迷惘的悲愤,也是一种执着追求的悲愤。就这样,《蔷》在表现寻找男子汉这一审美题旨时把审美聚光灯很有力度地楔入女性自身的精神世界。可惜的是,小说未能由此深掘下去,从而囿限了艺术发现的视界,也影响了作品审美意蕴的深度。

　　一方面是执着的追求,一方面又是追求中的迷惘;一方面愈是执着愈迷惘,一方面又愈是迷惘愈执着。毫无疑义,这是一个深刻的悖论。《蔷》独具慧眼,对时下女性追求中的这种悖论进行审美表现,应该说是《蔷》高出以前同类作品的地方。张洁的《爱》和王安忆的"三恋"是只有执着,而没有迷惘,前者的执着是一种富有诗意的和多少有点感伤的理性的执着,后者的执着是一种原始的近乎偏狭的和同时也给人带来快乐的非理性的执着。而池莉的《不》,是既没有执着的追求,也没有沉重的迷惘,有的只是理智的逃避和现实的解脱。只有执着,没有迷惘,显然太理想化了,我国时下的女性还享受不到这种天国般的诗意的情爱生活;只有迷惘,没有执着,显然太悲观了,也把我国自"五四"以来女性在意识的觉醒、追求、抗争中所做出的巨大努力和付出的沉重代价一笔煞掉了;逃避这一问题,当然也不是实事求是的态度;只有面对现实,用历史的和理性的目光审视、剥离这一问题,既看到执着,又看到迷惘,才是科学而又现实的态度。正是从这一点——也仅仅是从这一点,而不是从所有方面——《蔷》的审美内涵较之于新时期前三个阶段的女性作家的女性文学有了新的、质的升增。

三

　　就整体而言,追求开阔的现实感、悠远的历史感和深沉的文化感,是新时期小说对中华人民共和国成立后小说的一个有力的超越,诸如古华的《芙蓉镇》、张承志的《北方的河》、刘心武的《钟鼓楼》、陆文夫的《美食家》、阿城的《棋王》、邓友梅的《烟壶》等作品,无一不以四方求索而又专注凝神的审美目光对社会生活的各个领域、历史深处的种种变迁、文化意识的各个层面进行独具风采的审美表现。不过,就女性作家的女性文

一个深刻的悖论:执着中的迷惘与迷惘中的执着

学而言,作这样审美表现的作品还似乎鲜见。从这点来说,胡辛的《蔷》是这样鲜见的作品之一。小说极力突破以往女性作家的女性文学的单一的美学格局,极力拓宽以往女性作家的女性文学的审美表现体系,从而使作品有着更为凝重的纵深感和浓烈的民俗感。这里特别值得称道的是,《蔷》正是把女性意识的这种执着中的迷惘和迷惘中的执着放置在特定的现实环境、历史背景和文化氛围中去表现,这样,无论是执着也罢,迷惘也罢,就都包孕着一种现实的、历史的、文化的十分丰厚而又深邃的审美意蕴。

《蔷》的审美笔触所涉及的生活面是相当广阔的。小说以红城孺子巷徐家大屋为辐射点,向四面八方伸展开去。从地域位置来讲,北到庐山,南到海南,城市、乡村、鄱湖均在作者审美聚光灯的光照之下;从职业职务来讲,上至省级干部,下至无业游民,其间还包括医生、护士、作家、教授、中学教师、工程师、研究生、大学生、厂长、老板、经理、导演、演员、歌唱家、剃头佬、清洁工、居民干部,各色人等无不在作者的审美世界里纷纷登场;从生活方式来讲,高级领导人的生活、拘谨刻板的教书先生的日子、浪漫奔放的艺术家的行状、街头巷陌三教九流的五花八门的境况,无一不是作者的审美对象;从改革开放来讲,大波大浪和大起大落的弄潮儿们、幽灵般发着僵尸臭气的与世隔绝的老祖母、随着中国经济大潮而卷起国大门的港商华侨,也都无可回避地汇入作者的审美笔端。可以说,一部《蔷》,几乎囊括了中国社会生活的方方面面。对这些描述,虽然小说奇峭警拔之处显得多少有点文气紧迫,缺乏"五四"作家艺术表现上的那种自然从容的大家风度,但在这样一个广阔的生活画面上展示女性意识执着追求中的迷惘和迷惘中的执着追求,应该说是《蔷》在审美表现上的独到之处。现实生活既然如此波澜壮阔,如此纷繁复杂,如此令人眼花缭乱,如此令人困惑不解,那么有着太多的、太重的封建文化心理积淀的徐家七姊妹在女性意识执着追求中的迷惘,又有什么值得大惊小怪的呢?这里要指出的是,《蔷》对现实生活方方面面的描述并不尽然深厚,有些地方确也文气浮露了些,但也不是没有醒世醒人之处。忘情于事业的希璞竟然被事业排挤掉,精明能干又对命运永不低头的希玫竟然身陷囹圄;然而,没有文化,也没有专长的希玓和希玑竟然在生活中找到自己的合适位置,特别是既俗陋不堪、又野泼胆大的钱年妹在工作中竟然一帆风顺、步步高升;至于七巧更是叫人不可思议,这个徐家七姊妹中最小的一个在舞台上出尽了风头之后竟然心甘情愿、不择手段以女性最宝贵的身子

· 305 ·

作为抵押到美国去闯荡人生。在这里,现实生活中的迷惘与女性意识的迷惘可谓相辅相成,互为表里,相映成趣,相得益彰。

如果说《蔷》对开阔的现实生活的描述多少有点浮浅,那么,对悠长的历史的描述就相当厚实而又精彩的了。就社会历史来看,《蔷》远溯到了东汉高士徐孺子;就女性生活史来看,则追溯到清末民国初年女子风流史。前者写得虚略,是为陪衬;后者写得细腻,尤见功底。小说着重写了两个女子的风流故事:其一是清洁堂小寡妇的风流案,其二是大井头新娘子的风月债。也许这些文字的韵味还可以更浓些,但作者锋颖所至,却确实把这两个偷吃禁果的女性写得元气淋淋,一如野蔷薇那样美得叫人心惊肉跳。特别值得称道的是,《蔷》在表现清洁堂、大井头、孺子路的女性生活史时都于有意无意间写出了渗透、蕴含在其间的悖反。莫非这也是女性意识中的悖论在女性生活史上的表现吗?清洁堂的小寡妇、大井头的新娘子为了情爱献出了自己的贞操,甚至生命,但不仅没得到男人的同情而且还没得到女人的同情——何止是不同情,简直是群情激愤,又啐又咒!女人不同情女人,这不是个悖反吗?此外,老祖母形象也蕴含着一种悖反。诚然,老祖母的形象算不得很成功,这种人物在过去的文学作品多有表现,但作为一种旧的女性生活史的象征无疑增添了作品厚实的历史感。别看老祖母出嫁的那年就矢志守寡,且在临湖靠后门的织布屋一住就 70 个春秋,不愧为封建女性的楷模。然而,作品却有两处于漫不经心中写出了老祖母灵魂深处曾经有过的隐秘的生命骚动:一处是通过接生的钱丫婆的嘴点出老祖母肚子里的种并不是徐家的种,一处是作品结尾时通过希玮的心理折射,披露出老祖母年轻时手抄的冯小青的情爱诗,从而打开了老祖母灵魂深处那座鲜为人知的,也同样有着不清不白恩恩怨怨的秘密仓库。这难道不又是个悖反吗?至于正经女人钱嫂子其实十分留恋年轻时光,也很喜欢骚动;徐家七姊妹的母亲,有块也题了冯小青那首情爱诗的手绢竟然落在姚律师手上!《蔷》里的历史悖论当然不是现实悖论的简单映衬和比照,而且把对女性的情感、命运的审美触须向历史的深处延伸,让读者从历史深处看到女性情感和命运的历史印痕,使我们看到中国现代女性意识在觉醒、追求、抗争过程中沉重的历史负重,使我们看到中国女性意识中的迷惘如何一代又一代像蛇一样咬着每个中国女性的灵魂。这样,《蔷》就在审美笔触的历史延伸中极大地拓宽了读者的审美心理空间,给读者留下了开阔而又深邃的审美天地,从而增强了作品的审美厚度和

一个深刻的悖论：执着中的迷惘与迷惘中的执着

深度。

　　无论是开阔的现实感，还是悠远的历史感，都必须根植于更为深邃的文化精神层面，以深沉的文化感去显现开阔的现实感和悠远的历史感，这样才有可能换得具体本质意义的开阔的现实感和悠远的历史感。《蔷》对红城文化的描述是极为细腻圆润的，小说于浅斟低吟中很出韵味。作者虽然还未能像前辈文学巨匠沈从文那样把故土湘西风情写得那么奇特而空灵，也未能像一代大家老舍那样把古都北京的都市风貌写得那么典雅庄重富有京味，几近都市百科全书，但《蔷》对故里红城文化却也写得既古朴，又灵秀。《蔷》的风俗学色彩是极为浓烈的。作者不仅对故里红城的物质文化进行了生动的描述，而且对故里红城的精神文化进行了颇有力度的艺术表现。中国民俗学滥觞于"古今语怪"之、战国时期的志怪书《山海经》。《山海经》除浓厚的巫术迷信色彩外，且言铁，言医，言药，言异物，言山川神灵，等等，这些后来都成为我国最早的民俗学资源。《蔷》在展示红城物质文化时多从美的角度进行抒写。于是，这里的六眼井、三眼井、大井头、系马桩、孺子巷、干家大屋、南海行宫，都那么别具一格；这里的青石板、青砖屋、芦棚子、米粉摊、大碾石、烟柳、蔷薇都那么清幽古朴。特别是对"赣菜"的描述，堪称赣地作家之一绝。看来作者对"赣菜"是颇有研究的。从作品的描述来看，"赣菜"的一大特色是价廉物美。看过《蔷》的人，恐怕不会忘记作品对"藜蒿炒腊肉"的描述。这种只有在赣地才能吃到的美味，其实便宜极了，主料不过是鄱湖生长的水草，暮春之时，铺天盖地，真是取之不尽用之不竭。然而就是这么低廉到不需要钱财投资的水草，却又凝聚了鱼虾的鲜美和芦苇的清苦，用腊肉辣椒武火急炒，食客吃时必大汗淋漓，拍案叫绝：天下第一吃！其他诸如热团子、茶叶蛋、炒米粉，何尝不是价廉物美呢？作者对"赣菜"的文化价值作如是取向也许无心，但却于不意中概括了红城物质文化的特点，确也是艺术上自然天成的一个有力佐证。然而，红城的精神文化却复杂得多，可谓是鱼龙混杂、美丑俱陈。本来是纪念东汉徐孺子的高士桥，却不知何时成了为雄性传宗接代的送子娘娘桥，据说八月中秋少奶奶、新媳妇白皙温热的胸脯贴着桥上的石莲柱子狠命摩挲，就能生男孩，虔诚和荒诞在这里浑然一体；本来无节孝可言，却偏要把一块"节孝可风"牌匾高挂门前，虚伪和名声在这里相遮相映；说是金兰世交，亦不过大年初一在各家门口恭喜发财一声而已，人情和世态在这里不过尔尔；自来水亭处，嚼

经典回放·小说世界

舌的话题无非是打探人家的隐私，传播旁人的流言，添油添盐添醋泼污水，幸灾乐祸在这里循环膨胀；至于夏夜纳凉，街头巷尾摆满竹床睡椅，摇扇、谈天、甩扑克、下象棋，口角以至于夫妻扭打、鼾声起伏，悲乐痛快，俗陋和无聊在这里倾巢而出。很显然，价廉物美的物质文化与俗陋荒诞的精神文化又是一个悖论。文化心理上的悖论，其实就是现实的和历史的悖论的"根"。《蔷》从这个角度去表现和开掘中国现代女性意识执着中的迷惘中的执着，就不仅增强了作品的艺术张力，而且增强了作品的深度，使人们看到中国现代女性意识中的悖论的文化渊源。这样，作品也就不仅具有独特的审美价值，而且具有独特的风俗史和文化史的价值。

四

什么是现代女性意识？这自然是文化思想领域里一个众说纷纭的问题。谁都不可能给它下一个亘古不变的、能得到每个人认同的界定，但是，如果从几个方面——而不是所有方面——对它的内涵进行界说，恐怕会较少地引起人们的异议。那么，笔者不惴谫陋，冒昧从如下方面对现代女性意识进行阐释：第一，男人的世界里少不了女人，女人的世界里也少不了男人，两者阴阳相合、相辅相成，缺少任何一方这个世界都是残缺不全的；第二，现代女性意识的精髓是女性的独立人格意识，绝不能成为男性的附庸，因此，依附于男性，也就是丧失了女性的独立人格意识，而丧失了女性的独立人格意识，也就是丧失了现代女性意识。如果拿上述几点来考察一下胡辛的《蔷》艺术地表现出来的女性意识，就不难发现《蔷》有独到的地方，也有不尽如人意的地方；有成功的地方，也有迷误的地方。就独到而又成功的地方来说，《蔷》极其聪敏地感到了现代女性意识执着中的迷惘和迷惘中的执着，且对这一深刻的悖论进行自己的富有艺术激情和艺术胆气的审美表现。毫无疑问，这一点给《蔷》带来声誉，带来价值，使它在新时期女性作家的女性文学有了自己的位置。但是，也必须看到，作者在表现徐家七姊妹执着中的迷惘时自己也陷入到了迷惘之中。恕笔者直言：作者的迷惘特别明显地表现在小说对"寻找男子汉"这一审美题旨的审美表现上。

"寻找男子汉"这一审美题旨，可以说是随着经济改革的大潮而同步进入中国新时期文坛的。在成功的作品中，中国新时期文学最早的"寻找男子汉"的小说当首推蒋子龙的"改革文学"《乔厂长上任记》，尔后，李国文的《花园街5号》、柯云路的《新星》，也都在自己营构的艺术世界里"寻找男子汉"。毫无疑义，这些"改革文学""寻找男子汉"实质上是对中国经济大潮的艺术呼唤，是对励精图治、坚韧不拔、九死不回、一往无前的改革精神的艺术弘扬。然而，表现"寻找男子汉"这一审美题旨有一个审美立足点问题，因此，男性作家在"改革文学"或其他同类的文学作品"寻找男子汉"，与女性作家女性文学中"寻找男子汉"包孕着截然不同的审美意蕴。男性作家蒋子龙等人在"改革文学"中"寻找男子汉"是对男性公民人格、智慧、精神、力量的艺术首肯，是男性的一种自强不息、永不满足的浮士德精神的艺术显现。女性作家的女性文学"寻找男子汉"却是女性意识脆弱的表现，是女性意识失落的表征，是对男性的二度依附，也是向旧传统、旧观念的回归和还原。不错，《蔷》在表现徐家七姊妹的女性意识觉醒时充满了对男性的蔑视和挑战，这一点在三姐希玮身上表现得分外突出和鲜明。然而，说来十分有趣，也十分令人惑然不解的是，作者女性意识的迷惘在三姐希玮身上也表现得分外突出和鲜明。希玮为什么如此蔑视男性公民呢？最主要的一点就是被她所爱、所奉献出自己一切的男人辜述之太不是"男子汉"了。辜述之个人物是窝囊的，但作为艺术形象却又是相当精彩的，小说对这个人物"想爱不敢爱，要爱又不能爱"的情感心理的描述是鞭辟入里、入木三分的，让人终生难忘。这号人，确实使人看不起。正是这一点，作品不仅在作者的叙述中，而且经由希玮和凌云的口及其心理反应，反反复复强调这个人物是"小可怜""小男人""半男人"，不是女人的"靠山"，"不是强悍有力给你安全感"。不仅如此，这个人物的外形也"瘦瘦单单""纤弱的手"，没有半点男人的"汗垢气"，连自行车也是破旧的。问题就在这里：希玮所蔑视的和挑战的竟是"半男人"，而不是"男子汉"；希玮所寻找的，不是女性的独立人格意识，而且能给女人以"安全感"的"靠山"。这难道不是女性对男性的二度依附吗？这难道不是女性意识的失落和向旧传统、旧观念的回归还原吗？当然，问题还不仅仅在这里，如果作者能对希玮的这种女性意识的失落，亦即"寻找男子汉"的迷误能进行清醒而又正确的审美评判，那么作品将更上一层楼。因此，问题的症结更在于作者审美意识的迷误。也就是说，作者对希玮把男子汉当作能给女人以"安全感"的"靠山"的这种女性意识表示了审美认同，这样，女人不又成了男人身上的一根肋骨？戳穿来说，作者对希玮的"寻找男子汉"的审美认同，实质上也就是对男性的依赖、屈从和对旧传统、旧观念回归、还原的审美认同。这样，也就消减了作品本来可能包容着的更大的警世和醒世的审美作用。这里要指出的是，作者的迷惘也就使得作品中人物更加迷惘。《蔷》一而再，再而三地通过希玮谴责辜述之，恰恰是作者的迷惘在人物身上的表现，这种艺术表现也就过分了。辜述之毕竟不是大毒大坏、十恶不赦的毒蛇猛兽，毕竟只是个没有用的"小男人"，为什么对这样一个人物不可以宽容些呢？作者的迷惘还表现在凌云这个人物的审美表现上。凌云可说是《蔷》描述得最复杂，也较成功的一个人物。在他身上，确实具有男子汉的某些气质和特点。毫无疑义，凌云较之于辜述之是强多了。作品后部分显然暗示希玮和凌云将重归于好。看来作者是想让希玮"寻找男子汉"的迷梦在凌云身上得到实现。这里姑且不论凌云是不是真正的男子汉，也不论凌云会不会成为希玮的富有"安全感"的"靠山"，只就这种描述的本身来看，也就是作者"寻找男子汉"这一审美内涵的迷误在人物身上的显现。说白点：女人的世界不能缺少男人，但绝不能依靠男人，也就是绝不能把男子作为自己的"靠山"，否则，就是对男人的依赖和归附。这里要说明的是，"寻找男子汉"的审美题旨在女性作家的非女性文学作品中的审美内涵是有着迥然不同的质的区别的。张洁的"改革文学"《沉重的翅膀》也在寻找男子汉，但这却是对整个中华民族强者的呼唤，是对民族脊梁的铸塑。此外，辜述之的猝不及防的临阵脱逃及其对希玮的骗、玩、耍、扔，从根本上讲，是自私的一种表现，而不仅仅是没有"男子汉"气魄使然。一方面是对女性独立人格意识的召唤和尊重，一方面又是女性对男性的依附和回归；一方面在向男性挑战，一方面又对男性表示屈从；一方面谴责非"男子汉"的"小男人"，一方面又把"寻找男子汉"变成女性价值的本身，这就是《蔷》执着中的迷惘。总之，人物可以迷惘，但作者不可以迷惘；人物的女性意识可以出现悖论，但不能以作者的女性意识的悖论去表现人物女性意识的悖论；女性人物的"寻找男子汉"的审美题旨可以描述，但作者千万不能把女性的"寻找男子汉"跟女性的独立人格意识等同起来。本来，作者敏锐地感觉到了现代女性意识追求中的一个十分富有社会意义而又深刻的悖论，可惜作者的女性意识尚未得到从容的彻底的梳理，从而让这样一个深刻的悖论未能得到完美而又深刻的艺术显现，说来实在是很令人惋惜的。

　　新时期女性作家的女性文学走过十几个年头了。有人说新时期女性文学中的女性意识"更有超越'五四'向着更为成熟的自由而美丽的女性意识天地飞翔的趋势",这多少有点言过其实。诚然,我国新时期女性文学的女性意识源出于"五四"反封建传统意识的历史深处,但超越"五四"女性文学的女性意识的趋势远远没有形成。"五四"女性文学是女性意识真正觉醒和解放的审美趋势,是女性独立人格意识和自我价值观念的真正审美曝光。即以丁玲的《莎菲女士的日记》为例,丁玲并没有回避莎菲的凄凉、苦涩追求中的孤独感和苍茫感,但更为重要的是丁玲始终站在女性独立人格的基点上,淋漓痛苦地,而不是躲躲闪闪地;暴露无遗地,而不是羞羞答答地凸现女性的自我意识,让女性的自尊心得到最大程度的满足。与此同时,丁玲还居高临下地,而不是卑躬屈膝地;十分自信地,而不是怯怯懦懦地对男性进行了辛辣的嘲讽和否定,满怀激情地,也是才气横溢地对莎菲决不做男性的附庸的女性反叛意识进行了前所未有的审美观照,从而使得莎菲的诞生,"震惊了一代的文艺界"(见钱杏邨的《丁玲》)。正是在这一点,新时期女性作家的女性文学显出了自己的底气不足和先天的苍白。仅仅从"女性对男性的失望"去艺术地表现女性意识的迷惘和失落,只能使得女性意识陷入更大的迷惘和更重的失落。胡辛的《蔷》当然也正是在这点上未能使自己进入更高、更深层次上去。其实,作者只需顺延着作品结尾所描述的希玮和凌云的情感线索,稍作展开,让希玮醒悟到现代女性意识的独立人格重要的不在于把自己捆绑在"男子汉"身上,而在于从女性内在人格中寻求战胜一切的自我意识,才能真正摆脱迷惘,找到自己的人格力量和自己的人生价值这样一个人生哲理,作品的审美价值就可能会更大些,艺术打击力量也可能会更强烈些。但不管怎么说,胡辛的《蔷》已站在新时期的女性作家女性文学的第四阶段的大门口。如果说作为新时期女性作家女性文学第一阶段代表作的张洁的《爱》,是一幅现代女性的彩照;作为第二阶段代表的王安忆的"三恋",是一幅现代女性的裸照;作为第三阶段代表作的池莉的《不》,是一幅现代女性的俗照;那么,胡辛的《蔷》,则是一幅现代女性的底照。

底照还没有冲洗出来,就可以把它加工成既更富有生命元气,又更富有诗的韵味的照片,这样的作品难道会是没有美学意义的吗?这是不是也昭示着新时期女性作家女性文学的未来的一种走向呢?

(陈金泉,南昌教育学院中文系教授)
(原载于《百花洲》1991年第5期)

永恒之女性
——读胡辛长篇小说《蔷薇雨》

于 青

胡辛的长篇小说《蔷薇雨》，俨然一部现代《红楼梦》，它以七姐妹迥然不同的各种遭遇，展示了一个现实与历史交融，文明与保守较量，革新与传统抵牾的生动画面，集中体现了时代对这个"女儿国"的投影。

对女性的讴歌和赞美，历来是舞文弄墨的作家们所愿尝试的。胡辛没有走极端，既不塑造一个超越现实的理想女性的使读者望而生畏，又不集中现实女性的所有苦难于一身，透视女性因苦难而滋生的对人生和社会的偏执态度，而是客观地写出了在新的时代面前各种女性所面对的选择。也许，《蔷薇雨》以七姐妹的形式描写的处在同一时代的不同女性的心理裂变显得过于巧合和戏剧化，但七姐妹的经历，确实反映了几代女性在新观念、新形式、新时代面前的困惑和痛苦，大姐希璞虽兢兢业业却在情感生活上贫洁如洗，二姐希玫追求时代浪潮却又锒铛入狱，而三姐希玮最能代表知识女性视爱唯上的心理却又屡遭情感创伤，就连年龄最小与时代同步的七妹七巧，也是在得到最时髦的出国资格的同时付出了对真诚情感的蔑视……徐家七姐妹，是出身书香门第的代表中国女性优秀品格的典型，作者甚至还为七姐妹的才情展示安排了一个颇似《红楼梦》赏菊吃蟹唱和的场面，这样在现实生活中极难遇到的场面由作者安排而生动地展示出来，确实显示了作者对知识女性的情有独钟。唯其是知识女性，才在新的时代潮流新的观念意识面前有了那么多的困惑、挣扎和思考。"永恒之女性"，并非是说女性们在追求一个理想的女性生存模式，而是表明了无论哪个时代、哪次潮流，女性们所面临的选择和困惑常常是双层的，既有以男性为

永恒之女性

主的外部世界的冲击,又有以女性意识为主的内部世界的争夺,这就比只面临一个外部世界的男性公民们的心理体验要丰富和复杂得多。从这一意义上讲,的确如歌德所言:"永恒之女性,引领我们飞升。"甚至可以说,女性的困惑、女性的选择,确实能展示出一个新的文明的时代风貌。

从宏观上讲,《蔷薇雨》对现存社会女性们的生活现况的描摹是丰富的、广阔的,虽然这个广阔也仅限于对知识女性的描述和塑造,但在人物内心深处的探索上,作者显然对此所贯注的笔力还不够深入。其实,如果对知识女性做更深入地探讨,便会发现,女性与女性是相通的,无论生理、心理都有源出于一点的原因,正如法国女权主义研究专家西蒙·波伏娃所言:"一个人之为女人,与其说是'天生'的,不如说是'形成的'。……是人类文化的整体,产生出这居间于男性与无性中的所谓'文化'。"如果作者更深入地写出女性被"形成"的文化整体及其女性作为普通的人的本质性的东西,那么,这个"永恒的女性"便会给人以更深刻的印象而达到真正的永恒了。

或许这是苛求的,但这是值得努力的。

(于青,作家、评论家,历任新闻出版总署图书审读处处长、《中国读书报》主编)

(原载于《中国青年报》1991年12月15日)

真诚如雨 热烈如瀑
——读胡辛的长篇小说《蔷薇雨》

刘 华

一切是新奇的陌生的,而一切又是古老的稔熟的,以往这一切埋葬在你我她的心中,眼前一切剜心剖腹赤裸裸亮了出来……

鲁迅说,贾府的焦大绝不会爱上林妹妹。那么林妹妹呢?身为硕士研究生的徐家千金希瑶不正在演出一场不可理喻却有声有色的爱情壮举吗?卢梭说,一对彼此相配的夫妇是经得起一切可能发生的灾难的袭击的,然而,对于希玫夫妇,灾难竟来自他们自身!他们并不相配吗?布莱克说,辛勤的蜜蜂永没有时间悲哀,可是徐希璞——一个真实的医生同时也是一个秀外慧中的东方女性,为什么像个孤独的白色的幽灵,茫然徘徊于街衢巷陌?多少哲人礼赞真善美,又有多少长者把"清清白白做人"的信条作为遗产留给后人!然而,希玮却痛彻地反省道:"22岁以前我过分崇尚纯粹的真善美。结果呢?小小的污垢差点毁了我一生。"她的将去闯荡人生的小妹妹更是直率泼辣:太清白便成了一副沉重的十字架!为什么呵?

走进胡辛匠心营构的由大井头、系马桩到三眼井、孺子巷的"磨磨圈"里,这古老稔熟的城市一隅竟如此陌生而新鲜。充实与失落并存,美好与污浊竞生,希望与失望伴长……上了年纪的妇人仍然在街头巷尾飞短流长,而年轻女性却孟浪娇娆地投进了生活的激流,"执拗而自信地扬起生命的红帆",即使注定会有失败,即使注定会有一番挣扎甚至沉沦。孺子巷早已不再是酸酸的清白巷了,即使以"本白色"为荣为祖训的徐家大屋,生活也是那样色彩斑斓呀!导引我们走进生机勃勃却又充满浮躁与骚动的现代都市生活中的,正是徐家大屋的七姊妹!

真诚如雨　热烈如瀑

　　生活是如此生动而丰富，人生是如此复杂又多彩，以致哲人们用至理名言也无法穷尽生活的全部内容，无法归结共通的人生经验。那些令人咀嚼了许久许久的格言似乎也因生活的急剧变化而成为局部的个体的体验。在汹涌的商品经济大潮的冲撞下，在各种观念的急遽嬗变的现实中，《四个四十岁的女人》中的柳青还能是她的同学们的"圆心儿"吗？古巷中出身书香门第的七姊妹还能冰清玉洁地固守传统中的自我吗？

　　胡辛的长篇小说《蔷薇雨》，以她所熟悉的颇有地方特色的城市生活为背景，通过对徐氏姊妹爱情、婚姻、家庭生活的描写，生动地展示了这群女人以及众多的围绕着她们的男人和女人的个性特点、精神风貌和命运际遇。在这些鲜活的人物身上，她们的悲欢离合、喜怒哀乐无不浸润着变革时期特有的时代气息，无不流泻着迷惘却也不乏执着、凝重而又充满热烈的现实光彩。《蔷薇雨》并没有从正面浓墨重彩地描写气势磅礴的改革开放，然而，经历不同、职业不同、追求不同的各式人等都带来了各个领域变革的信息，这些信息总汇成了富有魅力的现实生活。这不是吗？失踪18年之久的三姐希玮痴迷地穿过黑夜回到了熟悉而陌生的孺子巷，她的归来与其说是命中注定、周而复始的命运归宿，不如说是对生活热切召唤的一种回答，即使痛苦的灵魂也无法忍受麻木的平静和淡泊的超脱了，凭着一本《庐山雨》她走进了无愧文墨世家的文学殿堂。而天生丽质的徐家女儿竟做了勺勺居的女老板，竟有人开起了美容厅，更有甚者，毅然离开丈夫当厂长的那家厂子，雄心勃勃地打出了时装公司总经理的旗号。作为年轻一代的大学生，小妹七巧一夜走红而成为歌星。推荐副院长人选的民意测验，则成了她们的大姐希璞夫妻反目的导火线……

　　虽然这些生活事件本来也可以从容道来，借此状写各种人物在现代都市五光十色、喧嚣骚动的生活氛围里的生存状态，但是胡辛并没有沉浸在这些新鲜生动的生活事件里，她的目光始终逼视着人的心灵，逼视着那些与时代脉搏和谐或不和谐的心灵律动。她的笔端是那么酣畅激扬地倾泻着对生活的真诚挚爱，又是那么痛快淋漓地传达着人们在各种观念急剧嬗变的现实中无可避免的痛苦和困惑。七姊妹的父亲徐士祯说得好："改革最关键的是人心的改革。"改革给生活注入了强大的活力，打破了固有的生活模式，对于许多人，改革必将重铸人生。正是那些沿着自己的人生轨迹执迷前行的心灵，用欢呼呐喊喧哗叹息交织成了时代前进、社会进步的是足音。

经典回放·小说世界

在《蔷薇雨》中，二姐希玫这个人物是很有光彩的。她的漂亮在昨日是悲哀是耻辱是一个悲壮的爱情故事，而在今天却是与她的自信、聪明、进取精神等值的光荣和资本。她认定把握机遇与生命休戚相关，亢奋、焦躁地期盼着"雨中蔷薇最后的一绽"。她既在拼搏，也企望巧取，"她是一只精美绝伦的风筝，但需凭借风力方可直上青云"。为了成功，她离开了丈夫和女儿；为了成功，她最终一头扎进犯罪的泥沼。这是一颗怎样不安宁的心灵呵！她的悲剧令人遗憾又发人深省，也许，这就是成功注定要索取的代价？她的丈夫石平林，那个善于用硬直的外表掩饰运筹帷幄的计谋的厂长，也付出了同样沉重的代价，与他在管理工厂时的精明强干相比，在家庭生活中他竟是那么无能。这个为了自己的所爱可以置个人政治前途于不顾的男人无疑是个感情丰富的人，而辗压着这颗心的恰恰是爱情、亲情！妻子的不贞、离婚乃至被捕，女儿的高考落榜乃至神秘失踪，一连串的不幸袭扰着他。虽然苦涩，但这就是实实在在的生活，就是充实丰富的人生。生活的魅力在于此，人生的魅力也在于此！不是吗？在预感到自己将锒铛入狱时，希玫藏匿的"罪证"竟是一本珍贵的爱的记忆，即使身陷囹圄她也始终没有甩出一张颇可以利用的王牌，她用行动印证了她的起誓："我不会向任何人出卖我自己，不管是男人还是女人。因为我更爱我自己。"这不是吗？仅仅是渺茫的关于女儿的希望，就让石平林这流泪的铁汉恢复了平静和自信，所有痛苦顷刻埋葬在心田里。这些人物的命运遭际值得读者同情和思索，而他们的人格力量更是光彩照人。虽然，与希玮等人物相比较，希玫们的心声尚嫌弱了一点，但是，我们的的确确谛听到了真切的属于弄潮儿们的心灵呼唤。

人们的痛苦、迷茫，常常来自他们自身，来自他们的性格弱点以及诸如此类的缺憾，譬如希玫的悲剧源于她争强好胜爱冒风险的个性，柔弱注定了希玮走不出人生的"磨磨圈"，然而，毋庸讳言，人们求解人生之谜的痛苦和迷茫，也来自对现实生活的困惑。这种困惑在生活习惯、思维方式、道德观念、价值观念等皆因生活的急剧前进而变化而更新的时候，显然是很自然的，毕竟人们祖祖辈辈就是沿着那样一条生命轨迹走过来的。但是，这种困惑恰恰也证明生活在大井头、三眼井、尤其是孺子巷一带的市民，有着太重的精神因袭、太多的心理积淀、太浓的荒诞时代的阴影。时至今日，徐家大屋不仍活着一位像幽灵一样骇人、如家训一般严厉的老祖母吗？她以本白布被污染就再也无法还原的事实警诫着重孙女：清白名声是徐家女儿立身之本。殊不知，已逝去的荒诞岁月早已无情地污染了她的本白色，而她的本白布则是扼杀希玮、希玓青春的白绫。即使精警地道出"改革最关键的是人心的改革"的徐士祯，不也在逼迫女儿们为清白起誓吗？在这部长篇小说里，关于与徐家世交的那些门第家世的追溯，关于人们生活环境的描写，关于渗透于人们血脉中的精神因袭、心理积淀的揭示，透露出浓重的历史感。但是，值得注意的是，胡辛并未着意去铺陈逝去的生活，并未突出地渲染人们曾经历过的种种不幸，她关注的是正在社会这座大舞台上有滋有味、声情并茂地演出人生活剧的各种角色，她努力展示的是激荡的现实生活在人们心头激起的心理涟漪。尽管，背负着沉重的精神因袭跳舞者大有人在；尽管，掩着昨日的创痛歌唱者也不乏其人！生活正湍急地流泻，谁的心灵还能是死水一潭呢？希玮说得好："我自以为是个感情冰冻了的人，我没想到这么迅猛这么容易地融化为春水。"显然，人的思想的解放、观念的更新，为人们提供了一个回眸历史、反省自身、重新审视爱情、婚姻、家庭的契机，同时，也为人们提供了重新确定追求目标，重铸人生的勇气。结婚18年，希玓夫妇的离婚就和结婚一样干脆利落，不错，希玓从不爱他也不讨嫌他，她始终是扎得他遍体鳞伤的玫瑰，但究竟是他的玫瑰。然而，当她倚仗自己的智慧和魅力走向成功之时，当她意识到女人的定义之后，她却毅然扑向了不讲道理的爱，哪怕背负的心债重到无极。无独有偶，希璞夫妇这两颗貌似近，实则永不相近的星辰，也发生了碰撞，虽然是轻轻碰撞，却也导致了毁灭性的灾难，丈夫斥责妻子自私、冷酷，妻子痛恨丈夫卑琐、愚蠢，互相撕去光洁的人格面具，原来彼此这么轻蔑这么仇恨！就连呈柔弱女人态的辜述之居然也不甘让自己像一团面粉似地由妻子揉来捏去，因为希玮的出现，"那颗原来冰冷的心此刻血淋淋起伏翻腾，他失却了淡泊平静"，尽管他注定成不了阳刚气十足的男人，但毕竟辜家家族惧怕一切，包括他们自己的心理积淀，到了辜述之这辈儿，总算泛起了些许自爱自尊自强的意识。

变革的生活对爱情、婚姻、家庭是严峻的考验，而人们在重新审视它们的时候，在重新选择未来、设计自我的时候，旧有的生活形态的解体，必定有失落的痛苦相伴随。作家描写这些痛苦，绝非展览之、任意把玩之。作家的目光要穿透它从而开掘生活的底蕴，要剖析它从而发现新生的希望，并高举它让它以一声响亮的婴啼去感召读者。《蔷薇雨》中几个家庭的裂变，使我们恍然顿悟，原来生活有如许多的伪饰，原来爱情和婚姻也有如许多的伪饰！人们终于有了剥去这些伪饰的自觉意识和勇气，难道不是生活前进、时代发展的一个标志吗？难道不是社会文明进步的希望吗？还是希玮说得好："坦荡荡面对假丑恶，我反而百倍珍惜人世间的信赖、友情和鼓舞，哪怕是一瞬间或一点点。"

胡辛在《蔷薇雨》中还描写了一些不可理喻的生活现象，一些具有怪诞色彩的人物。那些生活现象，并非是对五光十色的生活的一种填塞；那些人物，并非是对芸芸众生的一种补充。在那些行为举止不可理喻、具有怪诞色彩的人物身上，常常体现出正直、无私、勤劳和敢作敢为等美德；尽管他们的行为或有隔世之感或有玩世不恭之嫌或有令人扼腕长叹的缺憾，而且，在这些人物身上，我们明显地感到了作者倾注于人物生活命运中的感情潜流，那是对美好的热情张扬，那是在各种观念嬗变的背景下对一些理当珍视的品德的大胆首肯，那也是对各具色彩各呈个性的纷纭人生的宽容。但归根结底，是作家对生活的挚爱和忠实。徐家老四希瑶的生活经历就颇有些怪诞意味，自幼跟着母亲走在朝圣之路上进教堂做祈祷，在成为环保科研所的青年知识分子后，她终于发现人世间的真与善。即使她寻觅到的真诚与善良的心灵有着一副丑陋的外表，有着不可捉摸的身世之谜，她也忘情地执着地在追求。为了爱情，她付出了惨痛的牺牲。受洗是爱情鬼使神差，在特区的遭遇也是爱情使然。在我们为她的遭遇惋惜的同时，不也被这种正直的爱情力量所感染吗？那个满口陈词滥调的清洁工钱光荣，仿佛是一件铭刻着荒唐岁月印记的历史文物，今天看来滑稽可笑。作者在他身上用墨极少，然而，当石平林毅然决定聘用这被世人认为是半疯子的老人时，我们不禁为之怦然心动：的确，钱光荣有钱光荣的价值，正如貌似玩世不恭，其实是想把短暂的人生品出无数种滋味才肯罢休的凌云有凌云的价值一样。凌云是个经历、思想、感情都相当复杂的人物，我们可以数落出他的种种"坏处"，然而他珍惜人生、热爱生活、敢作敢为的激情和勇气却是那么富有魅力，以致我们情不自禁地随着希玮为他"富有魅力的坏"而感叹。

感受着迎面扑来的热烈、灼烫的"蔷薇雨"，我们不由得想起马克思的一句话："最先朝气蓬勃地投入新生活的人，他们的命运是令人羡慕的。"

    女人为什么要有自己独立的节日？
    女性意识首先要觉醒的是人的意识。

真诚如雨　热烈如瀑

《蔷薇雨》描写的人物是多姿多彩的，涵盖的生活面是宽阔的。它的艺术魅力既来自贴近现实生活的亲切感和真实感，也来自揭示变革时期女性心灵世界的生动性和丰富性。我们说，在这部长篇小说中，胡辛的目光始终逼视着那些与时代脉搏和谐或不和谐的心理律动，努力展示激荡的现实生活在人们心头激起的涟漪。对于女性，构成那斑斓、起伏的心理涟漪的，是对爱情、婚姻的思索，是对事业和人生的探求，是努力驾驭自己的命运，实现女性的人生价值的自强意识。总而言之，是人的意识的觉醒。诚然，女性"人的意识"的觉醒并非始自今日，随着时代的进步，即使生活舒缓地向前发展，守寡70年的徐家老祖母的人生大约也不会在后代人身上重复、轮回了。但是，一个不容置疑的事实是，改革开放的浪潮毕竟更为猛烈地冲击着社会生活的各个角落乃至人的精神空间。人的生活观念再也不是循序渐进的演变，而是在剧烈的撞击中摒弃陈腐而选择新生。对于女人，摆脱各种精神束缚的抗争也有了更大程度的自觉，同时，她们的精神追求也有了更为宽泛的内容。

徐家七姐妹骨子里都有种纯清傲气，但是她们个性有异，经历不同，所受到的教育程度也不同，在商品经济大潮的冲击下，各种观念尤其是婚恋观价值观更有惊人的差异，这就决定了她们迥然有异的人生追求和各呈特色的"觉醒"。这些，都在胡辛笔下得到充分的富有个性的描写。大姐希璞和二姐希玫的家庭颇有相似之处，尽管希璞夫妇举案齐眉相敬如宾，"虽有清淡如水之感，却无寡淡无味之嫌"，而希玫夫妇之间则是一种情感的债务关系；尽管这对姐妹一个清高却失之懦弱，一个好强又不免轻率，而她们的丈夫或圆滑沉稳或刚直冷峻，但如果用爱情的定义来考察的话（假设有这么一种可资检验的定义），我们就会发现，这两对夫妇间缺乏，也无法进行心灵的沟通，这对姐妹血脉里共有的自爱自怜、自立自强的意识，便预示着这不可靠的婚姻的危机，它终将因生活的碰撞而爆发。也许，希璞、希玫们的家庭是现实生活中家庭的一种类型，然而，"不幸的家庭各有各的不幸"，在《蔷薇雨》中，触发这两个家庭危机的由头不同，结果也不同，尤其重要的是，徐氏姐妹在家庭裂变或夫妻感情破裂的不幸中，所得所失截然不同。于希璞，维护了自己的人格尊严，维护了自己视功名权势为粪土的价值观念，却陷身于"不寂之痛苦和寂之恬淡中徘徊"；于希玫，赢得了把握机遇、凭借风力直上青云的更大自由，抛弃了沉重的心债，却令人遗憾地失却了人间的那份真情，少年时代的友谊在30年后邂逅时还能保持纯正的"鱼腥气"吗？她们的得失恰恰反证了她们对女性意识有着各自的理解，对实现自我价值有着各自的态度和方式。希璞被誉为"天字第一号的东方女性"，"可谁解其中味？她对他从不低眉顺眼，从不娇柔婀娜，从没有柔情蜜意，更没有癫狂痴迷"，连丈夫也不过是这位外科医生眼里的一个病人而已。她精于医道，却拙于庸俗、污浊的"人"道。我们不妨把她带着宁静的蔚蓝色的眸子去支援老区看作是愤世嫉俗的抗争，看作是对一种美好的生活理想的向往，但她在现实矛盾中的无奈情状绝不只是一个善良清正的女性的悲哀了。如果说，希璞身上更多地表现出正直的知识分子的品格和某些弱点的话，那么徐希玫则可以说是新潮女性的一个代表了。在经营实践中，她认识到自己还是一个女人，她要展示女人的魅力、高扬女人的价值去实现自己的人生追求，"连她徐希玫都展现不了高质量女人存在的价值，她就巴望所有的女人都在烈焰中化为灰烬"。利用自己的美，她巧妙地周旋在埋伏着险恶的时装世界里；即使在狱中，她也要保住自己的美貌姿色，作为两年后投入生活的资本。她与那个有地位的男同学的恋情，似乎是真正的爱情了，然而爱欲之火不也燃烧着"凭借风力直上青云"的强烈欲望吗？难怪胡辛这样写道："爱，从来不会纯粹地存在。有附丽，有牵扯，有交织，有污染……"

  希瑶对席大鹏的爱情大概是个例外。这个面容丑陋伤残的男人在人们的抱怨和咒骂声中疏通道路的义举，竟使希瑶为之而灵魂骚动不安。这是文学的蛊惑？抑或是宗教的迷醉？为了这个男人，她辞职私奔，踏上了富有传奇色彩且有荒诞意味的行程。"她就这样不顾一切脱出原有生活轨道妄想重新设计自我，带着骚乱而绚丽的梦幻，去迎接那并非空洞无望的明天。"也许，我们有理由对她追求真与善，无视他的丑、他的身世之谜的爱情经历提出质疑，但是，谁又能否定在纷繁绚丽的生活中这种传统的正直的爱情也是一种真实存在呢？谁又能说在她的心灵经历了痛苦的骚动之后，她说的那番话——"哪里对于我都一样，我不会再作徒劳的选择了"，不是一种真实的清醒呢？对于那块年深月久的门匾依然危乎其危地悬在门楣上的徐家大屋，对于为爱情、为人生而燃烧而困惑的徐家诸姐妹，小妹妹七巧似乎是一个"异端"。"对于她来说，生活是恩赐给她的丰盛的酒筵。造物主赐给她一副多好的肠胃！""她七巧希望每天每天每时每时都沸腾着新鲜的骚动！即便爱的挫折对于她也是一种品尝。"这位歌星毅然决定嫁给一个傻子的行动，岂止超出了习惯于清白纯净生活氛围的父亲的想象力，实在也超出企图对文学形象做出道德评判的读者的审美视野。批评她盲目地趋时附势吗？不，她的动机很明确：要离开这个清白得容不下一点污垢一点尘埃的家，要去闯荡人生！斥责她玩世不恭吗？不，她的生活态度是坚决的、认真的——

别的女人怕一辈子也走不到的路标，我轻而易举到达，我将比别的女人多活几辈子，为什么不干呢？我嫁给姚伯家当媳妇，我起誓。

虽然这是与徐氏姐妹或高亢，或悲壮，或哀婉的心声极不和谐的噪音，竟也如此铿锵！无疑的，读者将对她的价值观念、生活态度投以鄙薄、不屑的一瞥，然而，对于一个有勇气的、忠于生活、直面人生的作家，怎能无视虽然令人痛惜却也是文学血肉的生活真实呢？事实上，七巧的人生抉择既是令人痛惜的，也是令人深思的，她对家庭"太清白"的抨击，难道不是徐氏姐妹身体力行地品尝生活况味人生后的一种共识、一种大彻大悟吗？

与惊愕于人生的惊人重复、小心翼翼徘徊于人生"磨磨圈"中的希玮相映成趣，放荡不羁、我行我素的女剃头佬希玑则生活得比别人轻松，"她像是没心没肝没头没脑，却硬是活得无拘无束无忧无虑"，然而，她仍有自己的色彩和个性，仍有自己的生活情趣和追求。当父亲逼迫女儿们起誓时，她这样回击道："每个人都是每个人自己，不是靠谁的规矩管得了的！"这句话大约就是希玑关于女性意识那滔滔演说的内涵之一了，是对其朴实、直白的注脚了。希玑可以按照自己的意愿不在乎一切去实践之，而希玮则是一个普通的、患得患失的在理智和感情的交织中困惑迷惘的女人。《蔷薇雨》在这个人物身上倾注了最多的笔墨，对她复杂矛盾的内心世界做了最为充分的揭示，王蒙在为此书作序时说："她似乎是女性性别的一个典型。"的确，女性永恒的人生主题导引着她在爱情的苦海中痛苦地探求女性价值，"女人的永恒的弱点铸就了她永恒的悲哀"。18年前她的失踪，既是时代悲剧，也是性格悲剧，所以她痛彻地反省道："柔弱并非女人最珍重的品德，只不过是女人的天性，局限性而已。"而糅合时代悲剧和性格悲剧的，正是徐家大屋关于本白布的警诫，正是传统的贞操观念和日见陈腐的家风。在22岁以前希玮过分崇尚纯粹的真善美，结果小小的污垢差点毁了她的一生。应该说，归来的希玮已是一个觉醒的女性了。她不是执拗而自信地扬起了生命的红帆吗？她不是登上讲坛宣言"全靠自己救自己"吗？尽管重温少年时代的友情竟是难言的苦涩，尽管陷身永无休止的纠葛，她几乎又封闭于孤独的自我之中，但毕竟这时的希玮已能够坦荡荡地面对假丑恶了，能珍惜人世间的信赖、友情和自己了。在辜述之面前，她的悲怆充满人格尊严；在凌云的怀抱里，她的冷漠融化在爱情的诱惑中。也许，可以说希玮的命运归宿恰恰对应了她的生活逻辑："女人成为人之后还要回归到女人。"也许，可以说日后的希玮便是实现了这种回归的女人了。然而，历经磨难、自以为是个铁化了的女人的希玮终于发现，"原来她人性最深层的隐秘处，竟是对男人的渴求，与一个男人在一起，她才有人格，她才充实，她才显现出女性的优越"。"世人除了女人便是男人，女人要独立，终究又能独立到哪里去呢？"我们无须就此论证她的"觉醒"程度如何，她的"回归"成功与否，感谢作家，她让我们窥见了女性丰富而复杂的内心世界，乃至隐秘的深层心理，她为我们剥开笼罩于希玮生活经历中的那几分神秘感、宿命感，从而使我们品尝到人生无可逃遁的苦涩之味。这就足够了。

纵观徐氏七姊妹的生活命运，我觉得，胡辛在生动表现处于生活激流中骚动不安的女性心灵世界的同时，也执意于对人生的整体况味进行品尝。七个女子热烈的人生追求，都有自己的色彩和个性，也都有痛苦相伴，她们的痛苦既有历史的渊源，也有现实的因由；既来自随生活的快速变易、稳定的观念系统被打破必然招致的失落感，也来自在迎接人的全新的展开形态时，她们自身的某些缺憾或迷误。但是，胡辛并不是把她们的痛苦仅仅系结在爱情、婚姻与事业的矛盾，爱情在婚姻中的位置，女性独立以及诸如此类妇女题材文学作品常常反映的某个问题之内，在她审视人生的目光里，尽管这一切闪烁着时代的折光，却也是人生的题中之义。她在全书之首引用了这样的诗句——"有些雨一定要滴进每个人的/人生里/没有雨，大地化作一片荒漠；/没有悲伤，人类的心会变得/寂寞、无情而傲慢。"咀嚼着《蔷薇雨》热烈之中的悲伤，我们品尝到了属于女性也属于男人的带有人生整体性的苦涩：人，当人性窒息的时候，他们呐喊、抗争、奔突，努力摆脱各种精神束缚；当他们成为独立的人、健全的人以后，他们又常常因为盲目而走向令人痛惜的迷途。七巧如是，希瑶也一度"失足"，即使她的爱情选择充溢正直的力量和对世俗观念的反叛精神，不也带着几分险峻和盲目吗？人，在他们能够爱、有权利爱的时候，由于生活背景的制约,也由于自身缺憾的袭扰,对待爱情、婚姻常常太草率;当他们重新审视现实、抉择人生时,虽然他们清醒了,但是,"爱,从来不会纯粹地存在",或如希玫脚下的泥沼,或如希玮眼前的苦海,人们注定要辗转在痛苦和人的意志之间。人,在清白的精神环境中感到压抑,感到沉重,企望扬起生命的红帆驶向浮躁与骚动的生活海洋,然而,在美好和恶浊交并喧响的生活中,要保持清正的品格又是多么不易,希璞不就以堂而皇之的理由离开了叫红城的城市吗?人,大约要像希玑那么洒脱,像希玓那么麻木,才不至于活得那么累,才不至于陷身苦涩而尴尬的境况。然而那样的人生又有多少光彩和魅力呢?品尝富有魅力的苦涩,我们领略到的是生活的新鲜、生命的可爱、人生的美好。我以为,正是执意于况味人生、执意于生动展示女性的丰富的心灵世界,使这部紧贴生活反映现实的长篇小说具有强烈的艺术感染力。

借故乡湖井巷陌,编一纸真真假假姊妹风流惆惆情。

《蔷薇雨》以泼辣的语言风格和浓郁的地方特色为我们展示了一幅现实生活的画卷。从作者对红城湖井巷陌的交代中,对徐家大屋及其邻里世家的追溯中,对风俗民情的生动描绘中,我们除了钦佩作家扎实的生活积累外,还强烈地感受到了作家对生活的浓厚兴趣和真诚挚爱。应该说,这种兴趣和真诚,是每一位视真实为艺术生命、忠于生活的作家不可或缺的。在这部长篇小说里,作家对生活的兴趣最终要倾注于她笔下的人物,作家对生活的挚爱最终要归结在徐氏姊妹及其周围各类人物的身上,因此,地方风物、民俗世态绝不是游离于作品之外的、用以突出特色的某种附加和点缀,它渲染了特定生活环境中的生活氛围和文化氛围。人们的悲欢离合维系于斯,人们的憎爱恩怨、困惑眷念也维系于斯。虽然这种生活氛围有着酽稠的历史积淀,虽然徐家大屋以清白为本的生活观念和六眼井、三眼井、大井头一带那许多的"眼",与女主人公的全新的生活展开形态事实上构成了对立和冲突,但是《蔷薇雨》无意驻足于这一对立和冲突的层面上。在这里,各具个性、各呈色彩的纷纭人生都得到了宽容,所以,它无须着意去撷取生活中落后或陈腐的东西来反衬新生和美好的事物,它只要真诚地面对生活、面对人生这就够了。于是,在胡辛生动、真实的描绘下,颇有地方特色的民俗风情一如生活本身那么富有魅力。大井头女人们的吵吵笑笑、千家嫁女的盛况,都沸腾着人的生气,谁说在她们的人生磨磨圈里仅仅留下一串串后人不肯重蹈的脚印呢?六眼井、三眼井、大井头这些地名都有其历史内涵，它们代表着不同的阶层、不同的思想感情甚至生活观念。然而，目睹它们的兴衰荣辱、交融混杂，谁说咀嚼世事沧桑我们得到的不是生活流动、时代变迁的欢欣呢？

由此，我们看到了作者努力囊括更多生活内容的勇气和胆魄。一条窄窄的古巷既连通历史，也连通生机勃勃的大千世界；一道蔷薇如瀑流泻的古院墙，既映照着生活的容颜，也映照着人生的姿影，随着徐氏姊妹的行踪，我们走进了一个个生动、诱人的生活场面：老女人在麻将桌上的唇枪舌剑、文人聚会时的慷慨激昂、勺勺居餐馆里对美食的津津乐道、医院里民意测验、工厂里的争论、编辑部里的混战，如此等等，这一切构成了丰富多彩的生活。作者力图撷取社会生活各个方面的浪花反映现实的努力，和她着力表现女性心灵世界的主旨是相吻合的。在她笔下，徐氏姊妹并不是仅仅拥有婚姻、爱情的女性了，她们的心灵随着生活的急剧变化而动荡而开放，她们身影已融进广阔的生活背景，即便是痛苦徘徊的背影！因此，《蔷薇雨》中生活画面的宽阔铺展和适当延伸，既反映了社会变革的各个方面，涵盖了更为丰富的现实生活内容，从而传达了生活的无穷魅力，也为人物提供了实现人生追求的天地，并以此映照出人物心灵世界的生动性和丰富性，从而给人以美妙的人生况味。围绕着徐家七姊妹的众多的男男女女，在这部作品中都留下了令读者难忘的音容笑貌、个性风采，如凌光明、章曼娜、钱俏、姚鸿、巴小霞等，虽然作者在他们身上用墨是简约的，却也是相当传神的，那许多人物的人生历程何尝又不能敷衍成一篇篇动人的故事呢？然而，在这里，他们的生活经历隐没在变革的激流之下，他们的个性风采却闪现在热烈而凝重的生活画幅之中，而且依然那么突出、鲜明。

《蔷薇雨》试图囊括更为广阔的生活内容、更为丰富的人生的努力，表现在结构形式上，就呈现出开放的格局。它以描写徐氏姐妹的命运际遇为主线，辐射众生，在审视女主人公心理律动的同时，吸纳着她们周围所有的喧哗和骚动。显然，希玮、希璞等几位姐妹的人生经历有着较强的故事性，但是，胡辛打破了其中的情节勾连，在对女主人公生活命运的描写中，不惜笔墨地交替描写了许多似与希玮们命运无关的生活场面，有时候对这些场面几乎是恣意铺陈，比如希玮登上大学讲坛演说的情景、七姐妹及其男伴出游的行状，不用说，更有年长男女的街谈巷议。如果说，徐家姊妹的命运归宿勾起了读者的悬念，那么，这些生活场面则把读者卷入其间，置身处地寻觅着女主人公的身影，同时感受着时代气氛、社会气氛和家庭气氛。虽然，徐家姐妹命运际遇中不乏偶然、巧合甚至传奇性的因素，作者也不讲究严整的情节，她似乎有意识地留下空缺，诱导读者去作情绪性、哲理性的联系，从而品味生活和人生的底蕴。希玮神秘的失踪及"失踪"后的生活经历，希玫与鄢河鸥的邂逅及以后的遭际，还有希璞的婚姻基础，等等，都出现许多疏空，但是，凭借零星的交代和散置在人物心理刻画中的情绪部件，我们通过被唤醒的想象去联系，仍然体会到人物命运的完整和合理，同时，为作品的真实、自然所感染。这部洋洋洒洒40万余字的长篇小说，虽无严紧的故事，竟也能引人入胜，其魅力除了来自贴近生活的亲切感，来自对女性心灵世界的深刻揭示和对各种人生色调的比照况味外，我想，它的开放的结构也召唤读者身临其境，感受着热烈而凝重的"蔷薇雨"。

《蔷薇雨》浓缩了丰富的现实生活，因此，作者不可能也绝无必要对更多的生活方面和更多的人物形象作细致的描写。读者则可能根据自己的审美要求，对某些人物的心理状态、情感脉络未得到从容揭示，对某些生活方面的浅尝辄止而感到不满足。我们不妨把其视作难免的缺陷，作为一部反映现实生活的力作，《蔷薇雨》仍不失其艺术光彩。我们体验着蔷薇如雨的真诚，也期待着蔷薇如瀑的再度绽放。

（刘华，作家、评论家，江西省文联原主席）
（原载于《创作评谭》1992年第1期）

土地·女性·人生
——记女作家胡辛

吴山芳

　　第一次耳闻胡辛的名字，还是在我读初中时，她的处女作《四个四十岁的女人》获得1983年全国优秀短篇小说奖；第一次见到胡辛，则是在江西大学校园了。她个儿中等，穿着潇洒，说话声量大，且音频快。后来，就越来越多地读到了她的作品，我渐渐地沉迷了，似乎其中有股强大的情感冲力将我裹挟拉扯撼动，在我脑海里逐渐积淀映出一个鲜明的印象：饱怀着热情，蕴含着深情，充溢着才情。不想，近来的一次夜访，却使我发现，这种作品印象，用在女作家胡辛本人身上，再恰当不过了，真是应了一句话：文如其人。

　　胡辛38岁登上文坛，是个"高龄初产妇"。短短几年来，奉献给读者的，已有了沉甸甸的六部书：中短篇小说集《这里有泉水》《地上有个黑太阳》、长篇小说《风流怨》、长篇报告文学《姹紫嫣红总是春》《天排山放歌》及新近推出的有重大飞跃的长篇小说力作《蔷薇雨》。其中，《四个四十岁的女人》被译成日文、英文介绍到了日本、美国。那天晚上，我和胡辛是坐在她家那柔和、雅致的客厅里谈话的。她很热情，也很率直，在一个曾做过她的学生的人面前完全没有一点架子。我们兴趣盎然地拉开了话题。她说："我是懵懂蹒跚地踏入文学领域的，获奖后的1984年那阵儿压力非常大，含辛茹苦紧紧张张只发了三个短篇。于是我横下心来，白天工作，晚上拼命看书拼命写作，心力交瘁而又乐在其中。1985年开始有点好转，到1987年调入江西大学，才出现大的转机。"她感慨道："机遇很难得，要认真把握住机遇，人生就是这样。"对事业的执着和追求，她是何等顽强。

胡辛的创作题材大致分三条线：南昌—瓷都景德镇—赣南红土地。每个地方，都留下了她太多的生活和太深的记忆。她多次表示，感谢江西的这块土地，这里的牵牵挂挂，激起了她的情思灵感。

她的这三类小说里都突显了各自迥然的地域风貌，宛若三大团醒目而分明的浓重色块。她说，从处女作起，就发现自己对地域文化很敏感很有兴趣。地域很能撩拨人的情绪，乡村如此，都市也如此。"民族承传"就是有它站得住脚的地方。她说："我喜欢看有地域色彩的作品。《百年孤独》其实是一部民俗长篇小说，《红楼梦》中的饮食、起居等都可从民俗角度去讲究。地域与人是有缘分的。"

女性文学的崛起，是新时期文坛一个格外引人注目的文学现象，对之有百家之言，但共同一点，欣慰地看到女性意识在中国女性集体无意识中渐渐地觉醒了。胡辛则认为，女性文学的划定，应是指女作家笔下的高扬女性意识的作品的小范围概念。她最近在《创作评谭》上著文《我论女性》，专门阐述了自己对女性问题的独到见解；另一篇《论女小说家的审丑意识》竟被《高等学校文科学报文摘》选载。她说："我的小说从一开始起，就是张扬女性意识的。我自己是女人，也接触到各种各样的女人，我深深地同情很多女人。女性问题一直是我创作自觉关注的热点。"生活中，胡辛是个天生个性要强的女人。她追求这样的女性人生："一个女人的价值，不是知名度，首先是个人，为社会，为家庭，只要心中无愧，这就是人的价值。"

每当问及她今后的打算时，她笑笑说，目前已杀青的是一部颇富传奇色彩的长篇，尔后想写一部关于瓷都的长篇小说。作为江西作家，抒写独特的"瓷文化"很有必要。瓷是中华民族文化不朽的外衣。

胡辛，这位对土地、女性、人生满怀热情的女作家，一定能写出更多情韵深邃的佳作，迎来一个更灿烂的创作丰收期。

（吴山芳，百花洲文艺出版社原监事、编审）
（原载于《文学报》1992年2月6日）

说一说胡辛

谭 谈

那一年的初冬，我参加一个愉快的团体，有过一次难忘的旅行。

大连、营口、鞍山、沈阳。我们的足迹遍及整个辽东半岛。

因为愉快，我们开心地笑，我们倾心地谈。这些"笑"和"谈"，给我们留下了许多难忘的事，许多难忘的人。

胡辛，就是我们这个愉快的团队里的一个令我难忘的人。

她是一个女人，一个写女人的女人。当时，她写得最著名的女人，是那《四个四十岁的女人》。

其时，她已是一个40又几的女人了。女人到了这个年龄，是红颜已去、徐娘半老了。同时，女人到了这个年龄，人生的阅历丰富，事业的成果丰硕。为女、为妻、为母，都是品过了一番酸甜苦辣了；从政、为文、经商，已闯过几回风风雨雨了。这个年纪的女人，有一种丰富的美、成熟的美、稳健的美。这种美，是那些妙龄少女们无法可比的。

她高高的个头，健壮的体魄。她无拘无束地笑，快言快语地谈。猛一见到，我觉得她就是从我们湘中山区走来的农家女子。这种"无拘无束"和"快言快语"如果再跨一步，我就会感到她有点"辣"了。然而，她恰到好处地掌握了自己的分寸，留给我的印象便成为人坦诚和耿直了。相处的日子一长，我愈来愈坚信自己的第一印象了。

从以后的天南海北的交谈中，我了解到，她虽然坦诚纯朴如农家女，实则出身于书香门第。她原名胡清，也许是因为"人生就是茹苦含辛"初有品味，便取笔名为胡辛。她1945年5月出生于绵江边的瑞金，籍贯则为江西南昌。在没有和她见面之前，我只知道她是一个很有成就的女作家，写有名篇《四个四十岁的女人》，获全国优秀短篇小说奖的。没有想到，她还是一个使人刮目相看的学者，有着十分崇高的职业，现为江西南昌大学中文系的副教授。另有诸如中国作家协会会员、江西省文联委员、江西省作家协会常务理事等一串的头衔。

这些头衔不是轻风吹来的，那是她事业上的累累硕果编织成的，是她勤奋的汗水浇灌成的。这些年来，她先后出版了中短篇小说集《这里有泉水》《地上有个黑太阳》、长篇报告文学《姹紫嫣红总是春》《天排山放歌》、长篇小说《风流怨》《蔷薇雨》、长篇传记《蒋经国与章亚若之恋》等七部著作。给我印象极深的，是40万余言的《蔷薇雨》。书还散发着油墨芳香的时候，我就读了她。三年多过去了，那不同人生道路、不同性格特征的徐家七姐妹的恩恩怨怨，那井台边的女人们的笑声，那作者写在每一章前边的有关女人人生的、入木三分的格言警句，至今仍萦绕在我的耳畔和脑际……

1994年6月25日，写于长沙
（谭谈，作家，湖南省文联原主席）
（原载于《江西画报》1994年第10期）

愿洒小小蔷薇雨
——访中年女作家胡辛

熊伟明　匡建二

胡辛是位颇有建树、今年十分"跑火"的女作家,更是位质朴、真诚的普通人。

去年岁末的晚上,当我们敲开她的家门时,胡辛匆匆从书房里走出,手中还握着一支笔。

是的,她很忙。她手头正忙着应中国电视剧制作中心之约,将自己获得第四届华东地区优秀文艺图书一等奖的长篇小说《蔷薇雨》改编成30集电视连续剧。

是啊,时间对一个中年女作家来说是多么的宝贵。应该说,胡辛在文学的道路上起步较晚。9年前,一次偶然看电影《人到中年》引出的感触,使她几十年生活的酸甜苦辣及沉淀得到喷发。此后,她便一发不可收,先后创作发表了中篇小说集《这里有泉水》、长篇小说《蔷薇雨》等各类文学作品计200万余字。其作品不仅改编成电影、电视剧,还被译成日文、英文介绍到国外。

当聊起文学与当前改革大潮的关系时,胡辛颇有感慨地说,作家与时代是不可分割的。作家脱离了作品,一钱不值;而作品脱离了现实,则成了"空中楼阁"。我们遇上了一个改革开放的好时代,要珍惜。随着市场经济大潮的冲击,人们的固有观念在变;同时,人们对精神文明的渴望更为强烈。作为一位作家应该有自己的执着追求和独立的思考,要去弘扬我们民族的精粹,真正沉到生活的底层,去观察,去探索,创作更多以情感人、雅俗共赏的好作品。她自己正是这样做的。这几年,她先后到纺织厂、铜矿、钛厂深入生活，创作了不少反映改革的纪实文学作品。在说到江西文坛的现状时，她说，目前，一批具有锐气十足的中青年作家正在成长，并越来越引起外界的注目。她做了个生动的比喻：江西文坛正成长着一片充满生机的林子，不能说很茂密，但绝不是青草，而是真正的林子。

当我们问起她新的一年的创作打算时，她笑笑说，完成电视剧的写作后，还准备创作一部长篇小说。另外，还准备就"民俗与小说""中国女性文学研究"两个论文选题，做些理论上的探索。

快人直语、热心肠的胡辛和我们分手时的话是："一个女人的价值，不是知名度，首先是对社会要做到心中无愧，这就是人的价值。我愿自己是滴小小的蔷薇雨，用真情去滋润大地。"

（熊伟明，作家，《江西日报》文艺部原主任；匡建二，作家，《江西日报》首席记者）

（原载于《江西日报》1993年1月1日）

我读胡辛

林一民

胡辛说,她是属于那种"女人写,写女人"之类的作家。的确不假,胡辛是以写女人起家的,她是以写《四个四十岁的女人》而蜚声文坛的。接着是几部中篇,诸如《我的奶娘》《粘满红壤的脚印》《这里有泉水》等,叙说的仍然是普通女人的命运。1990年,胡辛出版了她走向成熟的代表作《蔷薇雨》。这部长达40万余字的长篇写的还是关于女人的事情,不过不是四个,而是七个。小说以东汉高士徐孺子的后裔徐士祯的七个女儿的身世浮沉为题材,叙述在汹涌的市场经济大潮冲击下,出身书香门第的徐家七姐妹的追求与失落、困惑与彷徨。这七个女性的身上不同程度地显现了这急剧变迁时代的妇女身影。小说写的虽然是一个家族的历史,而其中唱主角的依然是女人。可以说,胡辛写这篇作品时,是倾囊抖出,毫无保留,故此,"它充满了变革,充满了杂七杂八的信息"。"它具有一种我们的古老而又新鲜、沉重而又动荡、悲哀而又热烈、恶俗浅薄、五光十色、而又洋溢着一种不可扼止的力量的生活所特有的魅力。"(王蒙,《读书》1991年第1期)

除小说外,近两年,胡辛接连出了三部厚厚的传记文学:《蒋经国与章亚若之恋》(1993)、《最后的贵族——张爱玲》(1995)、《陈香梅传》(1995)。胡辛这几部传记的主人,仍旧是女性,唯一不同的是,她们有着与众不同的经历。

"女人写,写女人",不是胡辛首创和专利,古今中外文学史上早已有之,而且有些作品早已名垂史册。就是当代,这类作家也灿若群星。张洁、宗璞、航鹰、韦君宜就是其中出类拔萃者,铁凝、池莉、陈祖芬、陆星儿、张抗抗、陈染等一大批都是这方面闻名遐迩的能工巧匠。然而，我由衷感到自豪的是，我们江西也有一位名列其中；而我更高兴的是胡辛近年大有长进，不仅量上惊人，而且作品越写越好，文字越来越老练、成熟，难怪陈香梅读了她的作品之后，无不赞赏地说："文笔甚佳！"

我读胡辛，纯属专业上走穴。坦率地说，我对胡辛缺乏深入研究，我读的仅是一些个人感受。

我认为胡辛与众不同之处有四：

一、胡辛的作品浸透着一种自觉性很强的女性意识。这种很强的女性意识恰如糖溶解于水一样，不留痕迹地溶化在她编织的各种故事和撰写的人物传记中。

胡辛的女性意识不无传统，但又不同于传统的陈旧；也不无现代，但又不故作姿态，标新立异。她的女性意识是传统与现代的焊接。胡辛时常在作品中叩问自己："女人为何要有自己独立的节日？""女人能独立吗？""何谓女性的独立意识和独立价值？"等等。同时，她在自己作品中企图按照自己的理解回答自己思考的问题。

《四个四十岁的女人》讲述的似乎只限于几个女人在事业、婚姻、家庭上的一些踯躅经历，但寄寓其中的是：女人们能够独立吗？她们在顽强的搏斗中，在迷惘的追求中，能够脱离爱或被爱这个支点，而独立走完人生的道路吗？也许是处女作的缘故，作品中给人的答案是几分清晰、几分模糊。接下来发表的几篇中篇，其表是抒写普通女人的命运，其里则企图说明：不论是在过去艰难的战争年代，还是在今天五彩纷呈的现实生活中，女人即便是扮演上了社会角色，也无法摆脱妻子与母亲的角色。胡辛写道："我笔下的女人，在充当妻子角色时，或许有这样那样的抗争，但是作为母亲，她们却心甘情愿，含辛茹苦。"

每写一部女性题材的作品，胡辛的女性意识都得到一次清理，思想境界也得到一次升华。在《蔷薇雨》中，作者呈现给读者的是，七位书香门第出身的姐妹，在当今汹涌商品大潮中的追求与失落。但其中的意蕴不无令人深深思考之处：是冰清玉洁固守传统的自我？是困惑彷徨茫然无措？是心理倾斜畸态附身欲海？是历经惊心动魄终成佼佼弄潮儿？透过字里行间的描写，人们可以读到理性与情欲的撕掳、人格与本能的抗衡、灵魂与肉体的崩裂、心潮的起伏、情感的骚动。作者通过这些描写无非是想引导大家思考：女性的价值取向究竟在哪里？是玉石俱焚的悲憾？是归真返璞的超然恬静？从书的取名就可以看出作者的用意：女人如蔷薇，转眼即凋零。但暮春中的花开花落，能让人回味起《蔷薇雨》中女人的故事：那些女人啊，为何要在执着中迷惘，而又要在迷惘中执着？她们到底在追求什么？

　　胡辛写传记文学，显然不是为了追求市场效应，不是为了迎合市井的欣赏口味，而去传播奇闻、秘事的。蒋经国与章亚若之恋，几十年来被传得神乎其神，是一部地道的传奇小说的题材，但胡辛却以极其认真严肃的态度，去伪存真，将其写成传记文学。胡辛说："我并不将它写成宫闱秘闻式的传奇，而是探索这出烽火缘中知识女性章亚若的彷徨与追求。"正因为作者严肃认真的创作态度，所以这本书能够在海峡两岸同时出版。张爱玲更是中国文学史上的一位传奇人物，仅就她与胡兰成的一出爱情故事，搬上任何剧种的舞台都会百演不衰。一个是清朝重臣李鸿章的曾外孙女，一个是浙江山地农民的儿子；一个是冰清玉洁、远离政治的淑女，一个是汪精卫伪政权的宣传次长、一介文化汉奸，可偏偏不顾一切、不可思议地狂恋一场。这是人生舞台上一出多么充满诱惑与神秘的戏剧！对这样一位充满神秘色彩的人物，胡辛却不是出于猎奇，而是为了揭去其神秘的面纱，"还原一个真正的张爱玲"。作者通过"觅""惑""漂"三个部分，更多的是通过张爱玲的足迹和她的作品，企图写出一个真正的张爱玲，以及她的感情世界。陈香梅的一生是与中国近代史紧密相连的。她出生于宦门世家，少年时代起，正处国难当头。她与陈纳德将军的一段姻缘，也不乏失落与哀伤，33岁就成了新寡。而后，一个人单枪匹马闯荡华盛顿，打出了一片属于自己的天地。晚年，她成了世界级的妇女头面人物，受到邓小平等中国第一流政治家的多次接见，与肯尼迪合过影，和布什亲切交谈……这一切多么富有诱惑力。然而，胡辛却引导读者穿过传奇的丛林，"回过头去思，岁月的动荡、历史的苦难、家庭的聚散、生离死别，击碎了少女的梦魂"。以及引导读者看到，"成功女人的心田也有悲凉的一隅"，"是大地的泪点，使她的微笑保持着青春不谢"。

　　胡辛在一篇《我论女性》中，对她观念中的女性意识做了一次比较清晰的整理："女性意识是什么？你要认识自己是女人。首先女人与男人一样，都是人，但女人又是与男性有别的人。成为一个独立的人，这点对于女性至关重要。然而要彻底摆脱习惯或自然的对男性的依附感和并不为世俗所鄙夷的女性自卑感，谈何容易！"爱情是女性的一种信仰，一种图腾，也是一种悲憾的局限。对于女人来说，"爱是不能忘记的"，她们即使扮演了社会角色，但也无法摆脱妻子和母亲的角色。胡辛还认为："女人的独立绝不是与男人的对立。"她认为，女人只有靠自身的不懈努力、追求，甚至苦苦地挣扎，才有可能取得人生的价值。

二、胡辛对女性的音容笑貌、个性脾气、衣饰动作、爱好追求、命运遭际体察入微，因此描写得有声有色、有血有肉、丝丝入扣、栩栩如生。打开《最后的贵族——张爱玲》，跃入读者眼帘的是这样一段声色俱全的描写：

> 明黄的斜襟绸衣长过膝盖，墨绿缎宽镶，盘着太云头，似嘈切喊嚓的浪花落下，又似玉连环三三两两勾搭住了，透出古意和神秘；蓝色的缎裙像是泼染了故宫北海的夜色，幽幽地漾着微光。鞋却是平跟皮鞋，都市女生爱穿的确丁字型状，因为合脚，那步履更见轻盈柔和。
>
> 她能像家教好的大家闺秀，莲步姗姗，裙裾只有些微的摇颤；可有时她爱疯一疯，如小家碧玉行路般搅起惊风骇浪……

我读这段文字就像在欣赏陈逸飞的油画《浔阳遗韵》，又像在聆听二胡独奏《三潭印月》。难怪王蒙说，读了《蔷薇雨》"阖上书，似乎可以听到大井头边女人们的吵吵笑笑，又看到了一辆横冲直撞的摩托车"。

再看《陈香梅传》开头的一段描写：

> 厚重的金丝绒窗帘没有拉上，乔其纱的镂花窗帘也给拉开了，一个女人静立窗前。台灯的橘黄的光晕让她的娇小的身段更见婀娜，她着一袭藕色软缎睡袍，淡淡素雅中只有右胸襟绣着一枝红梅；她的面貌有点像法国女明星索菲亚·罗兰，轮廓异常清晰秀丽，又透出知识气。只是脸庞稍稍圆短点，挑起的双眉下一对黑眸很有神，笔挺的鼻子下，线条明晰的嘴唇正轻轻阖启着。

这是多么准确而得体的描写，陈香梅女士读过之后，在序中写道："作家出版社编辑曾问我，胡辛女士将你写出了几分？我答曰：写出了七八分。"传主自己说写出了七八分，也就是基本上认可了。写人物传记，最难的莫不过是传主满意。

三、胡辛描写人物是连同生活现象一起表现的。无论是四个女人，还是七个女人，无论是章亚若、张爱玲，还是陈香梅，胡辛从不是孤立地写她们，而是连同生活本身一起和盘托出。所以胡辛笔下的人物，诸如柳青、钱叶芸、徐希璞、徐希玮等，以及她撰写的传主，无一不是处在复杂的社会关系网络结构之中，无一不是处在历史与现实、时代与个人、个性与共性的冲击和交汇之中。胡辛在《蔷薇雨》中，或者是刻画医道精良的外科医生徐希璞，或者描写身入囹圄的二姐徐希玫，甚至勺勺居餐馆的女老板五妹徐希约，都是把这些人物置身于商品大潮席卷全国这一时代大背景下来写的。胡辛追慕崇高，但不把自己钟爱的人物理想化、脸谱化，她直面严峻的现实，不回避复杂的人生，既描写社会，又刻画人物，因此避免了平面化的倾向。她描写蒋经国章亚若之恋，以浓墨重彩抒写当时赣州的方方面面，以及处于抗战烽火中的这段情缘。她写张爱玲更是寸步不离张出入的时间和地点。至于《陈香梅传》，作者通过"生于昨日""春残梦断""梅香四海"三个阶段的时间、地点以及复杂的时代一起和盘托出，这样就使读者不仅看到大家闺秀的陈香梅，而且看到中国苦难时代一位女子的坎坷青春；不仅看到了"女人与爱"，同时看到生死关头中一个普通妇女如何被卷入"国家兴亡匹夫有责"的漩涡；不仅看到梅香四海，也看到中美之间、海峡两岸种种复杂的关系。由此可见，胡辛不是单纯地去描写自己的主人公及其命运，而是把她们的命运放到世界发展、时代变化，以及复杂的人际关系中去表现，力图从全社会各个阶层动态中表现人物。

四、胡辛的作品蕴含浓厚的地域文化。胡辛生在江西，长在南昌，因此她的作品浸透了对故土的深情厚爱。南昌市的一草一木对于她既熟悉，又有很深的情怀。如《四个四十岁女人》对南昌地点的描写："省妇女保健院，出门就是繁荣的大道（八一大道），隔壁就是高矗的百货大楼，横过马路就是热闹的工人文化宫……"再如："小时候，她们四家分居在系马桩的两侧和桃花巷、松柏巷及干家巷。系马桩前无马系，桃花巷内没花香，松柏巷口不见松。"这些描写准确的程度简直可以当作从未到过南昌的人的导游图。至于《蔷薇雨》中，南昌城内角角落落，诸如六眼井、三眼井、大井头、灌婴的洗马池、乾隆题匾的干家大屋、东汉名士徐孺子的故居，以及以他名字命名的孺子路，无不被描写得栩栩如生，充满南昌地方特色，充满民俗风情、历史积淀和时代新貌。

胡辛热爱自己的故乡，于是她把自己亲见、亲闻、亲历，把自己最熟悉的人、最熟悉的大街小巷、最熟悉的民俗风情，毫无保留地统统写进她的小说。昌江河畔成百上千妇女捣衣的画面；南昌城里，老祖母当年出嫁，茶叶拌米撒向上轿新娘头盖上的热闹场面；勺勺居饭店那一盘盘口味浓重的赣菜；以及佑民寺、万寿宫的节日盛况，都给读者留下很深的印象。胡辛致力于描写故土的悠久历史、繁衍变迁、风情习俗，表达世世代代生息在这块土地上的老乡的爱与恨、喜悦与苦恼、企盼与寻求，无非是想通过这些描写折射出当代中国和当代人，尤其妇女的深刻变化。

我对王蒙在评论《蔷薇雨》中最后的几句语重心长的话，深有同感："呜呼《蔷薇雨》，你的悲伤能不能更深沉、更从容一些呢？你的那些引经据典和指点批注，能不能更精粹一些？"王蒙期待作者在以后的创作中能避免以上那些毛病。

我深信，当王蒙读到《陈香梅传》时，一定感到胡辛变得更深刻，也更精粹了。最后，还要再次声明，我读胡辛纯属专业上走穴，而且读得十分匆促，误读之处，在所难免，不当之处，敬请方家教正。

1995年暮春于南昌
（林一民，南昌大学中文系教授）
（原载于《创作评谭》1995年第5、6期合刊）

冲突人生

路文彬

露丝·本尼迪克特认为："谁也不会以一种质朴原始的眼光来看世界。他看世界时，总会受到特定的习俗、风俗和思想方式的剪裁编排。"[①] 对于以审美眼光来看世界的作家来说，他的问题在于究竟是什么最能调动起他的审美情绪。人无法游离于文化之外，他必须在文化传统的制约中进行着个性的选择。同样，作家也不能随意选择他的审美对象，他的选择必须依赖于审美激动的实现。在胡辛的视域中，陶瓷文化承担了这种功能。但文化本身终究不是小说的目的，浸没于文化中的人才是小说最为关注的。人们制造出某种文化，同时又要受控于某种文化，因而这就决定了人与文化之间冲突的必然性。胡辛试图通过陶瓷文化来着力表现其中的人与时代，她真正着迷的是发掘这种文化中所蕴含的民族精神实质，这种精神实质被她以"冲突"的方式表现了出来。陶瓷文化对于胡辛来说，意味着走进民族精神内部的便捷通道。

陶瓷作为意象拥有着丰富的能指功能，它"是土与水在火的炼狱中的结晶"（《地上有个黑太阳》），而土与水又是人类文明的本源，水土的交融历经火的洗礼，使原始粗糙的本质升华为细腻不朽的表象。陶瓷的制作过程折射出人类孕育生命的痛苦和艰辛。同时，陶瓷还象征着中国久远的文明旅程，甚至被作为中国的英文国名。对制陶技术的掌握，在恩格斯看来，标志着人类蒙昧时代的结束。

古老的陶瓷文化映照着人类的文明景观，它诱使胡辛去从中演绎文明

[①] ［美］露丝·本尼迪克特：《文化模式》，王炜等译，社会科学文献出版社2009年版，第5页。

的沧桑变迁。而实质上，人类的文明史就是进步与愚昧的冲突史，陶瓷文化恰恰体现了这种矛盾形态，中华民族文化的精神动力在这种形态中一览无余。

那烧瓷的窑门状如一女子赤裸着的半个身子，分明昭示出远古人对女性生殖的崇拜；作为一种图腾，它寄寓着制瓷者的虔诚祈望。但在胡辛的作品中，我们却看到：窑门竟成了女人的禁忌符号。窑工们坚信：女人"天生贱胎邪气，若贸然闯进柴窑，是会倒窑毁窑的"（《地上有个黑太阳》）。从崇拜到禁忌，这惊人的心态转变，使我们目睹了这一文化积淀中生成的深刻悖论。窑门对于女性的拒斥，是对女性生殖崇拜的反拨，其中潜含着男性尊严的崛起，这也是历史进程中的必然。但试图将其戒律化、神秘化的努力，又暴露出男性意识的极端膨胀。因而女人不入窑门的禁忌，也就演变为陈腐虚假的男性招牌了。于是，冲突便由此而生，文明中的纠葛在所难免。

当《瓷城一条街》中年少的谷子闯进窑门，以挑战性的口吻说"倒窑呀！倒窑呀！怎么还不倒？"时，这条禁忌已经开始面临危机了。而至于《地上有个黑太阳》中的"骚寡妇"椒椒强行进入柴窑，大发的那场宏论，则无异于彻底砸碎了那块"男性招牌"；而且三天后开窑时，竟然"这一窑器烧得分外好"，这更验证了"骚寡妇"椒椒叛逆行为的力度。但真理在这种文化的围困之中，并不能因此大获全胜。尽管代表着传统保守者与叛逆者两种冲突人格的哑子把桩师傅同"骚寡妇"椒椒，最终结成相好，这表明了前者对后者的认同；然而，祖宗立下的规矩并没就此废除，依然墨守如旧。所以，"骚寡妇"椒椒闯窑的唯一胜利成果便是哑子终于成全了她的单相思，她并未真正消除窑门对女性的歧视。可见，文化积淀中的惰性因子是何等根深蒂固，人们在它的支配下丧失了理性，从而不自觉地阻碍着文明的前进步履。不过，倘若没有谷子、"骚寡妇"椒椒等诸多这类女性的抗争，那人类的文明前景将无法想象。在她们势单力薄的抗争下，文明毕竟得以艰难地前行。最重要的是，她们代表着一种进步的意识，虽然这种意识还有待于上升到理性。

随着作品中年代的推进，具备这种理性的人物开始出现，那便是《"百极碎"启示录》中的小弟与《禾草老倌》里的景芳，她们开始真正自觉地与异己的价值观念进行坚决的斗争。小弟与父母的冲突在于她放弃高考的决定，这表明了她对正统价值观念的摒弃。但小弟的选择远远不为父母所理解，理解她的唯有潜心研究"百极碎"瓷的大兄。他彻悟出其中所蕴含的人生至理：一种新的价值观念，可能并不合乎传统的标准，但它需要谨慎地对待。小弟的选择完全出于对内心真实的尊重，她的行为举止也处处洋溢着天性的自然。何况小弟所处的时代已迥异于"骚寡妇"椒椒的那个时代，并且拥有了运用理性从"百极碎"瓷中汲取启示的能力；又有大兄这样执着于理性探索的"有种的男子汉"。小说虽然没有提供冲突的结局，但"百极碎"瓷却使我们洞察到乐观的结局。

景芳与禾草老倌的冲突其实就是理与情的冲突。时代对瓷器的包装提出了更高的要求，传统的禾草包装遭遇淘汰的命运。禾草老倌一手培养出来的徒弟景芳，不为师徒情谊所缚，极力主张进行瓷器包装改革，经济实用不再是她认定的唯一包装价值观，她似乎更强调外观包装的精美。与师傅截然不同的是，景芳开始从消费者的心理角度去看待瓷器包装了，她不再像师傅那样一厢情愿地固守传统的包装观念，而对这个开放的时代表现出极大的热情和自信。很显然，这也是属于两个时代的冲突。传统的滞后性，使禾草老倌已经不能很快认可新时代的价值取向了。如果说禾草老倌开始关键是在思想上不能理解瓷器包装改革的话，那么后来的禾草老倌则主要是在情感上无法接受这种改革了。时代的进步是无情的，随着困惑的逐渐消隐，禾草老倌有了"无可奈何花落去"的感慨。但前进中的文明对人的情感因素是置之不理的；相反，它往往以牺牲人的情感作为代价，进步与愚昧的冲突中包容着理智与情感的纠缠。"理性至上"被克莱夫·贝尔看作是文明的特征之一。也正基于此，我们才有可能深刻地解读禾草老倌这一形象。

不难看出，胡辛对陶瓷文化的兴趣并不在于它作为专业性、技术性这一文化现象，也不在于陶瓷文化所孕育出的独特风俗。令其激动不已的，是作为陶瓷一样的人生，以及有陶瓷一样品格的人格。的确，陶瓷的制作过程极易诱发人们对人生的联想。《瓷城一条街》中的火生师傅告诉景兴："崽伢，人跟烧瓷一个理嘛。"江波也从中悟出"石会崩，木会朽，人会亡，而瓷，即使粉身碎骨，其质却不变。人们创造了瓷，由此生命才更加灿烂辉煌"这样的哲理。

对"陶瓷人生"的崇尚，深深影响了胡辛对人物命运的阐释。水与土的结合，不经过火的洗礼，就无以成为瓷；同样，人生没有痛苦的体验，也就不成为人生。依照胡辛的理解，人生就是一个经由痛苦走向不朽的过程，人的价值不在于追求完美，而在于追求真实。因此，在塑造人物时，胡辛倾向于赋予他们以火一般的个性。此种个性让他们躁动不安，充满叛逆心理，成为冲突的制造者。这种热烈的个性是我们民族人格中的闪光部分，我们的民族因此才有可能保持生机，弃绝种的萎缩与退化。小弟、大兄、景芳、谷子、椒椒、火崽等，正是这种人格精神的代表。在胡辛看来，瓷的可贵就在于即使碎了依然是瓷，始终不改其本色，瓷的美丽倒在其次。胡辛高扬"真"的人生观，把"美"的裁决权置于"真"的名下，一反传统"善"的人生观。而大兄通过"百极碎"瓷的启悟，却认为"完美无缺也许正不是美"，表明了对传统"实用理性"的颠覆。

不同于小弟对父母、景芳对禾草老倌、"骚寡妇"椒椒对哑子的面对面的有形冲突，谷子、火崽他们进行的是一场"无物之阵"中的无形冲突，所以，后者比前者更显得孤独和艰苦。谷子、火崽是以个体的力量与整个社会观念在进行着抗争。《瓷城一条街》借一种多角恋情，将现代与传统两种价值观的冲突演绎得淋漓尽致。谷子与青青都深爱着景兴，但自小景兴便因父母之命同青青立了婚约。而当景兴发现他真正所爱是谷子时，他只是竭力压抑这种感情，继续维持他与青青的关系。尤其在青青双腿突然瘫痪后，这种"维持"变得更加迫不得已了。景兴始终无法向真实的自我接近，瓷街多年的文化传统积淀成一个坚硬的外壳，牢牢地罩住了他的自我。而谷子却不为所谓的道德情面所困，大胆地追求着景兴，她尊重青青，但也不忘尊重自我。没有对自我的尊重，何谈对他人的尊重？谷子对青青的尊重，正是通过对自我的尊重表达出来的。谷子与景兴代表着两种截然对立的人生观。尽管谷子义无反顾地坚守自己的信念，但她的对手过于强大，她的结局只能是悲剧性的；而景兴则根本无法心安理得地执着于他的信条，他那"文化外壳"的最终破裂，证明了他在人生观上的失败。

火崽人生观中的反传统层面，是经由他的艺术观传达出来的。他认为"陶瓷的本质便是生命本体的冲动"，因而他坚信"归真返璞是艺术追求所在"。火崽气质中张扬着火的热辣与瓷的坚硬，他鼓吹："不和谐才是永恒，才是本质。只有不和谐才有动感，才体现了生命的原始的冲动和张力！"在这里，生命的冲突被他以艺术理解的形式加以合理化了。是的，对于一个民族来说，保守和封闭是没有出路的。陶瓷文化使胡辛领悟到了人生的真谛。

（路文彬，北京语言大学教授）

（原载于《创作评谭》1995年第5、6期合刊）

一种创作的必然

王 军

　　任何创作主体和创作对象之间都具有一种双向选择性，你选择它的同时，它也选择了你。在胡辛身上，这种双向选择显得更为直接和持久。《四个四十岁的女人》开篇便是一个单刀直入式的问号："女人为什么要有自己独立的节日？"就当时而言，这种自觉地意识到女性是一个特殊的文化群体，并通过形象来反映这一群体的文化属性的创作并不多见。然而，20世纪80年代初期的阅读行为还存在着一种几十年以来形成的集体无意识；生活的所有结果都只来源于某一社会力量或一次社会变动，"女性"作为一种"符号"的文化意义还远远来不及得到重视。因此，《四个四十岁的女人》并没有以女性文学的面目出现，它的女性主题消隐于社会现实层面当中。

　　然而，成功毕竟大于遗憾，对于胡辛而言，《四个四十岁的女人》不仅是对创作能力的肯定，更重要的是，它给胡辛打了一个重缠百绕的"情结"，这个结的核心便是：女性意识。

　　12年过去了，胡辛一直在解这个结，在追寻、分辨和阐释：什么是女性意识？女性价值体现在何处？这期间，我们读到了《这里有泉水》《地上有个黑太阳》《风流怨》《蒋经国与章亚若之恋》和《蔷薇雨》。这期间，胡辛还在扮演另一个角色：进行学术研究的大学教授。民俗学和女性文学是她的两个主要研究方向，毋庸置疑，这些研究工作大大开拓了她的创作空间，也推进了创作的深入，1990年出版的《蔷薇雨》，表露出胡辛试图以"民俗画卷"方式全面展示女性文化的雄心。《蔷薇雨》以多条线索和系列画面描写了红城名士后裔徐氏七姐妹的命运，以及围绕在她们周围的三代女性众生百态相。此书连获华东地区优秀图书一等奖、江西省首届文学奖等多项荣誉,并已改编成 30 集电视连续剧,将要开拍,证明着《蔷薇雨》在创作上的成功。

1993 年,胡辛开始了《最后的贵族——张爱玲传》的创作。张爱玲,一个正在被重新认识的文学天才。半个世纪之后的今天,张爱玲以同样的那些作品——《倾城之恋》《金锁记》《半生缘》《红玫瑰与白玫瑰》……打动了 20 世纪 90 年代的读者。张爱玲也是胡辛最喜爱的作家之一,张爱玲的"遗世独立"和"兼容并蓄",张爱玲的"思维总是不同凡响""议论总是惊世骇俗",张爱玲的悲凉而凛冽的心态,都刺激着胡辛丰富的灵感和激情。同时,这部集小说、传记、评论于一炉的作品,也给了胡辛一个淋漓尽致地表达思想的空间。没有了那么多创作规则的束缚,胡辛的文字显得极其潇洒激扬、充满力度。

胡辛认为:"张爱玲写女人,不独写女人视角独到,而且她笔下的女性,不论性善性恶或不恶不善,不论遭际结果如何,她们中的绝大多数是生命的'强者'。"《金锁记》中的曹七巧"没有得到黄金时利牙毒嘴全方位撕咬,戴着黄金枷锁时则用枷角大刀阔斧地劈杀",丈夫死了,她大闹一场如愿得到了一笔财产,她手把手地教儿子和女儿吸鸦片,她逼死了儿子的两个妻子,她拆散了女儿和心上人的姻缘,她总是得遂心愿。《连环套》中的霓喜,她反抗绸缎商人雅赫雅,她和药店老板的族人闹,她和汤姆生闹,即使她最后依然没有得到名分。此外还有白流苏、葛薇龙、许小寒等都是这样的"强者"。

然而,这些就是我们所想象的"女性意识"吗?似乎是,毕竟她们比柔弱顺从、三从四德的女性更具性格和精神。又似乎不是,曹七巧把戴在手上的手镯,从手腕一直捋到腋下,那是多么令人心惊的联想;霓喜"只是在人堆里打个滚,可一点人气也没有,只是单纯的肉,女肉!"她们在某种程度上摆脱了女性对男性的绝对附庸和依靠。男性中心社会中,男性对女性实施统治的两种方式:不容抵抗的行动命令和不动声色的文化诱导,被她们所反抗或置若罔闻。她们不是男性塑造出来的理想模子,她们打碎了这个模子。然而她们没有能力建立自己的真正形象,她们走向了另一个极端:病态、空虚。

因此,胡辛虽然赞成并坚持,在一个绝对男性中心的社会,抗争精神的可贵和伟大,她甚至不同意傅雷对《连环套》的一些批评,她给了霓喜不少的篇幅，试图肯定霓喜作为一个"俗女人"在创作上的成功之处和性格上的可爱之处。然而她也意识到了：这种停留在本能层面上的抗争，是不可能走多远的。

对于张爱玲，女人的话题导致的是另一种复杂心态。张爱玲几乎没有写过任何理想化的完美女人。她更爱看那些有血有肉有情有欲的城市俗女人，即使她们有庸俗、造作、可鄙甚至可恨的一面。她欣赏她们，因为她们是真实、可亲的，也是值得去写的。

然而，"女人总是低的，张爱玲对这点看得透"。佟振保的选择女人的痛苦，可以被社会理解、同情；而霓喜的致命的痛苦却是罪有应得。一个男人弯了腰，还可以站起来；一个女人上了当或者给当给男人上，简直罪该万死。因为看透，所以张爱玲并不义愤填膺，"公婆有理，男女平权"，"由他们去吧！"这是张爱玲式的悲凉，也是她对男性世界的深深的失望。

张爱玲的这种复杂心态却无意中进行了对男性话语的解构。男性话语建立了女性文化符号的核心——"德"，并通过整个话语体系把女性典范传播开来和延续下去，从而完成女性的附属化和奴隶化，进一步维护和巩固男性话语的中心地位。张爱玲对男性典范的不屑一顾，对男性世界的失望和淡漠，其实是在话语层面上对男性中心的一种反动。

但是，张爱玲是不彻底的。这一点，是胡辛对张爱玲的最精确的把握之一。她依然有着容忍与放任，有着对人对己的亲切感。也正因此，即使她对男性世界是一种失望和悲凉，但她还是去爱了。然而，这个过程似乎仅为了再一次加重她对男性世界的失望。"死生契阔，与子相悦；执子之手，与子偕老"的梦想多么容易而迅速地破灭了。张爱玲自身的真实故事和她所讲叙的虚幻故事一起，共同证实着在一个男性中心社会中女性最有可能陷入的境地。

然而，关于女性的话题依然没有终止，我们所要寻找的答案也依然还在遥远的前方。张爱玲没有，胡辛也没有给我们做出一个完美的阐释。

虽然胡辛所处的文化背景和张爱玲时代有了极大的不同，制度的变更、西方女性话语作为参照系的进入，都使今天的知识女性不可能把思想的范围自我限制得像半个世纪前那么狭窄，然而，思想的更大辐射并不意味着阻碍作出结论的因素已经消失。即使是在最开放的城市，许多传统观念仍然保持着力量，新的生活方式和行为规范又在产生新的问题，观念在现实面前往往显得苍白无力。

一种创作的必然

20世纪90年代初期,胡辛对女性意识的思考已经进入了一个较为成熟的阶段。女性意识的核心是女性的独立,当然,这种独立已经不是曹七巧式和霓喜式的生存独立,由于制度提供的某些保障,生存已不是最主要的问题,这种独立是精神和人格的,是伍尔芙的"给我一间房"式的独立精神空间。现代社会同时是"菲勒斯(男性)中心"社会和"逻各斯(语词)中心"社会。在前者,女性独立不是反男性世界,而是反男性压迫,反"男性指责女人不像女人,女人惶惑自己不像女人"。在后者,女性独立是多声部的交响乐,而不是只有"女人味"的旦角表演。对男性社会的实际认识使胡辛不能不考虑到某些传统女性观念对社会对自身的合理之处。同时,胡辛对西方女权运动的许多偏激之处持怀疑和否定态度。从这个意义上来说,和张爱玲相似,胡辛也是一个不彻底的温和主义者。

也许正是因为这种不彻底,胡辛依然困惑。依附男性或反抗男性的女性存在着的生活悲剧,独立女性也无法逃脱,独立精神并不和幸福生活成正比,那么高扬独立精神又具有什么意义呢?

从问题又回到了问题,关于女性的话题似乎已经不能轻易中止,它要求更多的思考和回答。今天,建立一个更广泛的女性话语体系的努力,仅凭一些社会力量和观念已经无法阻挡,也正因此,胡辛的对女性主题的选择和女性主题对胡辛的选择都注定了是一种必然。

(王军,华东师范大学博士)
(原载于《创作评谭》1995年第5、6期合刊)

遭遇困惑
——对胡辛"女性小说"创作得失的几点思考

江 冰 王 军

一

自胡辛的上部长篇小说《蔷薇雨》（百花洲文艺出版社1990年版）出版至今已经整整五年了。当然，没有理由说胡辛进入许多作家都经历过的"创作潜伏期"，她依然笔耕不辍，只不过这一时期她施展手脚的场所是传记文学这个圈子，起初只想略作尝试便罢，不料从《蒋经国与章亚若之恋》（台湾台北新潮社、时代文艺出版社）出版之后，却有一发难收的势头，连续推出《最后的贵族——张爱玲》（国际村文库书店、二十一世纪出版社1995年版），《陈香梅传》（国际村文库书店、作家出版社1995年版）三部传记，皆为海峡两岸同步发行，都有既叫好又叫座的记录，一时之间如此风光，是胡辛始料不及的。然而，飘飘然只能是一瞬间的事，显然，很多关注她的批评者和读者似乎没有和她一起欢欣鼓舞，而是对这三本传记显示出不应有的沉默，仿佛是基于一种顺理成章的阅读期待，他们在等待胡辛下一部关于女性的小说的诞生，他们还记得胡辛12年前的迷惑："女人为什么要有自己独立的节日？""……一切的一切，是多么复杂，处处是问号，女人啊，答案在哪儿？"（《四个四十岁的女人》）现在，他们的迷惑是：在《蔷薇雨》之后，胡辛还有多深的潜力来写一部高质量的小说——它可能为胡辛自己的"女性小说"创作历程，也为新时期以来的女性文学，添上浓重的一笔？

胡辛无疑是新时期较早的一个具有"女性意识"的女作家。20世纪80年代初中期，正是反思文学兴盛、寻根文学初期的时候，这时大多数女

遭遇困惑

性作家依然在以中性的眼光描写社会生活，反映社会问题，她们的所思所写以及表述的方式，和男性作家几乎没有多少区别，只有极少一部分女作家发现并认识到，在她们所处的语境中，"女性"只是一个被书写和被符号化的概念，"女性"作为主体的意义还没有得到应有的尊重，而它被赋予的意义又充满了偏见和扭曲。如果说在封建时代的写作传统中，"女性"的被排斥完全来自男性权势的硬性压制的话，那么，现在"女性"在写作中的制度则是女性自身的原因了。认识是行动的前奏。不安于沉寂的女作家和他们在二三十年代的前辈一样开始了女性自己的写作。她们在创作上的最初选择是十分现实的：写女人的心理、爱情、家庭、事业、追求，写社会中存在的妇女问题。随着后来认识的延伸，她们逐渐具备了一种自觉意识：从女性的角度关注女性的传统，审视女性的文化内容。胡辛便是这些初具自觉意识的女作家中的一位。1983年，她在处女作《四个四十岁的女人》的题首，进行了极富意义的发问："女人为什么要有自己独立的节日？"这个问题本身并不十分新鲜，但是它却表达出女性为女性文化进行反思的努力，正是在这种努力之中，女性文学曙光初露。

《四个四十岁的女人》获得当年的全国短篇小说奖，使胡辛一下子站在了一个较高的起点上。但这之后的几年，胡辛虽然仍有多篇中短篇小说写出，并结成《地上有个黑太阳》（江西人民出版社1986年版）、《这里有泉水》（江西人民出版社1989年版）两个集子的出版，但总体看来这一时期的创作是平淡的，与处女作相比似乎难以为继。而偏偏就是在这几年，一大群优秀的女作家带着一批令人瞩目的作品，在文坛上声名鹊起：张洁的《方舟》《祖母绿》，谌容的《懒得离婚》，王安忆的"三恋"，张抗抗的《隐形伴侣》，刘索拉的《你别无选择》，刘西鸿的《你不可改变我》，还有铁凝、残雪、池莉……她们的群体性写作，形成一幅灿烂的风景，在这个背景中，人们迅速提高了对女作家的期望值：在荒漠里，有几株绿草就不错了；到了花园，姹紫嫣红也难让人满足。这种氛围既让人兴奋，又充满了压力，对任何一位女作家而言，犹如达摩克利斯之剑高悬头顶，没有自我超越，就难以立足。

1990年，胡辛洋洋40万言的长篇小说《蔷薇雨》出版，作品以巨幅民俗，女性"风景画"的形式，描摹出半个世纪前后三代十多位女性的生活和命运，场面壮阔前所未有，女性主题一如往昔。这部"写足了女人"的小说随后连获华东地区和江西省的多项创作奖。对胡辛来说，这是一座里程碑。然而，这部不乏精彩处的小说给人的整体印象正如王蒙在序中所言，既"充满魅力和激情"，又有许多"不准确不成熟乃至芜杂浅薄的地方"。五年后的今天，重新审视这部作品，我们的遗憾愈加明显。我们认为，胡辛没能写成一部"女性史"式的作品的一个深层原因在于：在发生了巨大变化的女性文学语境中，作家对女性文化核心的把握，作家的写作观念、表述手段、思维方式都存在超越的不足。

二

胡辛是个写民间风情的好手，《蔷薇雨》的开场便颇为不凡：写六眼井、三眼井、大井头，写驼子娶妻、干家嫁女……活色生香，令人难忘。胡辛对这种民间风情有一种独特的敏感，她熟悉洪城的市井风貌，她把这一方水土缓缓展开在我们面前。她对洪城的了解痴迷甚至欣赏并不亚于贾平凹之于商州，李杭育之于葛川江，池莉等之于武汉三镇。然而，我们认为，单有对民俗地域的直观描绘是不够的，景观只能是个背景，对于文学作品而言，只有真切地展现出与这个背景融为一体的人，并达到揭示出普通人性的深刻，民间风情才是完美的。人无法逃脱地处于历史和传统中，人"身上密藏着它们的无数遗嘱"（余秋雨语），人的思想、行动和言语，都可以化成什么文化的符号，都打上了传统的烙印。人，就是蕴含着文化密码的民族的精灵。在民间背景中凸现出富有质感的人才是创作的最大成功。葛利高里（肖洛霍夫《静静的顿河》）、约翰·克利斯朵夫（罗曼·罗兰《约翰·克利斯朵夫》）、斯第芬（乔伊斯《尤利西斯》）……他们，就是一个民族的化身。贾平凹笔下的韩玄子、李杭笔下的福奎，都是因为文化的象征意义而具有了历史的深度。胡辛却令人遗憾地错过了这条本可以继续行走的路，在进行了精彩细致的民俗描绘之后，在营造出颇有民间风味的情境之后，她转向了一个现代生活故事，而故事及其中的人却缺乏与文化情境相得益彰的质地，深沉不足、从容不够，最终减弱了作品的整体力量。

说到底，胡辛其实是个不折不扣的"生活型作家"。在那种气息浓郁的民间情境戛然而止之后，我们就开始面对她笔下人物无休无止的问题，现实世界立刻把我们淹没了。而这时，胡辛就和"她们"合为一体，一起受苦，一起倾诉，这是一颗女人的心对另一颗女人的心的体验，胡辛注入的是全部情感，她把一扇一扇的心灵世界之门打开给我们看。这种叙述有时确实有出人意料的效果，如对章亚若（《蒋章之恋》）、张爱玲（《最后的贵族——张爱玲》)"的心理和情感流动的细腻描画,写来得心应手,纤纤动人。但有时,它又显得捉襟见肘。很明显,叙述者的分身术毕竟有限,而多个被叙述者却要展现千差万别的面貌,这就使叙述者在写作时陷入了一个不利境地,造成被叙述者间的角色错乱:叙述者的影子可能同时出现在多个被叙述者的背后。在《蔷薇雨》中,许多人物都不约而同地具有一种焦躁倾向,便是作家自身介入过多的结果。这种不断的角色置换,也必然地导致"体验疲劳",于作者读者都极为不利。当这种以体验为内容的角色融合成为一种叙述惯性时,另辟蹊径、超越现实,便不但不是一句空话,而且显示出异乎寻常的必要性与急迫性。

胡辛,以及和她同时代的大多数作家都具有一个共同的特征:热爱生活、描写生活又容易囿于生活。在她们看来,正常的生活秩序,业已成为不可逾越的规则,所有的行为,都是已经发生过了的。充满了合乎规范的理由,对此,阅读者无须过多地行使思考和提问的权利。于是,"生活"二字仿佛一柄锋利的双刃剑,稍不留意,便把作者—作品—读者这个三维空间削成了一个平面。这种极度生活化的写作方式不由得令人想起另一种写法的残雪。残雪首先粉碎的就是循规蹈矩的生活观,她的世界不是我们周围呈本真状态的世界,其中充满了无法捉摸的行为、飘忽不定的心绪、难以解析的谵语梦呓……一个又一个"意义空白"突如其来,给阅读设置了重重陷阱。即便她写的只是倏忽间的感受,阅读者却不得不调动成倍的智力去思考。残雪正是属于那种"即令在他感受的时候,也总是在思考"(艾米尔·路德维希语)的作家。两种写作趋向两个极端:前者赋予了作品过多的感性,后者却逼迫你进行精神角斗;前者缺乏让人顿悟的空间,后者则极易诱人进入意识和语言的迷宫。

在此,我们更加关注前者,并试图加以检讨。我们以为,一个作家倘若不能驾驭生活,便可能成为生活的俘虏。日常生活的经验只能是创作的起点而非终点,超越生活并高高飞翔于天同深入生活并深深扎根于地同等重要。

也许,所谓"极度生活化"的倾向,并不能完全而准确地表达我们的意见。如果要把它作一点更明确的表述的话,可以说,它是按生活的过去式写,而不是按生活的可能性写。我们可以举《白驹》作者为例来比较胡辛,从生活观念和写作心态来说,二者都已经像是两代人了。我们观察《白驹》中的一段对话:

夏春冬秋说："那与我无关吧。女人又不是出租车，挥手即去，招手即停。"

麦子笑了，说："好吧，那你还是当巴士吧，该停时自己去停。"

夏春冬秋亦笑，说："若想上车，你得自己找个站等着。"

说罢两人均嘎嘎大笑，笑得咖啡厅的人均怒目而视……

这是一对年轻夫妻的对话，丈夫离开他公开的情人，要求回到妻子身边。不论是试探中显露出来的两性观念，还是试探本身的言语方式，都是《蔷薇雨》中的女人们所不可能具有的。这种洒脱、轻松，似现实又非现实的氛围，和胡辛的写作也相去甚远。

胡辛这一代作家的写作心态处于一种矛盾之中：一方面，她们的写作是严肃的，她们自动承载着沉重的文学使命；另一方面，她们又认识到文学正在经历着的转型，她们也竭力试图变革自己的写作。然而，写作面貌往往沉淀着作家的文化心理机制，形而下地与实际生活相关照的思维模式，以及再现现实观念，已经成为她们写作中的某种集体无意识。这些似乎都注定了她们的创作是沉重而艰辛的，面对各种围困，轻松的写作、快乐的文本，对她们而言，只能是一种奢侈。

三

胡辛曾以"女人写，写女人"这个口号来概括她（以及不少的女作家）的写作。"写女人"并不难理解，胡辛创作生涯贯穿着的女性主题已经为此作了注释。"女人写"则非易事，它不仅仅标示了写作者的性别，从深层上说，它还指向运用女性特有的视角、心理、意识，来建构女性的写作世界。这一口号的内容以及提出口号这一行为本身，共同显示着女性写作的自信和独立，它试图形成一种影响力，来达到女性文化的自我强化。

解构主义哲学家德里达指出，现代社会既是"菲勒斯（男性）中心"社会，又是"逻各斯（语词）中心"社会。"男性"和"语词"都可认作"权势"的代名词。而由女性主义批评者埃莱娜·西苏提出的"女性写作"观点则首先是对男性中心的反动。但是"女性写作"遭遇到的第一个问题就是：面对打上了男性烙印的语言，该采取何种态度？"妇女只有两个选择：（1）拒绝规范用语，坚持一种无语言的女性本质；（2）接受有缺陷的语言，同时对语言进行改造。显而易见，所有的女性主义批评者都采纳了第二种选择。"（张京媛《当代女性主义文学批评》）女性写作一方面必须接受语言这一传统方式，另一方面又要摒除语言传统中的父权制象征系统，才有可能保持一种区别于男性范畴的独立性。女性写作也才最终可能具有一种策略性：有条不紊地建立一套女性话语系统。

西方女性主义批评当然无法框定中国女性作家的写作。但是我们发现有一点二者是一致的：进行有别于男性的女性自己的写作，其努力方向正是形成女性自己的话语体系。然而令人遗憾的是，在大陆女作家的写作中，进行策略性写作的意识并没有得到充分关注，女性作家对"语言的运用大多属于一种本能的审美行为，如果说在形成独立的女性话语中还有一些成果的话，也只是个人努力的偶然；在向目标前进的路上，她们走得并不远"。

胡辛在她的创作宣言式的论文《我论女性》（《创作评谭》1991年第3期）中，表述过一种颇为典型的思考。

女性的独立首先是从男性强加的枷锁中解脱出来，等待释放是消极而不切实际的，只能运用自身的力量去打碎枷锁，这种近于暴力式的反抗动机自然要导致与男性传统的剧烈冲突；其次，女性的独立必须要对另一个更难对付的对手：传统在女性自身沉淀下来的心理机制，诸如谦卑、顺从、安于天命……任何手段对这种心理机制的改变都将是缓慢而艰难的。"哀其不幸，怒其不争"正是救世之人焦虑又无奈的一种反映。"反男性中心—女性独立"，这一行动，在处于焦虑状态的知识女性身上，呈现出一种激烈的姿态。语言往往折射出写作者的观念和心态。在《我论女性》中，胡辛对某些男权象征使用的是"最痛恨""最厌恶""最反感"这样的情感极度强烈的词语。这些都使人想起张洁在《你有什么病》《鱼饵》中的"恶语"。

在相当长一段时间的女性文化研究之后，胡辛又不能不清醒地认识到，女性和男性根本上应该是一种相互依赖的关系。正如上帝创造亚当和夏娃，人是由男女两个部分共同组成的："世人除了女人就是男人，女人独立，又能独立到哪里去呢？"（《我论女性》）直接地把女性同男性对立起来，无疑是违背了人类规律。女性独立不是女性自我孤立，不是打倒男性，颠倒角色，而是与男性和谐共存。值得庆幸的是，这种两性关系的理想模式已经在一些女性作家的笔下有过表现，如舒婷的《致橡树》，在女

经典回放·小说世界

诗人看来，女性不是缠绕大树的"青藤"，而是与"橡树"并肩而立亲密相处的"木棉"。还有青年女作家刘西鸿《你不可改变我》中的"我"，更具有一种坦白的心境，承认在心理上需要男性，但绝不自怜自艾。刘西鸿的一种温和的方式，对男女之间的冲突进行了淡化。

胡辛试图以激烈的姿态来获得最终的平等与和谐。然而，这种选择显得相当冒险。

胡辛对女性自身的反思，明显地带有她们这一代人特有的理想主义色彩，几乎是一种下意识的驱动，她们渴望拥有能使她们内心和外部世界之间达到平衡的价值观，但是其含义究竟是什么，她们自己也无法作出判断。为什么知识女性，尤其是具有强烈女性意识的女人，她们在思想上代表了值得肯定的方向，然而一进入生活，便要遭遇无穷的挫折？从《四个四十岁的女人》中的淑华、叶芸、魏玲玲、柳青，到《蔷薇雨》中的徐氏姐妹，都没有摆脱命运的阴影，似乎女性意识的强烈程度总是与女性的幸福生活形成悖反。事业、追求又总是对立于爱情、家庭，鱼和熊掌不能兼得。在胡辛心中，前者是女性独立的具体体现，没有它，女性就丧失了现代的意义，而后者又是女性的文化天性，妻子、母亲的形象与女性不可分割，没有这些，女性是不完整的，这一矛盾面前，价值判断显得软弱无力。细读胡辛的小说，我们常常在这种悖反面前，为她笔下的女性形象涌出心酸和怜悯的复杂情感。

我们注意到，在对西方女权主义运动的反思之后，有一种观点值得玩味：女权主义的诉求往往只是有利于那些上层的、精英的、处于传统婚姻模式之外的职业女性，而大多数生活型妇女所得到的利益并不比遭受的损害更多，女权主义要改造原有家庭结构的行动，最终却粉碎了生活型妇女试图巩固家庭的愿望。作为一个生活型知识女性，胡辛正是陷入了这一思想困境之中。虽然胡辛内心深处对女性意识作用的模糊怀疑，并没有冲淡她坚信女性意识具有思想上的意义这一想法。但是已然成型的形而下思维方式，自然而然地诱使她在生活中对思想进行检验，而生活却总是提供相反的证据：女性意识必然地要付出情感和家庭的代价。在无可奈何之中，胡辛只好在两者之间寻求最大可能的平衡。胡辛最初选择了柳青这位女性作为回答：她"已经爱过了"，而且她还有另一种支撑——来自她的学生的"人世间最崇高，最纯真的爱"，然而，这就是女性和女性意识的最好结果吗？胡辛依然没有说服自己，她表述了她的迷茫："我塑造了不多也不少的女性形象，可我不知道我是高扬还是失落了那原本就模糊的女性意识和女性价值？"(《我论女性》)八年的创作似乎使胡辛绕了一个大圈，对女性文化的反思愈持久，反而愈觉得迷惘，犹如陷入了"无物之阵"，不知谁是敌人，谁是朋友，作家找出的每个答案，都被随之前来的怀疑否定掉了，这是一种疲劳而难于获胜的战斗，因为它的结果最后是女性作家对自我和写作目的的怀疑。胡辛曾说，对女性怪圈的思考，"相信不至于周而复始，而会取得螺旋式的升华"(《我论女性》)，这是一个美好的愿望，可是如果在怀疑中失去了方向，失去了进行女性话语建设的策略意识，女性写作恐怕难以达到应有的高度。

四

应当看到，胡辛写作的十多年，正是西方女权主义介绍进入中国的时代，西方女性话语对大陆女作家的影响是广泛而有力的。弗吉尼亚·伍尔夫的名言"给我一间房"便是胡辛深有感触并经常重复的。不过更值得女性思考的不仅是"房间"的含义以及如何获得，而且还有："房间"是最终目的，还是仅仅是个手段？有了"房间"之后怎么办？正如几十年以来一直难以解决的那个问题：娜拉出走之后怎么办？前面还有无穷的问号，它们给女作家提出了要求：具有面对它们的勇气，具有终极性思考的能力。

进入了多媒体时代，写作的一些传统功能，诸如描绘生活、展现场景、表达情感、沟通交流，在电子科技面前，已无任何优势可言。然而，高层次的写作却是无法替代的，因为它们超越了日常生活的描述，给人的思考以巨大震撼和提升，它们走向形而上，使人仿佛在聆听神祇的声音……这样的深刻，只有写作才能带给人类。对今后和未来的每个写作者来说，生活都只能是起点而非终点，超越现实穿透物象的终极性思考，才是写作所要抵达的彼岸。

中国女性写作的前面依然关山万里。女性在民族文学传统中长期缺席，女性面对男性话语体系的巨大的压力，都给女性写作造成了先天性局限。但另一方面，优势和动力也存在于局限之中。女性有自己的文化传统和心理，有独特的视角和情感，有特殊的表述方式和语言感悟，这些必然地会同男性写作相互区别。在现代写作语境中，女性在阐述和探讨人与自然的许多奥秘，尤其是两性关系时，似乎比男性更有发言权；同时，在人们已经对男性中心社会的各种定论进行怀疑之际，女性写作也具有提供人们更新的观念和思考的可能性,并进而出现人类认识自身的一个全新视野,这些无限的可能性,也许正是属于女性写作策略中值得更深入探讨的内容。

近十多年,中国大陆女作家群体写作已是繁花渐欲迷人眼。如果说,花满枝头必然预示着秋天的丰硕,那么,自喻为"一蓬野草"的胡辛,在"写足了女人"的《蔷薇雨》之后,将要给予我们什么样的女性形象并呈现隐藏其后的心路历程呢?也许,她的三部以女性为主角的传记文学都是一种准备,一种飞跃前的力量积蓄吧!我们期待着她的力作。"女人啊,答案在哪儿?"12年前的诘问至今依然在我们耳边回响,我们坚信,胡辛将以其毕生精力来努力回答,因为一个充满了激情的执着的作家,永远会向心中的圣地进发。

(江冰,南昌大学中文系原教授;王军,华东师范大学博士)

(原载于《文艺评论》1996年第3期)

得到的与失去的

郭力根

鲁迅曾说过:"只有真的声音,才能感动中国的人和世界的人。"[①] 14年前,胡辛以真诚的声音,感动了我们,亦步入了当代文坛。一个女性选择写作,而且是"女人写,写女人",这就注定她必须与自己的激情、自己的小说一同承受煎熬。胡辛的写作都是对生命与生活的真诚抒发,在真诚抒发中她总是追求一种崇高的永恒。也正是这种精神追求,使胡辛的小说既具有理想主义的气息,又染上了一层悲剧色彩。对理想的憧憬和实现理想的艰辛体验并存于胡辛的生命与意识的张力之中。她笔下的女性呈现出奋斗与不幸相结合的双重形态。这从她的三个"典型化"的女性柳青、树云、希玮就可以得到证据。尤其是在处理女性追求理想与爱情和现有社会条件的矛盾冲突时,胡辛显得极其沉重和悲愤,我个人认为胡辛的这种苦痛源于她的真诚。积极投入,甚至以一种撕裂自身的方式来写作的作家,她必然会注重自己写作的社会学意义。走近胡辛,我们会发现我们在这个时代里得到的多,失去的也多。

一

当七巧选择白痴的姚宝宝,远飞美国,来求得一种逃离时(《蔷薇雨》),一个最有魅力、最复杂的问题也随之而来:女人,你往何处去?女人话题与女性写作作为"别一种声音",凸现在新时期的当代文坛里借助

[①] 鲁迅:《三闲集·无声的中国》,载鲁迅《鲁迅全集》第4卷,人民文学出版社2005年版,第15页。

于人文主义思潮的回复。20世纪80年代初期女性文学的再次崛起,主要以"人"的发现为动力。胡辛承袭丁玲式的质疑,但也克服了偏激的对抗式冲突。因为她深知,女性主体性的寻觅与张扬不是一项单纯的文本虚构,靠改变语言,以"女性话语"来解构"男性话语",从而来解构"男权中心"的现实,这只是一个天真的想法。尽管女性写作与女性文学具有某种颠覆性,但"菲勒斯"中心世界的阴影却无时不在,男性的主体性始终支配着文本中的女性,并且成为一个寻找和依附的潜文本。女性文学的境况,似乎像《暗示》中所暗示的女性一样,成为一个"无家可归"的流浪女。从女性的现实处境出发,胡辛少了一份潇洒,多了一份沉重。"伊甸园是无法走出的,作品的女性或许能走出,生活中的女性,包括女作家和女评论家本人,是无法出走的。"(《我论女性》)的确,文本中的任何一次冒险都只具有"写作"意义。"女性话语"的主体性,并不意味着现实中的主体性的完成。"无法出走"的女性形象使胡辛倍受折磨,也促使她在虚构自己的艺术世界的同时,力求完整、客观地表达女性的现实状态。她放弃了带有个人主义色彩的自由叙述的方式,而通过男性世界和女性世界、灵魂与肉体、传统与现代、理想与现实、物质与精神、生命与死亡、阳刚与阴柔、保守与改革、善良与丑恶、过去与现在等一系列矛盾体的冲突、沟通,乃至和谐,来表达自己对生活的理解和认识。胡辛的"女性"写作较其他女作家而言,她写得较为沉稳,较为通达。她始终认为女性意识,首先应该是人的意识,女人的问题根本上是人的问题。女性文学也是人学,它必须置于包括男性在内的整个人类历史和社会发展的过程中把握、表达。这是胡辛创作的"圆心儿"。

和大多数女性作家一样,胡辛也在文学中保存和发现了自身。"在我的生命中,有两位女性哺育着我,知识母亲的聪慧灵秀,雇农奶娘的坚忍善良。"(《属于我的蔷薇》)这两种类型的女性是胡辛写作中的两大极。在时空上,她一极指向现在,一极回首历史;一方指归城市,一方又维系着乡村。正因有了这两极的交叉,被称为"城市女性知识分子文学"的女性文学在胡辛的文本中变得更为广博。固然,她的"知识女性三部曲"——《四个四十岁的女人》《这里有泉水》和《蔷薇雨》构成了一个精神阶梯,成为她创作的主体部分。从柳青—树云—希玮的精神链条中,我们会发现某种写作的延续性。柳青的精神内核富有人文主义色彩,树云的双向追求带有理想主义成分,希玮的双重形态又具有某种个人主义的倾向。这些都是胡辛苦苦追寻的精神痕迹。从"人情—人生—人性"的不断深化的历程中，胡辛的写作方式亦开始了自我超越和突破。"短篇—中篇—长篇"的推进式写作，又使胡辛认识问题和表达问题的能力不断成熟，她是个极具女性意识的作家，但她的女性视角较为广博。她没有沉醉在知识女性的"围城"中。特殊的经历和真切的体验，使她成功地塑造一批善良坚忍的传统型劳动妇女形象。《昌江情》《糟糠之妻》《我的奶娘》中的李婶、老婆婆、奶娘，都无不蕴含着承受苦难的倔强和坚忍。假如说胡辛所有的寻觅和失落、迷茫与困惑都可以从知识女性形象中找到暗示，那么在这些传统型的劳动妇女身上她发现了一种广博无私的爱。有了这种爱的礼赞，胡辛的创作也显示出一种凝重而丰厚的风格。她甚至在文本中明白地写道："这是冰心所赞颂的柔美的母爱，泛泛的女性的爱，徐氏姊妹都爱这段话。可是，比起糯糍女的一生，这些话语岂不苍白，浅薄，有限得很？"（《蔷薇雨》）这种交叉式的思维，她没有单一地在"寻找男人"和"雄化女人"的套路中设置两性对立。《四个四十岁的女人》并不像开篇提问的尖锐，整个叙述没有流露出过量的女性焦虑，新时期人文主义的刚刚恢复，使胡辛能够"负重若轻"，"圆心儿"柳青的精神内核是爱人民，爱自己的事业。对人的意义和人的价值与尊严的评断，胡辛的思考并没有承受多少压力，也没有显示出她在结尾时寻找答案的迷茫。在我看来，以"开篇和结尾"来评断她的成名作，并以此来推断作家的女性意识，掩盖了"圆心儿"柳青的精神含量。胡辛的困惑与迷茫是从《地上有个黑太阳》开始的，而在《蔷薇雨》中才充分地展开。

　　胡辛最熟悉柳青、树云、希玮们，她写得深刻，也写得最沉重。作为当中的一员，她深知历史在她们的心灵深处留下的伤痕和遗憾，更明了现实对她们的挑战与考验。她们只有背负着这些烙印和伤痕，在变化的时代中完成新的变化，才能获得新的生活。其沉重与艰辛可想而知。首先表现这种"新的变化"的作品，是带有"改革文学"痕迹的《这里有泉水》。树云的爱情创伤和悲痛的历史记忆都因了社会的"改革"而得到了"新的变化"。她的"教育改革"和"情感的转折"都使她成为一个理想的女性形象（如《人到中年》的陆文婷）。对于胡辛而言，这一形象的塑造不在于"理想女性"的寻找，而在于她及时地捕捉并表达了中年知识女性在新的现实面前的"新的变化"。有的评论认为，胡辛每创作一部作品，都能够超越和突破自己，不走重复路，这是很中肯的评价。但不可否认，由于转型社会的不稳定和矛盾交织的内在特征,这种"新的变化"所带来的理性愉悦很快就消失了。"由于内部和外部阻力强大,新行为方式时常遭受挫折,成效受限,这种主动化、积极化过程在 80 年代中期一度出现加速度之后,到 80 年代末期表现出后退倾向。"(陆学艺主编《中国社会发展报告》)胡辛在 20 世纪 80 年代中后期创作中开始了关于转型期"新女性"的描述,也出现了一些"传统—现代连续体"式的女性形象,如谷子、金景景。直至《蔷薇雨》的出现,胡辛完成了一次最为艰辛的突围,但又陷入了因全面转型所带来的一片惶惑的境地之中。她长期体验、熟悉的"角色"正在瓦解,时刻变迁着的社会不仅要求她进行写作转换,而且要求她不断地补充,创造出一个崭新的"新女性"形象。然而现实对于女性而言,并没有提供直线式的上升机会。患得患失的胡辛甚至发出了徐氏姐妹是知识家庭中"最后一代"的沉重宣言。她预感到女性在当代社会中的命运的艰辛,她同样以她的敏感而真挚的心灵呼唤"新女性"的出现。可是她终究在一阵阵反思中迷茫了。关于女性解放的理想设计,都只能是一处"过渡"式的策略。新的矛盾、新的冲突又演绎着女性的"新悲剧"。《蔷薇雨》表现了一个最深刻的主题就是"传统与现代"的纠葛。这些纠葛,在我看来,是胡辛最有价值的地方。尽管女性文学最大的特点就是以反传统为己任的。但胡辛的气质与个性使她在所谓的"传统"之中发现了女性的文化价值。而且她认为:"我们得到的是我们从未拥有过的,而我们轻易抛却的也许是我们乃至我们以后的几代人所苦苦寻觅的。"胡辛的历史洞察力和苦难意识都促使她在自己的创作中寻找一份留得下的永恒。她总是想告诉我们:得到了什么,又失去了什么。

二

培根说:"古诗人早告诉我们,那追求海伦的人,是放弃了财富和智慧。就是神在爱情中也难以保持聪明。"爱情是人性的最亮点,也是最盲点。认为"爱情永恒地与女性意识,女性价值缠绕纠葛在一起"的胡辛,没有回避,也不忌讳在文本中歌颂、礼赞真正的爱情,柳青的柏拉图式的"精神之恋",谷子与景兴极富现代意味的"灵肉之爱",树云与马良的"有情人终成眷属",希玮与凌云的"失而复得的爱情",希瑶与席大鹏的"一见钟情",蒋经国与章亚若的"生死恋",张爱玲与胡兰成的"没有道理的爱",构筑了胡辛的创作历程。但在胡辛的思想视角中,她关注的重点是两性之间的爱情的社会属性,而非自然属性。她礼赞异性之间的爱,她更崇尚一种超乎爱情之上的母性情感,一种广博、深邃无私的爱。"性爱"的描写在胡辛的文本叙述中基本上是缺席的,精神的愉悦和沟通是她安排人物、设置情节的内核所在。这点跟她所关注、所叙述的对象有关。中年知识女性在心理和生理上更倾向于精神上的交融。胡辛作品中"精神之恋"占有很大比重。就是描写较为充分的辜述之与希玮的性爱关系实际上成了一次母性展现的替代行为。希玮与辜述之的感情关系并不是一种对流式的情爱关系。希玮带有母性色彩的怜爱使她很坦然地接受了这个违背常理的"婚外恋",成为"第三者"的际遇并没有让她感到痛苦。因为她是在以一种近乎母爱的献身精神来拯救一个软弱的"小孩",随着希玮的一巴掌,辜述之的软弱、无能、无奈让读者触目惊心。而且,只要通读胡辛全部作品,我们就不难发现"伟大的母爱",是贯穿她整个创作的一个主题。作为生命的直接创造者和哺育者,女性对生命的热爱,远远超越了生殖本身的意义。女性的这一"生命性"价值和人类最原始,也是最伟大的母性情感,在胡辛的创作中成了最自然、最重要的一种女性文化原型。她以独具的才识、特有的文化品位表达了女性这一永恒的价值:"我笔下的女人,在充当妻子角色时,或许有这样那样的抗争,但是作为母亲,她们却心甘情愿,含辛茹苦。"女性的母性情感支撑胡辛的叙述框架,并成为她叙述的主体。依托这一"立场",胡辛没有采取偏激的抗争、对立式的性别姿态来"写女人"。即使有冲突,其结尾都趋于和解。重视女性协调性价值,讲求女性视野的四维性,开放的"女人—人—社会—历史"的创作空间,都是她力求立体式写作的种种表现。尤其是对男性的深刻认识,使她完成了"另一半"的形象塑造。钱金苟的俗,石平林的硬,凌云的真,辜述之的弱,冯春甫的圆,都极有个性地成为胡辛笔下的"俘虏"。在时而潇洒,时而沉重的情绪化叙述流程中,男女之间的对话又构成了一道诱人的风景。

三

作家的地域视野是受控于自己的精神类型和文化心理的。胡辛的作品富有赣地特色。由于她的特殊经历,两条充满灵性和生命活力的河流赣江和昌江,"人杰地灵"的洪城和四大名镇之一的瓷城,都使她拥有一个文化的制高点。从地域意识上看,胡辛的小说大都可分为"洪城系列"和

"瓷城系列"。但她并没有"画城为牢",当她"渐渐悟出这片红土地社会属性中无私无畏的母性时",她决定要写一部关于红土地女人的颂歌。尽管她没有从正面去描述红土地上发生的革命场面,但在《我的奶娘》《情到深处》中隐隐约约地流露出她对这块红土地的思考。奶娘(《我的奶娘》)、二小姐(《情到深处》)、糯糍女(《蔷薇雨》)组成了一个特殊的"群体",折射出"红嫂"的光辉。江西是块红土地,红嫂的历史作用在男性的"历史叙述"中近乎零。胡辛以她特有的历史洞察力和穿透力,打破了"男性英雄中心主义"的历史叙述观,以女性视角作为一个切入点,对这片红土地发生的历史作了一次质疑追问。奶娘们悲壮的故事成了历史的记忆,二小姐的爱情更超乎了年轻人的想象,她们的苦难和仁慈,经胡辛的过滤与蒸馏后成为生活的动力。

在惊叹黄土地文学的凝重、丰厚,领略散发着阳刚激情与北方民族爽气热情和古朴民风的"黑土地文学"的同时,"红土地文学"的理论讨论和实践创作也趋于成熟了。号为"怪才"的熊正良创作的"红土地系列",既让你领略到赣人的倔强与坚韧,又让你感受到贫瘠的红土地所培育出来的顽固、保守与落后。粗犷和荒凉的环境,血腥式的冲突,透露出一股凄凉蛮荒的阴森之气。一样钟情于这方水土的胡辛,因她拥有"瓷都"这一富有"母系社会遗址"意味的创作根据地,却呈现出另一种因灌注聪灵的女性气息而焕发出生命的激情。这不能不说是江西作家创作个性的成熟表现。陶瓷文化与女性的主体性交叉比较,胡辛在陶瓷的制作过程中发现了人类生命诞生的同构性。女性的变迁和女性的抗争都在火的炼狱中孕育,成长。于是那孕育生命的"窑"与"门"成了胡辛一个最富有激情的艺术顿悟。凭借这一顿悟,胡辛站在走向女性,走近深层的民族文化心理的道口,窥见了女性那段辉煌。出土的母系氏族社会陶器表明了远古先民对女性生殖器的崇拜与图腾,窑与门的形态与功能,自然是女性生殖器崇拜的"活化石",胡辛创造了这一独特的审美意象,但并没有欢欣鼓舞,很快她就被一个残酷的现实困扰。昔日的图腾,沦落为今天的禁忌,窑门成了男人的圣地。广博、深厚的母性之门,拒绝了女性,也淹没了一段辉煌的历史。抗争是必然的,冲突也就此发生。胡辛的倔强和坚韧让她的笔尖划破了横在窑门上的"封条"。首先她让年少的谷子闯入窑门,并发出抗争的质问:"倒窑啊,倒窑啊,怎么还不倒呢?"接着,顶天立地的"女子汉"椒椒也闯入窑门,寻找自己的"爱情"。但惯于思考的胡辛并没有把这一冲突乐观化,她深知,寻找失落了的女性价值与尊严,重建女性的主体地位,在"窑门"里绝对不能得到。而且寡妇椒椒本身也不具备这一"条件","窑门"只能成为女性的一个悲剧性能指符号。胡辛走出窑门,又开始了自己的艺术旅程。

借助于瓷都给予的灵性,胡辛以一些原型意象和非理性、情绪化的言语叙述,创造一些具有超越意义的艺术意象。这种探索起源于《"百极碎"启示录》,发展于《地上有个黑太阳》,成熟于《蔷薇雨》。尤其是《地上有个黑太阳》,人物的命运、性格的不可捉摸性,精神状态的不稳定性,使这部作品富有浓厚的非理性的神秘色彩。"黑太阳"作为一个象征性符号,它不能得到精确的定义和充分的解释,在作者的叙述中,它成为某种模糊未知的,人们无法了解的"宿命性"存在物。形式上叙述者"我"的转换,使作者获得了叙述自由和审美选择,因了这一"转换",作者的叙述语言更显得飘逸和虚幻,人物关系的"谜中之谜"都似乎表达了"人生常有一种超越常规的力量"的宿命论。

胡辛比较注重女性的潜意识在各种具体的心理现象和行为上的表现,她采取原创性思维,在她的文本中设置能够穿越时空的符号性人物。如果说胡辛的"黑太阳""窑门"具有非理性和神秘性倾向,那么《蔷薇雨》中的"徐老太"和她的本白布就为我们提供了寓言性的指令。徐老太在胡辛的刻意设计下,成为一个穿越时空的"符号",她那"一代不如一代"的九斤老太式的言语,那阴森、神秘,而又庄严的"徐氏家训",那被墨汁玷污的本白布都散发出深层的文化心理气息。它们不仅成为小说的背景,也是中国特有的女性贞节观的载体。胡辛作品中表现最透彻的东西,即生命的创造性和情感性也都常常借助这些原型来传达它不可言说的"神圣"和"悲凉"。另外,致力于乡土风情的描摹,以民俗来折射出民族心理和个性,也使胡辛最透彻的母性情感体验,融入最亘远的民风之中。

由于江西城市发展的不完备性和城市文化的稀薄,江西作家的小说大都带有乡土小说的气息。如陈世旭的《小镇上的将军》《镇长之死》、宋清海的《鸡鸣店》、熊正良的"红土地系列"、傅太平的《小村》、李志川的《漂流的村庄》等。

胡辛,作为研究民俗的学者,她更乐意在她的创作中描写乡风民俗,并以此来揭示人物的深层历史结构和文化心理。《昌江情》那棒槌声声的洗衣场面,《街坊》中人情的往来,尤其是在《蔷薇雨》中,胡辛充分展示了自己的一大绝活——赣菜的"烹调"。"勺勺居"和巷陌里的南昌小吃,在作者的巧妙构思下成为一道独立的风景。它是人物的"行业性"模拟叙述的活动空间,具有文化上的"耗散"功能。但应当指出,在一个乡风民俗特征不甚鲜明的创作环境里,选择民俗作为自己小说的背景是要冒相当大的风险的。它不仅需要勇气,需要激情,更需要一种可行的策略和技巧。否则,它将会成为文本中的游离物。

四

在20世纪80年代末期的先锋小说难以为继的形势下,池莉、范小青以其女性特有的敏感性,准确把握了人物的生存状态,她们以平实直白的叙述,形而下的经验直接性表露,对具有现代性特征的宏大叙事进行了反拨,开始了后新时期女性文学的多向度取向和多元化选择。到20世纪90年代,女性写作致力于女性内心探索和哲理性分析,她们改变了"纯美的注视"方式,对"性爱"在恋爱、婚姻、家庭中的"核心"地位深信不疑,宣告"对空泛的爱情已经不感兴趣"(张欣《仅有情爱是不能结婚的》)。如张抗抗的《情爱画廊》把"性爱主题"发展到了一个极致。在20世纪90年代女性写作发生了巨大的语境变化时,胡辛恰恰中止了小说创作,这不能不说是她的一个遗憾。进入女性传记文学领域,胡辛有得有失。也许选择一种写作方式,是作家自己的必然,作为一个女性文学研究者,这恐怕是她进行长篇传记创作的"学术缘由"吧。而且胡辛的女性传记文学对于整个中国传记文学来言,她的反拨和冲击力都是具有"先锋"意味的。

中国传记文学,多是以"男性中心"为标准的。如《史记》《世说新语》,女性最好的命运只配做个"夫人"。为女子立传的《烈女传》,它要告诉女性的就是"饿死事小,失节事大"。男性与女性的对抗与疏离,女人与权力、女人与政治的失之交臂,都使她们的言行无法入传。传记文学成为手握圣剑的男性英雄的替代品。

中国新文学史上,最早为女性作传的是胡适。他的《李超传》以六七千字,为一个素不相识的女子作传。胡适认为:"我觉得替这一女子做传比替什么督军做墓志铭重要得多。"至此,中国女性在传记文学中的"文本遭遇"(冷落、歪曲、缺席)才有所改善。从这点上来说,胡辛的三部女性传记《蒋经国与章亚若之恋》《最后的贵族——张爱玲》和《陈香梅传》无疑是20世纪90年代中国女性传记文学扎实的力作。她扩展了属于女性自己的女性传记文学空间。在这三部长篇传记文学中，胡辛释放了自己的女性意识。如果说，对女性颇有研究的胡辛因生活给女性带来的复杂性使她不能在小说中自由发挥自己的"女性评论"，那么在她的传记文学中，她较为自由地、理性地评断传主的得失。胡辛选择传主的难度系数相当高。在一般人看来，章亚若、张爱玲、陈香梅都是爱上"有妇之夫"的"第三者"。"人们总爱以情妇的粗糙框架去禁锢一个活生生的女性。"(《蒋经国与章亚若之恋》)在还原这些女子的本来情感的同时，胡辛延伸了自己的女性触角。在与传主同受煎熬的灵魂悸动和情感纠缠过程中，她也虚构了一些原本并不属于传主的个性：倔强与坚韧。这是胡辛自己的情感辐射。于是，在被规定的有限空间中，她充分发挥了自己的主体性叙述，没有陷入传主的迷惘陷阱中。胡辛在传记文学中梳理了自己曾一度迷茫的思绪，但愿这能成为她日后小说创作的一个支撑点。

胡辛在20世纪90年代中止小说创作，亦使她失去了一个机会，胡辛面临着对自身的超越和对他人超越的严峻局面。20世纪90年代女性写作的颠覆性和超越性是与女性作家不断蜕变、不断探索紧密相连的。一个优秀的作家就在于她能够充分发挥自己创作的多种可能性。作家要有勇气用一种新的写作方式来表达自己的生活体验和艺术感受。20世纪90年代中国文学的"语言革命"愈演愈烈，叙述策略、方法、技巧已成为作家突破自己的先行条件。女性文学中个人化写作的涌现和后现代性特征的"稗史"叙事无疑是一个成功的突围。王安忆、铁凝、张抗抗、陈染、池莉、林白、海男都纷纷在肉体的自觉和性爱的自主中完成了"新生代"女性的纪实与虚构，并成为后新时期女性作家群体性的写作趋势，但同时她们又面临着一次更为艰难的选择：商业社会所带来的女性异化。它包括两个方面，一方面是现实生活中女性的商品化；另一方面是女性作家写作的商品化。女性文学承受巨大压力。

在经济市场化的同时，模糊和困扰女性作家视线的两大根源——文化意识中的作家男性视角与阅读中的男性视角没有得到多少调整，"看"与"被看"的权力秩序并没有改变。"肉体抚摸"与"肉体自觉"文本在流传、阅读过程中的"误读""被看"遭遇，使陈染、林白的女性觉醒的"语言乌托邦"撕裂为碎片。东南亚女作家戴小华对女性被"性化"和"物化"的悲凉境地深有感触："商人借女体吸引消费者的视线、靠撩拨原欲使观众忍不住意乱情迷。同时，让顾客用'注视'的方式，对女性身体大量的剥削，甚至用眼睛作为武器，来侵犯女性的身体。"（《在赌城见到的那位陌生女子》）在全面转型的时代，女性的解放和独立不是一个文本冒险、叙述策略的问题。女性文学的"过渡状态"依然存在，女性话语的边缘化地位没有改变，"男女双性化"和"伙伴关系"都只能是个遥遥无期的理想。必须走向未来的女性文学并没有在单一的哪一派、哪一家中得到权威性的导向。后新时期女性文学的多元化选择特征照样明显。20世纪90年代的女性文学必须纠正后现代性叙述的虚伪和装饰，消除"做作"的痕迹，尤其是必须调整"泛性论"的视线。否则，它将会进入一个误区，遭受"难以继续"的命脉。而这样，我们就不难理解胡辛那些看似保守、传统而更有说服力和可行性的主张："年轻女性袒露着的潇洒的心是很难不受伤害的，她们和她们的母辈不会生活在太不相同的空间！或许应该为女性的心护上一件甲胄，我以为那便是贞节。这种贞节不是经过千百年男权的无限强化，异化的贞节观……"（《我论女性》）女性心理和性意识过于暴露的写作，会使女性自身伤痕累累。以沉稳和含蓄著称的胡辛在这个不易感动的年代里，能否再以真诚的叙述感动我们呢？时间会证明一切。在这得到的多，失去的也多的时代，胡辛让我们拥有的也许就是那份真诚吧！

（郭力根，江西省委网信办副主任）
（原载于《创作评谭》1997年第3期，人大复印报刊资料《中国现代、当代文学研究》1997年第12期转载）

胡辛:自强的女性
——胡辛《女人的眼睛》序

陈骏涛

15年前,胡辛以她的处女作短篇小说《四个四十岁的女人》闯进了文坛,其时她已38岁,到了人生的中年期,她自嘲为"高龄初产妇"。其实"高龄初产妇"在近20年的文坛上并不鲜见。年长一点的,如张洁、谌容,年纪小一点的,如毕淑敏。都是在三四十岁的时候才发表她们的处女作,并以此成名的。胡辛则介于二者之间,比张洁小几岁,比毕淑敏又大几岁。可见,年龄的大小并不与创作成就的高下成正比,关键是看有没有文学的天分,和是不是具有创作的"爆发力",以及其他方面的种种因素。

15年来,胡辛在文坛上虽然未曾大红大紫过,但也曾有过——依我看——两次小小的"轰动"。一次是在15年前,她的处女作刚刚发表的时候,又是获奖,又是改编成电视剧什么的,着实热闹过一阵。过了若干年,当人们提到胡辛的时候,可以不知道她的其他作品,却很少有不知道她的《四个四十岁的女人》的,《四个四十岁的女人》遂成为胡辛的"代码"或"符号",并被写进了文学史中。另一次是在三年前,当她的《最后的贵族——张爱玲》一书出版不久,适逢张爱玲在美国寂然凄然地死去,胡辛的这本书遂成为"热销书",在文坛上造成了一个小小的"热点"。当然,"轰动"也好,"热点"也罢,都不能准确地说明作家的创作成就,说明作家创作成就的最主要的依据应该是她(他)的创作实绩。

15年里,胡辛在大陆与台湾出版了《这里有泉水》《四个四十岁的女人》《蔷薇雨》《蒋经国与章亚若之恋》《最后的贵族——张爱玲》《陈香梅传》等十多部书,总字数有300万余,从创作数量来说,已经很可观了。倘以质量而论，也达到了相当的水平，并不弱于新时期以来一些著名女作家的作品，并在海内外有了一定的影响。重要的是，胡辛如今并没有"功成身退"，她依然活跃于文坛，依然雄心未泯，依然具有创作的"爆发力"。

在我的印象中，胡辛从她闯入文坛的第一篇作品开始，就是一个具有鲜明的女性意识的女作家。《四个四十岁的女人》的开篇就提出这样的问题："女人为什么要有自己独立的节日？"尽管她在小说中并没有做出正面的回答（小说毕竟是小说，没有必要，也十分忌讳像教科书式地去回答这样那样的问题），但她还是通过四个知识女性的命运和遭遇、苦闷和徘徊、探索和追求，向人们形象地展示了女人在这个世界里所遭受的太多的偏见和压抑。此后她的作品也大都是写女性的，而且重在写那些独立自强、有棱有角的知识女性人物。如《蔷薇雨》写了出身于书香门第的徐家七姐妹的命运遭际，她们不同的个性特点，并从中折射出社会生活变异的轨迹。《陈香梅传》写了出身于名门世家的陈香梅传奇般的一生，她作为国民党中央社的年轻记者，如何与可以做她父亲的美国飞虎将军结合，寡居后又如何逐渐走上美国政坛，并成为推进中美关系的神秘人物。《蒋经国与章亚若之恋》，则是为江西南昌籍女子章亚若短促的一生所写下的一部苍凉而悲壮的文字。而《最后的贵族——张爱玲》，又是为至今依然魅惑着人们的一代才女张爱玲所写的一部完整意义上的传记，试图"还原一个真正的张爱玲"（《最后的贵族——张爱玲·跋》），正如胡辛本人所说："我写名人凡人，写革命老妈妈写神秘的旧时女子，写普普通通的农妇女写尖尖钻钻的市民妇女，当然更多的是写知识女性，不只是熟悉，我始终是她们中的一分子。"（《四个四十岁的女人·跋》）

女性意识是什么？这个近年来颇为时髦的话题，被有些批评家搞得玄奥莫辨、纠缠不清。其实按我粗浅的理解，所谓女性意识，对于女性作者来说，就是应该记住你是一个女性，而且是一个不依附、不从属于任何男性的女性，一个具有自己独立人格的女性。这样你在从事写作的时候，不管是自觉的还是不自觉的，实际上都在做着颠覆以男性为中心的权力话语的工作。如果这样的理解不算谬误的话，那么我认为胡辛便是属于这样的女作家。她对女性意识的理解虽然非常干脆也非常简单，但可以说是抓住了一个最基本的事实："女性意识是什么？你要认识自己是女人。女人和男人一样，都是人；而女人又是人中的女性，是与男性有别的人。"（《我论女性》）

胡辛:自强的女性

显而易见,在胡辛涉及女性的几乎所有作品中,她的感情的天平始终是向女性倾斜的,从这个意义上说,胡辛的确是个感情型的女作家。但胡辛的清醒的理智又使她不完全听从感情的驱遣,而对两性关系问题有一个较为客观、较为实际的看法:"女性意识是对父权制的反叛,但不是对母权制的回归,而是女性男性同行历史的长河,迎接更为辉煌的明天。"(《我论女性》)因而,如果说胡辛是个女性主义者的话,她显然不同于西方的某些具有独立女权运动背景的女性主义者,而是带有中国特点的女性主义者,即倾向于双性和谐的女性主义者。

的确,我们强调两性的平等和两性的差异,强调女性的特点和权利,甚至强调女性比男性优越的方面,等等,这只是为了颠覆以男性为中心的权力结构,而不是以一种权力(女权)来代替另一种权力(男权)。社会要发展、要前进,不能依仗于两性的对立,而要依仗于两性的和谐。因而在现时代,真正的女性主义者,又往往是以超女性(超性别)的姿态出现的。如法国的"第三代"女性主义者(女权主义者)朱莉亚·克利斯多娃,她的基本策略之一就是从来不宣称自己是女性主义者,而且认为不存在一个可以明确定义的"妇女"或"女性"。她认为,在后现代社会中,男人和女人之间对立的二分法只具有形而上学的意义,两性之间的差异依然存在,但两性之间的截然对立或"死战"已明显降温,而让位给通过个体内部的运作而达到对"核心"的瓦解。(《妇女的时间》,参见张京媛主编《当代女性主义文学批评》)我在1995年的一篇文章——《一个女性批评家的行进轨迹》——中,曾经引用一位我国西部女性批评家的话并表示认同:"女性要想在这个世界上确立自己的地位,获得尊严和平等,要谋求事业的发展,实现其社会价值,既不能靠天赐,也不能指望别人给予,不仅必须靠自我奋斗来实现,还必须靠自我批判、自我整合来激励。只有首先认识自己,尤其认识自己的弱点和局限,方能真正做到以行动求平等,以作为求地位,以奉献求发展……"我以为,这当是当代女性应有的风范。

我想,胡辛大概也正是这样的女性。15年来,她以自尊、自强、自主、自立、自审的精神气度站立于文坛,以自己的创作实绩证明自己的强者品格。她的倔强的、不安分的个性特点可能并不为某些人所喜欢,但是她的直率和坦荡却又使她赢得了一些同好。作为一个书香门第的后裔和一个学者型的作家,胡辛的作品具有一种文化的底蕴和学识的氤氲,而作为一个从红土地上生长起来，又对这片土地充满着深情的作家，胡辛的作品毫无疑问又受到红土地地域文化的滋润。传统可能成为因袭的重担，但也滋养了一代又一代的学者和作家，胡辛毫无疑问也是其中的一员。由于我对胡辛的作品读得不多，更谈不上研究，暂时还无力对这些问题做出有深度的分析，这只有留待有识之士了。如果说我对胡辛抱有期望的话，那就是我想说：已有的成果只代表你的过去，将有的成果才代表你的未来，"什么时候（你）能写出一部红土地上女人的史诗"（《红土地的女人》），以证明你的确不愧为红土地的真正女儿呢？

胡辛的一部散文随笔集《女人的眼睛》即将出版了，我先前曾不自量力地允诺为这本书作序，在无法反悔之际，为了证明我的不食前言并答谢胡辛女士对我的信任，我的确认认真真地读了全书的清样，但写出来的却可能是与此书无关的一些话。好在读者自有慧眼，可以对此书做出各自的选择和评价，也省却了我的一番赘言！权为序。

1998 年 7 月 13 日凌晨世界杯决赛之前于北京
（陈骏涛，著名评论家、中国社会科学院文学研究所研究员）

（原载于《女人的眼睛》序，胡辛著，百花洲文艺出版社 1998 年版；《江西日报》1999 年 2 月 2 日）

红土地的女儿　白色土的倾诉

李玉英

上

对胡辛，先识其文，后识其人。记得是1985年的初春，我接到一部中篇稿件《粘满红壤的脚印》，作品并不振聋发聩，却有一种深切的真诚浸透于字里行间。毕业于农学院致力于红壤改良的知识女性艾小雨，在默默无闻的事业与温馨小家庭之间的矛盾徘徊及毅然的取舍，对红土地、对人民的深情与缠绵悱恻的情爱的冲撞及交融，激起了我们这一代知识女性心灵的共鸣，我为之感动。那片贫瘠而赤诚的红土地，那片浸染烈士鲜血和人民汗水的红土地，使我倍感亲切。我理解艾小雨的执着和倔强，那粘满红壤的脚印，是走向清贫又清高的精神田园！这是我们这一代人的苦，也是乐之所在。这部中篇小说登在《中国作家》上，我做了它的责任编辑，后来我才知道，这是胡辛的第一部中篇。第一印象该是：诚。

情未了，缘不断。很快我就读到她的中篇力作《这里有泉水》，作品写的是一群普通的中学教师，但她的视角是独特的、新鲜的。她将师生关系作为背景，而浓笔重墨于教师的内心世界及教师之间的恩怨纠葛上。诚如她在题记中所说："我愿：你能看到一颗颗有痛苦有欢愉、有惶惑有追求、有血有肉的怦怦跳动的心……"是的，我看到了，听到了。这是一个人类灵魂工程师的赤诚灵魂。她的作品，是从她纯净的心泉中流出来的。可以这样说，时至今日，在众多的描述学校生活教师形象的文学作品中，《这里有泉水》仍不失她的清新和别开生面，显示了作者深厚的生活和文学功底，是身为教师的胡辛的切身的体验和慨叹吧！女教师树云的形象，以其坎坷的命运、丰满复杂的性格，有别于艾小雨，但一样的是在平凡的事业中留下了不平凡的脚印，闪烁的是小人物的令人亲切亲近的光彩。中年人依然故我的倔强，又一次撼动我的心扉。如果说"文如其人"，那么，我对胡辛的更深印象是：犟。

胡辛在作家出版社出版了她的第一个中短篇小说集——《这里有泉水》。此时，我们才初识于京都。她给我的印象是：南国的聪颖中分明宣泄着北国的率直和爽快。她爱说的一句话竟是：傻就傻吧，人生就是这么回事。

她的创作视野日益拓宽，但仍有着清晰又执拗的追求。写女性写人情，成了她的特色和风格。去年，胡辛的40万余字的长篇力作《蔷薇雨》出版，作者对女性意识、女性价值的追求，在作品中更见浓烈与真挚。在汹涌的经济大潮冲撞中，是冰清玉洁固守传统的自我？是不顾一切坠入欲海爱河？是困惑彷徨茫然无措？是勃勃英姿终成弄潮女？理与情的抗争，灵与肉的拼搏，岂只在古巷女子的心田迸发种种律动与骚动？作者真诚投入作品中的情与作品流泻出的真诚的情，正是人们所渴求与珍贵的。我想，这就是《蔷薇雨》倍受读者青睐的重要原因。

女人写女人，胡辛直言不讳。1983年她的处女作《四个四十岁的女人》（曾获全国优秀短篇小说奖），开篇即是："女人为什么要有自己独立的节日？"对这一问的有意无意地叩击，执着坚韧却又处处在矛盾中徘徊与寻觅，答非所问或答即是问乃至无穷之解，始终贯穿于胡辛的作品中。令人欣慰的是，她执着却并不偏执，她始终能平心静气地看到，女人的独立绝不是与男人的对立；女人的命运多舛离不开女人自身的弱点。这种清醒，我以为正是女性意识独立的体现。九年过去了，她呈献给了读者厚厚薄薄的六本书。然而再回首，重读她的《四个四十岁的女人》，仍有一种清新和清淡的馨香与苦涩，宛若咀嚼着青青的橄榄。我想，对于作者来说，作品不被人们遗忘，不被弃为明日黄花，这该是莫大的慰藉。

从血管里流出的都是血，从喷泉里喷出的都是水。我还是信奉这话。出身书香门第的胡辛，人生之路却颇为曲折。大学毕业后，被发配到遥远的山村教小学，而后在普通中学、重点中学、职工子弟中学、中专教过书，现在在大学任教。她曾揶揄：中国所有的学校形式她几乎都插过一脚！身为大学副教授的她，仍去纺织厂、瓷厂、柴窑、矿山等处体验生活。俗话说："男怕矿，女怕纺。"而她对普通的女工和矿工有着真挚的崇敬和热爱。她常说：芸芸众生是社会的基石，应该多写他们的酸甜苦辣和喜怒哀乐。她尤其关心普通女性的命运，以她女性独特的人生体验观照与感知生活。九年的创作生涯，她没有大起大落、大红大紫，却以她的平平实实，得到越来越多的读者的心。

胡辛的作品，弥漫着浓郁的地域色彩，这与她钟情于城乡民俗是分不开的，她在大学讲过"民俗与小说"选修课。民俗是千百年民族绚烂的外衣与深厚的心理积淀，人们对本地域的民俗有着根深蒂固的心理认同，却又为异域的风情所诱惑，这该是人的求安稳与爱动荡的矛盾统一。看胡辛的小说，都市民俗的描写不能说已达炉火纯青，但分明形成了自己独特的风格。一方水土养一方人。《瓷城一条街》中芸芸众生的居住、饮食、社会、精神等民俗世相跃然纸上；《地上有个黑太阳》中神秘窑门的女性崇拜与千百年窑门前的女性禁忌发人深省；《街坊》中小街小巷沉渣泛起又大江东去的民俗图令人咀嚼回味；《蔷薇雨》中六眼井、三眼井、大井头的历史沿革，将当代市井的喧哗与骚动的底蕴折射出来……她所描摹的城镇并非赫赫名城，这就更不容易了。

胡辛就是这样踏实执拗地将自己的脚印留在了故乡的红土地上。她辛勤耕耘着，收获自然是丰富的：她写了长篇小说、中篇小说、短篇小说，还写了不少散文和论文，最近又应中国电视剧制作中心之邀，将长篇小说《蔷薇雨》改编成30集电视连续剧，义无反顾地"触电"了。当然，这将使她的艺术视野更开阔。

她时不时地还会蹦出一两句颇有哲理的话：今天，我们得到的是我们从未拥有过的，而我们轻易抛却的，却是我们乃至我们以后的几代人所苦苦寻求的呢。

有点意思。

下

八年前，我在《文艺报》上著文《红土地的女儿》，评介的是江西女作家胡辛作品的红土地情结。今日，当我捧读她的新作《陶瓷物语》时，明白她的创作生命中还有一解不开的情结，那就是白色土情结。

制瓷的骨骼便是白色土高岭土，这也是西人直至17世纪中叶也破译不了烧炼硬质瓷的关键所在，可以说，这是一个科技秘密。可是，就在那时，高岭村高岭土向前来传教的法国传教士袒露了一切！这真是难言的滋味。可不管怎么说，白色土和白色土上生存的人都是坦诚的。

胡辛的陶瓷故事倾诉的就是白色土上的故事。这部长篇小说的特色，或曰与她过去的小说乃至当今一般的小说的不同处，似乎是她那么绵密、那么黏稠地将烧炼陶瓷的过程及历史，与形形色色起起伏伏难以捉摸的人生织锦一处，再也分不开！

　　胡辛感叹：卑贱的泥土、清纯的水，经人的热心热手揉成一处后，进到火的恋腔里，是相知相交相融，却也是拼搏撕掳改造，是撕心裂肺的呐喊，更是种种的憧憬希望！等到天地归于寂静时，砸开窑门，捧出匣钵，看看都变成了些什么吧？也许大多数都属正常也平常的产品，可也有期望为精品的就成了精品，更有那意想不到的巧夺天工之极品，真让你大喜过望！可仍有次品，还有废品，乱七八糟的什么也不是。这就是一窑千变的火的艺术。可不管结局如何，一句话，它们再也回不到从前了，不可能再还原为当初的泥土和水了。

　　这，太像人生。胡辛便把她的沉甸甸的感叹融进她的书里，浓郁中有苦涩也有甘甜，还有那么一点不必遮掩的无可奈何。

　　书中以"天圆地方"电视台拍摄皇瓷镇的纪录片为前行链条，在拍摄陶瓷的历史和制作过程中，串出一串串或新鲜或过了时的爱情故事。20多年前，13岁女孩和30岁男人在白色土上相遇，土与水在火的炼狱中结晶成高贵的瓷，苦痛与陶醉、艰难与幸福难解难分，女孩以为她已早早地懂得了人生。走过岁月，当他们又重逢于白色土上时，女人与陶艺家、古陶瓷学者、老陶瓷工匠、电视人等却仍卷进了扑朔迷离的家族谜、古瓷案中，又依然演绎出一出出缠绵悱恻欲说还休的情与爱的故事。

　　撰稿的女子见到了她少时崇拜的大兄，大兄已是鼎鼎大名的古陶瓷大学者，大学者亦有一颗尚未衰老的心，无论是对事业爱情抑或经济大潮；而从英格兰来到这方水土朝圣的神秘的母女俩又与白色土有着另一番纠缠，她们是追溯陶瓷的历史？是倾慕这方水土的手艺？还是商机的驱动？这个时代的人们，到底要什么呢？老一代的艺人，有的无可奈何花落去，只有唱一曲生命与手艺的挽歌；有的却硬是从绝处逢生，居然领导艺术时尚的新潮流！茭草师傅、把桩看火师傅、画龙凤瓷的、做观音做五子罗汉的等，他们自有他们的表演空间和恩恩怨怨喜怒哀乐，用一声叹息是概括不了他们貌似简单实则丰富的哀乐人生的。胡辛就这么娓娓道来，仍长于铺陈，仍不改语风的清丽委婉。她的处女作《四个四十岁的女人》问世时，就有评论家说她"负重若轻"，十几年过去，看来，她是当之无愧的。她在叙述上的那种从容不迫的势头，亦是她的从容的自信。

红土地的女儿 白色土的倾诉

她十年前的长篇小说《蔷薇雨》，问世后便获好评，三年前改编成 28 集电视连续剧，仍好看耐看，但并未火爆；她还写了三部厚厚的长篇传记，也长销着，她似也有种静静地往前走的从容。当然，从容绝不等同麻木。她写这些，是问别人，更是问自己：你到底要什么？人世间最宝贵的还是真诚的情感么？人生如同炼瓷，而人的感情更如同炼瓷，愈是珍贵的感情愈经不起碰撞，就像高贵精美的瓷，不小心轻轻一碰，它就粉粉碎。所以，人呵，应该珍惜得之不易的情感。

可在人世间，还有不与名利纠葛的真诚的情感么？她曾用一句话回答过长篇电视连续剧《蔷薇雨》的主题是什么？那就是：我们得到的是我们从未拥有过的；而我们今天轻易抛弃的，也许是我们乃至我们以后的几代人所要苦苦寻求的呢。《陶瓷物语》中的寻寻觅觅，仍是这么一种忧患。当然，也许是多余的忧患。可是，她担忧正是那么不经意地轻轻一碰，粉粉碎后即便用高科技法粘补，它也不再拥有原先的完美了。

这是一部土洋结合的书，是一部皇瓷镇源远流长史与当代沸腾又浮躁相拥又相撞的书，是一部琐琐碎碎的陶瓷技艺与人生感悟浓得化不开的书。要读懂它，好像得静点心。

(李玉英，作家出版社原资深编辑、编审)

(上文原载于《文艺报》1992 年 12 月 5 日，下文原载于《文艺报》2001 年 12 月 18 日、《作家文摘》2001 年 12 月 12 日)

徘徊在爱与痛的边缘

——言说胡辛小说的一种情怀

张升阳　戴瑶琴

胡辛说自己是个喜欢怀旧的人，也是个感性的人，她选择用文字延续喜悦与忧愁的瞬间。在她的小说世界里，总游荡那么些恬淡与哀伤，字里行间流贯着蜿蜒如斯的旋律和缠绵轻盈的低唱，无论是《四个四十岁的女人》《蔷薇雨》还是《陶瓷物语》，都有一份浓浓的怀旧情怀在流淌。胡辛的文字就在对往昔的缅怀中游走，穿行历史，思索人生。

一　蓝色爱情的纪念

胡辛的小说注重情真意切，通过对人物心理的细致描摹来揭示各自心中理智与情感的较量。她的言情多以中年人的视角切入，集中透视女性的心理困惑，进而对爱情进行解剖与思索，因此故事中洋溢着一份成熟与睿智。胡辛描绘的经常是如蓝色般忧郁的苦情，人物如同戏曲里的"悲旦"，即使人到中年仍旧无法忘却年轻时爱情的青涩滋味，而宁愿去承受现时的落寞与感伤。用《蔷薇雨》中的一句话概括她所描绘的爱情："想爱又不敢爱，要爱又不能爱，不敢爱不能爱又更想爱更要爱得死去活来。"

通常小说的情爱模式由男性、女性和社会三个因素构成，但不能对它进行概念化的处理，因为人常处于情感的漩涡之中，抽身不得，沉沦不能。胡辛的言情故事对男性的定位有着"双重阴谋"，他们同时兼任悲剧的制造者和终结者。他们带给女性的爱情往往是脆弱的，用表象的热闹狂欢掩盖爱情基石的弱不禁风。他们尽管拥有令人目眩神迷的公众形象，但在感情上常是悭吝人，而且很多人习惯用一个更大的错误掩盖先前所犯下的过错，并不顾及女性的生存、情感，悲剧随之上演。在作者的故事里，明快的爱情总是迟到，忧郁的爱情又来得太早，永远是女性在回忆中品味那份心酸的浪漫。

《蔷薇雨》中凌云把徐希玮引领到了"绝情谷"后自己扬长而去，虽说他的背弃源于一次人为制造的误会，但徐希玮还是实实在在地坠入了情感的深渊。当已怀有身孕的徐希玮得知凌云的"另觅佳偶"后，心理防线彻底崩溃。她虚掷19年青春年华，封闭自己，企图用恨来填充心灵的空旷，但一切终究是不切实际的幻想。凌云那厢倒是扮演着爱情专家的角色，用游戏的方式来嘲弄和掩饰对真爱拥有的渴望。虽然最终他还是如愿以偿地和希玮结合，给希玮终结了痛苦，创造了幸福，但是，实际上他又不自觉地悄悄开启了另一出悲剧的序幕。七巧的远嫁美国，出人意料地与傻子姚宝宝结合，其实是在得不到凌云爱情的绝望心境下的孤注一掷。凌云终结了徐希玮的悲剧，但又该怎样为七巧的悲剧负责？凌云血液中的真诚与执着被他表面的玩世不恭稀释了，希玮重新唤起了他的责任感，但他的责任对象只有希玮，七巧的命运遭到生活彻彻底底的颠覆。胡辛放弃把凌云塑造为爱情圣徒的形象，而是刻画了一个"高尚的伪君子"，她敏锐地观察到了人性的多层面，通过主人公经历爱情的跌宕展览了人性的弱点。辜述之同样活跃在徐希玮的感情世界，但他的软弱与自私让徐希玮遭受的伤害更为致命。即使徐希玮的爱情最终拥有了光明的尾巴，辜述之制造的阴霾还是格外触目惊心。他对徐希玮几十年的感情就在他决定自保的瞬间崩溃，对徐希玮而言，他从前的承诺与感动荒诞得像一出闹剧，自己极端信任的人对爱情的背叛给了她一个措手不及。如果说少年时代辜述之对13岁的徐希玮的偷窥是个错误的开始，那中年时对徐希玮的招惹是错上加错，而他顷刻间对希玮的出卖则是大错特错了。辜述之的艺术气质被市侩气取代，纯真爱慕被始乱终弃所玷污，他只能用自欺欺人的方式为自己的愚蠢和无耻封上个冠冕堂皇的借口。

女性是胡辛力捧的对象，她塑造的女性群像流光溢彩。她在中国女性崇高意识的积淀和中国妇女现代意识的觉醒的融会点上进行突破并构筑自己的艺术世界。她笔下女性的恋情常是忧伤和不完满的。《蔷薇雨》中的徐家七姐妹在感情面前都是"很受伤"，爱情在这群古巷女子心中迸发的种种律动和骚动，最终归于平庸和悲叹。她们是一群不安分的"主儿"，并且拥有极强的承受力和忍耐力，在逆境中暴露得更为鲜明和彻底，她们多不满足做"笼中鸟"或"金丝雀",而是热衷于积极地找个活法,对爱情呼唤"我主沉浮"。大姐徐希璞是凌光明心中"蓝色的眼睛",她的善解人意与金铃子的骄横跋扈形成强烈的反差,她的关爱和金铃子的专爱形成鲜明的对照。小说中凌光明对徐希璞的爱流于笔端,而徐希璞对凌光明的回应直到小说结尾才揭开庐山真面目。正是那"魔鬼般的内驱力"推动徐希璞把对凌光明的崇敬演进为眷恋。但"她清楚地知晓,无论他与她,都只会把一切默默地深深地埋进心田,或带进坟墓,或虚幻地在理想的朦胧云端遨游。"作者理智的冷处理使这份感情颇为含蓄而绵长。徐希璞的丈夫冯春甫愚蠢卑琐,希璞对他在人际交往中的频繁"变脸"格外厌恶和鄙夷。小说中她与冯春甫因对副省长鄢河鸥的突然来访所产生的争吵,明确地揭示了两人价值准则的分歧。

"你自私!你冷酷!你根本就不像个女人!"冯春甫叫嚣。

"你自私。你冷酷。你卑琐。你愚蠢。你根本不是人。"徐希璞平静地回应。①

两个人"一个是嘴里的热气,一个是鼻子里的冷气"②。徐希璞不愿做丈夫精心打造的幸福家庭这一公众形象的道具,她选择独守在自己营造纯净的白色天地,捍卫她不容亵渎的精神家园。她在丈夫的逐客令下,义无反顾地"穿着白色的圆领衫,白色的睡裤,白色的拖鞋,从她白色的小闺房立马'滚'到即便夜幕中也五颜六色的街头巷陌",自由地呼吸生活的气息。徐希璞与冯春甫之间从来没有爱情的萌动和维系,双方仅仅把爱当成一件必须完成的任务来机械地执行。徐希璞只有在凌光明的热望眼神中才能领悟到爱情的降临。冯春甫确实是爱了,但他对爱情的妥协只是为了把徐希璞当成个人财产维护起来,用霸道的独占维持家庭的存在。冯春甫与金铃子是同一类人,盲目的自负,永远活在猜忌与防备的痛苦中,以"时刻准备着"的战斗姿态掩饰内心的弱不禁风。

与鄢河鸥的重逢拨动了二姐徐希玫心中隐藏着的少年时代的朦胧爱情。而石平林在她和她的家族危难时给予的全方位的援助和保护始终无法叩动她的心房。无爱的婚姻,石平林单方面无怨无悔的情感付出时时鞭打着徐希玫,让她面对两难选择:要么自己痛苦,要么家人痛苦。她对石平

---

① 胡辛:《蔷薇雨》,百花洲文艺出版社1997年版,第207、208页。
② 钱锺书:《钱锺书选集》(小说诗歌卷),南海出版社2001年版,第252页。

徘徊在爱与痛的边缘

林不仅不爱,甚至对他富于牺牲的爱从来没有一丝尊重和珍惜。她对石平林有的只是感激,她怨恨为报答而付出了青春的代价,用以身相许的可笑方法来弥补自己和家庭对他的亏欠。徐希玫为摆脱情感的荒芜而寄情于事业,希图用女强人的外在姿态去混淆视听,以便自己孤寂的内心不被暴露。鄢河鸥的再次出现让徐希玫欣喜原来爱情回来过,她得以再次约会久违的跳动眼神。但是,这次偶尔的精神出轨最终归于无声息,希玫清楚地明了她与河鸥的感情只能在记忆中感受,不能在现实中重构。当她造假的犯罪事实暴露出来后,她出人意料的平静并且对罪行供认不讳。这一点甚至让河鸥都感到不可思议。徐希玫并不是选择自我堕落,她是想暂避世俗纷扰,无须去考虑对石平林的补偿,对女儿的自责,对事业的心力交瘁,对河鸥的深深眷恋。虽然在关心她的人心中这种消极是颓废和伤感的,但对她而言,坐牢给心灵的放假提供了契机。徐希玫自己明了,她早就身处"监狱",从石平林无悔付出的第一天起,她开始堕入心灵的监狱,为补偿而活。这次东窗事发只是囚禁住了她的肉体和"高贵典雅不可一世的冷傲"。但是因为她是徐希玫,所以永远不会被命运击垮的,即使被现实惩罚,但还是拥有希冀。

胡辛虽灌注给她笔下的女性强烈的女性意识,但落笔的焦点还是女人柔弱的内心。她们都在爱与同情中艰难跋涉,凄美的爱情正是生命中不可承受之轻。"爱在左,同情在右。走在生命之路的两旁,随时播种,随时开花。将这一径长途点缀得花香弥漫,使传枝佛叶的人,踏着荆棘,不觉痛苦,有泪可落,也不是悲凉。"[1] 胡辛在《蔷薇雨》中援引冰心的这一段话,相当恰切地揭示了徐家姐妹的感情世界的困惑和复杂。她们始终纠缠于爱与同情之间,不可避免会在不经意间滑落了唾手可得的幸福。

世俗是扮演扼杀爱情的刽子手,它对不属于正统观念统辖范畴的爱情围追堵截,男女之情局促于人情世故、社会风俗的大框框。《蔷薇雨》中徐家家传的"本白布"就像是悬在徐家女人头上的"达摩克利斯之剑",它所隐喻的贞操观念化身为潜伏在家族中的幽灵,在女性对"本白布"有意无意的颠覆实践中,时时上场表演,把女性推入道德和舆论的法庭进行裁决。徐希璞与凌光明的情愫暗生绝不会为世俗所容。两人都有各自家庭,一旦背弃,他们就要共赴积毁销骨的隐形战线,最终堕入万劫不复的

---

[1] 胡辛:《蔷薇雨》,百花洲文艺出版社1997年版,第506页。

深渊。泼辣的金铃子必定会以最野蛮、最原始的方式来把自己塑造成当代"秦香莲",赚得世人同情的眼泪;卑鄙的冯春甫将以捍卫男性尊严的立场进行一场声势浩大的精神与物质的报复;而徐家的"本白布"会以最决绝的姿态吝惜给予落难情侣实在的救援。徐希玫如果同鄢河鸥鸳梦重温,那她会被作为"最毒妇人心"的标准教材;鄢河鸥的大好前程也将在口诛笔伐中化为虚无;石平林要在人们的同情和戏谑中苟活,承受着超负荷的心理压力,沦为大家茶余饭后的谈资。传统的门第观念是世俗杀手的另一致命武器。勺勺和小玑虽说拥有比较幸福的爱情,但这种"阳春白雪"和"下里巴人"的结合还是遭到了世俗的嘲讽,甚至得不到自家姐妹的赞同。舆论的尖利冷酷培养了勺勺的极度自卑,她体验着亲情的缺席,即使在家人面前仍旧小心翼翼,把自己当成徐家的多余人。徐家的四位"土女婿":石平林、席大鹏、钱金苟和黑子,都被自卑拘囿于情感的围城,有的自轻自贱,有的秘而不宣,都不愿去提及门第观念给他们带来的心理阴影。而那位人格最为卑贱的长婿冯春甫,由于出身书香,和徐家门当户对,反而赢得尊敬和信任。门第观念的根深蒂固终结了许多原本美满的爱情,它执着的发动一场又一场的精神和舆论革命,无止境地刺激着夫妻中的弱势群体敏感的神经,于是造成家庭提前完成了爱情的退席,完全依靠道义来维系。

二 白色乡韵的回响

胡辛在《陶瓷物语》的后记中写道:"一个女人,对失落了少女的最后的梦,萌动着母亲最初的梦的一方水土,不会不长久地思念。"① 怀家恋土是中国传统文化的重要母题之一。胡辛对江西土地怀有深切的爱恋,她自觉地以江西生活的认知者和亲历者的身份对乡土文化进行了再度体认。胡辛曾经这么概述过她的经历:一句话,走千里行万里,还在江西的怀抱里。她用一支流转明丽的笔记录下了乡音乡韵。瓷都——景德镇,母性的城市,它苍茫的白色土让她魂萦梦牵。她本人与白色土地纠纠葛葛八年情,她对这方水土的热爱与悲悯以陶瓷为中介详尽而又全面地传达了出来。她体悟到了瓷的性灵,并把对瓷的崇拜升腾为一种对母性的礼赞。白色土,充满了视觉刺激,煽动了视觉兴奋,胡辛在用文字倾诉对家乡绵延情思的同时并不忘对中国文化进行郑重的探寻。

---

① 胡辛:《陶瓷物语》,花城出版社 2000 年版,第 399 页。

徘徊在爱与痛的边缘

"白色土,世界制瓷业通用的白色陶土,KAOLIN,它虽是土,却是制瓷的骨骼,有她,才经得起1700度的高温烧炼。世界上不论哪个种族的制瓷人没有不知晓'高岭土'的,其中有文化的研究者便将踏访这片很宗教又很文学地称为'朝圣'。"[1] 白色土孕育了景德镇,它也随着胡辛与瓷的"亲密接触"走入了她的视野。胡辛笔下活跃的瓷都男女成了她故土情结的最佳代言人,他们或肆意或含蓄地展示着对白色土地的迷恋。胡辛通过对瓷都知识分子和普通手艺人的塑造来表达对这片土地爱的深沉。

林陶瓦和毕一鸣,前者粗犷奔放,后者含蓄内秀,但他们身上都涌动着白色瓷的血液,他们为陶瓷艺术的推广和开拓鞠躬尽瘁。两人对瓷史了然于胸,林陶瓦倾心于古陶瓷史的探研,毕一鸣沉浸于民间青花瓷的原汁原味。他们的生命源于瓷,爱情源于瓷,甚至灾难也源于瓷。他俩对瓷有着透彻的理解,"石会崩,木会朽,人会亡,而瓷即使粉身碎骨,千年万载后其质也不变",不管是飞黄腾达,还是安于一隅,或是身陷囹圄,他们最终还是告别喧哗,奔着瓷的灵魂而去,把目光缓缓导向田园。林陶瓦在讲述瓷史时,引领着读者畅游了一番瓷的辉煌历程,明是讲史,实为传情。树青是带着对白色荒原的爱和痛重归瓷都。她与林陶瓦和毕一鸣不同,她把浓浓的乡愁化成了文字的讲述,心灵的告白。她以非专业人士的身份接近瓷,但却以真实在场者的兴奋和骄傲阐述瓷。林陶瓦与毕一鸣是理性的研究者,树青是感性的体悟者,他们三人拧在一起,共同勾勒出了瓷的精神气质。胡辛置身于江西土地,她着意发掘生活中那种刻骨的真实,她在展现知识分子林陶瓦与毕一鸣对瓷的钟爱的同时,又刻画了陶瓷的操作者们对瓷艺近乎疯狂的倔强。马禾草和姚火旺对白色土的热爱更为坦白和直接,他们用粗砺的语言和精湛的手艺回报陶瓷对自己一生的赐予。爱如果装得太满,就很难装下其他的东西,正因为瓷在他们心中具有凌驾于一切欲望和梦想的绝对地位,他们无怨无悔地耗费一生以续写瓷的美丽,捍卫瓷的尊严。马禾草的健康被病痛击垮了,但他的精神气质始终闪耀着百折不挠的倔强。他活着的目的就为那点包装手艺,他的一辈子"舒心的,不舒心的,说到底,还是这禾草包装"。这样的心思也只有他的"同情兄"姚火旺才能参透。他们斗了半辈子,说到底都是缘于对瓷的情意。

---

[1] 胡辛:《陶瓷物语》,花城出版社2000年版,第5页。

胡辛写瓷的"醉翁之意"在于开掘这方水土所包含的深层的文化传统、道德观念、科学史观和文明程度。她对"窑门图腾"做出了自己的阐释:"你是远古的图腾!瓷的图腾!你是火与女性的结合。你是生命与繁殖的昭示。你是创造之难与造化之难的莫名。你是卑贱与高贵,丑陋与精英的辨证。"① 她又借林陶瓦的口,传达中华文化与陶瓷艺术的血亲:"陶瓷,说到底是中国风,是一种温润细腻高贵典雅颇值得把玩的物质,是典型的东方的闲情逸致,其中凝聚了太丰厚的文化艺术和科学技术。……它是中国的艺术……陶瓷得用流畅的线条表现生活的美,人生的美。中国的绘画,诗词,书法,印章与陶瓷自是浑然一体。陶瓷是中国的艺术,是有书卷气的。"②

胡辛从对中国文化的体认层面去考察陶瓷,这是她把瓷艺置身于文化大背景下进行研讨的一种尝试,一种企图。乡愁,小而言之,落实在对自己出生地的怀念,大而言之,表现为对整个中华民族的尊重和理解。胡辛创作的《陶瓷物语》表面上看像是一本江西的地方志,实际是关注大中华文化的生动文本。"CHINA——中国; china——瓷",这正是对瓷与中国不可分离性的准确注释。

陶瓷在胡辛小说中的另一层所指是母亲,胡辛把瓷都定义为一座"母性的城"。因为城里不仅翻滚着白色的苍茫,而且流淌着白色的乳汁。"从混土到瓷,女人的卑贱与伟大,脆弱与坚韧,朴拙与华美,大度与小气,都蕴含在个中了",因而"瓷,失落了男子汉的粗犷阳刚之气,而充满了女人气"。作者在《陶瓷物语》中预设寻找主题(作品中的每个女性都在寻找,有的寻找爱情,有的寻找亲情),清晰地揭示了瓷的女人味儿。在一群人的寻寻觅觅中,既有真实母爱的闪现,又有陶瓷所蕴含的抽象意义上的母性的彰显。小说中活跃着的几位母亲:叶丁香、江玉洁、树青和江红莓,读者常会被她们之间流转的款款母爱所牵引。胡辛用一种母性的书写:"满蕴着温柔,欲语又停留",向读者传达出母爱无敌的信息。陶瓷这位无形的母亲,它"总是忠实地,依然故我地折射出了分娩它的时代特有的光泽"。树青通过与瓷的亲近,深切体会到"苍凉的白色土,赤裸着坦诚,宽容和无私",体会到瓷都浓浓的人情味。

---

① 胡辛:《陶瓷物语》,花城出版社2000年版,第95页。
② 胡辛:《陶瓷物语》,花城出版社2000年版,第342页。

三 红色青春的缅怀

胡辛小说的语言深沉而凄美，它作为情感的载体，它的组织生存方式决定了小说外在化的深沉冷静的审美形态，作品中浸润着滑动的泪水，弥散着感伤的情调。但作者并不热衷绝望的沉沦，她用青春的激情去稀释浓重的哀愁。小说里跃动的青年与寡淡的中年形成了强烈反差，这群伤心人对这两者之间差异所造成的巨大的情感落差一时无法调适，因而更愿意沉浸在过去。青春化身为他们一片精神死水中的微澜，对青春的缅怀成为一道缓释忧愁的"心灵鸡汤"。但是，青春又是一把"双刃剑"，青春的激情中涌动着幸福，也暗藏着危险。

作家陈村曾对青春作过这样一段注释："青春是一腔无人可诉说的心事，青春是一本不让人翻阅的本子，青春是一股无名的躁动，青春是不计功利的努力，青春是无法被证实的自负，青春是莫名的开心与无名的忧愁，青春是新绿，青春是一种彻底的愿意。青春，是留给后来的一坛陈酒。青春是一种飘扬在空气中的并非液态，气态或固态的悬浮物。青春使人变得比婴儿更幼稚比老人更忧伤。"[①]

胡辛着力展现每个人都曾年轻过的事实，以情来讲述青春，从友情，爱情，亲情等多个方面下笔，在追忆似水年华的过程中，既写出了青春的热情与冲动，又写出了青春的寂寞与困惑。

四个40岁的女人，中年时期重新聚首，对现状的失落怎一声叹息了得。生活的重负，情感的困惑，竞争的残酷，社会的挤压，一股脑儿地紧紧地粘住她们，她们在人生路上不得不匆匆忙忙，负重前行。这四个女人是一群过渡年代的过渡体，经历了岁月沉淀出来的话语系统，观念行为圈囿了她们的中年版图。她们只有在对青春时光的细说和回忆中重拾欢笑，甚至流露出少女时代的放肆和天真，在兴致勃勃的"话当年"中扬起的激情把她们的心头阴霾打扫了干净。张爱玲曾为人类的怀旧找到了一个理由："这时代，旧的东西在崩塌，新的东西在滋长。人们只是感觉日常的一切都有点不对，不对到恐怖的程度。人是生活在一个时代里的，可是这时代却在影子似的沉没下去，人觉得自己是被抛弃了。为了证明自己的存在，抓住一点最真实的、最基本的东西，不能不求助于

[①] 陈村：《古典的人》，天津人民出版社1996年版，第122页。

古老的记忆,人类在一切时代之中生活过的记忆,这比眺望将来要更清晰,亲切。"① 尽管遭遇了太多时代和生活制造的痛苦,但四个朋友认定青春无悔,因为她们青春时缔结的友谊是真实而且最富有人情味的,值得她们一辈子去咀嚼和回味。

《蔷薇雨》中三姐希玮的青春孕育了她的爱情。她与凌云的一段孽缘带给的灾难远甚于喜悦。昆德拉曾在《玩笑》中郑重的指出"青春是一个可怕的东西",人们在青春的狂热中有时会犯下种种罪恶。为了初恋的甜蜜,希玮以独守18年孤独的沉重代价为自己千疮百孔的心疗伤。凌云是她伤心的真实理由,相恋时的每一幕欢乐与痛苦都深深地烙在了她的心头。希玮与幸福长久阻隔的痛苦是由于她一而再不自觉地触动心头的伤口,对爱情的缅怀纠缠了希玮最绚烂的年华,直到她与凌云冰释前嫌,重新复合,才将这段遥远的青春之恋定格为永恒的美妙瞬间。

树青也拥有13岁的秘密。青春为树青与白色土地创建了链接。作为一个小过客,当她奔跑在苍茫的白色大地上,呼吸着瓷的气息,听着林陶瓦饱含深情地说瓷话陶时,她与土地,与瓷已融为一体,终生不会分离。这份挚爱在树青心头翻滚了几十年,如窑火般生生不息。青春开启了树青的白色情结,也开启了她的懵懂初恋,她对瓷的引路人——林陶瓦糊涂地爱到了中年。树青拒绝现实的尔虞我诈,鄙视虚伪,她拒绝成熟,而且也永不成熟,因而总带着一份忧郁和感伤,她的心头始终萦绕着未成年人的梦与叹息。她最终为自己曾经拥有的青春的激情与冲动画上了一个句号,坚强地谱写了与林陶瓦青年时代恋情的终结篇。"相见不如怀念",在树青看来,青春的回忆不容亵渎和污染,于是为它们辟一个纯净的空间,贮存和想念。

胡辛受中国传统文化的影响颇深,对唐诗宋词的爱好为她的作品注入了一种古典的唯美情调,同时她又坚持着"女人写写女人"的创作方向,塑造了扎根乡土生动鲜活的女性群像,详尽地诉说女人命运的美丽与哀愁。再者,她对影视艺术的迷恋也影响了她的小说创作,她作品的场景和细节很富有镜头感,色彩鲜明而流畅。胡辛用迷离浪漫的美学语言包装理智而又成熟的情感,她的言情策略不是轰轰烈烈,而是九曲回肠,在跨越的时空和复杂的人际关系中,从容又细致地织就一片怀旧情怀。这份怀旧

---

① 张爱玲:《自己的文章》,载张爱玲《张爱玲文集》第4卷,安徽文艺出版社1992年版,第174页。

不是停留在今昔对比进而导入今不如昔这一阅读定势的思维观念,而是把这种对比升腾为一种对文化,对民族的生存思索,这也正是胡辛小说的厚重之所在。

(张升阳,南昌大学中文系教授、人文学院原书记;戴瑶琴,文学博士)

[原载于《南昌大学学报》(人文社会科学版) 2003 年第 2 期]

女性写作与文化建构
——浅评胡辛的《陶瓷物语》

姚志文

胡辛是作家，也是学者，而且是位学问做得踏实又有创建的学者。或许是性别的缘故，胡辛很早就极自然地将女性命运的思索与价值追寻融入她的小说创作。在其处女作《四个四十岁的女人》开篇即是："女人为什么要有自己独立的节日？——作者问于'三八节'。"这在20世纪80年代初，可以说是一个相当敏感又前卫的话题。后来的长篇小说《蔷薇雨》似也"写足了女人"，或许正如作者自己所言："只因世俗社会对女人依旧存在着不会太少的偏见和傲慢。"她似乎希冀以自己的性别言说，对男性话语做出叛逆与反抗，在文字的细雨微澜中，有着自己的呼喊与渴求。

从1983年到现在，20年中，胡辛的创作涵盖小说、传记、电视剧、纪录片、散文和理论研究等诸多领域，400万字淌成的艺术长河中，归根结底，构成航标的还是"女人写写女人，写女人时也从未忘记自己是女人"。胡辛是朴实的，也是执着的，在众多的新生代女作家们"私语"呢喃如织中，她却是一种自守的姿态，以一种沉静默默书写江西这片红土地，还有被称为瓷都的故乡。

如果说胡辛以往的写作更多的是对逻各斯中心主义的质询与反抗的话，自长篇小说《陶瓷物语》始，她已经试图超越这种简单并不乏偏激的二元对立，将女性意识融入生命意识之中，思索来自生命深处的集体无意识的女性呼声。在《陶瓷物语》中，女性被指认为一部寓言化和文化化的陶瓷史的象征。胡辛认为：作为中国文化重要象征的瓷文化，其本质是女性化的。瓷的晶莹高洁和脆弱易碎，正是女性人格的表征。女性与陶瓷互为符码，不仅衍生了博大精深的中国文明，而且成为拯救物质时代人类精神的诺亚方舟。《陶瓷物语》中那个颇具《百年孤独》韵味的人物——"骚寡妇"的"长生不死"，无疑寄托了作家对女性在苍茫历史流变中顽强存在的喟叹和膜拜。或者说，在文化意义上的历史中，女性的生存状态、情感方式、灵魂舞蹈，无疑折射出瓷质光芒的中华文明史。在这里，女性——瓷，成为中国文化的母体，在一个男性思想根深蒂固的国度，作家的这一份自信，显现了她身为女性的底气和自豪感，这或许是关于华夏文明的另一种解读了。

《陶瓷物语》讲述的是一个关于瓷与女人的故事，在某种召唤氛围找那个开始的这个故事，被赋予了跌宕有致引人入胜的清洁外壳，但叙事并不热闹喧腾，节奏是舒缓的，充盈着想象力和音乐的穿透力，正如瓷的宁静和剔透，灵动飞扬，语言明快婉丽，文本间漾动着一种沉静却翔逸的张力。这是作家心态的展现。已知天命，她是从容的，也是睿智的，漫漫人生和文化浸润积淀出生命的透悟与沉稳。胡辛从未大红大紫过，也从未被人们所忘记。她以学者的沉思和作家的锐利进行着创作，穿行于文化与历史、女性与社会、生命与宇宙。在她的作品中，你能读出古典的"道"，也能读出现代的女权意识，很难说她的创作观念是先锋的还是保守的，正如在《陶瓷物语》中的女性，无论是作家树青，还是充满传奇色彩的江红莓，以及飞天婆、水水、苔丝，无不显示出比《四个四十岁的女人》和《蔷薇雨》中的女性更多的自信和自立，从而使作品的色彩明朗亮丽。如果说作品系列叠映了作家的思想流变，这是否反映了作家对当代社会语境中女性意识的重新认识？当代中国社会的女性空间，使女性有可能以某种方式参与历史文化的重构。必须注意到，女性理论所反抗的乃是男性的话语霸权，而女性参与文化建构，正是分享话语权利，以和谐共存的方式使两性在相濡以沫中共同提升。或许作家在小说中潜露的观念会使女性主义者认为是一厢情愿，但我们仍然认为，作品精确地反映了当代女性的生存境遇，它是现实主义的，风格上的明朗，正是当代女性对两性关系信心的体现。

有趣的是，当我们比照新生代女作家，我们会发现两代的错位！"文化大革命"后成长起来，在物质日益繁荣中开始创作的一些新一代作家，并不曾像她们的前辈那样带着切身的创伤体验走入文坛，她们本应是欢腾而欢快的，但刚好相反，她们的文本中弥散着痛楚、迷惘乃至糜烂，她们小说中的空间封闭而狭隘，人际间隔膜、孤立，叙事语调冷漠而疏离。这种远离人群、"自我放逐"的姿态，是否反映了这一代人精神的缺钙？这类"反抗男性话语"的标准文本，貌似叛逆，实则自恋、放纵，同时她们开始迷失自我。在当下的中国文化语境中，无疑是遭人诟病的。在浮躁的市声之畔，当代小说需要的是澄清和透悟，使小说担负起历史赋予的那份文化使命。已经有论者呼吁女性写作应当关心社会，我想或许女性写作可以走得更远。《陶瓷物语》的自守姿态，实际上参与了当代文化建构，这无论是对小说艺术发展，还是对女性自我解放，我想都是有益的。

（姚志文，南昌航空大学副教授）
（原载于《南昌日报》2003年10月12日）

红土地的青枝绿叶
——胡辛创作 20 年

侯秀芬

未曾见到赣地的青山翠竹前,先结识江西女作家胡辛;未曾认识胡辛前,先阅读过她的不少作品。有一种印象:清丽婉约的倾诉中,分明的是挺立的率真英武之气。也许,江西红土地的青枝绿叶的确不同于江南婀娜多姿的妩媚,更异于北国莽莽苍苍的豪放与粗犷。然而,又是别具一格的交融。

胡辛的作品有着毫不遮蔽的鲜艳夺目的地域色彩。《粘满红壤的脚印》《我的奶娘》中,美丽却贫瘠的红壤上,既有老一代妇女诸如"我的奶娘"的悲凉的坦诚奉献,更有改造红壤的当代女性的默默耕耘留下的脚印。瓷的故乡白色土亦是胡辛说不尽写不尽的反复咏叹调。从《瓷城一条街》《地上有个黑太阳》《瓷都梦》到长篇小说《陶瓷物语》,甚至吸引京都老少读者背起行囊实地探寻景德镇的神圣神奇神秘。还有古城南昌,从《四个四十岁的女人》到《蔷薇雨》,桃花巷、松柏巷、系马桩、六眼井、大井头,原来都是实有其名的街巷,湿漉漉热腾腾的气息扑面而来,是久远的文化积淀的张扬,更是活生生的人的喧闹。福克纳"写家乡邮票大的地方"已溶为她的潜意识,况且她的家乡"物华天宝、人杰地灵",是赫赫有名的"八一"起义打响第一枪的地方。

纵观胡辛的作品,从 1983 年发表处女作《四个四十岁的女人》起,她始终关注女性独立意识和独立价值的寻觅和追求。"女人为什么要有自己独立的节日?"题记的轻轻一问,却重重叩响了多少女读者的心扉,20年流水般逝去,而今女性文学无论是创作还是研究都呈方兴未艾之势,但是，四个 40 岁的女人在爱情、婚姻、事业上的困惑、突围，虽有循环往复的徒劳的无奈，但毕竟仍有着不屈不挠的奋发向上。40 万余字的长篇小说《蔷薇雨》，13 年前就已由百花洲文艺出版社出版，被评论家誉为"俨然一部现代《红楼梦》""写足了女人""一样的心情一样的雨"。在汹涌澎湃的当代经济大潮的冲撞中，无论是傲立惊涛的弄潮女还是恪守传统的守旧妇，谁能洞穿她们的魂灵？尤其在近作《陶瓷物语》中，胡辛从丰厚的陶瓷文化历史中，自信大胆地做出另一种关于陶与瓷的解读：陶是女性发明的，虽然陶的气质是男性的，而瓷是地地道道的女性的。在这部关于瓷与女人的故事中，中国陶瓷源远流长的历史与当代沸腾又浮躁的众生相相拥又相撞，全方位陶瓷技艺的展示与充满哲理的人生感悟浓得化不开。中国是瓷的祖国，对瓷的女性解读，认同瓷这一中国文化的母体为女性，不能不说是她的文化底气十足又慧眼独具的凸显，是否可以说，这可能是关于华夏文明的另一种追溯呢？自母权制被颠覆后，女性淹没于历史地心深处，女性何时才能浮出历史地表？在女性苍茫又荒凉的历史长河中，瓷是女性顽强坚韧的生存状态、细腻委婉又炽烈喷薄的情感舞蹈的记载、折射和象征。无论对否，她勇敢又潇洒地参与了当代文化建构。

细览胡辛的各类作品，可以说，怎一个"情"字了得！绝不仅仅是抒写爱情，还有亲情、友情、人情，"情"无处不在、无时不有。我曾做过胡辛的责任编辑，挑灯审读情到深处时，止不住流下了泪水。在物欲横流的日子里，人们最渴望的是真情，说到底，人世间最宝贵的难道不是真诚的情感么？胡辛感叹：人生如同炼瓷，而人的感情更如同炼瓷，愈是珍贵的感情愈经不起碰撞，就像高贵精美的瓷，不小心轻轻一碰，它就粉粉碎。所以，人呵，应该珍惜得之不易的情感。胡辛还有句喜欢说的话：今天，我们得到的是我们从未拥有过的，我们轻易抛却的却是我们乃至我们以后的几代人所要苦苦寻求的呢。

胡辛 20 年的创作，有书 26 本。涵盖小说、传记、散文、电视剧、纪录片和理论研究等诸多领域，作为学者，她的研究方向为中国女性文学与影视艺术。在影视探研上，她是理论与创作并驾齐驱。作为主创人员，电视剧《四个四十岁的女人》《这里有泉水》《蔷薇雨》等皆为观众所喜爱，而且咀嚼至今；专题片《瓷都景德镇》《千里踏访颂师魂》《十年风采 千年跨越》等分别获得中国优秀电视节目、中国教育电视专题片二等奖，都说电视是年轻人的天地，我们的胡辛大姐却是"永远的春天"。她朴实又执着，甚至有那么点执拗。"女人写，写女人，写女人时也从未忘记自己是女人。"她总想为这方水土这方人留下点笔墨的文字、图景的摄像。她不跟风不抱团，以一种走过岁月的沉静和从容，默默书写江西这片红土地，还有瓷的故乡白色土。

26本书中，有8本为作家出版社出版，包括第一本中短篇小说集《这里有泉水》，两部传记、一部长篇小说和一套四卷本的《胡辛自选集》。也就是在作家与出版社平淡又不无仓促的来来往往中，20年流逝，胡辛风风火火的身影却烙进脑海，出书之外，还见中国电视剧制作中心邀她撰稿，中央台"半边天"约她访谈，中国作协组中国作家代表团出访美国、马来西亚，等等，还有，北京大学、北京师范大学的访学，她为南昌大学申报广播电视艺术硕士点而四处奔波，而且，还得知她每学期皆有三四门课要讲授！乖乖，真是一座上紧了发条的嗒嗒作响的时钟！

胡辛从未大红大紫过，也从未被人们所忘却。迄今为止，她没有开过什么作品讨论会，在"酒香也怕巷子深"的今朝，她还是拥有"桃李无言，下自成蹊"的风景。她的作品已翻译成英文与日文，她的三部传记《蒋经国与章亚若之恋》《最后的贵族——张爱玲》和《陈香梅传》在海峡两岸出版，海外华文书店大多有她的书。她以学者的睿智和作家的潇洒进行着创作，穿行于昨天与今天、女性与现实、生命与大自然之间。在她的作品中，你既能沉湎于古典诗词的意蕴中，又能触摸到当代女性主义意识乃至魔幻现实主义，也许在传统规则的跑道上先锋的翅膀早已飞翔。

生命之树常绿。她就是这么一株红土地上的树，青枝绿叶，是别样的姿态婆娑。

（侯秀芬，作家出版社原总编辑、编审）

（原载于《百花洲》2004年第1期；《江西日报》2003年11月21日、《江西画报》2003年第6期）

在传统与现代之间的守望与超越
——论胡辛创作 20 年

黄会林 沈 鲁

胡辛曾在一篇文章中写道:"诚如米兰·昆德拉所说,也许小说家们所做的全部事情,就是写一个主题(第一部小说的)及其变奏。我也许属于这个'也许'。"① 时光荏苒,胡辛已经带着她的文学主题演绎出了跨越 20 年的变奏。20 年,胡辛已发表各类作品计 450 万字,她走千里行万里,依然深情地眷恋着红土地苍凉而多情的怀抱。她携着《四个四十岁的女人》初涉文坛,穿越城市绵绵的《蔷薇雨》,细说着《陶瓷物语》里白色土的思虑和希冀。"女人为什么要有自己独立的节日?"这一个主题及其变奏是这样的回肠荡气又回味无穷!正如她自己所喜欢的一位外国评论家的话:小说是蒸馏过的人生。20 年来,胡辛用她的小说尽情蒸馏着这方乡土这方女人的坎坷而又倔强的人生,可以说胡辛多情细腻的文字实现了她曾经许下的真诚的诺言:为这方水土这方人留下一点文字的摄影、笔墨的录像。同时,红土地的无限风情与无尽的才情也给予这位赣地的女儿以艺术的滋养与升腾,她的那颗挚爱文学的心灵回避着时代的喧嚣和文坛的喧哗。20 年风雨不改,曾自嘲为"高龄初产妇"的胡辛从未有丝毫的懈怠,在文学寂寞的征途中她一直写,不停地写,小说、散文、传记文学、影视创作、理论研究,她渴望用更多的文艺形式来诉说一个女人对失落的梦的追寻和对未来的憧憬。

---

① 胡辛:《好一片"罂粟红"》,载胡辛《红罂粟丛书·胡辛卷·自序》,河北教育出版社 1995 年版。

尽管，胡辛自己声称："我钟情的是小说，而不是传记。"然而，毫无疑问的是自20世纪90年代以来，在胡辛的文学创作活动中，传记文学一直占据着极其重要的位置。《蒋经国与章亚若之恋》《最后的贵族——张爱玲》和《陈香梅传》构成了胡辛传记创作中的"女性三部曲"，新近出版的画家《彭友善传》又引起了很大的反响。回首20年，胡辛在小说和传记园地耕耘，硕果累累，在江西文坛可谓"凤毛麟角"，然而，"胡辛从未大红大紫过，也从未被人所忘却……她的作品已翻译成英文与日文，她的三部传记《蒋经国与章亚若之恋》《最后的贵族——张爱玲》和《陈香梅传》在海峡两岸出版，海外华文书店大多有她的书。她以学者的睿智和作家的潇洒进行着创作，穿行于昨天与今天、女性与现实、生命与大自然之间。在她的作品中，你既能沉湎于古典诗词的意蕴中，又能触摸到当代女性主义意识乃至魔幻现实主义，也许，在传统规则的跑道上先锋的翅膀早已飞翔"[①]。对于胡辛，当你想从理论上对她的创作给予总结和提升的时候，你会发现古典与现代、传统与先锋、历史与现实……总是紧紧缠绕在一起，你试图用几个简单的理论术语和美学概念去概括她的创作追求与文学风格的时候，常常会感到批评话语的乏力与单薄。然而，理论的视线又始终在追寻着她的作品中某些不变的东西，并渴望把它提取并表述出来。对于我们而言，回到胡辛作品的内部，"守望"与"超越"似乎能够成为她在这20年间的某种鲜明的写作姿态。

女性视点：另一种守望与超越的姿态

1983年胡辛以《四个四十岁的女人》获全国优秀短篇小说奖，小说选刊称赞她"负重若轻"。是的，胡辛的创作是大气堂堂的大家手笔，尽管她的笔下用心最多，用力最重的人物形象大多是女性人物。处女作就写了四个40岁的女人，而在长篇《蔷薇雨》里更是一口气写了徐家七姐妹和古巷老少女子计14人之多，被评论家称为"写尽了女人"。当然，文学作品刻画人物，并不是看作家写的性别数量，而是内质，是作家所希望所渴求寄寓的究竟主要是由哪一类人物形象来承载和传达的。"一个作家是他写的一本本书中人物的总和……不管愿意不愿意，他必须能以文学的、冷

[①] 侯秀芬：《红土地的青枝绿叶——胡辛创作20年》，《江西画报》2003年第11期。

静的、保持距离的方式爱这些人物，他必须能进入角色。"① 对于胡辛而言，她正是通过塑造出一个个或慧或憨或柔或辣或痴或犟的女性人物，透过这些人物大都难逃悲剧命运的宿命般的人生故事寄寓着自己对于生命中的爱与温暖的平静守望。在胡辛的小说作品背后始终矗立着一个"守望者"的形象，她时沉静时激越，一面关爱着那些不知为何却总要承受人生苦难和命运捉弄的"女儿们"，一面又通过这些"女儿们"诉说着哀怨和希望。有一个有意思的现象，《四个四十岁的女人》里的柳青、《这里有泉水》中的树云、《蔷薇雨》七姐妹中的阿玮、《陶瓷物语》里的树青等人物，有一个共同点：她们都是默默无闻的中小学女教师。在作家的心怀，似乎有着女教师情结。"女教师"在胡辛的小说文本中成为具有独特寓意的象征。她们自身往往不得不经历着太多的人生波折，她们的人生遭际与精神诉求紧紧纠缠在一起，同时她们作为知识女性，天然地怀有一颗敏感丰富的心，生活之于她们成了一种馈赠，欢欣与苦难、顺境与逆境都升华积淀为一颗对待世事的"负重若轻"的平常心。"负重若轻"，这是对作家的评价，也是对作家笔下人物的评价。

也许是一种偶然，也许是一种必然，作为一个在20世纪80年代初开始文学创作的女作家，胡辛从一开始就表露出了一种与众不同的文学立场。差不多是同一时期，铁凝、王安忆、张洁等女作家纷纷写出《哦，香雪》《雨，沙沙沙》《爱，是不能忘记的》等作品，以女性内心特有的细腻、敏感和温婉抒情的文学风格书写出那个时代人们对生活、事业与爱情的理想憧憬。而胡辛的处女作《四个四十岁的女人》所带给读者的似乎少了上述作品中的抒情化风格，恰如王蒙所言："那种真实的生活气息，真实的艰难和痛苦，那种历尽艰难仍然真实、仍然活跃着的一颗颗追求理想、挚爱而决不嫌弃生活的心感动了我。"② 当然也感动了读者们！她以真实的喜怒哀乐、真实的挫折坎坷来讲述现实生活中已经为人妻为人母的中年女性们那些真实又无奈的人生境遇。这个不短的短篇小说在形式上貌似简单，叙述也很朴实，但是你不能否认这个1.7万字的小说在生活质感和主题意蕴上是扎实而丰富的，作品敢于直面生活里种种"形而下"的困顿

---

① ［德］君特·格拉斯：《谈文学》，杨劲译，载吕同六主编《20世纪世界小说理论经典》（下），华夏出版社1995年版，第256页。
② 王蒙：《为〈蔷薇雨〉序》，《读书》1991年第1期。

与窘迫，勇于穿越人生中的急流险滩，作品中"四十岁的女人"并没有被生活遗忘，因为她们自己就从未放弃过生活，她们从痛苦却真实的生活中获得的恰恰是力量和梦想，她们的智慧、勇气和力量早已超越了性别的差异，正是生活的磨砺给了她们守望的信念和超越的胆识。难怪1989年由日本当代文学研究所翻译的《80年代中国女流作品选》第四卷就以"四个四十岁的女人"作卷名，到了20世纪90年代美国兰登书屋又将其翻译成英文。"四个四十岁的女人"是有其永恒的魅力和哲理意义的，更容易引起普通女人心的共鸣。不独柳青，还有树云、阿玮、树青等等，"负重"是这些"女教师"作为女人、女儿、母亲、妻子具有生命共通性的真切体验，然而虽然"负重"，却能"负重若轻"，这是一种历尽沧桑而无悔的人生境界，一种对人生真相的大胆洞察。"这期间，理性与情欲的撕掳、人格与本能的抗衡、灵魂与肉体的崩裂，在人们，尤其在女人的心田迸发种种律动和骚动。是玉石俱焚的悲憾？是人的自我价值的张扬？是归真返璞的恬静？"[①] 胡辛的心总是和她笔下的这些女人们相通相守，作家与她无限悲悯的人物一道思索着：在世俗喧嚣的年代，我们如何重新面对情感的忠诚和对人生信念的执着，怎样真诚面对自己的心灵？对人文情怀的执着守望，是时代对文学艺术的严肃拷问。胡辛用文学在日常的俗性世界里开辟出一块诗意的空间，这是作家和她作品中的人物希图守望的精神家园。

对于当下的中国作家来说，艺术手段的娴熟不是全部，还须用心去抓住思想的闪电，击穿生活的种种假象，在情感上保留真诚的文化关怀意识。"守望"与"超越"都是一种关怀的姿态。20世纪90年代以来，随着社会转型的加快，在一个多元共生的文化格局里，女性意识更加觉醒，一批女作家更加重视书写长久以来被"男性中心"遮蔽了的女性经验。"这种倾向所展示出来的女性视角更多地聚焦于写作者的个人世界之中，尤其是作为女性的个体生命体验之中，是以独特的个人话语来描绘女性的个体生存状态。"[②] 强调性别差异，不断提升女性写作者自身对"性别意识"的理解程度，以更加自信的话语风格同"男性中心"的父权文化体制进行抗争，这是女性"个人化写作"积极的一面，但也无可否认的是，20

---

① 胡辛：《花谢花会再开——〈蔷薇雨〉创作谈》，《南昌大学学报》（人文社会科学版）1995年第1期。
② 陈思和：《中国当代文学史教程》，复旦大学出版社1999年版，第351页。

世纪 90 年代的女性写作显然有意无意地把对个人情感和欲望的表达视为了写作的终极目的，女性写作成为一种纯粹主观情绪的流程，甚至不惜成为被男性世界"偷窥"的对象。人们不禁要问："女性写作"应该有的文化价值究竟何在？

　　胡辛用她这一时期的创作试图回答这个尖锐的提问。胡辛关注女性个体生命，但绝对没有被归纳到所谓"个人化写作"的潮流中来，她依然保持着从《四个四十岁的女人》以来的那种自觉的女性意识和强烈的人文主义倾向，及时把握住时代所给予女性的思考和选择的权利，对历史与现实、人性与情感等各种主题都表达了关切与思考，并且这种思考较之于胡辛前期的创作更为深化，并由此拓展出了一个新的属于胡辛的写作空间，即以"守望"和"超越"的文化姿态参与到当代文化格局的建构中来，自觉承担起一个女性知识分子的社会责任，在一个并不十分乐观的语境中保持着探索真理，勇往直前的人文主义立场，而女性所独有的生命意识与人生经验又使得这种文化行为具有了丰富而鲜明的个性。胡辛所主张的是，"女性写作"从个人狭小的幽闭的精神空间中走出来，努力参与到当代文化的建构过程中来。事实上，这样的反思在理论上一直都存在着，但是真正在文学创作实践中贯穿这种文化姿态的女作家实在是不多。当我们在西方女性主义理论的冲击和带动下，大谈女性文学的颠覆性和解构性特征的时候，我们是否也应该真诚面对本土女作家这种积极的文化建构行为呢？2000 年 9 月由花城出版社出版的长篇小说《陶瓷物语》，是 21 世纪初胡辛最重要的创作成果之一。在这部小说中，"女性"已经不再只是作为一个抽象的"能指"符号浮荡在文本中，也已不是仅作为一个"客体"而被叙述，"女性"本身所包孕着的丰富的精神与文化意义使之成了一部寓言化的陶瓷史的象征。胡辛认为，作为中国文化重要象喻的陶瓷文化，其本质是女性化的。瓷的晶莹高洁和脆弱易碎，正是女性人格的表征。在这个独特的小说文本里，女性与陶瓷互为符码，不仅衍生出了博大精深的中华陶瓷文化，而且"女性化"了的陶瓷文化已然成为物质时代人类精神的执着的"守望者"和顽强的"超越者"。在这里，女性/瓷成了某种文化精神的母体，在一个男权思想根深蒂固的现实语境中，作家这份"守望"与"超越"的自信，显现的恰恰是她身为"女性"的"底气"和自豪感，这既是对文化的另一种解读，也是对女性生命，对人性的另一种解读。

　　作为当代女作家，胡辛从一开始就不回避自己鲜明的性别立场，但是作家又不偏执地认为性别的差异必然导致性别的对立。对于胡辛来说，"女性"既是一种性别立场需要被女性的经验所书写，但"女性"更是一种可贵的视点，"她"必须对"她"所看到的"世界"承担起"守望"与"超越"的人文使命。而正如《陶瓷物语》所做的，从自己的性别立场出发，参与当代文化建构，分享话语权力，这无论是对文学的发展，还是对女性身心的自我解放，都提供了有价值的参考。

根系乡土：永恒的守望

胡辛不单守望人生、人性、人情，她所守望的还有她的"根"。胡辛说："我以为，如果人类确有集体无意识的话，那么'根'的意识是最深厚也是最强烈的种族心理积淀。而文人，诚如张爱玲所说：'该是园里的一棵树，天生在那里的，根深蒂固，越往上长，眼界越宽，看得更远，要往别处发展，也未尝不可以，风吹了种子，播送到远方，另生出一棵树，可是那到底是艰难的事。'"[①] 一部多情的《蔷薇雨》，写尽了胡辛对她生活了半生的南昌城无限的伤感与挚爱。"童年的梦里，佑民寺的大佛，绳金塔的铜顶，青云谱的唐朝老桂，分明牵扯着遥遥历史的那一端；系马桩上挤挤挨挨的店铺、茶肆、花生铺、酱圆、京果店、烧饼铺、猪血摊、喧闹着世俗的热腾腾……"[②] 作家用语言给我们重新构筑起一个她所理解并认同的古城，古城中的民俗风物、历史传说、地方掌故，构成小说中韵味悠长的风景线。胡辛用小说重新雕刻时光，用艺术挽留住终将随时间的磨洗而逝去的古城风韵。小说里氤氲着的古城历史文化气息伴随着人物的喜怒哀乐如同那缠绵又伤感的蔷薇雨滴，润湿你的心境。在胡辛的另一部长篇小说《陶瓷物语》里，作家在瓷都景德镇再次寻觅到一个女人的"根"。如果说南昌是作家的桑梓地，那么景德镇是她的"第二故乡"，是一个同样在作家的生命里留下过不可抹去的痕迹的地方。早在1990年由胡辛撰稿4集并始终参与拍摄的9集电视系列片《瓷都景德镇》就已获得了中国优秀电视节目二等奖，可以毫无夸张地说，胡辛功不可没，因为浸淫了她太多的生命体验和情感。诚如胡辛在《陶瓷物语》的后记中所言："一个女

[①] 胡辛：《花谢花会再开——〈蔷薇雨〉创作谈》，《南昌大学学报》（人文社会科学版）1995年第1期。

[②] 胡辛：《花谢花会再开——〈蔷薇雨〉创作谈》，《南昌大学学报》（人文社会科学版）1995年第1期。

人，对失落了少女的最后的梦，萌动着母亲的最初的梦的一方水土，不会不刻骨铭心地思恋。对于我，这方水土是瓷都。"①《陶瓷物语》的创作无疑使作家对瓷都的无限依恋又有了一次真切而浪漫的依归，完成了一次作家心灵与这方水土之间神秘的生命链接。"古老又鲜活、陈腐又闹腾的民俗图像实在已超越了民俗本身，而是同构了历史与现实、社会与人生。"②很多读者都是通过阅读胡辛的小说，而走入了赣地的山水风情中，而对这块"物华天宝，人杰地灵"之地的种种神秘而又古朴、传统而又活力四射的民俗事象产生了兴趣。地域民俗，帮助作家舒展开想象的翅膀，擦拭出思想的锋芒，从而有力地完成着文学对一方水土的历史与文化的阐释。借助作家的阐释，我们既看到了赣地文化绚烂多姿的一面，又感悟到深藏于繁复的民俗事象中的某些阻碍历史发展的陈规陋俗。地域与作家，城与人，从来都是文学史上有意味的创作现象，20世纪中国文学史上有一大批优秀作家，如鲁迅、老舍、李劼人、沈从文、汪曾祺、邓友梅、陆文夫、韩少功、李杭育、莫言等等都是地域民俗文化的积极表现者和阐释者。现当代文学史上的"乡土文学""山药蛋派""荷花淀派""寻根文学"等都从乡土民俗中汲取了丰富的艺术营养。20世纪90年代以来，在当代文坛更是时有所谓"文学湘军""陕军东征"等文学热点频频出现。地处"楚头吴尾"的江西也曾勃兴过一阵"赣文化热"，文坛也曾呼唤过"文学赣军"的壮大，但终也难成气候。一贯面向文学，背对文坛的胡辛其实早就默默耕耘，试图在赣地文学创作中趟出一条路来。《粘满红壤的脚印》《我的奶娘》《瓷城一条街》《地上有个黑太阳》《昌江情》《瓷都梦》，一直到长篇小说《蔷薇雨》《陶瓷物语》，从古城南昌，到瓷都景德镇、赣州，赣地的风俗民情在作家笔底绘出一幅幅穿越了时空界限的历史文化图景。那粘满红壤的脚印又叠印着白色土的步履；这红与白的地域，贫瘠里透射出丰华；兴国山歌还在回响，井冈翠竹依然挺拔。赣人从生产到生活，从物质到精神，从心灵状态到行为处世，所有形成风俗习惯而世代传承的事项，都构成了赣地特有的民俗。打开胡辛的小说，扑面而来的是或明丽或阴晦，或张扬或沉滞的民俗世相。从物质层面的特色饮食、民居格局以及

---

① 胡辛：《陶瓷物语·后记》，花城出版社2000年版。
② 胡辛：《乡土·民俗·小说家》，载胡辛《女人的眼睛》，百花洲文艺出版社1998年版，第329页。

各种民间的生产习俗、交易习俗等一直到精神层面的道德礼仪、传统迷信以及各种民间传承的文艺活动、民间工艺等，胡辛用心灵体验历史中的生活，透过地域文化观照人性的发展，进而揭示出赣人的心理素质、审美意识、伦理观念等是怎样从正负两面制约着我们的昨天、今天和明天。

对"根"的守望意味着什么？20世纪是"现代性"观念建构与解构的重要时间段。随着科技的迅猛发展和物质财富的极大丰富，人们却意外地发现自己已经陷入了无可逃脱的生存困境之中。灵魂并没有因为物质的富足和科学的昌明而获得相应的提升与慰藉，相反，灵魂时常在精神的荒原上孤独地游弋。工业社会乃至后工业社会的种种奇迹与神话，在给了人类一个"现代性"的理想昭示的同时也使我们丧失掉了自身。现代艺术以它的敏感与思辨告别着古典的雍容气质和浪漫情怀，理性的洞察和满蕴着哲理的审美眼光使卡夫卡的"异化"、萨特的"虚无"、马尔克斯的"孤独"、艾略特的"荒诞"成为人类对这个世界的另一种认识与理解，艺术宣告着"现代性"的文化并没有解放人类，人类与生俱来的痛苦感、孤独感和恐惧感依然无法从"现代性"的豪言壮语中获得应该获得的慰藉与温暖。

而对于乡土中国，情况更加复杂。对于这个历史与文化的积累都过于负重的国家而言，20世纪的中国优秀知识分子中的绝大多数都几乎无一例外地对传统文化持有否定的思想态度。殊不知，千年传承的民族传统文化在很多时候恰恰促使着民族生命在艰难困苦中得以磨砺。东方文化的独特精神特质和人生智慧使我们对人类命运的思索与对生存困境的抗争方式迥异于西方社会。作家往往是接受了自己所委身的那个现实文化环境的影响和制约的，因此，作家自觉承担起了守望"传统"的人文角色，对于被异化的现代文明持有坚定的批判立场。

对于"我属于你，你属于我，朝朝暮暮不分离。也许有朝一日会远走高飞，但恋根寻根，仍生生死死在一起的"[①]作家来说，终将逝去的传统既是作家安身立命的"根"，也是作家笔下永远的"梦"。胡辛作品中那些在情感荒原上无法停止漂泊的"女儿们"，在人生的波折中不由自主惶惑的"女儿们"不停地重新寻觅开掘捡拾一度丢失的"根"，她们内心深处

---

① 胡辛：《花谢花会再开——〈蔷薇雨〉创作谈》，《南昌大学学报》（人文社会科学版）1995年第1期。

从未停止过对不经意失落的诗意之"梦"的召唤。

从这个角度说,胡辛对"根"的守望与对"人"的守望是统一的,人创造了环境,环境也创造着人,从胡辛小说的地域民俗奇观中,我们体验到的还是历史记忆的古朴悲凉、人性变迁的复杂心境。虽然这个高速运转的现代社会正冲淡着传统的印记,虽然在这个大众传媒占据主导地位的时代,信息社会的一体化正瓦解着地域文化的独特性与丰富性,但是传统中所凝结蕴含着的许多价值诉求却依然是人们长久以来所追求的永恒理想。胡辛说:"我们得到的是我们从未拥有过的;我们轻易抛却的,也许是我们,甚至是我们以后的几代人所要苦苦寻求的呢。"① 赣人的伦理思想、人格理想、生存态度、人生智慧都在胡辛的小说中得到了倡扬。

纪实虚构:对历史语境的还原超越

胡辛总说:"我钟情的是小说,不是传记。"也许正因如此,胡辛的传记作品追求的是对传主个人历史的还原与超越以及对传主人生细节的创造性处理。她的传记创作总是在坚持大背景大框架真实的基础上,虚构细节,编织情节,以一种最客观的主观精神观照她所钟情的传主。由于传记文学既是历史的记录与呈现,又是艺术创作,为人作传,就是要写出作者对这个人的历史的理解与想象,理解是为了还原,而想象则是为了超越。

面对传主,首先面对的就是他(她)的历史,"复活历史便是一种艺术的还原。还原就是想象在时空中的往回穿越"②。对历史语境的还原,对于作家而言首先就是要返回到传主的"历史现场"中去,用话语重新构建起传主个人的生命史。她的传记作品《蒋经国与章亚若之恋》使她一开始就站在了一个很高的起点。作家曾自叙,《蒋经国与章亚若之恋》源于她童年的故事:"1937年两个家族逃难到赣州,外公不久病逝,三寸金莲的外婆强撑门户。在南昌市的女佣蓉妈,到赣州后曾在章亚若母亲家帮佣,却没有割断与外婆的走往。这两位都爱抽水烟的主仆,绵长而隐秘的谈评话题之一便是章亚若神秘的死,这话题一直延伸到胜利后回归南昌,延伸到外婆去世。一旦发现托着腮帮偷听得入神的我们姊妹

---

① 胡辛:《电视剧与小说缘分更深——兼谈〈蔷薇雨〉的改编》,《南昌大学学报》(人文社会科学版)1998年第1期。
② 胡辛:《虚构在纪实中穿行——传记作者主体性不容忽视》,《九江师专学报》(哲学社会科学版)2000年第1期。

在传统与现代之间的守望与超越

时,外婆会骇然告诫:别瞎传啊,要命的事。既然是要命的事,为何主仆年年月月爱听爱说?"① 显然,作家所要面对的传主早已在作家童年时期的心里埋下了一颗朦胧神秘的种子,当作家开始寻访人物,参阅史料,开始着手创作的时候,这颗种子在历史与现实的双重培育下萌动、生长,作家逐渐走进了章亚若的世界,欣喜她的欣喜,迷惘她的迷惘,痛苦她的痛苦……当一个童年时就感受到的神秘故事,在作家成年之后遭遇到史料中那些真实的历史记录时,在历史与故事的夹缝间,作家的想象力发挥着作用。这部作品虽然涉及蒋经国和章亚若两人,但显然作家的笔墨主要集中于为一个南昌女子作传上。然而,作家所要书写的这位传主,年仅29岁便香消玉殒,关于章亚若的所谓史料几乎没有。作家曾经寻访过那些至今健在的相关的老人,而他们对于章亚若的叙述又是各不相同。因此,可以说作家所面对的传主本身就只能存活在人们的叙述中,一旦脱离了叙述,这个人物也就没有了。这是作传的难点所在,但也是作家的机遇所在。胡辛在保持大体上的历史背景和人物关系真实的基础上,用她的体验她的理解还原出一个20世纪三四十年代曾在赣南抗战的烽火岁月里遭遇过一段刻骨铭心恋情的倔强又痴情的江西女子——章亚若。"当作家的生命与作品的生命汇合一处,消除了主体与客体之间、写作的妇女与被写的妇女之间、阅读的妇女与被读的妇女之间的种种界线,生命才得到最充分的展现。"② 传主的个人史就这样在大胆而合情理的想象中被建立起来,作家与传主,相同的性别,相同的地域,再加上历史与现实的神秘契合,成就了传记文本历史时空的独立性和历史人物的个性化。

对于最后的贵族——张爱玲,作家为走进"历史现场"而付出的努力更艰巨,也更具体。胡辛创作这部传记的年代,也正是被现代文学史重新发掘出的张爱玲在当代中国大红大紫的时期,无数"张迷"对张爱玲推崇备至。为名作家张爱玲作传也成为一件时髦的事。但今天回过头来读这些关于张爱玲的传记作品,胡辛的《最后的贵族——张爱玲》不能说是最权威最完备的张爱玲传,但的确是最有特色最细腻的一部传记。在胡辛迄今为止所创作的所有传记作品中,《最后的贵族——张爱玲》里所体现出的

---

① 胡辛:《胡辛自选集·自序》,作家出版社1996年版。
② [美]玛丽·雅各布斯:《阅读妇女》,朱安译,载张京媛主编《当代女性主义文学批评》,北京大学出版社1995年版,第39页。

还原历史语境的企图最鲜明最强烈,作者的态度也是最极端的,作者几乎是在自己扮演传主的角色,与传主一道沉溺于历史的叙境中。凡是读过这本传记的人,都会深深体验到一种氤氲在传记文本内部的没落颓废又华丽冷峻的历史氛围,独属于张爱玲所有的那种"苍凉"的人世风情,弥漫于这个虚构的历史文本中,诚如作家自己所言:"我正是从张爱玲的小说和散文中寻觅真正的张爱玲的处境和语境,也许事倍功半,吃力不讨好,但我宁愿仅当编写者,也不愿撕碎张爱玲的语言纤维,不愿搅混原状原汁的人生况味。"① 作家显然是要用张爱玲式的语言还原一个真实的张爱玲。把历史氛围做足,尽可能还原到历史现场之中,让语言、细节、想象力共同杂糅出一个既清晰又模糊的张爱玲,以传主的历史为创作的根本旨归,并张扬出文学文本的内在生命力。《最后的贵族——张爱玲》堪称最具胡辛风格的传记文学作品。

《陈香梅传》的传主虽然依然健在,但是传主的最大魅力还是作为一个女子在现代中国历史的风云中所展现出的不同凡响的业绩和普通人的人生遭际。传主陈香梅始终和历史纠缠在一起,胡辛同样把传主置身在了中国20世纪历史的烟尘中来观照,极力挖掘在历史的大背景下,人物独特而富有传奇色彩的人生历程。胡辛的可贵之处在于她没有陷于传统的书写人物传奇故事的窠臼,而是紧紧把握住一个女人在历史动迁中敏感、复杂而真实的心路历程。如果说,历史是陈香梅生命投影的幕布,那么作家真正希望在这块幕布上跳动着的是一个鲜活的个性化的女性形象。还原历史,亲近人物,随传主的生命律动而共舞,再次成为作家的创作追求。

对历史语境的超越是传记作为一种文学形式所必须要承担的使命。超越使我们在复归"历史现场"的同时,又能够从"历史现场"走出,从而得以省思自身、观望世界、追索历史、前瞻未来。胡辛新著《彭友善传》是对江西著名画家彭友善一生的追记。彭友善是一位杰出的艺术家和教育家,他画艺精湛,独具风格,曾师从徐悲鸿、齐白石等艺术大师,崇尚"中西合璧"的现实主义艺术创作道路。一贯以写女性人物见长的胡辛,为什么这次选择了一位男性艺术家作为自己的传主呢?原来彭友善是作家生命中第一个走近的画家,这位画家是胡辛父亲的挚友,作家父亲也是一

---

① 胡辛:《虚构在纪实中穿行——传记作者主体性不容忽视》,《九江师专学报》(哲学社会科学版) 2000 年第1期。

位赣地的知识分子、大学音乐教授。彭、胡两家堪称世交。作家的思绪总是在历史与现实、往昔与当下之间徘徊游走,阅读该传后,我们了然,创作旨趣并不是仅仅停留在为一位杰出的艺术家立传,而是在把"彭友善"这个人物还原到历史叙境的同时,渴求超越对个体生命的考察而上升为对那一代老知识分子,特别是赣地知识分子精神世界和人格魅力的探询。

胡辛怀着深厚的情感,从传主的艺术创作中感悟到那一代艺术家在20世纪的审美创造活动中,总是大胆直面无处不在、无时不有的社会矛盾冲突,并以艺术的方式努力超越时代的局限与现实的困惑,实现对理想和自由的不懈追求。由这种充分尊重主体审美价值的现代美学意识出发,作者试图进一步追寻一代知识分子的社会政治理想与人格理想,回归传主的历史语境,从苍凉的历史大背景中开掘出这块红土地上一代文化人的生存焦虑、情感煎熬、人性挣扎、社会冲突、人生悲剧……作家试图打通一条与父辈知识分子对话的精神通道,试图寻找他们的精神和价值源流。因此,作家的视线就不能不穿越传主一生波澜跌宕的生活表层,而钻探到社会人生和人性人情的深处,寻觅生与死、爱与恨、善与恶、美与丑、忠诚与屈服、抗争与沉沦……一系列无法回避的"人与社会"的深刻命题。从这个角度来看,胡辛的《彭友善传》在作传的精神追求上与作家以往的"女性传记"是一脉相承的,都是希图在还原个人历史语境的基础上,对传主的人生进行最形象的精神游历和思想回顾,作家期待读者通过历史与现实交织而成的语言文字彼此间对我们所共同经历、分担、体验到的一切进行无言的交流。应该说,胡辛的传记总是带给我们传主本人最真诚的人生履历,使我们得以分享传主丰富的人生经验,同时这些传记作品又试图带领我们追寻着已走进历史中的人与活在当下的人所共同希冀的人生理想与共同关注的命运前途。"传记向人类推荐的榜样是崇高的,但绝不是令人震惊而高不可攀的,绝不是难以置信的,这两重性使传记成为最有说服力的艺术形式与最有人情味的信仰。"①"艺术"与"信仰"、"虚构"与"纪实",这也正是胡辛传记文学创作的审美价值和人文价值所在。

结语:人生便是茹苦含辛

守望是寂寞的,超越则需大智大勇。自从1983年胡辛以《四个四十

---

① [法]安·莫洛亚:《传记与小说》,张秋红译,载吕同六主编《20世纪世界小说理论经典》(上),华夏出版社1995年版,第174页。

岁的女人》在文坛崭露头角,她就始终以一颗挚爱生活和文学的心灵坚持写作,数十年如一日。胡辛是作家,但更是教授,从未离开过讲台。创作与研究,感性与理性,就这样在她的身上融合到了一起。像他们那一代人一样,她的人生道路也不乏茹苦含辛。她本是城市的女儿,抗战时全家逃难到赣南,于是音乐教授的女儿出生在瑞金,童年在赣州,5 岁回南昌,在南昌完成小、中、大学全部学业。非常岁月,1968 年夏,由于是"反动教授"的女儿,大学毕业的她被分配去了景德镇兴田小学当老师,这里是距离景德镇市 80 千米的一个大山深处,13 年后到底还是回到南昌。寒暑几易,从村小,到中学,到中专,进高校,从普通教员到大学教授,她质朴的生活流程充满着事业的艰辛。出身于知识分子家庭的她,把自己从生活中感受到的苦与乐,顺与逆都升华为"胡辛"这个笔名,伴随着老道的文笔,透出的却是未泯灭的纯真;平和的言说里,正有着洗尽铅华的沧桑与质朴。20 年的文学之路,胡辛屡获全国文学大奖,两次获中国"女性文学"奖(该奖目前只颁发过两次),省级奖励 20 余项,这在当代江西作家群中是不多见的。

也许是她的处女作《四个四十岁的女人》发表不久即被改编成电影电视剧的缘故吧,胡辛长久以来对电影、电视剧创作都钟情不已。她热爱文学的纯粹性,但她也欣赏影视艺术的视觉魅力和大众传播效果。在她看来,电视剧与小说缘分更深。1992 年夏,胡辛应中国电视剧制作中心之邀,将她自己 40 万余字的长篇小说《蔷薇雨》改编成 30 集电视连续剧。《花谢花会再开》是这部电视剧的文学剧本,无论是剧本创作,还是最终与电视观众见面的 28 集电视剧都获得了一致好评,胡辛把一个关于女人的故事改编得更加精粹,主题立意更高,表达也更加集中有力,既与文学原著所要传达的旨趣相符合,也充分尊重了电视剧艺术独特的艺术表现规律和表达技巧。这是胡辛第一次真正投入到一部长篇电视连续剧的编剧实践中去,她的体验使她更加坚信:"小说与电视剧结缘,毕竟是电视剧成功的一条捷径。"① 接下来,她又尝试着改编她另一部与《蔷薇雨》风格迥然不同的长篇小说《陶瓷物语》。此外,她参与过电视专题片《瓷都景德镇》《千里踏访颂师魂》等的文学撰稿和编导,两部专题片均获全国奖。而在高校影视教育建设中,她更是从普及到提高,全面开花。胡辛以一个学者

---

① 胡辛:《电视剧与小说缘分更深——兼谈〈蔷薇雨〉的改编》,《南昌大学学报》(人文社会科学版)1998 年第 1 期。

型作家的远见卓识,从不讳言自己对于影视创作的热爱。影视艺术的铺天盖地又登堂入室,使得没有人可以拒绝影视的影响,而且对于一般人而言,对影视的理解比对文学的理解要相对容易一些,影视是当代大众文化的重要组成部分。也许,在不久的将来我们又可以观看到胡辛编写的影视剧,在剧中她将继续她在小说和传记中未写完的文学主题,讲述一个个人生茹苦含辛的故事。相信,在这些故事里,作家依然会保持着自己守望与超越的积极姿态。

我们对此无限期待!

(黄会林,北京师范大学教授;沈鲁,南昌大学新闻与传播学院教授)
[原载于《南昌大学学报》(人文社会科学版)2005年第1期]

首届"庐山笔会"《四个四十岁的女人》获奖前后

周榕芳

大型文学双月刊《百花洲》创刊 30 年来,其发表的作品,被其他媒体转载和荣获各种奖项的,当不是少数。20 世纪 80 年代初,亦即发表在 1983 年第 6 期上的江西省女作者胡辛的处女作《四个四十岁的女人》,就被《小说选刊》转载,并获 1983 年全国优秀短篇小说奖。当时,中国文学界的评奖不多,这个由中国作家协会设立的奖项,极具权威性和影响力,属国家级大奖。不少业余作者因获这个奖而一举成名,有的从此踏上文学创作之路,成为新时期知名的作家,胡辛也不例外。同时,这也是《百花洲》自 1979 年创刊四年来,所发表的众多作品中,第一次获全国大奖,并且开创了江西省作者的作品在江西省文学期刊上发表而获此奖项的先例。因此,引起读者和文学期刊界同仁的高度关注,这对于提高《百花洲》的知名度,扩大她的影响,无疑起到了积极的作用。

最近,我翻看了 1983—1984 年的日记,看到了当初和胡辛交往的几条原始记录,觉得有些意思。作为这篇获奖作品的责任编辑,我想就从这几条记录入手,来回放一下《四个四十岁的女人》这篇让胡辛成名、改变命运的短篇小说出炉、获奖的过程,为纪念《百花洲》创刊 30 周年活动,增添一点热闹的气氛,也为胡辛的研究者提供一些资料。下面,就是 1983—1984 年我日记中的几条记录和我的说明。

1983 年 7 月 1 日　星期五　晴
上午阅稿。后接待胡清,谈短篇修改。

首届"庐山笔会"《四个四十岁的女人》获奖前后

20世纪80年代初,我在江西人民出版社主办的大型文学双月刊《百花洲》当编辑,负责编小说稿。记得那是1983年春夏之交,出版社同事转来一篇短篇小说,题目叫《四个四十岁的女人》,署名胡辛。审阅了这篇小说后,我感觉基础相当不错,尤其是小说中四个40岁女人之一的山村女教师柳青的事迹令我感动。当然,以编辑的挑剔眼光和对作品的精益求精,我觉得这篇小说还有可修饰和提高的地方,于是就约作者来编辑部谈修改意见。这天,胡清来到我的办公室,我们有了第一次见面。交谈中,我才了解到,胡清毕业于江西师范大学中文系,也是老五届大学生,现在江西省商业学校任教,文学创作是她的业余爱好,胡辛是她的笔名。

  1983年7月13日 星期三 晴
  上午……医院回来之后,接待作者胡辛。

这天,胡清将《四个四十岁的女人》修改稿送来。修改之后的作品更臻完好,可以采用。

  1983年7月28日 星期四 晴
  编稿,《四个四十岁的女人》。

当时,我正在编发《百花洲》1983年第6期的稿件。《百花洲》是双月刊,单月出刊,第6期要在11月上旬出版。当时排版是铅排,印刷周期长,要提前90天发稿。那期的《百花洲》准备发三部中篇和一个短篇。短篇来稿很多,编好的存稿也很多,每期上哪几篇,由主编汤匡时决定。编完《四个四十岁的女人》之后,我送给主编,建议第6期刊用,原因是这篇小说确实不错,有分量。汤主编终审后,同意了我的意见,于是,将准备发的其他短篇小说稿继续往后摆,让胡辛的这篇上第6期。这样,1983年11月上旬,《四个四十岁的女人》就与读者见面了。

  1983年12月3日 星期六 晴
  上午接北京《小说选刊》编辑部电话,通知我所编发的胡辛小说《四个四十岁的女人》被该刊选用,发1984年第1期。

经典回放·小说世界

　　《小说选刊》是中国作家协会主办的刊物，当时在全国发行量大，又具权威性。作品能被它选登，是作者的幸事，也是原发刊物的幸事。《四个四十岁的女人》刚刚发表，就被选登，更是幸事。我和《百花洲》编辑部的同事们为此很是高兴了一阵子。过了很长时间，我们才获悉，那是著名作家王蒙"偶然发现"和极力推荐的结果（因为我们每期的刊物都寄给许多著名作家）。那生动情节，在王蒙为胡辛长篇小说《蔷薇雨》和时任《人民文学》副主编的崔道怡先生为胡辛小说集《这里有泉水》所写的序文中，有详细的描述。王蒙写道："大概是1983年吧——岁月匆匆，往事重叠，'数字'也变得愈来愈模糊了。那天黄昏等待晚饭的时候，我坐在一张低档次的人造革面长沙发上，顺手打开了新寄到的杂志《百花洲》，读到一篇小说《四个四十岁的女人》，那种真实的生活气息，真实的艰难和痛苦，那种历尽坎坷仍然真实，仍然活跃着的一颗颗追求理想、挚爱而绝不嫌弃生活的心感动了我。也许这样一种心地被一些人认为'过时'了，而又被另一些人认为不合标准。读到那位身患绝症的教师柳青——是这个名字吗？——的故事的时候，我落泪了，我推荐了这篇小说，我记住了这篇小说的作者的名字——胡辛。"崔道怡则写道："那天，1983年冬天的一个傍晚，王蒙接到了《百花洲》第6期，便顺手翻阅起来。《四个四十岁的女人》这题目吸引了他，四个40岁的女人'鬼使神差地邂逅'使他饶有兴味地读下去。'柳青'的性格和命运感动了王蒙，当晚就打电话给葛洛，向《小说选刊》推荐这篇'新人新作'。"葛洛当时任《小说选刊》主编。

　　　　1984年1月4日　　星期三　　晴
　　　　胡辛的《四个四十岁的女人》为《小说选刊》1984年第1期转载，并列短篇小说之首。今《人民日报》登出广告。胡下午来电话再次感谢。

　　　　1984年1月5日　　星期四　　晴
　　　　上午胡清来访，送糖表示感谢。下午上班将糖分发给编辑室诸位。

　　送糖果表示喜庆之事，表示感谢之意是百姓的通行做法，胡辛也没例外。当时，编辑与作者之间的关系十分单纯。这么大的一件事，送包糖果，表示谢意，仅此而已。

1984年1月20日　星期五　阴

上午看稿。收到涂吉安从北京来信，告知《四个四十岁的女人》经初选已列为全国优秀短篇小说候选名单之内（计30篇）。将情况告诉编辑部诸同志。

…………

晚与晓风一起给北京挂电话，未通。下午，汤给吴泰昌打了电话。

1984年1月21日　星期六　晴

上午继续与北京通电话，给缪俊杰、李国文、朱春雨打电话，仅缪的通了。中午阿桂给国文通了电话，给蒋子龙打了电话，希望关心评选。

涂吉安当时是《星火》杂志副主编。《星火》刊登的湖北作家楚良的短篇小说《爆炸即将发生》也是一篇优秀之作，反响也很大，极有入选1983年全国优秀短篇小说的可能，江西省文联和《星火》编辑部的领导为此到京了解评选情况。因为是本省刊物的同仁，又是朋友，所以很快将评选信息传来。

真是好事接踵而来，编辑部自然又是一阵兴奋。如前所说，那时，全国优秀短篇小说奖，影响巨大，一批新作者因获此奖项而一举成名，原发刊物因所发作品获此奖项备受上级领导、作者和读者的青睐。得到信息后，我们不敢丝毫懈怠。汤主编亲自出马给《文艺报》吴泰昌打电话了解情况。后任新闻出版总署副署长的桂晓风，当时与我同在《百花洲》任小说编辑，我们都叫他"阿桂"。《百花洲》通过举办"庐山笔会"，结识了一批作家朋友。我们赶紧行动起来，与北京的作家朋友们通电话，进一步了解评奖信息，争取好的结果。

1984年1月24日　星期二　晴

下午胡清来访，带她见祝、汤。

祝，祝方明，时任江西人民出版社副社长、副总编，分管文艺编辑室和《百花洲》；汤，汤匡时，时任文艺编辑室主任、《百花洲》主编。这是胡辛第一次与祝、汤见面。胡辛向他们表达了感激之情。祝、汤二人对胡辛表示祝贺，并勉励她继续努力，创作更多更好的作品。

  1984年2月25日 星期六 阴
  获悉《四个四十岁的女人》已经评委投票，被评中，获奖。

  粉碎"四人帮"后，文坛复兴，新人新作层出不穷，为此，全国优秀短篇小说评奖每年一届。评奖十分规范。初选，复评，最后经评委无记名投票，选出获奖作品。当年优秀作品数量多，评委们都要反复斟酌，好中选优，不是过硬的优秀作品，难以入选。崔道怡后来对此有一段回忆，他听了王蒙谈对《四个四十岁的女人》评价和感慨后，"受到感染，回编辑部赶紧找来看，果然不错。读到学生们为柳老师'送行'，不禁鼻子发酸，泪水在眼眶里打转。后来，在全国优秀短篇小说评奖委员会会议期间，评委们也大多赞赏。经过无记名投票，《四个四十岁的女人》当选了"。

  1984年3月14日 星期三 阴
  晨6：35回到南昌。
  回家稍事休息之后，即上班。领导通知我参加1983年全国优秀短篇小说授奖大会，因我编的《四个四十岁的女人》获奖。
  上午给《小说选刊》打电话。办理借款事项。

  1984年3月3日晚，家父因病在福建南平去世。第二天，我得知消息后，当晚，就乘火车回南平奔丧。为父亲办完丧事、做完"头七"后，我正准备和老母亲待上几天，安慰安慰她老人家时，编辑部来电话，要我赶快返回南昌。我还沉浸在父亲去世的悲痛之中，回昌后才知道要我陪同胡辛一起上北京领奖，心情略微开朗起来。

  1984年3月16日 星期五 阴
  准备赴京。上午给《小说选刊》打电话，联系住宿。
  晚，胡辛夫妇来访。准备行装。
  第二天，我们就乘火车赴北京。

首届"庐山笔会"《四个四十岁的女人》获奖前后

陪同胡辛上京参加1983年全国优秀短篇小说颁奖大会的，除了我，还有桂晓风。在火车上，我们又遇到了江西省文联副主席舒信波和《星火》杂志的编辑余敏。因为《星火》刊发的湖北作家楚良的短篇小说《爆炸即将发生》也获得全国优秀短篇小说奖。他们也是赴京参加颁奖大会。所不同的是，《四个四十岁的女人》是江西省作者在江西省刊物上发表而获得全国优秀短篇小说奖的第一部作品。此前，江西作者陈世旭的《小镇上的将军》也获得了这个奖项，作品发表在北京的《十月》杂志上。

1984年3月19日下午，中国作家协会在北京建国门外的国际俱乐部电影厅举行1983年全国优秀短篇小说获奖作品授奖大会，给获奖作者颁发了获奖证书和奖金。

颁奖大会结束后，我们回到南昌。不久，江西省在江西省文联又召开了庆功座谈会。江西省领导白栋材等出席了座谈会，对江西省文学刊物在一年内有两篇作品获国家大奖，向作者和《星火》《百花洲》编辑部表示热烈祝贺。

1984年，根据《四个四十岁的女人》改编的同名电视剧，又获第五届全国优秀电视剧飞天奖。

录上面的这些日记，作上述的这些说明，让我仿佛又回到20多年前。从《四个四十岁的女人》开始，20多年来，胡辛从一位普通中专的教师、业余作者成长为一位重点大学的教授、全国知名女作家，不仅在文学创作，而且在影视创作和教学方面，都获得了成功。她是新时期千千万万业余作者中的幸运儿之一。胡辛的成名和成功，固然因了她的天分、她的勤奋、她的执着，因了时代赋予的机遇，因了像王蒙这样的文学大家的提携，然而在发现她、扶植她、成就她的过程中，《百花洲》依然功不可没。正如崔道怡指出的那样："最先'发现'胡辛的是《百花洲》的编辑们。"

（周榕芳，江西出版集团原副总经理、中国编辑学会副会长、江西省编辑学会会长）

（原载于《百花洲》2009年第4期）

素手青条上　红妆白日鲜
——地域、女性双重视阈中的胡辛作品研究

何　静

　　从地域文化的视角切入对作品进行研究是一个虽古老又常新的论题。俗话说，一方水土养一方人。1934年4月19日鲁迅在《致陈烟桥》信中明确指出："现在的文学也一样，有地方色彩的，倒容易成为世界的，即为别国所注意。打出世界上去，即于中国之活动有利。"[①]

　　伟大的艺术和诞生它的环境的关系似植物与土壤的关系，从古至今，在人类文明的长河上，以地域为标识的文学艺术流派流光溢彩。而今从女性视角切入研究女性作家作品的，亦渐成显学。但此类研究单向度的偏多，很少有人将女性作家置于地域和女性的双重视阈下进行。其实女性作家的双重视阈下的创作是客观存在的：王安忆、王晓玉笔下的女性穿行于上海的老弄堂，池莉等讲述武汉三镇平民女性生存状态，张欣描绘广州都市白领女性新的机遇，迟子建则以忧郁又温暖的笔触烘托黑龙江城乡老少女子的淡淡浓浓的情感……

　　在江西，也有这样一位女作家，自1983年以《四个四十岁的女人》获全国优秀短篇小说奖以来，28年笔耕不辍，涉小说、传记、散文随笔、理论研究等多种形式，又拓展影视疆域，凝聚成800万余字墨香纸质文本，编导17部95集情意脉脉的影像作品。她不仅较早地用小说文体和女性视角审视女性生存状态，而且对生她养她的一方厚土的挚情激情喷薄，"实现了她曾经许下的真诚的诺言：为这方水土这方人留下一点文字的摄影、笔墨的

---

① 鲁迅：《致陈烟桥》，载《鲁迅全集》第13卷，人民文学出版社2005年版，第81页。

录像"①。她，就是被评论界称为"红土地的女儿"的胡辛。

在流变中守恒，她与她的作品始终有着特立独行的风姿。其文风清丽婉约中不乏率真英武之气，内容大多聚焦于两座城市和一方乡野，那就是省城南昌、瓷都景德镇和江西苏区。胡辛关乎女人的命运，更将女性的生命体验与地域、历史镶嵌交织。流逝岁月中的女性形象无不打上了鲜明的地域烙印和清晰的时代标签。《四个四十岁的女人》彰显出胡辛朦胧的女性意识和古城南昌情结，而一场《蔷薇雨》让满怀的女性意识与乡土情怀这二元视野交错交融色彩缤纷。红土地情结尽现于《我的奶娘》《粘满红壤的脚印》《情到深处》，而《瓷城一条街》《地上有个黑太阳》《瓷都景德镇》《瓷都名流》《怀念瓷香》亦将白色土化为心有千千结！正是：素手青条上，红妆白日鲜。可以说，她的艺术情怀和创作视野就是在赣鄱地域文化中寻找女性，在女性精神世界中呈现故土家园，女性意识与地域文化和谐完美水乳交融统一在她的文本世界中。

一 香樟古郡中的绿色人生

"在世界文学中，城（以及不限于城的具体地域），与人的缔约，是寻常的现象。巴尔扎克与巴黎，19世纪俄国作家与彼得堡、莫斯科，德莱塞与芝加哥，乔伊斯与都柏林，等等。"② 人与城之间是有文化同构的，人与城之间是有文化气质的契合的。胡辛在《蔷薇雨》创作谈中写道："几乎所有的评论都着眼于书中女性意识女性价值的探求，只有少数评论者关注到小说的地域氛围。而在我，却是刻意描绘这古城色彩风貌的，可以说没有这城，就没有我，更没有我的小说。"③

审视胡辛的作品，人杰地灵的古都南昌始终是绕不过去的城市。创作于1983年暮春的《四个四十岁的女人》这部不短的短篇负重若轻，以南昌为背景，承载了四个当地女子的故事。"省妇女保健院，出门就是繁荣的大道（八一大道），隔壁就是高矗的百货大楼，横过马路就是热闹的工人文化宫"；"系马桩前无马系、桃花巷内没花香，松柏巷口不见松，只有干家巷内似乎还住着干氏大家族，但这些与她们有什么相干呢？""这些描

---

① 黄会林、沈鲁：《在传统与现代之间的守望与超越——论胡辛创作20年》，《南昌大学学报》（人文社会科学版）2005年第1期。
② 赵园：《北京：城与人》，北京大学出版社2004年版，第9页。
③ 胡辛：《写家乡邮票大的地方》，载胡辛《我爱她们——以另一种方式论女性》，二十一世纪出版社2005年版，第72页。

写准确的程度简直可以当作从未到过南昌的人的导游图。"① 王蒙如是评价长篇小说《蔷薇雨》："六眼井、三眼井、大井头、灌婴的洗马池、乾隆题过匾额的干家大屋、东汉高士徐孺子的故居……栩栩如生，充满着地方特色、民俗风情、历史积淀与时代的新貌。"

古城南昌，豫章郡始建于西汉初年，是最早统辖江西全境的行政区。南昌，既是默默无闻的袖珍小城；却又很大很辉煌，没有古城"八一"起义的枪声，何来今日的天下？王勃与滕王阁千古并存，孟浩然、李绅、王安石、杨万里、辛弃疾、朱熹、汤显祖、蒋士铨皆为古城题写过诗句，更不用说现当今名人名家为该城泼洒的笔墨了。古城在它深厚的文化底蕴和独特的文化性格中，若隐若现着隐文化现象。百花洲上，南宋初年曾住过一个四川来的隐士苏云卿，种菜织草鞋聊以度日；水观音亭又名杏花村，明代宰相张位罢相后，隐居古城，筑闲云馆藏书万卷，以文会友；青云谱，原名青云圃，明朝宁王朱权的后裔朱耷，明亡后落发为僧，后做道士，就居此，是与石涛齐名的清代大画僧。可谓"大隐隐于市"。

《四个四十岁的女人》中，从乡村女教师柳青、赣剧演员钱叶芸、助产士魏玲玲和区妇联干部蔡淑华成长的单纯似可感触到这方水土教育之浓厚氛围，分别20年后邂逅中四女对事业、家庭、爱情的种种慨叹，评论者多界定为新时期较早出现的对女性独立价值的追寻和徘徊，但说到底，却还是儒家文化的"修身、齐家、治国"的古老奋斗目标，只不过身为女性的小知识分子要达标，在男性知识分子遭遇的种种艰难险阻之外，还要加上来自男性的性别压迫和歧视。而在原本是四人中的"圆心儿"眼下却身患绝症的乡村教师柳青身上，她豁达开朗弃名利之胸襟，我们似透视出作者赋予了她追求大爱大自由的安隐心海，用儒家"立德、立业、立功"来衡量，她只是平凡人物平凡事，也不完全等同"穷则独善其身，达则兼济天下"，这，蕴藏了作者较复杂的人生感悟。

长篇小说《蔷薇雨》从大构架来看是中国传统小说常见的家族故事，但作者刻意将故事安排在东汉隐士徐孺子的后裔家中。"物华天宝，龙光射牛斗之墟；人杰地灵，徐孺下陈蕃之榻。"但隐逸文化在经济大潮汹涌澎湃的今天还有立足之地吗？在传统观念的急剧嬗变的诱惑和撞击下，还能安放一片安静的心海吗？作者试图通过作品中的人物，尤其是女性人物

---

① 林一民：《我读胡辛》，《创作评谭》1995年第5、6期合刊。

表现自己的忧虑和思考。徐家书屋的七姐妹与古巷的女人们，彷徨、躁动、拼搏和激进绝不亚于世界另一半的男人们。理性与情欲的撕掳、人格与本能的抗衡、灵魂与肉体的崩裂，在女人的心田迸发种种律动和骚动。变，终归是好事，是前进着的；海，到底是浩瀚的，气象万千的。可下了海的，并不全是主动的躁动的奋进的；人生的路，各种外力和内驱组合着扭绞着，命运并不操纵在你自己的手中！千百年的知识者的心理积淀，就会一风吹去无影无踪么？在熙熙攘攘皆为利来利往的人流中，是否还有甘于清贫、甘于淡泊的寂寞的精神田园？徐家老大恪守医德、冰清玉洁，难道就该被讥为过了时的黯淡无光的"理想主义者"？徐家老三在爱情的歧途徘徊、在城乡间寻觅，却终不能忘怀山村小学，难道就该斥为"矫情而已"？徐家老父在女儿们让他眼花缭乱的大动作中一次次狂怒，难道就该称他为"老顽固""落伍者"？他的悲凉心境是：不是我不明白，这世界变化太大太快！既然是多元社会，为何不让精神田园占据一隅让灵魂栖息呢？这种传统与现代的论争、保守与激进的抉择、守旧与创新的权衡纠结，更是聚焦在都市女性的身上。

"作者不仅对故里红城的物质文化进行了生动的描述，而且对故里红城的精神文化进行了颇有力度的艺术表现。"① 我们看到，作者选择都市转型期思想矛盾为切入口，以都市的女性意识变迁来把握独特而丰富的女性的体验内涵，借助叙事努力将这一切发掘出来，从而在小说中建构一个特色鲜明的都市背景下的女性世界。从一定程度上来看，作者达到了自己的创作意图。因而，我们看到的不仅仅是赣地城市的历史变迁、风土人情、民俗事象，更看到这片土地上女性的情感与心理。作家因了对女性精神家园和地域文化的坚守和超越，为王蒙评论所言："那种真实的生活气息，真实的艰难和痛苦，那种历尽艰难仍然真实、仍然活跃着的一颗颗追求理想、挚爱而绝不嫌弃生活的心感动了我。"②

二 回望中不灭的红色情结

江西南昌，打响了中国革命武装起义第一枪，井冈山被喻为革命摇篮，瑞金是第一个红色政权创建地，于都河是长征的起点……江西地域特

---

① 陈金泉：《一个深刻的悖论：执着中的迷惘 迷惘中的执着》，《百花洲》1991年第5期。
② 王蒙：《为〈蔷薇雨〉序》，《读书》1991年第1期。

色烙刻进红色，神圣、圣洁。江西地域积淀而成的文化底蕴穿越历史的时空，固执地穿行于当代生活之中，内化在作家的文化心理结构之中。况且，王愿坚的小说《党费》和改编成的电影《党的女儿》等是胡辛成长的精神食粮，成名后的她对这方热土不变的"红色情结"的展示的特征是：用女性细腻的笔触发掘英雄背后的无名英雄——默默无闻地为革命做出贡献的苏区妇女们，以期将她们补写进历史的页岩。

小说《我的奶娘》《情到深处》《粘满红壤的脚印》《蔷薇雨》，电视作品《红绿辉映领袖峰》《聚沙》《惊艳陶瓷》皆如是。

《我的奶娘》是胡辛的半自传体小说，作者的一家于抗战时从南昌逃难到赣南，先居赣州，再辗转到瑞金、宁都。作者的奶娘就是瑞金沙洲坝的一位雇农妇女。这位纯朴、善良的山里奶娘"哺育"后代的故事娓娓道来，既是对历史的回忆故事，也是女孩成长的故事，或者说是借女孩成长的线索来写历史书页字里行间被隐去的女性的故事。"我的奶娘"曾是红军的妻子，丈夫长征后音信隔绝。在"奶娘"家养伤的女红军生下了儿子石丹，女红军为保护百姓挺身而出英勇牺牲。"奶娘"为保护烈士遗孤石丹，失去了自己的亲生儿子！为了生存，"奶娘"改嫁善良的老郎中，被迫喂养伪团长家的少爷，伪团长发现蛛丝马迹后，老郎中被害，奶娘带着石丹死里逃生。为了活下去，奶娘再改嫁一老年"痞子"，并成了书香门第的"我"的奶娘！历经20世纪三四十年代的战乱，中华人民共和国成立后，奶娘却被定为"坏分子家属"，与已当大官的前夫相见，唯有泪千行。历经20世纪50年代的政治运动、60年代的饥荒及"文化大革命"劫难，奶娘的善良和坚韧不变，无怨无悔，庇护了她奶大的几个不同阶级、不同血缘的后代，包括伪团长的儿子！

女性主义学者艾晓明认为："小说显然想挑战极左年代通行的对人的简单划分，作者似乎杂糅了几种历史故事的亚类型（如江西革命斗争历史故事、自传性质的成长故事、家族贤明的主人与义仆的故事、痴情女子负心汉的故事、'奶娘'的红军丈夫进城后另娶等）来丰富奶娘的人性内涵，礼赞了超乎阶级、社会地位和政治变迁之上，涵盖并且化解苦难的母性的象征，作品以新的母亲神话参与了'文革'后文学对人性的呼吁。"[①] "我

---

① 艾晓明：《当代中国女作家的创作关怀与自我想象——以"红罂粟丛书"中若干小说作品为例》，《广东社会科学》1997年第2期。

的奶娘"与小说《党费》（1954）中的女党员黄新及改编成电影《党的女儿》（1958）中的玉梅同，但同中有异。她们同是苏区妇女，身上都有着苏区妇女为了革命坚忍不拔、默默奉献、不畏牺牲的高贵品质，不同的是，黄新、玉梅是党的人，为党的事业英勇献身的壮烈行径撼人心魄、感天动地！她们寻找党组织的经历虽坎坷曲折，但她们的内心世界很单纯，没有复杂性。而奶娘只是红军家属，苏区极普通的女性，她的经历坎坷曲折，两次改嫁，其内心世界是复杂矛盾的，世俗社会对她的定位和评价亦是复杂难辨的，当然，一样闪耀着人性的光辉。

"'奶娘'的生活犹如一个载体，盛载了半个世纪中国的政治风云。与故事中的男性人物略有不同的是，她同时承担了几种不同社会势力中的男性带给她的屈辱和磨难。包容一切，承受和奉献一切，是'奶娘'形象呈现出的精神价值，这一价值与中国传统文化中贤良女性应有的美德有内在的统一性。"[①] 胡辛在《我的奶娘》的卷首与结尾，都引用了徐晓鹤的诗篇《奶》："无数的梦/无数的梦/衔着胸间的江河/手的拍打/心跳的切分音符/太阳/从两座山峰中升起。"

对老区妇女的挚爱与崇敬，犹如绵绵细雨，浸淫在胡辛的多部作品中。《粘满红壤的脚印》中，土壤工作者艾小雨得不到记者丈夫的理解和支持，因为几乎99%的学土壤学的女性都改行了，这一行实在太苦太累，一言以蔽之，就是种田！可艾小雨还是"执迷不悟"，因为在她心里，已将改良红壤当成她毕生奋斗的事业！她只能扑向老区烈属红婶的怀里诉说，因为红婶理解她、懂得她。

小说《蔷薇雨》里的糯糍女，在赣南游击战中，用奶汁救活了身负重伤的凌光明；几十年后，又是她给走投无路的阿玮母子一个遮风避雨的窝！这位革命老妈妈却只是"一个平常得不能再平常、尚未实现温饱的山村苦老太婆的形象"。苏区的妇女为革命付出了多大代价忍受了多少痛苦煎熬是不言而喻的，但并不是每个人都得到了等量报答！凌光明在弥留之际的糯糍女面前，已然不认识她了，只是她手腕上的苦竹手镯，怦然撞开了记忆之门——那是他伤痊愈后亲手雕刻给她的手镯呵。凌光明怎能不怀着深深的愧疚？而在阿玮的眼里："她只知糯糍婆婆是她的救命恩人，却

---

① 艾晓明：《当代中国女作家的创作关怀与自我想象——以"红罂粟丛书"中若干小说作品为例》，《广东社会科学》1997年第2期。

不知她是革命老妈妈！糯糍婆婆有多少惊天地泣鬼神的事迹可记载？有多少坎坷悲壮的经历可抒写？抑或有过被怀疑的冤屈被抛弃的不平？抑或真的有过沉沦有过一念之差？她不知道。她什么也不知道。她只是觉得她自己是世上最苦最不幸的女人，她从来没想到应该了解理解朝夕共处18年的山村老婆婆！糯糍婆婆给她说过很多不连贯的或悲或壮的别人的故事，或许那就是糯糍婆婆自己的故事？她不知道！人死而方为世人所知！糯糍婆婆死了世人也不尽知。"① 在同名电视剧《蔷薇雨》中，糯糍女改名为苦竹女，是一个始终没有出场的人物。退位并重病的凌光明回首往事，一定要找到当年救过她的苦竹女，当然，他最后见到的只是青山深处的坟冢！

《情到深处》视角别样，是一位"未出嫁的妈妈"的故事。作者以清新隽永的笔触叙写了一个充满悬念的故事。出身官宦家庭的二小姐桑桑，老年时重返故里，以巨资买回早成了大杂院的老宅——菜园角11号，这引起了杂院老少居民的种种猜忌和闲言碎语。最后揭谜，二小姐是要把这里改为一个义务幼儿园，培养下一代。这是为什么？说来话长，当年，二小姐的意中人周君是红军某团宣传部长，化装进城为红军筹饷买药时不幸牺牲，悲恸欲绝的二小姐自此失踪，原来她去到周君战斗的山里教书。历经岁月的种种变故，二小姐继承了一笔巨额遗产，她不忘"挥泪继承烈士志，誓将遗愿化宏图"。革命的目的不就是为了后代幸福吗？

胡辛总编导的24集电视连续剧《聚沙》，虽是一部校园青春剧，但走出偶像剧独尊爱情的封闭定势，同样将红色贯彻到底。如何在当下后现代文化语境中，让青年一代真正认识到反对拜金主义、极端个人主义和享乐主义的重要和必要，真正继承和发扬中华民族的优秀传统，从极端个人主义的"散沙"状态到"聚沙成塔"，是电视连续剧《聚沙》诞生的背景。在《聚沙》中，老电影《党的女儿》成为贯穿全剧的名副其实的"红线"，今天，玉梅的后人仍然秉承苏区的精神奉献一切。从这个角度上说，《聚沙》既是对革命英雄的认同、褒扬和对主流秩序的回归，又在继承中有着超越。

有论者说："尽管她没有从正面去描述红土地上发生的革命场面，但在《我的奶娘》《情到深处》中隐隐约约流露出她对这块红土地的思考，奶娘、红婶、糯糍女、二小姐，组成了一个特殊的'群体'，折射出'红

---

① 胡辛：《蔷薇雨》，百花洲文艺出版社1990年版，第50—51页。

嫂'的光辉。"① 确实，这些红土地上的女性，她们的性格中既有沉静和抗争的忧伤，也有坚贞和决绝的纯粹，更有厚道与自然的淳朴，性格内核的复杂性与多元性赋予了她们独有的魅力，她们以多姿的气质与醇美的品格凸显了江西地域女性独具的地缘精神。

三 触摸中永恒的白色情怀

美国著名女性文化人类学家露丝·本尼迪克特在其《文化模式》一书中认为："谁也不会以一种质朴原始的眼光来看世界。他看世界时，总会受到特定的习俗、风俗和思想方式的剪裁编排。即使在哲学探索中，人们也未能超越这些陈规旧习，就是他的真假是非概念也会受到其特有的传统习俗的影响。"② 同样，在艺术创作中，艺术家也不能随意选择他们的审美对象，他们的选择必须依赖于审美激动的实现。在胡辛的视阈中，陶瓷承担了这种介入、统一功能。"胡辛在陶瓷的制作过程中发现了人类生命诞生的同构性。女性的变迁和女性的抗争都在火的炼狱中孕育、成长。于是那孕育生命的'窑'与'门'成了胡辛一个最富有激情的艺术顿悟。"③

在胡辛的创作中，《地上有个黑太阳》《陶瓷物语》等瓷都家族故事，其千年窑火的大文化背景，使其拥有了久远的历史时间感和源远流长的文化纵深感。景德镇的窑火其实何止千年？古镇有文字记载的历史，始于春秋。至于陶瓷史，"新平冶陶，始于汉世"，御窑皇家瓷、湖田窑的民间青花、罗汉肚的柴窑，有多少文章可做？千年陶瓷历史的探究和追溯是对历史进行史诗化的别样言说，为景德镇的故事平添几分神秘色彩。

胡辛正是怀着迷惘却执着的情感，在默默无言的白色土上，持久地书写她的白色情怀。作为1967届的大学毕业生，她被分配到景德镇，一待8年，自言"一个女人最美好的黄金岁月就撂在了那里"，她称景德镇为她的第二故乡。《昌江情》中汩汩流淌的母亲河——昌江，见证了浣衣妇母亲对儿子的默默的奉献和爱，母亲在儿子功成名就后仍坚持在

---

① 郭力根：《得到的与失去的》，《创作评谭》1997年第3期。
② [美] 露丝·本尼迪克特：《文化模式》，王炜等译，生活·读书·新知三联书店1988年版，第5页。
③ 郭力根：《得到的与失去的》，《创作评谭》1997年第3期。

江边浣衣,这让儿子不解和烦恼,可是,当高大的儿子在刹那间明白过来,抱住江边浣衣的矮小的母亲,并把她"举"了起来时,这伟大的瞬间承载了怎样的母子情!《禾草老倌》中禾草包装瓷器的被淘汰是历史的必然,也是情感的悲剧,禾草仿佛将炼瓷的古镇与种田的农村紧紧相连,这一割弃,让景德镇人有了太多的感喟。《"百极碎"启示录》将人对生命不无缺憾的感悟烧炼进瓷里。《瓷城一条街》是"名副其实"又"徒有虚名"的瓷器街的新风俗人情图,景兴厂长在新女性谷子和残疾女子之间的两难选择的故事,京城记者与谷子的"罗马假日"般的浪漫故事,丹青世家傅野鹤和儿子小野间的无法沟通的代沟故事,谷子和研究古陶瓷的父亲田雨"心有灵犀一点通"的故事,景兴和以禾草包装瓷器的父亲"无言以对"的故事,柴窑把桩火师傅与青青母亲香姆妈的纯情的黄昏恋的故事,爱管闲事的居委会代表粑粑头胖姨娘的故事……在胡辛笔下,绘声绘色、意味无穷却又都分明食着人间烟火。《地上有个黑太阳》中白色土情怀溢于言表,但隐晦曲折的家族之谜,加上魔幻玄乎色彩,给景德镇的故事平添许多神秘幽深艰涩的气氛。21世纪初期推出的长篇小说《陶瓷物语》,既是对陶瓷历史之河的几番溯源而上的追述,更是陶瓷的时间之河对人的淘洗。是一部包罗万象的沉甸甸的景德镇的史诗。该书扉页题写:"陶瓷是真实的,故事是虚构的。"这是一部融汇陶瓷历史和陶瓷技艺的书,源远流长的中国陶瓷文化历史的沉寂与当代形形色色的人们的浮躁故事形成强烈的反差,却又浓得化不开。故事的主角是人,而"物语"却为小说增添奇幻色彩。胡辛,似有意加强这种神秘感,"借助于瓷都给予的灵性,胡辛以一些原型意象和非理性、情绪化言语叙述,创造一些具有超越意义的艺术意象"[①]。女作家侯秀芬曾赞叹胡辛说:"对瓷的女性解读,认同瓷这一中国文化的母体为女性,不能不说是她的文化底气十足又慧眼独具的凸显,是否可以说,这可能是关于华夏文明的另一种追溯呢?自母权制被颠覆后,女性淹没于历史地心深处,女性何时才能浮出历史地表?在女性苍茫又荒凉的历史长河中,瓷是女性顽强坚韧的生存状态、细腻委婉又炽烈喷薄的情感舞蹈的记载、折射和象征。无论对否,她勇敢又潇洒地参

---

① 郭力根:《得到的与失去的》,《创作评谭》1997年第3期。

与了当代文化建构。"①

胡辛近作电视电影剧本《惊艳陶瓷》则通过瓷的故事见证人性的光辉、扭曲和人性的救赎。这部作品由当代大学校园、新中国成立前夕和"文化大革命"非常岁月的三个故事组成。当代电视学硕士生毕业创作拍一部电视剧《惊艳陶瓷》，故事里的二小姐桑桑将传家宝青花釉里红瓷瓶赠给地下党员郭廓做活动经费，只因为她爱他，后来郭廓遇害，桑桑终生未嫁，去到郭廓的家乡执教一辈子——小说《情到深处》的故事。然而，当代青年很难认同这一故事！倒是女生蔺玉主持的"惊艳陶瓷"栏目更吸引大家，因为古瓷名瓷的收藏价值以及背后的故事，似乎才关系到财富人生！由电视栏目串起故事，就像是获奥斯卡金像奖的电影《贫民窟里的百万富翁》用益智类节目串故事一样。《陶瓷物语》节目触动了定居美国的80岁老太太秦雯蕙昔日的伤痕，她捧出"三阳开泰"瓷瓶，决然说出了自己的心事，决心寻找陶建民妻儿的下落，为的是迟到的请罪。当年，"三阳开泰"牵涉到她一厢情愿的青涩的初恋，失恋后她的任性致使陶建民牺牲。而陶建民的儿子陶景兴亦因为一尊薄胎瓷瓶背负了40余年的心债！因为这尊瓷瓶上有一裸体美女，非常岁月中他曾为女生永红藏起过，但最终以革命的名义交出！使绘者——女生的父亲割腕自杀……一个个瓷背后的故事让人痛惜，情感如瓷，是很难经得起碰撞的。胡辛就这样用女人的眼睛、女人的心去触摸，去感悟瓷与女人，从瓷的破碎中分明传递出来自女性生命深处的女性特质的呼喊。

在地球村的今天，地域文化可能比以往更深刻地影响着真正艺术家的性格气质、审美情趣、思维方式和艺术风格，因为地域特色正被所谓的"现代化"抹去；而虽被误读却仍方兴未艾的女性主义理论，为女性创作找到了自己的意识、语言及实现自我价值的表达方式，对历史和文化的主体性思考得到充分发酵。为此，在时代和身份双重激活下，女性气质、地域身份串成了胡辛艺术书写的发动链，这既是地域和时代潜移默化的濡染，更是艺术家相当自觉的追求。地域文化特质沉淀为胡辛作品的原始底色，而独立的女性意识由朦胧渐清晰浸淫其间，犹如香樟，于朴实无华中沁出淡淡芬芳。当中国电视剧制作中心问由胡辛改编成30集电视连续剧《蔷薇雨》的立意时，她的回答是："我们得到的是我们从未拥有过的；我

---

① 侯秀芬：《红土地的青枝绿叶》，《百花洲》2004年第1期。

们轻易抛却的，也许是我们，甚至我们以后的几代人所要苦苦寻求的呢。"这是一个普适性的结论，但她的思考萌生于这方水土。在胡辛的作品中，作者的自我形象始终是一个冷静的洞察反思者、一个充满悲悯情怀的人文知识者、一个完美的理想主义者。她站在爱与痛的边缘，埋头于对道义与承担的守望与超越，尽情演绎着对这方水土这方人的呵护与拥抱、批判与礼赞。

（何静，南昌大学新闻与传播学院副研究员）
（原载于《山东文学》2012年第3期）

初探胡辛笔下的女性人物及女性意识

鲍欣璐

当代著名学者型作家胡辛,是江西籍作家中的佼佼者,是新时期女性写作中的先锋人物,更是江西作家中女性文学研究的第一人。生于瑞金,童年在赣州,小学、中学、大学一直就读于南昌,毕业之后去到景德镇,而后又回到南昌,兜兜转转怎么也离不开江西这片红色热土。自1983年处女作《四个四十岁的女人》获全国短篇小说奖至今,已整整30年,她的创作涉及短、中、长篇小说,散文,传记文学,理论书籍等,不仅仅在文学方面,在影视方面也是再度开花,却始终围绕生她养她的这片土地。如今的她已功成名就,并肩负着教授、作家、编剧、导演等多重身份于一身。她的作品,以诗意抒情的笔调,依凭其自身丰富深刻的人生体会及感悟书写江西这方水土这方女人。本文拟对胡辛小说创作进行纵深层面的挖掘,以期探索蕴含其间的强烈的女性意识。

一

探究胡辛的小说创作发展历程,自然绕不过她的发轫之作《四个四十岁的女人》,这篇短篇小说,让大家认识了一位杰出的女性作家。当初说是被王蒙偶然发觉到的,之所以说是偶然,究其原因是,在当时,胡辛的处女作短篇小说《四个四十岁的女人》刊登在《百花洲》1983年第6期,王蒙接到这期杂志后随意翻阅,被这个标题所吸引,便读了下去,更为其中的女主人公所感动,当晚就向《小说选刊》推荐这篇文章,终获1983年全国优秀短篇小说奖。这也让胡辛创造了几个"第一",她成为自《百花洲》创刊四年来,第一个获全国大奖的作家,也是第一个在江西省文学期刊发表而获得此奖的江西省女作家。在这之后便一发不可收了,《这里有泉水》获得了1988年江西省写作成果奖、1989年江西省谷雨文学奖。《蔷薇雨》获1991年江西文学大奖和华东地区优秀图书奖,在2003年获第二届中国当代女性文学创作奖。

　　胡辛在《四个四十岁的女人》中,可谓是花尽笔墨,写足了女人。讲述的主要是四个怀抱着理想的年轻女性在历经人世间坎坷之后再聚首的不同人生经历,故事发生在1983年的南昌,昔日里的四个中学时代的同窗好友、四个普普通通的女人在阔别了20年之后再次相遇邂逅,讲述她们各自的生活,对已经过去了的岁月的闲聊畅谈,四个女人,四种不同的个性,四种不同的人生。被称为"憨大姐"的蔡淑华,在高中辍学后在棉纺织厂做工,她的理想是要做"小郝建秀";"布谷鸟"钱叶芸娇小玲珑,进了文艺学校之后,想成为别人心中的"小潘凤霞";魏玲玲,进入了助产学校,理想是成为第二个林巧稚;柳青,读书的时候,身材纤细,脑子机灵,且活泼,爱给别人起外号,是她们其他三人的"圆心儿",她考入了北京师范大学,她的理想是成为一位乡村女教师瓦尔瓦拉。而今都已经40岁,饱经风霜之后,之前被称为"憨大姐"的蔡淑华依旧是那么宽宽胖胖,她没什么特别远大的理想,工作后不久即离开厂子成了一名养尊处优的区妇联干部,碌碌无为平淡无奇地这么生活着,但她丈夫希望她在家相夫教子,在家时,子女们又抱怨她这呀那的。"布谷鸟"钱叶芸还是和以前一样娇小玲珑,到县里面的剧团当演员,本来事业蒸蒸日上的时候,为了家庭为了结婚而不得不终止自己的演艺事业,不甘心的她结扎后重返舞台上,原本以为是再续前缘,却被人凌辱、诽谤,之后命运多舛,几度改嫁,历尽艰辛。魏玲玲,依旧那么小鸟依人的模样,同时落落大方中又透着几分优雅,曾经发誓不结婚的她,而今为了家庭抛弃六年的接生工作改行,为的是竭尽所能地顾全家里的大小事务,老公的饮食起居以及儿子的功课作业。失去了原本干了六年的事业,使得她眼神之间还是略显得惆怅。最后是柳青,她可谓赚尽了读者的泪水。较之之前的三个人,她是她们的典范,她也是幸运的,她实现了自己的理想,她未尝到她的三位同窗们完成不了自己当初的理想的落寞与痛苦,曾经的高才生下到农村,默默无闻,兢兢业业地当起了乡村女教师,这一教就是15年。在乡村里面,她虽然不能赢得社会地位、名利,但是她赢得了世上最纯真的学生们对她的爱。透过这四个人物,体现了当时社会对女性的边缘化的同时,又通过柳青这个人物，发出了对社会承认女性地位的一声呐喊。

在20世纪80年代的文学批评视野里，"女性主义文学"作为一个新生物，因其创作内容的敏感性、思想观念的前卫性获得了较大的关注，直到现在也一直是文学理论界持续不断的一个学术热点问题。女性主义其实来自西方，是受到西方的女权主义、男女平等等思想的熏陶。"女权主义强调女性的权利，是基于现实社会是以男性权利为中心的这一基本事实。女权主义思想是人类在追求自由、平等历程中必然产生的，女权主义是人权运动的一个阶段、一个部分。当宽泛的人权论不能解决现实无处不在的男性对女性的权利主宰，当人们（首先是女性）意识到两性的不平等事实上是人类社会中比阶级的不平等更普遍、更长久的一种关系时，便产生了女权主义思潮。"[1] 在中国，譬如在"五四"时期，在当时反对封建、追求个性解放的浪潮中，关注女性命运的作家也有很多，例如丁玲、冰心、庐隐、凌淑华等。在丁玲早期的中篇小说《莎菲女士的日记》中，丁玲大胆真实地刻画出莎菲这个女主人公的形象，她有着倔强的个性，有对真正爱情的执着追求与大胆表露，她坚强自立，塑造出了莎菲这个复杂的女性形象。

在这个弘扬和彰显男权、父权观点的社会，女性一直被忽视，在这种畸形病态的性别文化的影响下，女性沦为"第二性"。正如西蒙·波娃说过："一个人之为女人，与其说是'天生'的，不如说是'形成'的。没有任何生理上、心理上或经济上的定命，能决断女人在社会中的地位，而是人类文化之整体，产生出这居间于男性与无性中的所谓'女性'。唯独因为有旁人插入干涉，一个人才会被注定为'第二性'，或'另一性'。"[2] 在《四个四十岁的女人》中，无论是钱叶芸、蔡淑华还是魏玲玲，她们三个人在社会中的地位，一直都在边缘化，在男权、父权为中心的社会，她们的命运也不得不为了丈夫、家庭退而求其次。而柳青这一女性形象的出现，则体现了女性对社会的呐喊，这是一种向外界的呐喊，要求这个社会，给女性以尊重，唤起女性独立意识的萌发，要求社会能够承认女性的价值，女性不是男性的附属品。可以说，在1983年，《四个四十岁的女人》这部短篇小说，是当时女性文学的经典代表作之一。

---

[1] 张忆：《现代以来的女权主义叙事》，《文艺报》1999年3月11日。
[2] ［法］西蒙·波娃：《第二性：女人》，桑竹影、南珊译，湖南文艺出版社1986年版，第23页。

二

胡辛深信捷克作家米兰·昆德拉所说的：也许小说家们所做的全部事情，就是写一个主题（第一部小说的）及其变奏。在《四个四十岁的女人》之后，她笔耕不辍，而不得不提的是在 1990 年出版的 40 万余字的长篇小说《蔷薇雨》，该书 1991 年初春在南昌新华书店签名售书受到广大读者的热烈追捧，一时之间告罄，以后多次印刷。这部长篇小说获得了华东地区的优秀文艺图书奖，全省首届文艺大奖，江西省谷雨文学奖，并在 1992 年被中国电视剧制作中心看中，由胡辛亲自改编成 30 集电视剧。

胡辛倾心于讲述女人的故事以及女人们的爱情，《蔷薇雨》以历史变迁为背景，围绕书香门第徐士祯家的七姐妹展开故事。每个姐妹都有自己的个性，其中以老三阿玮为主线，其他人物线条与之拧在一起。在改革开放新时期，在汹涌的经济大潮的猛烈撞击下，社会也在发生着巨变，徐家书屋的七姐妹，一方面冲破了封建枷锁禁锢，享受着新时代带来的未曾享受过的美好；另一方面，纸醉金迷，物欲横流，也在不知不觉中冲垮着做人的底线。金钱迷蒙了人的双眼，一己私欲占据了人的内心。各种观念的碰撞，使得这些女人们的婚姻观也急剧嬗变，到底是追寻内心本性的呼喊，还是继续做一个冰清玉洁的传统观念下的女子，她们在迷茫、彷徨，却又在迷茫中坚持着自己的执着，在执着中迷惘前进。当然，这几个女人的故事是和其他男人相交织地展开，并非和男性决裂。蔷薇是春末最后的花，一年只开放一次，盛开的蔷薇给予人对爱情的美好憧憬，其花语也代表着爱的思念。然而花会凋谢。盛开的热情，凋谢的悲哀，也正如女人的感情。改革开放中，徐家六妹小玑突破旧时的门第观念，认为应该去追寻自己所喜爱的事业，她开了一家属于自己的小玑美发屋，发屋就位于徐家书屋的附近，这是与旧时保守势力的较量。徐家老爷子徐士祯认为，七姐妹都应该具有书卷气息，开发屋属于不务正业。而小玑追求自我，实现自我。二姐徐希玫开了一家红玫瑰服装公司，任总经理，在与丈夫婚姻破裂的同时，又遭遇港商的欺骗，因金钱迷人眼而最终落得一个锒铛入狱。在《蔷薇雨》中，女性形象突出深刻，相较于之前的《四个四十岁的女人》，其中女人心中所迸发出的种种律动与骚动表现得入木三分，女性意识从之前的无意而为变为有意为之，对女性独立意识表现得更为深刻。

一个关于女性的主题常常是一个关于爱情的主题。女性对爱情的追求是永无止境的。从受众心理学来分析,读者对爱情,对书中男女情感的渴望程度也是强烈的。在一个重在写人,特别是写女人的作家笔墨之下,自然少不了女性在肆意疯狂地追求爱情的时候,其遭遇的不幸或者是坎坷的爱情经历。在徐家的七姐妹中,主线的阿玮在虔诚寻求真爱的路上,遭受了不少痛苦,之前是凌云,而后又被辜述之伤害。而二姐呢,有一个大家都看好的丈夫石平林,生了一个女儿蒙茵,在外人看来是幸福温馨的小家庭,其实地壳底下深藏着的是一段无爱的婚姻,原本希玫想从这段无爱的婚姻中被解救出来,却又陷入一段更为荒谬的感情中,真是坎坷。七巧更是如此,疯狂地爱上了与自己年龄相差甚大的凌云,而凌云原本就与三姐之间有着扯不断的渊源。中国传统社会是以男性为中心的,女性曾被埋没在地壳之下。汉代的班昭,虽是一位博学多才、品学兼优的女子,但饱腹诗书的才女却写下封建时代约束女子的清规戒律,这实则是对女性的一种压迫,处于被压迫地位的女性,又怎来谈爱情呢?在《蔷薇雨》中,有六眼井女训、三眼井女诫、大头井的女流格言,这些都压迫女性对爱情的追求,她们的欲望被扼杀。而书香门第中的徐家姐妹,还要受着徐家老祖母清白名声的家训,以此为戒。尽管有这些关于清白、名节、操守的束缚,但都不能阻碍胡辛笔下的女性对爱的追求脚步。"贞操"一直都是男权社会对女性毒害的又一施压,关于"私生子"的话题也贯穿于胡辛的创作之中,在《蔷薇雨》中,阿玮为了腹中的那块骨肉离家出走,在深山中隐居了整整 18 年,这也正是她冲破了封建传统道德对女性的束缚,投身于爱河之中,奋不顾身、在所不辞。

  这部长篇小说在张扬女性独立意识的同时,更有一种深厚的"乡土情结"。正如胡辛自己所说:"我以为,如果人类确有集体无意识的话,那么'根'的意识是最深厚也是最强烈的种族心理积淀。"[1] 胡辛是红城(南昌)的女儿,在《蔷薇雨》中,多处表现了古城南昌的地域风貌,"物华天宝,龙光射牛斗之墟;人杰地灵,徐孺下陈蕃之榻",还有三眼井、六眼井、系马桩、佑民寺、绳金塔等,正是由于胡辛对南昌的种种积淀,才将这座古城的风貌描绘得栩栩如生。这正是人与城之间的一种文化契合。如北京,就成就了京味小说,从老舍到邓友梅到王朔,创作出一批为广大

---

[1] 胡辛:《花谢花会再开——〈蔷薇雨〉创作谈》,《南昌大学学报》(人文社会科学版)1995年第1期。

经典回放·小说世界

读者喜闻乐见的京味作品。再如获得诺贝尔文学奖的中国作家莫言，他的老家是山东高密乡"如邮票大的地方"，他所创作的所有作品都扎根于他的家乡。胡辛也说过："我愿我的《蔷薇雨》，在时光的流逝中，用自己独到的视野，拥有这方水土，为这方水土这方人留下一点文字的摄影、笔墨的记录，这便是永恒的慰藉。"①

三

胡辛可谓是写尽了女人，写足了女人，是切切实实的女人写女人。然后，每部作品总有一个女性是作者花费心思最多、笔墨最多的人物，成为中心人物。《四个四十岁的女人》里，有柳青这样一个女性，《这里有泉水》中有树云，《蔷薇雨》中有阿玮，《怀念瓷香》中有树青。这些人物有个共同点，她们都有一个共同的高尚的职业——教师。她们是女性当中的知识女性，她们开始了艰难的性别觉醒，反思社会中的女性这个群体由来已久的一种悲剧命运，并对男权社会提出了大胆的质疑。她们都有着一股犟劲，都表现出了一种对事业的执着追求。在她们心中事业是高于一切的。苏青曾经说过："男女先有一种天然的不平等，即生产是。"② 生育对于女性来说压力太大。她们不仅要承受生产的时候以及之前怀胎和坐月子中肉体上的痛苦，而且还要承受相当重的精神压力，即中国传统的"重男轻女"的思想。胡辛笔下，无论是树云、树青、阿玮还是柳青，她们都是能够独当一面的女性，她们或许有许许多多的感情困扰，但大都没有婚姻的羁绊，似乎为了追求更为广阔的自由人生境界而远离婚姻，不仅体现了现代女性一种自我主体意识的高度觉醒，还表现出女性自身的一种自我解放的意识。或许在她们身边，有着懦弱的男性，例如在《蔷薇雨》里面的辜述之，通过这种男弱女强的对比，来完成女性意识的构建。新女性的一个显著特征就是在事业与爱情、婚姻、家庭发生冲突时，毅然决然地选择前者。在《四个四十岁的女人》中，柳青是四个女同窗好友中唯一没有结婚的，当初她被大家所看好，最后剩下的竟然是她。但她是伟大的，她把她的最美好的年华都献给了乡村教师这个职业，同时她也受到了孩子们的敬爱。

---

① 胡辛：《花谢花会再开——〈蔷薇雨〉创作谈》，《南昌大学学报》（人文社会科学版）1995年第1期。
② 苏青：《谈婚姻及其他》，《天地》1945年第18期。

这体现出一种高尚的情怀，她的命运感动了不少读者为她潸然泪下。

　　胡辛是当今文坛一位颇负盛名的作家，纵观其创作的作品，从1983年的处女作《四个十岁的女人》开始，无论是有意识或是无意而为之，不可否认的是，她始终关注女性独立意识和女性的价值。胡辛是女人写，写女人。在其大量的文学创作中，真实展示了试图冲破男权社会的现代女性的觉醒，对形成已久的封建礼教和迂腐的性别制度都进行了自觉而彻底的反抗，标志着中国女性独立意识的觉醒和提升。其作品为女性读者带来一种新的希望，其意义不容低估。胡辛纵横文坛30年，出书近40本，涵盖面广，有短篇、中篇、长篇小说，有传记文学，也有理论研究。作为江西籍作家，她从未忘记故乡这片故土，她总想为这方水土这方人留下点笔墨的图像、影视的文字。胡辛在影视方面的成就也是不容小觑的。中国电视剧制作中心曾邀她撰稿，中央台的"半边天"约她访谈，作为主创人员的影视剧《四个四十岁的女人》《这里有泉水》《蔷薇雨》等都皆为观众所喜爱，而且时至今日，都仍让人感动。在酒香也怕巷子深的今天，她没有开过什么作品讨论会，可影响力仍然遍布全球，她的作品被翻译成了英文与日文，其传记作品在海峡两岸畅销，大受读者喜爱。胡辛一直以一种很自觉的女性意识渗透到她的作品当中，无论是小说抑或是传记作品，这种女性意识都浸入她所塑造的每一个人物当中。的确，"妇女必须把自己写进文本，就像通过自己的奋斗嵌入世界和历史一样"。"浩瀚的文学长河中，女性的作品宛若河道上的灯盏，稀稀疏疏寥寥落落，可是毕竟是明亮的、耀眼的，有着自己的温暖的光。"[①]

（鲍欣璐，江西科技师范大学宣传部）
（原载于《中国科技博览》2013年第38期）

---

① 胡辛：《女性文学纵览》，《南昌大学学报》（人文社会科学版）2001年第4期。

挚爱情深　怀念瓷香
——浅谈胡辛的女性瓷缘

刘庆玉

作为与景德镇结缘近50年的胡辛，出于对景德镇的挚爱，也出于对瓷的极度热爱及瓷之性情的感悟，巧妙地将瓷与女性、瓷与人生融为一体，进而由瓷生发出无数美好的情愫，这些都体现在胡辛创作的一大批有关景德镇的文艺作品中，其中以景德镇为背景的长篇小说《怀念瓷香》(《陶瓷物语》) 尤为突出。读完《怀念瓷香》，就会真切感受到胡辛笔下瓷的世界是如此深邃广阔，是那样的色彩斑斓。掩卷静思，真可闻到瓷的馨香在四周飘荡。纵观全书皆是瓷性的，书内的世界更是瓷性的，连读书的人也将变得瓷性了。可以得出这样一个结论：胡辛是瓷性的，就如她在著作中所写的，瓷是女性的，优雅、圣洁、艳丽、细腻。同时，瓷作为中华母体语言的构件，是女性世界感悟的源泉；瓷，更是女性形态、情爱、品格和理想的象征。

一　瓷为女性形态的象征

瓷作为一种机缘巧合的天赐宝物，汲取了大自然天地之精华，从荒野千万年的泥石里碎身成粉，研粗为细，经过72道工序的锤打磨炼、焚烧冶化，终于变成一身清亮、满眼艳洁的成品。就像书中所写的："瓷，失却了男子汉粗犷阳刚之气，充满了女人气。……如雪似玉，光滑细腻，柔美纤弱，繁缛娇饰，娇贵易碎，全是女人的肤色女人的肌体女人的感情女人的心！"仅景德镇制作的瓷器就有"白如玉，明如镜，薄如纸，声如磬"之美称，加之青花、玲珑、粉彩、釉里红等特色名瓷，哪一样不具有某种女性独特的外在美艳？更不用说还有哥、定、汝、官等瓷器自成佳绝的天然一色。似乎中国成语千姿百态、琳琅满目是专为瓷器而造的一样，胡辛自然而然地将瓷的各种形态和色彩，象征成女性的形态，就算烧窑出瓷都极像女性生育一样。瓷之琳琅满目的形态及色调，无不包含着对瓷的感性特质的理解，从瓷之古朴、厚拙、原野等至亮丽转身是那么水到渠成，那样的顺理成章。在《怀念瓷香》里，树青从13岁就与林陶瓦相识，直至人到中年的重逢，她从懵懂学事逐步走向成熟，恰如瓷之选泥、成型、晒坯、上釉、烧炼以至出窑后的定型成色。树青的成长很容易让人联想到青花瓷，质地纯白无瑕而显清幽淡雅，面对五颜六色姿态万千的瓷国世界却不失保真特色。耐人寻味的是，树青13岁时将一只黑釉茶罄送给林陶瓦，多年后毕一鸣说这只黑釉茶罄是他家祖传的，后来又在另一位女性江红莓的手中出现，这只黑釉茶罄似乎构成了整部作品中人物命运的主线，所有的故事似乎都在这只黑釉茶罄流转回还中得到呈现。这种故事暗喻的价值，就在于白与黑之间审美内涵的强烈冲突而至和谐归一，原本纯白的质地变成黝黑的釉面，暗示两种最原始最排斥的生存力量相互较量而融合。这是包容的能量，是对"有容乃大"的诠释。在视觉的层面，是用瓷之形态色彩来刻画形容极端的世界构成，实则预示女性世界及生存状态的复杂与尖锐，揭示水火难容的两种价值观念的博弈、渗透最终走向统一，这也是女性外形与内在力量自我修炼完善最直接的表现。

二 瓷为女性情爱的象征

情爱是上帝恩赐给人类的最大财富，也是人生最美妙的尤物。"问世间情为何物，直教人生死相许。"纵观胡辛的作品，怎一个"情"字了得。人情、世情、友情、亲情和爱情，哪一种情不在胡辛的笔下演绎得如泣如诉，荡气回肠？最令人扼腕惊叹的是，这些情爱的生发，都源于瓷国的情爱世界。正如胡辛说的："人生就如同炼瓷，而人的感情更如同炼瓷，愈是珍贵的感情愈经不起碰撞，就像高贵精美的瓷，不小心轻轻一碰，它就粉粉碎；在这个物欲横流的世界里，人们最渴望的、人世间最宝贵的难道不是真诚的情感么？今天，我们得到的是我们从未拥有过的，我们轻易抛却的却是我们乃至我们以后的几代人所要苦苦寻求的呢。"所以，人应该珍惜得之不易的情感。

正因如此，我们要特别警惕"碰瓷"。耐人寻味的是，"碰瓷"一说，本是以损坏某种物品或身体来达到讹诈对方的目的，其目的主要是讹诈钱物，或要挟对方实现自我某种意愿，总之是一种不怀好意的举动。而在胡辛的情感世界里，瓷象征着女性的情感或爱情，以及与之相濡以沫的婚姻，瓷实际上已变成家庭婚姻爱情的代名词，就一般正常的理解，爱情、婚姻或家庭都需要用心去呵护，有时甚至还要用生命去爱护，就像瓷，不能将其碰碎破裂，否则即使将其修复，也是有痕迹的，这与原来意义上的瓷已是完全不同了，所以我们尽量避免去"碰瓷"。这一借喻，无疑将瓷的文化内涵提升到最高的人生境界。依愚拙见，这是古往今来常人无法感悟到的，唯独具有真心、慧心和爱心之人，才能蕴发这种诗意般的联想，孕育动人美好的情调。由此看来，赋予瓷美妙情怀，胡辛当属第一人。作为景德镇市荣誉市民的胡辛，对景德镇这方水土的深情挚爱，对瓷与人生的感悟，令很多本土人汗颜。胡辛瓷之情怀，和她与景德镇结缘近50年有极大关系。其实当初她到景德镇时最美好的青春年华，是在历经坎坷和磨难中度过的，且不说物资的匮缺带来多少清贫的生活印记，光偏僻孤寂的岁月也足以销蚀常人的意志与心力。令人惊叹的是，胡辛不但没怨天尤人，反而甘于撷取，变苦为乐，将生活的艰难困苦酿造成醇香的人生佳酿，变成了她笔下不屈不挠、顽强拼搏、积极向上的女性众生相。胡辛在书中通过瓷的介质，以树青、江红莓以及疯婆子等女性的命运为载体，完完全全地将女性的爱恨情仇融注其中，以至在这个以瓷立镇之地，所有人的血脉都浸透在瓷的灵魂之中，所有的历史都回荡着瓷的磬钟，所有的情爱都融入瓷的世界。在女性天地显现的历史烽烟和人间悲欢离合，同样都会体现在瓷之身上。

三 瓷为女性品格的象征

瓷的秉性坚贞不屈，宁为玉碎不为瓦全，成为女性最为明显独特的品格象征。这种品质在树青的身上最能得到集中体现，可谓一览无余，这与瓷的原始天性是有极大关联的。正如美国伟大的教育家塞德兹所说的那样："如同陶瓷器一样，小时候就形成一生的雏形。幼儿时期就好比制造陶瓷器的黏土，给予什么样的教育就会成为什么样的雏形。"天造地设的奇巧，树青正是从小生活在这个白色的制造陶瓷器黏土的故乡——高岭，正是这方水土的纯朴、圣洁，并且富含柔软韧性的黏土，塑造了树青一生曲高和寡、自强不息、不随波逐流的圣洁情怀。因为有了黏土天然纯正的秉性，所以不管生活对自己多么残酷与无情，几多无奈与痛灼，都不会失却自立、自强、自信与自爱的天性。譬如养生，下养养身，中养养气，上养养心，此中之心，即为黏土之性，亘古永恒，可昭日月。正如胡辛在书中后记所写："因为，从泥土到瓷，女人的卑贱与伟大、脆弱与坚韧、朴拙与华美、大度与小气，怕都蕴含在个中了。"瓷与女性以其博大宏阔而撼人心魄，令历史老人泪流满面，泣难成声。

四　瓷为女性理想的象征

瓷之心怀圣洁、淡泊名利、兼收并蓄、志存高远的理想，非一般常人所能理解。胡辛作为新女性主义的倡导者、维护者和践行者，自然而然地将女性与瓷融为一体，从而生发出如诗如画般的理想光辉。在她的笔下，出现了无数与女性和瓷相关的对象与话题，如女人与陶艺家、古陶瓷学者、老陶瓷工匠、陶瓷世家、古陶瓷、古窑、宫廷佳话、爱情传说、帝王嗜好以及仿古瓷案等，这些无不与女性的生存状态、情感瓜葛、人际纠缠、事业追寻等相交织、相融汇、相沉浮。在胡辛的情感世界里，瓷与女性都是最重要的主角，而且已经融为一体、合而为一，这种融合是以理想为纽带的。历经错综复杂的人际联系与沧海沉浮的人间磨砺，透过个人命运的喜怒哀乐与悲欢离合，寄托了女主人公心如瓷玉、圣洁不凡的崇高理想，揭示了女主人公对美好未来的无限憧憬和向往。这种憧憬和向往，即使从书中看来对树青最为了解的林陶瓦，都难以理解，所以会发出"你就那么冰清玉洁？那么纤尘不染？那么崇高无求？毕竟生活在人世吧"的骇世追问。

我们不难看出，在胡辛的笔下，表面上虽然写的是瓷，实质上是在写女性；看起来是在写女性，又感觉是在写瓷。这种两位一体的通感是那样水乳交融、难解难分。由此可见，瓷决定了女性历史文化的价值取向。同样，女性理想的光辉是与瓷国岁月的灿烂并驾齐驱、交相辉映的。几乎每顶瓷之桂冠都挂满着女性心灵的风铃，这些风铃足以撼人心魄令人灵魂出窍。在历史的呼吼吐纳中，瓷之赞歌也出自女性与生俱来的天籁之音，自成绝唱。

通读胡辛的《怀念瓷香》，使人有种醍醐灌顶、振聋发聩之感。原来瓷与女性结缘后，瓷国万象可以用这种笔触去叙述，瓷之世界可以用这种意象去描绘，瓷之内涵可以用这种方式去揭示，瓷之美妙可以用这种手法去颂扬。抑扬顿挫，辗转腾挪，行云流水，雾里看花，纵横捭阖，首尾相顾，穿梭迂回，时空交错，别出心裁，浑然一体……万花筒般手法的运用，都在瓷与女性情感世界的交融中变得五彩缤纷、韵味悠长。

让我们一起来怀念瓷国，怀念瓷缘，怀念瓷香。

（刘庆玉，公安部特约作家）
（原载于《创作评谭》2017年第5期）

经典回放·传记回响

泪洒章江长恨歌
——读《蒋经国与章亚若之恋》

秋 林

一部打开的书，年深月久的历史气息弥漫着，活生生的人的灵魂挣扎着渴求着，真挚又苦难的情感宣泄着。这，就是我阅读《章亚若与蒋经国之恋》的感受。

这部30万字的传记文学写的是蒋经国与章亚若在赣地的一段爱情故事。赣南，是蒋经国政治起家的奠基地、事业起飞的助跑道，却更是他坠入爱河的伤心地。蒋先生曾称这片红土地是他地地道道的故乡，一草一木都给了他深切的留念。个中滋味，唯有寸心知！

只要是人，总有相通的人性人情。蒋章之恋成为公开的秘密以来，大陆和台湾，大小报刊书籍都有或短或长的披露。这其中，有的是当年当事人或见证人的零星回忆，有的是以讹传讹的花边旧闻，有的是行万里路的新的采访手记，有的是凭借史料由此及彼的推断……不仅观点不同，感情各异，就是所谓的事实也有大相径庭之处，毕竟过去了半个世纪，毕竟是封存得太久太严的秘密！而这一部《蒋经国与章亚若之恋》却给人别开生面的新鲜感、完整感和深沉感。仍以当年的时代政治为广阔的背景，却从女性意识女性价值的视角切入，将纷繁众多的资料进行筛选比较，捧出的仍是一个神秘又悲恰的爱情传奇故事。但是，它写出了人，有血有肉有爱有憎的女人、男人、平凡的人、奇伟的人！真情动情煽情的手笔，合理合情，或不合理仍合情的恩怨纠葛，于不知不觉间，你的眼便濡湿了。

因为，爱，是不能忘记的。

爱情是人类精神的一种最深沉的冲动。费尔巴哈说过："爱就是成为一个人！"对于身为大人物的蒋经国，也该如此。他与章亚若在烽火年代的相逢相识相依相恋，其实不必去苦苦探究个中原因，爱本身就无道理可讲、无规则可循。但是，人又生活在尘世间，必受到社会的、道德的、理性的、世俗的种种规范的制约，身为"太子"的他，那制约乃至禁锢怕是更多更牢吧？当年他就曾发出不平的呐喊："我有感情，也有理智，我有短处，也有长处，为什么谁都不把我看成一个普普通通平平常常的年轻人？"这种渴求回归平民的意识一直若隐若现贯穿于他整个的人生！抛开政治信仰不论，他的品质气质可谓正派正直，一直是执着地勤勉地不屈不挠地做事业，可是处于夹缝中的他却往往身不由己。他的事业浸透了刻骨的悲凉感，他的爱情又何尝不是如此呢？他与章亚若的生死恋，不管章亚若死亡之谜的谜底如何，对于他来说都是种无奈的戛然而止，是回天无力的妥协。遇穷途大哭而返。返，是爱的失败，却也是爱的明智，尤其是对他这样一个男人。但是，岁月尽管流逝，却将一个29岁女子的悲怆浇铸进这一个男子以后半个世纪的生涯中。他在病重中对亚若的呼唤，不正表明爱有多深，遗恨就有多深吗？蒋章之恋的悲剧使人不由不想起千百年前的《长恨歌》！

当然，蒋非李隆基，章亦非杨玉环。章亚若，20世纪三四十年代一个普通又独特的知识女性。她的29个春秋，有过三次爱恋、三次合离。灵与肉、情与理冲撞纠葛，往事历历何能忘却？在那烽火年代有她的追求亦有她的迷惘，有她的叛逆更有她的徘徊，一颗纤弱缱绻的心，却分明在百折不回地寻觅！这类浮出历史地表的新女性形象，如若我们翻阅中国现代文学史，从那时涌现出的女作家群的作品，或女作家本身的苦痛和经历，便稀依可见章亚若的身影。在唯爱的封闭世界与事业奋斗的边缘苦苦地挣扎！作者成功地回归了章亚若这位南昌女子本来的面目、本来的情感，当然作者的笔端也倾注着她的偏颇的情与理。

或许，以"从一而终"来衡量，章不够"清白无瑕"。以同时代的平常或奇特的女子来对比，她不够柔顺忍让委曲求全。她的苦痛她的坎坷、她的悲剧结局是她自寻的？可唯其如此，她灵魂中的女性独立意识才如此张扬，她血液中的母性尊严和真诚才如此撼人！何况，她的生命、她的爱与时代的血与火熔铸在一起，这就够了。

爱的结晶即爱的苦果，爱的苦果即爱的见证。神奇的爱、神秘的死，给这个爱情故事涂抹上浓郁的传奇色彩。

不必说：错！错！只有叹：莫！莫！莫！

张爱玲说过："没有悲壮，只有苍凉。悲壮是一种完成，苍凉则是一种启示。"① 这段话似乎可用于这个爱情故事，一个长长的记忆中有种苦涩的启示之爱：爱，太难，太难。可是，又诚如泰戈尔所唱："生命从世界得到尊严，爱情使它得到价值。"

这部作品感人之处还在于写活了许多真实平常的女性，尤以章亚若的母亲为最佳。这一个传统的旧式女性，坚韧、智慧、倔强、自信、自立，展现了东方女性的光彩，那"人不求人一样长"的口头禅，蕴含着朴素而深刻的为人之道。这部作品浓郁的地域色彩民俗风情，不只是增添了阅读情趣，而且还原了栩栩如生的生存氛围。赣南的民俗、民间掌故，鄱湖传说，赣地的风味小吃，神圣又滑稽的庙宇……天衣无缝穿插其间，再现当年的风貌，景活了，人更活了。

真，美，情，掩卷咀嚼，真是难以言说！

该书作者胡辛是在江西这块红土地上成长起来的女作家。她曾以处女作《四个四十岁的女人》夺得大陆优秀短篇小说奖，一举成名。此作改编成电影、电视，翻译到日本、美国。尔后一发不可收，《这里有泉水》《地上有个黑太阳》《蔷薇雨》等六部中、长篇小说相继问世。《蔷薇雨》还应中国电视剧制作中心之约改编成30集电视连续剧。作者对女性意识、女性价值的追求，在作品愈见浓烈与真挚。写女性，写人性，成了她的特色和风格。

作为章亚若的同乡，作为童年在赣南度过，谙熟赣地风土人情的女作家，她特别关注着这一南昌女子的命运。但她不愿人云亦云，敷衍成篇。她希望提供给读者的是一个真实的故事，她深入采访、埋首档案，面对繁杂的历史线索和莫衷一是的口头传闻，条分缕析，去伪存真力求得出合情合理的结论。功夫不负苦心人，她终于实现了自己的愿望。摆在读者面前的正是这样一部有着翔实感人的史实、催人泪下的故事、行云流水般的文字、洋溢着人性光辉的佳作。虽然是传记文学作品，但基本上可以作为信史来读。为此我们充满了对作者的感激之情。

---

① 张爱玲：《自己的文章》，载张爱玲《张爱玲经典作品选》，当代世界出版社2002年版，第273页。

经典回放·传记回响

　　这部作品，最近将由台北的林郁工作室所辖的新潮社、大陆的时代文艺出版社在两岸同步出版发行。作品本身和两岸同时出版的形式都将引起读者的关注。

（秋林，原名张秋林，二十一世纪出版社原社长）
（原载于《文汇读书周报》1993 年 4 月 3 日）

你为什么要这样辛苦
——记女作家胡辛

胡志亮

不久前,我到南昌,女作家胡辛送给我一套由作家出版社出版的四卷本《胡辛自选集》。

《胡辛自选集》收辑了胡辛近几年的四部长篇力作《蔷薇雨》《蒋经国与章亚若之恋》《最后的贵族——张爱玲传》和《陈香梅传》。

由作家出版社出版江西省作家特别是女作家如此多卷本的个人专集,胡辛是唯一的一人。

抚着这尚散发着油墨香的印制精美的书籍,我想起了不久前发生在江西省委宣传部会议室中的一幕——

1995年5月22日,在江西省委宣传部为江西省文艺家采风团举行的出发欢送会上,胡辛代表30名采风团成员做了一个发言,她即席说了一段这样的话:"在改革开放的大潮中,在市场经济的冲击下,人的思想和观念正在发生急剧的变化,信仰已经被人们淡化,民族文化和传统也渐渐地不为人们所重视,特别是革命的传统和历史也已被一些人所遗忘,作为一个作家,强烈的责任感和使命感使我要大声疾呼:呼唤崇高!"胡辛的发言,理所当然地被认为是冠冕堂皇的表态,也没有人以为然。然而,不久,我就发现,胡辛讲的绝对是心里话,是认真的!

胡辛和我一道分在赣南组,第二天早晨,从上车的那一刻起,她就坐立不安,情绪异常激动,其神态有点像初次去北京上大学的高中毕业生。

"你唔晓得,我是在岁(瑞)金出生格啦!"

胡辛突然冒出一句谁也没有听懂的赣南话。经她解释,大家才明白,原来抗日战争时期,胡辛的父亲,是一位在蒋经国主持的赣南行政区担任音乐课的教授。1944年,日寇进攻赣州,胡辛一家匆匆撤至瑞金,是年5月,胡辛在瑞金呱呱坠地,从此,与这片赤热的红土地结下了刻骨铭心的情缘,至今,已有50年了。

"我格奶娘是岁(瑞)金人啦,带我带到十几细(岁)呀!"胡辛又冒出了一句大家能稍稍听懂的瑞金话,大家友善地笑起来。

胡辛却一脸的认真和自豪。

而且我发现,在赣南,胡辛不仅在"呼唤崇高",简直是在寻觅崇高,捍卫崇高!

在兴国、宁都、于都,每走到一处革命纪念地或革命旧址,特别是到了毛泽东的旧居——这样的旧居在赣南实在是不少,胡辛多表现出的浓烈的兴趣和激动的情绪使我们都觉得她好像以前从未接触过这些"革命传统",俨然一个听话的中学生!她仔细地观看着图片和文字,毫无"不好意思"地向人家索要文字资料,虔诚地瞻仰着那一间间与革命历史领袖人物有过牵连的房屋。在一间当年毛泽东曾经住过的房间里,几位前来参观的年轻人在床边和凳上开玩笑。胡辛看见了,简直有些愤怒,一脸严肃地对那几位年轻人说:"你们怎么可以在这里嘻嘻哈哈,打打闹闹,你们知道这是什么地方啵?"

那几位年轻人见这位"阿姨"如此严肃,看来来头不小。立即老老实实地出去参观了。

"胡教授,你以为这是在你南昌大学呀!人家要顶你两句,怕你受不了!"我说。

"他敢!他敢顶我,我找他当官的去!"胡辛余气未消地说,"他们是来受教育还是来玩的!"

在于都河边,红军长征第一渡口,胡辛就像一个外国人进了故宫,在那赣南随处可见的河岸草地上,徘徊,流连,记录,忽儿又望着河对岸沉思,还莫名其妙地问陪同的文化馆长一个简直无法回答的问题:"红军过了河到对岸以后是往哪边走的呀?"

文化馆长果然愣住了,一下子不知怎么回答。

我觉得她有点迂,抢过去说:"红军北上抗日,千军万马过于都河,你说往哪边走哇!"

胡辛见河边有一只小木船,执意要站到船上去,要我从岸上给她照张相留个纪念，也体验体验"过于都河"的心境。哪知刚踏上小船，尚未站稳，那小船竟顺水漂动起来，胡辛吓得尖叫起来，幸而有一根铁丝将船拴在岸上的小树上，船又立即停止了漂动，待照完相，胡辛从船上跳上岸，我戏问她，"过于都河"的感受如何？

"意外的惊险也有意外的收获，你看见没有？一个在岸上玩的中年男人见船漂动起来，怕我出事，立刻冲下来，后来又看见船停住了才没有继续往下冲，你看老区的老表多好！"

"你是教授哇，出了事都担待不起呀！"我跟她开玩笑。

"人家知道我是教授呀？哼！"胡辛却一脸的严肃，很激动的样子。

县里采风结束，赣南三路人马按计划将于翌日在赣州集结，可是我们这一队却发生了问题——胡辛执意要去瑞金！

"我出生在瑞金，第二年就离开了，瑞金是个什么样子都不知道，而从南昌到瑞金比去北京还难，我去看一眼就行，哪怕一个小时，你们不去我一个人去！请于都派车把我送到瑞金，你们就不用管了，我想办法明日下午一定赶到赣州！——我有50年没有去瑞金了！回去要批评就批评我！"其意其情连上帝都会感动。

"你一个人如何回赣州？"赣州组领队、江西省文联副主席、诗人郭蔚求问。从于都到瑞金和赣州是两个相反的方向。

"这你不用担心，我会有办法——不行的话我去找瑞金市委书记。"胡辛努力释除领队的担心。

郭蔚求领队终于答应了，不但答应，而且决定我们三人小分队一同去。当日晚饭后即前往瑞金，第二天一早就开始参观，以便尽早回赣州。热情的于都县委宣传部部长谭年清也慨然相助，决定不但用车送我们到瑞金，第二天还继续送我们到赣州。

胡辛这时就像小孩似地高兴。

她自己掏钱买了两包烟送给司机，听说司机感冒了，又不停地去问候送药，简直是在拍司机的马屁了。

我记起她的长篇传记文学《蒋经国与章亚若之恋》一书"作者小传"中的一句话："出身书香，却倔强得可以，如一蓬野草。"

夜幕中，汽车开往瑞金，四周是一片漆黑，我在想，此刻，在胡辛眼前，肯定是一片光明！

"胡辛，到了瑞金，你首先会有什么想法？"我问。

"我可能会哭!"胡辛说,那声音从暗夜中传来,幽幽地,我觉得她已经在哭。

在瑞金,胡辛什么都看到了,然而,也许什么都没有看清楚。

也就两个来小时时间,瞻仰了叶坪中华苏维埃临时中央政府旧址,又驱车前往沙洲坝参观苏维埃政府大礼堂,然后转到闻名遐迩的"红井"参观。

胡辛终于没有哭,然而,她却唱了歌。

"红井水,甜又清,手捧(里咯)清泉念亲人。喝上一口红井水,一股暖流涌上心……"

她是站在红井旁边唱的,没有听众,只有我一个人站在旁边。她并不是唱给我听的,她是在唱给自己听,或者说,她是在与红井对话,在倾诉她对这片红土地深沉的爱和思念之情。

她不是演员,不善于即席朗诵一大段道白,她也许觉得这首歌里的每一句话都说出了她此刻的心声。因此,与其说她在唱,不如说她在诉说。这时,我不敢看她,我怕她哭!

胡辛终于没有哭,不过,在回赣州的路上,她罕见地寡言少语,车内只听见发动机轻轻地轰鸣。

也许,这时,她在回味,在咀嚼这经历了半个世纪以后的故地重游给她带来的心灵的冲撞和震颤,虽然只有两个小时,却足以让她回忆两年甚至20年!然而,时间向后倒移30年,甚至15年前,胡辛却没有这么潇洒!

那时的胡辛,只是一个极为普通的中学教师,她真是一无所有。有的只是对生活的体验,对人生的深刻了解,当然,也许与众不同的是她比别人多了一份对人生、对社会的思考、领悟和充满了女性细腻的文笔,还有那过去并不为人所察觉的文学表现功力,于是,就有了处女作——短篇小说《四个四十岁的女人》。写的是她周围的再熟悉不过的人——乡村教师、医生、演员和基层妇女工作者在事业、爱情、婚姻、家庭中的寻寻觅觅的故事,这些故事充满着执着的追求和永恒的迷惘,也许正因为如此,加之作者厚重的生活基础,引起了不少知识者心灵的共鸣。

即使如此,她在将小说送给出版社编辑部时,想起那些熟悉的编辑投来的似乎在说"你还会写小说?"的目光时,对自己还是缺乏充足的信心的,于是,她将自己的本名胡清改成了胡辛,意思是说:人生为什么要这样辛苦？幸而遇上了有胆识的编辑，该小说终于于1983年冬发表在大型文学期刊《百花洲》上，又幸而此小说被中国文坛宿将、传奇人物王蒙发现而极力推崇，获1983年全国优秀短篇小说奖。于是，王蒙记住了这个名字，几乎一夜之间，中国的文学界也记住了这个名字——胡辛。

胡辛接着创作的几部中篇小说《我的奶娘》《粘满红壤的脚印》《这里有泉水》等，抒写的仍是普通女人的命运。而且，她笔下的女人生活环境是江西这片红土地。红土地自然属性贫瘠，但正是这片红土地对中国做出了太多的赤诚的奉献，使这方土地既成为这方女人广袤的生活背景，仿佛也成为这方女人命运的象征。

再以后，她创作了瓷都系列小说。她在瓷都生活了整整八年，从大学毕业到成为两个孩子的母亲，她把少女的最后的梦和母亲的最初的梦都留在了那里，对这方水土这方女人，她有她自己独特的视野和体悟。

瓷，是卑贱的泥土与纯情的水的糅合，在火的恋膛、火的炼狱中锤炼数天数夜，等到天地归于沉寂，熄火开窑时，那泥土要么成为高贵晶莹精美的瓷，要么成为一堆堆废品，这实在是人生浓缩的象征。而瓷，愈是精美，愈是娇贵，不小心轻轻一碰，它就粉碎！这，不是太像人的感情，尤其是女人的感情么？胡辛的瓷都系列小说《昌江情》《瓷城一条街》《地上有个黑太阳》《瓷都梦》等，写的是瓷都的今天与昨天，瓷都女人与男人火辣辣的爱与水淋淋的情。不是水火不相容，而是相撞相融，尔后结晶，尔后升华。瓷都的女人们，青春的、中年的、衰老的，她们正在经历的或早已逝去了的爱情的故事，是水、土、火的故事，积淀又张扬着这方水土的瓷文化。

瓷都，是座女性的城，母性的城，昌江河畔成百上千的老少女人们那跪拜式的浣衣图给外地客烙刻下太深的印象；神秘的窑门的传说，那赤裸的女性形象分明凸显出远古的女性崇拜与图腾；烧瓷的艰难和痛苦，出窑的期待和辉煌，太像十月怀胎和一朝分娩；那柴窑本身，就是容器，就是女性特征。胡辛正是凭着对瓷都的这份赤诚的感觉和深沉的爱，抒写着这方苍凉的白色土上苍凉的女人的故事，而成为闻名遐迩的女性文学作家。

胡辛创作出版的一部40万余字的长篇小说《蔷薇雨》，写的是一个家族的故事，出身书香门第的七姊妹，在当今汹涌的经济大潮中，在各种观念尤其是婚恋观的急剧嬗变中，是冰清玉洁固守传统的自我，还是困惑彷徨、茫然无措；是心理倾斜畸态坠身欲海，还是历经动魄惊心终成佼佼弄潮女？

这其间，理性与情欲的撕裂，人格与本能的抗衡，灵魂与肉体的崩裂，在书香家庭七姊妹的心田迸发出种种律动和骚动，女人如蔷薇，转眼就凋零，但暮春雨中的花开花落，能让人回味起《蔷薇雨》中女人的故事，女人的执着中的迷惘与迷惘中的执着。

1992年，中国电视剧制作中心约胡辛将《蔷薇雨》改成30集的电视连续剧，经过一年多的伏案辛劳，剧本写出来了，然而，几年的折腾，由于说不清道不明的原因，拍摄计划终于搁了浅并彻底告败，胡辛的一年辛苦化成泡影。所幸江西电视台与上海电视台又计划联合拍摄此剧，胡辛又满怀希望地迎来了新的一年。

胡辛的渴求和希冀，是做一个小说家，但这些年来她却写出了三部厚厚的传记文学：《蒋经国与章亚若之恋》《最后的贵族——张爱玲》和《陈香梅传》。这几部传记虽未大红大紫，却在全国造成不小的反响，拥有一个不小的读者群。其中《蒋经国与章亚若之恋》竟再版重印达三四次之多，发行量达10万册以上，社会上的盗版书也充斥于世。

胡辛的传记文学创作实际是她的女性文学创作的延续，女性题材女性主题，仍旧探寻着女性意识女性价值。

蒋章之恋是发生在20世纪40年代中国的一出婚外恋，但胡辛并未将它写成宫闱秘闻式的传奇，而是探索出这出烽火中知识女性章亚若的彷徨与追求。《最后的贵族——张爱玲》其实可以称之为"张爱玲评传"，胡辛着眼于沦陷区中红罂粟般的张爱玲现象的焦点——张爱玲作品的婚恋故事和张爱玲本人的婚恋故事。《陈香梅传》则追忆了生于昨日的这一个中国女子的坎坷青春路，她的女儿时代与中国最苦难的年代纠结一处，她与陈纳德的这段中美姻缘，有坚贞与缠绵，也有失落与哀伤。胡辛在传记中，探索着这样一个问题：女人与爱，究竟是怎样的辩证关系呢？

如今的胡辛，是个拥有14本专著、一部自选集的驰名女作家，在国家教委组织的全国重点大学的评审时，南昌大学教师成就展览中，胡辛的著作摆在书架上赫然触目，看了令人眼热心跳！

胡辛的名字当之无愧地与中国当代许多著名女作家的名字排列在一起。去年在北京举行的世界妇女大会非政府组织论坛上，胡辛高站在讲坛上宣读自己的论文，同世界各国的妇女讨论妇女问题。

你为什么要这样辛苦

如今的胡辛就像一个被绑上了战车的武士在不断地出击,既上课又带硕士研究生;既教书,又写书;既写小说,也写散文和评论;既参加各种社会活动,抽空还要去看看刚刚出世的极可爱的小孙子。她已经绝少有闲暇了。

胡辛,你为什么要这样辛苦?

(胡志亮,国家一级作家、南昌大学中文系兼职教授)

(原载于《世纪风》1996 年第 2 期)

亦贵亦凡亦俗亦仙
——胡辛笔下的张爱玲

曲篁

我的书架上又添了一本有关张爱玲的传记，是江西胡辛写的《最后的贵族——张爱玲》。这是继花山文艺出版社和海南出版社先后出版于青的《天才奇女——张爱玲》和余彬的《张爱玲传》之后的又一关于张爱玲的传记新作。

胡辛是南昌大学文学院教授，曾创作过小说《四个四十岁的女人》《蒋经国与章亚若之恋》《陈香梅传》等近十部作品，有着较深的文学功底和丰富的传记写作经验。

张爱玲是一个独特的女性，有着极高的艺术悟性，但悲剧性的爱情与婚姻使她的一生都被"苍凉"所笼罩着，直至最后寂寞地死去。写这样一个奇特的天才女子的传记是比较困难的，一般人很难捕捉她那封闭的内心世界。

和已出版的两本有关张爱玲的传记相比，《最后的贵族——张爱玲》似乎更着重于通过张爱玲的生活道路去探索、评价传主的作品在思想上、艺术上的色彩与成就。胡辛在张爱玲的身世、家庭、友谊和婚姻、爱情等方面搜集了大量的素材，多方面反映了张爱玲从童年、少年、青年进入社会后的生活与心理变化，从最早在中学时代发表习作，到20世纪40—50年代"一发而不可收"地写了大量"惊世之作"，在沦陷区的上海及以后的香港、台湾引起了相当大的轰动效应。

胡辛的传记比较深刻地写出了张爱玲作为个人性格特色的"远离政治"以及正是这一性格所导致的她的生活悲剧。对此，胡辛的笔触是倾注情感的。

　　以张爱玲的极端孤傲、内向的性格，她从未向人宣示过属于她的纯粹个人的生活感受。因此随着她的逝世，这个天才女作家的灵魂深处的哀乐与不幸将永远是个无人可以破译的谜。

　　写作这部传记，胡辛是费了一番苦心的。比起前两位作者她是比较深刻而成熟的。她凭着女人的心细如发，把一个"神迷"复杂、亦贵亦凡、亦仙亦俗的张爱玲活脱脱地呈现在读者的面前，那样入情入理、自然天成，一如身边之事。对于真正描绘出一个生活艺术化和艺术生活化的张爱玲这一点，也是比较成功的。

　　但同样因为胡辛的挥洒自如，在结构安排上的技巧，使这部传记令少读张爱玲作品的读者要费一些功夫，比如，她往往在开篇先设置悬念或张爱玲笔下的故事，然后再娓娓道来，虽然知它出自何典，但读来总有倒走的感觉。在这一点上倒不如余彬的《张爱玲传》来得平易近人。

　　其实，张爱玲是不可解读的，我们无法从张爱玲的作品中去解读一个真正的张爱玲。正如我们无法仅仅从鲁迅的作品中去了解鲁迅一样。

　　值得一提的是，在《最后的贵族——张爱玲》书中附有不少张爱玲各个时期的清晰的照片，这对喜爱张的人是弥足珍贵的，仅仅为了这几幅照片，也要拥有它了。

（原载于《新闻爱好者》1996年2月）

着力探视女性的心灵
——评胡辛的三部人物传记

胡颖峰

一 独写女性的"三传"

尽管同时跻身于20世纪90年代的中国"传记热"中,胡辛并非历史史实的记录者。她的传记作品序列《蒋经国与章亚若之恋》(原名《章江长恨歌》)、《最后的贵族——张爱玲》和《陈香梅传》(以下简称"三传")只是将历史衬作一块淡淡的幕布或一个朦胧的场景,而凸现于历史之上的则是三个女性传奇且不凡的生命景象。对此,胡辛已坦然告白:"我的三部传记,严格地说,是传记小说。如果说真正的传记作家严谨于写史,那我这个小说家却太偏爱写人,尤其是女人。"

的确,作为一个女作家,胡辛似乎更倾心于讲述女人们的故事和女人们的爱情,她对作为一个边缘性话语的女性文学之内涵便有其真正意义上的理解,即"女人写,写女人"。或许,关于女人的故事总能唤起她心底某种深切的记忆。

1. 朴素的女性自觉写作

年届半百的胡辛出身书香门第,是20世纪60年代即走出大学校门的知识女性,是在中国的浩劫岁月中度过整个青春年华的"一代儿女"。坎坷且含辛茹苦的人生遭际,倔强且显露锋芒的个性,成熟且感受深刻的心灵,或许,还有别的某种更深的契机,使胡辛能够于期然间成为新时期女性在性别群体的文化代言人之一——于20世纪80年代特定的文化语境中,书写着自己的性别,书写着一代人"共同的梦",虽也曾充满着"梦醒后无路可走"的痛苦与迷惘,但却凝聚了一代"理想主义者"执着的寻觅与

着力探视女性的心灵

永恒的追求。

我们从胡辛始终如一的创作轨迹中不难看到一种朴素的女性自觉。早在1983年，胡辛以处女作《四个四十岁的女人》崭露文坛，这篇获当年全国优秀短篇小说奖的作品，道出了职业女性的生活艰辛与精神困惑，其执着的情怀与纯净的忧伤在那个年代具有感人颇深的力量，曾给饱经辛酸的中国知识女性以最初的抚慰与共鸣，著名作家王蒙亦为之泪颜。胡辛深信捷克作家米兰·昆德拉所言：也许小说家们所做的全部事情，就是写一个主题（第一部小说的）及其变奏，她此后的创作便是最初的关于女界人生命题的"变奏"。她的中篇小说《我的奶娘》《粘满红壤的脚印》《这里有泉水》等，抒写的是生养自己的这方水土上的普通女人的命运。她的瓷都系列作品《瓷城一条街》《地上有个黑太阳》《昌江情》《瓷都梦》等，诉说的则是瓷都这方留有自己青春梦想的苍凉的白色土上苍凉的女人们那苍凉的故事，其中充满着火辣辣的爱与水淋淋的情；是水、土、火的故事，积淀又张扬着这方水土的瓷文化。1990年，胡辛又出版了她40万余字的长篇小说《蔷薇雨》，该作以急剧变迁的时代变革为背景，抒写了出身书香名门的七姊妹，在各种观念尤其是婚变观的急剧嬗变中，各自的追求与失落：是冰清玉洁固守传统的自我？是困惑彷徨茫然无措？是心理倾斜畸态坠身欲海？还是历经动魄惊心终成佼佼弄潮女？其间，理性与情欲的撕掳、人格与本能的抗衡、灵魂与肉体的崩裂，在女性心田迸发出种种律动和骚动。《蔷薇雨》尽情展露了胡辛"写女人"的雄心，将她"对古城南昌的种种积淀，苦痛又欢畅地蒸馏出来"。胡辛希望，纵使岁月流逝，她的《蔷薇雨》能"以我这个女人的眼睛，为这方水土这方女人留下一点文字的摄影、笔墨的录像"。

与同时代的许多更为年轻的作家相比，胡辛的心灵深处无疑有着割舍不了的"乡土情结"和"女儿情结"，她写作女性的艰辛历程，不仅贯注着非常真切的个人体验——是一个所谓"写我的自我——我的身体"的自白式表述，而且充满着地方特色、民俗风情、历史积淀与时代风貌，"洋溢着一种不可扼止的力量的生活所特有的魅力"（王蒙语）。胡辛那往事依稀的叙事，那抒情性的语调，在她"共同梦"的碎片中游弋穿行，总让人回味——回味暮春雨中的女人的故事，回味女人执着中的迷惘与迷惘中的执着。胡辛在心灵的创造中升华，并正走向女性大众的更大群体。

· 449 ·

2. 走进女人真实的世界

胡辛曾说，她的渴求和希冀，是做一个小说家。但近几年她呈献给读者的却是三部厚厚的传记作品。这曾令人不解，人们不明白一个创作正处于黄金时期的女作家何以要放弃自己的世界而走进别人的世界，因为这样也许会妨碍她塑造重大的情感状态，会妨碍她进入某种高峰体验。但与现今诸多传记作家纷纷把目光投向历代帝王将相、政坛风云人物、商界巨子等，以求可能造成一种轰动效应的写作相对照，胡辛展露了她的才华：她以独有的女性视角抒写的仍旧是女性题材女性主题，探寻的仍旧是女性意识女性价值，一如她坦然的回答："我只是想和女人说说话。"

《蒋经国与章亚若之恋》源于胡辛童年的故事，她出生于瑞金，童年在赣州，学生时代在南昌，最初工作在景德镇，终究还是回归南昌。作为一个南昌籍的女作家，她以为怎样也应该为传奇且悲怆的南昌女子章亚若写下点文字。蒋章之恋这出20世纪40年代中国为人讳莫如深的婚外恋，在胡辛笔下不是宫闱秘闻式的传奇，胡辛探索的是这出烽火缘中知识女性章亚若的彷徨与追求，王蒙评价该书的成功之处即在于它"以美好的语言、美好的情操抒写了这么一段婚外恋，能为蒋氏家族和章氏家族、官方和民间都接受"。一代才女张爱玲则是胡辛偏爱的女作家之一，张爱玲的"遗世独立"和"兼容并蓄"，张爱玲的"惊世才情"和"骇俗个性"，张爱玲的"荒凉""悲凉""苍凉"，都大大激发了胡辛丰富的创作灵感。对张爱玲评传，她主要着眼于沦陷区中红罂粟般的张爱玲现象的焦点——作品的婚恋故事与作者本人的婚恋故事，并尝试营造张爱玲"独语"式的语境。胡辛认真翻阅了大量资料，她的《最后的贵族——张爱玲》凝结着她多年从事女性文学研究的心血。而《陈香梅传》的诞生，又完全是因了胡辛与名女人陈香梅生命轨迹的几次交叉旅程，她们有缘在南昌、井冈山、北京相会相伴相聚相谈，使胡辛终能掌握关于陈香梅的第一手资料，并勾勒出生于昨日的这一个中国女子寻寻觅觅的人生轨迹和起伏不已的情感波澜。胡辛的"女性三传"亦是中国20世纪90年代女性文学的一种文本，她始终是以一个写女人的女作家出现在文坛前景。

3. 还原女性

对于胡辛而言，中国女子无意识数千年承诺的被贬抑、被扼杀而"没有真相"的历史无疑是一段苦涩无比的记忆，她写作"女性三传"的一个自觉努力即在于：还原女性的"真相"，写出女性的真实。

着力探视女性的心灵

——章亚若，20世纪这个三四十年代普通又独特的知识女性，在历史短暂的瞬间，在赣南古城的烽火中，与风云人物蒋经国镌刻下了一段刻骨铭心的生死恋。然而，长期以来，人们总爱以世俗的偏见、以情妇的框架去扭曲、禁锢这一个活生生的女性。在纷繁错杂、莫衷一是的书面与口头的回忆录中，胡辛没有盲从，而是调整视角，另辟蹊径，回归这位南昌女子本来的面目本来的情感。胡辛写道："或许，以'从一而终'来衡量，她不够'清白无瑕'；与同时代的平常乃至奇特的女子相比，她不够柔顺忍让委曲求全；她的苦痛她的悲剧结局是她自寻的？可唯其如此，她灵魂中对女性意识执着的寻觅才如此张扬！她血液中对母亲尊严和职责的捍卫才如此凝重！"

——旷世才女张爱玲，在20世纪40年代中国沦陷区的废墟上一夕成名，充满了诱惑与神秘。漫漫半世纪，现代文学史曾一度冷落了她，但在后来，却又一次次掀起张爱玲热。张爱玲是一个"谜"。在《最后的贵族——张爱玲》中，胡辛还原了一个真实的张爱玲：她是现代文学史上唯一的贵族，"种种奇特在她的灵魂里沉淀出苍凉的色调"，只有她，才能流淌着贵族的血液，去追求平民的生活。她的作品，有贵族气却也平民化，是雅俗共赏的，是揭示了人性最基本特质的。

——陈香梅是抗战时期美国飞虎将军陈纳德的遗孀，又是走上美国政坛的第一位中国女性，她的一生充满了跌宕起伏的传奇。在《陈香梅传》中，胡辛揭开了这个成功女人的"传奇"，写出了她的真实：她的人生，"有不同凡响的业绩"，亦有"平常人的遭际和痛苦欢乐"；她的情和爱，有"坚贞缠绵"，亦有"失落哀伤"；她的心田，有"快乐的歌唱"，亦有"悲凉的一隅"。

如果说，中国女性文学的诸多实践昭示着女性写作的前景是说明"男性一贯主宰的历史"而非"什么是女人"；那么，胡辛对女性"真相"的还原，正是对女性形象传统的解构，正是对"男性一贯主宰的历史"的解构；并且，胡辛还将以她"写出女性真实"的勇气和力量，在女性生存的现实与未来中，继续坚定地"说下去"。

二 探视女性的心灵

作为一个贴近读者的小说家，胡辛深知一种真实的阅读期待，深知一个传主若要长时间吸引读者深情的关注，似乎主要不是由于她的历史活

经典回放·传记回响

动,而是她富于魅力的性情和更富于魅力的个人经历——尤其是情感经历。特别是对于如今的年轻读者而言,作品中反映的历史真实远不如浸润在作品中的主体的思想、情感和其他个人因素更引发兴趣。于是,更多地关注女性的内心情感思想,探视女性的心灵,似乎成为胡辛心目中的"终极关怀"。

1. 独立的女性与"悲憾的局限"

一个关于女性的主题常常是一个关于爱情的主题。在新时期涌现的众多爱情故事中,有宗璞优雅淡泊的《三生石》,有张洁浸透了痛楚之情的《爱,是不能忘记的》,有池莉充满感伤的《不谈爱情》,有张抗抗浪漫理想的《情爱画廊》;而胡辛的独到,就在于她把爱情表述为女性的"一种信仰,一种图腾,也是一种悲憾的局限"。

胡辛笔下的三位女传主,均出生于古墨书香之家,均或多或少地受"五四"新思想、新文化甚或西方文化的濡染,她们清标傲骨,独立决绝;所不同的是,章亚若身上多了几分赣地女子的倔强刚烈,陈香梅身上还散发着传统女性的典雅柔媚,而张爱玲作为女性中的一个"异数",性格中又积淀着一份"贵族气、沧桑感和末世情调"。

胡辛笔下的三位女性,均敢于追求自己的爱情。章亚若和蒋经国,在抗战烽火中相遇相知,青春和才华点燃了爱恋之火,虽然她清醒地知道,她爱的是一个"有妇之夫",她在又一次铸成大错,但她仍不顾一切地爱了,且终生无怨无悔。张爱玲与胡兰成,一个是前清遗老煊赫之家的女儿,一个是浙江山地农民的儿子;一个是冰清玉洁、远离政治的淑女,一个是汪精卫伪政权的宣传次长、一介文化汉奸;一个是情窦晚开、纯真痴情,一个却曾有过8次有名无名的婚恋,可偏偏不顾一切、放恣地狂恋一场。而陈香梅与陈纳德,30多岁的年龄差,并没有阻隔她追求个人幸福;他们的那段短暂的中美姻缘,是陈香梅生命中的"一千个春天","有说不尽的深情"。

但胡辛笔下的女性又都有着不幸或坎坷的情感经历。"爱的无所顾忌和必须有所顾忌的爱"使章亚若的爱情若风若云,她最终是遗下一双没有姓氏的私生子猝死异地,生命在29岁便画上句号;而爱情之于张爱玲,亦成为无法抹去的黑点,她的一生遭受了爱的萎谢、情的埋葬,有着不可说的悲凉和迷惘;而33岁就做了寡妇的陈香梅,又何尝不是饱尝过失去"至爱"的苦痛与哀伤。别具意味的是,胡辛在这里抒写了女性的一种共

· 452 ·

同的"悲憾"结局：历经苦恋的章亚若孤独地长眠于异地荒凉的郊野，而漂泊天涯的张爱玲亦孤独凄凉地死在他乡寓所，她们的"孤独"，不正是一幅关于在历史性失败的巨大灾难中绝对喑哑的女性命运的终极象喻么？

然而，胡辛怀着对女性命运关注的深情，抒写章亚若的倔强痴情、张爱玲的孤独清傲、陈香梅的高贵挚情，抒写她们为爱而生而悲而幻的种种情感状态，似乎并非为了获得 F. 杰姆逊的所谓"社会寓言"，而是为了进入女性的心扉，与之进行心灵的对话、情感的交流与智慧的相互激励；胡辛的"女性三传"，实则是她于茫茫背景中感受生命的一次精神之旅。

2. 成熟的女性主义者

胡辛是当今文坛一位颇负盛名的女作家，亦是一位觉悟的思想者。创作伊始，胡辛便追问："女人为什么要有自己独立的节日？""女人能独立吗？""何谓女性的独立意识和独立价值？"十余年的创作生涯，胡辛一直表达了对女性"共同深处"的寻找，而且她的深刻与成熟在于，她意识到"女性的天空是低的"，但她不曾僭越与颠覆；不曾仰视并期待男人的崇高与拯救："女人总想有个靠得住的男人，而男人是靠不住的，靠自己吧"；不曾将女性与男性决然对立起来："这个世界，除了女人还有男人，女人能独立到哪里去呢？我始终不持乐观态度。况且女人无论是充当自然角色还是社会角色，女人人生的轨迹不能不与男人高密度高频率地交叉，于是答案不是由女人一方能独立完成的。"

胡辛女性意识的独特也就在于，她认为女人的独立绝不是与男人对立，女人的命运多舛离不开女性自身的弱点。在胡辛的作品中，她总是抒写着女性天赋柔韧之美，赞美着"母性"之伟大，以此来张扬她浓郁的女性意识。胡辛的"女性三传"写了章亚若成为一对孩子的母亲之后如何不甘屈从命运而抗争，以及章亚若的母亲如何为了女儿毅然决然离家隐居、独自肩负起抚养外孙的重担；写了陈香梅的母亲在生命的最后几年，如何用柔弱的美人肩荷负着养育女儿的重任，以及陈香梅在年轻守寡后如何用她的纤纤玉手"劈开生死路"。胡辛笔下的女人，在充当妻子时，或许有这样那样的抗争，但是作为母亲，她们却心甘情愿茹苦含辛，"因为母亲毕竟不同于父亲，不仅仅'肌体的裂变'，是生命链条最具象的体现，而且是刻骨铭心的深刻"。

胡辛期望："女性意识是对父权制的反叛，但不是对母权制的回归，而是女性男性同行历史的长河，迎接更为辉煌的明天。"胡辛更多地关注女性自身，胡辛的温婉与从容，使她成为当今文坛一位成熟的女性主义者。

总之，胡辛的"女性三传"也许并非历史叙事学的最佳范本，她没有写出女性眼中的凝重而动荡的历史，但她却写出了女性眼中的女人，那沉浮于历史真实中的几个传奇且不凡的女人，她的传记序列使人看到了女性写作那种最为持久的传统：对女性命运的关注与那细腻的笔致、真诚的倾诉。胡辛的"女性三传"是一个关于女人的叙事，一个女性追问自我、寻找自我的过程，是"真"与"美"的结合。

（胡颖峰，著名评论家，江西省社会科学院《鄱阳湖学刊》编辑部副主编、研究员）

（原载于《江西社会科学》1996年第10期）

胡辛传记世界探微

李云凤

由于种种机缘和自身深厚的文学积淀,以短篇小说《四个四十岁的女人》、长篇小说《蔷薇雨》著称的女小说家胡辛于20世纪90年代却连续出版了三部传记:《蒋经国与章亚若之恋》(原名《章江长恨歌》下简称《蒋》)、《最后的贵族——张爱玲》(下简称《张》)、《陈香梅传》(下简称《陈》),但正如她自己所言:"我钟情的是小说,而不是传记","我的传记文学,是传记小说"[1]。而且此前她一直在写的是小说和散文。在《虚构在纪实中穿行——传记作者主体性不容忽视》一文中她曾说:"我对传记写作的理论可说一无所知,对中外传记名著涉猎也很少。从我写作的体验来说,我以为传记似更是一种创作。"因此笔者以为胡辛创作三传更多依凭的是她创作小说和散文的经验,以及她对传记特点的直觉理解。于是我们在其三传中看到了小说的想象虚构、散文的婉丽清新、浓郁的抒情意味,甚至"女人写,写女人"的艺术主张也在三传中得到了承袭。

一 想象与虚构

作为较早投身于传记创作和研究的胡适曾说"传记的最重要的条件是纪实传真",即"要能写出他的实在身份,实在神情,实在口吻,要使读者如见其人"[2]。但传记作者所能搜集到的资料却往往有限,不借助想象和虚构根本无法塑造完整的人物形象,"使读者如见其人",就算资料详尽,

---

[1] 胡辛:《胡辛自选集·序》,作家出版社1996年版。
[2] 胡适:《南通张季直先生传记序》,载胡适《胡适文存》三集第8卷,外文出版社2013年版,第1088页。

经典回放·传记回响

没有想象和虚构仍然无法构造情节链条和再现细节。一堆史料的罗列，只不过是参考资料而已，要成为传记文学，肯定不受欢迎。因此胡辛提出："我以为大背景大框架应该是真实的，但是细节甚至一些情节得依赖虚构。"① 于是我们看见了身着前清贵族女子装，既能莲步姗姗，又能搅起惊风骇浪的张爱玲，她装作顾客去书摊看《传奇》销路的小心翼翼，得知销路好后的欣喜若狂，告知摊主自己就是作者时的自得与自豪；章亚若在蒋经国与孩子间做出抉择的痛苦矛盾心路历程；陈香梅出生的这一天"迷蒙人眼的杨花柳絮不再飞扬了，长着红酸枣的老城墙鲜活了，空中响过阵阵清脆的鸽哨，蝴蝶风筝在晴空扶摇直上，所有宇宙的钟声撞响了，所有飞檐下的风铃都奏响了仲夏的歌"② 的美丽景色。

  在《张》的后记中胡辛坦言，"关于张爱玲及家族的资料并非丰富与翔实"，她是"从张爱玲的小说和散文中寻觅真正的张爱玲的语境"，也就是从张的小说和散文中揣摩、想象张的生活、个性及其所思所感。因为张在《三详红楼梦》中曾说："写小说的间或把自己的经验用进去，是常有的事。至于细节套用实事，往往是这种地方最显出作者对背景的熟悉，增加真实感。作者个性渗入书中主角的，也是几乎不可避免的，因为作者大都需要与主角多少有点认同。"而"散文是最接近生活真实的文学样式"，"书写作家真实的生活境遇是散文的一大特点"③。《张》里许多章节都由张的散文脱胎生发而来，另外借鉴小说中的一些语句，再加上传记作者对具体场景、人物心理、外貌、神态、行动、及环境的想象，就变得生动形象，有声有色了。如"出名要趁早"由再版序中的一段加上作者的想象敷演而成；"人世间没有爱"一章则杂糅了散文《私语》《童言无忌》《姑姑语录》《天才梦》《我看苏青》等。《香港的回忆》处处可见《烬余录》《谈跳舞》的影子，甚至还用上了小说中的一些材料。如果说这些还有散文小说作想象腾飞之底，那么"女人的天空是低的"则完全是胡辛"用自己的心去体验别人的感受"④，对张晚年心态的想象。金色的阳光、金色的落叶、寂寞

---

  ① 胡辛：《虚构在纪实中穿行——传记作者主体性不容忽视》，《九江师专学报》2000年第1期。
  ② 胡辛：《陈香梅传》，作家出版社1996年版，第15页。
  ③ 童庆炳：《文学理论教程》，高等教育出版社1998年版，第175页。
  ④ 胡辛：《虚构在纪实中穿行——传记作者主体性不容忽视》，《九江师专学报》2000年第1期。

的情怀、思乡的心、豁达的人生态度、怀旧的回忆,在胡辛饱含感情的笔下得到了酣畅淋漓的表现。

写作《蒋》时,"蒋经国还留有不少文字,章女子可是连只言片语都未留得,查阅史料,她的身影也了无痕迹。只有在寻访有关的老人时,他们才忆起这29岁就打上了生命句号的女子,评判也各个不同"。"有关章亚若的所有的情节和细节都是凭想象虚构的,所谓她写的诗句、她说的话语、她的行径等。当然,也并非空穴来风,往往从采访或回忆录中的片言只语引发想象,所谓细枝末节探幽发微!"[1] 没有想象和虚构,我们就无法看见章女子孤独凄然地立于章江门外麻石河埠台阶上的身影,无法看见章江埠头充满浓郁生活气息、有着活泼泼热辣辣生命力的晚炊夜景图,更无法看到只有章、蒋二人在场的所有场景,因为这些都不可能有记载。章亚若并不是一风云人物,史料留不下她的名字,而"小蒋情人"的阴影使她不能张扬自己,更使当时的人们对她讳莫如深。几十年过去,多少人事会被忘却,更别提一小小女子,如果尚有人记得她,只怕更多的是"小蒋情人"这一暧昧而具有俯视意味的头衔吧,有谁会想到她内心的苦痛、挣扎、彷徨、困惑又有谁能理解她曾是一个想寻求独立自我、张扬女性价值的女子呢?胡辛的想象虚构所要还原的正是人们没有想到、不能理解的章亚若。

《陈》在三传中,有传主陈香梅提供的口头和文字资料,胡辛自己还查阅了有关的历史资料和著作,但是要栩栩如生地再现历史场景和日常生活画面,勾勒众多人物的音容笑貌,对人物心理探幽发微,不借助想象恐怕也不可能。如若我们将胡辛所著的《陈香梅传》与陈香梅自己反反复复写的自家的或完整或零碎的传记相比较,就可以发现许多细节乃至情节是多么的不同。恰如西方传记理论家所言:"传记是不能想象的,我指的是传主的人生履历;传记又需要想象,我指的是传记作者对传主的解释和理解。"

所以想象和虚构并非只是对零散而又简略抽象的史料做必要的完整化、形象化的文学处理,还得把史料所省略的现实生活中原有的丰富而形象的部分特别是细节部分予以填补复原,它要求从事实中得出生活形象,

---

[1] 胡辛:《虚构在纪实中穿行——传记作者主体性不容忽视》,《九江师专学报》2000年第1期。

在给定的材料范围内进行创作加工。这就融汇了传记作者太多的心血和情感,所以胡辛说:"写作这三部传记比写小说累得多,纪实像沉重的框架令人窒息,想象的翅膀被纪实束缚着,已然没有想象的自由天空,但毕竟是想象丰满了完整了激活了传主。"① 是啊,谁叫传记文学是文学与史学的结合呢?传记作者注定要"戴着镣铐跳舞"。

二 多样的语言风格

胡辛在《张》后记中说:为了要营造出张爱玲独特的语境,非常害怕撕碎张爱玲原创的语言纤维,所以尽量融入张爱玲散文和小说的语言,哪怕事倍功半。因此,在这里,只分析另两传。

胡辛传记的句式有整句,有散句,有长句,有短句,往往整散结合,长短相间。"废墟瓦砾。断墙残垣。危楼孤柱。哭嚎悲泣。又是一次蹂躏。又是一次毁灭。又是一次血债。"② 既是整句,又是短句。"但是,他的影子生时和死后都浓浓淡淡断断续续地影响着她,至少,她用英文中文写作后,他是她笔下的一个并非无足轻重的人物。"③ 是长句也是散句。整句形式整齐,声音和谐,气势贯通,意义鲜明;散句不像整句那么集中,但较灵活,容易避免单调、呆板。长句表意周密、严谨、精确、细致,短句表意简洁、明快、灵活。但如果只用其中的任何一种,都会使行文呆板、单调,或难以清晰完整而又简洁流畅地表达意思,只有综合灵活地运用各种句式才能取得最佳表达效果。二传正是这样。用词有"采采流水,蓬蓬远春。窈窕深谷,时见美人。碧桃满树,风日水滨。柳荫路曲,流莺比邻"的纤侬;有"雾余水畔,红杏在林。月明华屋,画桥碧阴"的绮丽;有"落花无言,人淡如菊。书之岁华,其曰可读"的典雅;有"俯拾即是,不取诸邻"的自然;还有"涓涓群松,下有漪流","如月之曙,如气之秋"的清奇。叙述语言平易朴实,清新自然;描绘语言或纤侬或绮丽或典雅或清奇,往往很绵密细致。相对而言叙述语言比描绘语言显平板单调,尤其涉及历史政治事件时。当叙述女主人公经历的事情时,句式参差变化较多,句子也相对更短;而涉及男主人公时,事件的叙述就较冗长,往往

---

① 胡辛:《虚构在纪实中穿行——传记作者主体性不容忽视》,《九江师专学报》2000年第1期。
② 胡辛:《蒋经国与章亚若之恋》,作家出版社1996年版,第117页。
③ 胡辛:《陈香梅传》,作家出版社1996年版,第22页。

是一大段一大段，长句散句运用也较多。

描绘语言最能体现传记的文学性，是传记作者们挥洒才情的自由天地，也是体现和考验他们文学功底之处，所以本文以描绘语言作为语言分析的主要对象。描绘语言运用于写人、抒情和写景，故写人能否栩栩如生、血肉丰满，抒情能否惊天地泣鬼神或润物细无声、不绝如缕地沁入读者心田，写景能否使读者如临其境、感同身受，就成为衡量描绘语言是否运用得好的标准。二传在这点上显然是比较成功的。写人时既有对人物外部行为、语言、外貌、神态的描写，又有对人物内在心理的深入挖掘，既把他们投入历史的大洪流、大背景中去表现，又在日常的小情小景、一举手一投足、一笑一颦中见出人物性格。陈香梅外貌秀丽，内心刚毅，是一聪慧、倔强、果敢、能干的女子，对于所爱之人，冲破重重阻碍，哪怕只做了十年零七个月夫妻也不悔；对于所恨之事，哪怕父亲已去世也无法释怀。她依靠自己的努力，把握机遇一次次扼住命运的喉咙，登上成功的宝座。而同样美丽善良的章亚若走上的却是一条命赴黄泉的不归之路。是因她独立又依附、倔强又柔顺、勇往直前又犹豫徘徊的矛盾性格，还是真如张爱玲所说"眼中所见，有些天资很高的人，分明在哪里走错了一步，后来怎么样也不行了"①，一步走错，步步是错？乱世中的一个弱女子，想从自己的命运都被别人操纵的男子那里得到荫庇，得到纯情的爱，这是何等的虚妄，又是何等的无奈和不顾一切。炽热的爱情冲决了理智的防堤，而政治的阴谋却把她冲进了死亡的幽僻之角，章亚若留在读者心中的是她试图把握自己的命运却身不由己或力不从心的苦痛、无奈、挣扎、彷徨，甚至难堪和屈辱，一点可怜的爱情的愉悦、母性的欣喜被更深的负疚、负罪感和清醒的自省意识折磨着，一寸寸销蚀。二传中的人物命运、人物性格得到了完满的展现。

描写景物环境更让擅写小说散文的胡辛得心应手。"循着琴声寻去，进到树木葱茏草坪青青的绿野，绿的深处是一幢红房子，红墙红瓦也爬满了青藤，只剩下星星点点的火苗似的艳红。"②青、绿、红三色搭配，树木、草坪、房屋相互映衬，既讲究颜色的协调，又着意构图布局的错落有

---

① 张爱玲：《我看苏青》，载张爱玲《张爱玲文集》第4卷，安徽文艺出版社1992年版，第228页。

② 胡辛：《陈香梅传》，作家出版社1996年版，第498页。

致，本是幅生机勃勃、热闹绚丽的画，可因房主的琴声和自闭症又使这一切蒙上寂寥、凄清之气。语言是纤侬的。"雪白的墙壁，雪白的暗花窗帽，雪白的茶几，雪白的碎纹釉瓶里插着一大捧雪白的珍珠梅，雪白的床单与雪白的枕套间是一张瘦削苍白的脸！"① 与上幅图形成鲜明的对照。孤单的一种白色虽象征纯洁、庄严、肃穆，也预示着不祥和悲伤，雪白是寒冷的颜色，也是死亡的颜色。这段文字含义丰富，作者运用五个分句组合而成一个整句，形成凝重的格调，正衬病房的氛围和陈香梅的心情，同时突出"雪白"二字。"暮色苍茫，海浪像白色的裙裾撩拨着沉默的海涂，椰树芭蕉在晚风中摇曳，百花的香气馥郁又清新。吉他的琮铮是春的烂漫和宁静，色泽鲜艳宽袖长袍的男男女女，恍惚间像活起来的敦煌壁画飞天图，真是诗意的香岛。"② 作者调动视觉、嗅觉、听觉和幻觉，巧用明喻、暗喻和比拟，动静相生，既写出了岛的诗意和生机，也写出了人物心情的愉悦。语言偏绮丽。"秋夜的榕湖越发清丽诱人，湖畔的老榕树根须髯髯，像位历经千年而不朽的睿智老人，有秋虫唧唧呢哝，偶尔也有鱼们腾地跃出水面，将墨绿色的湖面掠起银色的水花。"③ 同样有诗意和生机，同样用比喻、动静相生，却比前一景多了许多冷清，因为这是孤身在桂林的章亚若眼中所见。语言有清奇之韵。"四野幽寂，冷雨霏霏，黏黏稠稠的迷雾从门缝窗缝中挤了进来，眼前的一切就幻化成朦胧模糊难以捉摸的一片，只有雨打着已见凋敝的芭蕉叶声，分外清晰分外凄苦。"④ 这活脱脱就是蒋经国心情的写照，父亲一句话把他苦心经营的美好计划打破了，甚至连理由都不许问，失望委屈和无奈如霏霏冷雨，黏黏稠稠迷雾一般挤在心里，他和章亚若的未来朦胧模糊难以捉摸，内心就像屋外被冷雨打着的凋敝芭蕉一样凄苦。从以上例子和分析我们可以看出二传的写景状物处处以人为本，或烘托人物心情、处境，或营造与人物紧密相连的某种氛围，可谓"有我之境"。

曾有论者言胡辛是位生活型作家，与笔下人物一起受苦，一起倾诉，对作品和人物倾注了全部的情感。⑤ 在三传中她同样倾注了自己全部的情

---

① 胡辛：《陈香梅传》，作家出版社1996年版，第364页。
② 胡辛：《陈香梅传》，作家出版社1996年版，第351页。
③ 胡辛：《蒋经国与章亚若之恋》，作家出版社1996年版，第277页。
④ 胡辛：《蒋经国与章亚若之恋》，作家出版社1996年版，第262页。
⑤ 江兵、王军：《遭遇困惑——对胡辛"女性小说"创作得失的几点思考》，《文艺评论》1996年第3期。

感。她随人物哭而哭，笑而笑，对他们的不幸命运表同情，不公平的遭遇表愤慨，对挣扎在炮火战乱中流离失所朝不保夕的黎民百姓表悲悯，又对他们顽强的生命力进行礼赞。对于廖凤书和陈应荣由传统积习禁锢形成的缺点是宽容和理解，对章老太太的硬气、独立、坚强则击节赞赏，对于陈纳德、陈香梅的错误政治立场一方面批评惋惜，另一方面又从忠于友情的角度为他们开脱，当陈香梅致力于改善海峡两岸关系时，她则用热情洋溢的笔调进行了赞美。总之二传中处处能感受到作者鲜明的情感态度和好恶倾向流贯其中。

　　二传另一个重要特点是古典诗词的运用，这增强了作品典雅的质地。二传中用了大量的古典诗词，从《蒋》每章的小标题就可窥见一二。第二章"国破山河在"（出自杜甫《春望》），第三章"青山遮不住"（辛弃疾词《菩萨蛮·郁孤台下清江水》），第七章"吹皱一池春水"（冯延巳词《谒金门·风乍起》），第八章"长河落日圆"（王维诗《使至塞上》），第十一章"匆匆春又归去"（辛弃疾词《摸鱼儿·更能消》），第十三章"多情反被无情恼"（苏轼词《蝶恋花·春景》），引子里的题记"天长地久有时尽，此恨绵绵无绝期"（白居易《长恨歌》），尾声"此情可待成追忆，只是当时已惘然"（李商隐《锦瑟》）。正文里古诗词的运用就更多了。或表达情感、内心心理，如廖香词因父命不能也不忍违而与恋人挥泪而别"执手相看泪眼，竟无语凝噎"的内心痛楚；陈香梅"君自故乡来，应知故乡事。来日绮窗前，寒梅著花未？"的思乡念国之情；"众里寻她千百度，那人却在灯火阑珊处"表达的是蒋经国在中秋赏月船会上一直找章亚若而不得，却在船会快结束时蓦然抬头看见她跪坐在远远泊着的一叶孤舟上的内心感受。或发表议论慨叹，如对蒋介石靠血腥手段夺得政权、经过风雨飘摇的22年最终败走台湾的感慨："是非成败转头空，青山依旧在，几度夕阳红。"或写景，如"月皎疑非夜，林疏似更秋"的中秋夜景；"江到桂林水更清，青山簇簇水中生。分明看到青山顶，船在青山顶上行"的漓江美景（此处活用袁枚诗，将"兴安"改作了"桂林"）。或摹人，如"垆边人似月，皓腕凝霜雪"，"采莲南塘秋，莲花过人头；低头弄莲子，莲子清如水"，"欲把西湖比西子，淡妆浓抹总相宜"，是章亚若在蒋经国心中留下的美好形象。其他如用"小荷才露尖尖角"形容陈香梅在文艺圈崭露头角，用"路漫漫其修远兮，吾将上下而求索"形容陈一生不断探索、思考、奋进的历程，不一而足。

三　女人写，写女人

1996年暮春时节，作家出版社为胡辛出版了《胡辛自选集》四卷本，她在自序中写道："虽然在数量和重量上，这回的自选集，传记压倒了小说，在失落中回头看，幸而仍是'女人写，写女人'，我心依旧。"自1983年处女作《四个四十岁的女人》获当年全国优秀短篇小说奖而崭露文坛以来，她一直进行女性主题的创作和女性文化的研究，写了《我的奶娘》《粘满红壤的脚印》《这里有泉水》《地上有个黑太阳》《蔷薇雨》等小说，20世纪90年代上半期写了三传，也是女性文本的一部分，因为三传"只是将历史衬作一块淡淡的幕布或一个朦胧的场景，而凸现于历史之上的则是三个女性传奇且不凡的生命景象"[①]。1998年出版的散文随笔集，有一辑是"我看男人"，一辑"女人的眼睛"，整个集子则以"女人的眼睛"命名，体现出自觉的女性意识。《我论女性》则是女性创作宣言式的论文。《中国女性文学纵览》是她对从古至今中国女性文学起源发展的一次鸟瞰。胡辛在《四个四十岁的女人》开篇即题"女人为什么要有自己独立的节日"，对女性问题提出懵懂而又执拗的叩问；七年以后，《我论女性》一文以比较文学化的语言阐释了她的女性观："女性意识是什么？你要认识自己是女人。女人与男人一样，都是人；而女人又是人中的女性，是与男性有别的人。""成为一个独立的人，对于女性这是至关重要的一步。要彻底摆脱习惯或自然的对男性的依附感和并不为世俗所鄙夷的女性自卑感，谈何容易！世上除了女人就是男人，女人独立，又能独立到哪里去呢？我以为如若能砸掉传统的女人的框架，并且不再铸造新的女人的框架，不将女人的言行举止，服饰装扮，性情能耐乃至感知思维的方法注入规范化的模式，这才是独立的最基本的标志吧。"然而在《蔷薇雨》中她似乎又迷惘了，因为在汹涌的经济大潮冲撞下，女性的桎梏和束缚似乎少了一些，女性意识的体现、女性价值的实现似乎有了更多的途径和形式，然而又何尝不是"好像青春、姿色的价格高了，而女人的价格低了"，胡辛疑惑："我塑造了不多也不少的女性形象，可我不知道我是高扬还是失落了那原本就

[①] 胡颖峰：《着力探视女性的心灵——评胡辛的三部人物传记》，《江西社会科学》1996年第10期。

模糊的女性意识和女性价值。"①

也许用小说来思考这些问题实在太累,也让胡辛觉得厌倦了,《蔷薇雨》之后,她转而写传记。第一部是《蒋经国与章亚若之恋》,受命写蒋经国在赣南的事迹,作者的重点和兴趣所在却是章亚若。她有着复杂而又矛盾的性格,既坚强又软弱,既独立又依附,既沉沦又追求,既无私又自私,既有理性、自省精神,又一次次沉迷于感情的夹缝中不能自拔。家庭开明的氛围和西化的教育使她有着新女性的精神,然而她又如父母兄姐一样早早结了婚,生下两个孩子后她才十六七岁,尽管婆婆和丈夫唐英刚都对她很好,但家庭生活的单调无聊、丈夫沉闷郁悒保守的性格以及对没完没了地生孩子的恐惧使她走出家门成为职业女性,最后甚至住回了娘家。丈夫对她的行为始终不置一言,只是变得更忧郁,直至形销骨立,章亚若提出离婚的第二天,他吞金自杀,留给章亚若的是满怀的震惊、内疚和自责。第一次婚姻对章亚若来说无所谓爱情,或者说虽有对爱情的憧憬,但夫妻二人性格的巨大反差扼杀了爱情的嫩芽,而唐英刚的爱情不仅把自己送进了坟墓,也给章亚若套上了沉重的十字架。两个都是善良无辜的人,却被本应美好的爱情所伤,这就是人生的无奈与残酷吧。而对事业的追求在此充当的是逃避婚姻的避难所,虽自觉却是不得已而为之。抗战的到来使章亚若第二次投身事业的追求,这一次对事业的追求却导向了第二次婚姻的可能,当然也是带来了灾难:她的虚荣、单纯、冒险精神差点使她沦为一官痞的小妾。为了逃避战乱和官痞的纠缠,章亚若领着全家躲到赣州,开始了她对事业和爱情的第三次寻求。到赣州不久,章写了一封求职信给时为赣南专员的蒋经国,蒋佩服章的勇气和独立进取精神,让她做整理公署书报资料的工作,两人由相识慢慢到相知相恋。蒋大胆炽热的爱情融化了章的重重顾虑和胆怯,也激起了她深蕴内心的热情,她曾苦苦寻觅爱情而不得,如今好不容易碰上了,为什么不抓住呢?人类寻求幸福的本能和爱情的盲目使她不顾一切,甚至默许无依无靠的婆婆带着两个孙子搬到离她很远的地方住,并接受了两个孩子改称自己为"三姨"。对两个孩子和婆婆,她是自私的;对蒋经国她却是无私的,处处为他着想,一次次宽容他对自己诺言的一次次拖延,直至对蒋失望,也还是宽容地想:"他的出身,是他进取的护身符,也是他无法摆脱的桎梏吧?既然这样,她又

---

① 胡辛:《我论女性》,《创作评谭》1991年第3期。

何必苛求他为情九死不悔呢?"爱情使章亚若一点点地消退独立、坚强和进取心,使她变得软弱、依附、苟且偷安、委曲求全,母性则使章亚若苏醒过来,重新找回自我,喊出心声:"我也是人,不是东西!不能藏藏掖掖,不能密封包装,不能不见天日啊!孩子们的身心更渴求自由的空气、流淌的活水、正常家庭和独立的人格啊!"这一次她得到了爱情却失落了自我,爱情成了牢笼,事业的追求也就成了一句空话。当她终于决心不当任何人的外室时,她离死亡已经很近了,空存了自强自立的念头,终强不过政治阴谋家。

张爱玲也有着复杂而又矛盾的性格,既清高孤傲又追慕名利,并直言不讳对钱的喜爱,既叛逆又屈从,既认为人世间没有爱又深陷于与胡兰成的感情纠葛中,既自觉地与政治保持距离,又写下对共产党新中国的颂歌,到香港后却又充当国民党攻击共产党的枪手,否定共产党和新中国。终其一生可以用华丽与苍凉来概括。活着是美好的,可是生命虽是一袭华美的袍,上面却爬满了虱子,有着许多咬啮性的小烦恼。张出生于一个遗少家庭,家里充满腐朽没落颓唐的死气,父母不和,父亲变本加厉地吃喝嫖赌,除此以外无所事事,母亲是一个新女性,气愤之下出国留洋,她从小就体验到人世的苍凉和生命的荒芜紧迫感。从小就缺少爱的张爱玲性格孤僻,在父母离婚,父亲续弦后,后母的刁蛮、恶毒和偏狭加重了她往极度自尊和极度自卑两个极端发展的趋势,自我封闭。"她冷眼看着这人世间,她的嘴紧紧地抿着的线条如同石刻般;她的眼睛里有种石子般的青色,晨霜上的人影的青色;她的面容板滞得麻木。"[①] 这时她还只是个圣玛利亚女校读中学的女孩子,可是已如阅尽人世沧桑、世态炎凉的老人。与父亲彻底决裂后,张爱玲与母亲一起生活,原本因辽远神秘而成为她心中光明、美和艺术女神之象征的母亲,走近了看竟也是一普通女性。母亲曾两度出国,可她的个人奋斗似乎没有结果,经济很拮据。为了读书向窘境中的母亲三天两天要钱,这在自尊而又敏感的张爱玲恐怕多少有屈辱和负罪感吧,而母亲因钱而产生的烦恼怒气无疑加重了张的心理负担,而且这时母亲在设法把她调教成淑女,可不见成效,母亲怀疑自己的牺牲是否值得,母女之间的爱是否就在这些发作或没发作的小龌龊、小委屈中一寸寸地磨损了呢?而此后她在钱上不欠人也不人欠的原则(即使亲密如姑姑、

---

① 胡辛:《张爱玲传》,作家出版社1996年版,第92页。

好友也不例外），是否也与这一时期的经历有关？不管怎样，"人世间没有爱。因为人的本性是自私的，爱在一寸寸地磨损中毁灭了。看看吧，世上哪样感情不是千疮百孔"①。这可谓说出了张的心声。然而她却又明明白白地陷进了爱之中，而且是最千疮百孔的男女情爱，爱人竟是结了两三次婚，有妻室儿女的文化汉奸。虽然张才华横溢，但她同样有一般女性对爱的渴求，而且因为她从小缺少爱，对爱的渴慕往往会更强烈，只是被藏在心的最深处，只有碰上胡兰成那样狂热、率直、锲而不舍的人才能打开吧。张爱玲的爱是何等专一、炽烈！"死生契阔，与子相悦；执子之手，与子同行。""我想过，我倘使不得不离开你，亦不致寻短见，亦不能再爱别人，我将只是萎谢了。"② 而胡兰成实在配不上张的爱。与张结婚后不久，他在武汉与一周姓女子同居，为逃通缉到诸暨乡下又与同窗好友的后母住在一起，新中国成立后逃到日本以结婚为许诺与一日本女子相好，最后却娶了还有点积蓄的吴四宝遗孀余氏。他不仅在政治、文化行为上龌龊，在感情上也不干净。张爱玲对胡的文化汉奸角色、有过妻室儿女和爱拈花惹草的恶习虽有过矛盾、委屈、犹豫、痛苦甚至愤怒，却一直自欺、逃避、宽容、忍让、委曲求全，她对这份感情投入太多，实在不愿看到自己崇拜的爱人竟不过是高尚的下流胚。她早就知道两人长不了，可是直到1947年胡到上海看她，仅留上海一夜的短暂时光中竟指责她到乡下看他时犯下的种种不是，并大谈与他有过一段情的武汉、诸暨两女子，感情已被蹂躏成脏抹布的张爱玲彻底失望，"人世间没有爱"，终于决绝而冷静地斩断这段情缘。此后她完全投身创作，从中国内地、香港、日本到美国，孑然一身，直到1956年与赖雅结婚。第一次婚姻欠她的，第二次婚姻给予了加倍的补偿，经过三十几年的寻觅，她终于找到了爱和幸福，人世间似乎并非没有爱。可是好景不长，1967年赖雅逝世，张爱玲的世界又归于沉寂，她停止创作投身学术研究。此时的她消去了年轻时的锋芒和锐气，心态平和淡泊，也不再着奇装异服，衣着趋于保守、朴素、随意，也许这就是绚烂之极归于平淡吧。

与章亚若、张爱玲相比，陈香梅既幸福又幸运。她的童年在富裕、开明、新派、和谐的家庭氛围中度过，无忧无虑而又多姿多彩，外祖父是学

---

① 胡辛：《张爱玲传》，作家出版社1996年版，第102页。
② 胡辛：《张爱玲传》，作家出版社1996年版，第266页。

者兼外交家；外祖母是一华侨富商家族的女儿，优雅、开放、乐观；父亲留洋获牛津大学法学博士，就职于北京师范大学、北京大学、北京日报（英文版）等处；母亲少女时就与妹妹去英、法和意大利求学，精通英、法、德、日、西班牙、葡萄牙六国语言。陈香梅五岁时随父母到缅甸，饱览南亚风光，一年后回到北平，十岁时父亲赴任驻新墨西哥州总领事之职，她随母亲及姊妹留在香港等父亲安顿好了来接她们。在香港一住五六年，父亲并没来接，陈香梅初尝生活的清苦艰辛，并经历了母亲病逝的重大打击和香港沦陷后从香港到桂林的苦难历程。如果说她的倔强是天生的，那么不屈不挠、坚忍不拔应该就是这段苦难岁月的馈赠吧。到昆明后，父亲要她们姊妹去美国，香梅坚决不去，大学毕业后进入中央社做记者，在采访陈纳德时对他一见钟情，陈纳德对她也印象甚佳。两年后两人克服重重障碍成婚，婚后陈香梅辞去记者工作，任陈纳德创办的民航空运大队月刊中英文编辑。为了爱，她放弃了自己喜欢的工作。女性总是以牺牲自我或事业来成全爱，不知这是女性的伟大还是女性的悲哀。一直到陈纳德逝世，香梅始终在扮演的是贤妻良母的角色。丈夫的逝世给她巨大的打击，当她从痛苦中摆脱出来才知道陈纳德在民航公司已经没有了股份，而她在公司也几无立足之地。倔强、自信的她又恢复了独立女性的天性，她的艰辛努力、聪明能干、坚忍不拔带给了她"华府女主人"的荣耀和声誉，但她始终只参政不入阁，致力于中美、海峡两岸关系的改善和教育、和平事业。陈香梅留在我们心中的是一个成功的女强人形象。

纵观三位女性的人生历程和情感轨迹，当她们面对爱情时，无一例外地深陷其中不能自拔，为了对方做出牺牲退让，甚至失去自我和原则。但个人努力的不同却又使她们的命运有了差异，章亚若始终在蒋经国爱情的呵护下，她也因此一直生活在蒋的阴影中；张爱玲斩断爱情，恢复了原来的自我；陈香梅失去爱情，从痛苦中崛起，则找回了事业。得到爱，是幸也是不幸；失去爱，是不幸也是幸，也许这就是生活的辩证法。

（李云凤，江西科技师范大学副教授）
（原载于《百花洲》2004年第1期）

假如网迷们有一本《网络妈妈》

徐佩印

合上女作家胡辛的《网络妈妈》一书,我细细咀嚼着一段让人心潮难平的文字:"网络妈妈在时代的呼唤中产生,是搏击大海的精卫,矢志不渝;是逐日奔波的夸父,无悔无惧;是度量江河的大禹,利在千秋!现实与网络同构着信息时代的风驰电掣,而真诚!爱心!奉献!希望依然是时代前进所要持守的灵魂。"请不要说崇高已经远逝,请不要说最后的净土已经污染,只要你持守,谁也夺不走你心灵的崇高;只要你耕耘,每个孩子的心田就是清纯的处女地。"网络妈妈"刘焕荣为时代树立起爱与奉献的标杆,她那充满人间大爱的精神感动!感染!感召着人们"呼唤着永不衰老永不凋敝的真善美"。

《网络妈妈》一书,是江西教育出版社策划的一本报告文学著作。传主是红土地上诞生的女子刘焕荣,这位烧伤达91%的伤残者,以自己的无私和挚爱,通过网络、书信,使一批迷失的小网迷们得到了点拨,逐步摆脱了"电子海洛因"的诱惑。该书抓住网络健康建设的新颖选题"斩除网络罂粟,营造绿色空间",为未成年人健康成长创造良好的生态环境。

网络的快速发展,是一种人类的新文明,是社会的大进步,但是,一些缺乏自制力的未成年人,迷上了电子游戏和上网聊天,他们荒废了学业,也影响了人格的健全发展,挽救被网络"鸦片"毒害的青少年,成为新时代一个不容忽视的重大课题。

将"网络妈妈"刘焕荣拯救迷失少年的感人事迹广泛传扬,树立新时代的传奇的网络英雄,是"功在当代,利在千秋"的善举。"网络妈妈"的精神,已在许多青少年身上发生着"化学效应"。《网络妈妈》一书,帮助人们全面追寻这位出生在方志敏故乡的女子的自强不息和她挽救失落的小网迷们的高度责任感和化解青少年心灵创伤的育人艺术。

读完这本书，我们深深感受到"网络妈妈"母性的光辉、母性的伟大。"她至今仍在忍受腿部溃烂等疫病的折磨，用仅有的右手半截残指和左手夹着笔敲击出数十万文字，并不断地写信函，充当为顽童们疗伤的心理医生。""她以自己的无私和爱心，呼唤着社会的良知，关爱、救助那些失落的小网虫们。"网络妈妈以自身的殚精竭虑教化人的实践，为人们树立了化育后进少年的典范。

"网络妈妈"的行为十分可贵，但一个人的力量终究有限。净化网络，使青少年接受健康的、文明的信息、知识和观念，需要全社会的系统工程，需要一切有责任心的人们的倾情奉献。

因此，在全社会建立一支"网络妈妈"（或网络奶奶、姐姐、爷爷）的队伍，让孩子们从网络的虚拟世界回到现实世界中来，使他们建立起健康的心态、健全的人格，投身到学习知识、陶冶情操的行动中去。网络妈妈刘焕荣为净化、美化、优化网络开了一个好头儿，她已经走进了许多青少年网迷的心田。愿"网络妈妈"这一新生事物，走向全国，为广大青少年营造出健康成长的绿色空间。

（徐佩印，中国新闻出版报高级编辑）
（原载于《中国新闻出版报》2004年11月8日）

网络时代的绿色书写
——评胡辛新作《网络妈妈》

朱俊莹

从新时期开始,女性文学活跃于文坛,是一种相对的存在,女性作家关怀女性问题,无论在艺术背景上,还是在历史情境中,都是合理的选择。文坛著名女作家胡辛的新作《网络妈妈》则选择了一个独特的女性存在,一个重度烧伤的残疾女性——"网络妈妈"刘焕荣。

1971年12月13日,这一天的弋阳大火,烧毁了山头的茅草灌木杂树,同时也烧毁了"网络妈妈"刘焕荣的容颜、美丽、青春……当她重新站起来,她看到了瘦骨嶙峋、光着脑袋、鼻子只剩下两个洞、嘴巴可怕地向外翻开的自己,她的皮肤烧焦了,肌肉烧烂了,她的手臂、躯干和双腿变得坑坑洼洼、凹凸不平,她的十个手指均被烧毁,经治疗只有右手的拇指恢复了功能。幸运的是,她那双又黑又亮的眼睛完好如初,可以看见世界的颜色。就是这样一位重度残疾的女性用她伟大、无私的爱在网络世界帮助那些迷失方向的年轻人。"网络妈妈"刘焕荣是高科技时代的产物,是网络时代的一汪清泉。这汪清泉用她的坚毅和执着讲述着自己的生命。

女作家胡辛的这部纪实体的小说,无论在叙述方式还是情节的演进,无论是形象的塑造还是情景的渲染,都延续着她的小说的一贯风格。但是,在这部书里,胡辛不是向我们讲述一个"好听"的故事,而是用一种诗的笔调,向我们记叙了"网络妈妈"刘焕荣的精神历程和心灵气象。胡辛的文字,总能让人感受到一种坚强的力量,总能感觉到一颗搏动的无畏的心灵。在曾经的痛苦、绝望、凄迷、甚至是一种永远没有天日的黑暗中，她和常人一样感受到了现实的可怕，当她被自己的容颜吓住了之后，她"本能地举起双拳向玻璃窗猛砸，可是，这残损的双手更刺痛了她的双眼，她只有颓然掩面而泣！"这个简单的句子，描摹了一个经典的客观场景，其间隐含着刘焕荣难言的巨大苦楚。刘焕荣的人生，那扎着方格子布的小辫的无忧无虑的岁月从此一去不复返，她被命运残酷地推到了大风大雨里，冰冰凉，没有方向。这是一个正常的"人"的形象，她不是英雄，她是人。她知道什么叫"生不如死"。庐山的秀美，庐山上那些和她一样的境况，却保持乐观精神的人感染了她，重新燃起了她熄灭了的生命之光。她爱生活，爱生命。她想工作，想和其他人一样地生活，其目的是为了证明自己不是负担。

她成功了，她不仅不是负担，反而用她的力量拯救了无数沉迷于网络的青少年，她在严重残疾的情况下，将生命的意义演绎出最华彩的乐章。在实现自己为正常的"人"理想的过程中，她完成了自己灵魂锻造的过程，她那近乎"超人"的坚强意志和被人尊敬的一切品格便在这过程中逐渐形成了。她以倔强的性格战胜了常人无法想象的肉体折磨的痛苦，她的一些品质无论对生命个体还是社会群体来说都是一笔宝贵的精神财富，它催人奋进、使人向上、完善人格、净化心灵。

《网络妈妈》成书于21世纪之初，它的作者胡辛是全国著名女作家，早在20世纪80年代成名，20世纪90年代连续出版了三部传记：《蒋经国与章亚若之恋》《张爱玲传》《陈香梅传》，她也钟爱小说，创作了《蔷薇雨》《陶瓷物语》等知名小说。她是一位女作家，她钟爱女性题材，喜欢女性书写。在网络时代的今天，站在世纪初的窗口，五彩纷呈、异象万千的文坛，充满了各种神奇瑰丽的色彩。当其他的女性作家在书写自己的身体，书写各种性爱，书写都市里的白领美女以获得更大的噱头的时候，她却选择了这样的一位残疾女性作为书写对象。这位残疾女性从一场大火起就与"美丽"两字无缘，不仅如此，因为大火对她身体的施虐，她的身体甚至丧失了女性本来的机能。她的外表是丑陋的，她的形象显然和这个崇尚美丽、追求时尚、注重包装的时代审美格格不入。胡辛为什么愿意以这样的女性作为她的书写对象呢？

带着疑问读完这本书，发现这部诞生在21世纪初纷繁变化的时代的纪实体小说，其现实意义远远超越了"网络妈妈"的个人境遇和个人诉求，超越了文本含义的本身。喧嚣时代的浮躁、世纪初的美好布景、新时代开始的华丽铺陈在我们生活之中，但是被流光溢彩、光华璀璨包围的我们时时会滋生一种惶惑感、一种流落感、一种被逼向世界边缘的空落感。世界的变化太快了，人们还来不及看清，就又要面对新的事物了，这样的时代这样的生活方式困扰我们，袭击着我们，使我们躁动不安。胡辛深切地感受到了这一点，那么，《网络妈妈》在这样的时代又讲述着什么样的内容呢？

《网络妈妈》的叙述没有向我们展示一幅英雄的图景，胡辛要描绘的始终是一位普通的人，她没有回避生活中普通，生活中的琐碎，她将"网络妈妈"经历的每一幅图景剪贴了起来，呈现在读者面前，然后让读者自己穿过"网络妈妈"生活的表象，把握她生活中更深的含义，真正地体味到，活着，并且努力做一些有益的事情，原来是一件非常美好的事。胡辛的叙述如流水一般，有的如大江大河，惊涛拍岸，饱含激情；有的潺潺溪水，隽永深长，饱含诗意。"从疗养院走了出来，看着绿树鲜花环抱的如琴湖水在阳光下波光粼粼，听着小鸟在枝头瞅，小焕荣忽然有种感动，她也说不清为什么感动。母亲牵着她下了青石台阶，就是白居易题名的'花径'了，只见两只蝴蝶在花丛中翩翩起舞，小焕荣的眼光追随着它们，不知不觉中，她笑了……懵懵懂懂中，她似乎就这样成熟了，似乎就此明了人生的意义，醒悟到幸福就在你的身边。"在这里，流动的意识，通过一个个文字，构成富有动感的画面。如诗的语言、如画的场景无疑浓厚了艺术的韵味，一个灵魂正在逐渐长大，逐渐成熟，慢慢地走向成熟。在这样的文字前面，我们在咀嚼别人的同时，也开始认真地咀嚼起自己的灵魂。

"网络妈妈"刘焕荣是不幸，但她宽厚博大的胸怀使她没有因不幸而愤恨，她是友好的，在网络上她将和她聊天的青少年视为朋友，视为交流者，她努力地生活着，生活在朋友的视野里，生活在那些和青少年一起的交流中。尽管她容颜已毁，尽管她年华不在，但是她始终没有放弃她的愿望，那就是做一个普通正常人，然后向大家伸出友好的手，共同在蓝天下友好美丽地活着。她保持着对生活的热情，她一刻也不愿忽视自己，不断证明自己是有用的，不是负担，并且能为社会做出她的贡献。她怀着一种宁静近乎圣洁的心灵，为社会，为他人伸出友好之手。她懂得感激，她感激那位将她从火海中救出来的张仲文，她感激那些帮她治病的医生和护士，她感激庐山上的那些乐观的烧伤的人们，是他们大家一起帮助她寻找到生活的意义。她的感情是细腻的，她的灵魂是积极动人的。她爱生活，爱那些暂时迷失了方向的青少年。"知我者，谓我心忧；不知我者，谓我何求。"对自己她有清醒的认识,她希望给别人幸福,如果她不能给别人幸福,她愿意选择离开。面对爱情,她留下了一个背影。

这就是刘焕荣,这就是《网络妈妈》中的一个生动而丰满的形象,当我们沿着胡辛的叙述走下去,我们就明白为什么胡辛会选择一个这样的女性,在这里胡辛试图展示的是生活中被我们遗忘的景致,一种坚强的灵魂、一种无私的爱。刘焕荣是坚强的,她一直没有放弃自己对于正常人的诉求,她一次次挑战自我,只为证明自己的存在。她的爱是无私的,也许是经历了九死一生的她更明白生命的可贵,她爱着世上的一切生命,她为那些迷失方向的青少年指点迷津,为那些可爱的孩子寻找生活的灯。面对日子,面对生活,面对她钟爱的世界,她付出了坚强无私的爱。

这里灵魂的坚强和爱的无私就是胡辛想要说的,是胡辛想要寻回的。早在《蔷薇雨》里,胡辛就写下了这样的隽语:"今天我们轻易抛却的,是我们今后的人苦苦寻求的。"光怪陆离的时代、适者生存的社会、处处竞争的环境让我们忘却了人灵魂本身美好的一面,而新生一代人的无厘头理论又可以颠覆崇高,嘲笑真诚,轻视感情。为什么我们会时时感到惶惑,感到流落,因为我们忘记了人之所以为人的美好,胡辛就是要告诉人们:这个世界依然有美好的灵魂,有崇高的架构,不要抛却,不要忘记……

(朱俊莹,嘉兴市烟草专卖局副处长)
(原载于《中国图书商报》2004年12月10日)

情暖人心
——观《网络妈妈》有感

林 云

金秋十月,丹桂飘香。一夏的炎热与酷暑一扫而空。21世纪,一个信息化的时代悄然而至。网络最大的冲击力就是在第一时间让我们享受到了最新最前卫的科技文化成果。同时,作为一个虚拟的空间世界,它还为我们提供了一个无限广阔的想象空间、一个全新展露才华的缤纷舞台、一个交流宣泄情感的人生剧场。它是变化多端的,是具有诱惑力的新奇另类世界。正如伯顿所说,"凡上帝有一座庙宇的地方,魔鬼也会有一座礼拜堂",网络世界,它可以是"上帝的庙宇",也可以是"魔鬼的礼拜堂",由于网络管理的不健全、不成熟,不少青少年的心理健康受到了网络不良信息的毒害,甚至造成很多人间惨剧。

网络的实质——沟通无限,无可非议,但它所存在的隐患我们不能小觑。

2004年9月19日,由著名作家胡辛执笔的报告文学《网络妈妈》在南昌问世,我有幸拜读。江西省弋阳县信江畔那个身残志坚的普通女人刘焕荣,她的真情真性在字里行间流露无疑。她通过网络劝导、教育小孩的事迹,在现代社会的经济大潮中更是难能可贵。"情暖人间",我那颗久已不被感动的心莫名地牵动了。再细究作品,文章语言清新自然,流利晓畅。

据中国互联网信息中心(CNNIC)公布的统计资料表明,截至2004年2月,我国上网用户人数已经达到7950万,其中年龄在24岁以下的占52.1%之多,而互联网在我国将继续保持稳定的发展态势。互联网作为现代信息高速公路,有它的益处和优势,然而,随着网络越来越深入我们的生活，加之网络管理的不健全，它的弊端也日益暴露：暴力色情画面、垃圾广告充斥……这些都严重影响了现代人尤其是缺乏自制力的青少年的健康发展。虽然人们已经开始意识到这个问题，也有家长竟然发出了如此的呼吁："不要让这些毒害了我的孩子！"可是诸如此类的呼吁，并没有得到充分的重视，惨剧在我们身边还是时有发生。当然，造成这样局面的原因，除了网络自身性质和商家利益以外，还有很多，家庭教育、学校教育不到位就是一个不可否认的问题。随着社会进步、经济发展，处在经济大潮中的人们生活节奏日益加快，忙碌的工作让很多家长忽视了对孩子的教育，减少了与孩子的交流、沟通。独生子女往往缺少人际交往，养成孤僻的性格，网络的虚拟性和沟通实质则正好弥补了他们的缺憾。由于孩子的辨别是非能力不强，很容易就沉溺其中，误入歧途。《网络妈妈》以一个个感人的事迹、惨痛的教训激醒迷茫中的青少年，提醒他们正确对待互联网，同时也给现代社会中忙碌的家长们敲响了警钟。孩子是祖国的未来，也是父母的希望，孩子的教育问题不能轻视。《网络妈妈》通过真人真事来感染读者，感染我们的不仅仅是刘焕荣身残志坚的经历，更多的是她作为一个残疾人所拥有的爱心和真情。这部作品将"网络妈妈"与那些被她称为"我的孩子们"的网友们如何沟通，如何交流娓娓道来。同时，刘焕荣作为一个成年人、一个家长、一个母亲，她是如何以平等的心态去与晚辈、孩子沟通和交流也一一讲述。"网络妈妈"刘焕荣，她既不是什么心理专家，也不是什么教育家，更没有什么官衔头衔，她仅仅只有初中学历，但她身残志坚，自学成才，她真诚，她善良。她懂得如何与孩子沟通，她把孩子当自己的朋友，她有她自己的一套方法。这些方法也启发了那些与孩子缺乏沟通无法交流的家长们，她为孩子与家长之间的沟通搭起了一座心灵相通的桥梁。

在经济大潮之中，人们感受到更多的是人与人之间的冷漠，人与人之间的自私与斤斤计较，刘焕荣作为一个残疾人，作为最需要别人关心和照顾的弱势群体中的一员，她没有控诉命运的不公，也没有自暴自弃，反而是坚强地站起来，将自己的关心和照顾奉献给了他人，奉献给了许多素昧平生的孩子和家长们。她不计利，也不为名，不厌其烦地在网络上讲述自己的惨痛经历，用爱心真诚地感染那些需要帮助的孩子。作家胡辛牢牢抓住了这如今已为人们慢慢淡忘的人间真情讲述着刘焕荣的感人故事，读者早已被冷漠腐蚀的心灵再一次激动起来。

胡辛本身就是这样一位热爱生活、富有激情的作家，她相信人间会有真情在，她相信"假如人人都献出一点爱，世界将变得清洁又美丽"。正因为她为"网络妈妈"的感人事迹所感动，我们才能从她的字里行间感受到那份真心真情的真实存在，才会被她的描述所打动。这也是一颗为文学、为真情跳动着的热诚的心。"文如其人"，想必也是这个道理吧。她行文流利晓畅，文字优美清丽，感情真挚热诚。《网络妈妈》是一部风格独特的报告文学，她让我们感受，文学是人间诚挚情感的表达与交流，是现实生活的形象记录与讲述，也是广阔心灵的生动描绘和生命之旅的又一次深刻体验。《网络妈妈》不是枯燥干涩的报告文学，而是优美流畅的文字描绘、真情感人的人性抒写。心理描写细腻生动，形象鲜明地塑造了"网络妈妈"刘焕荣这一感人形象。读完之后，没有想象中的说教和枯燥，相反，你还会为里面动人的情节所吸引，为人与人之间那种不设防的人间真情所感染。这就是作品的成功之处。

（林云，中国和平出版社社长、总编辑）
（原载于《中国图书商报》2004年12月10日）

读《网络妈妈》

王 凡

第一次读《网络妈妈》正值我人生的低谷期，我试图看名人传记和哲人书籍，寻找我想要的答案，但似乎一切都是徒劳。我有一记者朋友推荐我读读《网络妈妈》，对我说："你所有的烦恼和痛苦与刘焕荣相比简直就是无病呻吟！"带着好奇和自我解救的心态，我试着拜读《网络妈妈》。

"网络妈妈"是真实世界的真实女性，一个感动虚拟世界的真实女性。其实在现在的社会里功利性的追求太多而有奉献精神的人太少，刘焕荣的惊鸿一现，便显得特别可贵。刘焕荣因为想保持和女儿的紧密联系，学着用电脑、上网，为的就是可以与在外地的女儿分享"天涯共此时"的感觉。刘焕荣当时并不知道网络可以带给她什么，但是后来的刘焕荣欣喜地发现，网络给她开启一面通向大社会的窗户。在虚拟的世界她再也不需要在意别人好奇的眼神，事实上，刘焕荣因为少年时的一场火灾，完全丧失了以前姣好的面容，严格来讲她的脸孔在多次植皮之后还是有些吓人。

刘焕荣以网名"蓝天0904"在网络世界中游走、交友，正是在QQ中遇到"今生有你"充满困惑的青春期的少年，刘焕荣对这个少年产生了感情，也为他付出许多心血。网络于刘焕荣来说并不是虚幻世界，而是现实世界的延伸，她用真情去对待网络里若隐若现的网民们，她认为她是真实的，是真诚的，对方也是真诚的，网络里面的事情就像现实世界中的一样真实。刘焕荣在生活中也一直为他们欢喜，为他们忧。

其实在网络中隐藏自己真实身份、年纪、性别，是非常普遍的现象，而"蓝天0904"的众多QQ好友对她都有着天生的信任依赖，都愿意交出真心，告知自己的烦恼和心事，而刘焕荣作为一名受教育程度不高而自己

读《网络妈妈》

的生活和本人的实际状况也不是有精力去帮助别人的她，却恰恰用心去聆听，用情去感染，尽力为这些迷途的羔羊去指一条路，引出一个方向，不求回报，只求他们都能快乐成长。从中我可以深刻地感受到"网络妈妈"高尚的人格魅力，读完整本书后我突然有了强烈的冲动，在网络上与"蓝天0904"畅谈一番。

作为一个普通人刘焕荣的人生经历是不幸的，少年丧父，青年毁容，导致伤残；但是她又是幸福的，农场一直关心她的生活工作，母亲、姐姐和家人未曾嫌弃她，反而给了她更多的关爱。正是因为她所经历的一切形成了她的性情，自强不息，勇于接受新事物，对人、社会充满爱心。我想正是因为她拥有了、感受了许多爱，也愿意将爱分洒给周遭的人们，刘焕荣这位平凡的女性，为我们的生活增添了一道不平凡的风景。

（王凡，交通银行南昌洪城大市场支行副行长）

汪洋中的一叶扁舟
——透过妈妈作家看《网络妈妈》

王小娥

难以忘怀,当朋友向我介绍"网络妈妈"事迹时我那一脸的漠然;难以忘怀,当在网上看到有关"网络妈妈"的事迹时,我那似信非信的茫然表情……然而,当我目睹了"网络妈妈"的庐山真面目,认真阅读了《网络妈妈》一书之后,我的态度有了180度的大转弯,心情犹如汹涌澎湃的长江海浪久久不能平静,那根紧绷的心弦在刹那间彻底释放,仿佛要为可亲可敬的"网络妈妈"引吭高歌。

"网络妈妈"是妈妈作家胡辛的长篇报告文学《网络妈妈》中的女主人公——江西上饶弋阳县普通共产党员刘焕荣。在《网络妈妈》一书中,作者以女性敏锐的洞察力和细腻的笔触将身残志坚、默默无闻、全心全力为找寻迷途的羔羊而奋斗的女共产党员刘焕荣的形象跃然纸上,再现于读者。是妈妈作家挖掘了"网络妈妈",还是"网络妈妈"成就了妈妈作家?笔者茫然。但不可否认的是,正是因为妈妈作家与"网络妈妈"的合力,"帮助青少年正确对待互联网"这一社会问题才引起社会关注。

曾记得那个春雨绵绵的上午,一位白发苍苍的八旬老太太双手拄着拐杖在某报门口徘徊。她一遍又一遍地向过往行人诉说着其内心的苦闷——年幼无知的小孙子在父母离异后痴迷于网络游戏,学习成绩骤然下降,网吧老板非但不制止,反而极力怂恿。高龄的她无可奈何,只好向社会求助。一开始,过往行人驻足倾听,或发几声感慨或提几点建议。久而久之,大家仿佛在听祥林嫂讲述阿毛的故事,叹息过之后便一脸漠然地离开。

难道这只是青少年与互联网共同演绎的一场小小闹剧?难道这其中潜

伏着的危机不足以让匆匆过客驻足关注？难道青少年的健康成长与社会无关？一系列的问题萦绕在我的心头。"勇254"与"蓝天0904"简短的聊天记录似乎让我找到了答案——代沟。这一切的一切，岂是用代沟所能解释得了的？

试想，假如当初人们都像网络妈妈那样，以一颗真诚、无私奉献的心对待这一生活小插曲，向迷途的羔羊播种爱，那将有多少无知的青少年被拯救？然而，在这一严峻的社会问题面前，只有刘焕荣首先驻足思考。她是在作秀还是在炒作自己？都不是，她只是以一颗平常心在播种爱。

她是平凡的，她又是伟大的。她外貌美丽不再，但她骨子里流淌的却是一股坚强不屈、无私奉献的鲜活热血。她与普天之下广大群众一样，也是爹娘所生所养；她与众多女性一样，也有着一颗脆弱的心。出事那年春天，当她从上饶经南昌转车去庐山，在火车玻璃窗上第一次见到自己被毁的面容，她沮丧流泪过，她悲哀绝望过，但她凭着15岁少女那颗对生命的热爱之心，挺住了，坚强地战胜了病魔。当同班女同学一一走上工作岗位，一一恋爱、结婚、成家，她在祝福的同时，也为自己黯然神伤。她渴望爱情，渴望有朝一日也能成为人妻人母，但是在爱情、婚姻向她招手之际，她封存了自己的情感欲望，将自己关在婚姻殿堂的门外，下定决心此生不嫁，不为别的，只为了让别人幸福，她那专利他人不利自己的伟大精神战胜了那颗平凡士子之心，至此仍孑然一身。

她是倔强的，她又是执着的。一旦她下定决心，她就会坚定不移地朝着预定目标前进，哪怕一天只前进一步。她渴望自食其力，但又被领导视为"癞蛤蟆想吃天鹅肉"。为此，她凭着那颗倔强、执着的心，战胜重重困难，拒绝前往庐山疗养，终于获得了工作的机会。也许，你会说，何必呢？为什么要拿自己的性命开玩笑呢？差矣。假如当初没有那倔强、执着的心，能有今天的"网络妈妈"吗？

她从未步入婚姻的殿堂，但她却拥有了成千上万个网络儿女，成为万人景仰的"网络妈妈"。年轻的一代不是被社会公认为叛逆的一代吗？为什么"网络妈妈"能与他们打成一片，无所不谈呢？因为她有一颗真诚、善良、宽容的心，她能想大家所想，急大家所急。面对鲁路对传奇的痴迷，她为其焦虑；面对鲁路对父母的抱怨，她为其解释；面对鲁路的进步，她为其高兴；而面对鲁路的"隐退"，她深感茫然。

她不只是众多小网虫的"家长朋友"，她还用自己那双残缺的手为家长和未成年人搭起了一座"沟通与理解"的七彩之桥。年轻的一代渴望理解，渴望家庭的温暖。但多数家长却将全部的精力倾注于工作，满足子女物质要求的同时却忽略了他们的精神需要，导致小网虫痴迷于虚幻的网络世界而不能自拔。而网络妈妈却能与众不同，她凭着自己的直觉，以自己的那份真诚，帮助那些迷途的羔羊寻找回家的路。她爱女儿，但绝不溺爱，她不像有些家长，高高凌驾于子女之上，剥夺子女的说话权。她以一颗平等的心与女儿畅谈，做到"大丈夫能屈能伸"。当女儿在油炸果摊前抢了一小男生的油炸果时，她虽投之一笑，但事后却教育了女儿。她不当场责骂女儿，是因为小孩也有小孩的自尊，但在维护小孩自尊的同时又不忘适时给予教育。当毛头的母亲告状说女儿犯错时，她责备了女儿，但在知道事情原委后又能放下母亲的架子，主动道歉，不愧是新时代的伟大母性。

　　总之，千言万语，难以表达我对"网络妈妈"的敬佩之情。她是汪洋中的一叶扁舟，乘风破浪，勇往直前；她是一支蜡烛，毁灭了自己，照亮了别人；她是船帆上的一盏明灯，为我们的健康成长指明前进的方向……可是，个人的力量是有限的，但愿有更多的"网络妈妈"为社会播种爱！

（王小娥，南昌大学新闻与传播学院助理研究员）
（原载于《中国图书商报》2004年12月10日）

借我一双慧眼　深味人间真情

杨芝峰

"谁来继续尽我的职？"

沉寂的世界如静画一帧。

一盏泥灯奋然答到："大神，我愿尽力挑起您的重任。"

——泰戈尔

作家胡辛的《网络妈妈》让我们认识了这样一位令人称奇的平凡女性，在这样一个物质文明高度发达而许多人开始走向自我封闭，不再相信"爱"的时代，"网络妈妈"刘焕荣在我们惊奇亦惊喜的目光中走来，以一腔真情春风化雨般在虚拟世界里播撒爱心，为现实生活中许多迷茫的孩子带来一片温暖的阳光，并且，她是一个被重度烧伤的残疾女性。

《网络妈妈》这本书通篇文字充满了激情，作者首先被感动了，然后以动情的文字迫切地要告诉所有人这个动人的故事，以及这个动人的残疾女性。不知道人们今天是不是已经对"感动"这种情感感到陌生，读完这本书，相信每个人的心灵深处都会被什么深深触动。当我们带着一种好奇翻开《网络妈妈》，在不知不觉中一页页翻过，"网络妈妈"的事迹让每个心灵产生久违的感动与震撼，这也得益于作者深厚的写作功底与娴熟的文学技巧。特别是作者巧妙的视角变换不着痕迹地驱使我们一口气读完方觉尽兴。就全文而言，作者是以第三人称的全知视角叙述的，但作者并非真正的"全知全能"，而是退缩到一个固定的焦点上，即主人公刘焕荣身上，是一种内在式焦点叙述，这种叙述使我们没有觉得作者仅仅是在叙述与己无关的故事，尽管故事十分动人；而是作者在无意识中已经和网络妈妈刘焕荣融为一体了，我们仿佛深入到了"网络妈妈"的内心是在与她做心灵的沟通。她的思想、情感，乃至于心灵的每一分颤动都真实地呈现在我们面前，作者似乎隐退了，只听到网络妈妈感人肺腑的心灵之声……"她深感欣慰，她也痛彻悲凉，她相遇快乐，也遭遇痛苦，她播撒爱与真情，她也收获过孤独与歧视……"这是网络妈妈心的呼唤呵！突然间，笔锋一转，"一个女子，用一双残损的手，默默地敲击出从容的美丽，她不再青春，不再美丽，在她洁白素净的情感世界里，编织出了这么多动人故事……"恍惚中作者又出现了，并同所有读者一起诘问我们自己的灵魂，直面我们自己的心灵！这样就克服了传统线性叙述的弱点发展出共时态叙述，不同的视角自如地组合更加具有真实感。

一条永远流动的河不会永远是一个样子的河。在"我爱我家"这一章中，叙述视角完全自由地变换，一会儿"父亲是很有孝心的""奶奶还有一绝，很能说书"，宛如"网络妈妈"亲切地娓娓而谈，一会儿"在刘焕荣的记忆里……""在刘焕荣心目中……"这又完全是作者的动情的诉说了。诸如此类不胜枚举。在作者屈张自如平滑无痕的转换中，一个有血有肉的"网络妈妈"形象慢慢镌刻在了读者的脑海之中。同时全书中多次穿插了"网络妈妈"写给小网友的信，读来字字见真，句句有情，尤其在这数字化的、提笔写信已经被遗忘的时代，这些深情的信让每个设防的心灵在一刹那间不再坚硬。作者把热烈的感情浓缩于字里行间，把这位平凡而伟大的女性推到我们视野与心田，宛如一条溅着小小浪花自深深峡谷流出的小河，清晰地映出"网络妈妈"的缕缕真情。唯其真挚，纵使我们人生追求的高度一时不能企及，也不得不被作者所呈现给我们的真实世界里的传奇般的故事深深打动、感染。

我们对"网络妈妈"抱着同情吗？不！作者亦身为女性，亦人到中年，作家并没有因身处文化优势和心理优势时产生的同情，恰恰相反，不仅不容读者有丝毫的怜悯，而是让每个人，包括作家自己都无法不油然而生深深的敬意。薄薄的纸张承载着厚重的情谊，"网络妈妈"深入每个读者心灵，在背后，于无声处，却是作者那感动的、诚挚的、火热的心……

该书以倾诉的语气、流泻的情感向我们描述了这样一位女性平凡的生活以及她的情感世界乃至于她的心灵，朴实无华。波伏娃在她的名著《第二性》中写道："灰姑娘童话怎么能不完整地保持其效力呢？一切都仍在鼓励着少女期望从某个迷人王子那里得到幸运与幸福，而不是鼓励她努力靠自己去赢得，尽管这种赢得是艰巨的、莫测的。"作家在书中没有回避"网络妈妈"的性别，而是设身处地从女性的视角来看、来想，当写到刘焕荣那么辛苦地学习会计电算化、学习打字，自食其力并独立抚养女儿的时候，谁能不为之动容啊。可见作者对刘焕荣的自强自立是赞赏的。女性是柔弱的却不是平庸的，"网络妈妈"以自己的方式坚持自己的人生。作者动情的语句也是一种态度、一种立场，我们可以感觉到女性的尊严和人性的崇高之处，而这对我们每个人来说又何尝不值得深思啊。

感人心者，莫大乎情。阅读《网络妈妈》，只感到爱的伟大、真情的伟大。只要我们愿意坚持人性的崇高和美好，世界就永远保留一方心灵的净土。请不要担心自己的光辉太小而被阴影吞没，一点点的光汇聚为一片片的光明，终究会照亮每一个角落。作者没有把"网络妈妈"神化，相反，她因为不是神，才使我们看到人性伟大和广博的一面；她因为不是神，才使我们更深切的懂得我们健全之人比她更容易、更应该这样做；她因为不是神，才使我们更相信会因为有了她以及所有像她一样的人我们的世界才更美好。

读《网络妈妈》，体会"网络妈妈"，在喧嚣的都市中，在忙碌的生活中，在宁静的某一刻，你的，我的，我们每个人的心会在一刹那间变得无限柔软，柔软。

(杨芝峰，南昌理工学院公共教学部讲师)
(原载于《中华读书报》2004 年 12 月 15 日)

天不老，情难绝
——有感《网络妈妈》

邱晓怡

我淌着心灵的泪河，通过作家胡辛用铅字搭建的《网络妈妈》心灵之桥，慢慢走近了刘焕荣。去感受"网络妈妈"平凡而又传奇的人生，去领会作者胡辛喷薄的情感、火热的心。

《网络妈妈》流畅的笔触下流淌着炽热的情感。这是一部传记却又远远超越了简单地记录。作者与传主心心相通，同为女性，共为母亲，都怀着对生命的执着追求，对天下儿女诚挚的爱意。情相近心相通，再加上作家优美娴熟的笔法，从"凤凰涅槃"写到"网络妈妈"，多个故事相互穿插，跌宕起伏，真实感人。以网络妈妈的生活为线索，勾勒出一幅撼人心扉的生死图，谱写了一部慈母救儿的现代戏剧。此书如八月桂花，播香遥遥！

我就是其中一个闻香而动的人。

"网络妈妈"，一个身残志坚，以天下为己任的女性，殚精竭虑，为救助网上迷途的羔羊度过了多少个夕阳西下、东窗渐白的日日夜夜呀！"网络妈妈"，一个没有生育过却以博大母爱，以天下子女为自己子女的伟大妈妈，茹苦含辛，只愿更多的孩子能够迷途知返。此情可感，此意动人！更让人惊叹的是，这是一个身心曾受到过严重摧残的人。14岁的刘焕荣曾遭山火严重烧伤，体无完肤的她全凭着坚强的意志才得以生存下来。心灵的创伤不但没有使她永远坠入黑暗，反而以美丽的心灵为社会做出连常人也无法比拟的贡献。当看到如此多的青少年沉迷于网络，采摘毒花，陷于游戏，乐不思蜀，刘焕荣感到痛心了，她决定不再袖手旁观了，于是伸出了她那不太完整却充满力量的手。多少的孩子在她的教导下改邪归正了，多少的父母在无奈和痛苦中看到了希望。可是她又有什么超常的能力呢？没有，她只是用那颗真诚的心，用自己的亲身经历去感化那些幼小的心灵。无数次地旧话重提，无数次地勾起痛苦，但为了孩子，她宁愿如此。真是当之无愧的母亲呀！

但是她的心又是那么恬静，就如一口古井一般。清澈见底，静静的，古朴清醇，不管风来不来，都依然水波不兴。她只是默默地为那些路人涌泉供水。路人一开始怎么也不敢相信，在现在这个社会里依然还有无污染而且无偿的泉水。可终有一天，有人忍不住掬水而喝，这才惊讶地发现，那古井，竟那么深，深不可测；掬上来的水竟那么清，清可见底；而那水的味道，甜美得让你魂儿出窍。于是越来越多的人来掬水解渴，而她从来也不肯居功，也不会居功，只是更加尽心尽责地喷水涌泉，为那些需要清泉滋养的人。看到路人喝了这古井之水而健康成长，她开心地笑了。

这口古井，现在已有许多人领略了她的清爽，也将会有更多的人受益于此。可是现代人总是疑心重重，患得患失，偶尔碰上一个以诚相待、倾情付出的人，即使受益匪浅依然要退避三尺，唯恐其中有诈。"今生有你"失踪了，"网络妈妈"的心多难过呀，但她还是以博大的胸襟理解了这个孩子，并且真心祝愿他一生走好。但是如此真诚的"网络妈妈"，还是遭到各种流言蜚语，有的说是炒作，有的说是为名为利……如此种种真让人心寒。相信这本《网络妈妈》能够让更多人了解刘焕荣的苦心，能唤起更多的人成为网络妈妈。

"天不老，情难绝，心似双丝网，中有千千结。"

"网络妈妈"以此种情意寄予天下儿女，胡辛作家以此深情寄予网络妈妈们，而我以此寄予那些真心诚意，执着生活的人。

(邱晓怡，南昌大学新闻中心)
(原载于《中华读书报》2004年12月15日)

一网情深播母爱
——《网络妈妈》有感

闻 艺

曾几何时,茫茫人海中,人们整日游走在城市的喧嚣里,早已对身边层出不穷的感动麻木不仁;曾几何时,滚滚人潮中,人们每天熟稔于自己繁重的工作中,早已对昔日激动的热忱淡忘无遗。而今,我改变了这种看法,尽管现代人整日斡旋于红尘而不再容易流泪感动,但在人类的心底并未失去对真诚的追求,对善美的希盼,一种全新的冲动在我心中涌动,我了解这种冲动来自那位平凡而又伟大的"网络妈妈"——刘焕荣。

原本,我们这些早已将雷锋事迹烂熟于心的年轻一代,感觉自己是不会再为什么而震撼不已了,好像那些只是梦境里的幻影,虚无缥缈,远离现实。但"网络妈妈"的确切存在,其感人的事迹,却再次触动人们心中最柔软的部分,使我们了解,真情是永不泯灭的。

刘焕荣,是一位全身大面积烧伤的残疾人,全身疤痕累累,脸部只有上半部是完好的,嘴巴部位是经过整容的,双手十指只有一个右拇指完好,其余不是失去功能就是残损,双乳切除,下肢登高,下蹲都很困难,全身从脖子下面直到脚部都是疤痕,由于疤痕也不能生育。

对比我们很多稍有小恙就叫苦连天的人,刘焕荣所受到的绝对是致命的打击,但她并未就此消沉,相反,她一切从头来过,学习生活自理,自学财会知识,写字打算盘敲电脑,从事会计工作,收养了一个女儿并把她培养成人,又自学了电脑,在网上帮助了无数陷入迷途、茫然无措的孩子们,所有这些就是正常人也未必能做好的事,刘焕荣,一个残疾人,却用她无比坚定的意志克服重重阻力,完成了这些对她来说是完全超负荷的事情,还依旧乐此不疲,陶醉其中。她没有为社会增加负担,相反,她倾尽全力,用其单薄的力量,唤醒了人们对网络黑洞的警醒、重视,救回了无数迷茫困惑,徘徊于网络和现实间无助的孩子们。

我并不想在此树大旗,唱高调,也从未想过要标榜什么人物,宣扬什么理论。我只想提醒人们,在这物欲横流、纸醉金迷的繁华红尘中,是否只有物质才能满足我们的生活,丰富崇高的精神世界是否真的就那么微乎其微,不值一提?

众所周知,一个家庭的和睦要靠每一个家庭成员团结凝聚才可能实现,任何一个成员的偏颇,结果只会是支离破碎。同样,社会是一个大家庭,如果每个社会成员考虑的都只是个人的得失,自己从不站在道义的高度来审视事情,从不考虑其他成员的切身感受,这个大家庭必然是分崩离析,衰败破落。

令我们惭愧的是,刘焕荣,作为一个重度烧伤的残疾人,却为我们做出了绝佳的表率。她做每一件事情都要付出高于常人几百倍的辛苦,但却从不向别人提什么要求,求什么帮助,相反,她握紧自己伤口的同时却处处给予别人更多的关怀。很多时候,"网络妈妈"都是在忍受着身体的各种不适来帮助别人,看到经自己的劝导,有所进步的孩子们,她就是再苦也是幸福的。对比我们,"网络妈妈"的幸福就是如此简单,她的笑容永远始于别人后面,而她的痛苦却早在别人许久之前就开始了。她没有消沉,从未放弃,对生活的火热追求,让她感到充实、祥和。

一个女人,没有常人的面孔,不能生育自己的子女,是何其痛苦的经历,刘焕荣没有因此而一蹶不振,哭天抢地。在没给社会增加负担的同时,向社会撒播爱心。这是一种多么无私的行为,一种多么高尚的情操,人,要经过多久的历练,才能拥有如此华丽的情怀啊。

我们作为科技经济时代中的宠儿,生长在物质世界如此丰富多彩的年代里,在吃穿不愁的前提下怎样提高精神意识,发扬风格是引人深思的。我就曾亲身感受到一位慈母般的老师被学生背叛的事件,人的良心能泯灭到如此,着实令人汗颜。同为世间顶天立地的人,要怎样度过自己的一生?是一味地索求?还是奉献?要怎样才能在多年以后回首自己的一生无怨的说,自己是无悔无憾的?要怎样才能给后代留下最宝贵的精神财富?是令人深思的问题。我并不贬低那些维护自己利益的人,但绝不能在维护自己的利益的同时伤及别人的利益。而说到对别人奉献,刘焕荣给我们做

经典回放·传记回响

出了最好的表率。但我们也清楚,一个刘焕荣是不够的,我们呼唤更多的刘焕荣来到我们身边。

　　刘焕荣,一位身残志坚的女性,一位引领了这个时尚而又传统名字的女性,一位乐善好施、喜于助人的女性,一位不是妈妈却又胜似母亲的女性,我真的要高声喊出,您是伟大的母亲,是您的力量唤醒了我们,才让我们克服艰险,勇敢前行。

(闻艺,江西电视台都市频道)
(原载于《中华读书报》2004年12月15日)

网海明灯,温馨港湾
——读《网络妈妈》有感

何剑波

她,没有健全的身体,却有着常人无法比拟的意志;她,没有倾国倾城的容貌,却有一颗玲珑剔透心;她,没有万贯家财,却总是慷慨解囊帮助有需要的孩子;她,没有生过一儿半女,却有着浑然天成的母爱;她,没有很高的文化程度,却一直默默地用春风化雨的爱在呵护着一棵棵"小树苗"健康成长……人们怀着无比的崇敬和热爱之情称她为"网络妈妈"。一声声妈妈,道出了许许多多小网民对她难以割舍的亲情,一声声妈妈,也道出了无数个催人泪下的故事。

我们已经进入了互联网时代,电脑,作为一种现代化的工具也走进了千家万户。我们不能否认,计算机让我们在打开小窗口看见大世界的同时,也不可避免地给我们的生活带来了许多消极的影响。就如同我们打开了关闭已久的窗户时,闻到了花香,看见了灿烂的阳光,同时也会飞进苍蝇。

网络是万花筒,折射出五彩缤纷的大千世界。让人目眩神迷,心动神往,也让人尽览社会阴暗的一面;网络是把双刃剑,小心使用则利己利人,稍有不慎则会伤痕累累。一段时间以来,很多家长无不谈"网"色变,因为充斥着暴力、色情等精神毒品的网络让孩子们泥足深陷,不能自拔。孩子们迷上了游戏,受到了暴力和色情的毒害,荒废了学业,成了网络的奴隶。在让家长感觉无助的时候,一位慈祥的网络妈妈正在用自己的爱去发出光亮,让在网海中迷路的孩子找到正确的航向,让在现实生活受到伤害的人找到一个温馨的港湾。

这位女性就是刘焕荣,一位原始学历只有初二的女性,在经历一场突

经典回放·传记回响

如其来的火灾之后，全身疤痕累累，双手手指只有一个右拇指完好，从此缺少了很多正常人所该享受的幸福。一般人若有如此遭遇，必定一蹶不振、痛不欲生，可是她没有向命运屈服，她用顽强的意志克服了身体的缺陷，在生活上实现了自理。后来，她接触了网络。在上网的时间，她置自己身心的痛苦不顾，帮助了许许多多迷茫中的孩子和没有见面的网友。每天晚上，她都坐在电脑面前，用右手单指和左手夹笔代指缓慢地打字。对待网上的孩子，没有严厉的指责，没有命令的口吻，只有娓娓道来的亲切，只有如沐春风的温暖。已经数不清了，"妈妈"到底挽救了多少误入歧途的小网虫，抚慰了多少因受伤而痛苦不堪的心灵，可"妈妈"说："我只是一个很普通的残疾人及财会工作者，在网络中也只做了一些我认为自己喜爱做的事。不值一提，是大家高估我了。"

多么朴实无华的语言啊，多么可敬可爱的"妈妈"啊，我的心被深深地震撼了！

"网络妈妈"是可敬的。她身残志坚，用惊人的毅力挑战命运对她的不公。在忍受过常人无法忍受的痛苦之后，她站起来了，没有对生活的抱怨，没有对老天的诅咒，只是带着微笑，她是让人尊敬的保尔·柯察金，让人赞叹的张海迪。

"网络妈妈"是可爱的。她用一种朴实无华的心灵美来涤荡网海里的尘埃，她用生活给她的洗礼来教育不谙世事的孩子，让在网海中迷路的孩子不致颠覆，尽管自身要忍受肉体和精神上的痛苦，她却锲而不舍地用无私的爱去关怀需要帮助的孩子们。

"网络妈妈"是值得我们学习的。在这样一个传统价值观和传统道德观遭遇挑战的年代，她坚持走自己的路，牺牲本该休息的时间去做一些她认为自己应该做的事情。"网络妈妈"的事迹也给我们一个启示，不必把网络视为洪水猛兽，只要我们耐心地加以引导，网络必将成为孩子们健康成长的工具。但是一个"网络妈妈"是远远不够的，希望社会上能站出成千上万个网络妈妈，让孩子们能够正常地在网海游弋！

夜深了，闭上眼睛，仿佛还能看见一位年近半百的"妈妈"仍独自坐在电脑前，用手夹笔，在键盘上弹奏出一个个爱的"音符"……

（何剑波，江西科技师范大学教授）

（原载于《中华读书报》2004年12月15日）

绚烂之极归于平淡
——管窥胡辛传记女性情感与艺术世界

郭敏秀

余光中曾戏称自己:"右手写诗,偶尔左手写散文,算是副产品。"左右手开弓,即便是副产品,却也引得散文巨擘梁实秋推崇十分,称其为"一时无两",自是文坛佳话。以小说开始文学创作,以《四个四十岁的女人》获得全国优秀短篇小说奖,以《陈香梅传》《蔷薇雨》等三次蝉联"女性文学奖"的胡辛,在 2005 年一举夺得"中国十大当代优秀传记文学作家"奖项,这段佳话亦叫人称奇。她的传记著作只有五部:《蒋经国与章亚若之恋》《最后的贵族——张爱玲》《陈香梅传》《彭友善传》和《网络妈妈》,但畅销并长销着,历经岁月而不凋。胡辛以其生花的妙笔,为读者诠释着她心目中的历史与现实人物,诠释着她的传记理念。五部传记中,除《彭友善传》追述现代画家彭友善的艺术人生外,其余四部都是为女性立传之作,四位女性传主,或平凡或传奇,都寄托着胡辛独特的女性情感体验和女性生命探究。

一 残损情爱浓缩人生苍凉

关于爱情,柏拉图在《会饮篇》中认为:"爱欲(情欲和性欲)其实就是被分开了的本质力求被恢复成一个辩证统一的整体。"[1] 但是,哈代却无情地指出:"呼唤的与被呼唤的永远难以相互应答。"于是,爱情的悲剧性质由此奠定,这远远不只是爱情的悲剧,生命也因此笼上沉沉的悲剧色

---

[1] 朱光潜译:《柏拉图文艺对话集》,人民文学出版社 1988 年版,第 240 页。

彩。而叔本华是悲观到底的："生命是一团欲望，欲望不能满足便痛苦，满足便无聊，人生就在痛苦和无聊之间摇摆。"

人生很短，磨难很长。短暂的人生在对爱情的追求中，总免不了失魂落魄，最终归结到爱情，抑或是人生尽头，一个美丽而苍凉的手势。因此，爱情成为女性的"一种信仰，一种图腾，也是一种悲憾的局限"。这，大概是胡辛从几位女性传主人生和爱情中了悟的真谛再还原出传主苍凉又奇诡的人生吧。

张爱玲、章亚若、陈香梅，胡辛笔下的女传主，从古香古色的书香门第走出，家族的根基与时代的巧合，又令他们受到现代新文化甚或是西方文化的熏陶，旷世奇才、清高孤傲、独立自主，一旦遭遇爱情，这一切的美丽都烟消云散，只剩一份悲凉、苍凉、凄凉真实存在。

章亚若，这个兼具北国豪放与南方婉丽，勇敢却也不无柔弱的知识女性，豆蔻年华却成为寡妇，在经历了人生第一次刻骨铭心的婚姻悲剧后，在爱神面前，又以飞蛾扑火的勇气和执着不顾一切，一错再错，最后，年轻的生命竟成为爱情的祭品，美丽的青春不过是宫廷恋的牺牲品。也许，在执子之手的那一刹那，她获得了一个男子的真爱，但是，为什么，在香消玉殒的瞬间，这个男子的心头想起"兄弟如手足，女人如衣裳"的罪恶声音？也许，半个世纪后，这个男子弥留之际的呼唤诉说着真情，但是，这比起女子猝死时那美丽如瓷器的玉容给人的震撼，不是太过苍白？

张爱玲，是这样一个旷世才女，她以她的天才创造过上海沦陷区的奇迹，《金锁记》《倾城之恋》《十八春》，似乎，她对男性，无论遗少洋少，不管旧派新派，都已了然看透，她对情爱，似也悟透。但是，为什么，竟然用自己高贵的生命去亲历那千疮百孔的情爱。哪怕错爱的是一介文化汉奸，却仍然去做人家8次婚恋中的一段小小插曲。在本该热闹却只是冷清的除夕夜，在有名无实的婚姻中，以其冰清玉洁的纯情痴守，去换负心汉的另觅新欢。而江南小镇的那次寻觅，将一身的高贵踩踏成渺小、平庸，说出："周与我，请你选择。"情何以堪？空留下苍凉的回答："我倘使不得不离开你，亦不至寻短见，亦不能再爱别人，我将只是萎谢了。"

陈香梅，出身名门世家，历经战火磨难，她用一生实践着女性的独立自强，19岁成为中央社的第一位女记者，33岁新寡后奋斗不已，终成为走上美国政坛的第一位中国女性。多少辉煌、多少风光装点她的人生。但是，"韶华春梦百感牵"，她与陈纳德将军的那段短暂的婚恋，竟成为生命中的"一千个春天",纵观她的人生历程,似乎是从幸福的童年春天掉进苦涩的战火冬季冲破重重障碍跃入美丽的一千个春天,而此后呢,虽然女性的独立和自强支撑她成功,但是,秋意阑珊,何况"琼楼高处愁如海,未必楼居便是仙"呢?

爱在彼时彼境,也许有过若风若云的缠绵浪漫,有过执子之手的誓言祈愿,有过云端飘飞的豪情意兴,但生命的代价无乃太恐怖,爱情萎谢后竟成高贵生命的一个至黑点,"至爱"失去后空余"天凉好个秋",旷世奇女子,残缺的情爱,这份孤独、悲凉、苍凉和凄凉,难道不是人生悲剧的一个终极象喻么?何况,芸芸众生呢?

这些不露声色的描述中的感悟,是她的传记的特色,经得起咀嚼并耐人寻味。

二 女性目光关注女人形成

胡辛以小说创作登上文坛,"女人写,写女人"是其对自己小说创作的高度概括。同时,正如米兰·昆德拉所言:也许小说家们所做的全部事情,就是写一个主题(第一部小说的)及其变奏。她此后的创作便是最初的关于女人生命主题的"变奏",对此,她亦深信不疑。确实,胡辛的传记创作也多是"女人写,写女人"。法国女作家西蒙娜·德·波伏娃曾经说过:"女人并不是生就的,而宁可说是逐渐形成的。"[①] 胡辛,以其睿智的女性目光,在传记中解剖着女性形成的过程。

无论是男性还是女性,降生时刻的啼哭都是同样的嘹亮,面对这个混沌的世界,他们是同样的纯真空白、懵懂无知。社会、传统、文化,给予女性完全不同于男性的期待和压力,在成长的过程中,性别意识逐渐发展,女性最终被形成。但是,受着东西文化的濡染,独立自强的女性,渴求着性的解放,东奔西撞,期待在这个男性统治的社会中撞开一扇门,找寻自己的一席之地。胡辛用了钦佩的眼光,给读者展现了19岁的陈香梅——中央社的第一位女记者;用了仰慕的眼光,描绘23岁张爱玲"出名要趁早"的得意和孤傲;用了欣赏的眼光,叙述烽火岁月章亚若带领全家老小逃难的勇敢与担当。"如果女崽子永远是女崽子,不要出嫁,不要生儿育女,不要经历人世的沧桑该多好啊!"作者毫不掩饰她的赞赏、

[①] [法]西蒙娜·德·波伏娃:《第二性》,陶铁柱译,中国书籍出版社1998年版,第309页。

经典回放·传记回响

她的歆慕、她的惋惜和同情。作为自觉的女性主义探寻者,她必定期望这样的女子永远傲然独立、不受任何羁绊,永远清清爽爽、自自在在。没有爱情,没有婚姻,不要生儿育女,她们必定能站在那座独秀峰上,不到男人的伞下,不靠他人的庇护,找到自己的立足之地。但是,作为一名生活在当下社会中的女性,她的思考又是清醒和理性的:这世界除了女性就是男性,女性要独立,又能独立到哪去呢?何况,女人的天空,原本是异常低矮的。

于是,便有了妻性、母性的形成,在贤惠良淑的妻性、无私奉献的母性底版下,女性仿佛向独立解放迈出的一小步,又半是无奈半是心甘情愿地退了回来。女性独立自强的理想看来并非异想天开,但是,在现实世界里,这无异于痴人说梦——社会、传统,将这些美好压得粉碎。"男人在社会上是一个独立完整的人,而婚姻对于女性而言,是证明她生存之正当性的唯一理由。"① 波伏娃如是说,"婚姻对于男人和女人,一向是完全不同的两回事"。如此,便不难理解为什么男人总是寻思"女人是衣裳",而女人则总是将爱情视为她的全部,她的整个世界。如此,也不难理解为什么章亚若义无反顾投入阴森可怖的宫廷恋,陈香梅为爱的春天抛弃女记者的事业,张爱玲为卑下滥情的文化汉奸痴守和寻觅,在爱情的名义下,她们折断了自己高贵的脊骨,却依旧苍凉。有人戏言"恋爱中的男女智商为零",这话似乎特别适用于女性,因为,一旦遭遇爱情,女性就会把相爱的男性看成她的整片天空,伍尔夫曾说:"几千年来,妇女都好像用来作镜子的,有那种不可思议微妙的力量能把男人的影子反射成原来的两倍大。"② 大概就是这个意思。妻性的形成令女性缩回了自强的脚步,禁锢了独立的精神。

不仅如此,这种禁锢,在婚后的日子里,逐渐成为连环套,因为有了儿女,在女性的内涵上除却奴性的妻性,又添上母性。而所谓"母性",不过是用了高贵的外衣掩饰的血肉锁链,更加紧紧地禁锢着女人的心。为了儿女,章亚若毅然接受安排,躲避桂林待产,忍受名不正言不顺的尴尬处境,而蒋氏家族,几经掂量后,接受了一对孪生子,却无法接受孩子的母亲;因为母性,章亚若紧张奔跑,担心着孩子的安危,却不能提防,最

---

① [法]西蒙娜·德·波伏娃:《第二性》,陶铁柱译,中国书籍出版社1998年版,第488页。
② [英]伍尔芙:《一间自己的屋子》,王还译,文化生活出版社1947年版,第55页。

· 494 ·

恶毒的阴谋，最大的危险，正降临自己头上；因为母性，陈香梅的母亲，出身名门的大家闺秀，在战争年月里独领六个女儿艰难度日，直至一寸寸耗尽自己，蜡炬成灰；因为母性，张爱玲一次次原谅了胡兰成，庇护着他——这高贵或卑微的母性。但是，也是因为母性，普通共产党员刘焕荣不仅无私地爱着自己的养女，养其成人，育其成才，而且忍受极度的人生苦难面前，将无边的爱洒向网络，挽救痴迷异途的青少年。她没有享受过爱情的甜蜜，无情的灾难让她从少女时就失去了作母亲的权利，但是，面对亟待拯救的网络迷途少年，她毅然伸出了援手，这份爱，已经超越了一般社会、文化背景下女性形成的所谓母性，而真正带上些地母的情怀了，有人说：女性的心中，总有一点地母的根芽。这一点在刘焕荣身上找到了注脚。

少女—妻子—母亲，这便是女性的形成过程，胡辛在她的传记创作中，带着对女性命运的关注，有意无意地解析了这一过程，女人写，写女人，唯其如此，才可能更深入地进入女性心扉，描摹女性人生，直面女性命运。

三 小说笔法抒写诗意岁月

较早投身于传记创作和研究的胡适曾说"传记的最重要的条件是纪实传真"，即"要能写出他的实在身份，实在神情，实在口吻，要使读者如见其人"[①]。对于自己的传记创作，胡辛直言："我钟情的是小说，而不是传记"，"我的3部传记，严格地说，是传记小说。如果说真正的传记作家严谨于写史，那我这个小说家却太偏爱写人，尤其是女人"。夫子自道，坦率真诚，但是，又岂能不是传记？纪实传真：现实人物、历史背景、渊源谱系、人生经历、确凿分明，在历史和人物真实方面，胡辛亦是有着极强的传记真实理念的。

但是，岂止是传记，岂止是历史真实？在《虚构在纪实中穿行——传记作者主体性不容忽视》一文中胡辛曾说："我对传记写作的理论可说一无所知，对中外传记名著涉猎也很少。从我写作的体验来说，我以为传记似更是一种创作。"便有了七分真实三分虚构，有了"虚构在纪实中穿

---

① 转引自胡辛《张爱玲传奇——旧上海的最后一个贵族》，二十一世纪出版社2005年版，第363页。

行",有了传记小说。是的,胡辛是以小说家的思维来创作传记的,于是便有了名震上海的张爱玲到小报摊上试问自己小说的销售情况后的得意心理,有烽火岁月毕尔与香梅的乱世之恋,有章亚若举家逃难途中章小姐智救京剧名旦盛叶萍的机缘巧合。有更多更多的细节,亦真亦幻,填充着传主人生,使其完整、丰满,在历史真实外丰富着艺术真实、情感真实。

　　也不仅是传记小说,看这通篇淋漓的诗情,写景写人,古典诗词源源不断地涌出,既合人物身份,又给原本呆板的纪实叙事增添诗意,底蕴厚实又不失活泼灵动。何况,走过岁月,一路留歌的胡辛,骨子里就向往着、追寻着"诗意地栖居",给这些可亲可爱又可敬可叹的女传主的人生播撒诗情,亦是作者创作快意啊。否则,何以倾泻而出,绵绵不绝,行于所当行,不止于所当止呢?情难抑,诗不绝。还不只是诗歌,朦朦胧胧,或凝重深厚,或缥缈淡雅,既重意境,又重细描,那样多的景物描写,似冲淡了叙事,散漫了人生,但朝花夕拾,原本就是这点朦胧的印象。因此,一言以蔽之:小说笔法抒写诗意岁月。

　　总之,无意为之,却如此绚烂,而绚烂之极,骨子里,又还是女性人生的苍凉回眸,女性命运的平静剖析,胡辛的传记,是一个小说家,用散文与诗的笔法,完成的对女性意识的一次次精神之旅。

(郭敏秀,徐州市第一中学教师)
(原载于《山东文学》2012年3月)

经典回放·影视天地

对传统婚恋观的反拨

——评电视连续剧《蔷薇雨》

徐小英

28集电视连续剧《蔷薇雨》全方位地展示了汹涌的市场经济大潮对人们的社会观念、价值取向的冲击,但给人印象最深的还是社会转型期中婚恋观的急剧嬗变:冰清玉洁的阿玮和倜傥风流的凌云冰释前嫌,破镜重圆;活泼伶俐的小玑放弃门当户对的省长秘书而钟情于父母眼中的"下三烂"和尚;聪明漂亮、前程似锦的七巧嫁给白痴姚宝宝远走美国……如果说以上这些观众都能够理解并且为之欢喜为之忧的话,那么,对于二玫和石平林的婚变,在很多人眼里就不可理喻了。

无论在谁看来,石平林都是个铮铮铁骨的硬汉,是个不折不扣的好人:作为厂长,为了百花厂的繁荣他呕心沥血、夙兴夜寐;作为女婿,他为徐家殚精竭虑,任劳任怨;作为丈夫,更是堪称"模范"……面对这样一个不可多得的好人,二玫为什么还会离婚呢?也许有人认为是鄢河鸥的出现。但事实证明,二玫和鄢河鸥之间只是少年时代一段纯洁美好感情的延续。没有鄢河鸥,二玫同样会离开石平林,这是为什么?

奥地利诗人傅立特曾这样说:"暴力是开始于一个人卡住另一个人的脖子,它开始于当一个人说:'我爱你,你属于我!'"石平林对二玫的爱中恰恰就含有这种成分。为了维护严于律己的厂长形象,才华横溢的二玫最合适的是做一个挡车工人。而二玫,作为书屋的女儿,"女诫"的承受者,祖母的"女人家,女人家,女人在外地莫丢家"的理论,也使二玫沉溺于石平林的"你属于我"的爱情之中而不自知。但当改革的大潮让二玫有机会走出"女儿家"的阴影,她感受到就不再是爱而是一种"暴力",

这种暴力使她作为石平林的附属物而存在。石平林最后对二玫大打出手也印证了这一点。导致二玫离开石平林更深层的原因在于：石平林的爱使二玫在情感上同样变成了石平林的附庸，对她来说，石平林的爱是一种不能承受之重。"它不仅拯救我于危难之时，而且助我们家于风雨之际，我欠他的情，他是我情感的债主，我应该对他回报感情。"这就是二玫对石平林的爱——感情双方不处在平等的位置上，爱变成了一种义务，一种报恩的方式。而爱本应当是心与心碰撞中产生出的火花，任何附加的条件都会使爱情之火熄灭。"应该爱石平林"是套在二玫情感上沉重的枷锁，她生活在石平林爱情的阴影之中，没有自己的情感空间。对于渴望独立自主、张扬个性的二玫来说，没有比情感上的不自由更令人难以忍受的了，于是她勇敢地冲出家庭、社会的樊篱，并且发出了"我不会向任何人出卖我自己，不管是男人还是女人"的誓言。可是现实生活中，还有多少二玫和石平林在"你属于我"的模式中迷失了自己，在"应当爱"的常规下备受无爱的婚姻的煎熬？

石平林和二玫的婚变之所以令人难以接受，是因为我们心中传统的婚恋观的积淀太深。编导正是通过石平林、二玫的婚变，对婚恋、婚恋中双方的地位和左右婚恋观的外在因素等做了全方位的考察，从而完成了传统婚恋观的反拨：爱情带给感情双方的不应是束缚，而应该是心灵的更大自由——爱情，只有当它自由自在时，才会叶茂花繁，天长地久……

（徐小英，资深编辑、湖南省寓言童话文学研究会副秘书长）
（原载于《江西青年报》1997年12月3日）

女性题材又一部力作
——评电视剧《蔷薇雨》

邓全明

如果说"农村三部曲"《篱笆、女人和狗》《辘轳、女人和井》《古船、女人和网》是中国当代农村改革的"心史",尤其是农村妇女在时代潮流冲击下的"心史",那么,28集电视连续剧《蔷薇雨》便是中国当代城市,尤其是市巷妇女在商品经济裹挟下的"心史"。该剧以徐家书屋七姐妹的命运为线索,追溯到战争年代的妇女生活,旁及中国当代社会的方方面面,展示了人物在经济大潮中心灵的厮杀、搏斗、嬗变,体现了剧作者对中国当代社会特别是对妇女尊严、妇女命运的深刻、独到的思考。这种思考的结果不是形而上的条款,而是形形色色的妇女荧幕形象:无私奉献、冰清玉洁的阿玮,刻薄、鄙浅而不乏才能的姚鸿,忍辱负重、含辛茹苦的苦竹婆,学富五车、才高八斗却彷徨苦闷的瑶瑶,忠厚善良却屡遭厄运最终不得不皈依基督的姚师母,这些人物脚踏着新辟的土地,不同程度地背负着历史的重负,选择了不同的路途,而这一选择又无不折射着时代的趋向。

该剧在演技、音乐、画面构图上皆有成功之处,本文仅谈两个小地方,以见一斑。

主题歌"雨停在空中积成很厚很厚的云,不小心就会打湿女人的心情;风挤在巷中敲着很旧很旧的门,不小心就会吹红女人的眼睛……"不仅通俗、形象,总括了剧作者对妇女命运的思索,而且与电视剧中的画面、情调关照,使剧中频繁出现的破旧、狭窄的巷弄,蓝色背景的下急雨蕴含深刻的象征意义。画面与语言的有机组合,形成互问关系,这是其一。

其二是戏中戏的设置。阿玮身上凝结着传统美德的精华：对爱情的忠贞不渝，对儿子的备至关怀，对社会的默默无闻贡献，谦虚而有尺度、随和而不违原则。这一屏幕形象的成功塑造与戏中戏的处理无不关系。戏中戏的好处是：阿玮是《花非花》的叙述者，又是《蔷薇雨》的人物。她对《花非花》的评价及剧中人物的事迹可以看成是她心灵的写照，又不完全是。阿玮的这种双重身份，给了剧作者更大的空间，使之可以采用虚实结合的方法，灵活地再现阿玮的形象，阿玮也因之更富于弹性，更丰满、厚实。

戏中戏的处理还可以"顺手牵羊"。《花非花》在广大读者中引起了强烈的反响，而其中的女教师的动人事迹又是重中之重，正说明传统美德、奉献精神的魅力，无疑是对道德失范论调的有力反击。看来这顺手牵来之"羊"还真不小。

《蔷薇雨》，不愧为近年来电视剧中的又一部力作。

（邓全明，江苏省作协会员、苏州健雄职业技术学院副教授）

（原载于《经济晚报》1997年12月3日）

女性回归何处
——观《蔷薇雨》有感

余 颖

近来少有这类情况：一部长达28集的电视连续剧，竟让我看得如此兴致盎然，不少地方甚至泪水涟涟。即使几天后，我似乎还沉浸在其中的氛围和情调，仿佛又看见石雕门罩上斑驳暗淡的牌匾"徐家书屋"，听到徐氏姐妹叽叽喳喳的欢笑声……我不得不惊讶，不得不思考，《蔷薇雨》为什么有这么强烈的艺术魅力和感染力？它靠什么征服了我们？

一方水土孕育一方艺术。《蔷薇雨》首先是在赣文化中心南昌孕育起来的，一个城市像一个人一样，有它自身历史文化积淀、生命历程和个性。在这个意义上《蔷薇雨》的全部内容就是这个城市培育出来的人的生命现象。当《蔷薇雨》把洪城最精彩的市井岁月像三眼井俚语、滕王阁登高、三月三回娘家……缓缓铺开在我们面前，它在很大程度上赢得了广泛的观众基础。

《蔷薇雨》讲述的是在急剧变化的现代社会中洪城古巷文墨世家徐氏七姐妹的命运沉浮和生动曲折的故事。它不同于一般言情剧。言情只是这部写足女人的戏的故事框架和叙述方式，全剧的内在意义在于关注女性命运，追究女性存在的意义，执着于对女性的终极关怀。它通过不同思想观念、情感历程、女性的形象塑造，真实而深刻地揭示在传统与现代的合理与不合理夹缝中苦苦挣扎的女性生存状态及女性价值的追求。在牵动情肠的艺术享受中，我们更严肃地思考现代女性生存的意义。是回归厨房？还是做"与男人一样的人"？还是重新向自然母性和女性特质的回归？女性究竟何去何从？

作家胡辛把深厚的文学功底和生活积累毫无保留地投入改编。人物塑造、情节设置、人物话语、抒情笔调都浸淫着浓郁的文学色彩，为导演和制作人员二度创作提供良好基础。

（余颖，人民网英国公司总经理）
（原载于《江南都市报》1997 年 12 月 18 日）

女人命途细品味
——评电视连续剧《蔷薇雨》

黄立敏

电视屏幕已经打出了"全剧终"的字样,我还依然沉浸在那幽长的小巷,那爬满青藤的高墙,那挂着金字大匾的徐家书屋中,还想着那东家长西家短但不失一副好心肠的钱嫂子,那已是风烛残年仍念念不忘女诫的老祖母,那善良温俭却命途乖蹇的姚师母……

俗话说:三个女人一台戏。根据胡辛的同名小说改编的28集电视连续剧《蔷薇雨》讲述了从"湖景巷陌、深院高宅"中走出的徐家七姐妹及其周围女性的"真真假假风流惘惘情"(胡辛语),真不知可以唱多少台好戏!与其他很多电视剧"短剧敷衍成长剧"相反,电视连续剧《蔷薇雨》却是尽量在有限的时空展现更多的内容,显得丰盈而厚实。电视连续剧《蔷薇雨》借助于那古老的透着浓浓的书香味的"徐家书屋"中走出的女子生活际遇、爱情困惑、事业追求,透视出在激烈的社会变革时期,在新与旧的更替、传统与现代的交织中女性的困惑、迷惘,女性在精神面貌和价值取向上新的萌动、变化与追求。

莎士比亚曾说过:女人呵,你的名字是弱者!千百年来,女性一直处于"第二性"的位置,她不仅弱,而且不幸。女人一直被这个以男性为中心的社会塑造着、规范着,就连她自己也在不知不觉中参与了这种塑造。然而,时代的列车已载不动这古老的信条了,女性发出了"给我一片天!"的呐喊。于是,即使父亲怒不可遏地将手杖砸向发廊招牌,也阻止不了小玑"我要做我喜欢做的事情";即使老祖母一再念叨"女人就像一块白布,染上了污点就再也洗不干净",也挡不住阿玮青春年少的激情与渴望;即使有丈夫的千般爱护和家人的万般不解，也挽不回二玫"不为什么，只为我自己"的决裂般的"无情"。在这里我们看到女人为了获得自身的种种努力与挣扎。尽管女人为了这种努力付出了沉重的代价，但我们仍不能不为她们的进步欢欣鼓舞，女人终于不再"唯男命是从"，女人迈出了颤颤巍巍的第一步。然而，女人能否彻底走出男人的视线，女人将走向何处，离开男人的女人到底可以走多远？我们又一次陷入困惑。19年独自支撑、默默承受着一切的阿玮最终还是回到凌云的怀抱大概就是答案。因为世界是由男人和女人构成的，只有两性相互理解、相互融合、相互支撑才能共同构筑美好的和谐家园。

电视连续剧《蔷薇雨》一方面表现女人在社会转型期的变，另一方面又注重表现流淌在她们血液中亘古不变的美质，即女性真的、善的、美的品质。电视连续剧《蔷薇雨》是典型的"女人写，写女人"的剧作。编剧倾注无限深情，带着对女人深深的爱、理解和同情，站在女人的角度来观察女人、剖析女人，因此该剧中的女性总有她动人的一面，姚鸿是个泼辣自私、为了自己的利益而不择手段的女人，但她同样有善的一面。在无望得到自己所爱的人之后，她决定远远地走开，留下一封信和一张支票，反倒让人为她唏嘘感叹；年轻聪明漂亮的七巧为了去美国而嫁给了傻大宝，这样的选择固然让人难以接受，但未尝不可看作是为了三姐的爱做出的让步与牺牲……一个个活生生的、立体化的现实生活中的人物鲜明地凸显出来，真实深刻，入情入理。由此，我们看到更多的是女性的美好、善良的一面，也为作为女人写女人的那番苦心而感动。毕竟，人人都愿这个世界多一份爱。

（黄立敏，文学博士、深圳市龙华新区龙华党工委）
（原载于《江西日报》1997年12月16日）

电视与书籍的文化碰撞
——为《电视艺术十二讲》序

仲呈祥

作为电视人,欣闻南昌大学中文系要出版《电视艺术十二讲》,兴奋之情,非同寻常。我历来主张,年轻的现代化电视传媒在与源远流长的文学艺术结缘而产生名目繁多的全新的电视艺术品种时,务必注重发挥和强化与之结缘的那门文学艺术形式在长期的发展实践中形成的审美优势和美学规范,而不能削减这种优势和破坏这种规范。这就需要向源远流长的文学艺术汲取丰富的营养,需要科学的艺术理论和美学理论的引导。唯其如此,我呼唤电视文化与书籍文化结缘互补,呼唤高等院校普及电视艺术理论教育并以此作为重要途径之一促进当代大学生素质的全面提高。

《电视艺术十二讲》的出版,正应了时代的需要。当然,也同时应了我这个普通电视人的多年呼唤。

电视在中国,已有了40年的历史。其发展之迅猛,不仅电视新闻,如《新闻联播》《焦点访谈》等,已覆盖亿万寻常百姓家,而且电视艺术,如一台春节晚会、一部引起轰动的电视剧,都能造成万人空巷,其受众面之广令别的艺术形式难以企及。

度过了不惑之年的中国电视,面对即将来临的21世纪,当如何乘势发展呢?《电视艺术十二讲》的出版问世,给我们在这方面以宝贵的启示。

首先是加强理论建设,创建有中国特色的社会主义电视艺术学。电视艺术界创作的繁荣与批评的贫乏,这种超前与滞后造成的两翼畸形而不能齐飞,已成共识。回想十余年前,关于"电视艺术究竟是不是艺术",评论界还争得不亦乐乎,而1998年春天,国务院学位委员会已将"电视艺术学"作为有中国特色社会主义艺术学的重要一脉（与戏剧学、戏曲学、舞蹈学、音乐学、美术学、电影学并驾齐驱），加入国家正式颁布的《授予博士、硕士学位和培养研究生的学科、专业目录》，并批准北京广播学院招收和培养中国第一批电视艺术学的博士研究生。这一变化本身就足以说明，电视艺术学已经作为一门具有独特文化品格和美学风貌的学科，引起了从政府主管部门到学术界的高度重视。未来的 21 世纪，中国电视艺术事业理应把握住改革开放带来的难得的时代机遇。

而理论建设的加强，必将推动 21 世纪中国电视艺术更加健康的繁荣。窃以为，论及创作，21 世纪的中国电视文艺理应处理好数量与质量的关系。没有数量便无所谓质量，但没有质量的数量是没有意义的。作为电视文化的生产和消费大国，中国年产电视剧逾 6000 集，年产其他各类电视艺术节目达 10 万个小时。这数量，对于拥有 740 座省、市级无线、有线电视台的国度来说，并不过甚。而有识之士对此感到不安的却是：这数量中，思想、艺术皆为上乘者不多，平庸之作不少，后者冲淡乃至淹没前者，实堪忧虑。艺术从来是以质取胜的。一部《红楼梦》，其影响远甚于十数部五花八门的《续红楼梦》。以此，未来的 21 世纪，已经走向成熟的中国电视艺术创作必将强化质量意识，多出精品，以不负伟大的时代和伟大的人民。

有人总把电视艺术定位为"俗文化"，甚至认为"适应市俗的消费需求"便是一切。窃以为不然。电视艺术既然在整个中国当代社会主义精神文明建设中起着别的艺术门类难以替代的重要作用，它理所当然地应当自觉肩负起传播人类先进文明、提高国民精神素质的使命，而积极地去适应广大观众的审美情趣，而万勿在金钱的诱使下消极地去顺应市俗中某些落后的、不健康的欣赏需求，强化这种需求，进而促成产生品位更加低下的电视艺术作品，铸成精神生产与文化消费陷入恶性循环的大错。这绝非危言耸听。

（仲呈祥，中国传媒大学影视艺术学院院长、博士生导师）

（原载于《江西日报》1999 年 3 月 9 日）

名导名片展示的独特艺术景观
——读《百年回眸》

黄会林

案头放着一部由南昌大学胡辛率领她的硕士生们撰写的、将近 30 万字的《百年回眸——名导名片管窥》，经过认真阅读，受到了不少的教益。

电影电视已成为当今世界文化传媒中传播最广最快，对人们的思想意识、生活方式影响最大的艺术创造和文化传播方式之一。为此，应当尽早建立起具有中国特色的、能够有效地指导中国影视实践的影视美学理论，否则中国影视艺术的发展将会受到制约。中国影视发展的历史表明，影视虽然属于典型的舶来品；但是，中国影视并不是欧美影视的翻译版，而具有鲜明的中国文化特征。因为，影视不仅仅是科技工业，也是美学与艺术；科技手段固然没有民族和国家的界限，然而美学与艺术却有着明确的民族性格。中国影视能否在世界上拥有它应得的地位，关键在于中国影视是否生成了具有民族特征的艺术风格。我们有悠久深厚的文化传统可以继承，我们的民族美学与民族文化，可以对影视艺术产生深刻的、良好的影响，为什么没能在此领域里得到大力发扬？为什么我们的民族电影未能在国际影坛占据应有的地位？从某种意义上说，这也许要归咎于我国影视理论研究的重大缺陷。在世界电影发展中，理论研究颇具规模，并且直接影响到电影的创作和各种流派风格。而在我国，影视理论与评论却常有急功近利、盲目迎合，以及种种西化现象。不管中国文化的特点怎样，不论民族传统的继承如何，只要是流行的就是合用的，只要是存在的就是合理的。由此而造成影视理论和评论脱离社会和观众的需要，反复地炒冷饭；也使影视这个最富影响力的大众传媒渐渐不再具有中国传统文化的内涵。

经典回放·影视天地

富有中国本土特色的影视文化主体精神尚未确立，这一生存的文化困惑，已经造成了目前影视文化面临的某些实践难点。影视美学中国文化特征模糊的现状，导致了中国影视理论的严重滞后；而影视理论的滞后，就必然限制了中国影视实践的健康发展。一个不善于研究和总结本土艺术和文化的民族，不可能独立于世界民族之林，甚至不能很好地吸收其他民族的艺术及文化经验，因为它缺少立足的根基。

中华民族几千年持续发展的文明传统，具有极为丰富的文化资源。从"有无相生"注重整体功能的宇宙观，"天人合一"的和谐观等文化观念，到具体的审美方式，都有着大量可供汲取的民族智慧的精华。作为这一文化的承袭者，我们应该担当起传递和发扬中华文化的历史责任。中国的文化传统与影视艺术有着天然的联系。中国古代就有灯影、皮影、木偶戏等艺术样式，反映了人们对活动影像的追求愿望。中国古典戏剧、诗词、绘画等艺术作品，在处理时间和空间的技巧上，常常与蒙太奇镜头语言处理画面的方法神似，细加分析也常有运用特写、远景、中景等画面和画面组接的技巧，这为我们影视艺术创作和发展，提供了美学的启示。当然，在影视这一最现代化的艺术样式中，如何运用中国传统艺术的手法，还有待于深入讨论和试验。中国影视艺术界在实践中，已经积累了相当的经验。中国古典美学传统中尚有许多命题和范畴，可以通过对影视作品的考察给以现代诠释。比如"情理"这对范畴，如果我从某一个角度对"情理论"的发展脉络进行梳理，便不难发现"情"与"理"的二元对立、力量消长，其实是发生在一个巨大的抒情文学传统之内。相比于拥有强大的叙事文学传统的西方文化，这一抒情传统实际上造就了"主情"的民族文化精神。从《诗经》和《楚辞》中埋设的最早的情感模式，经由魏晋六朝的率意创造，以及无数唐诗宋词的斟酌推敲，中国审美意识中对"情"的把握，达到了极其细致精妙、极其复杂成熟的程度。及至元、明戏曲文学兴起，以汤显祖的"因情生梦，因梦成戏""事总为情，情生诗歌"的美学思想为代表，中国的叙事文学也显示出强大的抒情倾向。几百年、上千年的社会历史变迁，在经历了"情"与"理"不同时期的变奏之后，我们看到，从谢晋电影到知青题材电视剧，从《焦裕禄》《孔繁森》《离开雷锋的日子》到《凡人小事》《蹉跎岁月》《渴望》，在其中可以清楚地辨别出"主情"的美学传统。从另一方面看，中国文化源远流长，博大精深，有着顽强的生命力与宽厚的包容性。中国文化的发展历程，就是一部不断吸收异域文化不断创造新文化的历史。但是，吸收是为了创造，而不是取代我们固有的文化。所以，如何吸收就成了一个原则性的问题。我们认为，吸收必须以本民族的审美心理为支点，寻求异域文化与本土文化的交融，通过异质文化，进一步加强本土文化，使之焕发出更为灿烂的生机。江泽民为北京师范大学题字指出"吸收和借鉴人类文明的一切优秀成果，谱写中国教育的新篇章"的精神，同样适合于影视艺术文化领域。中华民族在数千年的文明史中，不断融汇、改造外来艺术形式，逐渐确立了自己独有的美学范畴、审美方式、美感构成和审美价值取向。这一美学传统也已经深刻地体现在我国的影视创作和观众评价之中，亟待梳理成型，并进行中国影视艺术学科的系统理论建设。

在中国，高等学校特别是综合性大学在此项工作中，理应发挥出它的优势。因其背靠根基坚实的综合学科背景，而可能进行视野更开阔、角度更新颖、思考更深入的影视文化研究。如今，南昌大学影视艺术研究中心紧紧围绕着影视艺术进行了大量教学与科研工作，并逐渐形成了以胡辛为核心的课题组，他们有着丰富的影视教学经验，注重理论联系实际，推出了影视艺术课程，在广大学生中获得了好评，为影视艺术进入校园开展大量扎实的普及与提高工作。他们已建立了较为规范的课程体系，搭建了一个对学生进行素质教育的多层次教学平台，并在理论上取得了一批富有创意的研究成果，推动了南昌大学在该领域的学科建设与课程建设，产生了较好的社会影响。近几年来，他们出版了一批专著、论文，为学校影视专业学科的发展奠定了良好的基础。我们可以认为，作为国家建设重点大学，影视艺术已经成为南昌大学的一个重要的、具有新的学术增长点的新兴学科。

纵观南昌大学影视艺术研究中心取得的一系列研究成果，《百年回眸——名导名片管窥》堪称其中之佼佼者。它结合了多年的电影教学实践中提出的课题，以长期积累厚积薄发的底蕴，将教学中的感悟"以著名导演及其代表作作为珠玑，以史为红线，串将起来，则满盘皆活"付诸实施。在百年电影发展的历程中，撷取重点的优秀作品，作为研究的主要对象，再一一就"导演管窥""作品选介""导演生平及主要作品"等题目进行论述与评价，从而形成一个内在的体系。这对于电影教学无疑是很有作用的。

回眸百年电影发展的历史，各个民族与国家的电影作品都集中呈现出各自鲜明独特的文化传统、审美方式、美感构成和审美价值取向，可谓百花齐放、争奇斗艳。众所周知，电影创作具有很强的综合性，它需要编剧、导演、表演、摄影、美工、录音、剪辑等各个部门密切合作共同完成；但就一般而言，导演通常被认作电影创作的核心人物，所以有"导演中心论"之说。因为一部电影作品的优劣，常在导演的掌握之中。导演的文化视角、思想见识、美学趣味，往往决定着未来影片的思想内蕴和艺术形态，大凡优秀的电影艺术作品总能够透露出杰出的电影导演不同凡响的艺术匠心。事实上，百年以来东西方不同的文化传统造就了一代又一代风格鲜明的优秀导演。在一定意义上说，一部世界百年电影史可以说就是这些著名导演艺术创造的斑斓藏卷。诸如美国的戴维·沃克·格里菲斯（《一个国家的诞生》《党同伐异》）、查尔斯·卓别林（《淘金记》《摩登时代》《大独裁者》等）、艾尔弗雷德·希区柯克（《蝴蝶梦》《精神病患者》等）、奥利弗·斯通（《野战排》《生逢七月四日》《肯尼迪》等）、斯蒂文·斯皮尔伯格（《侏罗纪公园》《辛德勒的名单》《拯救大兵瑞恩》等）、乔治·卢卡斯（《星球大战》等）、詹姆斯·卡梅隆（《真实的谎言》《泰坦尼克号》等）、罗伯特·泽米基斯（《阿甘正传》《谁陷害了兔子罗杰》等）（在这里，不得不感叹美国电影的伟大成就！）、苏联的谢尔盖·爱森斯坦（《战舰波将金号》等）、普多夫金（《母亲》等）、杜甫仁科（《土地》等）、瓦西里耶夫兄弟（《夏伯阳》等）、格·丘赫莱依（《第四十一》）、罗托斯基（《这里的黎明静悄悄》）（应该说苏联的电影成就也是十分突出的！），法国的路易斯·布努艾尔（西班牙籍侨居法国从事电影名声大震）（《一条安鲁达的狗》等）、让·雷诺阿（《幻灭》《游戏规则》等）、阿仑·雷乃（《广岛之恋》《去年在马里昂巴德》等），意大利的米开朗琪罗·安东尼奥尼（《奇遇》等）、罗西里尼（《罗马，不设防的城市》）、费德里科·费里尼（《八部半》）、英国的卡洛尔·莱兹（《法国中尉的女人》）、大卫·里恩（《桂河大桥》《阿拉伯的劳伦斯》等），德国的沃·斯隆多夫（《锡鼓》等），波兰的克日什托夫·基耶斯洛夫斯基（《蓝》《白》《红》），瑞典的英格玛·伯格曼（《第七封印》《野草莓》等），日本的小津安二郎（《东京物语》等）、山本萨夫（《华丽的家族》等）、黑泽明（《罗生门》《乱》等）……这些来自不同国家的艺术大师，是我们回眸百年世界电影发展历程时绝对不能忽略的。他们的作品已经成为20世纪人类重要的精神财富。正是由这些"名导名片"串联起了世界电影发展的历史画卷，丰富了这一代艺术形式的表现手法和表现空间，而这部《百年回眸》里便已收入了其中的重要部分。应该说，在将近一个世纪的漫长过程中，中国影视艺术已经积累了不少成功或失败的经验教训，其中的核心问题是中国影视艺术的民族特征。中国影视能否在世界上拥有它应得的地位，关键在于中国影视是否生成了具有民族特征的艺术风格，与世界电影几乎同时起步的中国电影，伴随着20世纪不同历史时期的风雨，走出了一条具有自己特色的艺术之路。当我们翻检那些有声有色的绚丽画卷时，中国电影在世界电影版图上的另样风景扑面而来。在这里想坦诚地说，我对于中国电影导演的"代际说"，始终存在着想不清的困惑。我以为，提出一种经过深入思考获得升华的，能够覆盖所有相关事实的观点或概念，必须展示出推不倒的科学论证，才能把这一理念建立在不可动摇的基础之上。在这里，首先，必须能够有理有据地阐明对于"一代""二代""三代""四代""五代""六代"的划分根据与逻辑所在，其次还必须阐明今后"七代""八代"的发展规律，否则恐怕难以获得理论认同，而至今令人遗憾的是仍未能读到具有很强的理论说服力的阐释或论述以解自己的困惑。因此，我宁愿用一种笨办法：以每个十年中国电影的历史现状来论证它的真实轨迹。且看：从20世纪10年代起始电影创作的郑正秋、张石川（1913年，中国第一部故事片《难夫难妻》）拓荒之功肇始，接着20世纪20年代郑、张合作短故事片集大成者《劳工之爱情》及声誉鹊起的家庭伦理剧《孤儿救祖记》等，以及一时形成热潮的古装片、武侠片、神怪片，铺演着中国电影从蹒跚学步到独立行走的路径。到20世纪30年代初，出现了孙瑜导演一炮而红的《故都春梦》、中国第一部有声片《歌女红牡丹》。之后，以《狂流》为代表的"中国电影新的路线的开始"的"左翼电影运动"（或称"新兴电影运动"）的崛起，被称为"中国电影年"。其后，又开始了"国防电影运动"，涌现了传播至今的沈西苓的《十字街头》、袁牧之的《马路天使》等富于批判意义的影片，并且开始表现出个人鲜明艺术风格。除去上述影片外，还有蔡楚生的《渔光曲》、吴永刚的《神女》、应云卫的《桃李劫》等。而当历史进入20世纪40年代，中国电影在极其艰难的环境中，出现了一个里程碑式的高潮期，产生了一大批享誉国内外的影片，如史东山的《八千里路云和月》、蔡楚生和郑君里的《一江春水向东流》、金山的《松花江上》、田汉的《丽人行》、沈浮的《希望在人间》、汤晓丹的《天堂春梦》、郑君里的《乌鸦与麻雀》、桑弧的《太太万岁》、沈浮的《万家灯火》、费穆的《小城之春》等，被称为"经典群落"。新中国成立后,中国电影也出现了一个新的局面,其间又经历了三次小的高潮,第一次小高潮在20世纪50年代初期,全国26个城市同时举行了"国营电影厂出品新片展览月",放映了20部故事片,此期电影人奉献出众多优秀影片,如凌子风、翟强的《中华儿女》,王滨、水华的《白毛女》,沙蒙的《赵一曼》,史东山的《新儿女英雄传》,张骏祥的《翠岗红旗》,成荫的《钢铁战士》《南征北战》等。位于上海的私营电影厂完成受观众欢迎的好影片,如石挥编导的《我这一辈子》等等。这些作品为新生的中华人民共和国增添了通过银幕展现出的多彩艺术。到20世纪50年代中期,中国影坛又有凌子风等人的《春风吹到诺敏河》,林农的《神秘的旅伴》,苏里等人的《平原游击队》,郭维等人的《智取华山》,张骏祥、石挥等人的《鸡毛信》,汤晓丹等人的《渡江侦察记》,王为一等人的《山间铃响马帮来》,陈白尘、郑君里等人的《宋景诗》,等等,充分展示了新中国成立后中国电影的一片繁荣景象。第二次小高潮为20世纪50年代中后期,先是在1956—1957年中国电影事业又有进一步开展,出现了桑弧的《祝福》,王苹的《柳堡的故事》,沙蒙、林杉的《上甘岭》,赵明的《铁道游击队》,谢晋的《女篮五号》,陈西禾的《家》等一批佳作。接着就到了"难忘的1959年",在"国庆十周年献礼"的"新片展览月"中,共有18部故事片面世,其中有水华的《林家铺子》、崔嵬的《青春之歌》、苏里的《我们村里的年轻人》、郑君里的《林则徐》《聂耳》等,突出地显示了新中国电影艺术家的创作激情。第三次小高潮则呈现为1962年前后中国电影的再度繁荣。有代表性的作品如凌子风的《红旗谱》,谢铁骊的《早春二月》,林农等人的《甲午风云》,毛峰、武兆堤的《英雄儿女》,谢晋的《红色娘子军》,鲁韧的《李双双》,谢晋等人的《舞台姐妹》,其他还有严寄洲的《野火春风斗古城》、林农的《兵临城下》、郑君里的《枯木逢春》等,皆属于特定时代的优秀作品。经历过风狂雨暴的"文化大革命"之后,中国人民终于盼到了改革开放的新时期,中国银幕也随之活跃异常多彩多姿。在20世纪80年代,宝刀不老的导演如谢晋接连推出代表作《天云山传奇》《牧马人》《芙蓉镇》等令人赞叹不绝,同时,成荫推出《西安事变》,水华推出《伤逝》,王炎推出《从奴隶到将军》,凌子风更连续推出《骆驼祥子》《边城》《春桃》等力作。中年导演们不甘人后,相继闪亮登场,如张暖昕的《沙鸥》《青春祭》,郑洞天、徐谷明的《邻居》,吴贻弓的《城南旧事》,吴永刚的《巴山夜雨》,赵焕章

名导名片展示的独特艺术景观

的《喜盈门》，李前宽、肖桂云的《开国大典》，胡炳榴的《乡音》，颜学恕的《野山》，丁荫楠的《孙中山》，吴天明的《老井》，黄蜀芹的《人·鬼·情》，等等，让人过目难忘。同时期涌现出一批锐气逼人的青年导演，以其不同凡响的影片震动了影坛，如张军钊的《一个和八个》、陈凯歌的《黄土地》、黄建新的《黑炮事件》、张艺谋的《红高粱》、谢飞的《奉命年》等。到 20 世纪 90 年代，更多中青年导演挥刀跃马，拿出了各自艺术创作的杰作。其中有"主旋律"影片类的史诗性战争片如《大决战》《大转折》《大进军》等，现实题材的有《焦裕禄》《蒋筑英》《凤凰琴》等，张艺谋的《秋菊打官司》，谢飞的《香魂女》，张扬的《爱情麻辣烫》《洗澡》，冯小刚的《甲方乙方》《不见不散》《大腕》，等等，其中大多收录于《百年回眸》。书中还收录了香港、台湾的著名导演吴宇森（《英雄本色》等）、王家卫（《重庆森林》《花样年华》等）、李安（《推手》《喜宴》《饮食男女》、《卧虎藏龙》等）、侯孝贤（《童年往事》《悲情城市》等）、徐克（《笑傲江湖》《满汉全席》等）、关锦鹏（《阮玲玉》《红玫瑰与白玫瑰》等）。综上所述，真可谓"名导名片"大批涌现。回眸观之，这 100 年的中国电影代代相传，几乎在每一个 10 年都做出了自己独具特色的贡献。同时，我也认为在这百年之中，中国电影有着自己毫不逊色的三次高潮，那就是 20 世纪三四十年代、五六十年代、八九十年代。这三个时期各自出现了一批富有中国民族风格的优秀影视作品，从数量到质量不在少数。事实证明，它们巍然立于影坛，经得起世界性的比较。因此，它们当中的主要部分得到《百年回眸》的着意关注，被纳入视野，予以解析，也正是情理所在。举例是为了论证自己的观点，但举例也往往挂一漏万。但总而言之，中国电影在艰难中前行，并且走向了世界。如今直到以后，又会有更为年轻的一代导演登台亮相，让我们强烈地感受到中国电影的审美变迁仍在继续。以"名导名片"为线索，对将近一个世纪的中国电影艺术进行研究和总结，无疑是一项有利于中国电影发展，有利于中国电影教育的大好事。当然，这也是一项基础性的重要工作，确是以胡辛为首的南昌大学影视艺术研究中心对于中国电影教育事业的贡献，我愿对此表示真挚的敬意。

（黄会林，北京师范大学教授）
（原载于《江西社会科学》2004 年第 1 期）

《聚沙》见证"80后"学生成长之路

桂 子

近日,一部以研究生生活为题材的电视剧《聚沙》在中国教育电视台播出,受到了电视观众的广泛关注和热议,这是国内首部由国内大学的研究生自编、自导、自演、自拍、自制,同时也是反映研究生生活的电视连续剧。

《聚沙》出自南昌大学影视研究中心,该剧的总导演就是知名女作家、南昌大学影视艺术研究中心主任胡辛。谈到让学生拍一部真正的影视剧这个想法,胡辛说那是她2004年去纽约大学影视学院做学术交流之后产生的。纽约大学特别重视拍摄实践,教学区的几里路都是实验室,有任何一个时代的机器,可以还原拍摄任何一个时代的影视片段,而且拍摄的作品,在任何一个教室都能够播放。

"这深深地触动了我。中国的很多影视专业毕业的学生,都一直是纸上谈兵,在真正参与工作之前,很多学生在校期间很少参与真正的高水平制作。"胡辛说。

捐款筹资拍摄电视剧

2005年开学不久,胡辛就鼓励影视艺术研究中心2004级、2005级广播电视艺术学研究生自己创作一部反映他们自己生活状态的剧本。胡辛从一个专业作家的角度对同学们的创作进行指导并给予有效的建议。

《聚沙》以来自家庭贫困的研究生秋月儿的学习生活经历为主线,讲述了"灰姑娘"秋月儿面对各种磨难和挫折,始终保持一颗淳朴谦和、坚韧自强的心,最终在老师和同学们的帮助下,获得爱情和学业的成功的整个过程，传达了一种丰富复杂的人生况味，催人奋进，激发斗志。

开拍了。一台摄像机，一台编辑机，没有什么服装道具，有的只是胡辛用大行李箱从自己家里运来提供给演员的衣物、饰品，和同学们自己平时穿的衣服。

在剧组动员大会上，谈到摆在眼前的经费等困难，很多同学萌生了退意，胡辛却说："有条件要上，没有条件，创造条件也要上！"她率先从家中拿出5万元捐给剧组作为拍摄经费启动了这部电视剧的拍摄，而剧组的其他参演同学也1000、500地纷纷为拍摄捐款。

要的就是这份原生态

从未有过表演经验的一群研究生来演戏，这听上去多少有些不可思议，事实上很多外界人士对他们的表演表示过质疑。

"怎么表演？你们平常在生活中是怎样就怎样，这本来写的就是你们自己，这就是本色演出嘛！"这是胡辛当时的原话。也正是这句话让同学们恍然大悟。

63岁的胡辛在这部电视剧中亲自出演了白芒老师这一角色。现在很多学生还能够回忆起来，腰椎骨折还未痊愈的她不顾身体，同一群年轻学生一起谈笑风生地穿梭于校园当中。她说："我演的就是自己。"

男主角曾庆欣，剧中张一弛的扮演者，拍戏伊始却是腼腆有余，用他自己的话说就是"赶鸭子上架！"但胡老师觉得这部电视剧要的就是这份原生态，要的就是同学们的纯真劲儿。

2004级的闻艺在《聚沙》中扮演一位养尊处优、可爱、可恼的现代大小姐沈佳琪。这个角色与闻艺本人的性格特点简直如出一辙：散漫、骄傲、任性。在都市频道做出镜记者的她，常常让剧组一班人苦苦等待，唯一一次到达最早而没戏拍，居然会急不可耐地冲着老师发脾气。回想着自己的任性和胡辛毫不客气的批评，闻艺坦言："我现在明白，个人价值的实现并不等于一切以个人为中心，人一定要有集体观念，只有环境和谐了，个人的生存空间也才会更大。"

拍摄让年轻人成长

在拍摄的过程中，胡辛经常挂在嘴边的一句话是技术无非就是要吃苦。也正是她的这个要求让拍摄组的同学尝尽了苦头，更学到了技术。如果说导演组的同学还是导演的好材料，那拍摄组的同学已经成就了摄影的本领。拍摄组的3名男同学毕业之后完全可以胜任摄像的职位，他们已经具备独当一面的能力。

2006年7月暑假前，《聚沙》终于完成拍摄。2007年年初，《聚沙》完成剪辑。在2007年"五一"期间，中国教育电视台率先播出了这部电视剧。有人说，南昌大学影视艺术研究中心的研究生们创造了一个中国教育史上从未上演的神话。

而胡辛身边的助手小王也亲历和见证了整个拍摄过程，她说："就是这个脸上总是挂着从容不迫的笑容的老教授，用自己的实际行动告诫启发教育了年轻一代应该怎样面对困难，直面人生。胡辛面对困难时的坚持态度，帮助这群年轻学子拥有了一段弥足珍贵更让人羡慕的青春岁月。"

胡辛告诉记者，她想通过编导和拍摄《聚沙》来教育自己的研究生"首先要学会做人"和"要提高文化底蕴"。她感慨道："当下，物质世界的纷繁和诱惑带给年轻人竞争的压力，他们每天忙碌奔波，急于寻求同类的认同，而内心却抑制不住那份不安、迷茫与孤独。我相信《聚沙》让他们成长、成熟，并必将走向成功。"

（桂子，中国青年报记者）
（原载于《中国青年报》2008年4月8日）

日韩偶像剧叙事元素论析

——兼论 24 集校园青春剧《聚沙》

邓　煜　何　静　王小娥

引　言

20世纪90年代初，日本偶像剧《东京爱情故事》（1991）登陆中国，以纯美又不乏哀婉的青春爱情故事赢得了广大青年心的共鸣，东京的普通青年男女的生存、追求、爱的萌生和夭折，已融进阳光和风雨中的青春律动，让人欢喜让人愁。随后经典偶像剧《悠长假期》（1996）又为人们弹奏了庸常生活中的浪漫之曲，《美丽人生》（2000）则在偶像剧上铸造了缠绵悱恻又乐观向上的生死恋模式。千年之交，韩国的偶像剧及变奏滚滚涌进中国大陆，让人目不暇接！《星梦奇缘》（1997）、《秋天的童话》（1999）、《看了又看》（2002）、《冬季恋歌》（2002）、《黄手帕》（2003）、《大长今》（2004）、《我的名字叫金三顺》（2005）等，虽节奏缓慢，但却硬是以它的伦理道德和唯美声画久久地征服了中国观众的心。

面对如此迅猛的"文化攻势"，难道我们只能以观众的身份仰慕着日韩偶像剧的辉煌？抑或"针对韩剧对中国国产电视剧所形成的威胁与冲击，有些制片人呼吁国家广电总局限制韩剧的播出量，给国产电视剧留点空间"[1]？

我们以为，挑战日韩偶像剧，创造自己的神话，当是年青一代的追求。

一　日韩偶像剧的构成元素与叙事策略

1. 青春与爱情

偶像剧发轫于20世纪90年代的日本。偶像剧所承载的是大众文化中

---

[1] 李胜利、范小青：《中韩电视剧比较研究》，中国广播电视出版社2006年版，第3页。

最时尚、最流行元素。青春、爱情、励志和娱乐是偶像剧的四大必要元素。如若考究是偶像成就了青春剧还是青春剧造就了偶像,其实两种情况皆存在,不分先后。

也许,日本对樱花之美转瞬即逝的伤感挽留,而诞生了这么一种或珍爱或缅怀青春的电视剧类型。但是,青春毕竟太短暂。如果说《东京爱情故事》中,完治、莉香和里美这一男二女皆光彩照人,是纯粹的青春之歌;那么,《101次求婚》(1991)中的大提琴手矢吹薰、《悠长假期》(1996)中的过气女模特小南,皆年已30,《我的名字叫金三顺》(2005)的女主角,竟然成了个肥肥的"老处女",却似乎更可爱又可信!这是对偶像剧"俊男靓女"模式的一种颠覆和解构,或曰一种崭新的拓展和建构。

这种类似的解构与建构也体现在男女主角的性格上。依照传统规范,男的必坚毅果敢,女的必温柔善良。消解这一定势,也就出现了男的也能柔弱多泪,女的也能野蛮泼辣。电影《我的野蛮女友》的因子理所当然地在偶像剧中"飞扬跋扈"。

所谓爱情,瓦西列夫在《情爱论》中开篇即说:"爱情像一道看不见的强劲电弧一样,在男女之间产生那种精神和肉体的强烈倾慕之情。"[1]

偶像剧往往不满足于罗密欧与朱丽叶的纯情、梁山伯与祝英台的坚贞,将爱情关系模式设为三角或更多的多角关系,但是,又绝非等同于低俗的多角恋,仍恪守它的清纯和唯美。

《东京爱情故事》中的三角恋,纯情又伤感。许多年后,莉香与完治、里美相逢东京街头,相逢何必曾相识?青春与爱情就这样患得患失交叉交融。

日本偶像剧《101次求婚》其"绚烂之极归于平淡"的内涵深度发人深省,播出后很快改编成韩版,2005年又为中国买下版权,但故事毕竟不是青春激情的事,而是历经岁月后的了然。

"各个时代关于爱情都有形形色色的议论和箴言,既有诗意的赞颂,又有痛切的抱怨;有虔诚,也有庸俗;有兴高采烈,也有沮丧颓唐;有青年时代的鲁莽,也有对命运的诅咒。"[2]

---

[1] [保加利亚]瓦西列夫:《情爱论》,赵永穆、范国恩、陈行慧译,生活·读书·新知三联书店1985年版,第1页。

[2] [保加利亚]瓦西列夫:《情爱论》,赵永穆、范国恩、陈行慧译,生活·读书·新知三联书店1985年版,第1页。

日韩偶像剧还将触角伸向遥远的历史，韩剧《大长今》（2005）当是偶像剧的变奏。根据史书上关于"大长今"记载的寥寥数语演绎而成，用的是宫廷剧的框架，走的是偶像剧之路。剧中长今与闵正浩坚贞不渝的爱，是久违了的纯洁、归真返璞的清洁。漫长剧情中一个亲吻都没有！只有"执子之手，与子偕老"的东方式情爱。从爱情生发开去，亲情、友情、师生情……爱如大海。而今，有谁还执守地久天长的友情？有谁还为了不得已的"背叛"而痛责一生？都在传颂"没有永远的朋友，只有永远的利益"，而《大长今》里的韩尚宫却为了明依痛苦一生，虽然，她有一千个理由不得不屈从强势，但是，她却永远自责！那埋在宫中偏僻角落大树下的一罐陈醋，仿佛是友情的见证。这样的久违了的友情怎不让人感怀？

罗素曾经说过："支撑生命的有三种激情：对爱情的追求，对知识的渴望，对人类苦难的同情与悲悯。"①

爱情在偶像剧中，往往被视为支撑生命的全部激情。在商业化社会中，人情淡薄，世态炎凉，人人都在呼唤真情，却又都不愿付出真情，偶像剧的真情纯情便乘机涌入，填补了当代人心田的空落落。

2. 励志与娱乐

青春岁月是一个"输得起"的人生时间段，因为年轻，所以一切都可从头来过。但是，"永不言败"应该是青年奋进的信条，健康积极、励志修德、奋发向上的人生观，值得倡导。

《悠长假期》中，钢琴手濑名在小南锲而不舍的鼓励下，终于在事业上修成正果；《冬季恋歌》中郑惟珍是一优秀的设计师；《美丽人生》中双腿残疾女孩娟子做图书管理员，是那样自尊自强；《爱上女主播》中主播本身就是当代时尚职业；《浪漫满屋》中的韩智恩最终成了成功的作家；《我的名字叫金三顺》中的金三顺亦有绝招，有张巴黎传统糕点学校颁发的糕点技术师资格证呢。

风靡亚洲的《大长今》中，小长今遵照母亲的遗言，果敢坚定，历尽坎坷后终成为一个小宫女，并在母亲生前好友韩尚宫的教导下，成为一个"食"大师。然而宫廷险恶诡诈，韩尚宫被迫害致死。长今在流放的岁月里仍志气不灭，终又脱颖而出，成为"药"大师，以朝鲜王朝近500年的

---

① 转引自刘晔原《电视剧鉴赏》，高等教育出版社2005年版，第206页。

经典回放·影视天地

历史中唯一的女性首席医官而名垂青史。《大长今》的故事情节中长今遭遇的磨难仿佛没有尽头，当观众以为可以稍稍松口气时，更大的灾难又从天而降！长今几死而后复生的人生经历，使人不得不想起《孟子·告子下》中所说：“故天将降大任于斯人也，必先苦其心志，劳其筋骨，饿其体肤，空乏其身，行拂乱其所为，所以动心忍性，曾益其所不能。人恒过，然后能改。困于心，衡于虑，而后作。"

在当今的消费时代，一味"励志"也可能不为年轻受众所接纳。"到90年代，中国的消费文化基本发展成型，大众文化成为人们主要的文化需求。"① 娱乐，是消费时代电视剧不可或缺的元素。"商业化叙事中，最重要的法宝，就是始终遵循快乐原则进行欲望书写，又以道德原则适当地加以改造。"②

搞笑，是当今电视剧不可或缺的手段。《悠长假期》一开片，扑面而来的小南着一袭洁白的日本和服婚纱，疾奔惊飞一群地上的灰鸽子，本来新郎逃跑是个让人尴尬无奈的悲凉开端，却硬是搅成了喜剧色彩。《大长今》这样的鸿篇巨制，完全的正剧，也少不了长今的养父酿酒行家姜德九夫妇这对活宝！大量喜剧性情景设置产生的喜剧效果，给紧凑紧张紧迫的剧情带来了幕间休息般的松弛和快乐。《我的名字叫金三顺》更是喜剧化，金三顺受失恋刺激误入男厕，涕泪横流若小丑的模样让人忍俊不禁；最终她与振佑相拥热吻竟然也在男厕所！虽匪夷所思，却也令人捧腹。

3. 叙事模式

叙事或者说讲述故事是电视剧的第一要义。每种类型皆有自己比较成熟的一套"具有联想关系的公认套路"③。

日韩偶像剧的叙事模式有以下若干种：

（1）爱情蒙太奇

电视剧的叙事结构，有拧绳式、念珠式、旅途式、公共汽车式、大型旅馆式、舞会手册式、马祖卡舞会式等。偶像剧因了错综复杂的爱情线索和多角框架，常采用拧绳式结构。而在人物形象、人物性格的设计上，则注重反衬、互补的搭配关系。这样，能使剧情充满巨大的叙事张力。

---

① 洪子诚：《中国当代文学史》，北京大学出版社1999年版，第386页。
② 杨新敏：《电视剧叙事研究》，文化艺术出版社2003年版，第114页。
③ ［美］约翰·费斯克等：《关键概念：传播与文化研究辞典》，李彬译，新华出版社2004年版，第117页。

日韩偶像剧叙事焦点始终不脱离男女主角的爱情纠葛,跌宕起伏、障碍重重、扑朔迷离,最终不是以大团圆换来皆大欢喜,就是以悲剧赚得观众的泪水。如韩国偶像剧《星梦奇缘》(1997)中的女主角涟漪与男主角江民之间的爱恋,既有个俊立深爱着涟漪,又有个尖酸狭隘的依华单恋江民,后俊立的前女友苏菲亚又出现。这种多角关系中还夹杂着涟漪和江民各自的身世之谜!《冬季恋歌》(2002)中惟珍与俊尚相恋也是错综复杂!《我的名字金叫三顺》(2005)中金三顺、振佑,柳熙珍、亨利之间,亦是爱情拧绳式进行曲。

蒙太奇的叙事手法,恰恰负重若轻,以平行蒙太奇、交叉蒙太奇、时空蒙太奇等轨道承载爱情快车。同时,又常常以慢镜头、定格来凝固或延宕心有灵犀的一瞬间。

(2) 同一屋檐下:戏剧传统的影视化

一般认为,1996年出品的《悠长假期》开创了偶像剧"同居"模式。失败新娘小南与失意的钢琴手濑名"同居一檐下",历经种种磨合,两人终于擦出爱情之火花,走到了一起。这种偶像剧的重要构架之一,其实,1993年酒井法子的成名之作就叫《同一屋檐下》,人气极旺,也谈爱情,但主要是血脉亲情。此类模式更早已见之于中国的话剧中,如《上海屋檐下》《七十二家房客》。因为"同一屋檐下"为封闭结构,极符合戏剧化"三一律"原则,是影视对戏剧难以彻底割断脐带的见证。当然,偶像剧中的"同居"模式似乎过滤了生活的世俗态,柴米油盐酱醋茶被蒸发得一干二净,只留下"阁楼男女"的"浪漫满屋"。

(3) 灰姑娘传奇:永远青春的童话

"灰姑娘"的故事最初记载于17世纪法国作家佩鲁(Perrault)的童话集,到了19世纪,德国格林兄弟将其编入《格林童话》,自此,灰姑娘便成了古今中外女性"梦想成真"的爱情符码。根据"灰姑娘"改编的电影已达百部之多,韩国偶像剧对此模式更是情有独钟。

1997年韩国偶像剧《星梦奇缘》与格林童话中的《灰姑娘》如出一辙。孤儿院长大的私生女涟漪,高中时被并未相认的"生父"董先生接到家中,受尽董太太和两个女儿的欺负,过着寄人篱下的生活。但是她自强自立,终与同样有身世之谜的歌星高天相恋,既给高天以鼓舞和力量,又赢得了高天的挚爱与尊重。此后,韩国偶像剧一"灰"到底,固执不已。如《冬季恋歌》(2002)中的夜市摆地摊的女儿惟珍,《巴黎恋人》(2004)

中的出身寒微、相貌平平的姜苔玲,《我的女孩》(2005)中的居无定所的女导游周裕玲,风靡一时的《大长今》(2004)中的长今,《我的名字叫金三顺》(2005)中的金三顺等,无一例外都是灰姑娘的故事。虽然,这些灰姑娘们毕竟超越了旧时的灰姑娘,并没有把爱情当成人生的全部和终极目标,但即使是旷世奇才长今,也仍然需要闵正浩作为她的人生支撑。所以,她们仍属于传统意义上的"灰姑娘"。

"灰姑娘"另类也在偶像剧中出现,如《爱上女主播》(2001)中的忘恩负义、恩将仇报的迎美;《巴厘岛的故事》(2005)悲剧故事中的穷困潦倒的非法小导游李水晶,趋炎附势、反复无常,在富豪郑在民和爱她的姜任旭之间跳来跳去,但仍有她的可爱之处。另类"灰姑娘"在剧终一般都改邪归正,为了不辱"灰姑娘"符号象征,也为了满足受众的心理需求。

这种世俗化的爱情叙事模式,诱发受众尤其是女性受众的白日梦,将庸常生活中的人们对爱情、金钱的欲望寄托于灰姑娘奇遇中,既满足了审美需求,又给平淡无奇的生活增添了色彩,即使是虚幻的。

二 中国偶像剧缺失什么?

今天,当我们大肆解构传统观念消解传统道德之时,在我们拥有以往所不曾拥有的,却轻易抛却这一切时,日韩偶像剧,尤其是韩国偶像剧,似乎那并不遥远的过去一下子就来到了眼前!怎能不产生心的共鸣?偶像剧并非只属于年青一代。而国产偶像剧却多让我们失望,那么,国产偶像剧究竟缺失什么?

1. 少有原创

的确,偶像剧是从日本引进的。但是,如若根据偶像剧之必要元素来看,自中国电影电视剧诞生以来,就有这种类型或亚类型的影视剧存在了。

中国第二代导演的《渔光曲》(1935)、《十字街头》(1937)、《马路天使》(1937)、《桃李劫》(1934)等,新中国电影《青春之歌》(1959)、《五朵金花》(1959)、《庐山恋》(1980)、《青春万岁》(1983)等中,无不包含青春、爱情、励志和娱乐元素。而且,这类充满了原创精神的影片流传至今,常看常新。

国产偶像剧起步亦不低。《还珠格格》(1998)这新编历史剧在通俗与后现代之间走着平衡木,却几乎做到了雅俗共赏,具有超高的收视率和巨大的市场份额。饰演天不怕地不怕的平民公主小燕子的赵薇脱颖而出，因青春剧而成为大众偶像。《将爱情进行到底》（1999）出手不俗，导演张一白以 MTV 式的精致画面，中国式的含蓄表白，演绎了杨铮、乐言、雨森、佳伟这"男子接力跑"：这四人与女生乐彤、文慧校园内外的生活和爱情。激情、忧郁漫漫全剧，很能引起同龄人的共鸣。

此后，海岩以他的系列电视剧一枝独秀，《一场风花雪月的事》（1997）、《永不瞑目》（2000）、《玉观音》（2003）、《我拿什么拯救你，我的爱人》（2003）等，走的是偶像剧与公安剧交融之路。

但是，其他的国产偶像剧却并没有火起来，其中，借鉴模仿日韩剧过度是重要原因之一。如由耿乐、孔琳主演的《上海故事》仿佛中国版的《悠长假期》。《新闻小姐》（2000）和日剧《新闻女郎》（1998）何其相似乃尔。2002 年元月 1 日上映的韩剧《冬季恋歌》与同年追尾出现的《对门对面》（2002），后者与前者故事情节几乎一样，只是地点变到中国，几个人物改名换姓而已。《完美》（2005）亦延续了"同一屋檐下"的模式。《向左走向右走》（2004）在情节设置上仍走不出《爱上女主播》等韩剧的模式。

古老中国有着自己本民族的民族文化，亦有着自己深厚的人文底蕴，但是国产偶像剧却往往忘却了自己的水土，一味模仿近邻，没有创新，悲哉。

2. 矫揉造作的虚假

当今社会大力倡导消费，互相攀比的是谁吃穿好，谁有房，谁有车，谁会玩。媒介世界所积极倡导的消费的欲望与激情仿佛一下子将"缺什么、要什么"的问题明了起来。偶像剧在健康明朗的价值取向博得观众的青睐的同时，其虚拟、粉饰的物质空间也带来负面影响。国产偶像剧则过度夸张，成了矫揉造作的虚假！

《红苹果乐园》（2003）中，对音乐狂热的天野，充满运动细胞的可豪，理财幽默大师子衡，异性缘特佳的先勇和气质男孩咚咚五个阳光男孩组成了"新一代 F4"。青春年少的他们是学生而不似学生，成天为赶走误打误撞住进红苹果之家的漂亮宝贝萧晴而上演一出出闹剧。2003 年，由俊男靓女陆毅、林心如主演的《男才女貌》亮相荧屏，通过唯美声画谱写了一首爱之恋歌。次年，同字却不同名的《女才男貌》也被隆重推出，但却有如"一母同胞"，都是讲述所谓"新新人类"和"白领丽人"的美丽爱情及飞黄腾达的创业史，又过分依赖技术元素，抛弃了应有的"真实"。

经典回放·影视天地

《好想好想谈恋爱》（2004）虽有偶像蒋雯丽、那英等加盟，试图展示并探讨现代都市白领女性对爱情追求的内心世界，但是，编导太偏离类型剧的叙事模式，缺故事，少情节，大段大段的女性主义色彩的对白，淹没了日常生活气息，所以，只能是先锋实验性的喝彩，成了个人的天马行空。要知道，类型模式"在创作者是套路的创造、形成和遵守；在观众是套路的熟悉和快感"[①]。

"模型之为模型是因为它具有很强的衍生力，给一个模型添枝加叶就可以得到千变万化的故事。"[②]而国产偶像剧在"添枝加叶"方面缺少创意的激情和态度的诚恳，因而未能有千变万化的效果。

3. 细节的忽略与流失

对国产电视剧，人们常常指责节奏缓慢，其实，有哪部慢得过韩剧呢？可是，韩剧不是在中国大行其道吗？韩国偶像剧有个特点，无论是现实题材、历史题材，还是假定性故事框架中，都不忘融入大量的细节，从而显得真实可信还可亲。细节既包括生活细节，又包括行动、表情和心理活动等细节。

《人鱼小姐》《大长今》穿插了大量韩国食谱的做法，细致入微，观众不仅不指责这脱离了剧情，反而认为一举多得。《美丽人生》中发型店、超市、吃面条、上洗手间、骑摩托等生活原生态的展现，在长篇电视剧中不觉烦琐，反而很生活化。《我的名字叫金三顺》中男主角学生时代与初恋女友在课桌下两双腿偷偷"打架"，一弯腰捡笔的同学将此尽收眼底的细节，何其真实。《看了又看》中，不厌其烦渲染男主角基正通宵夜班归来仍不忘送女主角银珠上班的细节，因为爱，是在点点滴滴、细枝末节之中的。波澜不惊的小溪流般的日常生活，滋润人也磨蚀人的生命。

《东京爱情故事》中多次出现的完治与莉香的分别细节分外感人。完治与莉香相对而立，且各自往相反的方向后退，二人之间的间距越拉越大，但彼此没有谁转身离开。这一分别场景简简单单，但整个过程在全景、中景、近景的反复运用中刻画出完治、莉香想爱而不能的复杂心理。

国产偶像剧却多注重故事的传奇化、情节的戏剧化、叙事的流畅性，往往忽略细节在人物性格塑造和故事情节的铺陈上的重要作用。细节的大

---

① 郝建：《影视类型学》，北京大学出版社2005年版，第61页。
② 郝建：《影视类型学》，北京大学出版社2005年版，第94页。

量流失，难以营造出打动人心的真实感和美感。

三 《聚沙》：日韩偶像剧的借鉴与超越

当一些国产偶像剧仍沉醉于模仿日韩偶像剧的梦幻世界时，由南昌大学影视艺术研究中心策划而成的研究生自编、自导、自演、自拍、自制的24集校园青春剧《聚沙》于"五一"黄金周在中国教育台播出，为国产偶像剧谱写了别样乐章，同时也为国产偶像剧开拓了一条实验性道路。

《聚沙》是一部爱情、亲情、友情、师生情交织交融、充满阳光的校园青春剧。校园青春剧是偶像剧之一种，《聚沙》既有日韩偶像剧的青春、爱情、励志、娱乐的构成元素，更有"爱情蒙太奇""同一屋檐下""灰姑娘传奇"等叙事模式，但并非低级的模仿，而是在借鉴基础上的一种超越，是符合国情的本土化结晶。而且，该剧一扫无生活气息的矫揉造作之风，以其特有的视听图谱、人物符码、细微真实的"生活流"、浓厚的校园"气息"赢得观众的喜爱，谱写着研究生的青春之歌。

1. 视听图谱与青春之歌

偶像剧的必要元素并非僵化的填充，而是提供丰富的解读和创新的可能，《聚沙》正是如此。

中国影视作品中反映高校研究生的生活状态，《聚沙》是第一部，依旧有奋发向上，有学海泛舟，有爱情变奏……但是必须正视的是，而今，消费时代的娱乐泛滥，享乐主义、拜金主义水涨船高。一时间，崇高被消解，奉献被解构，审美审丑互文拼贴，精英文化与大众文化被抹平，正确与错误不再泾渭分明，荣誉与耻辱混淆交融！如果说以往过分地强调集体主义而将个人个性淹没于其中，那么，今天在一些人的眼里，极端的个人主义误以为就是个人价值的实现且理直气壮。人与人难道说只能像"散沙"？聚沙成塔，积溪成河，团结就是力量，人，不能仅仅为自己而活着……这些自古以来的道理，值得我们年轻的一代反思。《聚沙》便是在这一特定语境下唱响了研究生的青春之歌。

从"视听图谱"看，校园、教室、拉片室、剪辑室、寝室、图书馆、操场、食堂等都成了《聚沙》不可或缺的视觉空间编码，这些熟悉平常的视觉编码并不流于庸俗、简单，而是让人倍感亲切。在此基础上，《聚沙》还融入了颇显研究生素质的精彩对白。既有同学之间的真诚关爱、友好互助，又有相互猜疑、不公平竞争；既有师生之间的深情浓意、代与代之间的理解与沟通,又有隔膜疏离乃至提防。时尚元素的填充也是偶像剧之魅力所在,手机、网络、电话、摩托、电视机、KTV等"E时代"的时尚元素贯穿于《聚沙》始终,既构筑了娱乐元素,又成了细节和情节的组成,还彰显了"E时代"别样的爱情。

《聚沙》坚持学生演,演学生,是名副其实的青春剧。《聚沙》中除了一位学生在老百姓自己的栏目《绝对想演》中担任过短剧角色外,全都是"大姑娘上轿——头一回"。也许,这与偶像剧之"偶像"背道而驰,然而,没有偶像的偶像剧《聚沙》给人感觉耳目一新。

2. 叙事模式与人物符码

《聚沙》明暗两条叙事线索交织:电视艺术学硕士点的四男四女的学习生活中,秋月儿在困境和逆境中的奋力拼搏为主线,秋月儿的身世之谜则作为悬念暗线时隐时现。感觉是阳光、青春扑面而来。却也有阴霾笼罩之时:围绕秋月儿身世之谜的解开、沈佳琪与老外公的"代沟"的尖锐冲突及张一弛的神秘行踪,一方面使这部校园青春剧与伦理剧交叉交融,增强了可看性和社会性,也更逼近人性深处的拷问;另一方面,因了这些枝枝蔓蔓的牵扯,故事既深入到家庭隐秘,又走出了校园,把摄像机扛到了社区、街道、山林、田野……

《聚沙》女主角之一秋月儿,应该说受"灰姑娘"模式影响。但是,这一个"灰姑娘"不是格林童话中依赖王子拯救的符号,也不是韩剧中屡试不爽的"灰姑娘"符码。秋月儿她温柔又倔强、谦虚又好胜、朴素又爱美、坚韧又软弱,家贫、孤陋寡闻、不会电脑、英语很差,但她自尊自重,迎难而上,勤奋刻苦,终脱颖而出。这样的励志,是很有现实意义的。

在《聚沙》中,压根没有韩剧中的"王子"符码,也无什么钱财、豪宅、名车。剧中的男主角张一弛只是个普通的研究生、城市贫民的儿子,而且由于生母的病情,他急需大量的钱,但他又将这一切牢牢地埋藏在心底,以致生出种种误会和猜疑。他一方面指责沈佳琪、涂芃芃对秋月儿的农村歧视,另一方面,他的潜意识里对秋月儿也是居高临下的俯视的同情。这种怜悯—误解—平等对话,最终让秋月儿和他走到了一起,因为,"灰姑娘"的宿命并不是忍辱负重。秋月儿与张一弛的爱情境遇在《聚沙》中相拥而止,这种纯爱符合大多数人心中理想的爱情境界:超越现实的一切烦恼郁闷和种种不顺,抵达物我两忘的二人世界。

儒家文化重血脉。东方文化对血缘关系有着根深蒂固的重视。《蓝色生死恋》《冬季恋歌》《巴黎恋人》《巴厘岛的故事》等剧中,身世之谜、血缘纠葛,一代又一代。《聚沙》亦如是,所谓世界太小太小,生活比戏剧还要戏剧。

《聚沙》中有感人至深或让人遗憾的血缘亲情与非血缘亲情:张一弛为11岁时就离开了他的母亲献肾;殷山红养育秋月儿,亲生儿子志刚还在村里小学教书;沈佳琪为秋月儿寻找到生母,却恰恰就是自己的母亲!林芳菲为了父亲的声誉,为了自己的面子,并不想认亲生女儿,但受到良心的谴责,才着急给秋月儿以补偿,其虚伪和现实也令人发指!

3. 地域文化与校园气息"场"

一方水土养一方人。

看日韩偶像剧,拍摄地点多有浓厚的地域色彩,当然,其初衷是出于文化产业与开发旅游资源相结合的商业策略。但于不知不觉中,《蓝色生死恋》中束草的优美、《大长今》《我的名字叫金三顺》等多部偶像剧中出现的济州岛,已烙入受众的脑海。

《聚沙》也让全剧打上了鲜明的江西地域色彩:革命摇篮井冈山、千年瓷都景德镇、神秘的庐山、人杰地灵的修水、打响"八一"起义第一枪的南昌等,都在剧中得到多角度的展示。

《聚沙》因拍摄经费所限,主要拍摄场地为南昌大学青山湖校园,兼顾前湖新校区。但这也成就了《聚沙》的一大特色,那就是研究生就得学习、上课、提问、讨论、做作业、考试,艰难的英语、艰苦的实践、快乐又烦恼的排练节目……皆成为剧中的细节或过场,正是不舍弃这些似乎没构成情节的细节,才形成了校园气息"场"。

4. 后现代语境中的真诚"模仿"

R.G 柯林伍德说:"娱乐世界和日常事务之间存在着一堵滴水不漏的挡壁,娱乐性艺术首先必须创造一种虚拟的情景。"[①]

然而,在《聚沙》中,娱乐元素却渗透进日常情景之中。胖男胖女——都"发誓减肥"的韦小北与涂芃芃像是一对欢喜冤家,涂芃芃尖刻,爱惹是生非,但她又糊里糊涂、知错能改,并非一坏到底;皮球韦小北更是出尽洋相,成天嚷嚷"囊中羞涩!"又心甘情愿挨女生的"宰",真傻得善

---

① [英] R.G. 柯林伍德:《艺术原理》,王至元、陈华中译,中国社会科学出版社1985年版,第80页。

良。"书呆子"薛哲爱吊书袋子，嘴不离经典名言。

《聚沙》中亦有后现代的拼贴之风，但绝非"恶搞"，而是向电影前辈致敬：《雨中曲》中雨中歌舞镜头，《天堂电影院》接吻片断、母亲结毛线时儿子归来时的长镜头，《去年在马里昂巴德》中晦涩难懂的声画，蔡楚生的《一江春水向东流》月亮的镜头，《党的女儿》中玉梅被捕场景、长大后的妞妞唱兴国山歌的场景，费穆和田壮壮的《小城之春》场景比较……既然是电视艺术学的学生，也就必须拉片，这既是生活学习"场"的氛围的营造，更是对名导名片的崇敬。剧中还有对经典镜头的模仿，如对《神女》中流氓两腿叉开中神女的无助形象的借鉴，八个学生手挽手"横行"于校园的镜头可以说从《十字街头》得到启发，韦小北与涂芃芃排练《大话西游》搞笑的经典爱情片断，动画片《美女与野兽》的真人版……这些穿插自然流畅，绝非解构消解，而是学习和新的建构。

本土化、民族化是国产偶像剧根本的出路。与经济一体化、全球化的发展相反，许多国家都在致力于保护和发展本民族的文化艺术。鲁迅曾说过："有地方色彩的，倒容易成为世界的，即为别国所注意。"[1] 中华民族的博大精深的文化传统是我们民族赖以生存的根基，挑战日韩偶像剧，摄制出中国风偶像剧，当是我们努力的方向。

（邓煜，南昌大学副处长；何静，南昌大学新闻与传播学院副研究员；王小娥，南昌大学新闻与传播学院助理研究员）

[原载于《南昌大学学报》（人文社会科学版）2008年第2期]

---

[1] 鲁迅：《鲁迅全集》第12集，人民文学出版社1981年版，第391页。

每部作品都是青春的纪念册
——胡辛影视教育谈

柳易江

1983年,一部小说《四个四十岁的女人》让她一举成名。1997年,由《蔷薇雨》改编的28集同名电视剧热播大江南北。2001年,她担任编导的《千里踏访颂师魂》获得中国教育电视二等奖。2006年,她带领学生自编、自导、自演、自摄制国内首部长篇校园青春剧《聚沙》。2011年8月,她与学生们拍摄的反思当代校园师生灵魂的8集电视剧《沙之舞》,在江西电视台五套首播后引起观众和专家学者的广泛关注……从文学创作到影视教育,胡辛,这个熟悉的名字,再一次以她丰硕的教育成果引起大家的瞩目。在第27个教师节来临之前,执教44年、从事影视教育15年的胡辛接受了本报记者的专访。

度身定制的校园青春剧真实质朴

记者:《聚沙》拍于2006年,《沙之舞》拍于2009年,那几年,正好是继日韩青春偶像剧在我国热播之后,《奋斗》等本土青春剧也有所建树,你们的影视作品是如何定位的?作品有什么特点?

胡辛:《聚沙》的定位是:把偶像剧的元素和叙事模式都拿过来,但必须有原创的激情和真诚。因此,在资金匮乏和并非专业表演的前提下,我们打造的就是新现实主义流派的"还我普通人"的品格,选取的都是最贴近师生生活的校园题材,自己写自己、自己演自己是顺理成章的。我们编写剧本都是按学生的条件度身定做、量体裁衣的,我们的摄像机是追随着学生的轨迹扛到了校园内外。所以,强烈的真实感和质朴无华,就是我们影视作品的特质。记得曾获奥斯卡最佳影片奖的《撞车》有句颁奖词：豪华的制作、绚丽的服饰，永远替代不了真实的故事和动人的情节。

24集电视剧《聚沙》是研究生生活原汁原味的艺术再现。8集校园青春剧《沙之舞》，学生们演的同样是较为熟悉的校园生活，但更具可视性，有了点学院派的追求。真实质朴，始终是我们校园青春剧的烙印。

以井冈山精神拓展"教学产研"路

记者：影视剧的拍摄、播出，是一个复杂的系统工程，高校师生一条龙制作，困难可想而知，尤其是在经济并不发达的江西，你们是如何克服解决的？

胡辛：我们靠的是什么？靠的就是自力更生、艰苦奋斗的井冈山精神！影视是高科技和文学艺术相结合的产物。资金是摆在我们面前的最大难题。拍摄《聚沙》时没有钱启动，怎么办？大家当时的积极性非常之高，那就师生集资启动吧。《聚沙》24集，我们花的费用仅仅相当于正常拍摄一集电视剧的费用。为了节省开支，我们剧组从未聚过餐。即使是拍在食堂吃饭的戏份，也只有主演和摄像才由剧组付饭钱。让人欣慰的是，在拍摄过程中，我们得到很多单位的无私支持，如到厚田沙漠等景区拍戏，前后几趟进去百余人次，景区都是免费的。只要说出"是高校师生拍片，不是为了钱"时，连公共汽车的司机和乘客都乐意配合。就是凭着这样一种精神，我们拓展了一条"教学产研"之路。

跻身全国影视教育前列

记者：20世纪90年代，影视专业就从专业院校拓宽到了综合性大学，作为江西省高校首个广播电视艺术学硕士点的点长和导师，请你介绍一下，目前我国影视教育的现状，南昌大学又处于何等水平？

胡辛：看电视，已成了人们的一种基本休闲娱乐方式。没有哪一种艺术形式比得上电视的覆盖面之广。作为文化软实力重要组成部分的影视创作，是与高校影视专业的建设发展密切相关的。自20世纪90年代影视专业从专业院校走向综合性大学后，就成为中国高校教育与时俱进的一个缩影。

电视理论必须与实践相结合，否则就是纸上谈兵。从非影视专业院校来看，清华大学在尹鸿等的率领下，在理论探研的同时注重纪录片实践，作品多次在成都国际电视节获奖。北京师范大学教授张同道等带领学生们坚持纪录片的摄制。上海交通大学在电视电影方面已获得全国百合奖。南京大学则在电视节目的策划设计方面与电视台搭建了互动平台……

我们虽然条件相对要弱些，但可喜的是，《聚沙》2008年摘得中国高校影视创作奖（仅此一部电视剧获奖），《沙之舞》已获中国高教学会影视教育专业委员会优秀影视创作奖、首届大学生电视作品大赛提名奖。在2009年11月四川国际电视节首届"金熊猫奖"国际大学生影视作品评选中，由南昌大学党委宣传部和影视艺术研究中心组织选送的作品，其入围奖、提名奖和获奖数已名列国内高校第6名。

经过每一道工序的深入实践，才能成为合格"产品"

记者：在理论联系实践的具体探索中，您是如何培养学生的？

胡辛：我以为，影视实践不仅仅是培养学生的创新意识和动手能力，更重要的是直面师生的思想道德与价值理念，在世俗喧嚣、众语喧哗中，能否克服种种困难众志成城拍摄出电视作品。

我常跟学生说，老师是把自己所走的弯路删掉直接给他们引路的。我们以最大的能量让其全面成长，力争向社会输送高素质的影视人才。我一直强调，一名影视学研究生，只有自始至终参与了至少一部影视剧的制作，才算是合格的。从策划到编剧、导演、拍摄、配音、剪辑，我们每一个环节都非常严格，哪怕是场记，也是按规范来操作。我们的每一部影视作品，都是在师生们共同策划的基础上，先由学生编写剧本，抓到闪光之处我就给他们精讲，然后再写、再创作，并进行小剧的试拍。之后，就是由我出题，大家热烈讨论，最后基本上是由老师来完成剧本。开机之初的镜头，都是我边讲边导，等培养了几个学生能基本操作了，我就逐渐退到后面指导、把关。因此，一部影视剧拍下来，学生们无论是技术还是艺术，都有了深度的实践体验。每一部影视作品，都是我们团队的创作；每一部影视作品，都是学生青春的纪念册。

（柳易江，《江西日报》井冈山版主编）

（原载于《江西日报》2011年9月2日第B1版）

在守护中追寻:文化视角下的胡辛影视创作研究

温江斌 何 静

1983年胡辛小说《四个四十岁的女人》获全国优秀短篇小说奖,一时间,好些家电视台电影制片厂纷纷欲改编成电视剧和电影。但一女不能许几家,到底由第一家获得改编权,那就是上海计划生育分中心。这真是有趣,写女人的小说由分管女人生育的单位拍成电视剧,而且获1984年度飞天奖。此后,她的中篇小说《这里有泉水》又成功改编成电视剧。接下来,胡辛真正"触电",亲自操刀,为中国电视剧制作中心将其长篇小说《蔷薇雨》改编成30集电视连续剧,虽花开花落几春秋,但终热播于大江南北。与此同时,她作为主创之一的9集电视系列片《瓷都景德镇》也获奖获好评。进入21世纪,年过半百的她竟然深入影视腹地,自编、自导、自摄制24集校园青春剧《聚沙》和8集《沙之舞》,在中国高校影视学科中开创出一片新天地,并率研究生们拍摄出了一系列江西地域的电视专题片,迄今已经改编、编剧、编导电视剧6部、专题片9部,这些作品涉及不同的思想命题,涵盖了女性、都市和教育等多个层面,呈现出多样化的创作风格。要想对这样一种多元的影视创作予以清理归类,做出一个总体性的概括并非易事。但是,纵观胡辛的影视创作,可以发现,不管是电视剧还是专题片,这些不同类型、不同叙述策略的影视创作,不仅显示了创作者广泛的创作兴趣,亦体现了她不断坚守理想,超越自身,勇于追求综合创新的思想要求。因此,要想真正认识创作者的价值、意义和特色,就必须了解她的生活经历和她整个生命存在方式,把她的影视创作和她的人生历程联系起来加以考察。

一

　　胡辛的人生之路不乏艰辛但也颇具传奇。祖籍黄山脚下太平县，祖父来到南昌后加入了南昌籍，姑父是"八一"起义主席团成员——工商界代表。抗战时全家逃难到赣南，她出生在瑞金，童年在赣州，5岁回到南昌，大学毕业后分配至景德镇，13年后回到南昌。从村小，到中学、中专，到大学，她质朴的生活流程又始终与她那一代人的人生遭际和精神诉求紧紧纠缠在一起。出身于知识分子家庭的她，又天然地怀有一颗敏感丰富的心，于是生活成了一种馈赠。从胡辛的生活经历以及思想发展历程看，她是一位具有多元文化背景的创作者。从胡辛的复杂生活经历我们可以看出，她的视野广博、兴趣广泛，不拘泥于文化、思想的陈规，有一种守护与追寻共存的文化气质。在这里，守护与追寻两个概念既是创作者生命轨迹，同时也是文化身份与心理经验。胡辛一直在信仰的坚守与身份的微调中探求生存的意义、驱策自我创作。幼年和年轻时候的波动生活处境促成了她独特的思维方式的生成，她的创作观念与创作历程，艺术风格与作品主题呈现出的独树一帜的理念与特点，与她独有的文化背景和生命经验紧密联系。

　　对胡辛的影视创作与文化身份的考察势必要追溯到她的60多年的赣地生活。这片土地给予了胡辛生活时光，凭借对这块土地的深切体验，胡辛叩开了影视创作的大门。她的影视多以江西地域为背景和题材。江西的山、水、人，在胡辛的脑海里留下难以磨灭的印象，并在她的作品中以一种意味深远的、象征性的意义反复出现。胡辛曾说，无论是文学创作还是影视创作，她都有三方厚实的热土为立足点：一是度过学生时代的南昌，二是大学毕业后分配的工作地景德镇，三是出生地和度过童年的赣南。在影视创作里，"热土"抽象地说是一种情境，具体地说是影视创作的出发点和归宿地，从鲁迅到沈从文，从老舍到赵树理，我们都可看到一个确定的地方在艺术文本里反复出现。这个地方让这些艺术家们可以反复描绘，揪起其中任何一个人，都可以创作一篇艺术品，既了然于心，又取之不尽。同样，在胡辛的影视艺术中，她提供了一个新的艺术情境——赣地，可以说她是受到启发后的借鉴，但这更是她创作的自觉选择。

　　根据她的小说改编的影视剧，如果说电视剧《四个四十岁的女人》、电影《同龄女友》没在南昌拍摄留下了遗憾的话，到电视剧《这里有泉水》，可就是在龙虎山上清宫一带实拍的，有着芦溪的水声。28集电视连续剧《蔷薇雨》，则到南昌与赣州拍摄，孺子亭、桃花巷、松柏巷、系马桩、书院街、六眼井等，都是实有其名的街巷，湿漉漉、热腾腾的南昌气息扑面而来，打烙着20世纪80年代寻根文学的痕迹。而胡辛作为主创之一的9集电视系列片《瓷都景德镇》是在景德镇市委的鼎力支持下实地拍摄而成的，是第一部全面展示景德镇源远流长的瓷文化的大型电视系列片，随着电视片中不少老艺术家的仙逝，这部系列片更见其珍贵的史料价值。21世纪以来她在影视领域深度创作，在电视专题片的创制时注重对地域特征真实还原和重现。《红绿辉映领袖峰》中连绵起伏的竹海与朱毛会师之地、伟人故居、红军医院、烈士纪念碑叠印在一起，渲染出革命井冈山的红绿的特色。在《瓷都名流》中，2000多年的制瓷历史深厚积淀，为景德镇奠定了举世公认的瓷都地位而驰名天下。在这方水土的滋养下，孕育出无数技艺精湛的陶瓷工匠和妙手生花的陶瓷艺人。《千里踏访颂师魂》里秀丽的赣北、群山透迤的赣南、桃花源畔武陵、朱子旧居婺源……如画风景兼有着艰辛和沉重，呈现出一派赣地原汁原味的情景，让人们强烈感受到这片乡土是如此贫瘠，又是如此蕴蓄着生命。

两部青春偶像剧《聚沙》和《沙之舞》，仍然以赣地作为切实的生活背景，尤其是《聚沙》中的秋月儿就来自绿海深处——井冈山。在汹涌的社会转型经济大潮冲击下，剧中人物面对着各种观念，尤其是道德观的急剧嬗变，在与传统观念产生剧烈的冲撞中，依旧苦苦追求自己的人生价值，描绘出人物在社会变迁中的困境与挣扎，无疑折射出这方爱并恨着的土地在时代变迁中转型的艰难。

客观地说，胡辛的部分创作属于主旋律的"奉命之作"，如大型电视系列片《瓷都景德镇》《千里踏访颂师魂》都是江西省省直机关邀请之作，但是胡辛总能把她所要表达的心绪与这片土地融合起来。虽然自1983年胡辛获全国优秀短篇小说奖以来，声望和生活一直处于不断上升之中，但她在幼年和年轻时期所体验到赣地质朴的心理经验并未就此消除。地域成为她魂牵梦绕的记忆，沉淀在她内心的深处，无时无刻不提醒她，这是生命中血与火的不可分离的地方。随着生活的展开，现实与地域作为一种生存经验逐渐渗透进她的思想认知中，沉淀为一种精神气度和性格特征。如果说她早年不断迁徙和漂泊是环境所迫被动地寻找生存的栖身之地，那么在稳定以后她以影视创作对赣地大江南北的抒写则完全是她寻找一个与自我认知相契合的文化环境、精神环境，一个可以安顿精神理想的栖居地。

二

胡辛是知识分子，在她的创作中随处可见一个知识人追寻的理想的光芒。一方面，她的人物大多为女性教师；另一方面，她的影视题材大多集中在校园。

胡辛影视创作中的主要人物大多从事教师职业。改编自小说《四个四十岁的女人》的电影《同龄女友》里，以短短的篇幅写了四个饱经沧桑而又命运各异的女人，其中那位受到孩子们尊敬和热爱的山村女教师柳青，是特别值得尊敬的一个热爱生活的强者，实际上这个人物身上有着作者的半自传色彩。"柳青是在同学九年中一直被其余三人所信赖的'圆心'"，师范毕业后，她在农村执教了15年，她热爱她的事业，为发展农村教育竭尽全力。柳青是胡辛编码的第一个教师符码，此后，《这里有泉水》里的树云是中学语文老师，《蔷薇雨》里的阿玮是村小老师，《陶瓷物语》里的树青是大学老师，《聚沙》里的白芒是大学老师，殷山红和秋月儿母女都是山村老师，《千里踏访颂师魂》更是对基层教师的集体记录。对于从事教育工作的胡辛来说，教师情结是永恒的难解情结。诚如胡辛自己所言："我的终身职业是老师。教师的天职似乎已经融进我的血液中。成了一种生物惯性似的。"胡辛对教师群像倾注太多的情感，她用她同行的视角，写出女教师的故事。

电视剧《聚沙》把目光集中到高校领域，为了改革并完善电视艺术学的教学方式，白芒教授带领研究生以影视实践课拓展教学，拍摄电视片。为此，拘泥于陈腐的教育评判标准的学校对实践并不支持，白芒和院领导水梦舟冲突不断。传统与现代、求索与保守、正义与邪恶等诸多寻常与不寻常的故事就发生在这片似乎宁静实则不安的校园，折射出当代研究生的生活图景，积淀又迸发出对当今教育问题的种种思考。《聚沙》把当今研究生的生活形态、恋爱故事及折射出的人生观真实地展现在观众面前，其深刻的人文精神和敏锐的社会批判意识意义，正如剧中白芒老师所说："我们现在拥有的是我们从未得到过的，可是我们轻易抛却的会是我们甚至我们以后的几代人所要苦苦追寻的。"这，的确依然是今天教育乃至全社会需要深入思考的问题所在。

2010年，胡辛以教师为半径，继续扩展她对所熟悉的教育领域的关注。《沙之舞》依然是校园的故事，依然有教授和学生的身影，但是影视创作者的思想并不拘囿在这一方寸之地。她以戒毒为纽带，把人物的关系、故事的发展溢出校园，扩展到社会，塑造出为贪欲所诱惑终究堕落的男主人公何冰。这是令人憎恶的，但是创作者对何冰的堕落并未简单化，而是将他一步步陷进泥淖既作了个人缘由的分析，同时指出社会价值观的嬗变带来的负面影响。人的价值究竟应如何来衡量？对何冰对爱情的一往情深既不完全肯定也不完全否定，人钟情其初恋有什么过错呢？但人的虚幻乃至虚伪，包括对自己的情感的复杂难言，该剧也作了较真实的描绘，创作者更多从社会转型中的人际关系来考量，从而持之以批判和超越。

胡辛在创作中所涉及的内容和题材非常广泛，她早年的文学创作关注的视点是女性问题、传统文化问题、思想问题，而这些问题进入她的影视创作后，往往不是孤立存在而是紧密相连、辩证相关的，这显示出创作者看待世界的复杂眼光。《瓷都景德镇》是中国第一部关于瓷都景德镇的大型纪录片，既是写了这方水土，更写出这方水土上的人物。"瓷"是水与土的结合，不经过火的洗礼，就无以成为瓷。同样，人生没有痛苦的体验，也就不成为人生。从小学教员、大学教授，再到作为象喻"人"的"瓷"，无论是教师还是校园，无论是人还是瓷，在影视创作中胡辛一直凭借这些"通道"表现矛盾和艰涩的当代生活，并试图通过这些"通道"反映现实、探求现实、理解现实。通过人物，胡辛将个人对生活的理解诉诸荧屏，尽可能地传递给大众。而她那饱含的深情内蕴在她所有的人物中，甚至以人物的焦躁来探寻人文主义与理想道德之光，呈现出一个知识女性对精神的深深忧虑。

三

胡辛以作家身份切入影剧创作，不仅按她自己的风格讲述新的故事，而且大量改编她原有的小说作品，这些影片很快形成了一种电影的文学叙事模式，有效地弥补影视创作可能出现的叙事单薄、幼稚甚至粗糙的状况。胡辛原著《四个四十岁的女人》改编的电影《同龄女友》故事时空跨度相当大，且转换自然、自如，叙事从容、流畅，它保留了原小说在结构上的特色，但又不拘泥于原小说的情节和文字，为适应影视剧艺术表现的需要，补充了一些原著中未曾描写的却是生活中遇到和可能发生的情节和细节。同名电视剧则以柳青在省医院检查病情的过程为线索，串联了四个女伴 20 年所走的不同之路，从玲玲家庭，到医院广场，到送柳青去上海查病的轮船上，通过在不同场合、不同时间、不同情况下畅述衷怀来完成故事，打破了小说中一次长谈顺序讲述的结构，这些有机地结构在一起，共同组成一个统一的情节推向高潮。情节跌宕，事件完整，结构严谨，在故事中刻画、表现人物性格，这无疑是典型的文学叙事。

其实，不仅是根据小说改编的影片保留了原著的文学叙事，胡辛的许多原创剧作也同样表现了文学叙事的特点，如《聚沙》《沙之舞》等，故事性都非常强，不仅写校园、写教育、写爱情，故事曲折生动，而且展现了广阔的社会、时代背景，在平静的大背景下表现人物的命运。《聚沙》把校园故事、青春偶像剧和革命历史元素相结合，将伦理亲情与主流话语交融，将其性格、言行、命运与伦理感情融汇，唤起受众的心理认同和情感共鸣。电视剧《沙之舞》原有现实"模特儿"，是根据近年发生在江西高校的一件新闻改写的，但它比一般的新闻高明，正在于它不把时事性的都市轶闻匆忙地加以摄取和排比，而是舍弃纪实的成分，进行虚构，虚构的部分才是电视剧的中心内容，这明确显示了胡辛在电视剧原创的现代化水平。同时，创作者在两部剧中把校园、青春、爱情、悬疑等因素结合在一起，将深刻、细腻的写实与跳跃、多元的现代叙事风格相结合，在庄重、严肃、青春传统影视剧中接入悬疑、侦探等文类，电视剧题材内容与文体的成功结合，取得了极高的艺术成就。同样，两部剧作胡辛十分注意把握雅俗关系，雅与俗互相角力，共同存于电视剧中。她巧妙而妥善地处理着人文关怀、艺术表现与社会效益三者间的矛盾，并使之达到平衡。

在人物系列专题片《瓷都名流》中，创作者力求突破传统的人物专题节目或访谈节目的窠臼。在这九集节目中，采访人物所选取的访谈地点各不相同，这完全不同于我们熟悉的《东方之子》《艺术人生》等访谈栏目大都选在封闭的演播室里，这种不固定场景和相对随意采访的形式看似杂乱，但是更真实展示创作者的独特用心。同时，创作者在人物谈话的间隙，大量展示了陶瓷大师们的得意之作，穿插了景德镇的秀美风光，讲述了鲜为人知的家世和人生历程，从而又使该片体现出一种纪实性专题片和散文诗的风格。

尽管从某种意义上看，文学化叙事并不非常利于影视作为视听艺术的本质体现，因为毕竟影视不是文学。但胡辛影视创作的情况有其特殊性：一方面，无论是其前期影视还是新近影视，由于拍摄制作设备比较弱，在

经典回放·影视天地

技术不强、视听效果不佳、影像难以展现其自身魅力的情况下，电视剧只能依靠像文学那样"讲故事""求意境"来吸引观众了；另一方面，中国有着历史悠久的文学传统，长期的文学审美经验不仅培养了人们对文学叙事和审美意境的兴趣与习惯，而且形成了对"故事""意境"的广泛期待。唯其如此，以文学切入影剧的胡辛无论是电视剧还是专题片、纪录片，都能迅速得到观众的接受和认同。

四

对于胡辛的影视创作，特别要提到的是她两部具有特别意义的校园青春偶像剧，即于教育实践中诞生的"自编自导自演自制"的电视剧《聚沙》和《沙之舞》，这与阵容强大、明星迭出的电视剧《蔷薇雨》相比是一种另类。众所周知，低成本创作的特点是场景小、投入少、周期短、无明星、缺奇观等。胡辛的这两部电视剧，一长篇、一中篇，都是低成本创作的剧作。胡辛通过各种探索和实践较好地处理了低成本创作中的创作、资金、发行、播放等困境。《聚沙》采用老师集资、社会参与的方式，在创作过程中对资金有严格的计划与控制，最后《聚沙》24集，花费仅仅相当于正常拍摄一集电视剧的费用。胡辛这种低成本制作电视剧的成功，一方面为高校教育实践做了实践探索，同时也为年轻的电影人打造了一个实现个人影像表达的传播平台。胡辛的这一探索和实践有着极大的先锋意义，引发了近年来高校"自编自导自演"的低成本制作实践风潮。

昆汀·塔伦蒂诺曾说自己"用100万拍的片子就像用800万拍的，用800万拍的就像用2500万拍的"，实际上说的是只要运用自己的智慧是可以把低成本拍得很精致。当然，昆汀说这个话有一个前提——"他深知在特定的场景中怎样'正确'使用这些技法，进而使这些技法与影片内容和人物构成一种奇特的戏剧张力和调子"。确实，在摄影机开动之时，胡辛一直就在思索这些小小的符号是否能顺利实现为可见的影像，她充分利用教育这个平台，依托碰撞、交流和对话来集思广益、激发灵感，用于剧本的创作。为此，两部剧本的创作和拍摄过程中，常常就剧本细节推敲斟酌，引发作者从不同常规的角度思考影像表达，并且找到一个最合适的传达方式。

同样，在创作上，两部剧作把偶像剧的元素和叙事模式加以融合，以新现实主义流派的"还我普通人"的品格，选取最贴近师生生活的校园题

·540·

材。剧本人物都是按学生的条件度身定做、量体裁衣的，有一种强烈的真实感和质朴无华，贯穿了作者强烈的文艺生态美学思想。影片的目标观众，自然是那些最关注爱情和友情的人群，也就是大学的年轻一代。融合了多种元素的故事类型和表达方式很符合观众的生活和心态，加之影片主演本身也正是"80后"年轻演员，在影片中成为大学生最好的"代言人"，也把影片变成了大学生一代"讲述自己的故事"，对目标观众自始至终如此贴心和关注，换来观众的认可毫不令人惊奇。

就影视艺术而言，低成本制作电视剧都处于尴尬境地；而大商业片则呈兴旺之势，成为影视艺术的主流。由于种种原因，我国影视缺乏商业传统，低成本制作影剧在故事、类型、技术以及档期、宣传等方面，存在着诸多问题，理论和实践都还存在较大的不足。如何弥补中国电视剧在商业美学方面的不足，值得影视人的认真思考。尽管从整体上剧作的影像、演员的演技上都不同程度呈现一种生涩的风格，然而《聚沙》先后在2007年"五一"黄金周中国教育电视台播出、2008年春节期间江西电视台第五频道播出，《沙之舞》则于2011年8月在江西电视台公共频道经典剧场播出，且先后获得多项大奖，这无疑是影视界和受众对这种创作探索的极大肯定。应该说，胡辛以其影视创作实绩，为当下艺术创作提供了重要参考。

胡辛深知，一切进步都需要大胆的尝试，她以毕生的经历，在影剧创作上做了多种有意义的探寻，其倡导之功和创作实绩不容忽视。这种坚实的步伐，在艺术创作上有着严肃的意义。因此，我们可以形容胡辛是一个不断努力和勇敢前行，并以此超越自我、超越时代的"在路上"的影视行走者。行者无疆，作为一个守护者和追寻人，胡辛在影视创作和思想领域内不停跋涉，寻求精神家园，她将曾经被我们遗忘、漠视与有意逃避的情感和事实表现出来，提醒我们必须诚实地坚守、坚定地追寻生活赋予我们的美好一切。

（温江斌，文学博士、江西财经大学人文学院副研究员；何静，南昌大学新闻与传播学院副研究员。）

（原载于《北方文学》2012年8月）

为《凭栏观海　岁月留声——胡辛论说30年纵览》序

叶　青

　　胡辛是我十分尊重的前辈作家，也是一位始终坚守在教学一线的资深教授。捧读厚重的《凭栏观海　岁月留声——胡辛论说纵览》，感慨系之。在这部视野开阔的文集中，我读到了一位在岁月中执着而快乐追求的别样的胡辛。

　　作家和教授的双重身份于她而言名副其实。或许，前者的知名度比后者要高，但在她，付出的心血和精力，后者要多得多。人云"师者，所以传道授业解惑也"，又云"学为人师，行为世范"，要做个好教师并不容易！胡辛执教半个世纪，高校执教30余年，授课、课题、论文、论著，兢兢业业，认认真真，繁花满树，硕果累累。她自我定位："教师是我终身的本职乃至天职，文学创作是我的业余爱好，绘画则是我老年的追梦。"

　　我曾说：胡辛的文学艺术创作，可以梳理出两条贯穿始终的主线，一条是对于女性命运的深切关注，一条是对于地域文化的深情凝视，在这种关注与凝视的背后，是她对于当代社会生活的敏锐感悟和把握。胡辛在学术领域的探索亦以此两条主线展开。该文集的第一、第二部分收入的文章，正体现了她围绕这两条主线进行的学术探究。

　　1983年胡辛以短篇小说《四个四十岁的女人》摘得国家级文学奖，随即被改编为同名电视剧，并获飞天奖；又被改编为电影《同龄女友》。她的长篇小说《蔷薇雨》、《陶瓷物语》(《怀念瓷香》)以及传记文学《蒋经国与章亚若之恋》《最后的贵族——张爱玲》《陈香梅传》《网络妈妈》等，始终关注女性价值和女性命运。在文集第一部分"飞翔的天空：石破天惊

为《凭栏观海　岁月留声——胡辛论说30年纵览》序

逗秋雨"中，她将对女性历史、女性价值的寻寻觅觅从文学创作引入学术研究之中。尽管女性的翅膀是沉重的，但中国女性无论尊卑贵贱仍然不屈不挠地飞翔。这些论文的字里行间浸透了胡辛对女性创作的反思和对女性主义理论的探究。比较而言，前期的论文以浓烈的感性见长，如《女小说家的审丑意识》等文可看到她对文学前卫现象的高度敏感；后期的论文则更多是结合具体作家作品对女性主义理论自身的深入思考与阐释。胡辛将学术视野投向历史上中国女性写作传统，特别是"五四"以来的现代女作家及其作品，并与当代女作家的创作进行比较，既看到继承、超越，也看到反叛乃至倒退，讨论严肃而深刻。如《别样视野的身体写作》以萧红笔下的《生死场》为例，一反当时对"身体写作"的鄙俗陋见，彰显萧红"身体写作"的沉重苦难和先锋意义。

　　文集第二部分"倾诉于土地：化作春泥更护花"，主要着眼于地域文化及其在文学创作中的呈现。其早期论文《地域·民俗·小说》和《市井·民俗·小说》已注重民俗和民俗学的探研，又将女性文学理论与民俗学相结合，从婚俗、生育习俗、精神图腾等方面进行综合研究，提炼出江西作家的地域情结与浓烈地域色彩。如从宏观视角上对江西红色题材文学及影视创作的研究，又如她对景德镇地域文化的研究，都是从基础的文献梳理做起，胡辛和她的学术团队做了大量工作，体现出开阔的学术视野。更为可贵的是，胡辛能将自己对女性生命的关注与对地域文化的探究打通，如她从陶瓷的发明、特质和种种民俗事象探寻中渐渐还原出一部女性生命被湮没的历史，提出有"一部隐形的妇女陶瓷史"的观点，这一发现可谓独到而深刻。

　　胡辛的学术生命是鲜活而丰满的。该文集第三部分"银幕探微：影像书写的书写"和第四部分"荧屏对话：百般红紫斗芳菲"，记录了胡辛从文学到电影电视领域研究的拓展。她有多部短中长篇小说改编为影视剧，她是电视系列片《瓷都景德镇》《瓷都名流》的主创之一，也是青春校园剧《聚沙》《沙之舞》和电视电影《惊艳陶瓷》的编剧、导演和制片人。正是有了这种深入其间的影视实践，她的影视理论研究自然具有相当分量。作为南昌大学现当代文学硕士点的首批导师，胡辛和她的团队拿下了江西高校第一个广播电视艺术学专业硕士点，这个硕士点最大的特点就是教学、科研与实践紧密结合，从而为影视事业培养了一大批人才。我有幸应邀多次担任这个硕士点的毕业论文答辩主席，深知胡辛和她的团队在研

· 543 ·

经典回放·影视天地

究生培养中的艰辛！我注意到收入该文集的影视论文中有一些是她和研究生合作的成果，于她而言，那是艰辛引领和共同合作的纪念。

文集的第五部分"留住的时光：昨夜星辰昨夜风"，收入了胡辛读恩师王蒙及多位友人著述的感悟，真个是"情满则溢"！其实，理论何尝满眼灰色，应当也是青绿的生命之树。她提出传记文学是"虚构在纪实中穿行"，虽是自己写传记的真切感受实话实说，但未免大胆直率犀利，还有那么一点点偏激。

而今，胡辛已出版各类书籍40部，名副其实的著作等身。当我们为作为作家的胡辛、作为教授的胡辛由衷地鼓舞和赞誉的时候，忽然发现近年来她又如旋风一般进入了画坛。她的美术创作，同时涉足人物、花鸟、山水三个领域，纸上作画与瓷上绘画齐头并进，尽显其一贯的行事风格和艺术激情。固然，"一生只做一件事"，值得赞颂和发扬，这需要锲而不舍的毅力，需要"咬定青山"的定力；但是，也有一些才华横溢的人，能够从容不迫地触类旁通，在人生的追求中多开几扇窗户，让人生更见丰盈。胡辛就有这样的底气和机缘。在多个领域相互渗透，一通百通，涉笔广博，却游刃有余，这与她自信自强、锲而不舍、胸襟开阔、学养深厚且生性乐天是分不开的。

"凭栏观海"，胡辛观的是知识的大海、文化的大海，浩渺无际，丰沛变幻；她观的又是社会现实的大海，惊涛拍岸，山重水复。"岁月留声"，胡辛执教近半个世纪，从文习艺35年，教学、创作与学术研究交融，在文学、影视与绘画之间架设立体交叉桥。岁月滋养人，磨蚀人，改变人，但总有永恒的东西不会改变，比如真诚、善良、美好、忠诚、崇高、信义、真情、正直、勇敢、爱……真正的师者、真正的作家应该将永恒的"真善美"浇筑进精神深处。

文学和艺术的确是能令人青春永驻的事业。且看胡辛，年逾七旬仍然保持着如此充沛的艺术激情和青春魅力，无怪乎京都评论家称她是"红土地上永远的青枝绿叶"。

（叶青，江西省文联主席、二级研究员、著名文艺理论家）
（原载于《凭栏观海　岁月留声——胡辛论说30年纵览》，中国社会科学出版社2018年版）

等候生命的每一个春天
——胡辛访谈录

胡 辛 胡颖峰

编者按：20世纪80年代是中国当代文学重来的春天。1983年，老师您以《四个四十岁的女人》获全国优秀短篇小说奖，1987年调入江西大学，接着涌现出闻名全国的作家群"三胡一相"，您是这个群里唯一的女性，却毫不逊色于三位一体的男作家群；而且您一直坚持授课。您曾风趣幽默一把：高校也重男轻女呀。自侃"教师是本职专业，作家则是'业余'"的。当年，我正是江西大学中文系学生，正襟危坐聆听老师讲课，风风火火占位子听老师讲座，心怀一份真诚的崇敬和幸运——作家就在我们的身边。而老师的平易和率真，又使我有幸走近作家的心灵世界。更有缘的是，我毕业后一直从事文学理论研究，与您的接触从浅表到贴近，历经奋斗与屡受挫折，面对赞誉和遭遇诋毁，您毫不掩饰将喜怒哀乐写在脸上，自信与犹疑、高尚与庸常、智慧与稚拙、坚忍与冲动、乐天与忧悒、宽容与偏执……是这样抵牾于老师心身。

屈指数来，老师已在文学原野耕耘34个春秋，至今仍笔耕不辍。您已出版书40本，主打小说，兼涉传记文学、散文、影视剧本，还有省级以上课题20余项和百余篇论文。早在1996年，由作家出版社与王安忆、张炜同一时间段推出《胡辛自选集》四卷本（《蔷薇雨》《蒋经国与章亚若之恋》《张爱玲传》《陈香梅传》）。2005年，由二十一世纪出版社推出《胡辛自选集》六卷本（《蔷薇雨》《蒋经国与章亚若之恋》《张爱玲传》《陈香梅传》《怀念瓷香》《我爱她们——用另一种方式论女性》)。2012年又由江西教育出版社推出《胡辛自选集》六卷本(《蔷薇雨》《蒋经国与章亚若之恋》《张爱玲传》《陈香梅传》《怀念瓷香》《赣地·赣味·赣风——在流变与永恒中的地域文学艺术创作》)。20世纪80年代,老师的作品即为南条纯子主编、日本现代中国文学翻译研究会翻译的《80年代中国女流文学选》的第4卷卷名,20世纪90年代又由朱虹老师翻译介绍到美国,书名为《白色安详》(合集)。并且不夸张地说,全球华人云集的地方,大都有您上述的3部长篇传记。老师的作品可谓畅销又长销着。截至今日(2017年9月23日),百度百科"胡辛"词条的浏览人气指数为333666次,这使我想起您对自己作品满满的自信:仿佛总也不见老。

  让我最感动的是老师对文学创作的不离不弃,无论是顺境还是逆境,教学任重如山还是行政繁杂如麻,外界传媒如火如荼还是沉默冷淡,您始终热爱文学,视文学如生命。而您的生命质量是纯真又丰饶的,对生活的态度是执着又散淡的,对人性真善的坚守是宽容又智慧的,作家的气度、大家的风度显而易见。

  我曾这样写过:"一个作家创作的发展,应该是在艺术的国度里不断淬炼自我、磨难自我、超越自我的过程,因而无论在'人格'还是'风格'方面,都具备文学史的'典型'意义。"老师的创作史正是这样的历练,尽管前进的路上有阴霾有风雨,但老师的心田阳光灿烂,常使我想起谌容的一部中篇小说名——《永远是春天》!

  丙申立夏,弟子颖峰与师者胡辛偶发奇想,击掌相约,两人就20个话题聊创作谈人生,命名"她俩"——师生俩、姐妹俩、母女俩,套汪曾祺语"多年父子成兄弟",也"乱伦"一把,且以长镜头全程记录,造就一部谈话录。谁知两人皆如被人抽打的陀螺,停不下来。丁酉白露,秋意渐晰,书尚未成,却有机缘作一对谈,为此,仅将电话、微信数月互聊记录,整理一篇谈话录,夹叙夹议,小批大赞,无论如何,创作着评论着,是美丽的。师生关系是人类中没有血缘的亲情,从某种角度来看,比之有血缘的生命延连,师生是生命链条环环相扣的最清晰的印证。

  此文不同于一般访谈,我们彼此熟悉又亲近,只求从熟悉里觅出陌生,从亲近中间离出新鲜。不是庸常的一问一答,而是老旦与青衣的二重唱,是否算当今流行的"混搭"之一种?

一　文化自信

胡颖峰：习近平总书记指出："我们要坚持道路自信、理论自信、制度自信，最根本的还有一个文化自信。"文化自信是一个民族、一个国家以及一个政党对自身文化价值的充分肯定和积极践行，并对其文化的生命力持有坚定信心。文化自信是一个民族的灵魂，只有坚持从历史走向未来，从延续民族文化血脉中开拓前进，我们才能做好今天的事业，没有文明的继承和发展，没有文化的弘扬和繁荣，就没有中国梦的实现。老师，我想您从自身创作的角度，谈谈您对文化自信的感知感悟。

胡辛：文化自信是人类灵魂的家园，关乎历史，关乎传统，注重宏大叙事。如青年学者谢有顺所言，在中国文人心目中，历史即人生，人生即历史，甚至文学也常常被当作历史来读。这样往往直接影响了中国人的人生观。

文化自信是对待文化传统的问题，是如何继承与发扬优秀传统的问题。如果说人类文化是个大系统，那么，各民族文化便是子系统，而各民族文化子系统又由各地域文化子系统所组成。各民族、各地域的文化从未间断过相互的渗透和交汇，正是在这不断的"拿来"的"取其精华，去其糟粕"的淘洗中，各民族文化传统之河滚滚向前。反之，若禁锢，若停滞，就意味着毁灭和衰亡。当然，文化不是如此简单的事，形形色色，复杂缤纷。

早在29年前——1988年我发表的一篇有点理论感觉的创作谈就命名《创作的反思：传统·地域·自我的寻觅》（《人大复印资料·中国现代、当代文学研究》1988年第5期全文转载），我一开始就将自己的创作定位于"传统的题材、传统的手法、传统的风格和传统的语言。即现实主义创作手法"。我是这样比喻的："如果说文学作品是长青之树，传统便是哺育滋润它的河流，地域则是绿树赖以生存的那片土壤。"无须隐晦，我对于传统尊重、珍惜，是真诚的膜拜者。因为没有这条河流便没有我。

胡颖峰：走过岁月，您依然不改初心吗？您几十年如一日辛勤耕耘，是否是这种文化自信的支撑和张扬？您对您笔下人物充满了真切深厚的感情，或多或少有着您自己的身影吧？

胡辛：怎么说呢？我1945年5月出生于瑞金。1939年我们家从南昌逃难到赣州，赣州沦陷后到瑞金的。那是抗日战争胜利前夕，处于黎明前的黑暗中。我的整个学生时代是在南昌度过的，是纯真的五六十年代。对于我们这一代人来说，中华民族自古以来的优秀文化传统，如"天下为公""见利思义""知者乐，仁者寿""与人为善""老吾老以及人之老，幼吾幼以及人之幼""仁者爱人""富贵不能淫，贫贱不能移，威武不能屈""先天下之忧而忧，后天下之乐而乐"等等，是浸淫于我们的骨髓之中的。同时，革命战争年代腥风血雨积淀成红色文化也成为主流文化浇灌着我们的人生观。当然，新中国成立后一系列的政治运动展开的种种批判也使我们青春的灵魂产生种种躁动和彷徨疑惑。但是，奉献精神和有奉献精神的人物还是让我们真诚仰视和崇敬的。

我的处女作《四个四十岁的女人》中的"圆心儿"柳青是一村小教师。她默默献身山村教育，坚忍、忘我，有着纯洁、孤独、高傲又高尚的灵魂，她的无疆大爱与多舛之命运，其形象符合我们民族几千年积淀的崇高的悲剧审美境界。我相信曾赢得读者们的眼泪，我在写她时，笔端确实倾注了真诚的泪水和心血。

接下来的中篇处女作《粘满红壤的脚印》中的女主人公艾小雨，当是柳青的同龄人。她是非常年代毕业于农学院的土壤工作者，她默默地耕耘、默默地改良，她的追求、她的希冀："知否知否？应是绿肥红瘦！"但这一切能为人们所理解吗？她的衣着打扮、她的情趣爱好。她的观念行为依旧执着地停留在纯真理想主义年代，即便在她爱人伊群的眼中，她亦是一名被现代化潮流抛弃的落伍者。我对她充溢着同情，不，崇敬。

不错，生命的确是无穷无尽的享受。但这内涵和外延都极其丰富的"享受"，应包含痛苦，包含忘我的奉献。

我至今也执拗地以为，她们乃是中国的脊梁。在她们的血液中，传统人格精神是那样地浓烈！这又有什么不好呢？一个个都贼精，全"进化"成精致的利己主义者，那么，人类只能是退化！

胡颖峰：请问柳青形象中是否有您的影子？

胡辛：哦，没有没有。我绝没有她那么高尚，柳青是我仰视的形象，是默默地认真工作在农村中小学教师的缩影。2001年我率南昌大学现当代文学研究生走遍江西省11个地市的农村中小学，拍摄出《千里踏访颂师魂》，获中国教育电视二等奖。我想，是灵魂深处的向农村中小学老师致敬。然，拙作中学生送别的细节，却是我的亲历。我是1967届江西师范学院中文系毕业生，分配至景德镇，一周后再分配到离市区160里的深山兴田公社，教了3个月小学。后景德镇二中、竟成中学下迁到兴田公社，成立兴田中学，公社领导可能动了恻隐之心，才把我调入中学。我有乡村中小学教师的工作经历。1970年春，我调到景德镇石岭中学，班车离开兴田开回市里时，学生还在山上上农基课。谁知班车开出一段路后，忽听山腰一片叫喊声——原来我的学生们不管不顾扔下锄头，抄山路追赶着班车！这一幕感动了一车人，更让我泪流满面！在教师受践踏的非常年代，还能拥有这么一份纯真的师生情，足矣足矣。我调回南昌后，景德镇始终在我的梦里。我想我一直坚持执教半个世纪，与此不无关系。

胡颖峰：从1970年到1983年《四个四十岁的女人》发表，这个故事十几年一直珍藏在您的心里，是什么契机激活了它，让它诉诸文字呢？

胡辛：大气候是文学的春天。具体的却可以说是"身体"写作。哦，仿佛一提身体写作就那个了，不是的，身体写作是极其严肃的事。1983年春，我身体不适，医院检查子宫11点钟的地方有黑点——要命，还是关乎生殖器官，医院让我复查，在等待复查结果的日子里，3月8日那一天下午放假，学校让我们去人民电影院看电影《人到中年》，从影院出来时，学校女老师们全都有泪痕，数学老师徐海葳说：现实生活中陆文婷与傅家杰应该是掉个个的，男人是事业型的，而女人多是为男人的事业作出牺牲型的。但果真如此的话，《人到中年》就没有现在这样子感人了。这话深深刺激了我。是夜，春寒料峭，万籁俱寂，我提笔写下了"女人为什么要有自己独立的节日？"复查结果是我虚惊了一场。但是，正是生命的紧迫感让我提起了笔，人生一世，应该"留下青翠的草木"。

胡颖峰：泰戈尔说过：一个民族，必须展示存在于自身之中的最上乘的东西，那就是这个民族的财产——高尚的灵魂。

我注意到您的笔端还延伸至老一代女性，在半自传体小说《我的奶娘》中，塑造了苏区一位极其普通的农家妇女——红军战士的妻子，她善良质朴、坚忍倔强，她用乳汁哺育了三个不同家庭出身的孩子——烈士的儿子、教授的女儿和地主的儿子。为了生存，为了保护烈士的儿子，她改嫁了一个痞子，从红军家属"沦为""坏分子"的妻子，直到她去世后，才给她正了名分，但她自身却从不去争什么，她的一生，只知馈赠，没有索取。这部作品的结尾，您用诗意的语言写出奶娘艰难却沉稳地走完人生的路，昔日涌出生命之泉的乳峰，只留下一片荒凉的、干瘪的、收割后的秋后的原野！有撼人之力量。在长篇小说《蔷薇雨》中的糯糍女和同名电视剧中的苦竹婆婆也是这类型的女性形象，她曾在革命年代救过凌光明，但并未得到应有的荣誉，但她引领着被生活欺骗了的徐希玮走出了命运的困境。已成了当今副省长的凌光明知道真相后心怀永远的憾！21世纪你率南昌大学广播电视艺术学硕士点第一、二、三届学生自编、自导、自演、自摄制了24集校园青春剧《聚沙》，于2007年"五一"黄金周在中国教育台连续播出一周，这不能不说是中国高校的一个奇迹。随后，影视同期书《聚沙》面世。在这部电视剧中，您仍然有此情结。女研究生秋月儿的养母殷山红又是一个感人的博爱女性，殷山红的母亲是电影《党的女儿》中玉梅女儿妞妞的原型。从《我的奶娘》到《蔷薇雨》《聚沙》，再到电视电影《惊艳陶瓷》，您将笔触溯源而上，触摸到国内革命战争年代一代人的求索求真，看来老师心田有着厚重的红色情结，您以为呢？

胡辛：也许吧。20世纪90年代，电视人陈汉元曾应我之邀来南昌大学义务讲座，不取讲座费分文，也不用报销差旅费，我笑说，您只当扶贫吧。他很严肃地回答：此言差矣。江西虽属中部地区，经济上要扶贫；但是，在精神财富方面，江西是名副其实的富省，而且可以属于首富。所言极是，如雷贯耳，我顿觉惭愧，深感震撼。

我虽出身于书香门第，非红色家族，但我40天时家里请了个奶娘，是叶坪附近的40岁农妇。此后，我的奶娘跟随我们家回到南昌，我读高三时她才回家乡，她与我们家称得上水乳交融。我5岁时，父亲在江西军区文工团，集体创作组歌《江西是个好地方》。就让我的奶娘一遍遍唱《送郎当红军》等红歌，词曲都非常欢快，还配以扭秧歌式的动作，是一种生命本体的热烈冲动。这可能就是采风，童年的我于不知不觉间受到红色文化的熏陶。

江西为中国革命所做的贡献是有目共睹的。仅土地革命战争时期江西牺牲的烈士就有25万！在烈士群体中女性只占少数，但文艺作品中女性却鲜亮耀眼。江西革命历史题材的影视剧中，《翠岗红旗》中的向五儿、《党的女儿》中的玉梅、《冬梅》中的冬梅、《闪闪的红星》中潘冬子的母亲等，皆是让我们仰视的女英雄。

胡颖峰：但我读《我的奶娘》等作品，觉得还是称不上元叙事，您关注的多是红军长征后留在红土地上的普通女人们，尽管有女英雄与红军家属双身份重叠者，如玉梅；但多有分离，红军亲属更多的只是平凡的母亲、妻子或女儿，您希望写出的是她们怎样在艰难岁月坚韧守望、在痛苦和磨难中奋然前行？在宏大的元叙事与身边人平凡事的民间叙事中，您更关注后者？

胡辛：是的。我的奶娘与向五儿、玉梅、潘冬子母亲不像又像。她没有她们那样清坚决绝的勇猛牺牲精神，但一样有着善良坚韧的秉性。她的丈夫随红军长征走了，自此杳无音信，留下一女一儿。她没有再改嫁，然而，40岁时却又生了个女儿，正因此，她才离乡背井做了我的奶娘。我小小年纪时便满心迷惑，她是烈属却不是烈妇，她家是雇农，女婿却是富农，她却说，女婿是勤俭起家的。阶级论与个案论在她脑子里没有画等号。非常岁月，她还从瑞金来到我们七零八落的家中，她从来不认为我们家有坏人！而我的人生轨迹注定是南辕北辙，大学毕业时我被分配到赣北的景德镇兴田后，又率69届一个班去到程家山分校，那是20世纪30年代方志敏领导的中共赣北特委所在地，有革命烈士纪念碑高高耸立。一日，有个从贵州来的老人抚碑大哭，长跪不起，原来他是本地人，长征到贵州受重伤就留了下来，30多年后回到家乡，发现纪念碑上竟镌刻着他的名字，真是百感交集。后来他就在龙源定居，养蜂采蜜。龙源有红军医院，竹林里还有几座红军墓。程家山的烈属程婶平素就是一勤劳少言的农妇，但当我遭"批斗"时，正是程婶挽了一篮子黄瓜风风火火从程家山赶到兴田送给我，而且大声对劝阻她的人说：胡老师是好人！好人！我不由得想起了我的奶娘，无论赣南赣北，老区女人心是相通的。也许，我的奶娘、程婶们的心里藏着很多很多的故事，但与她们朝夕共处的日子里，没有谁想到要去采访她们，发掘她们的故事，她们的故事悄然伴随着我成长的日常生活。

胡颖峰：看来您的创作中或主干或枝干情节的确是流淌于血液里的红色基因所致，是走过岁月后的回眸感慨，这成为创作契机和灵感冲动的源泉。视野宏大的元叙事与身边人平凡事的民间叙事就这样交融于您的心中,也许,两者的缝合既是糅合的中庸之道,却又分明是文化的新视野。红色文化与人性光辉交相辉映,历史绝不仅仅只在教科书中。

艾特马托夫说得好:每个民族都有自己的民族性格和自己的民族文化财富。的确,只有坚持从历史走向未来,从延续民族文化血脉中开拓前进,我们才能有中国梦的实现。

胡辛:在全球化的今天,有种非议,仿佛热爱祖国、热爱家乡,不是幼稚症便是作秀狂,我不敢苟同。家乡、祖国是人的根系所在。能够流传到今天的世界文学精品,有哪一部没浸透根的汁液?文学现象常常会铸就一种历史精神。

家—家乡—国家,血缘—亲情—家国情怀,我以为是不容颠覆的传统文化的核心和精髓。多元化不能极端到"世无英雄""洪洞县里无好人",不能将众生视为皆不好不坏亦好亦坏好好坏坏者;不能将"烈妇也有淫荡之一时,娼妓亦有贞节之一瞬"普遍基因化,总应有基本底线,总应有是非观,否则,人类真可以无恶不作了,反正说到底,都不是好人!文学,当是清泉,给人类带来清冽纯净,追求真善美。

胡颖峰(笑):老师呵,我看您也不是百分之百的传统"卫道士"哈,您的许多作品中的女性对传统还是蛮具颠覆性的,譬如《这里有泉水》中的新当选的副校长树云,她背负着未婚先孕的沉重包袱18年后终挺起胸膛;《瓷城一条街》中的瓷城大学毕业生谷子,不管不顾冲撞道德藩篱,竟是为爱而为;《地上有个黑太阳》中的古陶瓷学者的女儿金景景;《蔷薇雨》里的七姊妹,也都在爱与传统习俗中挣扎撕掳,为的是破茧化蝶;特别是《"百极碎"启示录》中的女高中生小弟,她对父母辈祖辈老师校长定式思维的逆动,对特立独行的"大兄"的崇拜,再加上整篇小说的魔幻情节,还有结尾的神来之笔——大兄原来是僵化母亲的初恋人……读后觉得悲凉之雾迷茫眼前……

胡辛(笑):颖峰火眼金睛。我还可以自我补充,《我的奶娘》《窑门图腾》《陶瓷物语》当是本土身体写作的先驱。那时节我还没读到西苏的身体写作理论,但是奶山的象喻、窑门是分娩生命的甬道撼动了我!我崇拜现代女作家萧红,她女性视角的穿透力穿越时空,对女性性爱、受孕、生育、病痛、死亡的描摹是惊天地泣鬼神的。难怪丁玲说她是不会长命的,因为深刻必苦痛。从女性立场女性视角看世界,她们命定都是反传统的。因为传统排斥埋没了女性,这是悲凉的历史真实。只要称之为女性文学,就是反传统的。不反能有话语权吗?这当是另样的文化自信。

还是回到传统的话题。余秋雨曾以诗一般的语言诠释传统:"不是已逝的梦影,不是风干的遗产。传统是一种时空的交织,是在一定的空间范畴内那种有能力向前流淌,而且正在流淌、将要继续流淌的跨时间的文化流程。"我喜欢,因它使我茅塞顿开。

胡颖峰:虽然一切比喻都是蹩脚的,但是将传统比喻成源远流长的河流倒是分外贴切。传统是在漫长历史中社会文化心理的深层结构的发展中积淀下来的内在本质。它是流变的,是交流互鉴的,2014年3月27日,习近平总书记在联合国教科文组织发表重要演讲,指出"文明因交流而多彩,文明因互鉴而丰富"。永恒的是永远创造之中,一言以蔽之,对传统文化,应取其精华,去其糟粕。

胡辛:我想,一个走过岁月且践行用生命写作的作家,她(他)必定有丰富且不乏苦痛的人生阅历,有着锥心刺骨且永生难忘的人生感悟,在言语语言的纠结抵牾冲撞中压迫又驱动着她(他),她(他)必定不愿私藏,想对人倾诉,并与人分担分享,这,就是追忆似水年代。虽说,此次所涉,已非前番之水,但总有依稀仿佛的相同相近,况且,历史总是惊人的相似。大历史元叙事也许于小人物只是或清晰或朦胧的背景,但每个人的人生,皆是一部有声有色欲盖弥彰的长篇小说,一部长镜头中又频频使用蒙太奇语言的删繁就简的纪录片,一座琳琅满目又沧桑满怀的博物馆。人生一世,百岁老者珍稀,短短几十年,所有的记忆离任何人都不会太遥远,就看你想不想记想不想忆。记忆是时光的筛子,各人的筛眼各不相同而已。

二 地域情结

胡颖峰:您的创作从一开始,就有比较清晰鲜明的历史情结与土地情结,其实,这也是中国文人一以贯之的情怀凝结成的情结。

您诚挚地爱恋脚下这片热土。你多次感叹:我属于你,你属于我,生生死死不分离。做一颗种子泥土里埋,生根开花为了你……

我稍稍作了一些梳理,您的作品又可归类为赣南红土地情结、景德镇白色土情结和南昌古城情结。红土地情结的代表作品有《我的奶娘》《粘满红壤的脚印》《情到深处》《聚沙》等；白色土情结的代表作品有《怀念瓷香》《昌江情》《"百极碎"启示录》《瓷城一条街》《地上有个黑太阳》《河·江·海》《禾草老倌》《瓷都梦》《有这样一个古陶瓷学者：刘新园》《瓷行天下》《惊艳陶瓷》《〈四个四十岁的女人〉与景德镇》等，还有电视系列片《瓷都景德镇》《瓷都名流》等；古城情结代表作有《四个四十岁的女人》《蔷薇雨》《街坊》《生活，几多美好!》等。我注意到您对景德镇是情有独钟。

胡辛：我在景德镇生活工作了整整13年，也就是说，我人生中的青春季节结结实实留在了景德镇，从第一眼烙刻进脑海的"烟囱森林的天空"和"昌江东岸浣衣图"，到远山、西郊、东郊等中学的平凡又传奇的生活工作，我几乎走遍了老景德镇的城乡街巷，踏访了每一寸土地。我一次次伫立于罗汉肚古柴窑的窑门前，早早地知晓这就是母性崇拜、生殖崇拜。那时的人们就清楚市政府所在地就是当年的御窑旧址，而周遭或老墙内或地底下冷不丁就爆出一条条考古新闻，或永乐或宣德年代的御瓷碎片藏于其间！景德镇的记者们会很自豪地告诉你：这里，每一寸土地都是历史！再到依依不舍的别离，到底是藕断丝连从未中断地走往。还有，我是在景德镇成为人妻人母的，而且夫妻分居8年，两个儿子由我一手拉扯大，这期间，我所在的学校的师生和领导对我的无私的帮助是永生难忘的。一个女人，对萌动做母亲的梦而且真正成了母亲的一方水土，是不会不长久地思恋的。

胡颖峰：我还注意到，您与三座城是纠结的，难解难分，三座城之间亦是纠结的，你中有我，我中有你。譬如你的《四个四十岁的女人》，主要以南昌为地域背景，三眼井、六眼井、大井头、系马桩、桃花巷、干家巷、松柏巷，翔实可靠，以至有学者笑言"描写准确的程度简直可以当作从未到过南昌的人的导游图"来读的。但是其中山村女教师柳青和助产士魏玲玲，她们的重要的细节乃至情节就源自您在景德镇的亲历。你是有意为之？还是顺其自然？

胡辛：更多的是后者。随缘吧。如果是传记文学，虽然我提倡虚构在纪实中穿行，但是传主的人生大轨迹是不能虚构的，如《蒋经国与章亚若之恋》，南昌—赣州—桂林不能虚。但是，我钟情的是小说，不是传记不是报告文学，不是拍纪录片，小说家偏重的是虚构。虚虚实实中，三城与主人公，还有作者本人，都在做时空穿梭。

生活的确是创作的源泉。助产士魏玲玲们为子痫难产产妇在大队卫生所做剖腹产的情节原型发生在1968年的秋夜。其时，我带一个班在程家山，那天黄昏，从兴田公社赶来的几个医生（城里下放的和本地的）在大队卫生所紧张地做手术准备——更深山坳龙源有一产妇子痫难产。晚霞中，只见几个满头大汗的老表用竹床抬着几近昏迷的产妇急匆匆进了卫生所。黑夜降临，没有电灯，是举着四盏马灯（抑或煤油灯）做的手术，那种等待，不要说产妇的亲人，就是住在与卫生所一板之隔的我和学生们，也焦虑万分。当婴儿的啼哭声划破山村的静寂，大家情不自禁地欢呼。如若不是不同方向地两头往程家山赶，产妇母子可能就没命了。似乎从那一刻起，我对医生无比敬仰。事实上1973年我人流大出血差点玩完时，正是其时第三医院的医生王中甫救了我的命。他，就是程家山奇迹的主刀。但是，这个情节和细节并没有浓郁的地域特色，所以，当其镶嵌进这部小说时，人们记住的是南昌细妹子的成长经历和人生感悟，并不刻意去探究她们离开南昌后的故事发生在赣地的东南西北哪处。

胡颖峰：言之有理。小说中柳青病重从县城医院转省城时，山里学生赶来送别的情节，是小说的高潮，深深地打动了读者！20年后，即2004年，法国电影《放牛班的春天》的片尾桥段，几乎相同，这应是异曲同工。这部影片2004年春在法国正式上映时万人空巷。翌年还入围奥斯卡金像奖最佳外语片和最佳原创歌曲两项提名以及第62届美国电影电视金球奖最佳外语片提名等奖项。我以为，他像柳青坚守山村教育一样，正是点点滴滴无始无终无怨无悔的付出，让人有一种灵魂被渗透的感动！这是不分天南地北的。

胡辛：我同样为《放牛班的春天》而感动。可见无论古今中外，人类的心总有相通之处，是不因时间地域而相隔的。"放牛班"，类似我们的差校差班，但新来的音乐教师马修把最无私的爱奉献给孩子们，对所有的孩子一视同仁，后来他被无耻的校长开除，但是，他终在这群孩子心里撒下了爱的种子，这是一位引导学生从世俗走向灵魂的伟大的老师。

胡颖峰：好，还是回到地域的话题。您的童年时代在瑞金—宁都—赣州。童庆炳先生对"作家与童年"进行过深入研究。他认为："童年的原本的记忆在一般的情况下,作为档案静静地躺在那里,人们忙于俗务而懒于翻阅它。必须有适当的刺激,它才能激活。犹如一堆干柴,必须有火的引动,才会熊熊燃烧起来。"

胡辛:童先生一语中的。我的童年在赣南,摇动摇篮的手是"红婶"的手,于是有了"我的奶娘"的红色记忆。家父在蒋经国手下做过音乐指挥,因种种缘由,我的父系、母系家族与蒋家、章家有过一些交集,所以,童年听到的政治人物的故事和绯闻一不留神积淀进记忆深处。正是基于童年的积淀和兴趣,待到20世纪80年代末出版社约稿时,这才激活。在历史资料的搜集整理和理性思考下,才理解和还原了这出烽火情缘,该传记出版后在海峡两岸畅销多年,颇获好评,2011年秋,我在台湾与蒋孝严见面,蒋孝严认为《蒋经国与章亚若之恋》"是最早的、第一部全面深刻写我母亲的书,我从头至尾从头至尾读了,很感动"。他特别喜欢我笔下的他的外婆,他说:"写得太好了。我外婆就是这样子的。"其实,赣南的我外婆与他外婆都是同时代的南昌女人,几乎能合二为一;我与他也是同时代人,又都有着童年时代赣南的山山水水民俗民风的朦胧依稀的记忆,怎能不引起心的共鸣?

胡颖峰:童庆炳先生肯定地说:"几乎每一个伟大的作家都把自己的童年经验看成是巨大而珍贵的馈赠,看成是取之不尽、用之不竭的创作的源泉。"您以为呢?

胡辛:那是肯定的。我虽然与"伟大"无缘,但童年的记忆在我真是还没怎么开采。5岁时我们家迁回南昌,因有家具,便包了一部车和一只船。奶娘带着我坐船,毕竟太小,又是顺流而下,留在记忆中是雾中风景,依稀仿佛。童年的尾巴还带进了南昌,整个少女时代和青春初期在南昌,南昌当是我的第一故乡,是真正的家,因为家是合身的,是随着你的身体长大的!《蔷薇雨》便是将少女眼睛里摄下的古城还原于语言文字,希望能留下古城旧貌。

作家的地域视野是受控于自己的精神类型和文化心理的,我对赣南、南昌和景德镇,真是总也爱不够,当然也有怨恨,是极其复杂的感情。福克纳对这点阐释得非常准确,"写家乡邮票大的地方"已成为不少作家的座右铭,难怪莫言、余华都溢于言表地崇拜他,我也不例外。

席慕蓉言:佛说,前世五百次的回眸,换来今生的擦肩而过。我想,这不仅仅是男人女人的姻缘，不仅仅是人与人的交集，还有人与城的依恋。况且还不仅仅是擦肩而过，不是漂泊，而是"属于"，我属于你，你属于我。我的生命，走进了这三座城，我在你的怀中；你们走进了我的生命，你们在我的心里。

若天假以年，我还有积累了二三十年的长篇小说《红与绿》要写完。这是一部赣地植物学家五代人的家族史，南昌—赣南—景德镇—北上广，海内海外；读书—求索—革命—改良—守旧—彷徨—思考；当然，盘根错节的恩怨情仇是少不了的。在男性的手书写大历史的同时，女性的手于不知不觉间绣出"红与绿"的天地。这部"雌"心壮志的创作计划，20世纪90年代文学报小姑娘记者曾给予报道，而今，她已成了执掌全局的社长，而这部著作还未呱呱坠地。快，快！来不及了，来不及了，时间不等人啊。

胡颖峰：1934年4月19日，鲁迅在《致陈烟桥》信中明确指出："现在的文学也一样，有地方色彩的，倒容易成为世界的，即为别国所注意。打出世界上去，即于中国之活动有利。"有地方色彩的文学，我以为是智慧的、事半功倍的。

有人说，城市是女人创造的。有什么样的城市，就有什么样的女人；有什么样的女人，就有什么样的城市。赣州、南昌、景德镇，是至今江西省冠以"中国历史文化名城"的三座城，老师您的人生轨迹和创作题材恰恰坐实于此，是您创作的根据地，其历史久远、文化厚重、地貌地质独特，以此为基点，还真不得不说您的确拥有一个文化的制高点。

胡辛：谢谢颖峰激励。韦勒克·沃伦认为："伟大的小说家们都有一个自己的世界，人们可以从中看出这一世界和经验世界的部分重合，但是从它的自我连贯的可理解性来说它又是一个与经验世界不同的独特的世界。"这名人名言又提到我无法企及的"伟大的小说家"，但他说得真准确真精辟。创作文本中的地域与实际地域当是"似与不似之间"，是作者的在地经验、人生体悟与历史纵深的切入点所致，渗透了作者的精神气质和文化心理，人与城，城与人，重生出独特的生命状态和人生况味。我可能就是这样的人：有着红土地的贫瘠和顽强、白色瓷的纯洁和脆弱，又总是冲动地想打响第一枪的不服输的女人。

我们这算是老旦与青衣的二重唱哈。

三　女性荒原

胡颖峰：2012年我在《如花如瓷，爱兀自绽放——胡辛小说创作论》中如是说：胡辛是中国新时期女性写作的代表作家之一，也是江西自现代以来文学成就最突出的女作家。她由《四个四十岁的女人》发轫，从追求女性为社会承认的"理想"价值，到《蔷薇雨》呼唤女性的内在自觉，再到《怀念瓷香》重构己身历史的母性书写，其小说创作的清晰流变可谓代表了女性写作的三个阶段，且见证了一个学者型作家艺术创造的品质和智慧，使人们看到：一方水土和一方女人有着隐秘的生命关联，一种具有持久魅力的写作，往往是经由自身丰富的生命感悟而朝向地域与传统的一次精神扎根。如是界定您的"女性三部曲"，您认同否？创作前是否有这样的策划？

胡辛：谢谢颖峰将我的创作上升到理论的高度，我岂止是认同和心存感激，而是当作指路明灯。绝不是搞笑哈。但是，我创作前的确没有如此谋划过，我只是跟着感觉走。写《四个四十岁的女人》时，我真的连女性主义理论都不知晓，完全是感性的认识，是生活教会了我。六年后写作《蔷薇雨》，意识中更多的是写出南昌的这方水土这方女人，写所谓的书香门第的姐妹们在改革大潮中的嬗变。1994年，《蔷薇雨》为中央电视台中国电视剧制作中心看中，要改编成30集电视连续剧，并由我编剧。在通过我撰写的细纲的讨论会上，副主任陈汉元要我用一句话说出该剧的立意和主题。我脑海里蹦出的第一句话是："在新时期寻找女性的独立价值"。但就在慢慢站起来时，我否定了这句话，因当时他们摄制的《女人不是月亮》正在央视播出，我可不能雷同。这样，冲口而出的是："我们今天得到的是我们从未拥有过的，而我们今天轻易抛却的，却是我们甚至我们以后的几代人要苦苦寻求的呢。"在静默一分钟后，大家报以热烈的掌声。今天看来，不幸言中。而这不乏哲理性的话语，实质上削弱了该电视连续剧本应有的强烈的女性内在自觉。小说中"从女性理想对外部世界的探索演进到呼唤女性的内在自觉"的特质，在大众文化电视剧中淡化和消解了，有什么办法呢？《陶瓷物语》是应花城出版社年轻女编辑陈红之约而作的，她毕业于北京大学，是中国女性主义理论最早研究者之一，以她的敏锐的直觉，她认为景德镇陶瓷可以写出一部部女性主义专著来。遗憾的是，我尚未交书稿，她已获签证去了美国，但她善始善终，资深编辑文能接手，社长肖建国力挺，该书出版后反响很好，据说世纪初曾入围茅盾文学奖，但那时是没有什么入围奖的。创作这部小说时，可谓厚积薄发，因为我已写作了一系列关于瓷都景德镇的小说散文和电视系列片等，重构女性历史的野心是没有的，但陶瓷冶炼史上女性崇拜和女性禁忌的矛盾我是看懂了的。

你的这篇深度评论，振聋发聩，激励着我努力再超越自己，虽然已有充裕的积累，写了半部《色艺》，是关于颜色釉女专家当市长前前后后的故事，当是《陶瓷物语》的姐妹篇。但像《红与绿》的撰写一样，愈是发力愈是慢功，也可能自身功力有限，景德镇又总有女书记、女市长上位，写起来未免有忌讳，还得慢慢来吧。再加上身体出了状况，生命总是第一重要的。但相信我不会辜负你的期望。

胡颖峰：我相信您。其实，您已年逾70，却仍然以生命的真诚、激情的飞越、步履的沉稳辛勤耕耘着，一路采撷，总见收获的丰沛，感悟的升华。我曾这样说定《怀念瓷香》是您创作道路上的里程碑。我以为："从这里开始，胡辛建立起真正属于她自己的小说语汇，一种对重构己身历史的理解。她的小说既是文学的，也是文化的。"

我还想就爱情与婚姻、姐妹情谊、母女关系等话题，请您从书里书外作即兴回答。

胡辛：好的。就怕年纪大了，产生短路。

胡颖峰：您的绝大部分作品都不离爱情。这是个古老又永葆鲜的永恒的话题，也反证爱情实质上是很珍稀的。实话实说，您作品中的爱情大多悲凉苦涩，您是否对男女情爱不那么乐观呢？

胡辛：回答是肯定的。我书里的爱情的确极少完美的，最完美的爱情是《四个四十岁的女人》柳青与医学院毕业的大学生的柏拉图式的爱恋，但那是责编周榕芳建议我加的，说我的作品光线暗了点。《蔷薇雨》中被凌云抛弃的阿玮，最终是凌云忏悔又将她揽到身边，我不以为是女性的胜利，而只是一种无奈，是他们有过一个儿子！在同名长篇电视剧中，他们的儿子"复活"了，而且有着蛮重的戏份，这就更是出于母性的宽容和爱了。《怀念瓷香》中树青的爱从雪藏到重逢时重新点燃，似乎有复苏的可能，可是一切戛然而止。如同张爱玲所言：有哪一样感情不是千疮百孔的呢？爱情就更如此了。

古今中外，关于爱情难全的理由，往往全归咎于封建制度、封建家庭、门当户对的封建观念、父母之命媒妁之言的包办等，从《罗密欧与朱丽叶》到《梁山伯与祝英台》，莫不如此。而今，男女之间可说大多是自由恋爱的，可是爱情却越来越变异变质，婚姻也越来越不确定不稳定，这是什么缘故呢？事实上社会上爱情婚姻家庭的问题比文艺作品中的故事更形形色色更不可思议不可理喻。为什么爱情很难保鲜？或曰一开始就不再新鲜？为什么离婚率愈来愈高复婚再离婚也成了家常便饭？即便是夕阳西下的老年夫妇也有了斩断过去的绝情狠心？为什么家庭成员无论是老少男女越来越没有家庭的责任感？

是因为社会在进步，女性有了经济地位，社会地位也随之提高，自己能做自己的主，整个人生不必完全寄托依赖于男性？是因为经济大潮空前汹涌，人心不古、道德沦丧？我看到的和想到的是，不必把女性解放置高，事实上当下受到伤害的还多是女性；也不必将两性关系捆绑于整个社会价值大滑坡，即便社会文明达到让人仰视的高度，也并不能从实质上解决两性和谐的问题。我想，最根本的原因是男性与女性的思维方式和趋向存在很大的不同，甚至背道而驰。这是几千年的男性中心的牢固厚重的积淀，难以消融；这也是男性女性本身生理结构的不同而造成的心理的不同。

唐玄宗对杨玉环可谓钟情，马嵬坡兵变不也是丢爱情保脑袋，他还算要点面子的情种，痛定思痛还搞了个七夕长生殿的人鬼未了情。眼下的男女相亲几乎成了购人商场，打着公买公卖的旗号，经营爱情经营婚姻经营家庭理直气壮。恋爱成了试婚，婚姻犹如没有硝烟的战争，双方乃至背后的家庭家族都在玩智谋权术，都在拼实力和武装设备！都要求对方"勿忘我"，这是怎样的可悲可笑！尤其是对女人而言。即使面对法律道德的约束规范，感情本身是最拿不准的东西，说变就变。而且这还是尊重人性、尊重道德呢。

从当代女作家、女评论家自身的婚恋来看，如若《爱，是不能忘记的》不再有续本，那么，当是绝唱；但《无字》进行了自我解构，是美梦醒后的荒凉！要是噩梦醒后倒是温暖的，毕竟生活在人世间。她们都是大智者，但过于理想。张爱玲说得好，感情就这样一寸寸地磨蚀了。当然，话还得说回来，爱情，说到底不是生活的全部。失去爱情，或根本就未获得过爱情，是人生一憾，但诚如鲁迅在《伤逝》结局中点睛：人必须活着，爱才有所附丽。

女性必须正视自我救赎之路，从来就没有什么救世主，更不能靠所谓的另一半——男人。

当然，必须郑重声明的是，发现我的是王蒙老师，《四个四十岁的女人》《蔷薇雨》的责编是周榕芳……他们都是男性。没有他们的扶植，我行之难远！

胡颖峰：关于母女关系，您的作品中一以贯之赞颂母女情深，您认为"女人的陶醉多在母性，女人的痛苦多在爱情"。您好像特别推崇徐晓鹤的短诗《奶》："无数的梦无数的梦，衔着胸间的江河，手的拍打，心跳的切分音符，太阳，从两座山峰中升起。"这，似与女性主义理论中的母女关系的辨析不太吻合，因"母爱"在传统道德传统文化中是拴住女性飞翔翅膀的软性金锁链，犹如圣母就像喂养大众的千年奶妈。

胡辛：在格里菲斯的经典电影《党同伐异》中，几个故事之间的勾连是一只摇摇篮的母亲的手，喻意是摇摇篮的手摇动天下。母爱源自母亲的生育和喂养，孩子是母亲生下来的，是生命肌体的撕心裂肺的具象裂变，希望、幸福与痛苦乃至死亡融汇一体，无法剥离！我看过法国电影《母女情深》后，竟然不能自已。那么日常的一对母女，母亲对女儿的身心的病痛的体会和分担是那么真实细腻，一分不少，一分不多，真是母女心连心。我以为母爱是当今人类最后的留守地，如若母女关系恶化异化，那是人类的灾难，有朝一日女儿当了母亲，还不知怎么恶化异化呢。

胡颖峰：关于姐妹情谊，您以往的作品中多高度赞颂，无论是《四个四十岁的女人》的毫无血缘亲的"四个女人"，还是《蔷薇雨》中的亲血缘的七姊妹，都是满满的"真善美"，但《蔷薇雨》中已有了姚鸿对七姊妹尤其是对阿玮和七巧的莫名的嫉恨。到了《怀念瓷香》（《陶瓷物语》）中，似难寻觅到姐妹真情了。与蛇枕头花蜿蜒出现的江红莓，就如同蛇的毒气熏染过的蛇苞一般，对树青警惕着，怨恨着，好似天敌一般。在您21世纪的几部校园青春剧及影视同期书中，我们看到大学女研究生之间，那种"四个女人"少女时代的纯情已不复存在，却充满了势利、功利和嫉妒。难道说您对女性主义母题之一的"姐妹情谊"已有着疑虑和动摇吗？还是，您对此的思考走向深刻？

胡辛：是有动摇，但并非走向深刻，我这个人大大咧咧，这辈子无缘深刻。简言之，此一时彼一时也。我的故事多源于亲身的经历或感受，也许浅表，但真实。而今，人心不古，或者是原先气候未到，人性中的恶的基因没有被激活，善美却得到张扬，所以，"血浓于水"是亲情牢靠的保证，加之，比较而言，以往虽贫，但大多数彼此彼此，这使我想起孔子的话："不患寡而患不均"。而今生财之道多多，贫富悬殊加剧，因家产遗产纠纷而毁了亲情者大有人在。发小姐妹，知根知底，尤见纯情，比爱情要简单得多，我爱她们，她们爱我。殊不知，时代变了，友情一样充满了不确定性和变数，在庸俗炫富成时尚的今天，嫉妒的棘藜更见疯长，仿佛成了人的本性。而今的年代实质如狄更斯所言："这是一个最好的时代，这是一个最坏的时代；这是一个智慧的年代，这是一个愚蠢的年代；这是一个光明的季节，这是一个黑暗的季节；这是希望之春，这是失望之冬；人们面前应有尽有，人们面前一无所有；人们正踏上天堂之路，人们正走向地狱之门。"历史有时是惊人地相似呵。人性中的"恶"得到前所未有的蠢动，一切都遭遇解构，人人都可以不倦地表演，只要你愿意。谁也不作兴谁。即便历经了非常岁月所谓考验的姐妹情谊，在卸下了道德铠甲唯利是图的今天，也变得不堪一击。这是我们必须正视的。"拷问人性"和"千万别去拷问人性，因为人性是经不起考验的"成了雅俗人们挂到嘴边的两句话。但正因为如此，我们更要探究人性，首先拷问自己的人性！

胡颖峰：老师的8集校园青春剧《沙之舞》似直逼人性的幽深处，将物质毒品与精神毒品胶粘一处，题材敏感，立意尖锐。近作电视电影《惊艳陶瓷》则通过三个时段的瓷的故事来见证人性的光辉与黑暗、温暖与冷酷，还有扭曲人性及人性的救赎。从中见到《情到深处》中民国时期女学生桑桑的身影，《蔷薇雨》中阿玮遭遇背叛的锥心刺骨的痛楚，还有《聚沙》《沙之舞》中当今大学研究生们的群像。是一部戏中戏、剧中剧。按理说，这又是高校影视学科理论践行的实例，但是，却未引起应该有的重视和反响，您认为原因何在？

胡辛：原因应该是多方面的。首先是我自身的问题，虽以"洪荒之力"耕耘，但可能是事倍功半；同时，赣地自身宣传力度的问题，既不居圈内核心，又没有自觉抱团取暖的姿态，所以，是怨不得谁的。但我率领学生创作校园青春剧三部曲，从专业技艺上看，是练手，学真本领；从思想教育上看，是师生相互探索，相互警醒。大家都说这些年教育失误最严重，并提升到一个国家一个民族如若教师和医生都贪腐了，那也就玩完了。这是我们影视编导和毕业创作这两门课程的结晶，所费课时绝不是区区72课时能拿得下来的。更不用提酬金问题了，绝对是共产主义精神的义务劳动。在无利不起早的今天，我们办成了！让时间来淘洗吧。我们硕士点的毕业生就业是蛮不错的。有成果嘛。

从《沙之舞》来看，矛头直指有机化学博士何冰，他学问深奥，课题高端，又是帅哥，还有股子拒人于千里之外的酷劲，成为校园一道流动的风景。其恩师对他的培养远比对自己的女儿要卖劲得多，但他并不领情，一心追求的是出人头地，后堕落到与境外毒品黑社会勾搭！但他一心暴富走上不归路则另有其因，那就是先前女友"爱"的背叛，使他输了输不起的尊严。他的"复仇"不是毁掉女友，而是要她重新投入他的怀中。他得找回"尊严"。他自以为聪明绝顶天衣无缝，因为他不是研发制造毒品的技术，而是费尽心机想窃取恩师母女研发的"戒毒"技术！为什么人们会为毒品诱惑？一旦上瘾欲罢不能！是人类自身的肌体和意识对其有需求？"戒毒"如能成为技术当是拯救人类的技术。抵御不了毒品的人们需要，制毒贩毒者更需要，道高一尺魔高一丈，破译戒毒等于持续吸毒者对毒品的依赖，他们才能永远地财源滚滚！在欲望横行霸道且称之为舞蹈的季节，堕落的人性总能寻找或开拓出种种邪恶之道，不是迫不得已，而是自觉积极！

胡颖峰：虽然何冰是一个叛徒式的反派人物，但您并没有将其刻画成十恶不赦的坏蛋，而是对他的堕落鞭挞的同时也给予了惋惜。对电视电影《惊艳陶瓷》中美籍老太太、京都大学陶教授在年轻时候犯下的错误，甚至可以说是罪过，您也有一种宽恕，设身处地地进行解析，探讨人性中的自私、趋福避祸、随大流等到底是不是人的原罪？

胡辛：让我先说一部对我人生观影响很大的老电影吧。那是蔡楚生的《一江春水向东流》。20世纪50年代，我读中学时省下零花钱几乎将百花洲电影院放映的老电影全看了：《夜半歌声》的惊悚，《马路天使》的贫民的浪漫与困窘，《十字街头》的小资情调和乐天感染，《桃李劫》的毕业歌的振奋与苍凉，《乌鸦与麻雀》的同一屋檐下的政治与油盐柴米……我想，这些电影潜移默化着我的人生观。我是在老爱国电影院观看的蔡楚生的《一江春水向东流》上下集的。哭得昏天黑地，一院的人都唏嘘呜咽。日

经典回放·影视天地

本帝国主义侵华罪恶在电影中还原表现得很真实，今日的抗战神剧太扯淡了。还有，张忠良的人性的异化和堕落，也非常震撼！使小小年纪的我对人性的复杂有了一种与教科书上不同的认识。我们对张忠良恨其不争，但他从业余的"抗战英雄"堕落到与汉奸狼狈为奸、逼死妻子、置老母与儿子于不顾的坏人，其路径是曲折蜿蜒的。片尾一江春水向东流，母亲在向苍天悲号，泼妇王丽珍在揿喇叭，他呢？观众在恨、鄙视和唾弃的同时，是否还有一丝复杂难言的滋味呢？

胡颖峰：是呵，用尽一生的时间可能也难参透人生的况味。您的《惊艳陶瓷》是一部剧中剧，我觉得蛮有意思。广播电视艺术学的研究生拍摄毕业创作——电视电影《惊艳陶瓷》，故事里的二小姐桑桑将传家宝青花釉里红瓷瓶赠给地下党员郭廓做党组织活动经费，只因为她爱他，后来郭廓遇害，桑桑终生未嫁，去到郭廓的家乡执教一辈子——这是您"情到深处"的"爱情至上"的故事。但是，1949年的初恋故事、1966年的初恋故事却似解构了纯真爱情。现实中的今天更难以得到年轻人的认同，更不用说崇敬。硕士点女生蔺玉考上了电视栏目"惊艳陶瓷"的主持人，这倒成为全点的焦点，与其说出于对同窗的关心，不如说古瓷名瓷的收藏价值以及背后的故事太有魅惑力了，似乎这才关乎财富人生！将电视节目与电视电影结合起来，蛮新鲜的呵。

胡辛：由电视节目串起电影故事，在获得奥斯卡金像奖的电影《贫民窟里的百万富翁》里就如此，我们向其致敬和学习。我们尝试挖掘潜藏人性深处的东西。1949年故事的女主角已移居美国60年，这位八旬老太秦雯蕙在收视家乡卫视新开栏目"陶瓷物语"时，深受刺激！一桩埋葬心田的往事浮出水面。原来，新中国成立前夕她对学生地下党员陶建民有一段"单相思"，陶建民已有家室，婉拒了她，而她的任性竟导致陶建民牺牲！她决心回国参加这档栏目，将陶氏传家宝三阳开泰瓶物归原主，为的是负荆请罪。没想到的是，陶建民的儿子陶景兴也有一段难以启齿的青涩初恋，原来在非常岁月他"以革命的名义"揭发了恋人永红的父亲——一个酷爱裸体艺术的陶艺家！陶景兴亦背负了40余年的心债！这些瓷及瓷里藏的故事，印证着情感如瓷，是很难经得起碰撞的。从瓷的缤纷破碎中传递出来自女性生命深处的女性特质的呼喊。

胡颖峰：人性是复杂的，人性的救赎是人类必须正视的大课题。您从女性创作的貌似热闹的荒原上抽身而出，不仅仅"女人写，写女人"，不仅仅写同代人、上代人，而且有意注目年轻的一代，应是教师和作家双重责任感使然。

胡辛：铁凝在最近的一部短篇小说的序中如是说：文学对人类最终的贡献是不断唤起生命的生机。好的文学让我们体恤时光，开掘生命之生机，从惊鸿一瞥里，或跌宕的跋涉中。生活是不容易的，信息时代信息的节奏和速度永远快于生活的节奏和速度，即使职业写作者，也因之常常误会生活。因而，尽量不要让学生误听，不要让读者误读。文学自始至终都应该是与人为善。

胡颖峰：老师您21世纪所做的尝试，是否能这样说，从女性创作的繁荣、女性主义理论成为显学到尘埃落定后，仍见一片荒原中，您尝试从女性荒原突围出来，回归现世，看当今的社会和年轻的一代，试图挖掘人性深处的荒凉和可能的救赎。

胡辛：过奖了。的确，有些人有些事，不是想回头就能回头的。但是，每代人有每代人自己的记忆，也不是说想忘就能忘光的！

胡适曾自勉：做了过河卒子，只有拼命向前。我们大家何尝不是如此呢？

胡颖峰：老师是朴实又执着的，与新生代女作家们呢喃"私语"不同，您是一种自守的姿态。当然，您自诩是守护传统的，但又是中国最早女性创作的先锋之一，而女性文学的本质就是反传统。江西三城是老师创作的基点和文化的制高点，但老师又清醒地知晓超越地域的局限才能自由飞翔。老师一直高扬"女人写，写女人"的旗帜，却又自觉突围女性荒原，回归人间烟火，清醒两性斗争与和谐的长期艰难和反反复复，直逼人性深处……或许正是这种种纠葛缠绕、远兜远转，成就了老师思考女性的文化价值所在，一不小心书写出女性历史的新篇章，所有的历史都属于一种记忆的重新建构呵。如您的学生所言："胡辛的历史洞察力和苦难意识都促使她在自己的创作中寻找一份留得下的永恒。她总是想告诉我们：得到了什么，又失去了什么。"

您不改初心。米兰·昆德拉说过：也许小说家们所做的全部事情，就是写一个主题（第一部小说的）及其变奏。王安忆在谈到自己的创作时也曾说：一个人刚创作时，虽然不成熟，但却往往很准确地质朴地表达出一个人为什么而创作。

您不改初心，身无彩凤双飞翼，心有灵犀一点通。哦，不，您在"变奏"中不断自我开拓，借着文字中的流转多姿，自由飞翔，如西苏所言：飞翔是妇女的姿势——用语言飞翔也让语言飞翔。

蔷薇和陶瓷是您小说中最具核心意义的两个象征意象。许多伟大的小说，都有一个象征的世界。外在的具象与内在的情感和观念世界合二为一。与男人以思想、工业为主所建构的男性中心社会不同，女性在书写中更钟情自然。或许这是您生命的底色和图案。老师最近几年，又在绘画领域拓展，最初起意也还是因为身体不适，又是一次"身体写作"。人说，艺术是画，写心写意。您将您的作品绘进国画、瓷画，这预示着一种永恒，因为瓷的质是不变的。祝老师在繁花之中再生繁花，在青枝绿叶中再萌青枝绿叶！祝老师长篇巨制《红与绿》《色艺》早日问世！

（胡辛，中国作家、南昌大学教授；胡颖峰，江西省社科院研究员）

（原载于《创作评谭》2017年第5期）

诚谢的话

手捧沉甸甸的 60 余万字的评论集《胡辛创作与江西文化形象建构》，怎能不心潮激荡且逐浪高？

2020 年 11 月 30 日，是我的母校江西师范大学建校 80 周年庆典的日子。其活动之一便是由江西省文艺学会文艺理论与批评专业委员会、江西师范大学文学院、江西师范大学当代形态文艺学研究中心联合主办，在夏汉宁、詹艾斌两位学者主持下召开的一场隆重又热烈的"胡辛创作与江西文化形象建构"学术研讨会，我感动，感怀，感恩！激越亢奋又忐忑不安。因为，将敝人的创作与江西文化形象的建构联系起来，我真的是诚惶诚恐。诚然，这辈子生于斯长于斯，40 年的创作生涯基本立足于这方水土这方人，回头眺望，竟能得到认可，被看成了担当者中的一个，岂能不感恩？但是，人贵有自知之明，我何德何能？唯有感恩。

谁言寸草心，报得三春晖。

感恩母校领导的眼光，感恩母校中文系对我的培育！53 年前，18 岁的我跨进了江西师范学院的大门，中文系一直拥有出类拔萃的师资力量，我有幸在青葱岁月得到滋养：仙风道骨的胡守仁先生、潇洒超脱的余心乐先生、外国文学派的熊化奇先生、学识渊博的朱安群先生，汪木兰老师的《游了三个湖》，宗子寅老师的《雪浪花》，钟世德老师、吴海老师的写作讲评仍回响耳际，郑光荣书记蹲点我班的点点滴滴仍记忆犹新……虽然非常岁月有过不堪回首，但是，师生情谊一直留存。

江西师范大学师德师风师魂传承于我，毕业分配至偏远的兴田山村，仍认真教学，因而有了调离兴田时学生们别样的真情送别，酿就了 13 年后的小说《四个四十岁的女人》，在王蒙老师的鼎力推荐下，荣获全国优秀

诚谢的话

短篇小说奖。自 1967 年大学毕业，我从未脱离过教学一线，执教 50 年，我的终身职业是教师。正是母校，把当年小树的根基立正了，才有了走过岁月的收获。

更有幸的是在我老年的时光中没有被母校忘怀。母校的学者教授、年轻的师弟师妹不吝评析；乌有反哺之义，羊有跪乳之恩。当年我们从江西师大毕业，跨进大社会的门槛，而今，又回到根之所系的母校母院，这是绿叶对根的眷恋，更是新的征途的开始。

感恩我所在的南昌大学和南昌大学人文学院，自 1987 年夏调入其前身江西大学中文系，教书育人、创建本科专业、申办硕士点、搭建产学研教学平台，文学创作在我是业余的，但是学校和学院给予了崇高的荣誉和实际的支撑，我的助手、弟子们亦纷纷给力到如今。我懂感恩。

感恩我的恩师王蒙先生。没有恩师的"发现"，哪有今日的作家胡辛？北京及全国各地的评论家对我这个红土地上的业余作家亦予厚爱，我在创作之路上虽跌跌撞撞，但仍感到引领之光。

感恩出版社的扶植。百花洲文艺出版社、作家出版社、中国社会科学出版社、花城出版社、江西人民出版社、二十一世纪出版社、江西教育出版社、江西美术出版社……从《四个四十岁的女人》《蔷薇雨》《陶瓷物语》到《瓷行天下》，给了我跨越千年"植树造林"的勇气、智慧和力量！

感恩全国政协副主席、校友邵鸿先生对我的鼓励鞭策！

感恩黄会林导师、谢冕导师对我的扶植！

感恩江西师范大学党委书记黄恩华先生的鼎力支持！

感恩一切该感恩的……

77 岁，民间称为喜寿。我已走过人生四季，阅览江海千帆，饱尝人间冷暖，只愿归来依旧是少年！友情长青！青春万岁！

留下青翠的草木。

胡 辛

2020 年 11 月于南昌